KB081018

GEORGE R. R. MARTIN
ELIO M. GARCÍA, JR. AND LINDA ANTONSSON

얼음과 불의 세계

THE UNTOLD HISTORY OF WESTEROS AND THE GAME OF THRONES

THE WORLD OF ICE & FIRE

GEORGE R. R. MARTIN

ELIO M. GARCÍA, JR. AND LINDA ANTONSSON

얼음과 불의 세계

THE UNTOLD HISTORY OF WESTEROS AND
THE GAME OF THRONES

THE WORLD OF ICE & FIRE

길찾기

이 책은 픽션입니다. 등장하는 이름, 인명, 지명과 사건들은
저자의 상상력이 빚어낸 산물이거나 허구의 내용입니다.
만약 이 책에 등장하는 인물이나 사건, 장소가 생사를 막론한 실제의 인물,
또는 사건이나 장소와 흡사하다면, 이는 전적으로 우연입니다.

「왕좌의 게임」 공식 설정집

얼음과 불의 세계

2024년 8월 16일 초판 2쇄 발행

디 자 인 로즈버드 유스터스
번 역 정경아, 정희연, 황정현
편 집 정성학
발 행 인 원종우
발 행 ㈜블루픽
주소 [13814] 경기도 과천시 뒷골로 26, 2층
전화 02-6447-9000 팩스 02-6447-9009 메일 edit@bluepic.kr 웹 bluepic.kr

책 값 56,000원
I S B N 979-11-6085-923-2 03840

THE WORLD OF ICE AND FIRE
Copyright © 2014 by George R. R. Martin, Elio M. García, Jr., and Linda Antonsson
This translation published by arrangement with Bantam Books, an imprint of Random House, a division of Penguin Random House LLC.
All rights reserved.
Korean translation Copyright © 2019 by bluepic Inc.
This translation is published by arrangement with Random House, a division of Penguin Random House LLC. through Imprima Korea Agency.

이 책의 한국어판 저작권은 Imprima Korea Agency를 통해 Random House, a division of Penguin Random House LLC.와의 독점 계약으로 ㈜블루픽에 있습니다.
저작권법에 의해 한국 내에서 보호를 받는 저작물이므로 무단전재와 무단복제를 금합니다.

표지 | 드래곤스톤
우측 | 스톰즈 엔드

Contents

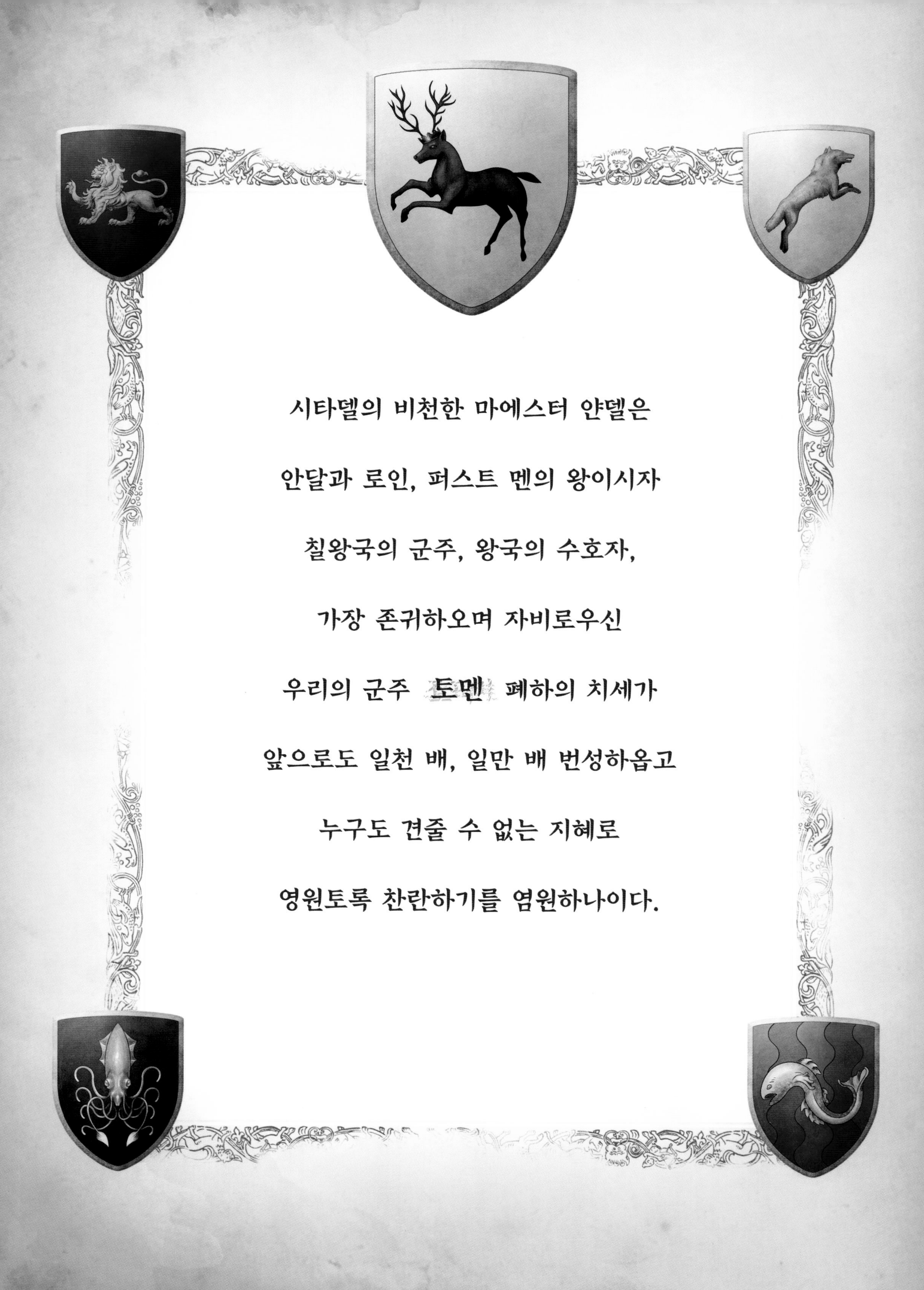

시타델의 비천한 마에스터 얀델은

안달과 로인, 퍼스트 멘의 왕이시자

칠왕국의 군주, 왕국의 수호자,

가장 존귀하오며 자비로우신

우리의 군주 토멘 폐하의 치세가

앞으로도 일천 배, 일만 배 번성하옵고

누구도 견줄 수 없는 지혜로

영원토록 찬란하기를 염원하나이다.

서문

모름지기 집을 지으려면 돌 위에 돌을 쌓아야 하듯이, 인류의 지혜 역시 선현들의 작업 위에 자신의 연구를 더해 태어나는 법이다. 지식이란 이렇게 수많은 식자들의 손에 탐구되고 엮여 이루어지는 것이다. 그리하여 예전에는 미지의 영역에 속하던 것이라도 후세의 누군가가 밝혀내게 되는 법이니, 답을 구하고자 하는 노력만 충분하다면 실로 알아내지 못할 것은 별반 없는 것이 세상의 이치일 것이다. 나 마에스터 얀델은 이제 자신의 차례를 받아들여 이 거대한 지식의 요새에 새로이 돌을 얹고 내가 아는 것들을 아로새기는 석공의 역할을 수행코자 한다. 수 세기 동안 시타델 안팎을 아우르며 쌓아올린 이 지식의 요새는 과거에 왔다 간 수없이 많은 손들에 의해 세워진 바, 이후로도 장차 나타날 수많은 손길에 힘입어 계속 축조될 것임은 의심의 여지가 없다.

나는 마지막 타르가르옌 왕의 치세 10년째의 어느 아침, 필경사의 보금자리 한켠의 공터에 있는 견습생들이 그림글자를 쓰는 장소에 태어나자마자 버려진 채로 발견되었다. 내 인생은 그날 한 견습생이 나를 발견해 시타델의 최고 관리자 대마에스터 에드게란에게로 데려갔을 때 결정되었다. 은반지와 은지팡이를 가지고 은으로 된 가면을 쓴 에드게란은 악을 쓰며 울어대는 내 얼굴을 쳐다보고는 쓸모가 있을지도 모르겠다고 중얼거렸다고 한다. 이 얘기를 소년 시절에 처음 들었을 때는 그분께서 내가 마에스터가 될 운명임을 예견하셨다는 의미로 받아들였다. 하지만 나중에 대마에스터 에브로즈를 통해 실은 에드게란이 양육에 대한 논문을 집필 중이었고, 그 일환으로 내게 이런저런 이론들을 시험해 보고 싶어했을 뿐이라는 사실을 알게 되었다.

결국 불운한 삶인 듯 보일지언정, 하인들이 나를 기르고 때때로 마에스터들의 주목도 받을 수 있었다. 나는 회의장이나 도서실, 각 방들을 관리할 하인으로 키워지면서도 대마에스터 왈그레이브에게서 글을 깨우치는 선물을 얻었다. 그렇게 나는 시타델과 그곳의 귀중한 지혜를 수호하는 기사들을 알아 가는 동시에, 그들을 사랑하게 되었다. 나는 오로지 나 또한 그들 중 하나가 되어 그들처럼 머나먼 곳들과 오래전에 죽은 자들에 대해 읽고, 별을 관측하고, 또 계절이 바뀌는 것을 측정하고 싶을 따름이었다.

그리고, 결국 나는 해냈다. 열셋에 사슬 목걸이의 첫 번째 고리를 따냈고, 그 후로도 다른 고리들을 계속 추가해 갔다. 나는 새로운 왕조를 연 로버트 폐하의 치세 9년째에 사슬 목걸이를 완성해 선서를 하고 시타델에 계속 머무르며 대마에스터들에게 봉직하도록 축복받았다. 이는 큰 영광이었지만, 내가 가장 바라던 일은 나 자신의 책을 쓰는 것이었다. 비천하나마 글자를 깨친 이들이 읽게 될 수도 있는, 그리고 그 아내와 자식들에게도 읽어 줄 수도 있는 책을. 그들이 선함과 사악함, 정의와 불의, 위업과 혐오스러운 일 양쪽 모두를 알게 하고, 더욱 지혜로와지게 할 그런 저작을. 마치 내가 시타델에서 배움을 통해 더 현명해질 수 있었듯이 말이다. 그리하여 나는 다시 연구실에 섰다. 오래전에 세상을 떠난 마에스터들의 걸작에서 다루는 여러 주제들을 새롭고도 명확하게 개선하기 위함이다. 이 책에 담긴 내용들, 즉 위업과 악업, 친숙한 종족들과 낯선 종족들, 그리고 가까운 땅과 먼 땅의 역사는 그런 바람으로부터 태어난 것이다.

상단 | '검은 공포' 발레리온에 올라탄 정복왕 아에곤

얼음과 불의 세계

THE UNTOLD HISTORY OF WESTEROS AND
THE GAME OF THRONES

Ancient History

고대의 이야기

THE KNOWN WORLD

WESTEROS

ESSOS

SOTHORYOS

여명기

이 세계가 언제 시작되었는지 확실한 지식을 줄 수 있는 이는 아무도 없지만, 많은 학자들과 마에스터들은 멈추지 않고 해답을 구하고자 노력해 왔다. 뭇 사람들이 알고 있는 바와 같이 4만 년 전일까? 아니면 50만 년 전, 혹은 그보다 더 큰 숫자가 필요할까? 답은 어떠한 책에서도 찾을 수 없다. 이 세계 최초의 시대, 즉 여명기의 인류에게는 문자가 없었기 때문이다.

하지만 당시의 세계가 훨씬 더 원시적이었다는 점만큼은 확실하다. 금속을 다루는 법도, 짐승을 길들이는 법도 모르고 땅에서 자연적으로 나는 것들에만 기대어 살던 소규모 부족이 판치는 야만의 땅이었으리라. 그 시기에 대해 알려진 얼마 안 되는 정보들은 가장 오래된 글에 담겨 있다. 즉 안달족과 발리리아인, 기스카르인과 더불어 전설적인 종족인 아샤이인들이 써 내려간 이야기들이다. 그러나 그들이 문자를 사용했다 한들 여명기의 유아기 축에도 끼지 못한다. 결국 그들이 전하는 이야기에서 진실을 찾기란 마치 건초 더미 속에서 바늘을 찾는 작업처럼 어려운 일이다.

그렇다면 여명기에 대해 가장 정확하게 말할 수 있는 사실은 무엇일까? 그때 동쪽 대륙에는 다양한 인종이 존재했다. 물론 당시 온 세계가 그러했듯 문명화되지 않은 채 수만 많았다. 그러나 웨스테로스에는 '영원한 겨울의 땅'으로부터 여름해의 해변에 이르기까지 단 두 부류의 인종만이 존재했다. 숲의 아이들과 거인이라 알려진 생명체가 바로 그들이다.

여명기의 거인족에 대해서는 논할 수 있는 사실이 더욱 없다. 아무도 그들의 이야기나 전설, 역사 따위를 수집하지 않았기 때문이다. 나이츠 워치들의 말에 따르면 와일들링 사이에 전해지기를 거인족은 숲의 아이들과의 공존을 싫어하였고, 그들이 가고자 하는 곳 어디든 나타나 원하는 것을 가져갔다고 전해진다. 거인에 관해서는 그들이 거대하고 힘도 세지만 지능이 모자란 단순한 생명체였다는 데 의견이 일치한다. 거인이 아직 살아 있는 것을 마지막으로 목격했다는 나이츠 워치 레인저들의 보고는 꽤 믿을 만하다. 이에 따르면 그들의 외관은 이야기에 나오듯 단순히 아주 큰 인간일 뿐 아니라 털까지 빽빽하게 덮여 있는 모습이라고 한다.

한편 마에스터 케네트가 쓴 〈사자의 길*Passages of the Dead*〉은 그가 크레간 스타크의 긴 통치 기간 동안 윈터펠에서 일하면서 그곳의 고분군과 무덤, 묘 등을 연구한 저작물이다. 이 책에는 거인의 매장터에서 발견된 눈여겨볼 만한 증거 자료가 수록되어 있다. 어떤 마에스터는 북부에서 시타델에 보내온 뼈를 통해 추산한 바 제일 큰 거인은 키가 14피트*에 달했을 것이라 본다. 또 다른 이들은 12피트**가 보다 진실에 가까울 것이라고도 한다. 나이츠 워치의 마에스터들이 기록으로 남긴, 오래전에 사망한 순찰대원들의 이야기에 따르면 거인들은 거주할 집도, 입을 옷도 만들지 않으며 도구나 무기 역시 꺾은 나뭇가지 이상은 사용하지 않는다고 전한다.

거인족에게는 왕도, 영주도 없었고 큰 나무 밑이나 굴 외에는 딱히 집이라 할 만한 곳이 없었다. 또 금속을 다루지도, 농사를 짓지도 않았다. 시대가 흘러 사람들이 계속 늘어나고 개간을 통해 숲이 사라져도 그들은 여전히 옛 시대의 생명체로 머물러 있었다. 이제 거인은 장벽 너머 땅에서조차 사라져 버렸고, 거인에 대한 마지막 보고는 이미 100년도 더 지난 과거의 것이 되어 버렸다. 게다가 그런 보고는 나이츠 워치 레인저가 모닥불을 쬐며 주고받았을 이야기라 그대로 믿기에는 미심쩍다.

숲의 아이들은 여러 측면에서 거인과 정반대였다. 어린 아이처럼 작기는 해도 어두운 피부에 아름다운 외양을 지닌 그들은 오늘날 사람들이 투박하다고 표현하는 방식으로 생활했다. 하지만 그들은 거인보다는 덜 야만적이었다. 금속을 다루지는 않았지만 흑요석으로 도구나 사냥용 무기를 만드는 기술이 뛰어났다(평민들은 흑요석을 드래곤글래스라고 부른다. 반면 발리리아인들은 이를 얼어붙은 불을 뜻하는 단어로 알고 있었다). 그들은 천을 짜지는 않았지만 나무껍질이나 잎을 사용해서 능숙하게 옷가지를 만들었다. 또 위어우드로 활을 만들고 풀 올가미를 설치할 수 있어 이를 이용해 남녀 모두 사냥을 했다.

그들의 노래와 음악은 그들처럼 아름답다고 하나 옛날부터 내려온 것들 가운데 극히 일부밖에 남아있지 않다. 마에스터 칠더의 〈겨울의 왕, 또는 윈터펠의 스타크 왕조의 계보와 전설*Winter's kings, or The Legends and Lineages of the Starks of Winterfell*〉에는 '건축가' 브랜든이 장벽을 짓기 위해 숲의 아이들의 도움을 구했던 때의 이야기로 알려진 시편 일부가

시타델의 문서고에는 아에곤 5세의 치세 초기에 보내온 마에스터 아에몬의 편지가 보관되어 있는데, 그 안에는 도렌 스타크 왕 시대에 작성된 레드윈이라는 순찰대원이 보고한 내용이 포함되어 있다. 레드윈과 그의 동료들이 외로운 곶에서 얼어붙은 해안으로 향하는 여정에서 거인과 싸우고 숲의 아이들과 교역을 했다는 것이다. 아에몬은 편지에서 캐슬 블랙에 있는 나이츠 워치의 서고를 뒤져본 결과 이와 비슷한 증언을 많이 찾을 수 있었다며 신빙성이 있는 이야기라고 평가했다.

전면 페이지 | 장벽의 건설

14피트: 약 4.3미터 / 12피트: 약 3.7미터

실려 있다.

그는 숲의 아이들을 만나기 위해 그들의 비밀스러운 보금자리를 방문했지만 처음엔 그들의 말을 알아들을 수가 없었다고 한다. 그들의 말은 마치 시냇물 속에서 구르는 돌, 잎새를 스치는 바람, 또는 수면 위에 떨어지는 빗방울의 노래 같았다고 묘사되어 있다. 브랜든이 어떻게 숲의 아이들의 말을 이해하게 되었는지는 그 자체가 하나의 이야기이기에 여기에 기술할 필요는 없으리라. 그러나 그들의 언어가 그들이 매일 듣는 소리에서 유래했거나 영감을 얻어 만들어졌다는 사실만은 분명해 보인다.

숲의 아이들은 이름이 없는 신을 믿었다. 이들은 훗날 퍼스트 멘의 신, 즉 수많은 이름 없는 개울과 숲과 돌의 신이 되었다. 위어우드에 얼굴을 새겨 넣은 것도 숲의 아이들이었는데, 신에게 눈을 주어 신자들의 헌신을 지켜보게끔 하겠다고 생각했던 모양이다. 한편 작은 증거를 들며 그린시어-숲의 아이들의 현자-가 위어우드에 새겨진 눈을 통해 보는 능력이 있다고 주장하는 이들도 있다. 그 증거라는 것인즉 퍼스트 멘이 그렇게 믿었다는 사실뿐이다. 퍼스트 멘은 위어우드를 통해 자신들의 비밀이 새어 나갈 것이 두려웠던 나머지 얼굴이 새겨진 수많은 나무와 위어우드 숲을 벌채함으로써 숲의 아이들의 이점을 없애려 했던 것이다. 하지만 퍼스트 멘은 현재의 우리보다 계몽이 덜 된 상태였고, 후손들은 믿지 않는 것들을 믿고 있었다. 마에스터 요릭이 쓴 책인 〈화이트 하버의 초창기 역사에 대한 고찰*Wed to the Sea, Being an Account of the History of White Harbor fro, Its Earliest Days*〉에서 해설한 옛 신들에게 바치던 인신공양 관행을 생각해 보라. 화이트 하버에서 일했던 마에스터 요릭의 전임자들이 남겼던 기록에 따르면 그러한 희생 의식은 겨우 5세기 전까지만 해도 지속되고 있었다.

그렇다고 그린시어들이 지금은 사라진 고위 신비술, 예컨대 아주 먼 곳에서 일어나는 일을 본다거나 왕국의 절반을 건너 교신하는 등의 방법을(훨씬 나중에 등장한 발리리아인들이 사용했던 것처럼) 아예 몰랐다는 것은 아니다. 하지만 그린시어가 구사할 수 있었다는 대단한 재주 가운데 몇 가지는 아마 진실이라기보다는 어리석은 고대의 설화에 가까울 것이다. 그들이 실제로 야수로 변신할 수는 없었겠지만, 현재의 우리들은 해낼 수 없는 방법을 통해 동물과 소통할 수 있었던 것으로 보인다. 스킨체인저에 대한 전설이 생겨난 것은 바로 이 때문이다.

스킨체인저에 대한 얘기는 아주 다양한데, 가장 흔한 것은 나이츠 워치들이 장벽 너머에서 가져오거나 수백 년 전에 죽은 장벽의 마에스터들과 칠신교의 사제인 셉톤들이 남겼던 기록이다. 이에 따르면 스킨체인저는 짐승과 소통할 뿐 아니라 짐승의 정신을 조종할 수도 있다고 한다. 심지어 와일들링조차 스킨체인저는 동물을 동료로 삼는 이상한 인간이라 하여 두려워한다고 전한다. 스킨체인저가 짐승의 몸 안에 들어가면 자아를 잃는다는 이야기도 있고, 스킨체인저가 조종하는 동물은 인간의 목소리로 말을 할 수 있다는 이야기도 있다. 어쨌든 모든 이야기에서 가장 흔히 등장하는 스킨체인저는 늑대-나아가 다이어울프까지-를 조종하는 부류로, 와일들링들 사이에서는 이러한 스킨체인저를 가리키는 특별한 호칭까지 있다. 그들은 그러한 스킨체인저를 워그라고 한다.

전설에 따르면 그린시어는 과거를 탐색함과 동시에 먼 미래까지도 볼 수 있었다고 한다. 하지만 우리가 아는 바와 같이 고위 신비술, 혹은 이러한 힘으로 바라보는 미래는 불확실하며 때때로는 오독할 여지가 크다고 주장한다. 점을 신

비록 오늘날에 와서는 평판이 좀 떨어지긴 했지만, 셉톤 바스의 〈부자연스러운 역사*Unnatural History*〉의 내용 일부는 시타델의 학회에서 여러 번 논쟁거리가 되어 왔다. 즉 셉톤 바스가 숲의 아이들은 까마귀에게 말을 걸 수 있고, 또 그들 자신이 한 말을 까마귀로 하여금 반복하게 할 수도 있다는 주장을 내놓으며 이와 관련하여 당시 캐슬 블랙에 보관 중이라 알려진 몇 가지 서류를 참고해 달라고 요구했던 것이다. 그에 따르면 이 고위 신비술은 숲의 아이들로부터 퍼스트 멘에게 전수되었고, 그리하여 까마귀가 먼 지역까지 소식을 퍼뜨릴 수 있었다고 한다. 이는 그 후 점점 더 조잡한 형태로 전해졌다. 그리하여 현재의 마에스터들은 더 이상 새에게 말하는 법을 알지 못한다. 우리들 시타델의 마에스터가 까마귀가 내는 소리를 이해할 수 있다는 것은 사실이다. 그러나 단지 그들이 까옥까옥 울거나 쉿소리를 내는 기본적인 이유, 공포나 분노의 신호, 그리고 건강의 이상이나 발정기를 알리는 방법을 파악하고 있다는 뜻일 뿐이다.

그러나 까마귀가 가장 영리한 조류에 속한다 하더라도 지능은 사람의 유아 수준에 그치며, 셉톤 바스의 믿음이 어떠하든 까마귀에게 제대로 된 말을 할 능력이 있다고는 보기 어렵다. 발리리아 강철 고리를 지닌 일부 마에스터들은 바스가 옳다고 반론하지만 아직 단 한 명도 인간과 까마귀의 대화에 대한 주장을 입증하지는 못했다.

봉하는 어리석은 자를 속이려 들 때 이만한 헛소리도 없으리라. 설령 숲의 아이들에게 고유의 특별한 능력이 있었다 하더라도 진실은 항상 미신과는 다른 법이다. 또한 지식은 반드시 검증되고 확인된 것이어야 한다. 한층 더 높은 차원의 신비로운 기술인 마법 역시도 예나 지금이나 우리 유한한 인간의 능력으로는 검증 가능한 선 너머에 존재한다.

아무튼 그러한 능력의 진실 여부와는 무관하게 그린시어가 숲의 아이들을 영도했고, '영원한 겨울의 땅'에서부터 여름해의 해안에 이르기까지 웨스테로스의 모든 곳에서 그들을 찾아볼 수 있었다는 점에는 의심의 여지가 없다. 그들은 간단한 집을 지었다. 요새나 성이나 도시를 세우지 않았다. 대신 숲이나 호수 위, 늪과 습지, 나아가 동굴이나 언덕에 난 굴 등에 거주했다. 숲속에서는 나뭇잎으로 만든 은신처를 가지 위에 묶어서 올렸다고도 전해진다. 나무로 된 비밀스러운 마을인 셈이다.

세간에서는 한동안 숲의 아이들이 그렇게 사는 이유가 다이어울프나 섀도우캣과 같은 포식자로부터 스스로를 지키기 위해서라고 생각해 왔다. 숲의 아이들이 가진 단순한 석제 무기는 물론이고 그들이 자랑하는 그린시어조차 이들 짐승에 대해서는 속수무책이었다는 것이다. 하지만 다른 한편에선 이러한 견해에 반박하며 북부 설화에서 보이듯 아이들의 가장 큰 적은 거인이었다고 주장한다. 마에스터 케네트가 롱레이크 근방의 고분들을 연구한 결과가 확실하게 증명한다. 그 고분에는 온존한 갈비뼈 가운데에 흑요석제 화살촉이 박힌 거인이 묻혀 있었다는 것이다. 이 견해는 마에스터 헤릭의 〈장벽 너머의 왕들의 역사*History of the Kings-Beyond-the-Wall*〉에 실린 어떤 와일들링이 구술한 시를 떠올리게 한다. 그 시는 겐델과 고른 형제의 이야기로, 그들 형제는 숲의 아이들의 씨족 중 하나와 거인 가족이 동굴 하나를 놓고 벌인 분쟁을 중재하게 된다. 거기서 형제는 간교한 술수를 쓴다. 그 동굴이 장벽 밑으로 통하는 더 큰 동굴로 연결되어 있다는 사실을 발견하고는 교묘하게 양쪽 모두 동굴을 포기하게끔 꾸민 것이다. 하지만 와일들링에게 문자가 없다는 점을 고려하면 그들의 전승은 편견을 뒤집어쓴 채 우리에게 비춰졌을 것임이 틀림없다.

그러나 숲속의 짐승도 거인족도 결국엔 더욱 위험한 존재와 마주하게 되었다.

여명기의 칠왕국에 제3의 종족이 살았을 가능성도 제기되고 있지만 너무나 추측에 불과한 이야기이기에 아주 짧게만 언급하기로 하겠다.

강철 군도 출신의 사람들 사이에는 다음과 같은 이야기가 전해진다. 퍼스트 멘이 처음 강철 군도에 도착했을 때 그 유명한 올드 윅의 해석좌를 발견했지만, 그곳에 사람은 아무도 살지 않더라는 것이다. 만약 그 이야기가 사실이라면 그 의자를 만든 이들의 기원은 미궁에 빠지게 된다. 마에스터 키스가 쓴 강철 군도의 전설 모음집 〈익사자의 노래*Songs the Drowned Men Sing*〉에서는 그 의자가 일몰해를 건너온 방문자들이 두고 간 것이라 설명했다. 하지만 이것도 단지 추측일 뿐, 증거는 없다.

좌측 | 거인
우측 | 숲의 아이들

퍼스트 멘의 도래

시타델에서 가장 널리 통하는 견해에 따르면 8천 년 전에서 1만2천 년 전 사이에 새로운 인류가 웨스테로스의 최남단을 통해 동쪽에서 건너왔다고 알려져 있다. 그곳은 숲의 아이들과 거인이 사는 땅과 동쪽 지역 사이에 놓인 협해를 다리처럼 연결하는 땅이었다. 바로 이곳이 '부러진 팔'이라 불리는 지역으로, 당시까지만 해도 건재했던 이 통로를 통해 퍼스트 멘이 도른 땅에 도착했다. 이들이 고향을 떠난 이유는 이제 잊혀졌지만, 그들의 규모는 거대했다. 수천 명이 들어와 정착을 시작했고, 수십 년이 흐르는 동안 그들은 점점 더 북쪽으로 나아갔다. 이에 관해 단 몇 년 만에 그들이 넥 지역을 지나 북으로 옮겨갔다는 설화가 있지만, 그 이야기를 곧이곧대로 신뢰해선 안 될 것이다. 실제로 그렇게 되기까지는 수십, 수백 년이 걸렸을 것이기 때문이다.

한편, 전해지는 모든 설화에서 정확히 일치하는 부분이 있다. 얼마 안 있어 퍼스트 멘과 숲의 아이들이 전쟁을 벌이게 되었다는 것이다. 퍼스트 멘은 숲의 아이들과 달리 땅을 개간하고 원형 요새를 세웠으며, 마을을 건설했다. 그 과정에서 위어우드를 벌채했는데, 그중엔 얼굴이 새겨진 나무들도 포함되어 있었다. 결국 아이들이 퍼스트 멘을 공격했고, 수백 년에 걸친 전쟁으로 이어졌다. 퍼스트 멘은 낯선 신과 함께 소와 말, 청동제 무기까지 지닌 데다가 숲의 아이들보다 더 크고 강하기까지 했다. 때문에 아이들에게 퍼스트 멘은 정말로 심각한 위협이었다.

숲의 아이들의 사냥꾼인 '우드 댄서'가 전사의 역할을 맡았다. 하지만 나무와 잎을 이용한 그들의 비기를 모두 다 동원했음에도 퍼스트 멘의 진군 속도를 약간 늦추는 수준에 그쳤다. 아이들의 현자이자 지도자에 해당하는 그린시어들은 그들만의 기술을 썼는데, 설화에 따르면 그들은 늪과 숲과 하늘의 야수, 즉 다이어울프, 스노우 베어, 동굴사자, 독수리, 맘모스, 구렁이와 그 외의 더 많은 짐승들을 소환해서 대신 싸우게 할 수 있었다고 한다. 하지만 퍼스트 멘은 너무나 강했고, 아이들은 결국 절박한 상황에 몰리게 된다.

전설에 의하면 그린시어가 모트 카일린에 모여 어둠의 마법을 부렸고, 그 결과 대홍수가 일어나 두 대륙 사이의 육교 역할을 하던 곳을 끊어 오늘날 도른에 있는 '부러진 팔'과 '스텝스톤 군도'로 바꾸는 한편, 넥 지역도 습지대로 만들어 버렸다고 한다. 하지만 반론도 존재한다. 이 사태가 발생했을 당시 웨스테로스에는 이미 퍼스트 멘이 넘어온 뒤였다는 것이며, 그린시어가 그러한 방법으로 동쪽에서 밀려드는 퍼스트 멘의 이동을 막은 것이 사실이라면 그들의 진출 속도를 늦추는 정도에 그치는 게 아니라 더욱 커다란 결과를 낳았어야 한다는 주장이다. 더욱이 그토록 엄청난 힘은 전통적으로 알려진 그린시어의 능력을-이 역시 과장된 것으로 보이지만-훨씬 뛰어넘는다. 사실 도른의 팔이 끊어지거나 넥이 침수된 것은 대륙 침하로 인한 자연적 사건이었을 가능성이 높다. 발리리아가 같은 이유로 어찌되었는지는 익히 알려져 있다. 강철 군도 역시 커다란 파이크 섬이 바다 밑으로 가라앉은 뒤 일부만 겨우 남았는데, 그 잔재가 바로 파이크 성이다.

숲의 아이들은 자신의 삶을 지키기 위해 격렬하게 싸웠다. 하지만 냉혹하게도 전쟁은 여러 세대를 거쳐 계속되다 마침내 숲의 아이들이 도저히 승리할 수 없음을 깨닫는 시점에 이르렀다. 아마 퍼스트 멘 또한 지쳐 있었기에 전쟁을 끝내기를 원했으리라. 다행히도 당시의 쌍방 진영 모두 가장 현명한 자들이 권력을 쥐고 있었다. 그리하여 양측의 주요 인물과 지도자가 신의 눈이라는 호수 가운데에 있는 섬에서 만나 평화 조약을 맺었다. 아이들은 깊은 숲속을 제외한 웨

상단 | 얼굴이 조각된 위어우드

우측 | 조약을 맺는 숲의 아이들과 퍼스트 멘

스테로스 땅을 포기하기로 했다. 대신 퍼스트 멘으로 하여금 더 이상 위어우드를 베지 않겠다는 약속을 받아냈다. 이 조약은 섬에 있는 모든 위어우드에 새겨졌고, 이어서 얼굴을 새겨 신들로 하여금 조약의 수행을 지켜보도록 했다. 그리고 위어우드를 돌보며 섬을 보호하도록 녹색인이라는 조직을 창설했다.

이 조약을 마지막으로 여명기가 막을 내리고 영웅들의 시대가 그 뒤를 잇게 된다.

녹색인들이 아직도 그 섬에 남아 있는지는 알 수 없다. 다만 이따금씩 무모하고 젊은 리버랜드의 영주들이 배를 타고 섬으로 향하다 흘긋 본 적은 있다고 한다. 그러나 목격 직후 바로 돌풍이 일거나 까마귀 떼에게 몰려 섬에서 쫓겨난다고 한다. 아이들의 잠자리에서 들려주는 옛날이야기에 따르면 녹색인은 뿔이 달리고 어두운 녹색 피부를 가졌다고 하는데, 이는 진실이 왜곡된 것이다. 녹색 옷을 입고 뿔이 달린 모자를 썼으리라는 쪽이 더 진실일 가능성이 높다.

영웅들의 시대

수천 년 동안 지속된 영웅들의 시대에 수많은 왕국과 가문들이 태어났다가 멸망하고, 번창했다가 쇠퇴하기를 반복해 나갔다. 그러나 이 고대의 나날들에 대해 우리가 알고 있는 바는 여명기에 관한 지식에 비해 그저 약간이나마 더 많은 정도에 지나지 않는다. 결국 우리가 아는 이야기들이란 실제 사건이 일어난 수천 년 뒤에야 마에스터와 셉톤이 남긴 저작에 불과하기 때문이다. 그래도 숲의 아이들이나 거인과는 달리 이 시대를 살던 퍼스트 멘은 전설을 뒷받침할 수 있는 유적지와 오래된 성채들을 우리에게 남겼다. 또 룬 문자들이 새겨진 고분군의 석조 기념물도 남아 있다. 이렇게 남아 있는 것들을 통해 우리는 전설 뒤편에 숨겨진 진실을 캘 수 있는 것이다.

영웅들의 시대는 숲의 아이들과 퍼스트 멘이 조약을 체결한 순간부터 시작되었으며, 이후 수천 년 동안 숲의 아이들과 퍼스트 멘은 서로 평화롭게 공존했다는 것이 통설이다. 드넓은 땅을 손에 넣게 된 퍼스트 멘은 인구를 크게 늘릴 수 있게 되었다. 북으로는 영원한 겨울의 땅에서부터 남으로 여름해의 해안가에 이르기까지 전 지역에 걸쳐 퍼스트 멘은 원시적인 요새를 지어 다스렸고, 이를 중심으로 점차 지배층이 형성되었다. 소왕과 강력한 영주가 여기저기 넘쳐났고, 점차 그중에서도 더욱 강력한 이들이 등장했다. 그들이 바로 오늘날 우리가 아는 칠왕국의 조상이 되는 왕국들의 시조로 이어졌다. 수많은 전설 속에 초기의 왕국을 다스리던 왕들의 이름이 등장한다. 그러나 이들이 몇백 년씩이나 살면서 나라를 다스렸다는 이야기는 잘못 전해진 것이거나 후세 사람들이 펼친 공상의 산물로 여겨진다.

건축가 브랜든이나 '초록손' 가스, '영리한' 란, '신의 고뇌' 듀란과 같은 이름들은 마치 주문처럼 매력적이지만, 이들이 등장하는 전설에는 진실보다는 공상이 더 많이 담겨 있기 십상이다. 그러니 건초 더미 속에서 바늘을 찾는 일은 다른 기회에 하기로 하고, 여기서는 그런 이야기들이 존재한다는 점을 언급하는 선에서 그치도록 하겠다.

한편, 전설의 왕이나 칠왕국의 모태가 된 수백 개의 왕국과는 별개로 '별의 눈' 시메온, '거울 방패' 세르윈 등 셉톤과 음유시인의 단골 소재가 되어 온 다른 영웅들도 존재한다. 그렇다면 이들은 과연 실재했을까? 그랬을 수도 있다. 하지만 음유시인들이 세르윈을 킹스가드의 일원으로 언급하는 것을 보면 이러한 이야기들에 대한 신뢰도가 낮은 까닭을 알 만하다. 킹스가드라는 조직은 '정복왕' 아에곤의 치세에 와서야 생겨났기 때문이다. 아마 처음 이를 기록한 셉톤들이 전설의 세부 내용을 취하면서도 살을 덧붙였을 것이다. 게다가 음유시인들은 귀족의 환심을 살 요량으로 또다시 전설의 내용을 바꾸고 덧대었으리라. 때로는 원형을 알아볼 수 없을 정도까지도 말이다. 이런 식으로 옛날 옛적에 죽어 땅에 묻힌 퍼스트 멘이(적어도 그가 살았다는 것만큼은 사실로 치고) 칠신을 따르는 기사로 바뀌었다. 이와 같이 어리석은 이야기들로 인해 웨스테로스의 지난 역사에 무지해진 소년과 청년이 얼마나 많은지는 이루 헤아릴 수가 없으리라.

전설 속의 건국 시조를 거론할 때 꼭 기억해야 할 점이 있다. 우리가 왕국 초기의 몇몇 지배 권역만을—일반적으로 캐스털리 록이나 윈터펠과 같은 요충지에 집중되어 있었다—다루고 있을 뿐이라는 점 말이다. 그들은 후에 시간이 흐르면서 점점 더 많은 토지와 권력을 장악하게 되었다. 가령 예를 들어 '초록손' 가스는 한때 리치 왕국을 지배했다고 하지만, 이것이 사실이라손 치더라도 실제로 그의 힘이 미치는 영역이 왕궁에서 말을 타고 2주는 달려야 할 정도라도 되었을지는 의심스럽다. 하지만, 다가올 수천 년 동안 웨스테로스를 지배할 더 강력한 왕국들이 결국 이렇게 작은 영역에서부터 태어난 것이다.

긴 밤

평화 조약에 따라 자신들의 영역을 확립한 퍼스트 멘들에게는 내부 불화를 제외하고는 더 이상 큰 문제가 없었다. 하지만 역사는 우리에게 '긴 밤'이라 불리는 시기에 대해서도 말하고 있다. 긴 밤, 즉 겨울이 한 세대에 걸쳐 지속되었던 시기가 있었다. 아이들이 나고 자라서 어른이 되어 죽을 때까지 대다수가 평생토록 봄을 구경조차 하지 못했다는 그런 시기가. 그렇다. 속설에 따르면 당시 세상이 얼마나 완벽한 겨울이었는지 낮에도 햇빛이 없었다고 한다. 마지막 이야기는 공상에 불과하다 치더라도, 아무튼 수천 년 전에 대재앙이 일어났던 것만은 확실하다. 로마스 롱스트라이더의 〈인류가 빚은 불가사의*Wonders made by Man*〉에는 그가 '축제의 도시' 크로얀의 폐허에서 만난 로인인의 후손에게서 전해 들은 설화가 나온다. 어둠이 나타나 로인 강을 먼 남쪽 셀호루 강과 이어지는 지점까지 죄다 얼어붙게 했고, 결국 강이 점점 줄어들다가 사라졌다는 이야기다. 이 설화에 의하면 태양이 다시 돌아오려면 영웅이 나타나 어머니 로인의 여러 자손들-게의 왕이나 강의 노인-을 설득하여 분쟁을 멈추고, 낮을 돌려줄 비밀의 노래를 다 함께 불러야만 한다는 것이다.

아샤이인들에게도 어둠에 관련된 역사 기록이 존재하는데, 역시 영웅이 나타나 붉은 검을 들고 어둠에 맞섰노라고 기록되어 있다. 이 어둠과의 투쟁은 발리리아가 일어서기 전까지 계속되었다고 한다. 그렇다면 기스카르인들이 첫 번째 제국을 건설하던, 아주 오래전의 일이었다는 이야기가 된다. 이 전설은 아샤이인들을 통해 서쪽으로 퍼졌다. 그리하여 그 영웅의 이름이 '아조르 아하이'라 주장하며 그의 재림을 예언한 를로르를 따르는 무리가 함께 퍼져 나갔다.

콜로쿠오 보타르는 〈옥전서*Jade Compendium*〉에서 이 티로부터 전래된 기이한 전설을 소개했는데, 이에 따르면 태양이 아무도 그 진상을 알 수 없는 수치스러운 일로 인해 땅으로부터 얼굴을 숨겼다고 한다. 그러나 원숭이 꼬리를 가진 여인이 재난을 막아냈다는 내용이다.

한편, 전설에 의하면 그토록 지독한 겨울이 오면 견디기 힘들 만큼 끔찍한 궁핍에 처하게 된다고 한다. 북부인 사이에는 아주 혹독한 겨울이 오면 가장 늙고 병든 자들이 앞장서서 사냥에 나서는 관습이 있다. 두 번 다시 돌아올 수 없음을 알지만 그렇게 해서라도 살아남을 가능성이 있는 이들에게 양식을 남겨 주기 위해서다. 긴 밤의 시기에 이 관습이 시행되었음은 의심의 여지가 없다.

다른 설화도 존재한다. 신뢰하기는 어렵지만 고대 역사에서 중심적인 위치를 차지하는 아더, 즉 백귀라 불리는 생명체에 대한 이야기다. 아더는 영원한 겨울의 땅의 얼어붙은 토지에서 왔는데 추위와 어둠을 몰고 와 세상의 모든 빛과 온기를 끝장내려 하였다. 또 그들은 얼음 거미와 망자의 말을 몰았다고 한다. 죽은 말 역시 다시 일으켜 부렸고, 마찬가지로 망자의 시체 역시 깨워 일으켜 자신들을 대신해 싸우게 했다고 한다.

시타델은 오랫동안 계절의 길이와 변화를 예측하는 법을 알아내려 했지만, 번번이 좌절을 겪어야만 했다. 셉톤 바스는 그의 단편 논문에서 계절의 비일관성은 진리를 담은 지식보다 마법 기술과 관련된 문제라고 주장했다. 마에스터 니콜의 〈하루의 길이에 관하여*The Measure of the Days*〉 역시 이러한 견해에 영향을 받은 것으로 보인다-사실 그 문제만 아니었더라면 해당 저작은 유용한 내용이 담긴 훌륭한 결과물이 되었을 것이다. 마에스터 니콜은 항성의 움직임에 대한 본인의 연구에 근거해 한때는 이 세계의 계절의 길이가 규칙적이었을지도 모르며, 나아가 이는 지구가 하늘의 경로에서 태양과 마주 보는 방식에 따라 정해진다는 설득력 없는 주장을 펼쳤다. 그러한 주장의 이면에는 그럴싸한 이치가 있었다. 낮의 길이가 보다 규칙적이라면 계절의 길이 역시 규칙성을 띠게 되리라는 논리가 바로 그것이다. 그러나 그는 태곳적의 전설을 제외하고는 그러한 경우가 실재했다는 증거를 찾아내지 못했다.

좌측 | 퍼스트 멘의 성 유적

상단 | 전설로 전해지는 얼음 거미와 말에 올라탄 아더

먼 과거의 일들이 그렇듯이 긴 밤은 전설 속의 일처럼 끝을 맺는다. 북부의 마지막 영웅이 숲의 아이들의 도움을 구하고자 떠났다고 한다. 함께 떠난 동료들은 피에 굶주린 거인이나 차갑게 굳은 채 소환된 망자들, 그리고 이들을 부리는 아더를 직접 본 순간 영웅을 버리고 도망치거나 하나둘씩 죽임을 당했다. 결국 영웅만이 혼자 남아 아더의 방해에도 불구하고 마침내 숲의 아이들을 만났다. 모든 설화에서 전하듯 그 순간이야말로 전환점이 되었다. 숲의 아이들의 도움으로 나이츠 워치의 퍼스트 멘이 모두 뭉쳐 새벽의 전투에 임하여 승리했다. 이 전투야말로 끝없는 겨울을 멈추고 아더를 북쪽 얼음의 땅으로 몰아낸 최후의 전투였던 것이다. 6천 년이 지난 지금도(혹은 〈진실된 역사*True history*〉에 쓰인 바와 같이 8천 년이 지났을 수도 있다) 아직 장벽은 건재하다. 인류의 영역을 지키고자 세워진 이 벽은 맹세의 서약으로 결속된 나이츠 워치 형제들이 관리한다. 그렇지만 아더도, 숲의 아이들도 수백 년간 모습을 보이지 않았다.

대마에스터 포마스는 〈고대의 거짓들*lies of ancients*〉-발리리아의 기원에 대한 잘못된 주장이나 리치와 웨스테로스가 발리리아의 직계라는 주장 등으로 인해 근래에는 그다지 각광받지 못하고 있지만-에서 아더의 정체가 멀리 북쪽에 정착했던 퍼스트 멘의 한 갈래이며, 그들이 와일들링의 조상이리라고 추측한다. 이들 초기의 와일들링이 긴 밤으로 인해 남쪽 땅을 정복하려 몰려온 것이 아더의 대침공의 정체라는 것이다. 포마스의 견해에 따르면 이들은 그 후에 만들어진 설화를 통해 괴물처럼 변모되었는데, 이는 나이츠 워치와 스타크 가문의 욕망이 반영된 결과라고 한다. 나이츠 워치와 스타크 가문은 권력 다툼의 수혜자가 되기 위해 인류를 구원한 영웅적 존재로 비춰지기를 원했다는 것이다.

발리리아의 발흥

웨스테로스가 긴 밤에서 깨어날 무렵, 에소스에는 새로운 권력이 탄생하고 있었다. 협해에서 옥해로 뻗어나가 저 멀리 울토스까지 펼쳐진 이 광대한 대륙은 널리 알려진 바와 같이 여러 문명이 발전했던 것으로 보인다. 이들 문명과 관련하여 콰스에 전해지는 의심스러운 이야기나 여명의 위대한 제국에 대한 이 티의 전설, 옛이야기에 등장하는 아샤이의 설화 등이 얼마나 진실을 담고 있는지는 알 수 없다. 하지만 그중 첫 번째 문명은 노예제에 기반한 도시 올드 기스에서 시작되었다. 이 도시의 건립자는 '위대한' 그라즈단이라 전해지는데, 아직까지도 매우 존경을 받고 있는 까닭에 노예상인 가문에서는 여전히 그 이름을 많이 붙인다고 한다. 기스카르인의 가장 오래된 역사서에 따르면 밀집 군단을 창시한 것도 그였다고 한다. 강철같이 단련된 몸에 긴 방패와 세 자루의 창으로 무장한 이 군단은 역사상 처음으로 조직적인 훈련을 받고 규율을 갖춘 군대였다. 올드 기스는 계속해서 주변 땅을 식민지로 삼아 나갔고, 이어서 이웃 나라들을 압박해 예속시켰다. 그렇게 제국이 탄생하였고, 몇 세기 동안 세상을 지배했다.

한편 올드 기스 제국의 종말-그렇다 해도 올드 기스의 모든 유산이 사라진 것은 아니다-을 가져온 자들은 노예상의 만 건너편에 펼쳐진 광활한 반도에서 기원했다. 그 땅에 있던 '열네 개의 화염'이라 알려진 커다란 화산들 사이에서 살던 발리리아인이 바로 그들이다. 이들은 드래곤을 길들여 당시 세상이 본 적조차 없는 무시무시한 전쟁 무기로 만들었다. 발리리아의 설화에 따르면 그들은 본디부터 드래곤의 후손이다. 따라서 그들이 다루는 드래곤과도 친족 관계라고 전해진다.

발리리아인들은 빼어난 미모-다른 종족에서는 찾아볼 수 없는 옅은 은발이나 금발, 보랏빛이 도는 눈동자 등-로 잘 알려져 있다. 그리고 이는 종종 그들이 다른 민족과는 완전히 다른 혈통이라는 증거로 거론되기도 한다. 반면 일부 마에스터는 동물을 신중하게 교배시키면 가치 있는 결과를 얻을 수 있다며, 고립된 민족 역시 때때로 평범한 개체와 현저한 차이가 나는 변형을 일으키기도 한다고 지적한다. 이러한 주장은 사실 발리리아인의 혈통에 확연하게 보이는 드래곤과의 친연성을 설명하지 못한다. 그렇지만 최소한 발리리아인의 기원을 둘러싼 수수께끼에는 답이 될 수도 있으리라.

발리리아인들에게는 왕이 없었다. 대신 자신들의 나라를 왕국이 아닌 자유국이라 불렀다. 자신의 토지를 소유한 모든 시민이 발언권과 의결권을 가졌기 때문이다. 지도자 격인 집정관이 있었지만, 이는 자유국의 시민들이 그들 사이에서 선출하는 통치자로, 한시적인 직책이었다. 발리리아가 특정 자유국의 가문에 좌우되는 일은 선례가 전혀 없지는 않지만 극히 드물었다.

세계가 지금보다 어렸던 무렵에 올드 기스와 자유국 사이에 벌어진 다섯 차례의 대전은 전설 그 자체다. 모든 전쟁을 발리리아인의 승리로 이끈 것은 바로 커다란 화염이었다. 자유국은 다섯 번째를 마지막으로 더는 전쟁이 없을 것임을 천명했고, 그 옛날 위대한 그라즈단이 맨 처음 세웠던 올드 기스의 오래된 벽돌 성벽은 남김없이 완전하게 파괴되었다.

셉톤 바스는 그의 책 〈부자연스러운 역사*Unnatural History*〉에서 드래곤이 어디에서 왔으며 어떻게 발리리아인에게 길든 것인지를 다양한 전설을 분석해 연구한 바를 밝혔다. 우선 발리리아인들이 주장하는 전설에 따르면 드래곤은 열네 개의 화염의 자식들로, 화산에서 튀어나온 존재라고 한다. 콰스에서 전해지는 이야기는 전혀 다르다. 한때 하늘에는 제2의 달이 존재했으며, 어느 날 달이 태양에게 데이고는 마치 알처럼 표면에 금이 가다 깨졌는데, 그 속에서 수많은 드래곤이 쏟아져 나왔다는 이야기다. 아샤이의 전설은 너무나 그 수가 많고 혼란스러운데, 그중 몇몇 문서-전부 믿을 수 없을 정도로 고대의 기록이다-에 의하면 드래곤의 시초는 그림자로부터 시작되었으며, 우리의 지식으로는 알 수 없는 곳이라고 한다. 이에 따르면 너무나 오래전이라 이름조차 가지지 못했던 고대인들이 그림자에서 드래곤을 길들여 발리리아에 데려왔고, 발리리아인에게 드래곤을 길들이는 방법을 전수한 뒤 역사에서 사라졌다는 것이다.

그러나 정말로 그림자의 고대인들이 최초로 드래곤을 길들였다면, 그들은 왜 직접 발리리아인들처럼 정복에 나서지 않았던 것일까? 아무래도 발리리아인들의 설화가 가장 진실일 가능성이 높은 것으로 보인다. 한편 우리의 역사와 전설에 의하면 웨스테로스에는 타르가르옌 가문이 오기 전에도 드래곤이 살았던 적이 있다고 한다. 만약 드래곤이 열네 개의 화염에서 태어났다는 이야기가 사실이라면 미처 길들여지기 전에 세계 이곳저곳으로 퍼져 나갔던 것임이 틀림없다. 그에 대한 증거 또한 존재한다. 이브와 같이 먼 북쪽에서도, 심지어 소토리오스의 정글에서까지도 드래곤의 뼈가 발견되었기 때문이다. 하지만 드래곤에게 굴레를 씌우고 복종시킨 자들은 발리리아인들이었고, 이는 다른 어떤 민족도 달성하지 못한 위업이었다.

좌측 | 발리리아의 드래곤로드

한때 자랑스러운 제국이었던 올드 기스는 현재 미약하게나마 살아남았다. 상처 위에 얹힌 딱지처럼 노예상의 만에 붙어 있는 몇몇 도시와 그들 자신이 올드 기스의 재현인 양 행동하는 또 다른 도시 하나가 그것이다. 발리리아의 간접 통치를 받던 노예상의 만 주변 도시들은 발리리아 멸망 이후 마지막 족쇄에서 풀려나 진정한 독립이 가능해졌다. 그리고 얼마간 살아남아 있던 기스카르인들이 재빨리 옛날처럼 노예 무역을 재개했다. 다만 예전에는 정복을 통해 노예를 획득했다면, 이제는 노예를 사들인 다음 교배하는 방식으로 바뀌었다.

'피와 벽돌로 쌓아 올린 아스타포르, 그 피와 벽돌이 된 그곳 사람들'이라는 옛 노랫말은 아스타포르의 붉은 벽돌 성벽과 이 성벽을 쌓기 위해 태어나 일하고 죽어 갔던 수천 명의 노예가 흘린 피에 대해 잘 설명하고 있다. 아스타포르의 지배자들은 '좋은 주인'이라 자칭했고, 거세한 노예병을 창안한 것으로 유명하다. 이 노예병 '언설리드'는 어린 시절부터 고통을 느끼지 못하도록 육성되어 공포를 모르는 전사로 훈련받는다. 아스타포르인들은 이들이 마치 올드 기스에서 운용하던 밀집 군단의 재림인 것처럼 내세우지만 실은 전혀 그렇지 않다. 밀집 군단의 병사는 자유인이었던 반면 이들은 노예이기 때문이다.

'황색 도시' 윤카이는 긴 설명이 필요 없을 만큼 평판이 최악을 달리는 곳이다. 스스로를 '현명한 주인'이라 칭하는 이곳의 지배자들은 밤시중을 드는 노예와 소년 창부, 그 밖에 여러 끔찍한 것들을 판매하며 그들 자신 역시 부패에 빠져 있다.

노예상의 만에 접한 도시 가운데 가장 끔찍한 곳으로는 미린이라는 도시를 꼽을 수 있다. 이곳 역시 쇠락하는 중인데, 여기 사람들은 한때 고대 기스카르 제국의 최전성기를 떠받치던 사람들이었다. 여러 색의 벽돌로 쌓은 미린의 성벽에는 끝없는 고통이 새겨져 있다. 이는 미린의 '위대한 주인'들이 도락을 위해 피에 젖은 구덩이에서 싸우다 죽게끔 노예들을 훈련시켰기 때문이라고 한다.

세 도시 모두 도트락의 칼라사르와 전장에서 맞서지 않고 그냥 지나쳐 주기를 청하며 조공을 바쳤다고 한다. 그러나 사실 이들 기스카르인이 훈련시켜 파는 노예 대다수를 공급한 자들이 바로 도트락인이었다. 즉 도트락인들은 정복 전쟁에서 잡은 노예를 이들 미린, 윤카이, 아스타포르의 노예 시장에 내다 팔았던 것이다.

기스카르인의 도시 중 가장 활기를 띠는 곳은 뉴 기스인데, 가장 규모가 작고 가장 젊은 도시지만 기스카르 제국의 위대한 후손임을 자처하기로는 어느 곳에도 뒤지지 않는다. 이들은 자신들의 섬에 군단을 창설했다. 이 도시의 지배층들이 옛 제국의 군단을 흉내내어 '강철 군단'을 조직한 것이다. 이 병사들은 언설리드와는 달리 옛 제국 병사들처럼 자유인이다.

거대한 피라미드와 사원, 가옥이 전부 드래곤파이어에 휩싸여 사라졌다. 대지에는 소금과 석회, 그리고 뼛조각을 뿌렸다. 수많은 기스카르인이 전쟁터에서 죽거나 노예가 되어 정복자를 위해 노역을 하다 죽어갔다. 그렇게 기스카르인은 신생 발리리아 제국의 일부가 되는 수밖에 없었고, 점차 그라즈단 시절에 쓰던 언어를 잊었으며 대신 고위 발리리아어를 익혔다. 그렇게 하나의 제국이 저물고 또 다른 제국이 떠올랐다.

발리리아의 아이들

발리리아인이 기스카르인에게서 배운 것들 중 개탄스러운 일이 한 가지 있었으니, 바로 노예 제도였다. 가장 먼저 발리리아에 정복당한 기스카르인들이 스스로 나서 발리리아의 첫 노예가 되었다. 그런데 거기서 끝이 아니었다. '열네 개의 화염'의 활화산에는 광석이 풍부했고, 발리리아인들은 이에 혈안이 되어 있었다. 무기와 각종 기념물에 필요한 철과 구리, 훗날 전설적인 검으로 탄생될 발리리아 강철, 그리고 모든 것을 사들일 수 있는 금과 은에 열광했다.

얼마나 많은 사람들이 발리리아의 광산에서 시달리며 고통받았는지는 정확히 알 수 없지만, 우리가 이해할 수 있는 범주를 뛰어넘은 수였을 것이다. 발리리아가 성장함에 따라 광석의 수요도 증가했다. 따라서 광산에 노예를 계속해서 공급하기 위해 더욱 활발한 정복 전쟁이 벌어지게 되었다. 발리리아는 사방으로 확장해서 동쪽으로는 기스카르인의 도시 너머까지, 서쪽으로는 기스카르인의 발길조차 닿지 않은 에소스 해변 끝자락까지 뻗어나갔다.

이 신생 제국의 첫 확장은 웨스테로스와 미래의 칠왕국에 있어서도 가장 중요한 분기점이 된다. 발리리아가 더욱 많은 영토와 사람을 정복하려 했을 때 발리리아인 가운데 일부는 대세로부터 뒷걸음질하여 안전한 곳으로 달아났다. 그러한 발리리아인들이 에소스 해변에 도시를 세웠다. 오늘날 자유도시라 알려진 곳인데, 그 기원은 다양하다.

일단 쿼호르와 노르보스는 종교적인 문제로 인해 세워진 도시였다. 올드 볼란티스나 리스 같은 곳은 무역 기지로 시작하여 부유한 상인이나 귀족이 발리리아 자유국의 백성이 아니라 고객으로서 그 지역의 지배권을 사들여 세운 도시였다. 그러므로 발리리아에서 파견한 집정관의 관리를 받지 않고 자신들 가운데에서 지도자를 선출했다. 한편 펜토스와 로라스는 제3의 방식을 택했다는 주장도 존재한다. 어떤 역사서에 따르면 이들 도시는 발리리아인들이 오기 전부터 존재했으며 원래 지배층이었던 자들이 먼저 나서서 발리리아에 충성을 맹세하고 자치권을 얻어냈다는 것이다. 이러한 도시에서 발리리아 혈통의 유입은 자유국의 발리리아인이 이주해 오거나, 발리리아와 관계를 긴밀하게 다지기 위한 정략결혼을 통해 이루어졌다고 한다. 하지만 이런 주장을 담은 역사서 대부분은 게시오 하라티스의 저작 〈드래곤의 등장 이전의 시대*Before the Dragons*〉을 근거로 삼는다. 하지만 게시오는 펜토스 출신으로, 볼란티스가 멸망한 발리리아 제국을 재건하겠다며 위협적인 움직임을 보이던 시절 쓴 책이다. 결국 그 책을 저술할 당시의 '발리리아와는 기원이 다른 독립 펜토스'라는 개념은 매우 큰 정치적 의미를 담고 있던 셈이다.

발리리아 강철의 특성은 잘 알려져 있는 바, 그 신비한 힘은 불순물을 제거한 강철을 여러 차례 겹친 뒤 그 위에 신비로운 주문–아니면 적어도 우리는 알지 못하는 또 다른 비법–을 더한 결과 비로소 얻을 수 있다고 한다. 현재 그 비법은 유실되었지만, 그럼에도 쿼호르의 대장장이들은 발리리아 강철을 고유의 힘이나 타의 추종을 불허하는 날 부분을 손상시키지 않고 수리할 수 있는 마법을 알고 있다고 한다. 세상에 남은 발리리아 강철 검은 수천 자루 가량으로 짐작되는데, 칠왕국에 남아 있는 무기는 대마에스터 서굿의 〈발리리아 강철검 목록*Inventories*〉에 실린 227자루뿐이며, 그조차 일부는 소실되거나 역사 연감에서 기록이 사라진 상태이다.

그러나 자유도시 전체를 통틀어 가장 독특한 곳은 브라보스일 것이다. 왜냐하면 그곳은 자유국의 발리리아인도, 일반 시민도 아닌 노예들이 세운 도시이기 때문이다. 브라보스인들이 말하는 설화에 따르면 여름해와 옥해 주변에서 발리리아에 바치는 노예를 잡아올 목적으로 대규모 노예선 함대가 출항했는데, 역으로 노예 봉기의 희생양이 되었다고 한다. 발리리아인들은 항해를 나설 때 노잡이는 물론 선원까지도 전부 노예로 채웠다. 이러한 까닭에 봉기가 성공했음이 자명하다. 함대를 장악했지만 주변에 자유국을 피해 은신할 곳이 없음을 깨달은 노예들은 발리리아와 그 속국들로부터 멀리 떨어진 땅을 찾아가기로 했다. 그렇게 그들은 남몰래 자신들만의 도시를 세웠다. 전설에 따르면 당시 조고스 나이의 여사제이자 전사인 '달의 가수'들이 먼 북쪽 에소스 모퉁이의 버려진 땅으로 가야 한다고 예언했다고 한다. 그곳은 개펄과 소금물, 그리고 안개만 자욱한 땅이었다. 노예들은 거기에서 새로운 도시의 첫 주춧돌을 놓았다.

브라보스는 그 후 몇백 년 동안 외진 늪지에만 머물며 세상으로부터 숨어 살았다. 그리고 모습을 드러낸 다음에도 계속해서 비밀의 도시로 남았다. 브라보스인들은 한 나라의 백성이면서도 출신이 제각각이었다. 여러 민족, 다양한 언어, 그리고 수없이 많은 신과 종교가 그들 사이에 혼재했다. 공통점이 있다면 당시 에소스의 공통 무역어였던 발리리아어를 할 수 있다는 것, 그리고 한때 노예였지만 이제는 모두 자유의 몸이라는 사실뿐이었다. 물론 이들을 인도한 달의 가수들도 존경을 받았다. 가장 지혜로운 해방 노예들이 한자리에 모여서 결정한 바, 브라보스인이 단합하기 위해서라도 그들 한 사람 한 사람이 믿는 모든 신이 공평해야 한다고 정했다.

좌측 | 올드 기스의 함락

하나의 특정한 신격이 또 다른 신격에 비해 높을 수 없으며, 평등하게 받아들여져야 한다고 말이다.

간단히 말해, 발리리아에 정복된 민족의 숫자나 이름은 오늘날 우리가 알아낼 길이 없다. 발리리아인이 쓴 정복 관련 기록이 발리리아가 멸망할 당시 대부분 유실된 까닭이다. 간혹 발리리아의 지배를 견디고 살아남은 소수민족이 자신들의 역사를 남긴 기록이 일부 남아 있을 뿐이다.

그 소수, 예컨대 로인인은 수백 년, 혹은 천 년 동안이나 발리리아의 밀물 속에서도 살아남았다. 로인 강을 따라 여러 위대한 도시들을 세웠던 그들은 강철 주조법을 가장 먼저 익힌 민족이라고 한다. 또 훗날 사르노르 왕국이라 불리게 되는 도시 연합도 발리리아의 팽창주의에서 살아남았다. 서로 분리된 채 살아가야 하는 대평원 지역의 특성 덕분이었다. 그 지역은 원주민이자 유목민인 도트락인에게만 의미가 있는 땅이었다. 한편 이러한 특성은 동시에 발리리아가 멸망한 뒤 사르노르 왕국도 몰락하는 원인이 되기도 했다.

그리고 노예가 아니라 하더라도 발리리아의 힘을 견디지 못한 민족들 역시 달아났다. 하지만 대다수가 도주에 실패했고 잊혀졌다. 그러나 자신들의 신앙에 힘입어 굴하지 않는 용맹한 태세로 발리리아로부터 탈출에 성공한 큰 키에 밝은 색 머리카락을 지닌 민족이 있었다. 그들이 바로 안달족이다.

발리리아의 역사서로 말하자면 현재 알려진 바와 같이 몇 세기에 걸쳐 많은 책이 편찬되었다. 그들의 정복 활동과 식민지 개척, 드래곤로드들 사이의 불화와 그들의 신앙에 이르기까지 상세한 저서들이 도서관을 꽉 채우고도 남을 정도로 많다. 그중 갈렌드로의 〈발리리아의 불*The Fires of the Freehold*〉이 가장 정확한 역사서로 꼽히지만, 그중 27권의 두루마리는 유실되어 시타델에조차 남아 있지 않다.

안달족의 도래

안달족의 기원은 도끼 반도, 즉 현재의 펜토스 동북쪽에서 찾을 수 있다. 하지만 사실 그들은 수 세기 동안이나 한곳에 머물지 않고 이곳저곳으로 이동했던 유랑 민족이었다. 그러던 그들이 도끼 반도의 중심부-사방에 점점이 흩어진 바다로 둘러싸인 커다란 돌출부-에서부터 남쪽과 서쪽으로 이동하면서 안달로스라는 영토를 개척했다. 안달족은 훗날 협해를 건너기 전까지 한동안 이 땅을 지배했다.

안달로스는 도끼 반도에서부터 현재의 브라보스 해안 지역까지, 남쪽으로는 안달 평원과 벨벳 힐즈 지역까지 뻗어 나갔다. 안달족은 이들 지역에 철제 무기와 갑옷으로 무장하고 진출했기에 현지의 원주민 부족들로서는 당해낼 수가 없었다. 원주민 중 한 부족은 털이 많은 인종이었다고 한다. 비록 그들의 이름은 잊혀졌지만 그래도 몇몇 펜토스 역사서에는 아직 남아 있다(펜토스인들은 이들이 이브의 이벤인과 가깝다고 믿는다. 시타델의 역사가들 역시 이러한 견해에 동의하지만, 일부는 이들이 이브에 정착했다고 주장하는 한편, 어떤 이들은 애초에 그들이 이브에서 왔노라며 상반된 주장을 펼치고 있다).

일부 역사가는 안달족이 철을 주조했다는 사실을 두고 칠신이 그들을 인도했다는 증거로 여긴다. 안달족이 믿는 신인 칠신 가운데 장인의 신격이 직접 그들에게 철 주조법을 가르쳤고, 그들의 경전 역시 마찬가지 방법으로 전해졌다는 것이다.

하지만 당시 이미 로인이라는 선진 문명이 존재했고, 철에 대한 지식 역시 그들이 앞서고 있었다. 그러니 최초의 안달족이 로인인과 접촉했을 것임은 지도만 보아도 알 수 있다. 안달족의 이동 경로는 다크워시 강과 노인 강에 접해 있었는데, 노르보스의 역사가인 도로 골라티스의 말에 의하면 이곳에 로인인이 안달로스 지역의 거점으로 삼았던 마을의 유적이 남아 있다고 한다. 게다가 로인인이 다른 민족에게 철 주조술을 가르친 사례는 이것이 최초가 아니다. 비록 나중에 가서는 로인인을 능가했지만 발리리아인 또한 로인인으로부터 제철 기술을 배웠던 것이다.

안달족은 수천 년 동안 안달로스 지역에 거주하며 수를 늘렸다. 가장 오래된 칠신교의 경전인 〈칠각성*The Seven-Pointed Star*〉에 나오는 바에 의하면 칠신은 안달로스 언덕 지역에 살던 자신의 신도들에게 먼저 다가가 언덕의 휴고르를 왕으로 세웠다고 한다. 또한 칠신은 그와 그의 자손들이 낯선 땅에 위대한 왕국을 세우리라는 약속을 했다고 한다. 그리고 이것이 바로 셉톤과 셉타들이 말하는 안달족이 에소스를 떠나 웨스테로스로 온 이유이다. 하지만 시타델이 몇 세기에 걸쳐 밝혀낸 역사는 보다 그럴듯한 이유를 제시한다.

좌측 | 발리리아에 흐르는 '열네 개의 화염'의 용암

펜토스에 전해져 내려오는 옛 전설에 따르면 벨벳 힐즈에서 자유도시로 여행하는 사람들을 홀려 죽음에 이르게 만들던 백조 처녀들을 안달족이 처치했다는 이야기가 나온다. 당시 안달족의 지도자는 펜토스의 음유시인들이 후코라 부르던 영웅이었는데, 그가 일곱 명의 백조 처녀를 죽인 이유는 그녀들로 하여금 죗값을 치르게 하기 위해서가 아니라 신에게 바칠 제물이 필요했기 때문이라고 한다. 일부 마에스터들은 이 후코가 휴고르의 이름 중 하나라고 기록하기도 했다. 하지만 동쪽에서 전해지는 고대 전설은 칠왕국의 전설만큼이나 신뢰해선 안 될 것이다. 에소스에는 너무나 많은 민족이 오갔고, 너무나 많은 전설과 설화가 뒤섞였기 때문이다.

안달족은 몇 세기 동안 안달로스 언덕에서 번성하며 살아가고 있었다. 하지만 올드 기스의 몰락이 발리리아 자유국의 영토 확장과 노예 확보를 위한 진출의 거대한 물결로 이어지면서 이곳에도 정복과 식민지 개척의 거대한 물결이 밀어닥쳤다. 처음엔 로인 강과 로인인들이 안달족을 지켜주는 완충 역할을 했다. 발리리아인들은 거대한 로인 강에 도착한 뒤에야 그 강을 단숨에 건너기는 어렵다는 사실을 깨달았다. 드래곤로드야 강을 건너는 일 정도는 문제가 아니었지만, 보병과 기마병은 로인인의 저항에 직면해 고전했다고도 한다. 그도 그럴 것이 당시 로인인은 전성기의 기스카르 제국만큼이나 강력했던 것이다. 발리리아와 로인 사이에는 수년간 휴전이 이루어졌다. 그렇지만 이 조치는 안달족을 그다지 지켜주지 못했다.

발리리아인은 로인 강 하구에 첫 식민지를 건설했다. 자유국의 시민 가운데에서도 가장 부유한 자들이 볼란티스를 세웠다. 이로써 로인에 넘쳐나는 부를 긁어모으는 동시에 이곳을 통해 대규모의 정복군이 강을 건너도록 꾀했다. 처음엔 안달족도 맞서 싸웠을 것이다. 또한 이를 로인인이 도왔을 수도 있다. 그러나 이미 대세를 거스를 수는 없었다. 그러니 안달족으로서는 발리리아의 정복에 필연적으로 따라오는 노예의 운명을 받아들이느니 차라리 달아나기를 택했을 가능성이 높다. 그들은 도끼 반도-그들이 태어나 싹텄던 땅-까지 후퇴했고, 거기서조차 스스로를 지킬 수 없게 되자 더욱 더 멀리 북쪽, 서쪽으로 물러서다 결국 바다에 이르렀다. 일부는 포기하고 운명을 받아들였을 것이고, 끝까지 굴복하지 않은 자들도 더러 있었을 것이다. 하지만 그보다 많은 사람들이 배를 만들어 대규모로 항해를 시도했고, 대규모의 인원이 협해를 건너 퍼스트 멘이 사는 땅, 지금의 웨스테로스에 도착했다.

발리리아인들은 안달족의 칠신이 자신의 권속들에게 한 약속이 에소스에서 이루어지도록 허락치 않았다. 하지만 웨스테로스로 건너간 안달족은 발리리아로부터 자유로운 존재였다. 전쟁과 항해로 인해 한층 더 열성적인 신도가 된 안달족 전사들은 자신의 몸에 칠각성을 새기고 그 피로 칠신에게 맹세를 바쳤다. 이곳 석양의 땅에서 자신들의 왕국을 건설할 때까지 쉬지 않고 매진하겠노라고. 그리고 그들의 성공이 웨스테로스에 새로운 이름을 가져다주었다. 오늘날 도트락인이 웨스테로스에 붙인 이름인 '라에시 안달리', 즉 안달의 땅이라는 이름 말이다.

셉톤과 음유시인, 그리고 마에스터 모두가 동의하는 바

상단 | 멀리 달의 산맥을 배경으로 서 있는 베일의 안달족 모험가

이들 안달족이 처음 도착한 곳은 베일에 있는 핑거스 지역이라 한다. 지금도 핑거스에는 바위며 돌에 새겨진 칠각성 문양이 흩어져 있으며, 이 관습은 이후 안달족의 웨스테로스 정복이 진전되며 결국 사라지게 된다.

안달족의 웨스테로스 정복은 베일 지역을 불과 검으로 휩쓸면서 시작되었다. 그들이 가진 철제 무기와 갑옷은 아직 청동기에 머물고 있던 퍼스트 멘의 무장을 압도했다. 그리하여 많은 퍼스트 멘이 이 전쟁에서 죽었다. 필시 수십 년에 걸친 커다란 전쟁-혹은 그 기간 동안에 벌어졌을 여러 차례의 전쟁-이었으리라. 결국 퍼스트 멘의 일부가 굴복했다. 앞서 언급했던 베일에는 지금도 자신들이 퍼스트 멘의 후손이라고 자랑스레 주장하는 가문이 남아 있는데, 바로 레드포트 가문과 로이스 가문이다.

음유시인들은 안달족의 영웅이었던 아르티스 아린 경이 독수리를 타고 와 거인의 창에서 '그리핀 왕'을 베어 아린 왕조를 세웠다고 노래한다. 하지만 이는 역사에 영웅들의 시대의 전설이 뒤섞여 틀어진 어리석은 설화일 뿐이다. 진실은 아린의 왕들이 로이스 가문의 대왕들을 물리치고 그 자리에 올랐다는 것이다.

베일을 손에 넣은 안달족은 웨스테로스의 다른 지역으로 눈길을 돌렸고, 베일과 리버랜드를 잇는 피의 관문으로 향했다. 뒤이어 여러 차례 전쟁을 치르면서 안달족 모험가들은 퍼스트 멘의 옛 영토 위에 저마다 작은 왕국을 세웠지만, 그들은 퍼스트 멘과 옥신각신했던 것만큼이나 서로 싸우곤 했다.

트라이던트 강 지역을 둘러싼 전쟁에서는 일곱 명의 안달족 왕이 힘을 모아 강과 언덕의 진정한 마지막 왕 트리스티퍼와 대결했다. 그가 바로 퍼스트 멘의 후예인 트리스티퍼 4세인데, 음유시인들의 노래에 의하면 아흔아홉 번 승리를 거두었지만 백 번째 전투에서 마침내 패배하고 말았다 한다. 왕위 계승자인 트리스티퍼 5세는 부친의 위업을 지키는 데에 실패했고, 그렇게 그 왕국 역시 안달족의 손에 떨어졌다.

전설에 따르면 같은 시대에 '친족 살해자' 에렉으로 기억되는 안달족 한 명이 하이 하츠의 커다란 언덕을 건너왔다. 당시 퍼스트 멘의 왕들이 수호하고 있던 그 지역의 꼭대기에는 강력한 위어우드들이 존재하여 숲의 아이들의 보살핌을 받고 있었다(대마에스터 로렌트의 〈트라이던트의 사적지*Old Places of the Trident*〉에는 총 31그루였다고 기록되어 있다). 에렉의 전사들이 그 나무를 베려 하자 퍼스트 멘과 숲의 아이들이 함께 뭉쳐 맞서 싸웠으나 안달족은 너무도 강했다. 숲의 아이들과 퍼스트 멘은 신성한 숲을 지키고자 최선을 다한 끝에 결국 모두 죽고 말았다. 이야기꾼들은 지금도 그 언덕에는 밤에 숲의 아이들의 유령이 나온다고 하며, 오늘날까지도 리버랜드 사람들은 그곳을 피한다.

남아 있던 숲의 아이들에게 안달족은 과거 퍼스트 멘만큼이나 혹독한 적이었다. 안달족의 눈에 숲의 아이들은 낯선 신을 믿으며 낯선 관습을 지닌 존재로 비쳤다. 그리하여 그들은 예전 퍼스트 멘과의 평화 조약으로 얻어낸 깊은 숲속에서마저 쫓겨나고 말았다. 세월이 지나면서 더 약화되고 배타적으로 변해 버린 그들은 한때 퍼스트 멘보다 뛰어났던 장점마저 잃은 상태였다. 그리하여 안달족은 퍼스트 멘이 해내지 못했던 과업, 즉 숲의 아이들을 완전히 뿌리뽑는 일을 명령 한마디로 간단하게 해치워 버렸다. 소수의 아이들이 넥 지역으로 도망가 늪지와 호수 위에서 안전을 꾀했을 수도 있지만, 그 흔적은 남아 있지 않다. 일부 기록에서 보이듯 숲의 아이들 일부가 '얼굴의 섬'에서 녹색인의 보호 아래 살아남았을 가능성도 있다. 안달족조차도 녹색인만은 쳐부수지 못했으니 말이다. 하지만 이 역시 확실한 증거는 발견되지 않았다. 결국 남아 있던 소수의 숲의 아이들은 모습을 감추었거나 혹은 죽음을 맞이했을 것이다.

달의 산맥에 살고 있는 산악 부족들은 안달족에게 굴복하기를 거부하고 산 속으로 물러난 퍼스트 멘의 후손임이 확실하다. 뿐만 아니라 그들의 관습은 장벽 너머에 사는 와일들링과 여러 면에서 유사점을 보인다. 예컨대 약탈혼, 자치권에 대한 집착 등이 그러하다. 그렇기에 와일들링 역시 퍼스트 멘의 후예임이 명백하다.

상단 | '친족 살해자' 에렉에게 살육당하는 숲의 아이들

퍼스트 멘이 침략자 안달족과의 전쟁에서 연이어 패배하자 그들의 왕국은 차츰 사라졌다. 크고 작은 전투와 전쟁이 끝도 없이 이어진 끝에 결국 남부의 모든 왕국이 멸망했다. 일부는 베일인처럼 안달족에게 굴복했으며, 그들의 칠신교 신앙을 받아들이기도 했다. 안달족은 지배권을 공고화하는 수단으로써 패배한 왕의 아내와 딸들을 자신의 아내로 취하곤 했다. 그럼에도 불구하고 퍼스트 멘은 안달족보다 수적으로 훨씬 우세했다. 따라서 강제로 그들 전부를 굴복시킬 수는 없었다. 남부에 자리한 다수의 성이 여전히 성의 중심부에 성스러운 숲을 유지하고 그 안에 얼굴을 새긴 위어우드를 보존할 수 있었던 것도 초기의 안달족 왕들이 정복에서 합병으로 방향을 틀고, 종교적 차이로 인한 갈등을 피한 덕분이라고 전해지고 있다.

심지어 강철인-이들 험악한 전사의 무리는 자신들의 섬이 안전하리라 생각했음이 틀림없다-조차도 결국 안달족이 몰고 온 정복의 물결에 휩쓸려 버렸다. 비록 안달족이 강철군도에 시선을 돌리기까지는 천 년이란 시간이 걸렸지만 일단 한번 시선이 향한 뒤에는 새로운 정복욕으로 불타올랐던 것이다. 안달족은 강철 군도를 휩쓸고 도끼와 검으로 천 년간 그곳을 통치해 왔던 '붉은 손' 우론의 그레이아이언 왕조를 절멸시켰다.

해레그의 글에 따르면 강철 군도에 새로이 발을 디딘 안달족 왕은 군도에 칠신교를 강요하려 했다고 한다. 그러나 강철인은 이를 받아들이지 않았다. 대신 자신들이 믿는 '익사한 신'과 칠신의 공존을 용납했다. 안달족은 웨스테로스 본토에서와 마찬가지로 이곳에서도 강철인의 아내와 딸과 결혼해 자식을 두었지만, 본토에서와 달리 칠신교는 결코 이곳에 뿌리내리지 못했다. 심지어 안달족 혈통의 가문 내에서조차 굳게 자리잡지 못했다. 결국 시간이 흐르면서 소수의 가문만이 칠신을 기억했고, '익사한 신'이 군도를 지배하는 유일신으로 남았다.

그러한 가운데 오직 단 한 곳, 북부만이 안달족의 침입을 저지할 수 있었다. 결코 통과할 수 없는 넥의 늪지대와 모트 카일린의 고대 성채 덕분이었다. 넥에서 쳐부순 안달족 병사의 수는 헤아릴 수 없을 정도였다. 덕분에 겨울의 왕들은 몇 세기 동안 독립적인 지배권을 행사할 수 있었다.

일만 척의 배

웨스테로스를 향한 마지막 대규모 이주는 퍼스트 멘과 안달족이 오고도 한참이 지난 후에야 이루어졌다. 기스카르인과의 기나긴 전쟁을 끝낸 발리리아의 드래곤로드는 시선을 이제 서쪽으로 향했다. 당시 서쪽에서도 발리리아의 힘이 팽창함에 따라 자유국과 식민지가 로인인과 갈등을 빚고 있었다.

세계에서 가장 커다란 강인 로인 강은 여러 갈래로 갈라져 서부 에소스 지역 대부분을 가로지르며 뻗어 있었다. 그리고 이 강둑을 따라 이야기에 등장하는 올드 기스 제국과 같은 고대 문명이 발생했다. 로인인은 강이 베푸는 풍요와 함께 부를 축적했다. 과연 그들이 강을 가리켜 '어머니 로인'이라 부를 만했다.

어부, 무역상, 교사, 학자, 그리고 나무와 돌이며 금속을 다루는 노동자들이 강 상류에서부터 하구에 이르기까지 강줄기를 따라 저마다 우아한 마을과 도시를 세웠다. 한 마을을 새로 마주할 때마다 그간 지나온 곳보다 매번 더 훌륭해 보일 정도로 모두 근사했다. 벨벳 힐즈에는 숲과 폭포가 있는 '고얀 드로헤'라는 도시가 있었다. 노래가 넘치는 분수의 도시 '니 사르'도 있었고, 코인 강 유역의 녹색의 대리석 홀이 있는 '아르 노이', 꽃의 도시인 '사르 멜', 운하와 소금 정원이 있는 바다로 둘러싸인 도시 '사르 호이', 그리고 로인의 도시 중 가장 컸던 크로얀은 장대한 사랑의 궁전이 위치한 축제의 도시로 알려져 있다.

로인의 도시에는 예술과 음악이 꽃을 피웠으며 그들 고유의 마법도 존재했다고 한다. 피와 불로 엮는 발리리아인의 소환 마법과 달리 물과 관련된 마법이었다. 모든 로인의 도

시는 같은 혈통과 문화, 그리고 이 모두를 낳은 로인 강을 통해 결속되어 있었지만 한편으로는 매우 독립적이었고 도시마다 그 도시를 다스리는 대공, 혹은 여대공이 있었다. 이들 로인인은 남성과 여성을 동등하게 대우했기 때문이다. 로인인은 평화를 사랑하는 사람들이었지만 이후 안달족 정복자들이 사무치도록 깨우쳤다시피 일단 분노에 휩싸이면 가공할 만한 모습을 드러냈다. 은빛으로 반짝이는 미늘갑옷에 물고기 모양의 투구, 긴 창과 거북이 등껍질로 만든 방패로 무장한 로인인 전사는 전장에서 마주하는 모든 이들에게 경탄과 공포를 자아냈다. 전해지기로는 로인 강 자체, 즉 어머니 로인이 직접 로인인들에게 다가오는 위협을 귀띔하는 데다가 로인 지역의 대공들 역시 신비롭고도 불가사의한 힘을 가졌다고 한다. 또 로인에서는 여성도 남성만큼이나 맹렬하게 전투에 임했고, 어떠한 적이 몰려와도 그 앞에 솟아올라 적을 익사시키는 물의 장벽이 로인의 모든 도시를 보호했다고 한다.

로인인들은 수백 년에 걸쳐 평화롭게 살아 왔다. 사실 어머니 로인 주변의 언덕이나 숲 지역에는 사나운 이들도 많이 살았지만, 그들 중 누구도 이 강의 민족을 위협할 정도로 어리석지 않았다. 게다가 로인인은 영토 확장에 관심이 없었다. 로인 강은 그들의 집이자 어머니이며 신이었다. 따라서 그 영원한 강의 노래가 들리지 않는 곳에 살기를 원하는 자는 거의 없었다.

올드 기스 제국이 몰락한 지 수백 년이 지나자 발리리아 자유국 출신의 모험가, 유배자, 무역상은 '긴 여름의 땅' 너머까지 무대를 넓혀 나가기 시작했다. 로인의 대공들은 처음에는 이 이방인들을 포용했으며, 사제들 또한 환영 의사를 드러내며 로인 강의 풍요로움을 그들과 함께 나누겠노라고 선언했다.

그렇게 세워진 발리리아의 거점은 점차 마을에서 도시로 성장했고, 로인인 중 일부는 이전 세대가 보여주었던 관용 정책을 후회하게 되었다. 두 민족 사이의 친목은 적대로 변했고, 특히 로인 강 하구와 여름해의 해안가 지역에서 도드라졌다. 우선 하구 지역에는 강을 사이에 두고 유서깊은 도시 사르 멜과 발리리아의 볼론 테리스가 마주보고 있었다. 또 여름해의 해안가에서는 자유도시 볼란티스가 유명한 항구 도시인 사르 호이의 경쟁 상대가 되어 각자 강 하구 네 곳 가운데 하나씩을 다스렸다.

이들 경쟁 도시 사이의 분쟁이 계속되면서 서로에게 더욱 적대감을 드러낸 결과, 짧지만 피비린내 나는 전쟁을 낳기에 이르렀다. 제일 먼저 전쟁의 불씨가 피어오른 도시는 사르 멜과 볼론 테리스였다. 전설에 따르면 발리리아인이 거대한 거북이 하나를 그물로 잡은 뒤 도살했는데, 그 거북이는 로인인이 강의 노인이라 부르며 어머니 로인의 배우자로서 신성시하는 생명체였다고 한다. 결국 그 사건 때문에 두 도시 사이에 격전이 벌어졌다. 이렇게 터진 제1차 거북 전쟁은 한 달도 지나지 않아 끝났다. 사르 멜은 처음엔 기습을 당해 불타올랐지만, 곧 로인의 물 마법사가 강의 힘을 불러내어 볼론 테리스에 홍수를 일으킨 덕에 승리를 거두었다. 설화가 전하는 바대로라면 그 홍수로 볼론 테리스의 절반이 떠내려갔다고 한다.

하지만 곧 다른 전쟁이 잇따랐다. 세 대공의 전쟁, 제2차 거북 전쟁, 어부들의 전쟁, 소금 전쟁, 제3차 거북 전쟁, 단검 호수의 전쟁, 향신료 전쟁을 비롯하여 여기에 다 적기 어려울 정도로 수많은 전쟁이 있었다. 도시와 마을이 불타고, 물에 잠겼다가 재건되었다. 수천 명이 죽거나 노예가 되었다. 이들 분쟁에서 발리리아인이 로인인보다 많은 승리를 거두었다. 독립성을 자부하는 로인의 대공들이 저마다 홀로 분투한 반면, 발리리아 식민지들은 서로 도울 뿐만 아니라 위기에 처하면 본국의 힘까지 요청했기 때문이다. 250년간 거의 쉬지 않고 벌어진 이 분쟁을 묘사한 글로는 벨데카르가 남긴 〈로인인의 역사*History of the Rhoynish*〉에 필적할 만한 기록이 없다.

분쟁은 약 1천 년 전의 제2차 향신료 전쟁에서 최고조에 이르렀다. 세 명의 발리리아 드래곤로드가 볼란티스에 살고 있던 친족과 사촌들에게 합세하여 여름해에 있던 위대한 로인의 항구 도시 사르 호이를 제압한 뒤 약탈하고 파괴했다. 사르 호이의 전사들은 무자비하게 살해당했고, 그 자식들은 노예로 잡혀갔다. 그들의 자랑스러운 분홍빛 도시는 화재로 잿더미가 되었다. 볼란티스인들은 연기가 피어오르는 사르 호이의 폐허 위에 소금을 뿌려 그 아름답던 도시가 영영 재건할 수 없도록 만들었다.

로인의 가장 아름답고 부유한 도시 가운데 한 곳이 완벽하게 파괴되고 그 시민들이 노예가 되었다는 소식은 남아 있던 로인의 다른 대공들을 충격과 불안에 빠트렸다. 그중 가장 강대했던 크로얀의 가린은 "우리 모두가 힘을 합쳐 이 위협을 끝내지 않으면 전부 노예 신세를 면치 못하리라."라고 선언하고 나섰다. 전사였던 가린 대공은 모든 발리리아인의 도시를 로인 강 유역에서 쓸어내겠다며 자신과 함께 대연합에 참여할 다른 대공들을 불러 모았다.

오직 니 사르의 니메리아 여대공만이 가린의 주장을 반박하며 "이 전쟁은 승리할 가망이 없다."고 경고했다. 하지만 다른 대공들은 목소리를 높여 그녀를 저지하고 가린에게 검의 맹세를 바쳤다. 심지어 니메리아의 전사들조차도 적과 싸우기를 원했기에 결국 그녀 역시 대연합에 참가할 수밖에 없었다.

이렇게 가린 대공의 지휘 아래 에소스 사상 가장 큰 규모의 군대가 크로얀에 모였다. 벨데카르의 저술에 의하면 25만의 대군이었다 한다. 로인 강의 상류로부터 여러 하구에 이르기까지 싸울 수 있는 나이의 사내들이 저마다 검과 방패를 들고 위대한 군역에 합류하기 위해 축제의 도시로 몰려들었다. 가린 대공은 "로인군이 어머니 로인 곁에 있는 한 발리리아의 드래곤을 두려워할 필요가 없다. 왜냐하면 로인의 물 마법사들이 그들을 자유국의 불길로부터 수호할 것이기 때

전면 페이지 | 발리리아 자유국의 힘에 맞닥뜨린 로인인들

우측 | 산처럼 쌓인 로인인의 시신

문이다."라고 선언했다.

가린 대공은 거대한 군대를 셋으로 나누었다. 하나는 로인 강 동쪽 둑을 따라 진군하게 하였고, 또 하나는 서쪽 둑을 따라가도록 했다. 그리고 양 둑 사이의 강물 위로는 거대한 갤리선 함대가 진군하며 적함을 깨끗이 쓸며 내려가도록 하였다. 또한 크로얀에 도착한 뒤에는 세 군대가 다시 집결하여 가린의 지휘 아래 강을 따라 움직이며 부근의 모든 촌락과 마을, 무역 거점을 파괴하여 적들을 물리쳤다.

첫 전투가 벌어진 셀호리스에서는 3만 명의 발리리아군을 압도하며 기습 공격으로 도시를 빼앗고 승리했다. 발리사르 역시 같은 운명을 맞이했다. 그리고 드디어 볼론 테리스에서 가린의 군대는 10만 대군과 100마리의 코끼리, 그리고 3명의 드래곤로드와 대면하였다. 이때도 역시 가린이 승리를 거두었으나, 큰 대가를 치러야 했다. 수천 명이 불타 죽었고, 수천 명이 얕은 강에 몸을 숨긴 사이 아군의 마법사들이 드래곤에 맞서 거대한 물기둥을 뿜어냈다. 로인의 궁수들은 두 마리의 드래곤을 격추시켰으나 한 마리는 상처만 입은 채 도망쳤다. 그 여파로 어머니 로인이 분노를 일으켜 볼론 테리스를 삼켜 버렸다. 이때부터 사람들은 승리자인 가린 대공에게 대왕이라는 칭호를 붙이기 시작했으며 볼란티스에서도 가린의 군대가 전진하기 시작하면 볼란티스의 대군주들이 공포에 떤다는 이야기가 나왔다. 결국 볼란티스인들은 전장에서 가린과 마주치기를 피하고 검은 장벽 뒤로 후퇴한 뒤 자유국에 도움을 청하는 쪽을 택했다.

그리고 드래곤들이 도착했다. 볼론 테리스에서처럼 세 마리가 아니었다. 전해지는 이야기를 믿자면 3백 마리, 혹은 그보다 더 많은 수였다고 한다. 제아무리 로인 강이라 해도 그러한 불길을 감당할 방법은 없었다. 10만 명이 드래곤파이어에 타들어가는 가운데 남은 이들은 강으로 향했다. 그렇게 어머니 로인의 품안에서 드래곤의 불길을 피할 수 있기를 바랐지만, 속절없이 익사했다. 일부 연대기에는 불길이 너무 거센 나머지 강물이 끓어올라 뜨거운 증기가 되어 버렸다는 주장도 존재한다. 가린 대왕은 산 채로 사로잡혀 자신의 백성들이 저항의 대가로 고통받는 장면을 지켜봐야만 했다. 그의 전사들은 무자비한 최후를 맞이했다. 그들은 볼란티스인과 발리리아인의 칼에 참형을 당했고, 그 수가 어찌나 많았던지 그때 흘린 피로 커다란 항구였던 볼란티스 전체가 눈이 멀 정도로 붉게 변해 버렸다는 이야기가 전해진다. 그리고 승자들은 전열을 정비한 뒤 강을 거슬러 북으로 이동했다. 먼저 사르 멜을 무참히 약탈했고, 가린 왕의 도시였던 크로얀으로 전진했다. 가린 대공은 드래곤로드의 명령으로 황금 우리에 갇힌 채 고향인 축제의 도시로 보내져 그곳이 파괴되는 장면을 목도해야만 했다.

황금 우리는 크로얀에 도착한 후 성벽에 걸렸다. 대공은 노예로 끌려가는 여자들과 아이들을 목격했다. 그들의 아버지와 형제들 역시 가린이 이끌던 희망 없는 전쟁에서 죽어갔을 터였다. 하지만 이를 목격한 대공은 오히려 정복자들을 향해 어머니 로인이 후손의 복수를 할 것이라며 저주를 내렸다고 전해진다. 그리고 그날 밤 로인 강은 계절에 걸맞지 않은, 그것도 전례가 없이 규모가 큰 범람을 일으켰다. 독기로 가득찬 짙은 안개가 내려앉았고, 발리리아 정복자들은 회색비늘병에 걸려 쓰러져 갔다(아무리 설화라 해도 최소한 이 부분만큼은 사실이다. 근세기에 로마스 롱스트라이더가 물속에 잠긴 크로얀의 유적에 대한 논문을 썼다. 여기서 그는 썩은 물과 안개, 그리고 이곳을 지나다 회색비늘병에 걸린 여행자가 지금도 나타나곤 한다는 등의 사실을 기록했다. '꿈의 다리'의 끊어진 기둥 아래로 강을 여행하는 이들이 이런 재난을 겪곤 한다).

가린의 참패, 크로얀과 사르 멜의 시민이 노예가 되었다는 소식은 곧 로인 강 상류, 니 사르의 니메리아 여대공에게도 와닿았다. 그녀는 자신의 도시 역시 같은 운명에 처하리라는 사실을 알았다. 그래서 크기에 상관없이 로인에 남은 배를 전부 모으기 시작했다. 그리고 여자와 아이를(싸울 수 있는 연령대의 남자는 거의 다 가린과 함께 나섰다 죽었으므로) 최대한 많이 태웠다. 니메리아는 강을 따라 이 남루한 함대를 이끌었고, 폐허가 된 채 연기만 피어오르는 도시와 시체로 가득한 들판, 물에 불어 떠오른 사체로 가득한 수로를 지나쳤다. 그녀는 볼란티스를 피하기 위해 옛 물길만 골라서 여름해 방향으로 나왔다. 그곳은 한때 사르 호이가 존재했던 곳이었다.

전설에 의하면 니메리아는 1만 척의 배를 몰고 바다로 향했다고 한다. 자신이 다스리는 백성의 보금자리를 찾아서, 발리리아와 드래곤로드의 손길이 닿지 않는 땅을 찾아 떠난 것이다. 벨데카르는 배의 숫자가 과장되었다며 열 배쯤 부풀려졌다고 주장했다. 그러니 굉장히 많았다고만 해 두는 편이 안전하리라. 대부분은 전함이 아니라 단순히 강을 건너는 데 쓰는 배들이었다고 한다. 조각배, 나룻배, 무역용 갤리선, 고기잡이 배, 유람선에 뗏목까지도. 모든 배의 갑판에 여자와 아

이, 그리고 노인들로 가득했다.

벨데카르는 그중 10분의 1 정도만이 원양 항해가 가능한 상태였다고 주장한다. 니메리아의 항해는 길고도 힘들었다. 처음 맞이한 폭풍으로 백 척 이상의 배가 좌초되어 가라앉았다. 배들 가운데 일부는 두려움으로 인해 다시 뱃머리를 돌렸고, 볼란티스의 노예 무역선으로 끌려갔다. 어떤 배들은 뒤쳐져 표류한 끝에 다시는 볼 수 없게 되었다.

남은 니메리아 선단은 힘겹게 여름해를 건너 바실리스크 군도로 향했다. 그곳에서 멈춰 신선한 물과 식량을 구하려 했으나 도끼 섬, 탈론 섬, 울부짖는 산의 해적왕들에게 붙잡혔다. 해적들은 서로간의 분쟁을 잠시 미뤄 두고 로인인들을 불과 칼로 맞이했고, 로인의 배 20척에 불을 지르고 수백 명을 노예로 잡았다. 그러고는 로인인들이 배를 버리고 해마다 30명의 처녀와 미동을 공물로 바친다면 두꺼비 섬에 정착해도 좋다고 제안했다.

니메리아는 해적들의 제안을 거절하고 다시 뱃머리를 대양으로 돌렸다. 이번에는 소토리오스의 찌는 듯한 밀림에서 피난처를 찾아볼 요량이었다. 일부는 바실리스크 곶에 정착했고, 또 어떤 이들은 자모이오스 강의 번들거리는 녹색 물가, 모래 함정과 악어, 그리고 반쯤 물에 잠겨 썩어 가는 나무 곁에 보금자리를 만들었다. 니메리아 여대공 자신은 배를 거느리고 수천 년간 방치된 기스카르인들의 식민 도시 자메타르에 머물렀다. 한편 또 다른 이들은 강을 거슬러 올라가 구울과 거미가 출현하는 키클롭스의 도시, '인'의 폐허로 향했다.

소토리오스에는 물자가 풍부했다. 금, 보석, 희귀한 나무와 이국적인 직물, 신기한 과일, 낯선 향신료까지도. 하지만 로인인은 이곳에서 번성하지 못했다. 음울하고 습한 열기가 영혼을 짓누르고 사람을 쏘는 파리 떼가 질병을 하나둘씩 퍼뜨렸다. 녹열병, 무도병, 혈탕증, 통곡병, 당부병이 사람들 사이에 퍼졌다. 특히 아이들과 노인들이 이런 병에 쉽게 당했다. 강에서 물놀이를 하는 것조차 죽음을 재촉하는 행위였다. 자모이오스의 강물 속에는 식인 물고기며 헤엄치는 사람의 피부에 알을 낳는 벌레로 득시글거렸던 것이다. 바실리스크 곶에 있던 마을 두 곳은 노예상의 습격으로 주민들 모두 죽거나 쇠사슬에 묶여 끌려갔으며, 인에서는 깊은 밀림 속의 구울에게 공격을 받았다.

로인인들은 소토리오스에서 살아남기 위해 1년이 넘도록 분투했다. 그러던 어느 날 자메타르에서 온 한 척의 배가 인에 도착했다. 그 배는 하루아침에 사라진 유령과 폐허의 도시에서 온 사람이라면 남녀노소 가리지 않고 모두 모이도록 했다. 니메리아가 자신의 백성들을 불러모아 배에 태우고 또 한 번 항해를 시작한 것이었다.

로인인은 이후 3년 동안이나 새로운 터전을 찾아 남쪽 바다를 헤맸다. '나비의 섬' 나스에서는 평화를 사랑하는 종족이 그들을 반겨주기도 했다. 그러나 낯선 땅의 수호신은 이름 모를 병을 불러와 새로 이주해 온 로인인들의 목숨을 빼앗았다. 그리하여 그들은 타고 온 배로 되돌아가야만 했다. 여름해에서는 왈라노 섬 동쪽 해변에 있는 사람이 살지 않는 바위섬에 정착하기도 했다. 이곳은 곧 '여자들의 섬'이라고 알려졌지만, 토양이 너무 척박한 나머지 소출이 거의 나지 않았기에 사람들이 굶주림에 시달려야 했다. 섬을 버리고 다시 배에 오를 때 그들 중 일부는 니메리아를 버리고 드루셀카라는 사제를 따랐다. 그 사제가 어머니 로인이 후손들을 향해 고향으로 돌아오라 부르는 소리를 들었다고 주장했던 것이다. 하지만 드루셀카가 추종자들과 함께 옛 고향 도시로 돌아가자 적들만이 기다리고 있었다. 그들 대부분은 즉시 사냥당해 죽거나 노예로 끌려갔다.

헐벗고 지친 1만 척의 배에 남은 자들은 니메리아와 함께 서쪽 바다로 닻을 올렸다. 그들은 이번에는 웨스테로스로 향했다. 긴 방랑 이후였기에 그녀의 선단은 처음 어머니 로인을 떠나올 때보다 한층 더 처참한 상태였다. 결국 선단 전체가 도른에 도착하지는 못했다. 오늘날까지도 스텝스톤 군도에는 당시 난파당한 이들의 후손이라 주장하며 고립된 채 살아가는 한 무리의 로인인이 존재한다. 폭풍으로 항로에서

상단 | 일만 척의 배를 인도하는 니메리아 여대공

벗어난 또 다른 배들은 수자원이 풍부한 녹지대에서 살고 싶다는 일념에서 리스나 티로시로 가 자신들을 노예로 삼아 달라고 부탁하기도 했다. 그리고 남은 배들은 도른의 그린블러드 강 하구 주변의 해안가에 도착했다. 마르텔 가문의 거성이었던 샌드쉽의 사암으로 지은 성벽에서 그리 멀지 않은 곳이었다.

당시 도른은 메마르고 황량하며 사람이 별로 살지 않는 빈곤한 땅이었다. 그곳에서는 호전적인 영주들이며 소왕들이 모든 강물과 시내, 우물 그리고 비옥한 땅을 두고 끝없이 서로 전쟁을 벌였다. 이들 도른의 귀족들은 대부분 로인인을 달갑지 않은 침략자로 간주하였으며, 낯선 외국의 관습을 따르는 이국의 신을 숭배하는 자들을 다시 바다로 쫓아내야 한다고 생각했다. 하지만 샌드쉽의 영주 모르스 마르텔은 이 이주민들에게서 새로운 기회를 엿보았다. 또한 음유시인이 읊은 바에 의하면 아름다우며 격렬한 성정을 갖추고, 자신의 백성에게 자유를 주고자 그들을 데리고 바다를 건너는 결단력까지 지닌 여전사 니메리아에게 모르스가 마음을 빼앗겼다고 한다.

전해지는 바에 의하면 니메리아를 따라 도른에 도착한 로인인은 열에 여덟이 여성이었다고 한다. 하지만 로인의 전통에 따라 그녀들 가운데 4분의 1이 전사였고, 전투에 참여하지 않는 나머지 여성들 역시 오랜 여행과 고난으로 단련된 상태였다. 마찬가지로 로인에서 탈출할 당시에만 해도 어렸던 수천 명의 소년들 역시 여러 해에 걸쳐 방랑하는 사이 어엿한 성인으로 성장해 창을 쥐게 되었다. 이렇게 새로운 이주민과 결합함으로써 마르텔 가문의 백성은 열 배나 늘어났다고 한다.

모르스 마르텔이 니메리아를 아내로 삼자 그를 본받아 수백 명의 도른인 기사와 종자, 기수 가문도 로인 여성과 결혼했으며, 이미 결혼한 사람들은 그녀들을 정부로 삼기도 했다. 그리하여 두 종족은 피로 맺어졌다. 이 결합으로 인해 마르텔 가문과 로인인의 연합은 더욱 부강해졌다. 또한 로인인은 도른에 괄목할 만한 중요 자산을 함께 가져왔다. 로인의 장인과 금속 기술자, 석공들은 웨스테로스의 경쟁자들보다 훨씬 선진적인 기술을 보유하고 있었던 것이다. 금세 그들은 그 어떤 웨스테로스 대장장이도 감히 넘볼 수 없는 검과 창, 미늘갑옷, 흉갑 등을 생산했다. 게다가 더욱 중요한 사실은 로인의 물 마법사들이 알고 있는 비밀의 주문으로 말라 버린 물줄기를 도른에 다시 흐르게 하고, 사막에 꽃을 피웠다는 것이다.

니메리아는 이 결합을 축하하는 의미로, 또한 그녀의 백성들이 다시는 바다로 물러설 수 없도록 그들이 타고 온 배를 모두 불태웠다. "우리의 방랑은 이제 끝났다. 우리는 새 고향을 찾았으니 이제 이 땅에서 살고 이 땅에서 죽을 것이다."라고 니메리아는 선언했다고 한다.

(하지만 로인인 중 일부는 그들을 이곳까지 실어 온 보금자리인 배가 사라진 것을 슬퍼하며 새 땅을 받아들이기를 거부하고 그린블러드 강의 물길을 오가며 살았다. 그들은 그 강에서 자신들이 여전히 숭배하는 어머니 로인의 희미한 그림자를 본 것이다. 오늘날까지도 여전히 그들은 존재하며, 그린블러드의 고아들이라 불린다.)

늘어선 수백 척의 배에 불이 붙어 잿더미로 변했는데, 그 불꽃이 50리그*에 달하는 해안가를 환하게 밝혔다. 그 빛 속에서 여대공 니메리아는 모르스 마르텔에게 로인의 방식으로 도른 대공이라는 칭호를 선사했다. 그리고 '붉은 모래 사막과 흰 모래 사막, 그리고 산에서부터 거대한 소금 바다에 이르기까지 모든 땅과 강'이 그들의 영토임을 선포했다.

선언이란 실제로 성취하기보다 훨씬 손쉬운 법이다. 마르텔 가문과 로인인의 결합으로 주변의 소왕들을 하나씩 제압해 나가면서 여러 해에 걸쳐 전쟁의 나날이 이어졌다. 니메리아와 모르스는 적어도 여섯은 되는 소왕을 황금 족쇄에 채워 저 멀리 북쪽의 장벽으로 보냈고, 마침내 가장 거대한 적 하나만이 남았다. 바로 아이언우드의 영주이자 '돌의 길'의 관리자, 우물의 기사, 레드마치의 왕이자 그린벨트의 왕, 그리고 전 도른인의 왕이라 칭하던 '고귀한' 요릭 아이언우드 5세였다.

모르스 마르텔과 그의 동맹자(스카이리치의 파울러 가문, 고스트 힐의 톨란드 가문, 스타폴의 데인 가문, 헬홀트의 울레르 가문)들은 9년 동안 아이언우드와 그의 기수들(토의 조르데인 가문, 스톤웨이의 윌 가문, 블랙몬트 가문, 쿼르가일 가문, 그 밖에 다수의 영주들)에 맞서 수없이 많은 전투에서 있는 힘을 다해 싸웠다. 이 과정에서 모르스 마르텔이 뼈의 길에서 벌어진 세 번째 전투를 벌이던 도중에 요릭 아이언우드의 칼에 쓰러지자, 니메리아 여대공이 남편의 군대를 이어받아 지휘를 맡았다. 전쟁은 2년간 더 지속되었지만 결국 요릭 아이언우드는 니메리아 앞에 무릎을 꿇었고, 그 후로 니메리아는 선스피어에 머물며 통치를 계속했다.

니메리아는 두 번 더 결혼했다(처음엔 헬홀트의 나이 많은 울레르 공, 두 번째는 스타폴의 '아침의 검'이라 불리던 다보스 데인 공과 결혼식을 올렸다). 하지만 누구와 결혼하든 그녀는 거의 27년간 의문의 여지 없이 도른의 지배자였다. 그녀의 남편들은 그녀의 의논 상대이자 배우자일 뿐이었다. 그녀는 열두 번의 암살 시도를 겪었으며, 두 번의 반란을 진압했다. 또 스톰랜드의 지배자인 폭풍왕 듀란 3세와 리치의 그레이든 왕이 시도한 두 차례의 침략도 이겨냈다.

그녀가 사망했을 때 그녀의 지위를 물려받은 사람은 다보스 데인과의 사이에서 낳은 아들이 아니라 모르스 마르텔과의 사이에서 낳은 장녀였다. 당시에는 이미 도른인들이 로인의 관습과 법을 대폭적으로 수용한 상태였기 때문에 딸이 대공위를 물려받는 데 아무런 저항도 없었다. 그럼에도 어머니 로인과 1만 척의 배에 대한 기억은 전설 속으로 희미하게 사라져 갔다.

*50리그: 약 240킬로미터

발리리아의 멸망

로인인이 파멸하자 발리리아는 곧 에소스 대륙의 서쪽 절반, 즉 협해에서 노예상의 만까지, 그리고 여름해부터 전율해에 이르기까지 완전한 지배권을 획득했다. 자유국에는 노예들이 쏟아져 들어와 신속하게 그 주인들이 그토록 사랑하는 금과 은을 채취하도록 '열네 개의 화염' 아래로 보내졌다. 또한 발리리아인들은 협해를 건널 준비를 하고 있었는지 멸망하기 200년 전쯤 훗날 드래곤스톤이라 불리게 될 섬에 최서단 거점을 세웠다. 현지의 영주는 아무도 저항하지 않았고 그나마 협해 주변 지역의 영주들이 얼마간 반항했지만, 발리리아는 너무나 강력했다. 발리리아는 드래곤스톤 위에 특유의 신비로운 기술로 성채를 지었다.

그리고 두 세기가 지났다. 이 시기에 웨스테로스에는 모두가 탐내는 발리리아 강철이 이전보다 더욱 빠르게 퍼지기 시작했다. 그러나 발리리아 강철을 손에 넣고자 하는 왕들과 영주들 모두가 만족할 정도로 빠르지는 못했다. 시간이 지나며 드래곤로드가 블랙워터 만 상공을 높이 날아다니는 광경 역시 이전보다 자주 보이게 되었다. 발리리아는 드래곤스톤의 안전이 확보되었다고 여기자 안심하고 고개를 돌려 책략과 음모를 꾸미기를 계속했다.

그리고 모든 이의 예상을 깨고(아마도 아에나르 타르가르옌과 그의 딸인 '꿈꾸는' 다에니스만을 제외하고) 갑자기 발리리아에 파국이 찾아왔다.

오늘날까지도 무엇이 이 멸망을 초래했는지는 아무도 알지 못한다. 대다수의 사람들은 발리리아가 자연재해로 멸망했다고 말한다. 즉 '열네 개의 화염'이 동시에 분출하여 일어난 경천동지할 화산 폭발이라고 말이다. 조금 덜 현명한 일부 셉톤들은 발리리아가 수백이 넘는 신을 잡다하게 믿은 탓에 스스로 재앙을 자초했다고도 주장한다. 다시 말해 진정한 신이 없었던 탓에 발리리아인들이 화산 아래로 너무 깊게 들어간 나머지 그만 일곱 지옥에서 타오르던 불을 자유국에 풀어놓고 말았다는 것이다. 한편 셉톤 바스의 논문에 자극받은 몇몇 마에스터들은 다음과 같은 주장을 지지한다. 발리리아인은 수천 년간 주문을 외워 '열네 개의 화염'을 길들였으며 노예와 부를 향한 그칠 줄 모르는 그들의 허기는 사실 권력만이 아니라, 바로 이 주문을 유지시키기 위해서였다는 것이다. 그리고 마침내 그 주술이 흔들리자 대재앙을 피할 수 없게 되었다는 의견이다.

그 밖에도 어떤 이는 가린 대왕의 저주가 마침내 결실을 맺은 것이라고도 했고, 어떤 이는 를로르의 사제들이 기묘한 의식을 통해 그들이 모시는 신의 불길을 불러낸 것이라고도 말한다. 또 발리리아 마법이라는 매력적인 개념과 발리리아 명문가들의 야망이라는 사실주의를 결합시킨 설명도 있다. 이에 따르면 발리리아 내부에서 명문가 사이의 갈등과 음모의 소용돌이가 계속된 결과, 화산의 분출을 억제하는 마법 의식을 관리하고 재가동시킬 탁월한 마법사들이 너무 많이 암살당했다는 것이다.

한 가지 확실히 말할 수 있는 점은 그것이 전 세계에 유례가 없는 대재앙이었다는 사실이다. 오랜 역사를 가진 강대한 도시이자 드래곤의 고향이며 감히 대적할 수조차 없는 마법사들이 상주했던 자유국은 불과 몇 시간 만에 풍비박산이 났다. 반경 500마일* 내에 있는 모든 언덕이 산산이 흩어지며 재와 연기로 대기를 꽉 채웠고, 뜨겁고 허기진 불길이 하늘을 나는 드래곤조차 삼켜 버렸다. 거대한 균열이 갈라져 입을 벌리고 궁전과 사원, 번화가 전체를 삼켜 버렸으며, 호수는 끓어오르거나 산성화되었고, 산들이 폭발했으며, 격렬한 분출 속에서 녹아내린 암석들이 1천 피트** 상공까지 튀어올랐고, 붉은 구름 아래로 흑요석이 마치 악마가 흘리는 검은 피의 비처럼 쏟아졌다. 북쪽에서는 땅이 갈라지고 무너져 함몰되었고, 성난 바닷물까지 끓어오를 지경에 이르렀다.

전 세계를 통틀어 가장 위풍당당하던 도시가 한순간에 사라져 버렸고, 이와 동시에 이야기 속의 제국 역시 자취를 감추었다. 한때 세계에서 가장 비옥했던 긴 여름의 땅은 새까맣게 불타거나 물에 잠겨 엉망이 되었다. 한 세기가 지나기 전까지는 이보다 더 피비린내 나는 사건은 일어날 수 없을 것이다.

갑작스런 공백 뒤에 따라온 것은 대혼란이었다. 드래곤로드들은 늘 그랬듯이 발리리아에 모두 모여 있었다. 당시 드래곤스톤으로 달아나서 파국을 피했던 아에나르 타르가르옌 일가와 그들의 드래곤을 제외하고 말이다. 다른 드래곤로드들 역시 소수가 비록 잠시나마 살아남아 있었다는 견해도 존재한다. 당시 티로시와 리스에 머무르던 몇몇 발리리아의 드래곤로드들은 덕분에 파국으로부터 목숨을 부지했으나, 그 즉시 이어진 정치적 격변으로 인해 자유도시의 시민에게 드래곤과 함께 살해당했다는 것이다. 쿼호르의 역사서에는 발리리아의 멸망 당시 그곳에 체류하던 드래곤로드의 이야기가 전해진다. 그의 이름은 아우리온이었는데, 쿼호르의 주민들을 선동해서 군대를 일으키고 자신이 발리리아 제국의 초대 황제라 선언했다고 한다. 그는 멸망한 발리리아의 유산에 대한 권리가 자신에게 있다고 주장하며 자유국을 재건하겠다고 천명했고, 이를 위해 30만 보병을 이끌고 거대한 드래곤과 함께 날아올랐다. 하지만 그 후로 아무도 아우리온 황제와 그의 무리를 보지 못했다.

이렇게 에소스에서 드래곤의 시대는 종말을 맞이했다.

이어서 가장 강대했던 자유도시 볼란티스가 재빠르게 나서서 발리리아의 역할을 대신하겠다 자처했다. 볼란티스에 살고 있던, 발리리아 혈통이되 드래곤로드는 아닌 귀족들

500마일: 약 800킬로미터 / 1,000피트: 약 300미터

이 모든 갈등의 파장 속에서, 그리고 현재까지도 이어지는 분쟁 지대를 둘러싼 수많은 싸움 속에서 용병단이라는 역병이 생겨나 뿌리를 내렸다. 이 용병 무리는 처음엔 단순히 돈을 내는 자를 위해 싸웠다. 하지만 일부의 주장에 따르면 이들 용병단의 수장은 언제든 평화가 그들을 위협할 때마다 스스로를 지키기 위해 새로운 전쟁을 유도하곤 했다. 그렇게 벌어지는 약탈 속에서 용병단은 스스로를 살찌워 왔다.

이 다른 자유도시에 전쟁을 걸었다. 그들 가운데 호랑이파는 새로운 정복 전쟁을 주장하며 볼란티스와 다른 자유도시에 큰 갈등을 불러일으켰다. 처음에는 볼란티스 육군과 해군이 리스와 미르를 장악하고 로인 강 남부까지 손에 넣는 등 커다란 성공을 거두었다. 그러나 욕심이 지나쳤다. 티로시까지 차지하겠다고 시도한 끝에 결국 부유한 상인들의 제국을 쓰러트리면서부터 문제가 발생했다. 볼란티스의 공격에 당황한 주변 도시 펜토스는 티로시의 저항군에 합세했고, 그사이 미르와 리스 역시 다시 반란을 일으켰다. 브라보스의 해주 또한 리스를 도와 수백 척의 함대를 지원했고, 웨스테로스의 폭풍왕, '오만한' 아르길락 또한 수하를 이끌고 분쟁 지대로 가서-물론 대가로 금과 영광을 약속받고서-미르를 되찾으려는 볼란티스의 군대를 격퇴했다.

자유도시들의 분란이 막바지에 이르자 미래의 정복자가 될, 그러나 당시에는 어렸던 아에곤 타르가르옌마저도 이 전쟁에 휘말리게 되었다. 그의 조상은 계속하여 동쪽의 에소스를 바라보고 있었지만, 그는 일찍부터 서쪽으로 관심을 돌리고 있었다. 그래도 펜토스와 티로시가 접근해 볼란티스에 대항할 대연합에 함께해 달라 요청했을 때는 귀를 기울였다. 그리고 지금까지 알려지지 않은 몇 가지 이유로 인해 그들의 호소에 주목했다. 물론 일정 선까지만 말이다. 전해지기로는 그가 자신의 용 '검은 공포' 발레리온을 타고 동쪽으로 날아가서 펜토스의 군주와 자유도시의 행정관들을 만난 뒤, 그곳에서 리스로 발레리온을 보내 때마침 자유도시를 침략할 준비를 하고 있던 볼란티스 함대를 불태웠다고 한다.

볼란티스는 더욱 멀리까지 쫓겨났다. 단검 호수에서는 쿼호르와 노르보스가 화염 갤리선을 보내 로인 지역을 휩쓸던 수많은 볼란티스 함대를 격파했다. 또 동쪽에서는 도트락인들이 '도트락의 바다' 밖으로 나와 지나는 곳마다 도시와 마을을 폐허로 만들며 약화된 볼란티스로 돌진했다. 마침내 볼란티스 내부에서도 코끼리파가 등장했다. 이들은 볼란티스의 평화를 바라는 파벌로, 대부분은 전쟁으로 가장 크게 고통을 받은 부유한 상인과 무역상들이었다. 그들은 전쟁을 주도하던 호랑이파로부터 권력을 빼앗아 이 싸움을 끝냈다.

아에곤 타르가르옌으로 말하자면 볼란티스를 무찌르는 데 일익을 담당한 뒤 곧 동쪽의 문제에 대해 흥미를 잃었다고 기록되어 있다. 그는 마지막에 가서는 볼란티스의 지배가 종식되었다고 믿으며 드래곤스톤으로 되돌아갔다. 그리고 에소스에서 벌어지는 전쟁에 더이상은 구애받지 않고 서쪽으로 시선을 돌렸다.

발리리아인의 제국과 자유국은 멸망하여 사라졌지만 당시 산산이 흩어진 반도는 여전히 남아 있다. 오늘날 이곳에 대한 기이한 이야기들이 떠도는데, 한때 '열네 개의 화염'이 존재하던 연기 나는 바다에서 악마가 출현한다는 것이다. 볼란티스와 노예상의 만이 만나던 길목은 '악마의 길'이라 불리며 이성을 가진 여행자라면 모두 피하는 길이다. 그리고 감히 그곳에 발을 들인 자는 절대 돌아오지 못한다고 한다. 이는 '피의 세기'에 알려진 사실로, 당시 볼란티스인이 반도를 접수하기 위해 함대를 보냈으나 사라져 버렸다고 전해진다. 한편 발리리아의 폐허와 근처에 있는 도시인 오로스, 티리아에 아직 사람이 살고 있다는 기이한 소문도 있다. 하지만 아직도 발리리아가 파멸의 손아귀에 붙잡혀 있음을 부인하는 이는 아무도 없다.

그러나 발리리아 중심부에서 떨어진 몇몇 도시-자유국이 세웠거나 또는 그에 복속되었던-에는 아직 사람이 살고 있다. 그중 가장 끔찍한 곳은 만타리스인데, 그곳의 사람들은 태어날 때부터 온몸이 비틀린 괴물 같은 모습이라고 한다. 어떤 이들은 이를 두고 그 도시가 '악마의 길' 근처에 있는 탓이라고도 한다. 한편 엘리리아라는 도시로 잘 알려져 있으며 세계 제일의 투석병을 배출하는 톨로스 섬의 평판은 그보다 낫다. 하지만 주목할 만한 가치는 없는데, 톨로스는 노예상의 만에 있는 기스카르인의 도시와 동맹을 맺었기 때문이다. 또한 그들은 발리리아의 불타는 심장부를 되찾고자 하는 움직임에 일절 관여하지 않는다.

상단 | 발리리아의 멸망 당시 불타오르는 드래곤

The Reign of the Dragons

용들의 치세

여기에 '정복왕' 아에곤 1세부터 '광란왕' 아에리스 2세까지 이어지는 타르가르옌 왕조의 치세에 대한 기나긴 해설이 있다. 수많은 마에스터들이 타르가르옌 왕조에 대한 저작을 남겼으며, 그들이 쌓아올린 지식은 대체 그 시대에 어떠한 일들이 벌어졌는지를 우리에게 알려주고 있다. 이 글 역시 선현의 지식을 내가 정리한 것이다. 하지만 단 하나, 아에곤의 정복에 대한 내용은 나의 작품이 아니라 외람되게도 시타델의 도서관에서 발견된 대마에스터 길데인의 미완성 원고에서 발췌해서 실었다. 만약 완성되었더라면 타르가르옌 왕조를 다루는 역사서의 걸작이 되었을 것임을 의심할 수 없는 이 원고들은 길데인의 업적과 문체를 높이 평가하던 대마에스터 페레스탄 덕분에 나의 관심을 끌게 되었다. 학식이 풍부한 페레스탄은 자신의 수고가 결실을 맺기 전까지는 이 원고를 나와 공유하고 싶어하지 않았지만(고백하건대, 수없이 요청한 끝에) 원고의 일부를 나의 글에 인용해도 좋다는 허가를 얻었다.

그의 원고에 실린 아에곤의 정복사는 매우 완벽한 내용이다. 그리하여 나는 해당 부분을 여기에 실어 길데인의 축복 아래 나만이 아니라 수많은 눈들이 그의 글에 감사하며 가르침을 얻을 수 있으면 한다. 나는 길데인의 다른 원고들도 찾아냈지만, 수많은 페이지가 뒤섞이거나 손상되었고, 일부는 오래 방치된 나머지 파손되거나 불에 타 멸실되었다. 그러나 나의 발견이 시타델에 커다란 반향을 불러왔기에 언젠가는 더 많은 부분이 발견되어 이 '잃어버린 걸작'이 완전한 모양새를 갖추어 한 권의 책으로 묶이기를 기대한다.

그러나 그때까지는 그 일부를, 타르가르옌 왕들의 치세-정복왕의 시대부터 철왕좌에 앉았던 마지막 타르가르옌 왕조의 인물인 아에리스 2세까지-를 알려주는 수많은 자료 중 하나로 쓰고자 한다.

아에곤의 정복

웨스테로스의 역사를 기록해 온 시타델의 마에스터들은 과거의 3백 년을 구분하는 기준으로 아에곤의 정복을 사용해 왔다. 인물들의 탄생과 죽음, 전투, 그 외 여러 사건은 AC(After the Conquest)나 BC(Before the Conquest)로 그 시기를 표기한다.

학자들은 이러한 방식의 연도 표기가 정확하지 않다는 사실을 알고 있다. 아에곤 타르가르옌의 정복은 하루아침에 벌어진 일이 아니기 때문이다. 아에곤이 웨스테로스에 상륙한 뒤 올드타운에서 대관식을 치르기까지 2년이라는 시간이 걸렸으며, 그조차 도른이 항복하기 전이었기에 사실상 웨스테로스 정복을 완수하지 못한 상태였다. 도른을 자신들의 영역에 편입시키려는 노력은 이후 아에곤의 치세 내내 이어졌지만, 그 아들의 치세가 되어서도 성과를 거두지 못했다. 따라서 정복 전쟁이 종결된 시기를 정확하게 지목하기란 불가능하다.

심지어 시작 시점부터 약간의 오해가 있다. 많은 이들이 아에곤 1세의 치세가 후일 킹스랜딩이 세워지는 블랙워터 강 하구에 상륙했을 때부터라고 생각하지만, 실은 그렇지 않다. 아에곤이 상륙한 날을 왕과 그 후손들이 기념해 오기는 했으나 사실 정복자가 직접 치세의 시작을 확정한 날은 그가 올드타운에 있는 별빛의 셉트에서 대관식을 행하고, 또 칠신교 교단의 하이 셉톤에게 성유로 세례를 받은 날이었다. 이 대관식은 그의 상륙으로부터 2년 후, 세 번에 걸친 정복 전쟁의 주요 전투에서 승패가 전부 가려진 이후에야 이루어졌다. 따라서 아에곤의 정복 활동 중 대부분은 BC1년에서 2년 사이, 즉 정복 전 1년이나 2년경에 벌어졌다고 볼 수 있다.

타르가르옌 가문은 순수한 발리리아 혈통으로, 오랜 가계를 이어 온 드래곤로드 가문이었다. 발리리아의 멸망이 일어나기 12년 전(BC114년) 아에나르 타르가르옌은 자유국과 여름해에 있던 자산을 처분하고 자신의 아내와 재산, 노예, 드래곤, 형제자매와 일가친척, 그리고 자식을 데리고 드래곤스톤으로 이주했다. 드래곤스톤은 협해에 있던 연기를 뿜는 화산 아래쪽에 자리 잡은 황량한 섬이었다.

한창때의 발리리아는 세간에 알려진 곳 가운데 가

전면 페이지 | '검은 공포' 발레리온의 등에 올라탄 정복왕 아에곤

좌측 | 드래곤스톤

장 위대한 도시이자 문명의 중심지였다. 발리리아의 빛나는 성벽 안에서 마흔 개의 가문이 궁중이나 회의장에서 권력과 영광을 두고 경쟁하였고, 끝없고 교묘하며 종종 난폭하기까지 한 주도권 다툼으로 서로 흥하고 쇠하기를 반복하고 있었다. 타르가르옌 가문으로 말하자면 드래곤로드 가운데에서도 가장 권력이 강한 무리와는 거리가 멀었다. 서로 경쟁하는 가문들은 타르가르옌 가문이 드래곤스톤으로 날아가 버린 것을 두고 비겁한 행위, 혹은 일종의 굴복이라 여겼다. 하지만 아에나르의 딸 다에니스는 발리리아가 불로 인하여 멸망할 것임을 이전부터 예언해 왔다. 장차 영원히 '꿈꾸는' 다에니스라 불리게 되는 이가 바로 그녀이다. 그리고 12년 후 발리리아에 파멸이 찾아왔을 때, 타르가르옌 가문은 유일하게 살아남은 드래곤로드 가문이 되었다.

드래곤스톤은 2세기에 걸쳐 발리리아의 힘이 미치는 가장 서쪽의 거점이었다. 걸렛 해협을 가로막는 듯한 자리에 있기에 드래곤스톤의 주인은 블랙워터 만을 압박할 수 있었고, 타르가르옌 가문과 동맹을 맺은 드리프트마크의 벨라리온 가문(발리리아의 후손이긴 하지만 격이 낮은 가문이었다)은 이곳을 지나는 무역상들에게 통행세를 걷을 수 있었다. 벨라리온 가문과 또 다른 발리리아인 혈통인 클로 섬의 셀티가르 가문의 함대는 함께 협해의 중간 권역을 지배했고, 타르가르옌 가문은 드래곤과 함께 하늘을 누볐다.

그렇다 하더라도 발리리아의 멸망 이후 백 년 동안(바르게 칭하자면 '피의 세기'라 한다) 타르가르옌 일가는 서쪽이 아닌 동쪽을 바라보았으며, 웨스테로스에서 일어나는 일에는 별다른 흥미를 드러내지 않았다. 그리고 '꿈꾸는' 다에니스의 오누이이자 남편인 가에몬 타르가르옌이 '망명자' 아에나르에 이어 드래곤스톤

상단 | 전투 중인 정복왕 아에곤

의 영주가 되었다. 그는 이후에 '영광스러운' 가에몬이라 알려진다. 가에몬의 사망 후에는 그의 아들인 아에곤과 딸 엘라에나가 함께 그 땅을 다스렸다. 이어서 그들의 아들인 마에곤, 그 형제인 아에리스, 그다음에는 아에리스의 아들인 아엘릭스, 바엘론, 다에미온 순으로 계승되었다. 그리고 세 형제 가운데 막내인 다에미온의 아들 아에리온이 드래곤스톤을 이어받았다.

정복왕 아에곤이자 '드래곤' 아에곤이라 역사에 이름을 남긴 아에곤은 BC27년에 드래곤스톤에서 태어났다. 둘째이자 외아들이었던 그는 드래곤스톤의 영주 아에리온과 벨라리온 가문의 발라에나를 부모로 두었는데, 어머니인 발라에나 역시 모계 혈통의 절반이 타르가르옌의 핏줄이었다. 아에곤에게는 친형제가 둘 있었는데, 누나 비센야와 여동생 라에니스가 그들이다. 발리리아의 드래곤로드 사이에는 순혈을 지키기 위해 오누이끼리 결혼하는 오래된 관습이 있었다. 아에곤 역시 관습에 따라 두 누이 모두를 아내로 삼았다. 전통을 엄격히 따르자면 누나인 비센야하고만 결혼해야 했지만 라에니스까지 둘째 부인으로 맞아들인 것은 전례가 없지는 않되, 통상적인 일은 아니었다. 세간에서는 비센야와의 결혼은 의무의 발로에서, 라에니스와의 결혼은 욕망의 발로에서 이루어진 일이라고들 평했다.

세 명의 오누이는 저마다 결혼 전에 드래곤로드임을 증명했다. 망명자 아에나르와 함께 발리리아에서 날아온 드래곤 다섯 마리 가운데 오직 한 마리만이 아에곤의 시대까지 살아 있었는데, 이 위대한 야수의 이름이 바로 '검은 공포' 발레리온이다. 나머지 두 마리의 드래곤 바가르와 메락세스는 더 어렸고, 드래곤스톤에서 부화한 개체였다.

무지한 자들 사이에 흔히 퍼져 있는 일반적인 통념에 따른다면 아에곤 타르가르옌은 웨스테로스를 정복하기 위해 출항하기 전까지는 한 번도 그 땅에 발을 들인 적이 없다고 한다. 그러나 이는 진실일 리가 없다. 출항 몇 년 전부터 아에곤의 집무실에는 조각된 그림판 한 점이 장식되어 있었기 때문이다. 웨스테로스 모양으로 조각된 약 50피트* 길이의 거대한 나무판 위에 칠 왕국의 모든 숲과 강, 마을과 성이 담긴 그림판 말이다. 결국 아에곤이 웨스테로스에 관심을 가지게 된 것은 그가 전쟁에 나서기 훨씬 이전부터임이 분명하다. 또한 아에곤과 누나 비센야가 어릴적에 올드타운의 시타델을 방문한 적이 있으며, 아버에도 레드와인 경의 손님으로 방문해 매사냥을 즐긴 적이 있다는 믿을 만한 보고가 있다. 어쩌면 그는 라니스포트까지 들렀을 수도 있지만 이는 사람에 따라 말이 다르다.

아에곤이 성인이 되기 전까지 웨스테로스는 서로 다투는 일곱 개의 왕국으로 분열되어 있었고, 그 왕국들 중 두셋은 항상 서로 전쟁을 벌이고 있었다. 광활하지만 날씨가 춥고 온통 돌투성이인 북부는 윈터펠의 스타크 가문이 지배했다. 도른의 사막 지역은 마르텔 가문의 여대공들이 손아귀에 쥐고 있었다. 서부에 자리잡은 황금이 풍부한 웨스터랜드는 캐스털리 록의 라니스터 가문이, 비옥한 리치는 하이가든의 가드너 가문이 통치했다. 베일의 핑거스와 달의 산맥은 아린 가문의 영토였다. 하지만 아에곤에게 가장 적대적이었던 이들은 드래곤스톤에 가장 가까이 있던 '검은 하렌'과 '오만한' 아르길락이었다.

스톰즈 엔드의 커다란 요새를 거처로 삼았던 듀랜든 가문의 폭풍왕들이 한때는 분노 곶에서부터 게의 만에 이르는 웨스테로스 동쪽 절반을 차지하던 시절도 있었지만, 수백 년이 흐르는 사이 왕국은 조금씩 쇠락했다. 스톰랜드 서쪽에서는 리치의 왕들이 영토를 조금씩 넓혀 오는 한편, 남쪽에서는 도른인들이 몰려들었다. 그리고 트라이던트 강과 블랙워터 강의 북쪽까지 검은 하렌과 강철인들이 밀어붙였다. 듀랜든 가문의 마지막 왕 아르길락은 이러한 쇠퇴를 한동안이나마 막아냈다. 소년 시절에 그는 도른인의 공격을 물리쳤고, 협해를 건너 볼란티스의 호랑이파 제국주의자들에 대항하는 동맹에도 참여했으며, 20년 뒤에는 서머필드 전투에서 리치의 왕 가스 7세의 목을 베는 등 크게 활약했다. 그러나 아르길락 역시 나이를 먹어 갔다. 유명하던 검은 머리칼은 회색이 되었고, 품고 있던 기량도 점점 쇠퇴해 갔다.

리버랜드에서 블랙워터 강의 북쪽으로는 '섬과 강의 왕'인 호알 가문의 검은 하렌이 피에 물든 손으로 지배하고 있었다. 하렌의 조부는 '압제자' 하르윈 호알이라는 이름의 강철인으로, 역시 아르길락의 조부였던 아렉으로부터 트라이던트 지역을 빼앗은 적이 있다(그보다 더 예전, 몇 세기 전에는 아렉의 선조가 마지막 강의 왕들을 쓰러트렸었다). 하렌의 아버지는 동쪽으로 더 스켄데일과 로스비까지 영토를 확장했다. 하렌 본인은 근 40년의 치세를 신의 눈 호숫가에 거대한 성을 짓는 데에 바쳤다. 하지만 그 거성, 하렌할이 완성 단계에 이르자 이 강철인 역시 곧 새로운 정복 활동을 위해 홀가분하게 뛰어들 참이었다.

웨스테로스의 그 어떤 왕도 검은 하렌보다 더 두렵지는 않았으니, 그의 잔인함은 웨스테로스 전역에서 통하는 전설이 되었다. 마찬가지로 웨스테로스의 어떠한 왕도 듀랜든 가문의 마지막 왕인 폭풍왕 아르길락보다 더 검은 하렌의 위협을 느낄 수는 없었다. 하지만 그는 미혼의 딸 하나를 상속자로 거느린 늙은 전사일 뿐이었다. 그리하여 아르길락은 드래곤스톤의 타르가르옌 가문에 손을 뻗어 아에곤 공에게 한 가지 제안을 했다. 자신의 딸과 아에곤의 결혼을 전제로 신의 눈 호수에서 동쪽 영역 전체를, 그러니까 트라이던트에서 블랙워터

50 피트: 약 15.24미터

강까지의 영토를 딸의 지참금으로 보내겠다고 제안한 것이다.

아에곤 타르가르옌은 폭풍왕의 청혼을 일축했다. 그는 자신에겐 이미 아내가 둘이나 있기에 세 번째 아내는 필요 없다고 잘라 말했다. 게다가 그가 지참금으로 제안한 땅은 사실 한 세대에 달하는 기간보다 더 긴 세월 동안 하렌할에 귀속된 상태였다. 그러니 아르길락이 당장 내줄 수 있는 땅이 아니었던 것이다. 늙은 폭풍왕의 제안은 자신의 영토와 검은 하렌의 영토 사이에 완충지로써 블랙워터 강을 따라 타르가르옌 가문을 내세우겠다는 의도임이 분명했다.

드래곤스톤의 영주는 아르길락의 제안을 제안으로 받아쳤다. 즉 아르길락이 매시즈 후크 지역을 양보하고 블랙워터에서 남쪽으로 웬드워터까지의 숲과 평야, 그리고 맨더 강 상류까지 양보한다면 지참금으로 제안된 땅을 받아들이겠다고 말이다. 더불어 이 협약은 아르길락 왕의 딸이 아에곤 공의 어릴적부터의 친구이자 대전사인 오리스 바라테온과 결혼함으로써 굳어지리라고 덧붙였다.

'오만한' 아르길락은 아에곤의 역제안을 거부하며 화를 냈다. 오리스 바라테온은 선대 아에곤 공의 사생아 출신 이복형제라는 밀고가 들어와 있었고, 폭풍왕은 사생아가 자신의 딸의 손을 잡는 불명예를 용납할 수 없었다. 그러한 제안을 받았다는 사실 자체가 그를 분노케 했다. 아르길락은 아에곤이 보낸 특사의 손목을 잘라 상자에 담아 돌려보냈다. "귀하의 사생아가 내게서 얻을 수 있는 손은 이것뿐이라오."라는 서신을 첨부해서 말이다.

아에곤은 이에 화답하지 않았다. 대신 벗과 자신의 기수, 주요 동맹 가문 모두를 드래곤스톤에 소집했다. 그들의 수는 많지 않았다. 드리프트마크의 벨라리온 가문은 타르가르옌 가문에 충성을 맹세했고, 클로 섬의 셀티가르 가문도 마찬가지였다. 매시즈 후크에서는 샤프포인트의 영주 바 에몬과 스톤댄스의 영주 트리스톤 매시가 왔는데, 이 두 가문은 스톰즈 엔드에 충성 맹세를 했지만 드래곤스톤과 더 가까운 사이였다. 아에곤과 누이들은 모인 이들에게 자문을 구했다. 또 칠신교의 성전인 셉트에 방문해 웨스테로스의 칠신께 기도까지 올렸다. 비록 아에곤이 이전까지는 결코 신앙심 깊은 사람이 아니었지만 말이다.

일곱 번째 날이 되자 드래곤스톤의 성탑에서 까마귀가 날아올랐다. 웨스테로스의 칠왕국에 아에곤 공의 말을 전하기 위해서였다. 까마귀들은 칠왕국으로, 그리고 올드타운의 시타델로 날아가 모든 영주들과 소영주들에게 동일한 내용의 전언을 전했다. 메시지의 내용은 다음과 같았다.

"금일 이후 웨스테로스에는 단 한 명의 왕만이 존재할 것이다. 타르가르옌 가문의 아에곤에게 무릎을 꿇는 자들은 그 영토와 지위를 유지할 것이다. 그러나 대항하여 무기를 드는 자들은 꺾이고 쓰러져 말살당하리리라."

아에곤과 그 누이들이 출항 당시에 배에 실은 병사의 수에 대해서는 사람마다 설명이 다르다. 삼천 명이었다고 하는 이도 있고, 불과 수백 명에 불과했다고 하는 이도 있다. 초라한 규모의 타르가르옌 군대는 블랙워터 강 상류에 있는 작은 어촌 위쪽, 나무가 울창한 언덕 셋이 솟은 북쪽의 강둑에 배를 댔다.

백 개의 왕국 시절, 많은 소왕들이 이 강 상류의 지배권을 두고 다투었다. 더스켄데일의 다클린 가문이나 스톤댄스의 매시 가문, 머드 가문, 피셔 가문, 브랙켄 가문, 블랙우드 가문, 훅 가문이 바로 그들이었다. 세 개의 언덕 꼭대기에는 여러 차례 탑과 요새가 세워졌지만, 전쟁을 치를 때마다 마치 그게 제 역할인 양 번번이 함락되곤 했었다. 상륙한 타르가르옌 군대를 맞이하는 것이라곤 부서진 돌과 웃자란 잡초로 뒤덮인 폐허뿐이었다. 스톰즈 엔드와 하렌할 양측에서 이 강 주변의 소유권을 주장하고 있음에도 정작 강 자체에는 아무런 방어 조치를 취하지 않은 상태였던 것이다. 게다가 가장 근접한 성들은 큰 권력이나 군사적 기량이 없는 소영주들이 주인이었는데, 이들은 명목상의 지배자인 검은 하렌을 딱히 따르지 않았다.

아에곤 타르가르옌은 신속히 세 개의 언덕 가장 높은 곳에 나무와 흙을 엮은 울타리를 세우고는 누이들을 보내 가까운 성들의 항복을 받아오도록 했다. 로스비 가문은 라에니스와 황금빛 눈동자의 드래곤 메락세스에게 바로 항복했다. 스토크워스에서는 몇몇 석궁 사수들이 비센야에게 화살을 날렸지만, 바가르가 내뿜은 불길이 성의 지붕에 붙어 타오르자 역시 백기를 들었다.

상단 | 아에곤의 제안에 대한 오만한 아르길락의 답변

정복자가 대면한 첫 번째 진정한 시험은 더스켄데일의 영주 다클린 가문과 메이든풀의 영주 무톤 가문과의 조우였다. 그들은 힘을 합쳐 3천 명의 병사를 거느리고 남하하여 침략자를 바다로 되돌려보내고자 행군했다. 아에곤은 오리스 바라테온을 보내 행군 대열을 공격하는 한편, 본인 역시 발레리온과 함께 공중에서 공격을 감행했다. 결국 두 군주는 일방적인 전투 속에 목숨을 잃었다. 그리하여 다클린 가문의 젊은 후계자와 무톤 공의 동생은 성을 포기하고 타르가르옌 가문에 충성을 맹세했다. 당시 더스켄데일은 협해에 접한 웨스테로스의 주요 항구로서, 항을 지나는 무역선에서 나오는 재물로 덩치를 키우는 중이었다. 비센야는 도시의 약탈을 허락하지는 않았으나 재물을 접수하는 데에는 망설임이 없었다. 그렇게 정복자들의 금고 역시 크게 부풀어 올랐다.

이쯤에서 아에곤 타르가르옌과 그 누이이자 왕비였던 여성들의 성격 차이를 논하는 것이 적당하리라.

비센야는 세 오누이 중 첫째로, 아에곤만큼이나 전사의 기질이 강해 사슬 갑옷을 마치 비단옷처럼 편하게 여겼다고 한다. 그녀는 발리리아산 장검인 다크 시스터를 가지고 다녔으며, 어릴적부터 남동생과 함께 훈련했기에 검술 역시 능수능란했다. 발리리아인 특유의 은빛이 도는 금발과 보랏빛 눈동자를 가졌지만, 그녀의 미모는 냉혹하고 근엄했다. 그녀를 가장 사랑한 사람들조차 그녀가 가혹하고 만만치 않으며, 용서가 없는 사람임을 알았다. 일각에서는 그녀가 독을 사용했으며 어둠의 마법에도 손을 댔다고도 전한다.

한편 세 명의 타르가르옌 남매 중 막내였던 라에니스는 모든 면에서 언니와 정반대였다. 드래곤을 타고 날아다니는 스타일만 보아도 장난을 즐기고 호기심이 많으며 충동적인 성격이었다고 한다. 그녀는 결코 전사의 재목이 아니었으며 음악, 춤, 시를 즐겨 가수와 무언극 배우, 인형극사들을 지원했다. 다른 두 사람을 합친 것보다도 더 많은 시간을 드래곤의 등에 앉아서 보낸 이가 바로 라에니스였는데, 이는 그녀가 무엇보다도 비행을 사랑했기 때문이다. 한 번은 죽기 전에 꼭 메락세스를 타고 일몰해를 건너 웨스테로스의 서쪽 해안에 무엇이 있는지 보겠다고 말한 적도 있었다 한다. 비센야가 남편이자 동생인 아에곤에게 충실했음은 누구도 이의를 제기하지 않은 데 반해, 라에니스는 항상 미청년들에게 둘러싸여 있었다. 심지어 아에곤이 언니와 함께 보내는 밤이면 그 청년들을 침실로 불러들여 즐겼다는 수군거림이 돌았다. 하지만 이런 소문에도 불구하고 주목하지 않을 수 없는 사실이 있는데, 아에곤은 비센야와 하룻밤을 보내고 나면 라에니스와는 열 번의 밤을 보냈다는 것이다.

아에곤 타르가르옌으로 말할 것 같으면 신비롭게도 그는 오늘날 우리에게만큼이나 동시대 사람들에게도 수수께끼의 인물이었다. 발리리아 강철검인 블랙파이어로 무장했던 그는 동년배 전사들 가운데 가장 뛰어났다고 평가되고 있으나, 웬일인지 무훈을 즐기지도 않았고, 마상시합이며 난투전에도 일절 참여하지 않았다. 그는 '검은 공포' 발레리온의 등에 탔지만 전투시 혹은 바다나 육지를 빨리 건너야 할 때뿐이었다. 뭇 남성이 그의 카리스마에 이끌려 기수가 되기를 자청했으나 정작 그에게는 오리스 바라테온이나 어릴 적부터 함께 지낸 벗들을 제외하고는 가까운 친우가 없었다. 여성들 또한 마찬가지로 그에게 매혹되었으나 아에곤은 두 누이들에게만 충실했다. 왕으로서 그는 두 누이와 자신이 만든 소회의에 큰 신뢰를 보내며, 매일 행하는 정무를 그들에게 일임했다. 하지만 필요하다고 판단하는 경우에는 망설임 없이 직접 지휘에 나섰다. 그는 반란이나 반역에는 가혹했지만, 과거의 적이 무릎을 꿇을 때면 항상 손을 내밀어 주었다.

그러한 모습을 처음으로 보여준 것은 아에곤포트에서였다. 세 언덕 꼭대기에 세운, 나무와 흙으로 된 조악한 성채였던 그곳은 그 후 영원히 아에곤 고지라 불리게 된다. 12개의 성을 접수하고 블랙워터 강 하구의 양안을 다 확보한 아에곤은 패배한 영주들이 자신을 알현하도록 명했다. 그들이 아에곤의 발치 아래 각자의 검을 바치자 아에곤은 그들을 손수 일으켜 세우며 그들의 영토와 지위가 건재할 것이라고 선언했다. 또한 그

상단 | 아에곤의 성명서를 들고 웨스테로스 전역으로 날아가는 까마귀들

는 자신의 가장 오랜 조력자들에게도 새로운 칭호를 내렸다. '조류의 군주' 다에몬 벨라리온은 왕의 함대를 지휘하는 선박대신이 되었다. 마찬가지로 스톤댄스의 영주 트리스톤 매시는 법무대신이 되었으며 크리스피안 셀티가르는 재무대신이 되었다. 그리고 오리스 바라테온에게는 "나의 방패요, 충실한 일꾼이며 나의 강력한 오른손이로다."라고 선언했다 하니, 그가 첫 번째 핸드였으리라는 것이 마에스터들의 추정이다.

웨스테로스에는 문장기를 쓰는 오랜 전통이 있었지만, 옛 발리리아의 드래곤로드들은 한 번도 이런 것을 사용해 본 적이 없었다. 하지만 아에곤의 기사들이 비단으로 만든 커다란 깃발을 펼쳐 머리 셋 달린 붉은 드래곤이 검은 들판을 향해 불을 내뿜는 모습을 드러내자, 영주들은 그가 이제 진정으로 웨스테로스의 하나뿐인 왕이 되겠노라는 뜻으로 받아들였다. 비센야 왕비가 남동생의 머리 위에 발리리아 강철에 루비를 박아 넣은 관을 올려놓았고, 라에니스 왕비는 그의 앞에 경의를 표하며 외쳤다. "이분은 아에곤 1세, 웨스테로스의 왕이자 그 백성들의 방패이신 분이시다." 드래곤이 포효했고, 영주와 기사 또한 환호를 울렸다. 하지만 가장 큰 환호성을 내지른 자들은 어부와 농부, 그리고 그들의 아낙네들이었다.

물론 아에곤이 왕관을 빼앗겠노라 결심한 일곱 명의 왕들은 환호하지 않았다. 하렌할과 스톰즈 엔드에서는 검은 하렌과 오만한 아르길락이 이미 각자의 기수 가문을 소집한 터였다. 서부에서는 리치의 메른 9세가 오션로드를 타고 북쪽에 있는 캐스털리 록으로 올라가 라니스터 가문의 로렌 왕을 마주했다. 도른의 여대공은 드래곤스톤의 아에곤에게 까마귀를 보내 아르길락에 대항하는 동맹이라면 참여하겠으나, 속국이 아닌 동등한 동맹국의 자격으로 그리하겠노라고 제안했다. 이어리의 소년 왕 로넬 아린 역시 또 다른 동맹 제안을 보내왔는데, 소년 왕의 어머니는 검은 하렌과의 전쟁에 조력하는 대가로 트라이던트 지역의 그린포크 강 동쪽 영토를 요구했다. 심지어 북부에서조차 윈터펠의 토렌 스타크가 자신의 기수 가문의 영주 및 자문관들과 밤늦도록 앉아 장차 정복자가 될 자에 대해 어떤 행동을 취해야 할지 토론을 거듭했다. 왕국 전역이 불안 속에서 아에곤의 다음 움직임을 주시하고 있었다.

대관식을 치른 지 며칠 지나지 않아 아에곤의 군대는 다시 행군을 시작했다. 먼저 수많은 군사가 오리스 바라테온의 지휘하에 블랙워터 강을 건너 스톰즈 엔드로 남하했다. 금빛 눈, 은빛 비늘의 메락세스에 올라탄 라에니스 왕비 또한 그들과 함께했다. 한편 다에몬 벨라리온의 왕실 함대는 블랙워터 만을 떠나 북쪽으로 방향을 틀어 걸타운과 베일로 향했다. 이쪽에는 비센야 왕비와 바가르가 동행했다. 마지막으로 아에곤 자신은 북동쪽에 있는 신의 눈 호수와 하렌할로 행군했다. 얄궂게도 검은 하렌이 그토록 자랑하고 집착했던 거대한 요새인 하렌할은 아에곤이 현재 킹스랜딩으로 불리는 지역에 상륙한 바로 그날 비로소 완공되어 사람이 살 수 있게 되었다고 한다.

세 타르가르옌의 돌격에는 격렬한 저항이 뒤따랐다. 우선 스톰즈 엔드의 기수인 에롤 공, 펠 공, 버클러 공과 스톰즈 엔드의 기사들이 웬드워터 강을 건너는 오리스 바라테온의 선발대를 기습했다. 그들은 천 명이 넘는 적군을 베고 강 건너편의 수풀 속으로 사라졌다. 한편 급조된 아린 함대는 브라보스에서 전함 열두 척을 증원해 걸타운 근처 해역에서 타르가르옌 함대를 패퇴시켰다. 전사자 가운데에는 아에곤의 선박대신인 다에몬 벨라리온도 포함되어 있었다. 아에곤 또한 신의 눈 근처 남쪽 강변에서 한 번도 아닌, 두 차례나 공격을 당했다. 갈대밭의 전투에서는 아에곤이 승리했지만, 통곡의 버드나무 전투에서는 하렌 왕의 두 아들이 노 젓는 소리를 죽인 배로 호수를 건너와 후미를 습격하는 바람에 심각한 손실을 입었던 것이다.

그러나 이러한 패배도 파멸을 잠시 지연시켰을 뿐이었다. 아에곤의 적에게는 드래곤에 대한 방비책이 없었다. 베일인은 타르가르옌의 함대 중 3분의 1을 침몰시켰고 또 거의 그만큼을 나포했지만, 비센야 왕비가 하늘에서 내려오자 그들 또한 불타고 말았다. 에롤, 펠, 버클러 가문의 군사들은 친숙한 숲속에 숨었지만 라에니스 왕비가 나타나 메락세스를 풀었고, 곧 불의 장벽이 숲을 휩쓸어 나무들을 횃불로 바꾸어 놓았다. 한편 통곡의 버드나무 전투에서 승리를 거둔 자들은 호수를 다시 건너 하렌할로 돌아갔지만, 다음 날 아침 하늘에서 등장한 발레리온의 공격에는 전혀 대비가 되어 있지 않았다. 결국 하렌의 함대는 불타 버렸고, 하렌의 아들들 역시 똑같은 최후를 맞았다.

한편 아에곤의 적들에게는 아에곤 말고도 다른 적들이 있었다. 오만한 아르길락이 자신에게 충성하는 자들을 스톰즈 엔드에 집결하도록 하자 그 틈을 타서 스텝스톤 군도의 해적들이 분노 곶 해안가로 내려와 주인이 자리를 비운 지역에서 약탈을 자행했다. 또한 붉은 산맥에서도 도른 습격대가 쏟아져 나오더니 그대로 도른 변경을 휩쓸어 버렸다. 베일에서도 어린 로넬 왕이 세 자매 군도에서 일어난 반란과 씨름해야 했다. 세 자매 군도의 주민들이 이어리에 대한 충성을 철회하고 자신들의 수장인 말라 선더랜드를 자신들의 여왕으로 추대했기 때문이었다.

그러나 이런 사건들은 검은 하렌에게 닥친 상황에 비하면 사소한 일에 불과했다. 호알 가문이 리버랜드를

우측 | 베일의 함대를 향해 불을 내뿜는 바가르와 비센야

3대째 지배하고는 있었지만, 트라이던트인들은 강철 군도 출신의 지배자를 달가워하지 않았다. 게다가 검은 하렌은 자신의 거성 하렌할을 짓기 위해 수천 명을 죽음에 이르도록 한 데다가 자재를 구하고자 리버랜드를 약탈했고, 황금에 눈이 멀어 영주며 평민 할 것 없이 모든 백성을 가난으로 내몰기까지 했던 것이다. 결국 리버랜드가 그에 대항하여 봉기했다. 리버런의 영주 에드민 툴리 경이 그들을 이끌었는데, 하렌할의 방어를 위해 소집된 툴리가 역으로 타르가르옌 가문의 지지를 선언한 것이다. 그는 자신의 성에 드래곤의 깃발을 내걸고 기사, 궁수와 함께 아에곤의 군대에 합류하고자 말을 몰고 나섰다. 그의 저항은 다른 리버랜드의 영주들을 자극했고, 하나둘씩 아에곤 지지를 선언했다. 블랙우드, 말리스터, 밴스, 브랙켄, 파이퍼, 프레이, 스트롱 가문 등은 저마다 병사들을 소집하여 하렌할로 발길을 옮겼다.

갑자기 수적 열세가 된 검은 하렌은 난공불락의 요새 내부로 피신했다. 웨스테로스 사상 가장 큰 성이었던 하렌할은 5개의 거대한 탑과 마르지 않는 신선한 수원, 보급품을 넉넉하게 준비해 둔 거대한 지하 창고와 그 어느 사다리보다도 높으며, 그 어떠한 공성구와 투석기로도 끄떡없도록 두껍게 쌓아올린 검은 돌벽을 자랑했다. 하렌은 성문을 닫아걸고 남은 아들 및 조력자들과 함께 틀어박혀 방어전을 준비했다.

드래곤스톤의 아에곤은 전혀 다른 생각을 품고 있었다. 그는 에드민 툴리 및 다른 리버랜드의 영주들과 합류해서 성을 포위한 다음, 평화의 깃발을 올리고 마에스터를 성문으로 보내 수뇌 회담을 제안했다. 이윽고 하렌이 그를 만나러 나타났다. 늙고 머리가 센, 그러면서도 여전히 검은 갑옷을 입은 매서운 모습이었다. 양쪽 왕 모두 기수와 마에스터를 회담에 대동했던 까닭에 그들이 주고받은 대화는 아직도 잘 기록되어 전해지고 있다.

아에곤이 먼저 입을 열었다. "당장 항복하시오. 그러면 당신은 강철 군도의 영주로 남을 수 있을 것이오. 지금 항복하면 당신의 아들들 역시 살아남아 자자손손

다스릴 수 있을 터, 내게는 이 성벽 밖에 팔천의 군사가 있소."

하렌이 응답했다. "성벽 밖에 뭐가 있는지 나는 아무런 관심이 없소. 그 벽은 강하고 두꺼우니 말이오."

"아무리 높다 한들 드래곤을 막을 만큼 높지는 않을 터인데. 드래곤은 하늘을 날잖소."

"나는 돌로 성을 지었소. 돌은 불타지 않거든."

그러자 아에곤이 대꾸했다. "해질녘이면 당신의 대가 끊길 것이오."

하렌은 침을 뱉고는 성으로 돌아가 버렸다고 한다. 성 안에 들어선 그는 자신의 수하 전부를 창과 활, 석궁으로 무장시키고 성벽으로 올려보내며 누구든 드래곤을 쏘아 떨어트리는 자에게 영토와 재물을 주겠노라 약속했다. 또한 하렌은 선언하기를 "내게 딸이 있다면 그 딸 역시 드래곤을 죽인 자에게 주겠지만 내겐 딸이 없지. 그러니 대신 툴리의 딸 중 하나, 아니지, 원한다면 셋을 다 주겠다. 아니면 블랙우드나 스트롱의 새끼들을 골라도 좋겠지. 그도 아니라면 저 트라이던트의 반역자들, 누런 진흙땅을 뒹구는 영주들에게서 태어난 계집들을 고르든지."라 하였다. 그러고 나서 검은 하렌은 가솔들의 경호 속에 자신이 거처하는 탑으로 물러나 남은 아들들과 저녁을 들었다.

햇빛이 사그라지자 검은 하렌의 병사들은 각자 창과 석궁을 움켜쥐고 몰려드는 어둠을 뚫어져라 주시했다. 드래곤은 나타나지 않았고, 일부는 아에곤의 위협이 거짓이라 생각했는지도 모른다. 하지만 아에곤 타르가르옌은 발레리온을 타고 하늘 높이, 구름을 뚫고 더욱더 높이, 그래서 드래곤이 달 위의 파리보다 작게 보일 만큼 높이 비상하고 있었다. 그러고는 마침내 성벽 안쪽을 향해 하강했다. 칠흑같이 새까만 날개의 발레리온이 캄캄한 밤을 뚫고 돌진하자 이윽고 드래곤 바로 아래쪽에 하렌할의 거대한 탑이 드러났다. 드래곤은 분노로 포효했고, 붉은 불꽃이 소용돌이치는 불길을 내뿜어 성탑에 퍼부었다.

하렌은 돌이 불타지 않는다며 뽐냈지만, 그의 성에는 돌이 아닌 것들도 많았다. 나무, 직물, 아마포와 밀짚, 빵과 소금에 절인 쇠고기와 그 밖의 곡식 등등. 그 모든 것에 불이 붙었다. 하렌의 강철인들 또한 돌로 만들어진 인간이 아니었다. 그들은 온통 연기와 비명, 불길에 뒤덮인 채 마당을 가로질러 도망치거나 성벽 위에서 발을 헛디뎌 아래로 추락해 죽었다. 불길만 충분히 뜨겁다면 돌이라 해도 갈라지고 녹는 것이다. 성벽 밖에 있던 리버랜드의 영주들이 훗날 말하기를, 하렌할의 탑들이 캄캄한 밤을 배경으로 붉게 빛났는데, 그 모습이 마치 다섯 자루의 양초와도 같았다고 전했다. 그리고 정말 양초처럼 이내 비틀리고 녹아들더니 그들 옆

으로 돌이 녹아 액체가 되어 도랑을 이루며 흐르더라는 것이다.

그날 밤, 괴물 같은 요새를 삼켜 버린 불길 속에서 하렌과 그 아들들 역시 죽음을 맞이했다. 그와 동시에 호알 가문도 문을 닫았고, 리버랜드에 대한 강철인의 지배 역시 끝장났다. 다음 날 연기가 피어오르는 하렌할의 잔해 밖에서 아에곤 왕이 리버런의 영주 에드민 툴리의 충성 서약을 받고서 그를 트라이던트의 대영주로 봉하는 임명식이 있었다. 리버랜드의 다른 영주들 또한 아에곤을 왕으로, 툴리를 자신들의 주군으로 받아들이고 충성을 맹세했다. 재가 식어 성 안에 들어갈 수 있게 되자 땅에 떨어진 검들-대부분 산산조각이 나거나 드래곤의 불에 녹거나 비틀려 강철 띠가 되어 버린-을 모아 마차에 싣고 아에곤포트로 보냈다.

한편 남부와 동부에서는 폭풍왕의 기수들이 하렌의 기수들보다 훨씬 충성스럽다는 사실이 명백해지고 있었다. 오만한 아르길락은 스톰즈 엔드에 있는 자신의 거처로 대규모의 군대를 소집했다. 듀랜든 가문의 근거지는 강력한 요새로 길고 두꺼운 성벽이 자리하고 있었는데, 이는 하렌할의 성벽보다도 두꺼웠다. 즉 이곳 역시 난공불락이라 여겨지고 있었다. 한편 하렌의 최후에 대한 소식은 곧 숙적이었던 아르길락의 귀에도 닿았다. 육박하는 적군으로부터 퇴각해 돌아온 펠 공과 버클러 공은(에롤 공은 이미 전사했다) 아르길락에게 라에니스 왕비와 그녀의 드래곤에 대한 정보를 전했다. 늙은 전사왕은 결코 하렌처럼 자기 성 안에서 사과를 물린 새끼돼지 통구이처럼 타죽지 않겠다며 울부짖었다. 수많은 전투를 치렀던 그는 검을 손에 쥐고서 스스로의 운명을 결정하리라 마음먹었다. 그리하여 오만한 아르길락은 생애 마지막으로 스톰즈 엔드를 떠나 전장에서 적을 대면하고자 말을 몰았다.

폭풍왕이 접근한다는 소식에도 오리스 바라테온과 수하들은 놀라지 않았다. 메락세스를 타고 날던 라에니스 왕비가 아르길락의 출정을 목격하고서 아에곤의 핸드인 오리스에게 적군의 규모며 진형 등에 대한 완벽한 정보를 미리 전달했던 것이다. 오리스는 브론즈게이트 남쪽 언덕 위에 좋은 자리를 선점해서 높은 곳에 진을 치고는 스톰랜드인들이 오기를 기다렸다.

두 군대가 조우했을 때 스톰랜드는 정말로 그 땅이 이름대로 폭풍의 땅 그 자체임을 보여주었다. 아침부터 꾸준히 비가 내리기 시작하더니 정오에는 울부짖는 강풍으로 변했다. 아르길락의 부하들은 비가 그치기를 바라며 다음 날에 일전을 치르자고 청했지만, 아르길락의 병력은 정복왕 아에곤보다 거의 이 대 일로 우세했고 기사와 기병은 네 배나 많았다. 가뜩이나 자신의 땅에서 비에 젖은 채 나부끼는 타르가르옌의 깃발이 분노를 자극하고 있는 상황에서 전투에 익숙한 늙은 전사는 비바람이 남쪽에서, 그러니까 언덕 위의 타르가르옌 진영의 정면을 향해 분다는 점을 놓치지 않았다. 그리하여 결국 오만한 아르길락은 공격 명령을 내렸고 역사상 '마지막 폭풍'이라 알려진 전투가 시작되었다.

전투는 밤까지 이어졌지만, 하렌할 정복 때보다 결코 덜 끔찍하지 않았으며, 덜 일방적이기도 했다. 오만한 아르길락은 기사들을 세 번이나 바라테온의 고지로 이끌었다. 하지만 언덕이 가팔랐고 비 때문에 땅이 부드러운 진흙으로 변해 있어 군마들이 애를 쓰다 발이 빠지곤 했다. 돌격을 시도할 때마다 응집력과 가속도는 줄어만 갔다. 결국 스톰랜드인들은 창을 든 채 말이 아닌, 제 발로 언덕을 오르기를 선택했고 그 편이 훨씬 나았다. 비 때문에 시야가 흐려진 침략자들은 상대가 언덕을 기어오르고 있음을 너무 늦게서야 알아챘고, 활 또한 젖어 쓸모가 없어진 상태였다. 언덕 위의 고지들이 하나, 또 하나, 세 개째 무너지더니 마침내 폭풍왕과 그 기사들의 마지막 돌격이 바라테온군의 중앙을 돌파했다. 하지만 결국 그로 인해 라에니스와 메락세스를 불러내고 말았다. 드래곤의 존재는 땅 위에서조차 가공스럽다는 사실이 확인되었다. 선봉을 지휘하던 딕콘 모리겐과 블랙헤이븐의 서자는 아르길락 왕의 호위 기사들과 함께 드래곤의 불길에 삼켜졌다. 말들이 혼란에 빠진 채 공포에 질려 후방의 기병대를 향해 달아나자 돌격은 혼란으로 바뀌었다. 폭풍왕 본인조차도 안장 위에서 내팽개쳐지고 말았다.

그럼에도 불구하고 아르길락은 여전히 전투를 포기하지 않았다. 오리스 바라테온이 부하들을 데리고 진흙 언덕을 내려왔을 때, 그는 발밑에 무수한 시체가 뒹구는 가운데 대여섯 명의 공격을 뿌리치고 있는 늙은 왕을 발견했다. "물러나라." 바라테온이 명령했다. 그는 말에서 내려 왕과 똑같이 땅을 딛고 마주하고서 폭풍왕에게 항복하라며 마지막 기회를 제시했다. 아르길락은 대답 대신 저주를 퍼부었다. 그리하여 두 사람의 결투가 시작되었다. 흰 머리카락을 늘어트린 노전사 왕과 검은 수염의 사나이, 아에곤의 핸드가 벌인 대결이었다. 양자는 서로 번갈아 부상을 주고받았다고 하는데, 결국 최후의 듀랜든 왕이 자신의 바람을 이루었다. 그는 소원대로 손에 검을 쥐고 입가에 저주를 머금은 채로 검에 의해 죽었다. 왕의 죽음은 스톰랜드인의 용기를 모두 앗아갔고, 아르길락이 쓰러졌다는 소식이 퍼지자 그의 영주와 기사들 모두가 검을 버리고 달아나 버렸다.

그 후 며칠간 스톰즈 엔드 역시 하렌할과 똑같은 운명을 맞게 될지도 모른다는 공포가 퍼져 나갔다. 아르길락의 딸 아르겔라는 오리스 바라테온과 타르가르

옌 군대의 진군에 맞서 모든 성문을 닫아걸고 스스로를 폭풍 여왕으로 선포했다. 그녀는 협상차 메락세스를 몰고 성 안에 날아온 라에니스를 향하여 스톰즈 엔드의 수비대는 무릎을 꿇느니 마지막 한 명까지 싸우다 죽을 것이라고 공언했다. “그대가 내 성을 차지할 수는 있겠으나, 얻을 것이라곤 뼈와 피와 재뿐일 것이다.” 그녀는 그렇게 말했다. 하지만 정작 수비대의 병사들은 그녀처럼 죽기를 원치 않았다는 사실이 드러났다. 그날 밤 병사들은 백기를 올리고 성문을 연 후 레이디 아르겔라를 발가벗겨서 재갈을 물리고 쇠사슬을 채워 오리스 바라테온의 막사로 보낸 것이다.

바라테온은 손수 그녀를 사슬에서 풀어주고 자신의 망토를 둘러주었다고 한다. 그러고는 포도주를 한 잔 따라 건넨 뒤 점잖게 그녀의 부친이 보여준 용기와 명예로운 죽음을 전했다. 그 후 그는 전장에서 스러진 왕을 기리기 위해 듀랜든의 문장과 가언을 취했다. 왕관을 쓴 사슴 문장은 그의 문장이 되었고 스톰즈 엔드는 그의 거성이, 또한 레이디 아르겔라는 그의 아내가 되었다.

리버랜드와 스톰랜드가 아에곤의 품에 떨어지자 웨스테로스의 나머지 왕국들은 자신들의 차례가 오고 있음을 알아차렸다. 윈터펠에서는 토렌 왕이 기수를 소집했다. 그는 북부의 광대한 토지를 고려하여 군대를 모으려면 시간이 걸린다는 사실을 알고 있었다. 한편 베일의 샤라 대비는 아들인 로넬 왕의 섭정으로서 이어리에 피신해 방어책을 강구한 후 베일로 통하는 길목인 피의 관문에 군대를 배치했다. 샤라 대비는 젊은 시절 산의 꽃이라 불리며 칠왕국을 통틀어 가장 아름다운 처녀로 칭송이 자자했었다. 필시 아에곤을 자신의 미모로 유혹하려는 목적으로 그녀는 그에게 자신의 초상화를 보내며 자기 아들을 후계자로 삼는다는 조건 하에 결혼해 주겠다고 제안했다. 그녀의 초상화가 아에곤에게 도착했지만 아에곤이 단 한 번이라도 그녀의 제안에 응답했는지에 대해서는 알려진 바 없다. 그는 이미 왕비가 둘이나 있는 데다가 샤라 아린은 아에곤보다 열 살이나 많은, 이른바 시들어 가는 꽃이었다.

한편 서부의 막강한 대왕 두 명이 함께 군대를 모아 아에곤을 영원하고도 완전하게 끝장내려 하고 있었다. 하이가든에서는 리치의 왕 가드너 가문의 메른 9세가 강력한 군대를 이끌고 북동쪽으로 행군했다. 그리고 로완 가문의 요새인 골든그로브의 성벽 아래서 웨스터랜드로부터 군대를 끌고 내려온 ‘바위의 왕’ 로렌 1세와 조우했다. 두 왕은 웨스테로스 역사상 가장 강력한 군대를 함께 지휘했다. 5만5천의 군대에 크고 작은 영주급 전사가 6백여 명, 게다가 5천 이상이 기병이었다. “우리의 주먹은 강철이라네.” 메른이 자랑스레 말했다. 그는 말을 탄 네 아들을 대동하고 있었으며, 어린 손자 두 명 모두 기사의 종자로서 출정해 있었다.

두 왕은 골든그로브에서 미적대지 않았다. 이렇게 규모가 커다란 군대는 주변을 휩쓸어 버리지 않도록 항상 행군해야 하는 법이다. 연합군은 즉시 출발하여 길게 자란 풀숲과 황금빛 밀밭을 지나 북북동으로 방향을 잡았다.

신의 눈 호수변에 진영을 치고 있던 아에곤은 이들이 온다는 전언을 듣고서 아군의 전력을 결집해 새로운 적을 맞이하고자 먼저 나섰다. 그가 지휘하던 군대는 두 왕의 군대의 5분의 1밖에 되지 않는데다 대부분 리버랜드의 영주들에게 충성했던 자들로 타르가르옌 가문에 복종한 지 얼마 되지 않아 충성을 시험할 기회조차 갖지 못한 상태였다. 하지만 더 규모가 작은 덕분에 적보다 훨씬 더 재빠르게 이동할 수 있었다. 스토니 셉트 근방 마을에서 두 왕비와 드래곤도 아에곤의 군대에 합세했다. 라에니스는 스톰즈 엔드에서 날아왔고 비센야는 크랙클로 갑에 있다 왔는데, 그 지역의 토착 영주들에게서 열광적인 충성 서약의 청원을 받아든 차였다. 세 명의 타르가르옌은 아에곤의 군대가 블랙워터 강을 건너 남으로 속도를 내는 모습을 하늘에서 함께 지켜보았다.

두 군대가 조우한 곳은 후일 골드로드가 닦여지게 될 블랙워터 강 남쪽의 드넓은 평야지대 한가운데였다. 두 왕들은 정찰병들이 돌아와 타르가르옌군의 규모와 배치를 보고하자 반색했다. 그들은 아에곤의 병사 한 명당 다섯 명에 달하는 수적 우세를 갖춘 데다가 영주와 기사급 병력의 차이는 더욱 커 보였기 때문이다. 더구나 넓고 트인 지형인 데다가 시야에 들어오는 모든 곳이 풀밭과 밀밭이었기에 기병대가 활약하기에도 이상적인 전장이었다. 아에곤 타르가르옌은 오리스 바라

상단 | 스톰즈 엔드의 초대 영주 오리스 바라테온

테온이 마지막 폭풍 전투 때 했던 바와 같이 고지를 장악하지 않았다. 지형 역시 진흙이 아니라 단단한 땅이었고, 비 때문에 곤란하지도 않았다. 바람은 불었지만 구름 한 점 없이 쾌청한 날씨였다. 2주가 넘도록 비 소식조차 없었다.

로렌 왕보다 전장에 1.5배 많은 병력을 이끌고 왔다는 이유로 메른 왕이 중앙을 지휘하는 명예를 요구했다. 그리하여 그의 아들이자 후계자인 에드문드가 선봉을 맡았다. 로렌 왕과 기사들이 우익을, 오크하트 공이 좌익을 맡았다. 타르가르옌 진영에는 측면을 지키는 자연 방벽이 없었기에 두 왕은 아에곤의 양쪽 측면에서 치고 들어가 휩쓴 뒤, 이어서 바로 후방을 공격할 예정이었다. 그러는 동안 그들의 강철 주먹, 즉 무장한 기사와 영주들이라는 거대한 쐐기로 아에곤 군의 중앙을 박살낼 계획이었다.

아에곤 타르가르옌은 창과 장창을 지닌 병사들을 초승달 진형으로 세우고 바로 뒤에 궁수와 석궁수를, 양옆에는 가볍게 무장한 기마병을 배치했다. 그는 자신의 군대 지휘권을 제일 처음 합세한 메이든풀의 영주 존 무톤 공에게 넘겼다. 아에곤은 두 명의 왕비와 더불어 하늘에서 싸울 생각이었다. 아에곤은 비가 내리지 않고 있다는 사실에 주목했다. 군대를 둘러싼 풀과 밀은 수확해도 될 정도로 충분히 자라거나 익은 상태였고, 매우 건조했다.

타르가르옌 남매는 적진에서 두 왕이 나팔 소리와 함께 깃발의 바다 아래로 전진하기 시작할 때까지 기다렸다. 메른 왕이 직접 황금빛 말 위에서 중앙에 대한 공격을 이끌었고, 그 옆에는 아들인 가웬이 깃발을 들었다. 하얀 들판 위로 거대한 녹색 손이 그려진 기였다. 뿔나팔과 북소리에 고무된 가드너와 라니스터의 군대는 포효와 비명 속에서 폭풍처럼 퍼붓는 화살을 뚫고 적을 향해 돌격하여 타르가르옌의 창병을 쓸어내며 순식간에 적의 전열을 흐트러뜨렸다. 하지만 공중에는 이미 아에곤과 그의 누이들이 있었다.

아에곤은 발레리온을 타고 적의 전열 위로 날았고, 창과 돌과 화살이 퍼부어지는 가운데 반복해서 적들을 덮쳐 불벼락을 퍼부었다. 라에니스와 비센야는 상대의 앞뒤에서 적을 향해 불을 내뿜었다. 건조한 풀과 밀밭은 단번에 사라졌다. 바람은 불길을 부채질하는 동시에 그 연기를 두 왕의 전열이 전진하는 정면으로 밀어 보냈다. 말들은 타오르는 냄새 탓에 공황에 빠져 버렸고, 연기가 짙어지자 말과 사람 모두 앞을 볼 수 없게 되었다. 사방에 불의 장벽이 생겨나며 전열이 깨지기 시작했다. 무톤 공의 부하들은 활과 창을 든 채 안전하게 불길을 등지고 기다리고 있다가 불지옥에서 화상을 입거나 불이 붙은 자들이 비틀거리며 빠져나오면 그때마다 해치웠다.

훗날 이 전투는 '불의 벌판 전투'라 명명되었다.

4천 명 이상이 불길 속에서 죽어갔다. 나머지 천 명은 검과 창, 화살에 화를 당했다. 수만 명이 화상으로 고통받았는데, 남은 평생 동안 안고 가야 할 부상을 입은 이들도 있었다. 메른 9세는 그의 아들, 손자, 형제, 사촌을 비롯해 수많은 친족들과 함께 전사자 명단에 들었다. 왕의 조카 한 명이 사흘쯤 더 살았지만 결국 그마저 화상으로 인해 죽었고, 가드너 왕조도 함께 사라졌다. 바위의 왕 로렌은 전투에 패배했음을 깨닫고 불길과 연기의 벽을 헤치며 안전한 곳으로 말을 몰아 목숨을 건졌다.

타르가르옌 측의 사망자는 채 백 명도 되지 않았다. 비센야 왕비가 난전 도중 한쪽 어깨에 화살을 맞긴 했지만 곧 회복했다. 아에곤은 드래곤들이 시체를 실컷 먹어치울 동안 죽은 자들의 검을 모아 강을 따라 옮기라고 명했다.

로렌 라니스터는 다음 날 붙잡혔다. 바위의 왕은 자신의 검과 왕관을 아에곤의 발치에 내려놓았다. 아에곤은 사전에 공언했던 말대로 패배한 적을 다시 일으켜 세운 뒤 그의 땅과 주권을 보장해 주었다. 또한 로렌을 캐스털리 록의 영주이자 서부의 관리자로 임명했다. 로렌 경의 기수들 역시 그의 예를 따랐고 드래곤의 불길에서 살아남은 대다수의 리치 지역 영주들 역시 같은 행동을 취했다.

하지만 정복은 아직 미완이었고, 아에곤 왕은 하이가든을 다른 자가 장악하기 전에 앞서 항복을 받아내고자 즉시 누이들과 떨어져 하이가든으로 진군했다. 성에 도착해 보니 하이가든은 할란 티렐이라는 집사의 손아귀에 있었다. 선조 대대로 몇 세기에 걸쳐 가드너 가문에 봉직해 왔던 티렐 경은 전투 없이 성의 열쇠를 내놓으며 정복중인 왕을 돕겠다 맹세했다. 아에곤은 그에 대한 보답으로 할란 티렐에게 하이가든과 그에 복속된 모든 영토를 약속하며 남부의 관리자이자 맨더의 대영주라는 칭호를 내렸고, 가드너 가문의 모든 봉신에 대한 지배권도 하사했다.

이제 아에곤은 남쪽으로 진군해 올드타운과 아버, 그리고 도른을 굴복시킬 작정이었으나 하이가든에 있는 동안 새로운 도전자가 나타났다는 소식이 전해졌다. 북부의 왕 토렌 스타크가 넥 지역을 지나 리버랜드에 진입했으며 사나운 북부인을 3만 명이나 끌고 왔다는 전갈이었다. 아에곤은 즉시 그를 만나기 위해 북부로 출발했다. 그는 '검은 공포' 발레리온의 날개를 타고 자신의 군대보다 앞서 질주했다. 그리고 두 왕비와 더불어 하렌할과 불의 벌판에서 그에게 무릎을 꿇었던 모든 영주와 기사에게도 이 사실을 알렸다.

토렌 스타크가 군대를 이끌고 트라이던트의 강둑에 도착했을 때 그들의 1.5배에 달하는 군대가 강 남안에서 기다리고 있었다. 리버랜드의 영주들, 웨스터랜드인, 스톰랜드인, 리치인 할 것 없이 전부 말이다. 그리고 그들의 진지 위 하늘에서는 발레리온과 메락세스, 바가르가 날개를 활짝 펼치고 커다랗게 원을 그리며 선회하고 있었다.

토렌의 정찰대가 하렌할의 잔해 아래에서 아직도 붉은 잉걸불이 타고 있는 장면을 보고 온 터였다. 또한 북부의 왕은 불의 벌판에서 벌어졌던 전투에 대해서도 여러 가지 보고를 들었다. 그는 강을 강행돌파할 경우 자신들에게도 똑같은 운명이 기다리고 있을 뿐임을 깨달았다. 그의 기수 가문들 중 일부는 북부인의 용맹이 승리하리라 주장하며 다 함께 돌격하자고 재촉했다. 또 다른 영주들은 일단 모트 카일린으로 후퇴해서 북부에 진지를 구축하자고 촉구했다. 한편 왕의 형제이자 사생아인 브랜든 스노우는 단신으로 어둠을 틈타 트라이던트를 건넌 다음 아에곤이 잠든 사이에 베어 버리겠다고 자청하고 나섰다.

토렌 왕은 브랜든 스노우가 트라이던트를 건너도록 허락했다. 다만 브랜든 한 명이 아니라 마에스터 세 명과 함께였고, 아에곤을 죽이기 위해서가 아니라 아에곤과 협상하기 위해서였다. 그날 밤 내내 서신이 두 진영을 오갔다. 그리고 다음 날 아침이 되자 토렌 스타크는 직접 트라이던트를 건넜다. 트라이던트의 남쪽 둑에 올라서자 그는 무릎을 꿇고 고대부터 내려온 겨울의 왕의 왕관을 아에곤의 발치에 내려놓았다. 그러고는 아에곤의 신하가 될 것을 맹세했다. 이윽고 그가 다시 일어났을 때 그는 더 이상 왕이 아니었다. 이제 그는 북부의 관리자이자 윈터펠의 영주였다. 그날 이후 현재까지 토렌 스타크는 '무릎꿇은 왕'이란 별칭으로 우리에게 기억된다. 하지만 그가 무릎을 꿇은 덕분에 북부인은 단 한 명도 뼛속까지 불탄 채 트라이던트에 남겨지는 운명을 맞이하지 않았으며, 아에곤이 스타크 공과 그 휘하의 영주들로부터 수거한 검들 모두 휘거나 녹거나 타지 않고 온전하게 남을 수 있었다.

이후 아에곤 타르가르옌과 두 왕비는 다시 떨어지게 된다. 아에곤은 한 번 더 남쪽으로 돌아 올드타운을

향해 행군했으며, 그 동안 두 누이도 각자의 드래곤에 올라탔다. 비센야는 아린 가문의 베일을 향하여 2차 시도에 나섰고, 라에니스는 선스피어와 도른의 사막으로 향했다.

샤라 아린은 걸타운의 방어를 강화하고 피의 관문으로 강력한 군대를 집결시켰으며, 이어리로의 접근을 경비하는 관문성인 스톤, 스노우, 스카이 세 곳의 주둔군도 세 배로 증강시켰다. 하지만 이러한 방어책이 전혀 쓸모가 없었음이 밝혀졌으니, 바가르의 털이 없는 날개에 올라탄 비센야 타르가르옌은 이러한 방어책들 위를 유유히 날아 이어리 성 안의 뜰에 내려앉았다. 등 뒤에 한 무리의 경호원을 대동하고서 그녀를 대면하러 나간 베일의 섭정은 어린 왕 로넬 아린이 비센야의 무릎에 앉은 채 경이와 충격 속에서 드래곤을 바라보는 모습을 발견했다. "엄마, 이분하고 함께 드래곤에 타봐도 되나요?" 소년 왕이 물었다. 어떠한 위협도, 험한 대화도 오가지 않았다. 대신 두 사람은 서로를 향해 미소를 지은 채 정중한 말을 주고받았다. 그런 다음 레이디 샤라가 세 개의 왕관(자신의 섭정관, 아들의 작은 왕관, 그리고 아린 가문의 왕들이 천 년 동안 써 왔던 산과 골짜기의 매의 관)을 가져오도록 명해서 그것들을 비센야에게 바쳤다. 그녀의 병사들이 소지한 검들과 함께였다. 그 후 어린 왕이 베일에서 가장 큰 산인 거인의 창 꼭대기를 세 바퀴 돌고 나서 착륙하자 그 역시 왕에서 소년 영주로 바뀌어 있었다. 이렇게 해서 비센야 타르가르옌은 남동생의 왕국에 아린 가문의 베일까지 더해 주었다.

라에니스 타르가르옌의 경우는 정복이 그렇게 쉽지 않았다. 도른의 창기병들이 붉은 산으로 통하는 관문인 대공의 고갯길을 막고 있었지만, 라에니스는 그들과는 실랑이를 벌이지 않았다. 그녀는 관문의 상공을 지나쳐 붉은 모래 사막, 흰 모래 사막 위를 지나 바이스에 착륙해 항복을 받아내려 했으나, 막상 도착해 보니 성은 텅 빈 채 버려져 있었다. 또 성벽 아래 마을에는 여자와 노인, 아이들만 남아 있었다. 주민들에게 영주가 어디로 갔느냐고 물어보니 "어디론가 떠났습니다."

라는 대답만 돌아왔다. 라에니스는 강을 따라 알리리온 가문의 요새인 갓스그레이스까지 가 보았지만 그곳 역시 버려진 상태였다. 그녀는 계속 날아갔다. 라에니스는 그린블러드 강이 바다와 만나는 지점에 있는 플랭키 타운이란 곳에 도착했다. 그곳에는 수백 척의 각양각색의 배, 장대로 젓는 조각배며 고기잡이 어선, 바지선, 주거용 배, 커다란 배가 노끈과 사슬, 널빤지로 이어져 물 위에 도시를 형성하고 있었는데, 배들 모두 바싹 마른 채 태양 아래 잠자코 자리하고 있었다. 메락세스가 머리 위로 선회하자 늙은 여자와 어린아이만 몇 명 나타나 라에니스를 훔쳐볼 따름이었다.

마침내 그녀는 선스피어에 다다랐다. 선스피어는 마르텔 가문의 오래된 요새로, 이곳에서 라에니스는 버려진 성에서 기다리고 있던 도른의 여대공 메리아 마르텔을 발견했다. 마에스터들에 따르면 당시 60년째 도른을 다스리고 있던 여든 살의 그녀는 매우 뚱뚱했으며 눈이 멀었고, 머리도 거의 벗겨진 데다 피부 역시 누렇게 떠 있었다. 오만한 아르길락은 그녀를 두고 '도른의 노란 두꺼비'라고 비웃곤 했지만, 그녀는 늙고 장님일지언정 정신만은 멀쩡했다.

전면 페이지 | 무릎꿇은 왕 토렌 스타크의 항복 장면

상단 | 이야기를 나누는 메리아 마르텔과 라에니스 타르가르옌

여대공은 라에니스에게 말했다. "나는 그대와 싸우지 않을 것이오. 또한 그대에게 무릎을 꿇지도 않을 것이오. 도른에는 왕이 없다오. 그대의 오빠에게 그리 전하시오."

라에니스는 대답했다. "그러도록 하겠습니다. 하지만 여대공이여, 우리는 다시 올 겁니다. 그리고 그때는 불과 피도 함께일 겁니다."

"그것은 그대의 가언이로군." 메리아 여대공이 말했다. "우리의 가언은 '꺾이지 않고, 굽히지 않고, 깨어지지 않는다'라오. 그대가 우리들을 불살라 버릴 수는 있겠지. 하지만 우리를 꺾거나 굴복시키거나 깨트릴 수는 없을 거요. 이곳은 도른이오. 이 땅은 당신들을 원하지 않소. 다시 이곳에 찾아오려거든 죽음을 각오하고 오시오."

그렇게 왕비와 여대공은 작별했고, 도른은 정복되지 않은 채로 남았다.

한편 아에곤 타르가르옌은 서쪽에서 따스한 환대를 받고 있었다. 웨스테로스 전역을 통해 가장 위대한 도시였던 올드타운은 거대한 장벽에 둘러싸인 하이타워에 자리잡은 하이타워 가문이 통치하고 있었는데, 그들은 리치에 있는 귀족 가문 중 가장 유서가 깊고 부유하며 강대했다. 또한 올드타운은 칠신교 신앙의 중심지이기도 했다. 모든 교인들의 어버이이자 지상에 있는 칠신의 대변자인 하이 셉톤이 이곳에 자리잡고 여러 왕국에 걸친 수백만의 독실한 칠신교 신자들의 종교적 의례를 지휘했다(여기에서 북부는 제외된다. 그곳은 여전히 옛 신들이 지배하는 땅이었다). 평민들이 '별과 검'이라 부르는 칠신교의 양대 무장 조직, 즉 '전사의 아들들'과 '가난한 친구들' 또한 하이 셉톤의 지휘하에 있었다.

하지만 아에곤 타르가르옌과 그 군대가 올드타운에 다다르자 도시의 관문은 활짝 열렸으며 하이타워 경이 항복을 위해 도시의 문 앞에서 기다리고 있었다. 그 사정은 이러하다. 처음 올드타운에 아에곤이 웨스테로스에 상륙했다는 소식이 닿자 하이 셉톤은 스스로 별빛의 셉트로 들어가 문을 걸어 잠그고 이레 밤낮을 틀어박혀 오직 신의 인도만을 구했다. 그는 빵과 물 외에는 어떠한 것도 먹지 않았으며, 깨어 있는 시간 전부를 한 제단에서 다른 제단으로 옮겨다니며 기도 속에서 보냈다. 그러자 기도를 시작한 지 일곱 번째 날에 노파의 신격이 현현하여 황금 등잔을 높이 들어올려 그의 앞에 놓인 길을 보여주었다. 이를 통해 하이 셉톤께서 보신 바, 만약 올드타운이 아에곤에 맞서 무기를 든다면 도시는 완전히 불타고 하이타워와 시타델, 그리고 별빛의 셉트는 무너져 내려 완전히 파괴된다 하였다.

올드타운의 영주였던 만프레드 하이타워는 독실하고도 신중했다. 그의 어린 아들 중 하나는 '전사의 아들들'로서 복무하고 있었고, 다른 한 명은 근래에 셉톤 서약을 한 참이었다. 그는 노파의 신격이 하이 셉톤에게 보여준 바를 듣고서 자신은 정복자에게 결코 무력으로 응대하지 않으리라 결심을 내렸다. 때문에 하이타워 가문이 하이가든의 가드너 가문의 기수 가문이었음에도 불구하고 불의 벌판에서 잿더미가 된 사람 중 올드타운 출신은 아무도 없었던 것이다. 또한 만프레드 경은 아에곤이 접근하고 있다는 소식에 말을 타고 나가서 맞이하고, 검과 도시에 이어 자신의 충성까지 바쳤다(일각에서는 이때 하이타워 경이 자신의 막내딸까지 바치려 했으나 아에곤이 두 왕비를 생각해 정중히 사양했다고도 한다).

사흘 뒤, 별빛의 셉트에서 하이 셉톤이 직접 아에곤에게 일곱 가지 성유를 발라준 뒤 그의 머리 위에 왕관을 올려놓았다. 그리하여 그는 안달족의 왕이자 로인인의 왕이요, 퍼스트 멘의 왕, 칠왕국의 주인이자 그 영토의 수호자인 타르가르옌 가문의 아에곤 1세로 선포되었다(칠왕국이라는 표현이 사용되기는 했으나 도른은 아직 항복하지 않았으며, 향후 100년간 도른은 독립을 유지했다).

이전에 블랙워터 강 하구에서 치렀던 아에곤의 첫 번째 대관식에는 소수의 영주만이 참석했다. 그러나 두 번째 대관식은 수백 명의 영주가 직접 목격했으며 그 후 그가 발레리온의 등에 오른 채 도시를 가로지를 때에는 올드타운 거리에 수만 명이 뛰쳐나와 환호했다. 또한 두 번째 대관식에는 시타델의 마에스터와 대마에스터도 다수 참가하고 있었다. 아에곤의 치세가 시작된 시점을 웨스테로스 상륙 시점이나 아에곤포트에서 치러진 대관식보다는 이날로 확정짓게 된 연유도 필시 이 때문이었으리라.

이렇게 웨스테로스의 일곱 왕국은 아에곤 왕과 그 누이들의 힘을 통해 하나로 묶여 하나의 거대한 왕국을 형성하게 되었다.

많은 이들이 아에곤 왕이 전쟁을 마무리지은 후엔 올드타운을 그의 수도로 삼으리라 생각했다. 반면 오래전부터 타르가르옌 가문의 요새가 있던 드래곤스톤에서 통치할 것이라 생각한 이들도 있었다. 하지만 왕은 이들 모두의 예상을 배반하고 새 궁정이 자신과 누이들이 처음으로 웨스테로스 땅을 밟은 곳에 세워지리라 선언했다. 블랙워터 강 하구, 세 개의 언덕 아래로 이미 태동이 시작된 새로운 도시, 왕이 내려앉은 킹스랜딩이 바로 아에곤이 선정한 왕도였다. 앞으로 아에곤의 치세는 바로 이 장소에서 펼쳐질 터였다. 그는 이제껏 물리쳤던 적들의 녹고, 휘어지고, 부러지고, 망가진 칼날을 모두 한데 모아 쇠로 된 위험한 왕좌를 만들어 자신의 궁정에 두었으며, 그 자리는 전세계에 '웨스테로스의 철왕좌'로 알려지게 되었다.

The Targaryen Kings

타르가르옌 왕조

아에곤 1세

아에곤 1세는 27세의 나이로 칠왕국을 정복했지만, 이제 그렇게 새로이 구축한 왕국령을 다스려야 한다는 실로 엄청난 도전에 직면하게 되었다. 전쟁을 일삼던 칠왕국은 국경 밖은 고사하고 내부에서조차 평화로운 날이 드물었고, 그들을 하나의 질서 아래 통합하려면 진정으로 탁월한 인물이 필요했다. 따라서 웨스테로스로서는 아에곤이야말로 그런 인물-앞날에 대한 계획을 가지고, 그를 실현할 만큼 단호한-이었다는 사실이 행운이었다. 그리고 비록 웨스테로스를 하나로 통합한다는 일이 생각보다 어려운 과업이라는 점이 분명해졌고 그에 들어가는 비용 또한 말할 것도 없이 어마어마하다는 점 역시 드러났지만, 그가 그렸던 큰 그림이 이후의 수백 년을 빚어낸 셈이다.

아직 제대로 발전하지 못했던 아에곤포트 주변에 라니스포트나 올드타운마저 능가할 위대한 왕의 도시가 세워질 수 있으리라고 내다본 자 또한 아에곤이었다. 사실 건설 초기의 킹스랜딩은 몹시 붐비고 진흙투성이에 악취가 풍겼을지언정 항상 활력이 가득한 곳이었다. 아에곤은 평민을 위해 블랙워터 강에 있던 배를 뜯어 칠신교의 성소인 셉트를 임시로 세웠다. 이후 하이 셉톤이 보낸 자금으로 더 커다란 셉트가 비센야 언덕에 세워졌다(이는 후일 라에니스 언덕 위에 지어진 추모의 셉트와 함께 비센야 왕비를 기념하는 건물이 된다). 한때는 그저 고기잡이 어선만 보이던 곳이 이제는 올드타운과 라니스포트, 그리고 자유도시에서 온 상선과 갤리선으로 가득찼다. 게다가 무역의 흐름이 더스켄데일과 메이든풀에서 킹스랜딩으로 이동함에 따라 여름 제도의 상선과 갤리선까지도 모습을 보이기 시작했다. 아에곤포트는 더욱 크게 성장하여 애초에 세웠던 울타리를 벗어나 더 많은 수의 언덕을 품게 되었고, 50피트* 높이의 새로운 나무 벽이 세워졌다. 그 나무 벽은 AC35년까지 서 있다가 아에곤의 명에 의해 해체되었고, 타르가르옌 가족과 그 후계자가 머물기 위해 레드 킵이 건설되었다.

AC10년 즈음이 되자 킹스랜딩은 진정한 도시가 되었으며, 이어서 AC25년에는 화이트 하버와 걸타운을 누르고 왕국에서 세 번째로 커다란 도시가 되었다. 그러면서도 여전히 대부분의 기간에 걸쳐 성벽이 없는 도시로 남아 있었다. 아마도 아에곤과 누이들은 그 누구도 드래곤이 머무는 도시를 공격하지 못하리라 생각했는지도 모른다. 하지만 AC19년 해적 함대가 출현해 여름 제도에 있는 왈라노 섬을 약탈하고 재물은 물론, 수천 명을 노예로 끌고 갔다는 이야기가 들려왔다. 이것이 거슬린 아에곤은-더불어 자신과 비센야가 항상 킹스랜딩에 머물지 않는다는 사실을 깨닫고-마침내 킹스랜딩 주위로 성벽을 쌓으라는 명령을 내렸다. 그랜드 마에스터 가웬과 핸드인 오스문드 스트롱 경이 작업의 총책임자가 되었다. 아에곤은 새로 세워질 성벽 안쪽으로 도시가 더 확장될 수 있도록 여유 공간이 충분해야 하며, 칠신을 기리는 의미로 일곱 개의 문과 이를 방어할 일곱 개의 대형 문루를 설치하라 명했다. 공사는 이듬해에 시작되어 AC26년에 완성되었다.

성장과 번영은 도시뿐만이 아니라 전체 왕국령에서도 일어나고 있었다. 부분적으로는 정복왕이 수하 봉신들, 나아가서는 평민의 존경까지 받고자 노력하여 빚어낸 결과였다. 이와 관련해 그는 종종 라에니스 왕비의 도움을 받았고(물론 그녀가 생존해 있을 동안의 이야기다) 그녀는 평민에게 특별한 관심을 보였다. 또한 라에니스는 음유시인과 문인들의 후원자였다. 언니 비센야는 이를 쓸데없는 짓이라고 여겼지만, 그 음유시인들이 타르가르옌 일가를 칭송하는 노래를 지어 왕국 전역으로 퍼뜨렸다. 혹 그 노래들이 아에곤과 누이들을 한층 더 영광스럽게 포장하기 위해 대담한 거짓을 섞었다 해도 왕비로서는 전혀 유감스러울 것이 없었다. 물론 마에스터들은 유감을 표할지도 모르지만 말이다.

한편 왕비는 서로 멀리 떨어진 가문 사이의 결혼을 주선해 왕국의 통합에도 크게 기여했다. 그리하여 AC10년 라에니스가 도른에서 죽었을 때, 분노가 왕국 전역에서 일었으며 많은 이들이 크나큰 비탄을 토로했다. 그들은 아름답고 인정 많은 왕비를 흠모했던 것이다.

하지만 아무리 영광으로 뒤덮인 시기라 하더라도 제1차 도른 전쟁은 아에곤의 대패로 끝을 맺을 수밖에 없었다. 제1차 도른 전쟁은 대략 AC4년에 시작되어 수년간의 비극과 피를 흩뿌린 후에야 AC13년에 끝났다. 이 전쟁은 수많은 재앙을 불러왔다. 라에니스의 죽음, 드래곤의 분노에 떨어야 했던

마에스터 길데인의 역사서에 따르면 아에곤이 비센야 왕비에게 레드 킵 건설의 책임을 맡긴 이유는 그녀가 드래곤스톤에 머무는 것을 견딜 수가 없어서였다는 소문이 궁정에 떠돌았다고 한다. 만년에 그들의 관계는-사실 시작부터 결코 따뜻한 관계였던 적은 없지만-훨씬 더 멀어져 가고 있었다.

전면 페이지 | 철왕좌

좌측 | 정복왕 아에곤에게 왕관을 씌우는 하이 셉톤

50피트: 약 15.3미터

여러 해, 암살당한 영주들 그리고 킹스랜딩과 레드 킵에 도사리고 있는 암살자들. 그야말로 암흑기였다.

하지만 이 모든 비극에서 영광스러운 존재 하나가 탄생했으니, 바로 서약으로 맺어진 킹스가드의 탄생이었다. 아에곤과 비센야가 도른의 영주들에게 현상금을 걸자 많은 수가 살해당했고, 그 보복으로 도른인들 역시 자신들의 끄나풀과 암살자를 고용했다. AC10년의 어느 날, 아에곤과 비센야 둘 다 킹스랜딩의 거리에서 기습을 당한 적도 있었는데, 당시 비센야와 그녀의 발리리아 강철검 '다크 시스터'가 아니었다면 왕이 무사하지 못할 뻔했다. 그럼에도 왕은 본인의 경호는 경호원 몇 명이면 충분하다고 믿었다. 그러나 비센야는 그렇지 않다고 그를 설득했다(기록에 의하면 아에곤이 경호원을 지명하자 비센야가 다크 시스터를 뽑더니 상대가 미처 반응하기도 전에 왕의 뺨을 그었다고 한다. 비센야가 "전하의 경호원은 굼뜬 데다가 게으르기까지 합니다."라고 말하니 왕도 동의할 수밖에 없었다).

킹스가드의 기본 성격을 규정한 장본인 역시 아에곤이 아니라 비센야였다. 칠왕국의 영주들이 각각 뽑은 대표 총 일곱 명을 모아 전원을 킹스가드로 봉한다는 방식이었다. 또한 그녀는 나이츠 워치의 서약을 본따 킹스가드의 서약도 만들었는데, 왕을 보호할 의무를 제외하고는 모든 것을 박탈한다는 내용이었다. 게다가 아에곤이 첫 번째 킹스가드를 선출하기 위해 대규모 마상시합을 열려 하자 그녀는 왕을 지키는 자는 무기를 다루는 기량 이상의 것이 필요하다, 즉 흔들림 없는 충성심이 필요하다며 이를 만류했다. 왕은 초대 킹스가드 선발 문제와 관련해서는 비센야를 전적으로 신임했고, 역

현재 관습법의 일부인 '여섯의 규칙'은 왕이 순행에 나선 동안 철왕좌에 앉아 직무를 대행하던 라에니스에 의해 제정되었다. 어느 날 왕비에게 청원 하나가 올라왔다. 남편에게 다른 남자와 있는 것을 들켜 맞아 죽은 여성의 오빠가 올린 것이었다. 남편은 남자가 간통한 아내를 매질하는 일은 엄지손가락보다 얇은 매를 이용하는 한 어디까지나 합법적이라며 스스로를 변호했다(물론 그의 주장은 사실이었지만, 도른에서라면 사정이 달랐을 것이다). 하지만 오빠의 말에 의하면 그는 아내를 백 번이나 때렸고 이에 대해서는 남편도 부인하지 않았다. 라에니스는 마에스터, 셉톤과 숙의한 끝에 이렇게 선언했다. "신께서 여자를 남편에게 순종하도록 창조하셨다. 그러므로 매질 자체는 적법함을 인정하노라. 그러나 신격마다 한 번씩 총 여섯 번의 매질만 허락함이 가하다." 하지만 칠신 가운데 이방인의 신격은 사신으로 죽은 자들의 신이기 때문에 제외되었다. 결국 이를 근거로 라에니스는 남편의 매질 가운데 6회를 제외한 94회는 적법하지 않으며, 따라서 죽은 여자의 오빠가 남편에게 그만큼의 매질을 가할 수 있노라고 판결을 내렸다.

사는 그의 선택이 옳았음을 보여준다. 초대 킹스가드 가운데 두 명이 왕을 수호하다 죽었고, 나머지 인원도 모두 다 숨이 다하는 날까지 명예롭게 복무했다. 〈백서*The White Book*〉에는 킹스가드의 서약을 한 모든 기사의 이름과 행적이 기록되어 있으며, 초창기의 킹스가드 구성원의 이름 역시 적혀 있다. 초대 킹스가드의 명단은 다음과 같다. 킹스가드의 수장인 로드커맨더를 첫 번째로 역임했던 코를리스 벨라리온 경, 리처드 루트 경, '콘필드의 사생아' 애디슨 힐 경, 형제 사이였던 그레고르 구드 경과 그리피스 구드 경, 편력기사 '마임 배우' 험프리 경과 다클린 가문 출신 중 최초로 하얀 망토를 둘렀음에도 '검은' 로빈이라 불린 로빈 다클린 경이다.

일찍이 자문 제도를 시작했던 정복왕 아에곤은-자에하에리스 1세 때는 소회의를 구성해서 왕의 자문역을 맡겼다-종종 일상적인 정무를 누이들이나 신뢰하는 자들에게 대행시켰다. 그대신 아에곤은 직접 나서서 왕국을 서로 긴밀하게 결속시키는 작업을 했는데, 이는 백성들에게 경탄을 자아내기도 했으며, 필요하다 생각되면 그들이 경악할 만한 결정도 서슴지 않았다. 또 그는 일 년 중 절반은 킹스랜딩과 드래곤스톤을 번갈아 날아다녔는데, 그의 왕좌는 킹스랜딩에 있었지만 황과 유황, 바다의 짠내가 가득한 드래곤스톤이야말로 그가 가장 사랑하는 곳이기 때문이었다. 한편 일 년의 나머지 절반은 순행으로 소모했다. 그는 AC33년에 거행한 순행을 마지막으로 왕국령을 전부 돌아보았다. 올드타운을 방문할 때는 매번 반드시 별빛의 셉트에 들러 하이 셉톤에게 경의를 표하는 일을 잊지 않았으며, 영주들의 성을 방문해서(마지막 행차 때는 윈터펠까지도 들렀다) 그들의 지붕 아래 묵기도 하고 그 밖에 더 지위가 낮은 영주나 기사 또는 평범한 여인숙 지붕 밑에서도 기꺼이 손님이 되어 묵곤 했다. 왕은 어디에 가든 휘황찬란한 행렬을 달고 다녔는데, 한 번의 행차에 족히 천 명의 기사들이 그를 수행했으며 영주나 궁정의 여인들도 많이 따랐다.

왕은 이러한 행사에 궁정의 신하뿐만 아니라 마에스터와 셉톤 역시 대동했다. 종종 여섯 명의 마에스터가 왕과 동행하며 왕이 직접 법정을 열어 판결을 할 수 있게끔 그 지역의 법률과 왕국의 옛 전통에 대한 조언을 전달했다. 그는 왕국 전체를 하나의 법전 아래 통합하기보다는 각 지역마다 지닌 관습의 차이를 존중하고 그 지역을 다스리던 옛 왕들이 했던 식으로 판결하고자 노력했다(왕국의 법을 하나로 통일하는 과제는 후대의 왕에게 남겨지게 된다). 제1차 도른 전쟁의 결과가 난 뒤 AC37년 아에곤의 사망에 이르기까지 왕국은 평화로웠으며 아에곤은 지혜와 관용으로 통치했다. 그는 또한 두 아내에게서 각각 왕국의 후계자와 후보를 하나씩 보았다. 오래전 사망한 라에니스에게서 형 아에니스를 보았으며, 동생 마에고르는 비센야에게서 본 아들이었다.

그는 그가 태어나고 사랑하던 드래곤스톤에서 눈을 감았다. 그에 대한 모든 설명이 동의하는 바, 그는 그림판이 있는 방에서 손자인 아에곤과 비세리스에게 자신이 일군 정복에 대해 설명하고 있었다. 그렇게 말하던 도중 그는 갑자기 비틀거리더니 쓰러져 버렸다. 마에스터는 뇌출혈이라 말했고, 드래곤의 왕은 빠른 속도로 영면에 들었다. 그의 육신은 앞서 간 타르가르옌 가문의 사람들과 발리리아인의 전통적 관습에 따라 드래곤스톤의 마당에서 화장되었다. 드래곤스톤 공이자 철왕좌의 계승자인 아에니스는 아버지의 죽음을 하이가든에 있을 때 알게 되었고, 그 즉시 신속하게 드래곤을 타고 날아와 왕관을 물려받았다. 하지만 그 후 정복왕 아에곤에 이어 철왕좌에 앉았던 이들은 이 왕국이 아에곤 1세가 통치하던 시절에 비해 자신들의 지배에 순순히 복종하지 않는다는 사실을 깨닫게 된다.

좌측 | 아에곤포트와 킹스랜딩의 초기 모습

상단 | 정복왕 아에곤의 왕관

아에니스 1세

아에곤 1세가 64세의 나이로 승하할 때까지 도른인을 제외하고는 그 누구도 그의 통치에 반기를 들지 않았다. 그는 현명한 지배자였다. 여러 차례의 순행을 통해 하이 셉톤에 마땅히 보여야 할 존중을 표했고, 만족할 만한 결과를 낸 자에게는 보상을, 도움이 필요한 자에게는 손을 내밀며 백성에게 훌륭한 모습을 보여주었다. 하지만 표면적으로는 매우 평화로왔던 치세의 수면 아래는 수많은 역심으로 들끓는 가마솥이나 다름없었다. 많은 신하들은 대가문들이 독립성을 가진 채 각자의 영토를 다스리던 옛 시절을 마음 깊이 간직하고 있었다. 또한 전쟁통에 사랑하는 이를 잃고 복수를 바라는 자들도 있었다. 타르가르옌 가문이 오누이간의 결합을 통해 근친상간으로 후손을 생산한다며 혐오하는 이들도 있었다. 아에곤과 두 누이, 그리고 드래곤의 힘은 이러한 반대 의견을 일축할 수 있을 만큼 충분히 강력했지만, 그 계승자들 역시 마찬가지였다고는 할 수 없다.

아에곤이 사랑하는 라에니스에게서 본 첫 아들은 아에니스였다. 그는 AC37년에 30세의 나이로 왕좌에 올랐다. 그는 레드 킵 한가운데에서 성대한 대관식을 올렸는데, 부왕의 발리리아 강철로 된 고리 모양의 관이 아니라 장식이 붙은 황금 왕관을 선택했다.

하지만 부왕이나 비센야가 낳은 동생 마에고르가 둘 다 타고난 전사였음에도 불구하고 아에니스 본인은 성정이 전혀 달랐다. 그는 날 때부터 병약했고 생후 몇 년간 이러저러한 병에 시달렸다. 정복왕 아에곤은 비길 데 없는 전사였기에 이 아이가 그의 친아들일 리가 없다는 소문이 무성했다. 사실 라에니스가 잘생긴 음유시인과 재치 있는 배우를 좋아했다는 사실은 잘 알려져 있었고, 어쩌면 그들 중 하나가 아이의 친부였을 수도 있다. 하지만 병약한 아이에게 새로 부화한 어린 드래곤 퀵실버가 주어지자 소문은 점차 잦아들더니 결국 자취를 감추었다. 그리고 드래곤이 자라나듯 아에니스도 성장했다.

하지만 아에니스는 여전히 몽상가였고, 연금술에도 손을 댔으며 음유시인과 배우, 무언극의 후원자였다. 게다가 그는 타인의 인정을 간절히 바랐고, 둘 중 하나를 선택해야 할 때면 선택받지 못한 편의 실망을 사기가 두려운 나머지 망설이다가 결정을 내리지 못하기에 이르렀다. 이 결점은 그의 치세를 가장 크게 어지럽혔으며, 후일 그가 이르고도 수치스러운 종말을 맞는 원인이 된다.

정복왕이 죽고 난 뒤 타르가르옌 왕조의 통치에 대한 도전이 일어나기까지는 그리 오랜 시간이 걸리지 않았다. 도전자 가운데 하나는 바로 '붉은' 하렌이라는 자였다. 노상강도이자 무법자인 그는 자신이 검은 하렌의 손자라고 주장했다. 붉은 하렌은 하렌할에서 일하는 하인들의 도움을 받아 당시 하렌할을 다스리던 악명 높은 가르곤 공을 사로잡고 성을 손에 넣었다(가르곤은 자신의 영지에서 치러지는 모든 결혼식에 참석해 초야권을 행사하는 바람에 '손님'이라는 별명을 얻었다고 한다). 가르곤 공은 성 안에 있는 신의 숲에서 거세당하고 피를 너무 흘린 끝에 죽었고, 붉은 하렌은 스스로를 하렌할의 영주이자 리버랜드의 왕이라 선언했다.

이 사건 당시 아에니스 1세는 툴리 가문의 거성인 리버런에 손님으로 묵고 있었다. 아에니스와 툴리 공이 위기를 감지하고 하렌할로 진격했지만 이미 하렌할은 텅 비어 있었다. 가르곤에게 충성하던 자들은 참수당했고, 하렌과 그 추종자들은 노상강도로 돌아간 것이었다.

곧 베일과 강철 군도에서 더 많은 반란이 일어났다. 한편 도른에서는 어떤 자가 스스로를 '독수리 왕'이라 선포하고 나서서 타르가르옌 왕조에 맞설 수천의 군대를 모았다. 평소 평민들에게 사랑받고 있다고 자신하던 왕은 이 소식에 큰 충격을 받았노라고 그랜드 마에스터 가웬이 기록했다. 왕은 또다시 결단을 내리지 못하고 갈팡질팡했다. 처음에는 베일로 군대를 보내 친형 로넬 공을 감금하고 베일의 관리자 자리를 강탈한 조노스 아린을 치라고 명하더니, 그사이 붉은 하렌이 킹스랜딩에 쳐들어올까 두려워 명령을 번복했다. 그리고 이 문제를 어떻게 처리할지 논의하겠다며 대회의를 소집하기로 했다. 다행히도 다른 이들은 보다 행동이 빨랐다. 룬스톤의 로이스 경은 병력을 모아 조노스 아린이 주도한 반란을 쓸어버린 뒤 그와 추종자들을 이어리 지역에 가둬 버렸다. 그러나 이 조치가 감금중이던 로넬의 죽음을 불러왔다. 조노스는

좌측 | 철왕좌에 앉은 아에니스 1세

자신의 형을 달의 문에서 떨어트려 죽였다. 그러나 마에고르 왕자가 발레리온의 등에 탄 채 나타났고-그는 항상 이 드래곤을 원했는데, 부왕이 승하하자 마침내 뜻을 이루게 되었다-이어리 또한 드래곤에게 안전한 곳이 아니었음이 증명되었다. 마에고르는 조노스와 그의 무리를 싹 쓸어 버렸다.

그 동안 강철 군도에서는 고렌 그레이조이가 스스로 사제왕의 재림이라 주장하던 자를 신속하게 제거한 뒤 목을 소금에 절여 아에니스에게 보냈다. 아에니스는 보답으로 고렌에게 한 가지 특권을 승인해 주었다. 왕국의 다른 지역에서는 달갑지 않았을 터이지만, 강철 군도 안에서 칠신교를 허용하지 않아도 좋다는 특권이었다.

독수리 왕에 대해 논하자면, 마르텔 가문은 제 국경 안에서 일어난 반란 대부분을 못 본 척했다. 데리아 여대공이 아에니스에게 도른은 오직 평화를 바라며, 반란 진압을 위해 최선을 다했노라 해명했음에도 불구하고 실제 해결은 대부분 도른 변경에 있는 영주들의 몫이었다. 사실 처음에는 독수리 왕이 그들의 적수 이상으로 강력해 보였다. 독수리 왕이 거둔 초기의 승리로 인해 추종자가 증가했고, 나중엔 삼천에 달했던 것이다. 그러나 문제는 이 대군이 흩어진 뒤에-그들을 먹일 충분한 군량이 없었기 때문이기도 했거니와, 각자 자신들에게 대항하는 적을 모두 물리칠 수 있다는 그의 자신감 탓에-발생하기 시작했다. 그리하여 전직 핸드였던 오리스 바라테온과 변경 영주들의 전력이 그들을 조금씩 격파하기 시작했다. 특히 변경의 영주 가운데에서는 '흉포한' 샘 탈리가 있었는데, '독수리 사냥'으로 일컬어지는 독수리 왕 추격전에서 수십이나 되는 도른인을 베어넘기고 나니 그의 검 하츠베인이 자루부터 칼끝까지 온통 붉게 변해 있더라는 이야기가 전해진다.

첫 번째로 일어났던 반란이 마지막으로 진압된 반란이 되었다. 여전히 큰 규모를 유지하고 있던 붉은 하렌은 마침내 아에니스의 핸드였던 알린 스토크워스 경에 의해 궁지에 몰렸다. 마지막 전투에서 하렌은 알린 경을 죽였지만 그 즉시 본인 또한 알린 경의 종자에게 죽임을 당했다.

평화가 다시 자리잡자 왕은 반란을 일으킨 자들과 철왕좌의 적을 토벌한 주요 영주들 및 뛰어난 병사들에게 감사를 표했다. 가장 중요한 보상은 왕의 동생인 마에고르 왕자에게 돌아갔는데, 왕은 그를 새로운 핸드로 지명했다. 당시에는 현명한 선택으로 보였지만, 이는 결국 아에니스의 파멸을 불러올 씨앗을 뿌린 셈이 되고 만다.

친족 내에서의 결혼은 드래곤로드의 혈통을 보존하기 위해 오래 이어져 왔던 발리리아의 관습이다. 하지만 본래 웨스테로스에 있던 풍습이 아니며, 따라서 칠신교 교단에게는 혐오스러운 짓으로 비춰졌다. 하지만 아에곤 1세와 그의 누이들의 경우는 별말 없이 수용되었거니와, AC22년에 아에니스 왕자가 동생과 결혼식을 올릴 때만 해도 이 문제는 수면위로 떠오르지 않았다. 그는 왕이 지명한 선박대신이자 대제독의 딸 알리사와 결혼했는데, 사실 그녀의 모계는 타르가르옌 가문이었기에 두 사람은 사촌이었다. 그러나 친족 내의 결혼 전통이 다시 이어지는 듯 보이자 갑자기 이 문제가 불거졌다.

발단은 비센야 대비가 아들 마에고르를 아에니스의 장녀 라에나와 혼인시키려고 시도한 일이었다. 하이 셉톤은 이에 거세게 항의했고 마에고르는 라에나 대신 하이 셉톤의 조카인 하이타워 가문의 세리스와 결혼하게 되었다. 그러나 이는 아이를 기대할 수 없는 결혼이었음이 후에 판명되었다. 반면 아에니스는 알리사와의 사이에서 많은 결실을 맺어 라에나 밑으로 왕의 계승자가 될 아에곤과 비세리스, 자에하에리스, 알리샌느가 태어났다. 아마도 질투가 원인이었으리라 짐작되지만, 2년간 핸드로 봉직했던 마에고르는 형에게 바엘라라는 딸이 하나 더 태어났다가 얼마 지나지 않아 죽은 AC39년에 자신이 해로웨이 가문의 알리스를 두 번째 아내로 취하였노라고 발표해 왕국 전체를 충격에 빠트렸다. 게다가 감히 그 결혼을 주재하려던 셉톤이 없었던 탓에 비센야가 주관하여 발리리아 방식으로 결혼식을 올렸다. 대중의 분노는 그야말로 어마어마해 결국 아에니스는 동생을 추방해야만 했다.

아에니스는 이 문제가 마에고르의 추방으로 매듭지어졌다 여겼지만 하이 셉톤은 만족하지 못했다. 아에니스가 새로운 핸드로 기적의 일꾼이라 평판이 자자하던 셉톤 머미슨을 지명하고도 교단과의 사이에 벌어진 틈을 메꿀 수 없었다.

대마에스터 길데인이 저술한 역사서에서 발췌함

타르가르옌 가문의 전통은 항상 친족간에 혼인하는 것이었다. 특히 오누이가 결혼하는 것을 이상적으로 여겼다. 그렇게 할 수 없을 경우 여성은 삼촌이나 사촌, 혹은 조카와 맺어졌고 남성은 사촌이나 고모, 또는 조카와 결혼했다. 이러한 관습은 그 유래가 옛 발리리아 시대까지 거슬러 올라간다. 이는 발리리아의 유서깊은 가문에서는 일반적인 일이었고, 특히 드래곤을 길들여 지배하는 가문이 그러했다. "드래곤의 피는 반드시 순수하게 유지되어야 한다."는 격언 그대로다. 드래곤을 부리는 군주들 가운데 일부는 하나 이상의 아내를 두기도 했지만, 이는 근친혼보다는 덜 일반적이었다. 현자들은 발리리아가 파국을 맞기 전에 천 명의 신을 경배했지만 그 어떤 신도 두려워하지 않았고, 따라서 감히 이 관습에 반대를 외칠 자는 별로 없었다고 기록했다.

하지만 웨스테로스에서는 사정이 달랐으며 칠신교 교단의 힘이 의문의 여지 없이 통했다. 근친상간은 아버지와 딸, 아머니와 아들 혹은 오누이를 불문하고 어떤 경우도 용납할 수 없는 죄악으로 혐오시되었다. 그런 결합으로 얻은 결실은 신과 인간 양측 모두에게 혐오스러운 것으로 간주되었다. 돌이켜 보건대 교단과 타르가르옌 가문 사이의 갈등은 불가피한 일이었다고도 볼 수 있다.

그리고 AC41년 아에니스가 자신의 장녀 라에나를 역시 자신의 아들이자 계승자이며 마에고르 대신 드래곤스톤 공이 된 아에곤과 결혼시킬 의향을 공표하자 문제는 더 심각해졌다. 별빛의 셉트에서는 이전에 그 어떠한 왕도 받은 적 없는 맹렬한 비난을 시작했고, 공식적으로 국왕에 대한 기피를 선언했다. 그러자 순식간에 독실한 영주부터 왕을 사랑하던 평민들까지 왕에게서 등을 돌리고 말았다.

셉톤 머미슨은 결혼식을 주관했다 해서 교단으로부터 파문당했고, 2주 후 가마를 타고 도심을 지나다 광신적인 '가난한 친구들'에 의해 난도질당했다. '전사의 아들들'은 라에니스 언덕을 요새화하기 시작하여 추모의 셉트를 왕에 맞서 싸울 수 있는 성채로 만들었다. 또한 가난한 친구들 가운데 일부는 성벽을 타고 올라 왕실 처소까지 침입하여 성안에서 아에니스 일가를 죽이려는 시도까지 서슴지 않았다. 이런 흉행에서 왕가가 살아남을 수 있었던 것은 오직 킹스가드 덕분이었다.

이 모든 소식을 접한 아에니스는 자신의 가족과 도시를 내팽개치고는 드래곤스톤으로 도망쳐 버렸다. 비센야 대비는 드래곤을 타고 왕에게 날아가 별빛의 셉트와 추모의 셉트에 불과 피의 벼락을 내리라는 조언을 올렸다. 하지만 확실한 결정을 내릴 능력이 없었던 왕은 배를 쥐어뜯는 듯이 고통스러운 위경련과 극심한 설사로 병들고 말았다. AC41년이 끝날 무렵에는 왕국의 대다수가 그에게서 등을 돌렸다. 가난한 친구들 수천 명이 거리를 떠돌며 왕의 지지자를 위협했고, 수십이나 되는 영주들이 철왕좌에 맞서 무기를 들었다. 아에니스는 당시 53세였지만 병으로 60세가 넘어 보일 지경이 되었고, 그랜드 마에스터 가웬은 그의 회복을 포기했다.

미망인이었던 비센야 대비가 왕의 간호를 맡자 한동안은 차도가 있는 듯 보였다. 그러나 자신의 자식들이 크레이크홀에 포위되어 있다는 소식을 듣자마자 왕은 다시 쓰러지고 말았다. 그곳은 연례 행사처럼 일어나던 철왕좌에 대한 반란이 터지면 왕족이 피난하던 장소였다. 그는 사흘 뒤에 죽었고 아버지와 마찬가지로 오랜 발리리아식 관습에 따라 드래곤스톤에서 화장되었다.

후일 비센야가 죽고 나자, 아에니스 왕의 갑작스런 죽음이 비센야의 소행이었다는 설이 나왔고, 일각에서는 그녀를 일컬어 왕 살해자인 동시에 친족 살해자라고 부르기도 했다. 혹시 그녀가 아에니스보다 마에고르를 더 아꼈던 것은 아닐까? 또한 본인 소생의 아들이 통치자가 되기를 바라는 야망을 가지지 않았을까? 그렇다면 그녀는 꼴 보기 싫었을 자신의 의붓아들이자 조카를 왜 돌봤던 것일까? 비센야는 다채로운 면모를 지녔을 터였다. 하지만 결코 동정할 줄 아는 여자로는 보이지 않았다. 이는 쉬이 무시할 수도 없을 뿐더러, 선뜻 답할 수도 없는 질문이다.

마에고르 1세

마에고르 1세는 AC42년에 아에니스가 갑작스레 서거하자 왕좌에 올랐다. 그는 '잔혹왕' 마에고르라는 별칭으로 잘 알려져 있는데, 이러한 칭호를 받을 자격이 충분했다. 철왕좌에 앉았던 그 어떤 왕도 마에고르보다 더 잔혹한 이가 없었기 때문이다. 그의 치세는 피로 시작해서 피로 마무리되었다. 역사서는 그가 전쟁과 싸움을 즐겼다 전하지만 그가 가장 활발하게 탐했던 것은 폭력과 죽음, 그리고 자신의 소유라 여긴 모든 것에 대한 압도적인 지배였다. 도대체 어떤 악마가 그에게 씌였던 것인지 아무도 알지 못한다. 심지어 지금도 일부는 그의 폭정기가 짧았음에 감사하고 있다. 그렇지 않았다면 단지 그의 욕망을 채우기 위해 얼마나 많은 고귀한 가문들이 영원히 사라져 버렸을지 알 수 없는 일이기 때문이다.

비센야는 아에니스가 매장되자마자 바가르를 타고 동쪽의 펜토스로 날아가 추방되었던 자신의 아들 마에고르를 칠왕국으로 다시 불러들였다. 마에고르는 발레리온을 타고 협해를 건너 귀환했는데, 필요한 만큼 드래곤스톤에 머문 뒤 왕관을-형이 쓰던 화려한 관 대신 부왕이 사용하던 발리리아 강철로 만든 수수한 관이었다-받아들였다.

그랜드 마에스터 가웬은 왕위계승법에 따라 아에니스의 맏아들인 아에곤이 왕위에 올라야 한다고 지적하며 항의했다. 그러자 마에고르는 그를 반역자로 선언하고는 사형을 선고한 다음 단 한 번 블랙파이어를 휘둘러 목을 쳐 화답했다. 이 사건 이후로 감히 아에곤의 계승권을 주장하는 자는 없었다. 까마귀들이 날아가 새 왕의 대관을 선포했으니, 그는 자신에게 충성하는 지지자는 정당하게 대우할 것이되, 반역자에게는 죽음을 내리겠노라 선언했다.

마에고르의 적들 가운데 주요 세력은 무장 교단-가난한 친구들과 전사의 아들들의 상부 조직-이었다. 그들과의 전쟁이 마에고르 치세에 깔린 배경이 되었다. 킹스랜딩에서는 무장 교단이 추모의 셉트와 반쯤 건설되었던 레드 킵을 포위하고 있었다. 하지만 마에고르는 발레리온을 타고 두려움 없이 곧장 도시 안으로 날아가더니 비센야 언덕 위로 타르가르옌 가문의 붉은 드래곤 깃발을 내세우고 사람들을 자신의 앞에 집결시켰다. 수천 명이 그에게 합세했다.

그런 다음 비센야가 나서서 마에고르의 통치권을 부정하는 자는 누구든 스스로를 증명하라며 도전장을 제시했다. 전사의 아들들의 수장이 그 도전을 받아들였다. '독실한' 데이먼이라 불리던 데이먼 모리겐 경이 옛 방식인 7인 결투 재판에 동의했다. 즉 데이먼과 6인의 전사의 아들들과 맞서 왕과 그의 대전사 6인이 대결하는 방식이었다. 왕국 자체의 존망이 걸린 대결이었기에 이에 대한 설명이나 민담 역시 다수 존재하는데, 종종 그들은 서로 모순되기도 한다. 우리가 확실하게 아는 사실은 최후까지 남아서 서 있던 자가 마에고르왕이었다는 점, 그러나 뒤늦게 머리에 통렬한 타격을 입어 마지막으로 남은 전사의 아들들이 쓰러진 직후 왕 역시도 의식을 잃고 땅 위에 쓰러졌다는 사실뿐이다.

마에고르는 27일 동안 시체나 다름없는 상태였다. 28일째 되던 날 펜토스에서 알리스 왕비가 도착했는데(당시까지도 마에고르는 여전히 자식이 없었다) '탑의 티안나'라 불리는 미모의 펜토스 여성과 함께였다. 마에고르가 에소스로 추방당했던 시기에 얻은 애인임이 명백했는데, 어떤 이는 그녀가 왕의 애인인 동시에 알리스의 애인이기도 했다며 수군거렸다. 비센야 대비는 티안나를 만나본 후, 왕의 시중을 그녀가 홀로 들 수 있도록 허락했다. 이후 이 사실은 마에고르의 지지자들을 괴롭혔다.

7인 결투 재판으로부터 30일째 되던 날 왕이 일출과 함께 일어나 성벽으로 걸어 나왔다. 수천 명이 환호성을 올렸다. 비록 그 순간 추모의 셉트에서는 수백 명의 전사의 아들들이 모여 아침 기도를 올리고 있었지만 말이다. 마에고르는 발레리온에 올라 아에곤 고지에서 라에니스 언덕으로 날아가더니 경고도 없이 발레리온의 화염을 내뿜었다. 추모의 셉트가 불타오르자 일부는 도망치려 했지만, 마에고르가 준비해 두었던 궁수와 창병에 의해 쓰러졌다. 불에 타서 죽어 가는 사람들의 비명이 온 도시에 메아리쳤다고 하는데, 학자들은 그날부터 이레 동안이나 킹스랜딩 위로 짙은 먹구름이 덮

아에니스는 검과 창을 꽤 다룰 줄 알았다. 그의 솜씨는 스스로의 품위를 잃지 않기에 충분한 수준이었노라고 전해진다. 한편 마에고르는 13세 때 난투전에 나가서 숙련된 기사를 상대로 승리를 거두었고, AC28년 왕실에서 열린 마상시합에서 킹스가드 세 명을 연이어 격파하고는 난투전의 우승까지 거머쥐면서 어린 나이에 이름을 날리기 시작했다. 아에곤은 16세에 마에고르를 기사로 서임하여 당시 최연소의 기사가 되었다

좌측 | 불타오르는 추모의 셉트

20리그 : 약 97킬로미터

여 있었다고 주장한다.

하지만 이는 단지 마에고르와 무장 교단 사이에 벌어졌던 전쟁의 서막에 불과했다. 하이 셉톤은 여전히 그의 통치에 확고하게 반대했으며, 마에고르 역시 계속해서 더 많은 영주를 자신의 편으로 불러 모았다. 스톤브리지 전투에서는 가난한 친구들이 물에 빠져 죽었는데, 당시 맨더 강물이 붉게 물든 채 20리그*나 흘렀다고 한다. 그 뒤로 스톤브리지 다리와 이를 관할하던 성은 비탄의 다리라는 뜻에서 비터브리지라는 이름으로 더 알려지게 되었다.

블랙워터의 그레이트 포크에서는 훨씬 더 큰 전투가 벌어졌다. 여기서는 1만 3천여 명의 가난한 친구들과 스토니 셉트에서 파견한 전사의 아들들 수백 명, 리버랜드와 웨스터랜드에서 반기를 든 영주들까지 왕에 맞서 전투에 합세했다. 해거름녘까지 지속된 격렬한 전투였지만 결과는 마에고르 왕의 승리였다. 왕은 발레리온을 타고 전투에 뛰어들었고, 비가 내려 검은 공포의 불길을 적셨건만 드래곤이 지나간 뒤에 남은 것이라곤 죽음뿐이었다.

무장 교단은 마에고르의 치세를 통틀어 가장 매서운 적으로 남았고, 왕 역시 상대에게 그런 존재였다. AC44년 하이 셉톤이 의문사를 당하자 그를 이어 훨씬 고분고분한 하이 셉톤이 등극하였고, 교단과 무력을 분리시키려는 시도까지 있었음에도 둘 사이의 지속적인 반목은 사라지지 않았다. 또한 마에고르가 후계자를 생산하려는 노력으로 결혼을 거듭하는 바람에 그들의 전쟁은 더욱 심각해졌다. 그러나 많은 여자들과 결혼하고 동침을 계속했는데도 그에게는 여전히 자식이 없었다. 그는 자신이 과부로 만든 여자들-그중 아이를 잘 가질 수 있다고 증명된-을 신부로 맞이했지만 그의 씨로 태어난 아이들은 오로지 괴물뿐이었다. 기형이거나, 눈이 없거나, 팔다리가 없거나, 여성기와 남성기를 동시에 가졌거나 했다. 어떤 이들은 그가 정말로 미쳐 버리기 시작한 시점이 바로 이때, 혐오스러운 것들이 태어나기 시작했을 무렵이었다고 말한다.

마에고르의 치세에는 앞선 시대와 비교해서 한 가지 차이점이 있었는데, 이는 AC45년에 레드 킵이 완공되었다는 점이다. 레드 킵의 건설은 아에곤 왕의 치세에 시작된 계획이었으며 아에니스의 치세에서도 이어졌지만 그 끝을 본 자는 마에고르였다. 그는 부왕과 형의 계획을 뛰어넘어 더 멀리까지 나아갔다. 레드 킵 안에 해자를 파고 내성을 하나 더 세웠는데, 이는 후일 마에고르의 내성이라 알려지게 된다. 더 눈여겨봐야 하는 점은 그가 처음으로 이 성에 비밀 통로와 땅굴을 짓도록 지시했다는 것이다. 가짜 벽이나 함정이 숨겨진 문도 그가 처음 시작했고, 점점 늘어나다가 결국 아에곤 고지 전체를 비밀 통로가 뒤덮었다. 마에고르는 레드 킵의 건설에 몰두할 때만큼은 후계자가 없다는 현실에서 눈을 돌릴 수 있었던 모양이다. 그는 장인인 해로웨이 공을 새로운 핸드로 임명하고는 자신이 성의 완공을 지켜볼 동안 왕국의 정사를 맡겼다.

하지만 마에고르 치세의 다른 사건들이 그랬듯이 레드 킵의 완공이라는 위대한 성취마저도 끔찍한 공포로 끝을 맺었다. 성이 완공되자 왕은 그간 성의 건설에 참여한 석공이며 조각가, 그 밖의 장인 모두에게 떠들썩한 잔치를 열어 주었다. 그러나 왕이 마련한 사흘 동안의 잔치가 끝난 뒤 그들은 모두 참수당했다. 그로써 레드 킵의 비밀은 왕만이 독차지하게 되었다.

결국엔 마에고르의 친족들이 나서서 교단과 화합함으로써 그의 잘못을 증명하게 되었다. AC43년이 되자 그의 조카인 아에곤 왕자가 법적으로 자신의 것인 왕좌를 되찾으려 시도한 것이다. 이는 훗날 '신의 눈 아래의 전투'라 알려지게 된

대마에스터 길데인이 저술한 역사서에서 발췌함

마에고르는 레드 킵을 쌓아올리는 마지막 돌이 올라가기가 무섭게 라에니스 언덕 꼭대기에 있던 추모의 셉트의 잔해와 그곳에서 죽어간 전사의 아들들의 뼈와 재를 모두 치우라고 명령했다. 그러고는 그 자리에 돌로 된 거대한 '드래곤의 우리', 즉 발레리온과 바가르, 그리고 그들의 새끼들이 살 집을 세우리라 선언했다. 그리하여 드래곤핏의 건설이 시작되었다. 하지만 레드 킵을 지었던 일꾼들의 말로를 사람들이 이미 지켜본 뒤였기에 당연히도 건축가와 석공 같은 일꾼을 구하기가 쉽지 않았다. 너무나 많은 이들이 달아나 버리는 통에 결국 왕은 미르와 볼란티스에서 초빙한 건축가들의 감독 아래 킹스랜딩의 지하감옥에서 끌어낸 죄수들을 일꾼으로 부릴 수밖에 없었다.

다. 아에곤은 이 전투에서 아내이자 누나인 라에나와 쌍둥이 딸을 남기고 전사했다. 그의 드래곤이었던 퀵실버 또한 그 전투에서 목숨을 잃었다.

이후 AC45년 막바지에 이르자 마에고르 왕은 신임 하이 셉톤의 명에 반기를 들고 검을 내려놓지 않은 반역도인 무장 교단을 상대로 새로운 군사 작전에 돌입했다. 당시의 물품 목록에 의하면 이듬해 왕이 그 작전에서 돌아오면서 전리품으로 2천 점의 해골을 가져왔다고 한다. 왕은 그것들이 전사의 아들들과 가난한 친구들의 것이라 주장했다. 하지만 많은 이들이 그 해골은 운나쁘게 시기와 장소를 잘못 선택한 평민들일 가능성이 높다고 생각했다. 그렇게 계속해서 왕국은 왕에게서 등을 돌리고 있었다.

AC44년에 비센야 대비가 서거한 일은 비록 마에고르 본인은 가볍게 받아들였을지언정 주목할 만한 사건이었다. 그녀는 왕의 가장 큰 동맹자요, 날 때부터의 지지자였으며 그가 형 아에리스를 넘어설 수 있도록 조력하는 한편 마에고르가 위업을 달성하도록 할 수 있는 최선을 다했다. 그러나 대비가 죽고 난 뒤의 혼란을 틈타 아에니스의 미망인인 알리사는 아이들을 데리고 드래곤스톤에서 탈출했다. 비센야의 발리리아 강철검 다크 시스터도 함께였다. 당시 알리사와 아에니스 사이에서 태어난 차남인 비세리스 왕자는 레드 킵에 억류된 채 왕의 종자로 봉직하고 있었는데, 그녀의 도주로 인해 커다란 고통을 당하게 되었다. 비세리스 왕자는 탑의 티안나에게 아흐레 동안이나 심문을 당한 끝에 죽었다. 왕은 그의 시체를 성 앞마당에 마치 동물 내장을 던져 두듯 2주일 동안이나 버려 두었다. 소식을 듣고 알리사가 아들의 시신을

하단 | 스톤브리지 전투

수습하러 오기를 기대한 것이다. 그러나 그녀는 돌아오지 않았다. 비세리스가 죽었을 때 그의 나이는 불과 15세였다.

AC48년이 되자 셉톤 문과 '언덕의 붉은 개'로 잘 알려진 조프리 도겟이 왕에 대항하여 가난한 친구들을 이끌었고, 리버런 또한 그들과 나란히 섰다. 왕의 선박대신이었던 다에몬 벨라리온 공 또한 마에고르에게 등을 돌렸다. 그러자 많은 수의 대가문이 합세했다. 마에고르의 폭정이 더는 견딜 수 없는 지경까지 이르러 있었고, 왕국 전체가 이를 끝내고자 일어섰다. 그들 모두를 통합한 것은 어린 자에하에리스-아에니스와 알리사의 소생 중 남아있는 유일한 아들-를 새 왕으로 추대하자는 주장이었으니, 이를 지지한 스톰즈 엔드의 영주는 자에하에리스에게서 왕국의 수호자라는 칭호를 받았다. 아에곤이 죽자 마에고르에게 재혼을 강요당한 라에나 왕비는 자신의 남동생 자에하에리스가 새 왕으로 추대되었다는 소식을 듣고 마에고르가 잠든 틈을 타 블랙파이어를 훔쳐 자신의 용 드림파이어를 타고 달아났다. 심지어 킹스가드 가운데에서도 두 명이 마에고르를 저버리고 자에하에리스와 함께했다.

이에 대한 마에고르의 응답은 신속하지 않았다. 그는 혼란에 빠져 있었다. 일련의 배신은-아마 모친의 조력까지 잃었기에 더욱-그를 상처입힌 듯했다. 그는 자신에게 충성하는 영주를 킹스랜딩으로 소집했지만 정작 도착한 사람들은 국왕령의 소영주들뿐이었다. 그들에게는 수많은 적에 맞서 결집시킬 병력조차도 없었다. 결국 남은 영주들은 밤늦게, 늑대의 시간이 되어서야 회의실을 떠났고, 마에고르는 홀로 남아 사태를 곱씹었다. 다음 날 새벽 그는 왕좌에서 시신으로 발견되었다. 그의 옷은 피로 젖어 있었는데, 양팔은 철왕좌의 칼로 된 가시에 의해 베인 상태였다.

이렇게 잔혹왕 마에고르는 파국을 마주했다. 그가 어떻게 죽음을 맞았는지에 대해 많은 추측이 나돌았다. 음유시인들은 철왕좌 자체가 그를 죽였다고 하겠지만, 한편에서는 킹스가드를 의심하기도 한다. 또 다른 이들은 왕이 미처 죽이지 못하고 놓친 레드 킵의 비밀을 잘 아는 석공들을 의심하기도 한다. 하지만 가장 가능성 높은 추측은 왕이 자살을 택했으리라는 의견이다. 진실이 무엇이든 마에고르의 치세는 6년에 걸친 공포 끝에 끝이 났다. 아마도 마에고르의 시대를 끝낼 방법은 이뿐이었으리라. 하지만 그 조카의 치세에서는 그가 칠왕국에 남긴 깊은 상처를 치유하기 위해 해야 할 일이 산적해 있을 터였다.

상단 | 철왕좌에 앉은 채 죽은 마에고르 1세

우측 | 마에고르 1세의 아내들(세리스 하이타워, 탑의 티안나, 알리스 해로웨이, 엘리노르 코스테인, 제인 웨스털링, 라에나 타르가르옌)

잔혹왕 마에고르의 아내들

세리스 하이타워

세리스는 올드타운의 영주 마르틴 하이타워의 딸이었다. 그녀는 삼촌이었던 하이 셉톤에 의해 궁정에 들어왔는데, 13살의 마에고르 왕자와 갓 태어난 마에고르의 조카딸 라에나와의 약혼에 하이 셉톤이 반대한 후 마에고르의 신부로 천거되었다. 세리스와 마에고르는 AC25년에 결혼했다. 마에고르는 첫날밤 열두 번이나 결합에 성공했다 하였으나, 자식이 생기지 않았다. 그는 곧 세리스가 자신의 후계자를 잉태하지 못하는 데 지쳐 다른 신부들을 입에 올리기 시작했다. 세리스는 AC45년에 갑작스런 병으로 죽었지만, 왕의 명령으로 살해당했다는 소문도 있다.

알리스 해로웨이

알리스는 하렌할의 신임 영주 루카스 해로웨이의 딸이었다. 비밀 결혼은 마에고르가 핸드로 재직하던 AC39년에 이루어졌는데, 이 결혼으로 그는 펜토스로 추방당하게 된다. 알리스는 마에고르가 펜토스에서 그녀를 다시 데려온 후 왕비가 되었다. AC48년 그녀는 왕의 아이를 가진 첫 번째 여성이 되었지만 곧 아이를 잃었다. 그녀의 자궁에서 끌려나온 그것은 눈도 없었으며 온몸이 비틀린 괴물에 가까웠고, 분노한 왕은 산파와 셉타, 그리고 그랜드 마에스터 데스몬드에게 책임을 물어 그들을 처형했다. 하지만 탑의 티안나가 왕으로 하여금 그 아이는 알리스가 내연의 상대와 가진 밀회의 산물이라 믿도록 속삭였고, 결국 알리스 왕비와 친구들, 그녀의 부친이자 핸드였던 루카스 경, 킹스랜딩과 하렌할 사이에 있던 해로웨이 가문 사람들과 친족 전체를 죽음으로 몰아넣었다. 그리고 에드웰 셀티가르가 후임 핸드로 지명되었다.

탑의 티안나

티안나는 마에고르 왕의 신부들 가운데 가장 대중에게 두려움을 불러일으킨 존재였다. 소문에 의하면 어느 펜토스 행정 관료의 서녀라고 하는데, 원래는 술집의 춤꾼이었으나 자력으로 궁정의 일원이 되었다고 한다. 그녀는 주술과 연금술을 사용할 줄 알았으며 AC42년에 왕과 결혼했지만 그녀 역시 다른 신부들과 마찬가지로 불임이었다. 일부 사람들로부터 '왕의 까마귀'라 불리운 그녀는 비밀을 캐는 일에 능했고, 그렇게 모은 정보와 의견을 속삭이는 왕의 첩보관 역할을 했다. 그녀는 최후에 마에고르의 씨로 태어난 혐오스런 것들이 실은 자신의 짓임을 고백하며 왕의 다른 신부들에게 독을 먹였다고 밝혔다. 그녀는 AC48년 마에고르의 손에 죽임을 당했는데, 블랙파이어로 그녀의 가슴을 가르고 심장을 꺼내 왕이 기르던 개에게 던져주었다고 한다.

검은 신부들

AC47년 마에고르는 한꺼번에 세 명의 신부를 맞이했다. 셋 다 아이를 잘 낳는 여성들이었으며 마에고르가 벌인 전쟁 또는 그의 명령에 의해 남편을 잃은 과부라는 공통점이 있었다. 이하는 그들에 관해 기술한 내용이다.

엘리노르 코스테인

엘리노르는 검은 신부들 중에서 가장 어렸다. 마에고르와의 결혼 당시 19세에 불과했지만 이미 전남편 테오 볼링 경에게 아이를 셋이나 낳아 주었다. 테오 경은 알리사 왕비와 함께 그녀의 아들 자에하에리스를 옹립하려는 음모를 꾸몄다는 죄목으로 킹스가드에게 체포되어 사형당했는데, 이 모든 과정이 하루 만에 일어났다. 7일간의 초상이 끝난 뒤 엘리노르는 마에고르에게 불려가 그와 결혼하라는 명을 받았다. 그녀 역시 앞서의 알리스처럼 혐오스러운 것을 출산했는데, 눈이 없고 작은 날개가 달려 있었다 한다. 그럼에도 그녀는 끔찍한 출산을 견뎌냈으며, 왕의 사후에도 살아남은 두 명의 신부들 가운데 하나이기도 했다.

라에나 타르가르옌

아에곤 왕자가 신의 눈 아래의 전투에서 마에고르에게 죽자 라에나는 페어 섬의 파맨 공에게로 몸을 피했다. 파맨 공은 그녀와 그녀의 쌍둥이 딸을 숨겨주었다. 하지만 탑의 티안나가 그들을 찾아냈고, 라에나는 마에고르와 결혼할 것을 강요당했다. 마에고르는 알리사의 아들 중 그때까지 살아남은 자에하에리스에게서 계승권을 박탈하고는 대신 그녀의 딸 아에레아를 후계자로 지목했다. 라에나는 엘리노르와 더불어 마에고르보다 오래 산 두 명의 신부 중 나머지 하나였다.

제인 웨스털링

키가 크고 몸매가 날씬했던 제인 웨스털링은 신의 눈 아래의 전투에서 반란군과 함께 전사한 알린 타르벡 공과 결혼했었다. 남편의 유복자를 낳아 아이를 낳는 능력을 입증한 그녀는 캐스털리 록의 영주인 라니스터 가문의 아들에게 구애를 받던 중 왕의 부름을 받았다. 그녀는 AC47년에 회임했는데, 예정보다 3개월 이르게 산통이 시작되더니 마에고르의 다른 아내들과 마찬가지로 괴물이 사산된 채 나왔다. 그녀는 그 아이보다도 먼저 사망했다.

자에하에리스 1세

자에하에리스는 AC48년 왕좌에 올랐다. 그가 즉위할 당시 칠왕국은 반란을 일으킨 영주들의 야망과 하이 셉톤의 분노, 삼촌인 마에고르 1세의 잔인한 통치로 인해 갈기갈기 찢기고 있는 상황이었다. 하이 셉톤은 14세밖에 되지 않은 그의 머리 위에 부왕 아에니스가 사용하던 왕관을 올려놓았고, 그의 치세는 모친 알리사 대비와 핸드이자 왕국의 호국경이었던 로가르 바라테온 공의 보호 아래 시작되었다. 그는 성인이 되자 누이 알리샌느와 결혼했고, 그 결실 또한 풍족하게 맺었다.

왕좌에 오르기에는 어린 나이였지만 그럼에도 자에하에리스는 일찍부터 진정한 왕으로서의 자질을 드러냈다. 그는 뛰어난 전사로 마상창과 활을 능숙히 다루었고 승마에도 재능을 보였다. 물론 드래곤에도 올라탔는데, 청동색과 황갈색이 섞인 거대한 야수로 발레리온과 바가르에 이어 살아 있는 드래곤들 가운데 세 번째로 거대했던 버미소르를 타고 다녔다. 자에하에리스는 우유부단했던 부왕과는 달리 사고와 행동이 단호했으며 나이를 웃도는 지혜를 지녀 항상 가장 평화로운 결말을 추구하였다.

그의 반려인 '선한 왕비' 알리샌느 역시 왕국 전체에서 흠모를 받았다. 그녀는 아름다우면서도 활기가 넘쳤고, 매력적이면서도 대단히 지적이었다. 어떤 이들은 그녀 역시 왕 못지않게 왕국의 통치에 기여했다고 하는데, 이는 결코 틀린 소리가 아니었다. 많은 영주들이 열성적으로 유지를 청원했음에도 불구하고 결국 자에하에리스 왕은 초야권을 금지하는데, 이는 그녀의 간청 덕분이었다. 또한 나이츠 워치가 그녀를 기리기 위해 그들이 소유한 성 중 스노우게이트를 퀸스게이트로 개명하기도 했다. 지나치게 넓고 유지비도 엄청나게 잡아먹던 나이트포트를 대체할 나이츠 워치의 새로운 성, 딥 레이크의 건축비조로 알리샌느가 기증한 보석들에 대한 감사와 더불어 그들에게 뉴 기프트 지역을 새로이 할양하여 축 처졌던 나이츠 워치의 사기를 끌어올리는 데 기여한 그녀에 대한 보답이었다.

자에하에리스와 알리샌느는 46년간 결혼 생활을 지속했으며 수많은 자식과 손자들에게 둘러싸여 행복한 삶을 누렸다고 한다.

그들의 사이가 벌어지는 일이 두 번쯤 있었다고 기록되어 있으나, 한두 해 이상 가지 않고 다시 좋은 관계를 회복했다고 한다. 그러나 두 번째 다툼은 주목할 만한데, 그 원인이 AC92년에 자에하에리스가 내린 결정 때문이었던 탓이다. 왕이 드래곤스톤의 영주 지위와 왕위계승권자의 자리를 장손녀 라에니스–장남이자 후계자였던 죽은 아에몬 왕자의 딸–를 무시하고 차남인 '용맹한' 바엘론에게 넘겨주었던 것이다. 알리샌느는 어째서 남자가 여자보다 우선시되는지 그 이유를 이해할 수 없었다. 만약 자에하에리스가 여자를 무용하다고 생각한다면 알리샌느 자신 역시 필요치 않을 터였다. 그들은 너무 늦지 않게 화해했지만 늙은 왕은 사랑하는 그의 왕비보다 오래 살았다. 왕의 마지막 몇 해 동안은 온 궁정에 짝을 잃은 그의 비통함이 마치 장막처럼 드리워져 있었다고 전해진다.

자에하에리스에게 알리샌느가 최고의 연인이었다면 최고의 친구는 셉톤 바스였다. 그는 소탈한 어조를 가진 비범한 셉톤이었다. 그처럼 비천하게 태어나 높은 신분에 오른 자는 세상에 또 없을 것이다. 그는 평범한 대장장이의 아들로 태어나 어릴적에 교단에 맡겨졌다. 하지만 그의 비범함이 절로 빛을 발해 세간에 알려지더니 때마침 레드 킵의 도서관에서 일하게 되어 왕의 장서와 기록을 관장하게끔 되었다. 그곳에서 바스와 자에하에리스 왕은 친분을 쌓게 되었고 곧 그를 핸드로 임명하였다. 훌륭한 혈통을 지닌 수많은 영주들이 왕의 결정을 의아하게 여겼다. 또한 하이 셉톤과 '최고신실'은 그가 품은 신앙의 정통성에 대한 의문을 품었다고

대마에스터 길데인의 역사서에서 발췌함

자에하에리스 1세의 치세 50주년을 기념하기 위해 AC98년 킹스랜딩에서 열렸던 마상시합은 왕비를 매우 기쁘게 했다. 그녀의 살아남은 자식들, 손주와 증손주들까지 돌아와 다 함께 축제를 즐겼던 것이다.

진정 발리리아의 멸망 이후 그토록 많은 드래곤을 한날한시에 볼 수 있었던 적은 없었노라고 전해진다. 결승전에서는 킹스가드 기사인 리암 레드와인 경과 클레멘트 크랩 경이 30회나 랜스를 부딪친 끝에 자에하에리스 왕에 의해 공동 우승 판정을 받았다. 이는 웨스테로스 사상 가장 멋진 마상창 시합으로 역사에 남았다.

우측 | AC98년의 대마상시합

한다. 그러나 바스는 자신이 그들이 상상한 이상의 존재임을 증명했다.

바스의 조력과 조언에 힘입어 자에하에리스는 그의 치세 이전과 이후를 통틀어 다른 어떤 왕보다도 더 많이 왕국을 개선시켰다. 그의 증조부인 아에곤 1세는 칠왕국의 법을 변덕스럽고 엉뚱한 각 지역의 전통과 관습에 맡겼다. 그러나 자에하에리스는 북부에서부터 도른의 국경까지 아우르는 최초의 통일 법전을 마련했고, 왕국은 하나의 질서를 공유하게 되었다. 또한 킹스랜딩의 발전을 위한 커다란 사업이 시행되었는데, 바스는 도시가 건강하기 위해서는 신선한 물의 공급과 오물 처리가 중요하다고 믿었으므로 배수 시설, 하수관, 우물 등이 정비되었다. 나아가 '조정자' 자에하에리스 1세는 왕국 전체가 긴밀하게 결합되려면 각 지역 사이의 이동이 보다 용이해야 한다고 여겨 장차 킹스랜딩을 리치, 스톰랜드, 웨스터랜드, 리버랜드, 심지어 북부까지 연결할 도로 연결망의 건설에 착수했다.

하지만 어떤 이들은 자에하에리스와 셉톤 바스의 통치 가운데 가장 중요한 성취는 다름 아닌 칠신교 교단과의 재화합이라고 말한다. 우선 더 이상 마에고르 시대처럼 가난한 친구들과 전사의 아들들이 사냥당하지 않았다. 그들의 수는 엄청나게 줄어들었으며 공식적으로는 마에고르가 내린 법령 때문에 존재 자체가 불법이 되었지만 여전히 잔존하고 있었다. 또한 조직을 복구하기 위해 목을 매며 부단히 매진하던 차였다. 한편으로는 더욱 절박한 문제가 있었는데, 교단이 전통적으로 보유하고 있던 재판권에 문제가 많다는 사실이 드러나기 시작했다는 점이었다. 게다가 부도덕한 성직자들이 제멋대로 교구민과 신자들의 재산을 탕진한다는 항의가 수많은 영주들에게서 쏟아져 나오기도 했다.

일부 자문의원들은 늙은 왕에게 무장 교단을 가혹하게 다루어 달라며 촉구하기도 했다. 그들의 광신이 또다시 왕국을 혼란에 빠트리기 전에 이를 근절시키라는 것이었다. 한편 셉톤들 역시 왕국 전체에 통용되는 정의에 따르고 책임을 지

도록 하는 데에 더 신경을 쓰는 사람들도 있었다. 이에 자에하에리스는 셉톤 바스를 올드타운에 파견해 하이 셉톤과 직접 대면하도록 했다. 그리하여 그들은 그곳에서 최종 합의를 구축하기 시작했다. 그 결과 얼마 남지 않은 무장 교단은 무기를 내려놓고 교단 바깥 세상의 정의를 수용하기로 결정했다. 그리고 그대신 하이 셉톤은 철왕좌가 항상 칠신교를 보호하며 어떤 위험으로부터도 수호하겠다는 자에하에리스의 맹세를 받아냈다. 결국 교권과 왕권 사이에 벌어졌던 큰 균열은 이리하여 영원토록 메워졌다.

자에하에리스 치세 말기의 문제는 타르가르옌의 성씨를 가진 사람들이 너무나 많아진 나머지 계승권자가 넘쳐났다는 점 하나뿐이었다. AC101년 바엘론이 사망함으로써 운명은 자에하에리스를 한 번도 아닌 두 번씩이나 후계자가 없는 왕으로 내몰았다. 계승자 문제를 단번에, 그리고 영원히 해결하기 위해 자에하에리스는 AC101년 대회의를 소집해 왕국의 모든 영주들에게 이 안건을 제시했다. 그리하여 왕국의 구석구석에서 영주들이 모여들었다. 이토록 많은 인원을 수용할 수 있는 곳은 하렌할뿐이었기에 그곳이 집결지가 되었다. 여러 영주들과 저마다 동반한 그들의 기수와 기사, 종자, 마부와 하인의 긴 행렬이 잇따랐다. 그러고도 그 뒤로 군속과 세탁부, 행상, 대장장이와 수레꾼이 뒤따랐다. 하렌할 성벽 밖에 쏟아지는 달빛 아래 수천 개의 천막이 생겨났고, 하렌할 주변에 있던 하렌튼 마을은 순식간에 왕국에서 네 번째로 커다란 도시가 되었다.

회의에서는 우선 계승권 서열이 낮은 아홉 명은 제외되었다. 그리고 두 명의 최고위 계승권자만이 왕 앞에 남았다. 한 명은 자에하에리스의 장남 아에몬의 장녀인 라에니스 공주의 아들 라에노르 벨라리온이었으며, 다른 하나는 용맹한 바엘론과 알리사 공주 부부의 장남 비세리스였다. 각자 장점이 있었는데 우선 라에노르는 직계 장손이었다. 반면 비세리스는 AC94년 발레리온이 죽기 전까지 그 드래곤을 탄 마지막 타르가르옌이었다. 라에노르는 그 무렵에 막 시스모크라

'조정자' 자에하에리스와 '선한 왕비' 알리샌느의 성년까지 살아남은 아이들

아에몬 왕자

타스 동부를 장악했던 미린의 해적들과 싸우다 전사했다.

바엘론 왕자(봄에 태어났기에 '봄의 왕자'라고 불렸으며 '용맹한' 바엘론이라는 별명도 있었다)

AC99년 셉톤 바스가 잠든 사이에 세상을 떠나자
명망 높은 킹스가드 기사였던 리암 레드와인이
새로이 핸드가 되었다. 그러나 그는 검술과 창술,
그리고 용맹만큼의 통치력을 갖추지 못했음이 판명되었다.
1년을 채우지 못하고 사임한 그를 이어
바엘론이 차기 핸드가 되어 임무를 훌륭하게 수행했다.
하지만 바엘론 왕자는 AC101년 사냥을 하던 중 옆구리의
통증을 호소하더니 며칠 뒤에 장 파열로 사망하고 말았다.

대마에스터 바에곤

'용 없는' 바에곤은 어렸을 때 시타델에 맡겨진 후
반지와 지팡이 그리고 황금 가면을 가진 대마에스터가 되었다.

다엘라 공주

AC80년에 로드릭 아린 경과 결혼하여
딸 아엠마를 낳고서 사망했다.

알리사 공주

알리사는 오누이인 용맹한 바엘론과 결혼했다.
그녀의 두 아들은 장차 왕이 될 운명이었다.

비세라 공주

비세라는 화이트 하버의 맨더리 경과 약혼했으나
야성적이며 활발한 처녀였던 그녀는 킹스랜딩 거리에서
술에 취한 채로 질주하다가 낙마해 사망했다.

셉타 마에겔

마에겔은 동정심과 치유 능력을 가진 까닭에 교단에 맡겨져
셉타로 성장했다. 그녀는 늙은 왕과 알리샌느 왕비가 두 번째로
다툰 이후 AC94년에 다시 화해하는 데에 주된 명분이 되었다.
그녀는 회색비늘병에 감염된 아이들을 돌보다
같은 병에 감염되어 AC96년에 사망했다.

사에라 공주

그녀 역시 마에겔과 마찬가지로 교단에 맡겨졌지만
마에겔과 같은 기질을 갖추지 못했다.
수습 셉타였을 때 도망친 그녀는 협해를 건넜으며
한 동안 리스에 머물다가 올드 볼란티스로 가서
유명한 유곽의 주인이 되었다.

가엘 공주(겨울의 아이)

멍청하나 사랑스러운 가엘은 왕비가 가장 귀여워하던 딸이었다.
그녀는 AC99년에 역사에서 사라졌는데,
여름의 유행병에 걸려 죽었다고 알려졌으나
실제로는 떠돌이 음유시인에게 유혹당해 임신한 뒤 버림받아
블랙워터 강에 몸을 던져 자살했다.†

† 비탄에 잠긴 알리샌느 왕비는 1년도 지나지 않아 가엘 공주의 뒤를 따랐다.

는 멋진 드래곤을 얻은 참이었다. 그러나 많은 영주들이 가장 중요하게 여긴 부분은 부계가 모계보다 우선한다는 원칙이었다. 라에노르는 이제 겨우 일곱 살인 반면, 비세리스는 스물 넷이라는 점은 말할 것도 없었다.

그러나 라에노르에게도 한 가지 빛나는 이점이 있었다. 그의 부친이 칠왕국에서 가장 부유한 '바다뱀' 코를리스 벨라리온이라는 점이었다. 그의 이름은 킹스가드의 초대 로드 커맨더였던 동명의 코를리스 경에게서 따온 것이다. 하지만 그의 명성은 검과 장창, 방패를 다루는 기량이 아니라 세계의 바다를 누비며 새 지평을 열어 얻어낸 것이었다. 그는 벨라리온 가문이었는데, 그 가문은 전설 속의 발리리아에서 유래한 유서깊은 가문으로 역사가들조차 동의하듯 타르가르옌 가문보다 앞서 웨스테로스에 도착해 그간 국왕 함대의 대부분을 제공해 왔다. 너무나 많은 벨라리온 가문의 인물들이 대제독이자 선박대신의 직함을 가졌던 탓에 거의 세습직으로 여겨질 정도였다.

코를리스 공은 남방과 북방 모두를 폭넓게 여행했는데 한 번은 소문을 듣고 웨스테로스 최북단을 지나는 항로의 개척에 나섰다가 빙하와 얼어붙은 바다만 확인하고서 자신의 배 '아이스 울프'호의 뱃머리를 돌려 회항한 적도 있었다. 하지만 그의 가장 위대한 여정은 '시 스네이크'호를 타고 다니며 이루었기에 이후 그는 그 배의 이름을 따서 '바다뱀'이라는 별명으로 알려지게 되었다. 대다수의 웨스테로스 선박은 비단과 향신료 무역을 위해 콰스까지만 항해했으나 그는 더 멀리 나아가 이야기 속에 나오는 땅 '이 티'와 '렝'까지 도달했고, 그곳에서 얻은 재화 덕분에 벨라리온 가문의 부는 단 한 번의 항해로 두 배로 불어났다.

시 스네이크 호를 타고 떠난 항해는 총 아홉 번이었는데 마지막 항해 때 코를리스는 선창을 황금으로 가득 채우고 콰스로 간 다음 거기서 스무 척의 배를 더 사서 거기에 향신료와 코끼리, 그리고 최고급 비단을 실었다. 마에스터 마티스의 〈아홉 번의 여정*The Nine Voyage*〉에 따르면 화물의 일부는 바다에서 잃었고 코끼리 또한 바다에서 죽음을 맞이했다 하나, 남은 재화만으로도 충분히 벨라리온 가문은 한동안 왕국에서 제일가는 부자가-라니스터 가문이나 하이타워 가문보다도-되었다 한다.

코를리스 벨라리온은 조부가 사망하자 영주가 되었고, 습기로 인해 무너져 가던 드리프트마크 성과 유목좌-전설에 따르면 오래전 인어 왕이 벨라리온 가문과 협약을 맺고 선물했다는 가문의 옥좌이다-가 놓였던 저택을 대체하기 위해 새로이 하이 타이드 성을 지었다. 한편 드리프트마크 성에도 엄청난 교역품이 오가게 되면서 헐과 스파이스타운이라는 마을이 탄생해 한동안 킹스랜딩조차 압도할 정도로 블랙워터 만의 주요 무역항이 되었다.

그의 명성과 평판, 그리고 재산은 아들 라에노르의 계승권에 많은 힘을 실어 주었다. 보어문드 바라테온 역시 엘라드 스타크 경과 함께 라에노르의 계승권을 지지했다. 블랙우드 공과 바 에몬 공, 셀티가르 공도 라에노르를 지지했다. 하지만 그들은 소수에 불과했으며 대세는 그들의 편이 아니었다. 개표를 담당했던 마에스터가 정확한 숫자를 공개하지는 않았으나, 소문에는 대회의에 참석한 가문들은 20 대 1로 비세리스에 투표했다고 전한다. 왕은 최종 숙고 과정에는 참석하지 않았고, 결과가 나오자 그대로 비세리스를 드래곤스톤 공으로 지명했다.

자에하에리스 왕은 재임 기간의 마지막 몇 년 동안 오토 하이타워 경을 핸드로 삼았다. 오토 경은 자신의 일가를 킹스랜딩으로 함께 데려왔는데 그중 하나인 15세의 영리한 소녀 알리센트가 곧 자에하에리스 왕을 보필하게 되었다. 그녀는 왕에게 책을 읽어 주고, 식사를 나르고, 목욕이며 환복까지 시중을 들었다. 왕이 그녀를 양녀로 받아들이리라는 말까지 나돌았다. 짓궂은 소문 가운데에는 그녀가 왕의 정부라는 내용도 있었다.

'조정자', 혹은 '늙은 왕'(타르가르옌 가문의 통치자로서 유일하게 고령까지 살았다 하여 붙은 별칭)으로 알려졌던 자에하에리스 1세는 AC103년 자신의 침상 위에서 왕의 벗이었던 바스가 쓴 〈부자연스러운 역사*Unnatural History*〉를 알리센트가 읽어 주는 소리를 들으며 평화롭게 눈을 감았다. 그는 사망 당시 69세였고, 55년 동안 칠왕국을 다스린 현명한 통치자였다. 웨스테로스 전체가 그의 죽음을 애도했으니, 심지어 도른에서조차 남자들은 눈물을 흘리고 여자들은 제 옷을 찢어 그토록 정의롭고 선했던 왕을 추모했다고 한다. 그의 시신은 화장되어 레드 킵 아래, 그가 사랑해 마지않던 선한 왕비 알리샌느 옆에 묻혔다. 그리고 왕국은 이후로 다시는 그들과 같은 통치자를 얻을 수 없었다.

대마에스터 길데인의 역사서에서 발췌함

많은 이들이 보기에 AC101년에 열린 대회의는 칠왕국의 왕위계승권에 대해 강철처럼 굳건한 선례를 남겼다. 즉 탄생한 순서와 상관없이 웨스테로스의 철왕좌는 여성에게는 계승되지 않으며, 모계를 통해서 여성의 남성 후손에게도 이어지지 않는다는 사실이었다.

전면 페이지 | AC101년의 대회의

좌측 | 아들 아에몬 왕자와 함께한 자에하에리스 1세와 선한 왕비 알리샌느

비세리스 1세

자에하에리스 1세의 길고 평화로웠던 치세가 끝나자 비세리스는 안전한 왕좌와 가득찬 국고, 그리고 조부가 50여년에 걸쳐 가꾼 선한 의지라는 유산을 물려받았다. 비세리스의 치세만큼 타르가르옌 가문이 강력했던 때는 없었다. 발리리아의 멸망 이래 그 어느 때보다도 타르가르옌 혈통의 왕자, 공주가 많았으며 AC103년부터 AC129년 사이만큼 드래곤이 많았던 적도 없었다.

다크 시스터를 하사했다. 그는 대회의에서 가장 열성적인 비세리스의 지지자였다. 코를리스 벨라리온이 아들 라에노르의 계승권을 지키고자 함대를 준비한다는 소문에 그는 충성 서약을 한 기사와 병사로 작은 군대까지 준비할 정도였다. 결국 자에하에리스 왕은 유혈 사태를 피했지만 다에몬이 그 문제로 칼을 휘두를 준비가 되어 있었음을 많은 이들이 기억하고 있었다.

그러나 용들의 춤이라는 대격변은 바로 비세리스 왕의 치세에 뿌리를 두고 있으며, 정확히는 왕가의 혈통이 원인이 되었다. 비세리스 1세의 치세 초기에 그의 주된 골칫거리는 친동생 다에몬 타르가르옌이었다. 다에몬은 변덕스럽고 성마르며 위험한 성격이었지만 늠름하고 대담하기도 했다. 그는 마에고르 1세처럼 16세에 기사에 봉해졌는데, 자에하에리스 1세가 직접 다에몬의 기량을 치하하며 발리리아 강철검

다에몬은 AC97년, 당시 베일의 유서 깊은 요새인 룬스톤의 계승자였던 레아 로이스와 결혼했다. 훌륭하고 부유한 이들간의 결합이었지만 다에몬은 베일을 기꺼워하지 않았고, 자신의 아내 역시 달갑지 않게 여겼다. 결국 둘의 사이는 금세 소원해진다.

이내 그 결혼은 결실을 맺지 못하는 것으로 판명되었다. 그럼에도 비세리스 1세는 결혼을 무효화시켜 달라는 동생의

대마에스터 길데인의 역사서에서 발췌함

다에몬은 AC97년 룬스톤의 여공과 결혼했지만 그 결혼은 성공적이지 못했다. 그는 베일에서 따분함을 느꼈다(그는 편지에 이렇게 적었다. "베일에서는 남자들이 양하고 동침한다오. 그래도 그들을 욕할 수는 없지. 그곳에서는 여자보다 양이 더 아리따우니 말이오."). 그리고 자신의 아내를 점차 기피하더니만 급기야는 로이스 가문의 영주가 입던 룬 문자를 새긴 청동 갑옷에 빗대어 그녀를 '친애하는 청동 잡년'이라 부르기까지 했다.

간청을 거부하고 다시 궁정으로 불러들여 통치의 책임을 지웠다. 다에몬은 처음에는 재무대신으로 봉직했고 이후 법무대신으로 재임했다. 그러나 다에몬의 주요 경쟁자이자 핸드였던 오토 하이타워 경이 왕을 거듭 설득한 끝에 다에몬은 관직에서 물러나게 된다. AC104년 비세리스 1세는 자신의 동생을 킹스랜딩 도시경비대의 사령관으로 임명했다.

다에몬 왕자는 도시경비대의 무장 수준과 숙련도를 개선하는 한편 구성원들에게 금빛 망토를 지급해 입혔고, 이 때문에 오늘날까지도 이들은 '황금 망토'라고 알려지게 되었다. 다에몬은 종종 수하들과 함께 도심을 순찰하며 빠른 속도로 최악의 불량배이자 가장 부유한 상인으로 자리잡았다. 또 유곽과 사창가에서 대가를 지불하지 않고도 온갖 서비스를 제공받으며 그 바닥에서도 난잡한 평판을 얻게 된다. 범죄는 급감했지만 그 이유가 다에몬이 혹독한 처벌을 즐겼기 때문이라는 소문 또한 들려왔다. 하지만 그의 지배로 이득을 본 자들은 그를 아주 좋아했으며 곧 다에몬에게는 '빈민촌의 영주'라는 별칭이 붙게 된다. 후일 비세리스가 그에게 제안했던 드래곤스톤 공 지위를 거절한 뒤에도 그는 계속하여 '도시의 왕자'라고 불리게 된다. 그가 가장 총애하던 정부를 찾아낸 곳 역시 킹스랜딩의 한 유곽에서였는데, 리스 출신의 무용수로 피부가 매우 창백한 미사리아라는 여인이었다. 그녀를 아는 다른 창부들은 그녀의 외모와 평판에 빗대어 '화이트 웜' 미저리라 불렀다. 훗날 그녀는 다에몬의 첩보관이 된다.

어떤 이들은 다에몬이 대회의에서 형을 지지했던 동기가 장차 자신이 형의 후계자가 되리라는 믿음 때문이었다고도 한다. 하지만 비세리스는 이미 마음에 둔 후계자가 따로 있었는데, 자신과 아린 가문 출신의 사촌 아엠마 사이에서 얻은 외동딸 라에니라였다. AC97년에 태어난 라에니라는 부친이 어린 시절부터 후계자로 점찍고 어디를 가든 항상 동행시켰으며, 회의장까지 그녀를 데려가 여러 가지를 보고 듣도록 독려했다. 이런 까닭에 그녀를 바라보는 궁정의 시선 역시 부드러웠고 많은 이들이 그녀에게 경의를 표했다. 음유시인들은 그녀의 영리함과 조숙함을 들어 '왕국의 기쁨'이라는 별칭을 붙였다. 이 훌륭한 아이는 7세에 이미 발리리아 옛 신에게서 따온 이름을 붙인 자신의 암컷 드래곤 시락스의 등에 올랐다고 한다.

AC105년이 되자 마침내 그녀의 어머니는 부부가 오랫동안 고대하던 아들을 출산했다. 하지만 왕비는 산고로 숨을 거두었고, 바엘론이라는 이름이 붙었던 아이는 어머니보다 고작 하루를 더 살고 생을 마감했다. 비세리스 1세는 계승 문제로 고심하는 데에 진력이 났고 AC92년과 AC101년의 대회의에서 얻은 선례와는 상관없이 라에니라를 드래곤스톤의 여공이자 자신의 후계자로 공식 선언했다. 성대한 지명식이 준비되었고 수백의 영주들이 부친의 아래에 자리한 여공에게 무릎을 꿇고 충성을 맹세했다. 그러나 그들 가운데 다에몬은 없었다.

AC105년에는 주목할 만한 사건이 한 가지 더 있었다. 크리스톤 콜 경이 킹스가드에 들어온 일이었다. AC82년에 태어난 크리스톤 경은 블랙헤이븐의 돈다리온 가문을 섬기는 집사의 아들이었다. 그는 메이든풀에서 열린 마상시합에서 궁정의 주목을 모았다. 그 대회는 비세리스의 왕위 등극을 축하하는 뜻에서 열린 것이었는데, 그는 난투전에서 우승을 거뒀으며 또한 마상창 시합에서도 마지막까지 남은 한 사람이 되었다.

검은 머리칼에 녹색 눈동자, 수려한 용모를 지녔던 그는 곧 궁정의 귀족 아가씨들의 눈길을 한몸에 받게 되었다. 특히 라에니라 공주의 연모가 두드러졌다. 그녀는 마치 어린아이처럼 그에게 끌렸고, 크리스톤 경을 '나의 백기사'라고 부르며 부친을 졸라 그녀 자신의 수호기사로 봉하기까지 했다. 그 후로 콜은 언제나 그녀의 편이 되었으며, 마상시합에서도 항상 그녀의 명예를 위해 활약했다. 라에니라 공주는 그저 크리스톤 경의 능력을 알아보는 안목이 있었던 것뿐이라고 후세 사람들이 변호하기도 하지만, 그 말이 완전한 진실일지는 의심스럽다.

그러나 사태는 보다 복잡해졌다. 국왕 비세리스가 오토 하이타워 경의 부추김에 힘입어 알리센트 하이타워, 즉 오토 경의 딸이자 늙은 왕 자에하에리스의 수발을 들었던 여성과 재혼하겠다는 의사를 발표한 것이다. 국민 대다수가 이 결합을 축복했다. 라에니라 역시 자신의 계승권이 확고부동했기에 궁정에서 오래 알고 지낸 사이였던 새 신부를 환영했다. 그러나 모든 이가 기뻐한 것은 아니었다. 다에몬은 이 결혼

좌측 | 철왕좌에 앉은 비세리스 1세
상단 | 도시경비대 부하들과 함께 있는 '도시의 왕자' 다에몬 타르가르옌

소식을 전달한 시종에게 채찍을 휘둘렀다고 전해진다. 또한 드리프트마크에서도 코를리스 공과 라에니스 공주가 왕과의 혼인을 거부당한 자신들의 딸 라에나를 마냥 지켜보는 수밖에 없었다.

그렇게 비세리스 왕과 알리센트의 결혼으로 맺어진 결실 가운데에는 다에몬과 바다뱀의 동맹 또한 존재했다. 점점 더 멀어져만 가는 왕관을 기다리다 지쳐 버린 다에몬은 자신의 왕국을 직접 건설하기로 결심했다. 마침 당시 삼두정이라 불리기도 하는 '세 딸들의 왕국'이 벌이던 약탈 행위를 근거로 다에몬은 코를리스 벨라리온과 공통된 목적을 찾을 수 있었다. 세 딸들의 왕국은 본래 볼란티스에 대항해 리스와 미르, 티로시 세 도시가 동맹하여 탄생한 연합이었다. 처음에는 칠왕국도 이를 환영했으나, 어느새 그들은 과거에 소탕한 해적보다 더 악랄하게 성장하고 말았다.

전투는 AC106년에 시작되었다. 바다뱀은 함대를 공급했고 다에몬은 자신의 드래곤 카락세스와 자신의 기치 아래로 모여든 귀족의 차남들과 영지가 없는 기사를 이끄는 지휘 능력을 보탰다. 비세리스 왕 또한 병사를 고용할 자금과 보급품을 보내며 그들의 전쟁에 힘을 실어 주었다.

그들은 2년간 여러 번의 승리를 거두었고, 이윽고 다에몬이 단 한 번의 전투로 미린의 군주–해적들을 바다에 던져 넣어 '게 양식업자'라 불리던 크라가스 드라하 제독–를 죽이며 정점에 올랐다(국왕 비세리스는 다에몬이 AC109년 자신을 협해의 왕이라 선포했다는 소식을 듣고서, 이로써 그가 더 이상 소란을 일으키지만 않는다면 그대로 두고 보리라 말했다고 한다). 그러나 결국은 당시의 승리 선언이 때이른 것이었음이 판명되었다. 이듬해가 되자 삼두정이 새로이 함대와 군대를 파견한 데 이어 도른마저 삼두정에 합세하여 막 날갯짓을 시작한 다에몬의 소왕국에 맞서는 전쟁에 뛰어든 것이다.

AC107년, 알리센트는 비세리스에게 정복왕의 이름을 따 아에곤이라는 이름의 남자아이를 안겨 주었고, 이로써 왕은 마침내 아들을 품에 안았다. 이어서 미래에 아에곤의 신부가 될 누이동생 헬라에나가 태어났으며 그 뒤로도 아에몬드라 이름지은 아들이 태어났다. 하지만 이들의 탄생은 계승 문제에 또다시 혼란이 발생했다는 뜻이기도 했다. 비단 알리센트 왕비뿐만 아니라 그녀의 부친인 핸드 역시 마찬가지였다. 오토 경은 베일 출신인 아엠마 왕비의 핏줄을 제치고 자신의 외손이 철왕좌를 이어받기를 갈망하는 태도가 지나쳤던 나머지 AC109년 법무대신으로서 능력을 발휘하던 라이오넬 스트롱 경으로 핸드가 교체되었다. 비세리스 왕에게 있어 이 문제는 이미 결정이 끝난 사안이었다. 그의 후계자는 어디까지나 라에니라였기에 다른 주장을 들으려 하지 않았다. 항상 남성이 여성보다 우선시된다는 AC101년의 대회의에서 내렸던 선언에도 불구하고 말이다.

당시의 상황이 설명된 글이나 보관된 편지를 보면 모두 왕비파와 공주파에 대해 거론하며 서두를 시작하고 있다. 하지만 이 명칭은 AC111년의 마상시합 덕택에 보다 단순명쾌한 이름으로 알려지게 되었다. 녹색파와 흑색파가 바로 그것이다. 이 마상시합에서 알리센트 왕비는 아름다운 녹색 겉옷을 입었고, 라에니라는 누구도 그녀의 계승권을 의심할 수 없도록 타르가르옌 가문의 문장을 본떠 붉은색이 장식된 검은색 겉옷을 착용했기 때문이다. 한편 이 경기에는 협해의 왕 다에몬 타르가르옌까지 전장에서 귀환해 참석한 상태였다. 카락세스가 경기장에 내려설 때까지도 그는 왕관을 쓰고 있었다. 그러나 형 앞에 서자 무릎을 꿇고 왕관을 벗어 충성의 증표인 양 내밀었다. 비세리스는 그를 다시 일으켜 세우고는 왕관을 돌려주며 양쪽 뺨에 입을 맞췄다. 그들 사이에 일어났던 소요에도 불구하고 비세리스는 동생을 사랑했다. 경기장에 있던 사람들은 모두 환호했다. 그러나 그 누구도 라에니라만큼 크게 환호하지는 않았으리라. 그녀 또한 늠름한 삼촌을 매우 흠모했기 때문이다. 어쩌면 그 이상이었을 수도 있다. 비록 우리가 가진 자료와는 모순되는 추측이지만 말이다.

다에몬이 추방된 것은 그로부터 몇 달 지나지 않아서였다. 그 이유에 관해서는 자료마다 다르게 기술되어 있다. 룬시터나 문쿤 같은 이들은 비세리스 왕과 다에몬이 서로 다퉜고(견해의 차이가 드러났을 때 형제간의 우애가 설 자리는 없으므로) 그로 인해 다에몬이 떠났다고 주장한다. 다른 이들은 알리센트 왕비가(아마도 오토 경의 재촉으로) 비세리스 1세를 설득했다고도 한다. 하지만 문제를 좀 더 종합적으로 다루는 자료도 두어 가지 있다.

셉톤 유스타스의 저작인 〈비세리스 1세의 치세와 용들의 춤*The Reign of King Viserys, First of His Name, and the Dance of the Dragons that Came After*〉은 전쟁이 끝난 후에 쓰여진 것이다. 비록 무미건조한 문체일망정 그는 타르가르옌 가문에 대해 확신을 가지고 수많은 일들을 명확하게 기술하고 있다. 머쉬룸이 쓴 〈머쉬룸의 증언*The Testimony of Mushroom*〉은 또 다른 문제작이다. 키는 3피트*에 머리만 대단히 컸던 난쟁이(신뢰를 쌓는다면 커다란 친구가 될 수도 있는) 머쉬룸은 궁정 광대였는데, 사람들은 그를 얼간이로 여겼다. 그래서 궁중의 주요인물들은 그가 주변에 있어도 개의치 않고 자유롭게 대화를 나눴다. 그의 증언은 그가 궁정에 있던 몇 년간 일어난 사건에 대해 서술한 책으로 이름을 알 수 없는 필사가가 글로 옮겼다고 알려져 있다. 음모와 살인, 밀회, 방탕 외 여러 잡다한 궁정 사건에 대한 이야기였는데, 모두 극단적이며 명

우측 | 비세리스에게 왕관을 바치는 다에몬 타르가르옌

3피트: 약 91.4Cm

라에니라 공주는 성년을 맞았다. 몇 해 전부터 뭇 남성들이 그녀에게 구애해 오던 참이었다(그중에는 하렌할의 후계자인 하윈 스트롱도 포함되어 있었는데, '뼈를 부러트리는' 하윈이라 불렸으며 왕국에서 가장 강한 기사로 여겨졌다). 그들은 그녀에게 선물을 바쳤고(캐스털리 록의 제이슨 경과 타일랜드 경이 그러했다) 또 그녀의 아름다움을 찬양하는 노래를 지어 부르거나, 나아가 그녀를 위해 결투까지 했다고(블랙우드 경의 아들과 브랙켄 경의 아들) 한다. 심지어 그녀를 도른의 대공과 결혼시켜 두 왕국을 결합시키자는 이야기까지 나왔다. 알리센트 왕비(그 부친인 오토 경 또한)도 자연스럽게 라에니라를 자신의 아들 아에곤과 결혼시켰으면 한다고 밝혔다. 그러나 아에곤은 라에니라보다 훨씬 어렸고, 둘의 사이는 좋지 않았다. 왕은 왕비가 이 결합을 원하는 것이 아에곤이 라에니라를 마음에 두어서가 아니라, 그녀 본인의 야망 때문임을 알고 있었다.

비세리스 왕은 이 모든 청혼을 뿌리치고 바다뱀과 라에니스 공주의 자식으로 눈을 돌렸다. 그들의 아들 라에노르는 AC101년의 대회의에서 자신과 계승권을 다투던 경쟁자였다. 라에노르는 양친 모두에게서 드래곤의 혈통을 이어받았으며 회색과 흰색이 섞인 시스모크라는 이름의 자신만의 드래곤 또한 소유하고 있었다. 더불어 이 혼사에는 또 다른 커다란 장점이 있었는데, 바로 AC101년의 대회의에서 맞섰던 두 파벌의 재결합을 꾀할 수 있다는 점이었다. 다만 한 가지 문제가 있었다. 19세인 라에노르는 같은 또래의 종자들과 함께 시간을 보내기를 선호하며 여자들을 가까이 하지 않았다고 한다. 사생아를 만든 적조차 없었다고 알려져 있다. 그렇지만 이 문제에 대해 그랜드 마에스터 멜로스가 "그게 뭐 대수라고? 나는 생선을 좋아하지 않지만 일단 식탁에 오르면 다 먹는다오."라고 말했다는 이야기가 전해진다.

라에니라는 전혀 다른 마음을 품고 있었다. 유스타스의 주장대로 다에몬과 결혼할 희망을 품고 있었거나 혹은 머쉬룸의 말처럼 크리스톤 경을 유혹할 생각이었는지도 모른다. 그러나 비세리스는 라에니라의 의향에는 귀를 기울이지 않았을 터이고, 그녀가 왕의 제안을 거부하자 계승 문제를 재고하겠노라고 경고할 수밖에 없었을 것이다. 그리고 크리스톤 콜과 라에니라의 관계도 파국을 맞았다. 그러나 오늘날까지도 그 사태를 촉발시킨 이가 크리스톤 경인지 라에니라인지는 알 방법이 없다. 그녀가 한 번 더 크리스톤 경을 유혹하려 한 것일까? 아니면 그녀가 결혼을 피할 수 없게 되자 뒤늦게 크리스톤이 자신도 그녀를 사랑한다는 사실을 깨닫고 함께 도망가자고 설득하려 한 것일까?

알 수 없다. 마찬가지로 콜과 결별한 뒤 그녀가 자신의 처녀성을(그때까지 지니고 있었다면) 훨씬 비양심적인 부류의 기사였던 하윈 스트롱 경에게 버렸다는 이야기도 진실인지 확인할 수 없다. 머쉬룸은 그들이 동침하는 모습을 자신의 눈으로 보았다고 주장하지만, 그의 말은 반밖에 믿을 수 없다. 또한 나머지 반은 차마 믿고 싶지 않은 이야기들이다.

시적이었고 직접적인 세부 묘사로 가득했다. 셉톤 유스타스와 머쉬룸의 설명은 종종 서로 대립하기도 하나 때로는 놀랍도록 일치하는 부분도 있다.

유스타스는 다에몬과 라에니라 여공이 한 침대에 든 모습을 아릭 카길 경에게 들켰고, 이 때문에 비세리스 왕이 다에몬을 궁정에서 추방했다고 주장한다. 하지만 머쉬룸의 이야기는 조금 다르다. 라에니라의 눈은 오직 크리스톤 콜에게만 향해 있었으나 그 기사는 그녀를 거부했다는 것이다. 그때 다에몬이 나서서 그녀에게 일종의 연애 강의를 통해 고결한 크리스톤 경이 맹세를 저버리도록 지도했다고 한다. 마침내 공주가 준비를 마치고 그에게 접근하려 하자 그 기사-머쉬룸은 그가 늙은 셉타만큼이나 덕망 높고 순결하다고 맹세했다-는 공포와 혐오의 반응을 내비쳤다고 한다. 그리고 이는 곧 비세리스 왕의 귀에 들어갔다. 어느 쪽이 진실이든 간에 확실한 것은 그 후 다에몬이 비세리스 왕에게 레아 로이스와의 결혼을 무효로 만들어 준다면 라에니라와 결혼하겠다고 요청했다는 사실이다. 비세리스는 이를 거절했고 대신 다에몬을 칠왕국에서 추방하며 다시 돌아오면 죽음의 고통을 맛보게 되리라고 일갈했다. 다에몬은 칠왕국을 떠나 스텝스톤 군도로 돌아가 전쟁을 계속했다.

AC112년 해롤드 웨스털링 경이 사망하자 크리스톤 콜이 킹스가드의 신임 로드커맨더가 되었다. 그리고 AC113년

상단 | '왕국의 기쁨' 라에니라 타르가르옌

확실히 말할 수 있는 사실은 AC114년에 라에니라 공주와 새로이 기사로 책봉된 라에노르가 결혼식을 올렸으며, 관례대로 이를 축하하는 마상시합이 개최되었다는 것뿐이다.

이 대회에서 라에니라는 하윈 스트롱을 자신의 새로운 수호 기사로 택한 반면 크리스톤은 처음으로 알리센트 왕비에게 명예를 바치며 경기에 임했다. 이 대회에 대한 모든 기록이 일치하는 바, 콜은 자신의 검 '블랙 퓨리'를 휘두르며 모든 도전자를 무찔렀다. 그는 '뼈를 부러트리는' 하윈의 쇄골과 팔꿈치를 박살내 버렸고, 머쉬룸은 이에 그를 '뼈를 부러트리는' 하윈이 아니라 '뼈가 부러진' 하윈이라고 비꼬아 불렀다. 그러나 크리스톤에게 가장 크게 당한 사람은 '입맞춤의 기사' 조프리 론마우스였다. 그는 라에노르가 가장 총애하던 기사이며 수려한 외모를 가지고 있었는데 이 대회에서 피투성이가 된 채 의식을 잃고 엿새를 버틴 끝에, 비통한 나머지 원망의 눈물을 흘리는 라에노르를 남겨 두고 사망했다.

그 후 라에노르는 드리프트마크로 떠나 버렸다. 뭇 사람들이 그와 라에니라 공주가 초야를 치렀는지조차 의심했을 정도였다. 라에니라와 그녀의 남편은 오랜 시간을 각각 드래곤스톤과 드리프트마크에서 떨어져 보냈다. 그러나 그녀의 계승자 문제만큼은 걱정할 필요가 없었다. AC114년 라에니라가 건강한 남자아이를 낳은 것이다. 아이의 이름은 자카에리스(라에노르 경은 조프리라는 이름을 붙이기를 원했지만)로 가까운 이들 사이에서는 제이스라고 불렸다. 그렇지만 라에니스는 드래곤의 혈통이었고, 또 라에노르 경 역시 발리리아 혈통을 드러내는 매부리코에 잘생긴 이목구비, 은백색 머리칼과 보랏빛 눈동자를 가졌었다. 그런데 왜 자카에리스는 갈색 머리칼과 갈색 눈, 그리고 들창코를 지녔던 것일까? 많은 이들이 이 두 사람을 보고, 이어서 거구의 하윈 스트롱 경-당시 흑색파의 수장이자 지속적으로 라에니라와 함께 다니던-을 보고 나서 의문을 품었다.

라에니라는 라에노르 벨라리온 경과의 결혼 생활 동안 두 명의 아들-루세리스(루크라고 불렀다)와 조프리-을 더 낳았는데 둘 다 건강하고 건장했으며 라에니라와 라에노르 둘 다 닮지 않은 갈색 머리에 들창코였다. 녹색파 사이에서는 그들이 '뼈를 부러트리는' 하윈의 아이들이 확실하다는 말이 나돌았고, 많은 이들은 그들이 과연 드래곤을 탈 수 있을지 의심했다. 하지만 비세리스 왕의 명령으로 각 아이들의 요람에 드래곤의 알이 주어졌고, 그 알에서 버맥스, 아락스, 티락세스라는 드래곤이 껍질을 깨고 나왔다. 한편 왕은 모든 소문을 무시했다. 그로써 라에니라의 계승권을 유지하겠다는 확고한 의향을 내비친 것이다.

AC120년은 네 가지의 비극이 벌어졌기에 이후 '붉은 봄의 해'로 기억된다(AC236년의 '붉은 봄의 해'와 혼동하지 말아야 한다). 그리고 그 네 가지 비극은 훗날 용들의 춤 전쟁의 기반이 된다. 첫 번째는 라에노르의 누이였던 라에나 벨라리온의 죽음이었다. 한때 비세리스 왕의 신붓감으로도 꼽혔던 그녀는 베일에 있는 다에몬의 아내 레아가 사냥 도중 사망하자 AC115년에 다에몬과 결혼했다(다에몬은 그간 스텝스톤 군도에 지쳐서 협해의 왕이라는 칭호를 포기한 상황이었다. 그곳은 용병단의 왕국이 되었고 이후 완전히 멸망할 때까지 다섯 명이 그의 뒤를 이어 협해의 왕을 자처했다).

라에나 벨라리온은 다에몬에게 바엘라와 라에나라는 쌍둥이 딸을 안겨 주었다. 비세리스 왕은 자신의 허락도 없이 결혼하였다고 처음에는 역정을 냈으나 결국 AC117년에 소회의의 반대에도 불구하고 다에몬의 딸들이 궁정에 들어오도록 허락했다. 그는 여전히 동생을 사랑했고, 또 부성애가 동생의 성정을 누그러뜨리리라 여겼던 모양이다. AC120년 라에나는 한 번 더 출산을 위해 침상에 누웠으며 마침내 다에몬이 항상 원하던 아들을 낳았다. 그러나 그녀가 출산한 것은 온몸이 비틀린 기형아로, 출생 직후 사망했다. 라에나 또한 뒤를 따랐다.

그러나 라에나의 부모, 즉 코를리스 공과 라에니스 공주는 더욱 큰 비통에 젖게 된다. 그들은 딸의 죽음을 애도하던 와중에 아들까지 잃게 되었다. 라에노르는 스파이스타운의 장터 축제에 참석했다가 살해당했다. 유스타스는 그의 친구이자 동료(혹은 애인이었을 수도 있다)였던 콰를 코리라는 이름을 거론하는데, 라에노르에게 콰를을 제치고 새로이 연모하는 상대가 생기는 바람에 다툼이 벌어졌다는 것이었다. 칼부림이 벌어졌고, 와중에 라에노르가 죽었다. 콰를은 그대로 도망쳐서 두 번 다시 나타나지 않았다. 하지만 머쉬룸은 보다 더 음습한 이야기를 전했다. 다에몬이 코리에게 돈을 주며 라에노르를 없애 달라고 사주했다는 것이다. 그로써 라에니라가 자유로워지면 그의 곁에 두기 위해서 말이다.

세 번째 비극은 알리센트의 자식들과 라에니라의 자식들 사이에서 벌어진 볼썽사나운 다툼이었다. 이는 드래곤을 가지지 못했던 아에몬드 타르가르옌이 어린 라에나의 용 바가르를 자신의 것이라고 주장함으로써 시작되었다. 아에몬드가 라에니라의 아들에게 스트롱 가문 사람이라 놀리며 밀

라에나는 다에몬과 결혼하기 전에 근 10년간 전 브라보스 해주의 아들과 약혼한 상태였다. 그러나 그 청년은 부친의 재산과 영향력을 흥청망청 갉아먹고서는 하이 타이드를 어슬렁거리면서 코를리스 공을 민망하게 만드는 짓 외에는 하는 일이 없는 시정잡배로 전락해 버렸다. 그러니 다에몬이 아내 레아 로이스가 죽은 뒤 하이 타이드를 방문해 라에나를 직접 만나보고서(그녀는 빼어나게 사랑스러웠다고 한다) 바다뱀과 밀담을 나눈 것이 놀라운 일은 아니었다. 다에몬은 곧 브라보스인 약혼자를 무자비하게 도발했고, 청년은 일 대 일 결투를 청했다.

그렇게 해주의 방탕한 아들은 생애의 끝을 맞이했다.

고 당기던 수준의 싸움이 주먹다짐이 되었고, 결국 어린 루세리스가 칼을 들어 아에몬드의 눈을 찌른 것이다. 이후 아에몬드는 '외눈'으로 알려지게 되지만 바가르를 손에 넣게 된다(그는 몇 년 뒤 잃어버린 눈에 대해 복수할 기회를 얻었으나, 이로 인해 온 왕국이 피를 흘리게 되었다).

결국 비세리스는 평화를 도모하고자 라에니라의 자식들의 부계 혈통에 의문을 제기하는 자는 누구든 혀를 뽑겠노라 선포했다. 그리고 알리센트와 자식들을 킹스랜딩으로 돌아오게 하고 라에니라와 자식들은 드래곤스톤에 남게 함으로써 다시는 그들이 다툴 일이 없도록 했다. 또한 하윈 경은 하렌할로 돌아갔고, 에릭 카길 경이 그를 대신해 라에니라의 수호 기사로 드래곤스톤에 남았다.

마지막 비극은 하렌할에 불이 나서 라이오넬 공과 그의 아들이자 후계자인 하윈 경의 생명을 앗아간 사건이었다. 이를 두고 일각에서는 비극이라 할 만한 일이 아니라고도 하지만, 이는 무지한 자들의 생각이다. 늙고 약해져 점점 왕국을 유지하는 일에 흥미를 잃어 가던 비세리스는 핸드까지 잃고 말았고, 라에니라 역시 남편을 잃은 데다가 일부 사람들의 주장대로라면 정부까지 잃은 것이다. 어떤 이들은 일련의 사건들이 우연한 사고라고 여긴다. 그러나 또 다른 이야기에서는 보다 사악한 가능성이 제시되기도 한다. 일부는 '곤봉발' 라리스 스트롱-왕의 조사관 중 하나이며 죽은 라이오넬 공의 막내아들이었다-이 스스로 하렌할의 지배자가 되기 위해 이를 꾸몄을 수도 있다고 믿는다. 또 다른 역사서에는 다에몬이 그 사건들의 배후였다고 암시하기도 한다.

비세리스 왕은 새로이 핸드를 선출하기보다는 알리센트 왕비의 재촉대로 올드타운에서 오토 경을 다시금 불러들였다. 그리고 라에니라 역시 마냥 전남편을 애도하지 않고 마침내 삼촌인 다에몬 왕자와 결혼했다. AC120년 말에는 다에몬의 첫 아들을 낳기도 했다. 그녀는 이 아이에게 정복왕의 이름을 따 아에곤이라는 이름을 붙였다(알리센트 왕비 역시 장남의 이름을 정복왕의 이름을 따 지었기에 이 소식을 듣고서 화를 냈다고 한다. 이 두 사람은 각각 큰 아에곤, 작은 아에곤이라 불리게 되었다). AC122년이 되자 라에니라와 다에몬은 두 번째 아들 비세리스를 낳았다. 비세리스는 작은 아에곤이나 벨라리온의 이부형제들처럼 건강하지는 않았으나 조숙했다. 그러나 아이의 요람 속에 놓인 드래곤의 알이 부화하지 않자 사람들은 이를 불길한 징조로 받아들였다.

짐작한 바대로 그 징조는 점차 현실이 되어 갔고, 마침내 비운의 날이 다가왔다. AC129년 비세리스 왕이 사망한 것이다. 비세리스의 아들이었던 큰 아에곤은 그의 딸 헬라에나와 결혼했는데 헬라에나는 그에게 쌍둥이 자에하에리스와 자에하에라(자에하에라는 약간 이상한 아이였는데, 성장이 느렸고 보통 아이들처럼 웃거나 울지 않았다)를 낳아 주었고, 또 AC127년에는 또 다른 아들 마엘로르를 낳았다. 또한 드리프트마크에서는 코를리스 벨라리온의 기력이 쇠하기 시작하더니 머지않아 자리를 보전하게 되었다. 인생의 겨울에 다다랐지만 여전히 원기왕성하던 비세리스는 AC128년 한 건의 재판을 마친 후 철왕좌에 상처를 입었다. 상처는 심각한 감염을 일으켜 마에스터 오르와일(그 전 해에 마에스터 멜로스에 이어 후임이 된)이 왕의 손가락 두 개를 절단해야 할 지경에 이르렀다. 그러나 그것으로도 부족했는지 그 해가 끝나고 AC129년이 시작되고도 병세는 점차로 나빠질 뿐이었다.

AC129년 세 번째 달의 세 번째 날, 왕은 침대에서 손주 자에하에리스와 자에하에라에게 고조부와 그의 왕비가 저 멀리 북부의 장벽 너머에서 거인족과 거대한 코끼리, 그리고 와일들링과 싸우던 이야기를 들려주다 갑자기 피로를 느꼈다. 그는 이야기를 끝내고 아이들을 물러가게 한 뒤 그대로 영영 깨어나지 못할 잠 속으로 빠져들었다. 그는 26년 동안 웨스테로스를 통치하면서 칠왕국 사상 가장 번창한 시대를 영위했으나, 한편으로는 자신의 가문의 끔찍한 쇠락과 마지막 드래곤의 죽음을 초래할 씨앗을 뿌리기도 했다.

상단 좌측 | 라에니라 공주의 아들 자카에리스, 조프리, 루세리스
하단 우측 | 비세리스 1세의 아들 아에곤, 다에론, 아에몬드

아에곤 2세

음유시인들과 문쿤이 '용들의 춤'이라 일컬은 내전은 그 어떠한 전쟁보다도 더 많은 피가 흐른 잔인한 전쟁이었으며 가장 극악한 종류의 전쟁, 즉 형제자매간의 골육상잔이었다. 아에곤은 그간 부왕이 흔들림 없이 라에니라가 당신의 왕위를 계승받는다고 밝혔음에도 불구하고 부친의 시신이 채 식기도 전에 왕관을 취하라는 모친과 소회의의 주장을 받아들였다. 한편 드래곤스톤에 머무르던 라에니라 공주는 그 소식을 듣고 분노에 휩싸였다. 당시 그녀는 그곳에서 다에몬의 세 번째 아이의 출산을 기다리던 중이었다.

대마에스터 길데인의 역사서에서 발췌함

드래곤스톤에서는 아무런 환호성도 울리지 않았다. 그대신 성탑 곳곳의 방과 계단으로 비명이 메아리쳤고, 그 아래 공주의 거처에서는 사흘째 출산으로 씨름 중이던 라에니라 타르가르옌이 긴장으로 굳은 채 떨고 있었다. 아이는 원래 달이 바뀌기 전까지는 태어나선 안 되는 상황이었다. 그러나 킹스랜딩으로부터 도착한 급보가 여공을 격노케 했고, 그 분노가 출산을 앞당긴 듯했다. 뱃속의 아이 역시 화가 나서 나오려고 기를 쓰는 듯했다. 공주는 출산 내내 날카로운 욕설을 내뱉으며 자신의 이복동생과 그녀의 의붓어미를 신 앞에서 저주했고, 그들이 죽음에 이를 때까지 자행할 온갖 고문을 낱낱이 읊어 댔다. 머쉬룸은 그녀가 자기 배 속의 아이마저 저주했다고 말했다. "나가!" 그녀는 마에스터와 산파가 말리는데도 그렇게 외치며 크게 부푼 자신의 배를 손톱으로 잡아 뜯었다. "이 괴물, 괴물아, 나가! 나가! 썩 나가 버려!"

마침내 아기가 나왔고, 정말로 괴물이었음이 밝혀졌다. 사산된 여자아이는 온몸이 뒤틀려 있었으며, 심장이 있어야 할 가슴에는 그저 텅 빈 구멍이 뚫려 있고 짤막하고 비늘 덮인 꼬리가 달린 기형아였다. 혹은 머쉬룸이 그렇게 묘사했다. 그 난쟁이는 자신이 그 아기의 시신을 뒤뜰에 가져다 태웠다고도 말했다. 다음 날 아침 라에니라 공주는 양귀비즙으로 고통이 무뎌진 상태에서 죽은 아이의 이름은 비센야였노라고 밝혔다. "그 아이는 내 하나뿐인 딸이었고, 그들이 그 아이를 죽였소. 내 왕관을 훔치고 내 딸까지 죽였으니 이제 그들은 대가를 치러야 할 것이오!"

출산을 마친 라에니라는 전쟁을 준비하기 시작했다. 그녀도 알리센트 왕비도 모두 친척들과 왕국의 대영주들 가운데 자신들의 지지자를 확보하고 있었다. 또한 쌍방 모두 드래곤을 가지고 있었다. 말하자면 재앙으로 향할 때 필요한 모든 재료를 다 갖춘 꼴이었고, 결국은 화를 면할 수 없었다. 왕국은 유례없이 많은 피를 흘릴 것이며, 그 상처를 회복하기까지는 기나긴 시간이 걸릴 터였다.

알리센트 왕비가 남편의 포도주에 독을 조금씩 섞어 그의 죽음을 재촉했다는 머쉬룸의 주장은 무시하고 넘어갈 수도 있으리라. 그러나 용들의 춤에서 흐른 첫 번째 피가 늙은 재무대신 비스버리 공이라는 사실에는 아무도 토를 달지 못할 것이다. 그는 비세리스 왕의 진정한 후계자는 라에니라이며, 그녀가 왕관을 써야 한다고 주장했다. 그가 어떤 식으로 제거되었는지에 관해서는 여러 설이 존재한다. 어떤 이는 그가 암흑 감옥에 던져져 얼어죽었다고 말한다. 또 어떤 이는 크리스톤 콜 경-당시 킹스가드의 로드커맨더로 킹메이커라고 불리게 된다-이 회의실 탁자에서 바로 그의 목구멍을 벌리고 단검을 쑤셔 박았다고도 한다. 머쉬룸의 이야기는 약간 다른데, 그는 콜이 비스버리를 창밖으로 내던져 버렸다고 했다. 하지만 당시 머쉬룸은 라에니라와 함께 드래곤스톤에 있었다는 점을 기억해야 할 것이다. 또한 이는 용들의 춤 전쟁 초기에 벌어졌던 살인의 전부가 아니었다. 가장 애통한 죽음은 라에니라의 아들이었던 어린 루세리스 벨라리온 왕자와 아에곤 2세의 아들이자 후계자였던 자에하에리스의 죽음이었다.

루크(루세리스의 애칭) 벨라리온의 죽음 역시 스톰즈 엔드 궁정에 있던 뭇 사람들이 목격한 일로, 여러 이야기가 대부분 일치한다. 루세리스의 어머니가 자신의 지지자 명단에 보로스 바라테온을 추가하고자 아들을 스톰즈 엔드로 보냈으나, 막상 그가 도착해 보니 이미 왕의 동생 아에몬드 타르가르옌 왕자가 한 발 빨리 와 있었다. 아에몬드는 루세리스보다 연상인 데다가 훨씬 더 강하고 잔인했다. 또한 그는 루세리스를 광적으로 싫어했는데, 이는 9년 전 그의 눈을 앗아 간 자가 바로 루세리스였기 때문이다. 보로스 공은 아에몬드가 자신의 궁전 한복판에서 복수를 감행하려 들자 저지했지만 대신 스톰즈 엔드 밖에서라면 무슨 일이 일어나도 관여치 않겠다고 선언했다. 아에몬드는 바가르에 올라 도망치는 루세리스와 어린 드래곤 아락스를 추격했다. 루크 왕자와 그의 드래곤은 성 밖에 몰아치던 폭풍우에 고전한 끝에 둘 다 스톰즈 엔드에서 훤히 보이는 바다에 추락해 사망했다.

모든 이가 입을 모아 말하기를, 이 소식을 전해 들은 라

전쟁이 시작될 즈음 아에곤 2세의 주요 지지자는 하이타워 공과 라니스터 공, 그리고 마지막으로 바라테온 공이었다. 툴리 공도 왕의 곁에서 싸우고 싶어했으나 연로하여 자리에 누운 상태인 데다 손자가 반대했다. 라에니라의 지지자는 그의 시아버지인 벨라리온 공, 사촌인 제인 아린 여공, 그리고 스타크 공이었다(하지만 그가 겨울이 오기 전에 모든 수확을 끝내도록 북부인에게 명령했기 때문에 그의 원군은 더디게 도착했다). 그레이조이 공도 라에니라의 이름으로 웨스터랜드를 공격해서 그의 조력을 구하려던 아에곤 2세를 놀라게 했다. 툴리 가문도 결국 전 영주에 대한 반항으로 라에니라의 세력에 합세했다. 그러나 티렐 가문은 전쟁에 개입하지 않았으며, 도른인들도 마찬가지였다.

에니라는 그만 주저앉아 버렸다고 한다. 그러나 루세리스의 양부인 다에몬 타르가르옌은 달랐다. 루세리스의 사망 소식을 들은 다에몬 왕자가 드래곤스톤으로 보낸 전갈에는 "눈에는 눈, 아들에는 아들인 법. 루세리스의 복수를 해야 할 것이오."라고 적혀 있었다. 왕년에 '도시의 왕자'로 불렸던 다에몬은 킹스랜딩의 유곽과 사창가에 여전히 많은 부하들을 거느리고 있었다. 그들의 수장은 다에몬의 정부였던 화이트 웜 미사리아였다. 그녀는 다에몬의 복수를 꾸미기 위해 짐승 같은 깡패 하나와 쥐잡이꾼 하나를 고용했는데, 이들은 역사에 '블러드와 치즈'로 기록된다. 쥐잡이꾼은 직업상 마에고르의 비밀 통로를 훤히 꿰고 있었다. 블러드와 치즈는 레드 킵에 숨어들어가 헬라에나 왕비와 아이들을 붙잡았다. 그리고 아에곤 2세의 왕비에게 어느 아들의 목숨을 택하겠느냐며 가혹한 선택을 강요했다. 그녀는 눈물을 흘리며 애원하고, 대신

상단 | 루세리스 왕자와 아락스의 죽음

자기 목숨을 내놓겠다 했으나 소용없었다. 결국 그녀는 가장 어렸던 탓에 상황을 이해하지 못하고 있던 마엘로르를 지목했다. 하지만 블러드와 치즈는 마엘로르 대신 자에하에리스를 죽였고, 그 모친은 공포 속에 비명을 질렀다. 그들은 한 명만을 죽이겠다던 약속을 지키고선 죽은 왕자의 머리를 들고 달아났다.

그러나 이 또한 그 길고 가혹한 전쟁에서 벌어진 살인의 전부가 아니었다. 자에하에리스의 죽음이 가련했던 만큼이나 사실 그보다 더 오래 살 수도 없었던 어린 동생 마엘로르의 죽음 또한 참혹했다. 왕은 하이타워 가문을 보호를 받도록 마엘로르를 올드타운으로 피난시켰는데, 호위를 위해 킹스가드 릭카드 쏜 경을 딸려보냈다. 하지만 이들의 여정은 비터브리지에서 멈춰야 했다. 그곳에서 폭도들에게 막혀 말에서 끌어내려졌던 것이다. 마엘로르는 비터브리지에서 현상금을 노리고 저마다 그를 붙잡으려고 나선 폭도들의 손에 갈가리 찢겨 죽었다. 후일 복수에 나선 하이타워 공이 비터브리지를 박살낸 뒤 똑같은 정의를 실현하고자 그곳의 여공 카스웰의 앞에 서자, 그녀는 자신의 아이들에 대해 자비를 청하고 대신 스스로 성벽에 목을 매 자살했다.

킹스가드 또한 이 전쟁에 뛰어들었다. 크리스톤 콜은 아릭 카길 경을 드래곤스톤으로 보내 그의 쌍둥이 형제인 에릭인 양 가장하고 요새에 잠입하도록 했다. 그는 거기서 라에니라(혹은 그녀의 자식들일 수도 있다)를 암살하는 임무를 맡았다. 그러나 우연이었는지 아릭과 에릭 형제는 요새의 한 방에서 마주치고 말았다. 음유시인의 노래에 의하면 그들은 검을 맞대기 전 서로에 대한 애정을 고백했고, 한 시간 동안 형제애와 의무 사이에서 갈등하다 결국 서로의 팔에 안겨 눈물을 흘리며 죽어 갔다고 전한다. 하지만 이 결투를 직접 목격했다고 주장하는 머쉬룸의 설명에 따르면 실제로는 훨씬 더 인정사정을 보지 않았다고 한다. 그들은 서로를 반역자로 단정하고 단 몇 분 만에 서로에게 치명상을 입혔다.

이러한 일이 벌어질 동안 콜 경은 흑색파를 지지하는 영주들-라에니라에게 충성하며 남아 있던 국왕령의 기수들-을 벌하기로 마음먹었다. 로스비, 스토크워스, 더스켄데일이 차례로 그의 공세에 무너졌다. 그러나 룩스 레스트의 스탠튼 공은 이미 콜이 온다는 사실을 알고 있었다. 그는 전투에 나서는 대신 방어벽을 치고 성 안에 들어앉아 드래곤스톤으로 까마귀를 날려 지원을 요청했다.

그러자 라에니스 공주와 그녀의 드래곤 '붉은 여왕' 멜레이스가 직접 나섰다. 당시 그녀는 55세였지만 젊었을 때와 마찬가지로 두려움이 없고 단호했다. 그렇지만 콜의 진영에도 드래곤이 있었다. 아에곤 2세가 직접 선파이어를 몰고 전장에 도착했으며, 그의 동생인 외눈의 아에몬드 역시 당시 가장 거대한 용인 바가르를 몰고 왔다.

'여왕이었던 적이 없는' 라에니스 공주는 적 앞에서 조금도 위축되지 않았다고 전해진다. 오히려 기쁨의 함성을 지르며 채찍을 휘둘러 멜레이스를 상대의 눈앞으로 몰았다. 오직 바가르와 아에몬드만이 그 전투에서 상처 없이 빠져나올 수 있었다. 선파이어는 만신창이가 되었고 아에곤 2세는 갈비뼈와 골반이 부러졌으며 몸의 절반에 화상을 입은 채 간신히 살아남았다. 특히 왼팔의 부상이 끔찍했는데, 드래곤의 불길이 왕의 갑옷을 뚫고 살점까지 녹여 버렸다고 전한다. 한편 라에니스는 여러 날이 지난 후에야 멜레이스의 사체 아래에서 발견되었지만, 알아볼 수 없을 정도로 새까맣게 타 버린 채였다고 한다.

아에곤은 왕이 된 이듬해를 끔찍한 부상을 치료하면서 보냈다. 그러나 전쟁은 이미 시작된 뒤였다. 아에곤 2세는 라에니라와의 전쟁에서 유리한 점이 많았지만 그럼에도 드래곤을 부리는 역량은 떨어졌다. 전쟁을 시작했을 때 아에곤에게는 전투가 가능할 정도로 커다란 드래곤이 네 마리밖에 없었지만 라에니라는 이미 여덟 마리를 거느리고 있었고, 기수를 찾지 못한 나이 많은 드래곤이 세 마리나 더 있었다. 알리샌느 왕비의 늙은 용 실버윙과 라에노르 벨라리온의 자랑이던 시스모크, 그리고 자에하에리스 왕 이후로 아무도 타지 못하고 있던 버미소르 등이었다. 그리고 기수를 찾을 수 있다면 길들일 가능성이 있는 야생 드래곤도 세 마리 더 있었다. 야생 드래곤 카니발은 평민들의 말에 의하면 타르가르옌 가문보다도 더 일찍부터 드래곤스톤에 서식하고 있었다고 한다(하지만 문쿤과 바스는 이 주장을 의심스러워한다). 또한 바다에 몰려다니는 물고기 떼를 먹고 살며 사람을 꺼리는 그레이 고스트가 있었고, 가축 우리에서 양을 훔쳐 먹는 쪽을 더 선호하는 갈색의 수수한 드래곤 십스틸러도 있었다. 자카에리스는 누구든 야생 드래곤을 몰 수 있는 자는 남녀를 불문하고 작위를 내리겠다고 포고했다(머쉬룸이 그렇게 자카에리스를 설득했다고 한다. 물론 그의 증언을 신뢰할 수 있다면 말이다).

타르가르옌 가문이 오랫동안 다스렸던 드래곤스톤의 평민들은 아름답고 이국적인 지배자들을 거의 신처럼 숭배하고 있었다. 많은 처녀들이 타르가르옌의 영주에게 몸을 바치고도 혹시 드래곤의 씨가 자신의 자궁에 심어졌을까 상상하며 이를 축복으로 여겼다. 그런 까닭에 드래곤스톤에는 타르가르옌 가문의 피가 옅게나마 흐르고 있다고 정당하게 주장할 수 있는, 하다못해 그렇지 않을까 의심할 수 있는 이들이 다수 존재했다.

수많은 사람들이 아직 드래곤스톤에서 기수를 찾고 있는 드래곤들을 타 보려고 시도했다. 야생 드래곤은 매우 위험했으므로 당연히 이전에 기수를 태웠던 경험이 있는 드래곤들이 먼저 새 기수를 찾게 되었다. 새로운 드래곤라이더 가운데 헐의 아담이라는 이름의 용감하고 고결한 청년도 있었다. 그의 모친인 마릴다가 형 알린과 함께 데려와 드래곤을 타도록 권유했다고 한다. 그의 모친은 이 청년들이 라에노르 벨라리온의 아들이라고 밝혀 많은 이들의 놀라움을 샀다. 그러나 코를리스 공은 한마디 이의도 제기하지 않고 두 청년을 벨라리온 가문에 입적시켰다. 아담은 라에노르의 드래곤이었던 시스모크를 차지하게 되었지만, 형 알린은 십스틸러를 타는 데 실패하고 남은 평생을 등과 다리에 화상으로 입은 흉터를 지닌 채 살아야 했다.

그러던 중 마침내 십스틸러를 길들인 이는 천민 출신의 평판이 좋지 않은 소녀 네틀즈였다. 그녀는 그 드래곤이 자신에게 익숙해질 때까지 매일같이 양을 먹였던 것이다. 네틀즈와 십스틸러는 전쟁에서 일익을 담당했으나, 그녀의 충성심은 용맹한 아담 경만큼 뚜렷하지는 않았다. 또한 그녀가 다에몬과 연인 관계가 되면서 라에니라와 남편 사이에 일어났던 불화에 쐐기를 박게 된다. 다에몬이 네티라는 애칭으로 불렀던 그녀는 다에몬은 물론 라에니라보다도 오래 살았다. 그녀는 전쟁이 끝나기 전 십스틸러를 데리고 사라져 버렸으며, 그 뒤로 몇 해가 지나도록 그들의 행방을 알 수 없었다. 그렇지만 새로운 드래곤라이더 가운데 최악의 인선은 따로 있었다. 기사로 봉해질 당시 '백색의' 울프라고 명명된 울프라는 주정뱅이와 거대한 체구에 강한 완력을 가진 '망치' 휴라는 자였다. 망치 휴는 원래 대장장이의 사생아 출신으로 골칫덩이 휴라고도 불리웠지만, 서임을 받으며 망치 휴라고 알려지게 된 자다. 그들은 각자 실버윙과 버미소르를 탔는데, 그 영광으로는 만족하지 못하고 영주의 지위와 재산까지 탐냈다. 그들은 첫 전투를 라에니라 편에서 치른 뒤 텀블톤 전투에서는 영지를 대가로 변절했고, 그 뒤로 영원히 '두 명의 배신자'라 불리며 저주받게 되었다. 둘 다 자신의 부하라고 여겼던 이들에게 살해당해 비참하게 생을 마감했는데 한 명은 독이 든 포도주를 마셨고, 다른 하나는 '용감한' 존 록스톤이 오펀메이커라는 검으로 베어 죽였다.

용들의 춤 기간 동안에 벌어진 전투는 헤아릴 수 없을 지경이었기에 전부 설명하기가 쉽지 않다. 또한 국왕령 가운데 여러 지역이 이 갈등으로 인해 분열되었다. 왕의 편을 든 기수들이 아에곤의 깃발을 들었는데 알고 보니 동료나 이웃 지역에서는 라에니라의 깃발을 들고 있더라는 식이었다(아에곤의 군기에는 그가 자신의 상징으로 택한 머리 셋 달린 황금빛 드래곤이 그려져 있었다. 반면에 라에니라의 군기는 네 부분으로 나뉘어 각각 그녀의 모친인 아린 가문의 달 문양과 독수리 문양, 죽은 남편의 가문인 벨라리온의 해마 문양, 그리고 라에니라 본인의 붉은 드래곤이 그려진 것이었다). 형제자매가 반목하고 아비와 아들이 싸우면서 왕국 전체가 피를 흘렸다.

머쉬룸은 아담과 알린의 혈통에 대해 보다 그럴듯한 가능성을 제시했다. 즉 코를리스 공 본인이야말로 두 청년의 친부라는 것이다. 코를리스 공은 예전에 헐의 선착장에서 많은 시간을 보냈다. 또한 마릴다의 아버지는 그곳의 조선공이었다. 불같은 성격의 '여왕이었던 적이 없는' 라에니스가 살아있던 시절에는 청년들은 자식으로 인지받지 못하고 궁정에서 멀리 떨어져 살아야 했다. 그러나 그녀가 죽자 코를리스 경도 그들을 인지할 기회를 얻게 되었는데… 물론 일정한 선까지만 말이다.

상단과 우측 | 선파이어에 올라탄 아에곤 2세를 공격하는 멜레이스와 라에니스 공주

60리그: 약 290킬로미터

제1차 텀블톤 전투에서 망치 휴와 백색의 울프가 그들의 드래곤을 아군을 향해 돌리자 비로소 라에니라도 그들의 배신을 알게 되었다. 그녀는 너무나 분노한 나머지 자신의 명으로 드래곤을 타게 된 다른 '용의 씨'를 모조리 잡아들이려 했다. 아담 벨라리온도 그들 중 하나였지만 코를리스 공이 미리 알려 주었던 덕분에 탈출할 수 있었다.

젊은 아담 경은 제2차 텀블톤 전투에서 용감하게 싸우다 전사하여 두 명의 배신자가 발생한 이후로 의혹의 눈길을 받아 왔던 자신의 충성심을 증명했다. AC138년에 그의 유골이 레이븐트리 홀에서 드리프트마크로 반환되자 알린 공은 그의 묘비에 단 한 마디, '충신'이라고만 새겼다.

많은 영주들이 각자 지지하는 왕이나 여왕 대신 군대를 모았다. 그리고 각 진영의 총사령관은 각각 다에몬 타르가르옌과 아에몬드 타르가르옌이었다.

룩스 레스트에서 아에곤 2세와 그의 용 선파이어가 라에니스와 그녀의 드래곤 멜레이스와 싸우다 심하게 부상을 당한 이후로 아에몬드가 왕국의 수호자이자 섭정이 되었다. 그는 심지어 형의 왕관까지 제 머리에 얹었는데-정복왕 아에곤이 썼던 루비와 발리리아 강철로 만든 고리관이었다-그럼에도 그는 스스로를 왕이라 칭하지는 않았다.

그러나 녹색파에게는 슬프게도 이 상황은 불운으로 판명되었다. 아에몬드는 경험이 너무 부족했고, 효율적인 지휘를 하기에는 너무나 대담한 성격이었다. 당시 다에몬은 하렌할을 장악하고 있었는데 아에몬드는 경솔하게도 그곳을 탈취하려 공격을 계획하며 그 과정에서 킹스랜딩을 무방비 상태로 방치했다. 그의 군대가 하렌할에 도착해 보니 성이 비어 있었기에 잠시간 득의양양했겠으나 곧 하렌할을 내버려 둔 진정한 이유를 깨달았다. 아에몬드가 하렌할로 진군하는 동안 다에몬은 킹스랜딩으로 향하던 라에니라 공주 및 그녀의 드래곤라이더와 합류했고, 곧 도시의 상공이 온통 드래곤 천지가 되었던 것이다. 그때까지도 다에몬에게 충성을 바치던 도시경비대는 아에곤이 임명한 관리들에게 반역하고 나서 대단한 출혈 없이 도시의 항복을 얻어냈다. 그러나 뒤이은 처형에서는 많은 피가 흘렀으니, 이때 오토 하이타워 경과 재스퍼 와일드 공(법무대신으로서 엄격한 성격이라 '쇠막대'라 불렸다), 로스비 공, 스토크워스 공(원래 라에니라 세력에 속해 있었으나 변절했다)이 목숨을 잃었다. 알리센트 대비도 감옥에 갇혔다. 그러나 여전히 룩스 레스트에서 부상을 치료 중이던 아에곤 2세와 그의 남은 자식들-그리고 라리스 스트롱 경 또한-은 비밀리에 성에서 도망칠 수 있었다.

용들의 춤 전쟁 기간 동안 왕국 전체가 광기에 빠졌다. 그렇지만 대부분의 드래곤이 목숨을 잃은 곳은 킹스랜딩이었다. 킹스랜딩은 다에몬의 술책으로 유혈사태 없이 라에니라의 수중에 들어왔지만, 1차 텀블톤 전투 이후 도시 전체에 불안감이 퍼졌다. 60리그*밖에 떨어지지 않은 텀블톤은 야만적인 방식으로 약탈당했는데, 수천 명이 불에 타서 죽었으며 수천 명은 강 건너로 도망가려다 익사했다. 성인 여자와 어린 소녀들이 강간당한 끝에 죽어 갔고, 드래곤들은 잔해 속에서 먹이를 찾아 배를 채웠다. 하이타워 공이 다에론 왕자와 두 명의 배신자의 도움을 받아 승리했다는 소식이 온 도시에 공포를 퍼트렸고, 킹스랜딩의 시민은 다음이 자신들 차례임을 확신했다. 라에니라 측은 모든 전력을 분산시켜 두었기에 도시의 방어는 오직 드래곤에게 달려 있었다.

드래곤에 대한 공포와 그 존재가 '양치기'라는 인물을 낳았다. 그가 누구인지, 본명이 무엇인지는 역사 속에서 잊혀졌기에 알 수 없다. 어떤 이들은 그가 가난한 거지였다고도 하고, 또 어떤 이들은 그가 불법이긴 해도 여전히 왕국에 존재하고 있던 '가난한 친구들'의 일원이었다고도 한다. 정체가 누구였든 그는 신기료 광장에서 설교를 시작했다. 그 내용에 의하면 드래곤은 악마요 신이 없는 발리리아의 부활이며, 따라서 인류에게 멸망을 불러오는 존재 그 자체였다. 처음에 이를 들은 자는 수십에 불과했지만 다음엔 수백, 머지않아 수천 명이 귀를 기울이게 되었다. 공포는 분노를 낳았고 분노는 피에 굶주린 광기를 불러 일으켰다. 결국 양치기는 도시에서 드래곤을 일소해야만 비로소 도시가 구원받을 수 있으리라고 말했고, 사람들은 이에 귀를 기울였다.

AC130년 다섯 번째 달의 스물두 번째 날에 외눈 아에몬드와 다에몬 타르가르옌이 마지막 전투에 임했다. 같은 날, 혼돈과 죽음이 킹스랜딩을 장악했다. 그날 라에니라 여왕은 코를리스 공을 감옥에 가두었는데, 그가 반역자로 기소된 손자 아담 벨라리온 경의 탈출을 도왔다는 명목이었다. 이에 분개한 바다뱀의 부하 중 몇몇이 신기료 광장에 모인 폭도 무리와 합세했다. 그중 몇이 성벽을 타고 올라 바다뱀을 석방시키려다 들켜 교수형에 처해졌다. 한편 헬라에나 왕비가 마에고르의 내성을 둘러싼 창 위로 떨어져 숨졌다. 어떤 이

'용들의 춤'에서 벌어진 주목할 만한 전투들

AC129년의 전투

버닝밀 전투: 다에몬과 블랙우드 가문이 브랙켄 가문을 물리치고 스톤헤지를 접수했다.

허니와인 전투: 큰 아에곤의 막내동생 다에론이 로완, 탈리, 코스테인의 영주들로부터 하이타워 경의 군대를 구원하는 공을 세웠다.

AC130년의 전투

걸릿 해전: 코를리스 벨라리온의 함대가 아에곤과 동맹한 삼두정의 함선들에게 패했다. 이 전투의 결과로 드래곤스톤 공 자카에리스와 그의 용 버맥스, 그리고 작은 아에곤의 용 스톰클라우드가 죽었다.

레드포크 전투: 웨스터랜드인이 리버랜드의 영주들을 무찌르고 리버랜드를 휩쓸었다. 하지만 그 전투에서 종자였던 롱리프의 페이트가 제이슨 라니스터 공에게 치명상을 입혔다.

호반의 전투(물고기밥 전투라고도 부른다): 신의 눈 호숫가에서 벌어진 전투 가운데 가장 끔찍했던 전투이다. 이곳에서 리버랜드군에게 밀리던 라니스터군 수천 명이 호수에 빠져 사망했다.

도살자의 연회: 이 전투에서 아에곤의 두 번째 킹스핸드였던 크리스톤 콜 경이 가리발드 그레이 경과 로데릭 더스틴 공('폐허' 로디라고도 불린다), 그리고 롱리프의 페이트 경('사자 살해자'라고도 불린다)에게 1대 1 결투를 신청했으나 거부당했다. 콜은 검이 아닌 화살을 맞고 영광스럽지 못한 죽음을 맞게 되며, 이후 그의 군대도 격파당했다.

제1차 텀블톤 전투: 바로 이곳에서 두 명의 배신자(드래곤의 기수였던 망치 휴와 백색의 울프)가 변절했다. 겨울 늑대들(더스틴 공을 따라 전쟁에 참가한 장년층의 북부인들)은 그들의 열 배가 되는 적진을 뚫고 활로를 열었다. 이 전투로 녹색파를 주도하던 오르문드 하이타워 공과 그의 사촌 브린든이 더스틴 공의 손에 죽음을 맞았으며, 이후 더스틴 공도 전사했다. 이후 텀블톤에 야만적인 약탈이 이어졌다.

드래곤핏의 습격: 전투가 아니라 신원 미상의 '목자'라는 자의 인도하에 무질서한 폭도들이 광분하여 폭주한 사건이다. 이 사건으로 인해 다섯 마리의 드래곤이 죽었고, 윌럼 로이스와 그의 발리리아 검 '비탄' 또한 사라졌다. 또 단 하루만 퀸스가드의 로드커맨더였던 글래든 구드와 드래곤스톤 공 조프리도 사망하였다.

신의 눈 위의 결투: 이 전투에서 악명높은 외눈의 아에몬드 왕자와 다에몬 타르가르옌의 -더불어 바가르와 카락세스의-결투가 벌어졌다. 다에몬이 카락세스 위에서 바가르 위로 건너뛰어 다크 시스터로 아에몬드 왕자를 베었지만 그 순간 두 드래곤이 호수로 추락했다고 한다. 바가르와 카락세스는 차례로 죽음을 맞이했다. 다에몬도 사망했으나 유골이 발견되지 않았다

2차 텀블톤 전투: 진정으로 용들이 춤을 춘 곳이다. 그 결과 '대담한' 다에론이 의문에 쌓인 채 죽었고 용감한 전사 아담 벨라리온 경과 시스모크, 테사리온, 버미소르의 죽음 또한 이 전투에서 일어났다.

AC131년의 전투

킹스로드 전투: 용들의 춤의 마지막을 장식한 전투로, 참전했던 이들은 '진흙탕 전투'라 부르기도 했다. 스톰랜드군과 흑색파 잔당이 격돌한 전투 결과 보로스 바라테온 공이 젊은 툴리 공의 손에 전사했다.

들은 자살이라 했고, 또 다른 이들은 타살이라 했다. 그리고 그날 밤 도시가 불타오르고 양치기가 인도하는 군중들이 모든 드래곤을 도륙하기 위해 드래곤핏으로 몰려들었다.

당시 드래곤스톤 공이었던 어린 조프리 벨라리온은 어머니의 드래곤 시락스를 타려다 추락해서 죽었다. 그는 시락스를 타고서 드래곤핏 안에 있던 자신의 드래곤 티락세스를 구하러 가려고 했던 것이다. 결국 두 마리의 드래곤 모두 살아남지 못했다. 드래곤들의 죽음에 터무니없는 이야기와 소문이 이어졌다. 몇 마리는 사람들이, 몇 마리는 양치기가 손수, 또 몇 마리는 기수 본인이 난자했다는 내용이었다. 무엇이 진실이든 그 끔찍했던 밤에 군중은 거대한 반구형의 드래곤핏에 침입해서 드래곤이 사슬에 매여 있는 것을 발견했고, 결국 다섯 마리의 드래곤이 죽었다. 사람들 또한 떼죽음을 당했다. 용들의 춤의 개막에 함께했던 드래곤 가운데 반수가 죽었지만 전쟁은 아직 끝나지 않았다. 라에니라는 곧장 도시에서 도망쳤다.

그리고 마침내 종국이 왔다. 그러나 이 결말을 가져온 것은 드래곤이나 왕자들의 죽음이 아니라, 그들이(그리고 수천 명도 더 되는 사람들이) 죽음을 맞이하게 한 원흉이었던 왕과 여왕의 죽음에 의해서였다. 라에니라의 죽음이 먼저였다.

상단 | 발리리아 강철검 '다크 시스터'

남편 다에몬이 전장에서 사망하자 벨라리온 가문은 그녀에게서 등을 돌렸다. 또다시 킹스랜딩을 빼앗긴 그녀는 사실상 빈털터리였고, 드래곤스톤으로 가기 위해 왕관까지 팔아치워야 할 지경이었다. 하지만 막상 도착해 보니 그곳에는 이미 새로운 부상을 입은 아에곤 2세가 그의 드래곤 선파이어와 함께 먼저 당도해 있었다.

오르와일의 진술에 기초해 쓰인 문쿤의 〈용들의 춤, 그 참된 이야기 *True Telling*〉에 의하면 킹스랜딩이 함락되었을 때 왕이 몰래 성을 빠져나가 숨도록 조치한 이가 라리스 스트롱이었다고 한다. 교활하게도 그는 왕을 드래곤스톤으로 보냈다. 설마 적이 자신의 근거지에 숨었으리라고는 라에니라가 예상할 수 없으리라 믿었던 것이다. 그는 라에니라와 수하 대부분이 킹스랜딩에 머무는 동안 드래곤스톤과 약간 떨어진 어촌 마을에서 반 년간 상처를 회복했다. 그사이 선파이어 역시 크랙클로 갑에서 아에곤의 곁으로 날아오고 있었다. 선파이어는 날개를 다치는 바람에 볼품없이 날아야 했으나

라에니라가 도망친 후 도시는 광기에 사로잡혔으며, 이는 여러 양상으로 드러났다. 그중에서도 가장 기이했던 일은 왕을 사칭하는 이가 둘이나 등장한 사건으로, 이들이 통치했던 기간은 오늘날 '세 왕의 달'이라고 기억된다.

첫 번째 위왕은 트리스탄 트루파이어라는 자로 어떤 기사의 종자였다. 그가 모시던 기사는 '벼룩' 퍼킨 경이라 불렸는데, 평판이 좋지 않은 편력기사였다. 바로 그 편력기사가 나서서 자신의 종자인 트리스탄을 비세리스 1세의 소생이라 공표한 것이다. 드래곤핏의 습격으로 라에니라가 도주한 뒤 도시는 '양치기'와 그가 이끄는 폭도들의 지배하에 있었다. 그러나 퍼킨 경이 나서서 방치된 레드 킵에 트리스탄을 앉혀 놓고 여러 포고령을 찍어내기 시작했다. 마침내 아에곤 2세가 도시를 다시 접수했고, 트리스탄은 처형을 앞두고 애걸한 끝에 결국 사면을 받았다.

다른 위왕은 더욱 특이한 존재로, '은발의' 가에몬이라는 소년이었다. 창부의 아들이었던 네 살배기 아이가 아에곤 2세의(난잡했던 왕의 젊은 시절을 고려하면 불가능한 일은 아니었다) 소생이라 주장하고 나섰다. 그는 비센야 언덕 위에 자리한 입맞춤의 집에 근거지를 두고 수천의 추종자를 모았고, 여러 가지 포고령도 내렸다. 후일 그의 모친은 그가 은발의 리스 출신 노잡이의 소생임을 실토하고는 교수형을 당했다. 그러나 가에몬은 목숨을 잃지 않고 국왕 일가에 받아들여졌다. 시간이 흐르자 그는 아에곤 3세와 친밀해졌으며 몇 년 동안 그의 시종 겸 수라의 기미를 보는 직책을 지내다가 결국 왕을 노린 독에 당해 죽음을 맞았다.

상단 | 드래곤핏 폭동

드래곤스톤에 무사히 도착했다. 그렇게 둘은 숨어서 힘을 회복했다. 드래곤스톤으로 돌아온 선파이어는 낮을 가리는 야생의 용 그레이 고스트를 죽였는데, 카니발이 그레이 고스트를 죽였다는 불확실한 보고가 들어오기도 했다.

아에곤 2세는 드래곤스톤 주변에서 라에니라에게 불만을 가진 이들을 많이 찾아냈다. 그녀가 벌인 전쟁으로 인해 남편이나 자식, 형제자매를 잃었거나 사소한 일들로 불만이 넘쳤기에 아에곤 2세는 그들의 조력을 받아 드래곤스톤을 점령할 수 있었다. 정복에는 채 한 시간도 걸리지 않았다. 거센 저항이 없었기 때문이다. 단, 다에몬의 딸인 14세의 바엘라 타르가르옌과 그녀의 드래곤 문댄서만 빼고 말이다. 바엘라는 자신을 붙잡으려는 사람들에게서 탈출해 문댄서에게로 갔다. 그러고는 의기양양한 아에곤 2세가 선파이어를 드래곤스톤 성 앞마당에 착륙시키려던 순간에 드래곤과 함께 그의 앞에 등장했다.

문댄서는 선파이어보다 작았지만 훨씬 더 빠르고 영리했다. 게다가 드래곤과 기수 둘 다 충분히 용맹했다. 문댄서는 선파이어를 덮쳐 할퀴고, 물고, 긁고, 찢더니 급기야 마지막엔 불길을 내뿜어 선파이어의 시야를 빼앗았다. 두 마리의 드래곤은 서로의 기수를 태운 채 얽혀 낙하했다. 마지막 순간 아에곤 2세는 두 다리가 부러지면서도 선파이어의 등에서 뛰어오른 반면, 바엘라는 마지막까지 문댄서의 등에 남았다. 뼈가 부러진 채 의식을 잃고 누워 있는 그녀를 향해 알프레드 브룸이 칼을 겨누었지만 마스톤 워터스 경이 그의 칼을 빼앗고선 그녀를 마에스터에게 데려가 생명을 구했다.

이토록 격렬했던 전투에 관해 라에니라는 아무것도 알지 못했지만, 아에곤에게는 아무 상관 없는 이야기였다. 항상 누나에게 앙심을 품고 있던 아에곤 2세는 다리의 고통, 자신의 드래곤에게 죽음이 임박했다는 괴로움까지 더해 모든 것에 분노했다. 결국 그는 라에니라를 선파이어에게 먹여 버렸다. 그녀의 마지막 남은 아들인(칠왕국의 백성이라면 남녀노소를 불구하고 모두가 그리 알고 있었다) 작은 아에곤의 눈앞에서 벌어진 일이었다. 그렇게 왕국의 기쁨이요, '반년 여왕'이었던 그녀는 AC130년 열 번째 달의 스물두 번째 날에 세상을 떴다.

그녀의 이복동생 또한 그녀보다 그리 오래 살아남지는 못했다. 라에니라가 죽고 작은 아에곤도 수중에 넣었으나, 여전히 아에곤 2세에게는 싸워야 할 적이 많이 남아 있었다. 그들은 라에니라를 위해 일해 왔기에 아에곤 2세의 보복에 대한 두려움과 싸워야 했다. 하지만 그들은 결국 싸움터에 나섰으며, 예상보다 강적이었다. 어쩌면 보로스 바라테온이 전력을 기울여 라에니라 세력의 잔당을 향해 행군했을 때가 전세를 바꿀 마지막 기회였는지도 모른다. 그러나 보로스는 킹스로드 전투에서 무너졌고 그의 군대는 뿔뿔이 흩어졌다. 그리고 그를 패배시킨, '꼬맹이들'이라 불리던 젊은 리버랜드의 영주들은 이미 킹스랜딩에서 돌을 던지면 맞힐 수 있을 정도로 가까운 거리까지 와 있었다. 한편 스타크 공 역시 자신의 군대와 함께 킹스로드를 따라 남진하던 중이었다.

코를리스 벨라리온 경이-그는 사면을 받고 지하감옥에서 풀려나 왕의 소회의에서 일하고 있었다-아에곤 왕에게 항복하고 흑색파를 받아들이라 충고한 것은 이때였다. 그러나 왕은 이를 거절했고 오히려 작은 아에곤의 지지자들에 대한 경고의 의미를 담아 어린 조카의 귀를 자르라 명령했다. 그리고 거처로 돌아가기 위해 그의 가마에 오르며 포도주 한

상단 | 죽음을 맞이하는 라에니라 공주

잔을 받아 마셨다.

가마와 함께 도착한 왕의 시종이 휘장을 걷자 왕은 입술에 피를 묻힌 채 죽어 있었다. 그렇게 아에곤 2세도 숨을 거두었다. 자신을 모시던 자들에게 독살당한 것이다. 비록 왕은 자신의 종말을 내다보지 못했지만, 신하들은 이미 어떤 결말이 찾아올 것인지 알고 있었기 때문이다.

이렇게 용들의 춤은 종지부를 찍었다. 비록 부서지고 흩어진 왕국은 한동안 고통받을 수밖에 없지만 말이다. 이제 왕국의 앞날에 놓인 것은 '헛된 기대의 시기'와 '늑대의 시간', 그리고 섭정들의 지배와 아에곤 3세였다.

용들의 춤에서 활약했던 드래곤들

아에곤 2세의 드래곤

선파이어(아에곤 왕): 훌륭한 드래곤이지만 어렸다. 룩스 레스트 전투에서 부상당한 이후 오랫동안 날개를 치료받지 못했다.

바가르 ('외눈' 아에몬드 왕자): 정복왕 아에곤 당시의 세 드래곤 중 마지막 남은 드래곤. 늙었지만 거대하고 힘이 셌다. 신의 눈 위의 결투에서 카락세스와 함께 죽었다.

드림파이어(헬라에나 왕비): 한때 자에하에리스 1세의 누이 라에나의 드래곤이었으나, 드래곤핏의 습격 당시 돔이 무너지면서 그 아래 깔려 죽었다.

테사리온(다에론 왕자): '푸른 여왕'. 녹색파가 다루었던 전투 가능한 드래곤 가운데 가장 어렸다. 2차 텀블톤 전투에서 죽었다.

모르굴(자에하에라 공주): 전투에 투입하기엔 너무 어렸다. 드래곤핏의 습격 때 '불타는 기사'에게 죽었다.

슈리코스(자에하에리스 왕자): 전투에 투입하기엔 너무 어렸다. 드래곤핏의 습격 때 '나무꾼' 홉의 손에 죽었다.

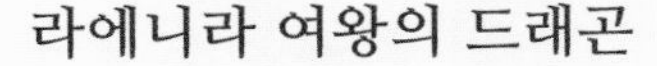

라에니라 여왕의 드래곤

시락스(라에니라 여왕): 거대하고 공포스러운 드래곤. 킹스랜딩 폭동에 휘말려 사망했다.

카락세스(다에몬 왕자): 별명은 '혈룡'. 거대하고 공포스러운 존재였다. '신의 눈 위의 결투'에서 바가르와 싸워 동귀어진했다.

버맥스(자카에리스 왕자): 어리지만 강했던 드래곤. 걸릿 해전에서 기수와 함께 전사했다.

아락스(루세리스 왕자): 어리지만 강했던 드래곤. 쉽브레이커 만 상공에서 바가르와 싸우다 기수와 함께 사망했다.

티락세스(조프리 왕자): 어리지만 강했던 드래곤. 킹스랜딩 폭동에서 사망했다.

스톰클라우드(아에곤 왕자): 걸릿 해전에서 화살에 맞으면서도 아에곤을 태우고 탈출했으나, 드래곤스톤에 도착한 뒤 사망했다.

멜레이스(라에니스 공주): 별명은 '붉은 여왕'. 늙고 교활하며 게으르지만 일단 움직이기 시작하면 공포 그 자체였다. 룩스 레스트 전투에서 자신의 기수인 '여왕이었던 적이 없는' 라에니스와 함께 전사했다.

문댄서(바엘라 공주): 날씬하고 아름다운 드래곤으로 딱 소녀 한 명을 태울 수 있을 정도로 작았다. 드래곤스톤에서 선파이어에게 당해서 죽었지만, 그 전에 선파이어에게도 치명상을 입혔다.

실버윙(백색의 울프 경): 원래 '선한 왕비' 알리샌느의 드래곤이었으나, 이후 용의 씨이자 배신자가 된 울프가 몰았다. 실버윙은 울프 경과 용들의 춤을 견뎌내고 살아남았지만, 그 후 야생화되어 레드 레이크 호수에 있는 섬에 둥지를 틀었다.

시스모크(아담 벨라리온): 한때 라에노르 벨라리온의 드래곤이었으나 용의 씨인 아담 경이 몰게 되었다. 2차 텀블톤 전투에서 버미소르에게 전사했다.

버미소르('망치' 휴 경): 자에하에리스 1세가 몰았던 늙고 둔한 드래곤. 용의 씨이자 배신자였던 망치의 휴를 태웠다. 2차 텀블톤 전투에서 시스모크, 테사리온과 싸우다 전사했다.

십스틸러(네틀즈): 용의 씨 네틀즈가 길들인 야생 드래곤. 전쟁 후반기에 기수와 함께 사라졌다.

그레이 고스트: 야생 드래곤. 사람들을 피하며 끝까지 길들여지지 않았다. 드래곤스톤에서 선파이어에게 죽었다.

카니발: 야생 드래곤으로 시체나 알에서 갓 깬 새끼 드래곤을 찾아내서 잡아먹곤 했다. 결코 길들지 않았고 종전 무렵 사라졌다.

모닝(라에나 공주): 전투에 투입하기엔 너무 어렸다. 덕분에 용들의 춤에서 살아남았다.

아에곤 3세

아에곤 2세가 AC131년에 서거하자 뒤를 이어 그의 조카 '작은 아에곤'이 아에곤 3세로 철왕좌에 올랐다. 왕국은 이로써 더 이상의 소란은 없으리라 생각했을지도 모른다. 아에곤 3세의 지지자들은 킹스로드 전투에서 아에곤 2세의 군대에게 승리를 거두었고, 곧 킹스랜딩을 장악했다. 벨라리온의 함대는 다시 철왕좌를 받들게 되었으며 바다뱀 역시 어린 왕을 도와 보필하고자 애썼다. 그러나 이러한 희망은 모두 사상누각에 불과했으니, 오늘날 사람들은 이 시절을 가리켜 '헛된 기대의 시기'라 부르게 되었다. 아에곤 2세는 이전에 협해 너머로 용병을 구해 오도록 사람을 파견한 바 있었다. 과연 그들이 자신들이 모시던 왕의 복수를 위해 돌아올 것인지, 또 돌아온다면 그 시기가 언제일지 아무도 알지 못했다. 서부에서는 '붉은 크라켄'이 추종자들과 페어 섬과 웨스테로스의 서해안에서 약탈을 반복하고 있었다. 게다가 끔찍하고도 가혹한 겨울-AC130년 올드타운에서 열린 콘클라베에서 이를 처음으로 선언했다-이 왕국을 움켜쥐었는데, 이는 이후 6년이라는 길고도 잔인한 세월 동안 이어졌다.

칠왕국에서 겨울이 가장 큰 문제가 되는 곳은 다름 아닌 북부였다. 결국 이런 엄청난 겨울에 대한 공포가 '겨울 늑대' 부대로 하여금 로데릭 더스틴 공의 휘하에 모여 라에니라 공주를 위해 싸우다 죽도록 몰아냈던 것이다. 그러나 그들이 전부가 아니었다. 크레간 스타크 공의 지휘하에 집도 후손도 없는 남자와 총각, 노인, 차남 등이 집결한 한층 더 큰 군대가 남하하고 있었던 것이다. 저마다 모험이나 약탈을 꿈꾸며, 혹은 영광스럽게 전사하여 넥 너머 북부에 있는 가족들을 살릴 양식을 한 입이라도 더 남기기 위해 전쟁을 하러 온 이들이었다.

그렇지만 그 기회조차 아에곤 2세가 독살되는 바람에 날려 버릴 수밖에 없었다. 스타크 공은 그대로 군대를 이끌고 킹스랜딩으로 진군했지만 결과는 예상과 크게 달랐다. 그는 왕을 지지했던 스톰즈 엔드와 올드타운 및 캐스털리 록을 치려고 계획했지만 코를리스 공이 한 발 앞서 그들 지역에 항복을 요구하는 사절을 보낸 차였다. 궁정 각료들은 교섭의 성패 여부만을 기다렸으며 더 이상의 전쟁을 상상하는 것만으로도 몸서리칠 수밖에 없는 상황에서 엿새 동안 궁정을 지배한 사람은 크레간 스타크 공이었다. 이는 이후 '늑대의 시간'이라 불리게 된다.

그렇지만 스타크 공은 하나만큼은 결코 양보하지 않을 작정이었다. 즉 아에곤 2세를 독살한 자와 반역자들에게는 반드시 대가를 치르게 하겠다는 결의 말이다. 적법한 전쟁으로 잔인하고 부당한 왕을 죽일 수는 있으나, 더러운 살인과 독을 사용한 일은 자신이 믿는 신의 뜻에 반하는 행동이었기 때문이다. 크레간은 아에곤 3세의 이름으로 스물두 명을 구속했고 그중에는 '곤봉발' 라리스 스트롱과 코를리스 벨라리온도 포함되어 있었다. 겁먹은 어린 아에곤 3세는-그는 당시 11세였다-스타크 공을 자신의 핸드로 삼는 데 동의했다.

크레간 스타크는 단 하루 동안 핸드의 자리에 올라 재판과 처형을 주재했다. 기소된 자들 대부분은 다시 흑색파를 받아들였다(교활한 '벼룩' 퍼킨 경이 이끌었다). 두 명은 죽

코를리스 공은 바엘라와 라에나 타르가르옌의 교묘한 술책 덕분에 재판을 면했는데, 그들은 먼저 아에곤 3세를 설득해 코를리스의 관직과 명예를 복권시킨다는 칙령을 발표하도록 했다. 그러고는 아에곤에게 칙령을 권유한 대가로 알리사 블랙우드가 스타크 경과 결혼하도록 주선했다.

상단 | 어린 아에곤 3세

음을 택했다. 한 명은 킹스가드인 가일즈 벨그레이브 경으로 모시던 왕보다 오래 살기를 원치 않았고, 다른 하나는 오랫동안 이어졌던 스트롱 가문의 마지막 자손인 라리스였다.

스타크 경은 처형이 끝난 다음 날 핸드를 사임했다. 그 관직에 그토록 짧게 올라 있던 자도, 그토록 흔쾌히 놓아 버린 자도 오직 그 하나뿐이었다. 그는 북부로 돌아갔지만 그가 데려온 거친 북부인들은 대다수가 그대로 남쪽에 남았다. 일부는 리버랜드에서 과부들과 짝을 맺었고, 일부는 검술로 먹고 살거나 군에 투신했다. 그리고 몇몇은 노상강도가 되기도 했다. 그렇게 늑대의 시간이 끝나고 섭정의 시대가 왔다.

아에곤의 섭정기-아에곤이 왕위를 계승한 AC131년부터 그가 성년이 되던 AC136년에 걸친-는 7인의 섭정회가 관장했다. 이들 여러 섭정 중 단 한 사람-그랜드 마에스터 문쿤-만이 그 기간 내내 섭정위원 자리에 머물렀으며, 나머지는 죽거나 사임하거나, 혹은 필요에 의해 대체되었다. 가장 위대했던 섭정은 '바다뱀'이었는데, AC132년 79세의 나이로 밝히기를 거부하다가 라에니라 공주의 고문기술자에게 당해 눈이 멀고 몸이 상한 상태였다. 그럼에도 핸드를 맡아 훌륭하게 직무를 수행했으나 AC133년 겨울의 대역병에 걸려 사망했다.

상황은 점점 더 악화되었다. 스타파이크와 던스톤버리, 화이트그로브의 영주였던 언윈 피크가 섭정위원이 되더니 곧이어 핸드에 취임했다. 그는 두 번에 걸친 텀블톤 전투에서 일익을 담당했으나 초대 섭정 가운데 하나로 선택받지 못해 모욕당했다고 느끼던 인물이었기 때문이다. 그는 섭정위원의 자리에 오르자 점점 더 큰 권력을 손에 넣기 시작했다. 그는 자신의 친족들이 고위 관직을 차지하는 모습을 지켜보았으며, 자에하에라 왕비가 자살하자 자신의 친딸을 아에곤 3세와 결혼시키려고도 했다. 또한 경쟁자는 수단과 방법을 가리지 않고 약화시켰다.

바다뱀의 손자였던 알린 경이 핸드의 주요 경쟁자였다. 그는 아버지가 재임했던 섭정위원직을 거절하고 스텝스톤

아에곤 3세의 섭정위원

초창기의 7인

베일의 여공 제인 아린
AC134년 걸타운에서 병사.

'바다뱀' 코를리스 벨라리온 공
AC132년 79세에 노환으로 사망.

크래그의 롤랜드 웨스털링 공
AC133년 겨울의 대역병으로 사망.

나이트송의 로이스 카론 공
AC132년 사임.

메이든풀의 만프리드 무톤 공
AC134년 노환으로 사망.

화이트 하버의 토렌 맨더리 경
AC132년 사임한 뒤 부친과 형제에 이어 겨울의 대역병으로 사망.

그랜드 마에스터 문쿤
유일하게 AC131년부터 AC136년까지 복무.

그 외의 인물

언윈 피크 공
AC132년 코를리스 공의 후임이 되었으나 AC134년 사임.

타데우스 로완 공
AC133년 웨스털링 공의 후임이 되었으나 AC136년에 사임.

코윈 코브레이 경
라에나 타르가르옌의 남편으로 AC134년 무톤 공의 후임이 되었으나 같은 해 룬스톤에서 석궁에 맞아 사망.

윌리엄 스택스피어
AC136년 대회의에서 제비뽑기로 선출.

마크 메리웨더
AC136년 대회의에서 제비뽑기로 선출.

로렌트 그랜디슨
AC136년 대회의에서 제비뽑기로 선출.

타계하자 그 육신이 7일간 철왕좌 아래에 안치되었다가 왕국 전체가 통곡하는 가운데 눈물의 장막 너머로 사라져 갔다.

아에곤의 섭정기는 혼란으로 특징지을 수 있다. 우선 용병을 구하러 자유도시에 파견되었던 타일랜드 라니스터가 성과를 거두지 못하고 귀환했다(용병단이 마침 세 딸들의 왕국이 무너진 뒤 이어진 전쟁에서 풍족한 수입을 거둔 탓이었다). 타일랜드 경은 이전에 아에곤 2세의 국고를 숨긴 장소를 군도로 항해했다. 그리고 바다에서 큰 성공을 거둔 끝에 '참나무 주먹'이라는 칭호를 손에 넣었다. 그러나 그가 킹스랜딩에 돌아오자 그가 거둔 새로운 명성이 분열을 초래하기 시작했다. 핸드는 스텝스톤 군도에 자리잡은 라칼리오 린둔의 해적 왕국을 끝장낼 생각이었다. 하지만 벨라리온은 재빨리 움직여 함대 대부분이 핸드의 목적에 필요한 전력을 상륙할 수 없게 했다. 벨라리온이 성취한 승리와 명예 그리고 피크

아에곤 2세의 자녀들 가운데 마지막까지 살아남은 자에하에라 타르가르옌은 8살에 사촌 아에곤 3세와 결혼했고, 10세에 마에고르의 내성에서 물이 마른 해자에 늘어선 목책을 향해 몸을 던졌다. 하지만 그녀는 숨이 끊어지기 전까지 반 시간 가량 고통 속에서도 살아 있었다.

그렇지만 그녀의 죽음에는 몇 가지 의문이 남는다. 정말로 그녀 스스로 저지른 일인가 하는 점 말이다. 일각에서는 그녀가 살해당했노라 수군거렸고, 그 혐의는 많은 이들에게 향했다. 그중에는 킹스가드의 머빈 플라워스도 있었는데, 그는 언윈 피크 경의 이복형제로, 자에하에라가 죽을 당시 그녀의 방문을 지키고 있었다. 그러나 머쉬룸조차도 플라워스는 자신이 책임을 지고 돌보는 아이가 그토록 참혹한 죽음을 맞도록 할 인물은 아닌 듯하다고 평했다. 그는 또 다른 가능성을 제시했는데, 플라워스가 그녀를 죽인 것은 아니지만, 대신 다른 이가 처리하도록 물러나 주었을 것이라는 설이다. 예컨대 언윈이 개인적으로 데려온 자유도시 출신 용병인 '호랑이' 테사리오 같은 자 말이다.

그 사건의 진상을 밝힐 방법은 없으나, 그럼에도 오늘날 자에하에라의 죽음은 피크 공의 손길이 닿아 있으리라 여겨지고 있다.

경의 반대에도 불구하고 섭정들이 내린 보상으로 참나무 주먹의 명성과 평판은 점차 커졌다. 때마침 '붉은 크라켄' 달튼 그레이조이가 약탈을 그만두라는 명령을 거부했기에 핸드는 섭정들을 설득해서 참나무 주먹을 웨스터랜드로 보내 붉은 크라켄의 함대를 처리하도록 했다. 이는 매우 위험한 여정이었고, 알린 경이 실패하거나 죽기를 바라고 파견한 것이었다. 그러나 참나무 주먹은 오히려 이를 그의 여섯 번째 위대한 항해로 탈바꿈시켜 버렸다.

이런 모든 사건에 있어 아에곤 3세-통치하기에는 너무나 어린-는 장기말에 불과했다. 그는 늘 우울하고 시무룩한 기색을 내비쳤으며 매사에 흥미를 보이지 않는 젊은이였다. 그는 항상 검은색 옷만 입었으며 말을 전혀 하지 않고 며칠씩 보내곤 했다. 몇 해 동안 그의 유일한 벗은 '은발의' 가에몬, 이전에 왕을 사칭한 바 있는 소년이었는데 그 무렵에는 왕의 시종 겸 말벗이 되어 있었다. 피크 공이 권력을 쥐면서 가에몬은 왕을 대신하여 매를 맞는 역할까지 맡게 되었다. 왕족에게는 체벌을 가할 수 없기에 대리로 매를 맞는다는 임무를 수행한 것이다. 후일 가에몬은 왕과 왕의 아름답고 어린 왕비 다에나에라를 독살하려는 음모에 휘말려 왕 대신 독을 먹고 죽었다.

다에나에라는 참나무 주먹 알린 벨라리온의 사촌으로 스텝스톤 군도에서 알린과 함께 싸우다 전사한 다에론 벨라리온의 딸이었다. 다에나에라는 매우 아름다운 소녀였지만, 라에나 공주와 바엘라 공주의 주선으로 왕 앞에 선보였을 당시에는 고작 6세에 불과했다. 그녀는 AC133년의 대무도회에서 왕 앞에 선보인 천 명의 처녀 가운데 마지막으로 남은 아이였다. 그 무도회를 열도록 주재한 사람은 핸드인 피크 공이었는데, 자신의 딸을 왕과 결혼시키려고 애썼으나 다른 섭정위원들에 의해 좌절되었다. 그럼에도 그는 결코 혼사를 성공시키려는 열망을 포기하지 않았기에 왕의 최종 선택에 역정을 금치 못했다.

그는 왕의 선택을 재고시키고자 노력했지만 아에곤 왕 본인과 섭정위원들 모두 반대했다. 분노한 언윈 공은 자신의 뜻에 반하는 섭정위원들을 꺾고자 핸드를 사임하겠다고 위협했지만, 섭정위원들은 오히려 사임 선언을 흔쾌히 받아들였다. 그리고 언윈 피크를 대신할 새 핸드로 자신들 중에서 타데우스 로완을 지명했다.

그 무렵 아에곤에게 진정 기쁜 일은 단 하나뿐이었다. 바로 동생 비세리스 왕자가 살아서 돌아온 것이었다. 왕국은 비세리스가 걸릿 해전에서 죽었다고 생각했고, 왕 역시 자신의 용 스톰클라우드를 타고 도망치면서 동생을 놓고 온 사실에 대해 자책하곤 했었다. 그렇지만 알린 벨라리온이 리스에서 비세리스를 발견했는데, 왕자는 그곳에서 그를 살리는, 혹은 죽이는 대가를 노린 상인들에 의해 비밀리에 억류되어 있었던 것이다. 벨라리온이 그를 풀어주는 대신 지불하기로 한 몸값은 어마어마한 액수였고, 이는 곧 논쟁의 대상이 되었다. 그러나 그와 상관없이 비세리스 왕자가 웨스테로스로 돌아온 일은(게다가 7세 연상의 리스 출신 신부, 아름다운 라라 로가레까지 대동하고서) 비할 데 없는 기쁨이었다. 그 후 비세리스 왕자는 남은 생애 내내 아에곤의 온전한 신뢰를 받은 유일한 사람이었다.

결국 섭정위원들, 특히 피크 공의 권력에 대한 야심에 종지부를 찍은 사람은 라라 로가레와 그녀의 부유하고 야심만만한 가족들이었다. 그러나 그들이 이른바 '리스의 봄' 사건에 연루되었던 것은 그들이 의도한 바가 아니었다. 당시 로가레 은행은 강철은행보다 더욱 크게 성장하는 중이었다. 그러다 보니 왕을 조종하려는 음모의 희생양이 되고 말았다. 결국 그들은 실제로 지은 죄보다 더 많은 일에 치죄당하게 되었다. 당시의 핸드이자 마지막 섭정위원 중 하나였던 로완 경 또한 그 범죄에 공모한 혐의로 기소되어 고문당했다. 라라의 형제들 역시 구속되었고, 로완을 이어 핸드가 된 마스톤 워터스가 라라까지 잡으러 왔다. 그러나 아에곤과 비세리스는 그녀를 내주기를 거부했고, 결국 18일이나 워터스와 그 부하들에게 억류된 채 마에고르의 내성 안에 포위되어 있었다. 결국 이 사건은 마스톤 경이-아마도 본인의 진정한 의무를 다시금 떠올리고서-거짓으로 라라와 로완 경을 연루시킨

우측 | 맨더리 공을 핸드직과 섭정직에서 해임하는 아에곤 3세

자를 잡아들이라는 어명을 제대로 수행하고자 방향을 틀며 해결되었다. 마스톤 워터스는 다름 아닌 본인의 의형제 머빈 플라워스 경을 잡아들여야 했고, 결국 그를 잡으러 갔다가 본인까지 죽고 말았다.

질서가 돌아왔고 새 섭정단과 신임 핸드가 지명될 때까지 남은 해는 문쿤이 핸드와 섭정을 겸임했다. 섭정기는 마침내 왕의 16번째 생일에 막을 내렸다. 그는 소회의에서 섭정회를 해산하고, 당시 핸드였던 맨더리 경을 직무에서 해방시켰다.

다음에 이어진 시기는 우울한 치세라 불리는데 그 까닭은 아에곤 자신이 늘 수심에 가득찼기 때문이다. 그는 생의 마지막 날까지 우울에 빠져 있었으며 매사에 즐거움을 얻지 못했다. 때로는 방안에 틀어박혀 며칠씩 끙끙 앓는 일까지 있었다. 그는 타인이 자신의 몸을 만지는 것조차 꺼려했다. 자신의 아름다운 왕비의 손길조차 달가워하지 않아 그녀가 활짝 꽃핀 후에도 자신의 침대로 불러들이기까지는 시간이 걸렸다. 그러나 그들 둘의 결혼은 두 아들과 세 딸이라는 결실을 맺었다. 장남이었던 다에론이 드래곤스톤 공이자 후계자의 직함을 부여받았다.

아에곤 3세는 용들의 춤이 남긴 여진 속에서 왕국에 평화와 풍요를 가져오기 위해 애썼으나, 다스리는 이들을 구슬리고 어르기를 꺼렸다. 만일 그의 내면에 있는 한 가지 결점-본인이 다스리는 사람들에 대한 냉정함-만 없었다면 그의 치세는 좀 달랐을지도 모른다. 한편 그의 동생 비세리스는-그는 왕의 말년에 핸드로 재임했다-매력을 타고났지만, 아내가 모국 리스로 돌아가기 위해 그와 아이들을 버린 후 점차 냉정한 성격이 되었다.

그래도 아에곤은 비세리스와 함께 왕국에 남아 있던 여러 문제를 능숙하게 처리해 나갔다. 이런 소란들 중 하나로, 수많은 사람들이 저마다 '대담한' 다에론 왕자라고 사칭하고 나서는 일이 있었다. 아에곤 2세의 막내동생 다에론은 2차 텀블톤 전투에서 전사했으나 시신을 찾을 수 없었기에 양심

아에곤 3세가 섭정기를 마치며 맨더리 공에게 던진 말.
그랜드 마에스터 문쿤의 기록에서 발췌함

짐은 평민들에게 평화와 식량을 주려 하오. 그것만으로는 그들의 사랑을 얻기에 충분치 않다면 나머지는 머쉬룸에게 맡기도록 하지. 아니면 그대신 춤추는 곰을 보내도 좋으려나. 누군가 내게 말하길 평민들은 왕이 무엇을 내려주든 춤추는 곰의 절반만큼도 사랑하지 않는다고 하니 말이오. 오늘밤의 생일 잔치도 이만 마치는 편이 낫겠소. 영주들은 각자의 성으로 돌아가 굶주린 자들에게 음식을 주시오. 가득찬 배와 춤추는 곰이 앞으로 짐이 채택할 정책이오.

없는 자들이 신분을 날조할 기회를 주게 되었다(그러나 그들은 모두가 사기꾼임이 확실했다). 아에곤과 비세리스는 타르가르옌의 드래곤을 되찾으려는 시도까지 했다. 사실 아에곤은 드래곤에게 공포심을 가지고 있었고-이에 대해서는 아무도 비난할 수 없으리라. 그는 모친이 산 채로 드래곤에게 먹히는 장면을 눈앞에서 목격했으니 말이다-드래곤 위에 올라타고 싶어하지도 않았으나, 그럼에도 드래곤이 있다면 반대자들을 위협할 수 있으리라 여겼기 때문이다. 그는 비세리스의 제안대로 에소스에서 아홉 명의 술사를 불러 드래곤의 알에 불을 붙여 보기도 했으나 대실패로 끝을 맺었다.

그의 치세가 시작되었을 당시 살아남은 드래곤은 총 네 마리였는데 각각 실버윙, 모닝, 십스틸러, 카니발이었다. 그러나 AC153년에 마지막 드래곤이 죽었기에 아에곤 3세는 '드래곤의 멸망'이라는 별명도 붙었다.

우울한 왕의 치세-그는 '불운왕' 아에곤이라고도 불리웠다-는 왕이 36세의 나이로 폐결핵에 걸려 사망하며 막을 내렸다. 그의 어린 시절이 짧았던 만큼 많은 백성들은 왕이 실제 나이보다 훨씬 더 나이먹었다고 생각했었다. 우울한 왕은 사람들에게 그리 애틋하게 기억되지는 않으며, 그가 세웠던 업적 또한 아들들의 업적에 쉽사리 묻혔다.

다에론 1세

아에곤 3세가 26년간의 치세를 끝내고 서거할 당시, 그러니까 정복왕이 왕관을 쓴 지 157년이 되었을 때 그는 두 명의 아들과 세 명의 딸을 남겼다. 아들 중 첫째였던 다에론은 왕좌에 올랐을 때 겨우 14세의 소년에 불과했다. 다에론의 매력과 천재성 때문이었는지, 아니면 다에론의 부친이 겪은 섭정기에 대한 기억 때문인지 알 수 없으나 비세리스는 왕이 어리던 시절에도 섭정이 되겠다고 주장하지 않았다. 대신 그는 다에론 왕이 능숙하고도 유능하게 통치할 수 있게 될 때까지 계속해서 핸드로서 복무했다.

어떤 예언에 따르면 다에론 1세는 같은 왕관을 썼던 그의 조상 정복왕 아에곤처럼 영광으로 뒤덮일 운명이라고 했다(실제로 다에론은 부왕보다 단순한 왕관을 선호했다). 그러나 그 영광은 순식간에 잿더미가 되어 버렸다. 다에론은 영특하고 박력이 넘치는 젊은이였다. 처음 그가 도른을 합병해 웨스테로스 정복을 완수하자고 제안했을 때만 해도 제일 먼저 삼촌에게서, 이어서 소회의 위원들, 그리고 대영주들에게서까지 반대를 들어야 했다. 그들은 다에론 1세가 정복왕과 그 누이들 때와는 달리 더 이상 전쟁에 투입할 드래곤이 없다는 사실을 상기시켰는데, 이에 다에론은 널리 알려진 바로 그 대답을 했다. "드래곤은 존재하오. 바로 그대 앞에 서 있지 않은가."

누구도 왕의 발언을 부정할 수는 없었다. 그리고 마침내 그가 자신의 계획을 설명하자-전해지기로는 참나무 주먹 알린 벨라리온의 조력과 충고를 받아 가며 꼼꼼히 만든 계획이었다고 한다-몇몇 이들도 실현 가능성이 있는 계획이라고 생각하기 시작했다. 입안된 전략이 심지어 아에곤 1세가 세웠던 전략보다도 나았기 때문이다.

다에론 1세는 수백 년 동안 리치와 스톰랜드, 심지어 타르가르옌 가문의 드래곤에게도 도전했던 도른의 전장에서 자신의 기량을 충분히 증명했다. 그는 자신의 군대를 세 갈래로 나누어 일군은 티렐 공이 이끌고 도른의 붉은 산맥 서쪽 끝에서 대공의 고갯길을 따라 내려오라고 지시했다. 또 하나는 왕의 사촌이자 선박대신인 알린 벨라리온이 이끌고 바닷길을 통해 도른으로 향했으며, 마지막으로 왕 자신이 주력을 이끌고 뼈의 길이라 불리는 위험한 통로를 따라 행군했다. 그는 그곳에서 다른 이들은 지나기에 너무 위험하다 여겼던 '염소의 길'을 이용해 도른의 감시탑을 우회하여 오리스 바라테온이 걸려들었던 함정을 피할 수 있었다. 그런 다음 젊은 왕은 자신을 제지하려는 모든 전력을 죄다 격파해 버렸다. 대공의 고갯길 또한 장악했으며, 가장 중요한 점은 왕의 함대가 플랭키 타운을 격파하고서 강을 거슬러 올라올 수 있었다는 사실이다.

알린 공이 그린블러드 강을 장악함으로써 도른 땅을 효과적으로 분단하자 동과 서 양측의 도른 전력이 서로를 도울 수 없게 되었다. 그리고 커다란 전투가 벌어졌는데, 이를 전부 다루려면 책 한 권은 족히 필요하리라. 다행히도 이 전쟁을 서술한 많은 책을 찾아볼 수 있는데, 그중 최고봉은 다에론 왕이 손수 자신의 전술을 설명한 〈도른 정복기*The*

좌측 | 오늘날까지 남아 있는 '검은 공포' 발레리온의 두개골
상단 | '젊은 드래곤' 다에론 1세

Conquest of Dorne〉으로, 문장과 전술 양쪽 다 간략함과 우아함을 지닌 걸작으로 여겨진다.

침입자들은 1년도 지나지 않아 선스피어의 성문 앞에 당도하여 섀도우 시티로 통하는 길을 따라 전진했다. AC158년 선스피어가 항복하며 도른의 대공과 40명의 가장 유력한 영주들이 다에론 앞에 무릎을 꿇었다. 이렇게 '젊은 드래곤'은 정복왕도 마무리를 짓지 못한 업적을 이루었다. 사막과 산악 지역에는 아직 잔당이 남아 있었지만, 무언가를 도모하기에 그들의 수는 너무나 적었다.

왕은 신속하게 도른의 지배권을 다져 가며 한편으로는 반도들을 찾아내서 처리했다. 그렇지만 어려움이 전혀 없었던 것은 아니다. 예컨대 왕의 사촌 아에몬 왕자(비세리스의 차남)가 왕을 대신해 독화살을 맞는 바람에 치료를 위해 배를 타고 킹스랜딩으로 귀환하기도 했다. 그러나 AC159년에는 내륙 지역이 평정되었고, 다에론 1세는 도른의 평화 유지를 티렐 공에게 일임하고는 자신은 자유로이 킹스랜드로 개선할 수 있게 되었다. 왕은 도른이 앞으로도 충성할 것을 확실히 하고자 열네 명의 귀족을 볼모로 삼아 함께 킹스랜딩으로 데려갔다. 도른의 대가문에서는 거의 모두가 각자의 아들딸을 보내야 했다.

그러나 이 방법은 다에론의 기대보다 효과를 보지 못했다. 볼모를 보낸 가문의 충성을 확보하는 데에는 도움이 되었지만, 도른의 백성들은 왕의 예상보다 훨씬 완강했던 것이다. 그럼에도 왕은 아무런 조치를 취하지 않았는데, 전해지기로는 1만 명이 도른을 평정하는 과정에서 전사했다고 한다. 그러고도 이어진 3년 동안 4만 명이 더 죽었다. 도른 백성들이 집요하게 왕의 군대에 맞서 싸웠기 때문이다.

다에론이 도른의 통치를 맡겼던 티렐 공은 저항군을 뿌리뽑으려 달마다 이 성에서 저 성을 오가며 여러 시도를 했다. 반군을 지원하는 자는 교수형으로 처벌하고, 무법자들의 근거지가 된 마을에는 불을 질러 완전히 태워 버렸다. 그런데도 도른 주민들은 여전히 습격을 계속하고, 매일같이 보급품이 사라지거나 파괴되었고, 진지에 화재가 나거나 말이 죽어 있기도 했다. 그리고 서서히 군대의 사상자 수도 늘어났다. 섀도우 시티의 뒷골목에서 살해당하거나 모래 언덕에서 매복에 걸려 급습당하거나 혹은 진지 안에서 당한 것이다.

그러나 진정한 반란의 시작은 티렐 공과 그의 군대가 샌드스톤으로 향했다가 독사와 전갈로 가득찬 함정에 빠져 살해당하면서부터였다. 그가 죽었다는 소식이 도른에 퍼지자 반란군이 도른 전체를 휩쓸었다.

AC160년이 되자 다에론이 직접 도른으로 돌아가 반란을 진정시켜야 할 지경에 이르렀다. 그가 소소한 승리를 거두며 뼈의 길을 지나는 동안 참나무 주먹 역시 다시 플랭키타운과 그린블러드 강으로 내려왔다. 그러자 AC161년 도른인들은 조약을 개정하고 조항에 관해 논의하자며 회담을 제의했다. 그러나 그들의 제안은 평화를 위해서가 아니라 배신과 암살을 위한 것이었다. 도른인들은 유혈이 낭자한 배신의 무대 위에서 협상을 위해 백기를 들고 있던 다에론과 수행원들을 습격했다. 킹스가드 기사 세 명은 왕을 보호하려다 살해당했다(네 번째 기사는 검을 던지고 항복하였는데 이는 영원토록 비난받아 마땅한 짓이었다). '용기사' 아에몬 왕자는 배신자들의 목을 친 뒤 상처를 입고 사로잡혔다. 다에론은 12명의 적에 둘러싸여 블랙파이어를 손에 쥔 채 죽었다.

이렇게 다에론 1세의 치세는 4년이라는 짧은 기간으로 막을 내렸다. 그가 지녔던 야망이 너무나 크고 웅대했던 탓이다. 하지만 영광이란 언제까지고 지속될 수도 있으나 흘러가기도 쉬운 법이다. 아무리 위대한 승리를 거두더라도 그 승리가 더욱 커다란 재난으로 이어진다면 결국 그 여파로 금세 잊히고 말기에.

마에스터 가레스의 〈붉은 모래*Red Sands*〉에 수록된 도른인들의 편지는 샌드스톤의 영주 쿼르가일 공이 티렐 공의 암살을 도모했다는 내용이 담겨 있다. 하지만 과연 그 동기가 무엇이었는지는 훗날 논란의 대상이 되었다. 일부 견해에 따르면 그가 초기에 보인 충성-좀 더 악명높은 반란 영주들 중 하나가 일으킨 봉기를 진압한 것-에 티렐 공이 별다른 반응을 보이지 않자 이에 분노하게 되었다고 한다. 다른 추측은 그의 초기 조력 역시 영지 내의 다른 이들과 함께 계획한 반역의 일환으로 왕과 티렐 공의 신뢰를 사기 위한 미끼였을 뿐이라고도 한다.

상단 | 도른에서 죽은 사람들의 해골

우측 | 도른의 사막에서 속죄의 고행을 하는 바엘로르 1세

바엘로르 1세

다에론 1세가 전사했으며 그의 군대 또한 대패했다는 소식이 킹스랜딩에 도착했다. 그 분노는 곧장 도른의 볼모들에게 향했다. 그들은 핸드인 비세리스의 명에 따라 지하 감옥에 던져져 교수형을 기다리게 되었다. 핸드의 장남 아에곤은 자신의 정부였던 도른인 소녀를 처형하라며 자신의 아버지 앞에 대령하기까지 했다.

젊은 드래곤은 결혼을 한 적도, 아이를 가진 적도 없었다. 따라서 그가 사망하자 철왕좌는 당시 17세였던 동생 바엘로르에게 이어졌다. 바엘로르는 타르가르옌 왕조 사상 가장 신앙이 깊은 왕이었다. 어떤 이들의 견해에 의하면 칠왕국 역사상 가장 독실하다고도 한다. 그가 왕으로서 행한 첫 번째 행위는 도른의 볼모를 용서하겠노라는 것이었다. 이후 바엘로르가 통치한 10년 동안 그와 같이 경건한 포용의 행위가 이어졌다. 수하 영주들과 소회의 위원들까지도 복수를 부르짖었으나 바엘로르는 공식적으로 형을 죽인 자들을 사면했으며 자신은 형이 일으킨 전쟁의 상처를 봉합하고 도른과 함께 평화를 쌓고자 한다고 선언했다. 그는 또한 경건함을 실천하는 행위로써 직접 '검도 군대도 없이' 도른에 가서 볼모를 돌려주고 평화를 구하겠다 하였다. 그리고 실제로 자신의 약속을 지켰다. 뒤따르는 볼모들은 말에 태우고 왕 자신은 맨발에 마로 짠 옷만 걸친 채 킹스랜딩에서 선스피어까지 걸어갔던 것이다.

바엘로르가 도른까지 행차한 여정에 관해서는 많은 노래가 있는데, 그 내용은 주로 수녀원의 셉타들에게서 흘러나와 음유시인들의 입을 통해 퍼진 것들이다. 스톤웨이의 산길을 오르던 바엘로르는 윌 가문이 왕의 사촌 '용기사' 아에몬 왕자를 가둔 장소에 이르게 되었다. 왕은 아에몬이 벌거벗은 채 우리 안에 갇힌 모습을 보았다. 전해지기로는 바엘로르의 간청에도 불구하고 윌 가문은 아에몬을 풀어주기를 거부했으며 대신 왕이 사촌을 위해 기도하고 다시 돌아오겠다는 맹세를 하도록 요구했다고 한다. 이후 여러 세대에 걸쳐 당시 아에몬 왕자가 높은 톤의 목소리로 말하는 사촌형-초췌하기 이를 데 없는데다 맨발에서는 피까지 흘리는-이 원수들과 약속하는 모습을 보며 무슨 생각을 하였을까 궁금증을 품었다. 그러나 바엘로르는 여전히 가던 걸음을 계속해 뼈의 길의 여정을 견뎌냈고, 그럼으로써 수많은 일들에 대한 속죄의 뜻을 보였다.

사실상 맨몸이나 다름없는 상태로 맨발의 고통과 싸우며 북쪽 언덕들 사이의 사막을 건넌 이 고행은 거의 그를 망가트리다시피 했다. 그럼에도 그는 굴하지 않았다. 고된 여정을 견뎌낸 끝에 그는 도른 대공을 마주했다. 결국 이는 '축복받은' 바엘로르 치세에 일어난 첫 번째 기적으로 불리게 된다. 그리고 두 번째는 그가 도른과의 화합을 구축하는 데에 성공하여 이후의 치세 내내 평화가 지속된 것이다. 바엘로르는 조약의 조항 가운데 하나로 자신의 어린 종질 다에론-핸드인 비세리스의 손자이자 비세리스의 장남 아에곤 왕자의 아들-과 도른 대공의 장녀였던 마리아를 맺어 주기로 합의했다. 당시에는 둘 다 어렸기에 결혼식은 성년이 된 뒤 치르기로 했다.

선스피어의 궁전에서 한동안 머문 뒤 도른 대공은 왕에

게 킹스랜딩으로 타고 돌아갈 선편을 마련해 주었다. 그러나 젊은 왕은 칠신께서 자신으로 하여금 걸어서 돌아가라 명하셨다고 답했다. 도른인 가운데 일부는 바엘로르가 돌아가는 여정에서 숨을 거두기라도 한다면 핸드인 비세리스가 새로운 전쟁의 명분으로 받아들일까 두려워했다. 그리하여 왕의 귀로에 자리잡은 도른의 영주 전원에게 그를 호의적으로 대하도록 단단히 일렀다. 다시 뼈의 길에 오른 바엘로르는 아에몬 왕자를 되찾고자 했다. 그는 도른 대공을 통해 용기사를 석방해 달라고 공식적으로 요청했고, 윌 공 또한 이를 받아들였다. 그러나 윌 공은 바엘로르에게 아에몬이 갇힌 우리의 열쇠를 주며 왕이 직접 그를 풀어줘야 한다고 선언했다. 당시 아에몬은 우리 속에서 벌거벗은 채 낮에는 뜨거운 볕에, 밤에는 찬바람에 그대로 노출되어 있었다. 뿐만 아니라 우리 아래에는 구덩이가 파여 있었고, 그 안에는 독사가 득시글거렸다. 용기사는 자신을 내버려두고 가서 도른 변경에 도움을 청하라며 왕을 말렸지만, 바엘로르는 웃고는 신께서 자신을 보호하실 것이라며 말한 뒤 직접 구덩이 안으로 걸어 들어갔다.

후일 음유시인들이 노래하기를, 왕의 걸음마다 독사들이 머리를 숙였다고 하는데 진실은 그렇지 않다. 바엘로르는 우리에 도착할 때까지 족히 여섯 번은 물렸다. 비록 우리의 문을 열기는 했으나 그대로 쓰러지려던 찰나에 용기사가 뛰어나와 그를 구덩이에서 끌어냈다. 전해지기로는 아에몬 왕자가 바엘로르를 등에 업고 우리 꼭대기로 기어오르느라 애쓰고 있을 때 윌 가문 사람들은 성공 여부를 두고 내기를 하고 있었다 한다. 아마도 그들의 잔인함은 아에몬에게 자극이 되었으리라. 아에몬은 결국 우리 꼭대기까지 올라간 뒤 구덩이를 건너뛰어 탈출에 성공했다.

아에몬 왕자가 바엘로르를 업고 뼈의 길을 반쯤 내려오자 마을에 있던 셉톤이 혼수상태인 왕을 실어나를 당나귀 한 마리와 옷가지를 내주었다. 마침내 아에몬은 돈다리온의 감시탑까지 도착했고, 이어 블랙헤이븐으로 옮겨져 그곳의 마에스터가 최선을 다해 왕을 보살핀 뒤 더 나은 치료를 위해 스톰즈 엔드로 보냈다. 그러는 동안 바엘로르는 정신을 잃은 채 쇠약해져만 갔다.

그는 스톰즈 엔드로 가는 도중에 한 번 의식이 돌아왔지만, 그때도 기도문을 중얼거렸을 뿐이다. 그가 킹스랜딩으로 돌아갈 수 있을 정도로 회복되기까지는 반 년 남짓이 걸렸다. 그리고 그 기간 내내 왕의 작은아버지이자 핸드인 비세리스가 왕국을 보살피며 바엘로르가 체결한 도른과의 평화조약을 지켰다.

마침내 바엘로르가 다시 철왕좌에 앉자 왕국 전체가 그의 복귀를 축하했다. 그러나 바엘로르의 관심은 이제 신앙만을 향해 있었다. 이어서 그는 아에곤 3세의 이성적인 통치, 다에론 1세의 점잖은 무시, 그리고 핸드 비세리스의 영악한 관리에 익숙했던 백성들을 경악시킬 만한 첫 번째 칙령을 내렸다. AC160년에 누이 다에나와 올린 결혼식을 무효로 돌려달라고 하이 셉톤에게 청원한 것이다. 그는 이 혼인이 왕이 되기 전에 이루어진 결합이며, 동침으로 완성되지 않았다 주장했다.

왕은 자신의 결혼을 무효화한 뒤 더 나아가 다에나와 동생 라에나, 엘라에나 세 명을 레드 킵 안에 있는 '미의 궁전'에 가두었는데 이 궁전은 곧 '처녀의 감옥'이라는 이름으로 불리게 된다. 왕은 그녀들의 천진함을 세상의 사악함과 불신자들의 욕정으로부터 보호하겠노라 공표했다. 그러나 오히려 그 자신이 그녀들의 미모에 유혹당할까 저어한 것은 아닌가 하고 의심하는 이들도 있었다.

상단 | 독사를 무릅쓰고 '용기사' 아에몬을 구출하는 바엘로르 1세

우측 | 바엘로르 1세의 누이들. 좌측부터 엘라에나, 라에나, 다에나.

바엘로르 1세의 누이들

세 자매 가운데 다에나가 가장 유명하며 많은 사랑을 받았는데, 이는 그녀의 미모와 용기 덕분이었다. 그녀는 승마술이 뛰어났고 오빠 다에론이 도른 정복 과정에서 전리품으로 가져온 도른식 활을 사용하는 무시무시한 궁수이기도 했다. 심지어는 마상시합 훈련까지도 받았다(하지만 그녀가 아무리 애를 써도 마상시합에 출전할 수는 없었다). 다에나는 금세 '반항아'로 알려지게 되었는데, 이는 '처녀의 감옥'에 구금될 당시 그녀가 세 자매 가운데 가장 불만을 품었으며 하인이나 평민으로 위장해 세 차례나 탈출했기 때문이기도 하다. 심지어는 자식을 낳아 바엘로르 치세의 종말에까지 기여했다. 그러나 후대에 그녀의 자식이 왕국에 미친 영향을 고려하면 그녀가 조금만 덜 반항적이었더라면 좋았으리라고 하는 평가도 있다.

다른 누이들 가운데 라에나는 거의 오빠만큼이나 독실한 신자라서 나이가 차자 셉타가 되었다. 막내 엘라에나는 라에나보다 고집이 셌지만 다른 두 사람만큼 아름답지는 않았다. 그녀는 처녀의 감옥에 있을 당시 자신의 '영광의 관', 즉 황금빛이 섞인 백금발이었던 긴 머리채를 잘라 오빠에게 보낸 뒤 자신은 남자를 유혹하기에는 너무나 흉측해졌으니 자유를 달라고 애원하기도 했다. 안타깝게도 귀머거리에게 대고 기도하는 것이나 다름없었지만 말이다.

막내인 엘라에나는 자신의 다른 형제자매들보다 오래 살았으며 처녀의 감옥에서 풀려난 뒤에는 파란만장한 인생을 걸었다. 그녀는 다에나의 전철을 밟아 '참나무 주먹' 알린 벨라리온의 쌍둥이 사생아를 가졌으나, 1년 뒤에 그가 바다에서 실종되자 희망을 버리고 다른 곳으로 시집을 갔다.

그녀는 세 번 결혼했다. 첫 번째는 AC176년에 부유하지만 나이가 많은 오시퍼 플럼을 남편으로 맞았으나 초야를 치르던 중 상대가 그만 세상을 떠났다고 한다. 그렇지만 플럼 공이 자신의 의무를 다했는지 임신을 했다. 후일 악의에 찬 소문이 돌았는데, 플럼 공은 사실 새 신부의 알몸을 보자마자 죽었고(이 소문은 머쉬룸이 즐겼을 법한 음탕하기 짝이 없는 어휘로 퍼졌다 하니, 그 내용을 이 자리에 그대로 옮길 필요는 없으리라) 그날 밤 임신한 아이는 사실 사촌 아에곤–훗날 '무능왕' 아에곤이 되는–의 씨일 것이라는 내용이었다.

그녀의 두 번째 결혼은 무능왕 아에곤의 후계자인 '선량왕' 다에론 2세의 명으로 이루어졌다. 다에론은 그녀를 자신이 임명한 재무대신 로넬 펜로즈와 결혼시켰고, 이로 인해 그녀는 네 명의 자식을 더 낳았다. 또한 정말로 재무대신의 역할을 담당한 사람은 그녀였다고 알려지게 된다. 그녀의 남편은 선하고 고결한 영주였지만 숫자에 관해서만큼은 밝지 않았던 탓이다. 그녀는 빠른 속도로 영향력을 발휘하게 되었고, 다에론의 신뢰를 얻어 급기야 왕과 왕국을 위해 일하게 되었다.

한편 세 번째 결혼은 그녀의 선택으로 인해 이루어졌는데, 당시 궁정에서 도른의 대공녀 마리아를 수행하던 도른인 마이클 맨우디와 사랑에 빠졌기 때문이었다. 어릴적에 시타델에서 수학했던 맨우디는 매우 재치있고 교양을 갖춘 인물이었는데, 다에론과 마리아 왕비가 결혼하자 누가 가장 다에론에게 신뢰를 받는 신하인지를 파악한 것이었다. 그는 여러 차례 브라보스로 파견되어 강철은행과의 교섭을 담당했는데, 이 교섭과 관련하여 그와 은행의 열쇠지기들 사이에 오간 서신 기록이 남아 있다(인장과 서명은 모두 그의 것이었지만 필시 엘라에나의 손으로 서명하고 봉인했을 것이다).

엘라에나는 두 번째 남편이 죽은 지 얼마 지나지 않아 마이클 경과 결혼했고 아마 다에론의 축복 또한 받았을 것이다. 엘라에나는 말년에 자신이 마이클 경을 사랑하게 된 것은 그의 지성 때문이 아니라 그가 음악을 사랑해서였노라고 밝힌 바 있다. 그는 그녀를 위해 하프를 연주했다고 알려져 있는데, 관에 새기는 조각상은 보통 갑옷 차림에 검을 들고 박차를 찬 모습으로 만드는 데 반해 그녀는 그가 하프를 안고 있는 모습으로 제작하라고 명령했다.

비세리스와 세 공주들, 그리고 궁정 내 사람들의 반대에도 불구하고 그의 명령은 집행되었다. 세 공주는 레드 킵 중심부에 격리되었고, 영주와 기사들이 왕의 비위를 맞추고자 레드 킵으로 보낸 소수의 아가씨들만 그녀들과 접촉할 수 있었다.

이어서 바엘로르가 킹스랜딩 내의 매춘을 불법화하자 더 커다란 저항이 일었다. 하지만 그런 칙령이 얼마나 큰 문제를 일으킬 수 있는지에 대해 왕에게 조언할 수 있는 사람은 아무도 없었다. 결국 천 명 이상의 창부와 그녀들의 자식이 도시 밖으로 쫓겨났다. 하지만 왕은 그에 따른 불만을 인정하지 않은 채 새로 추진하는 사업에만 바쁘게 몰두했다. 새로운 사업이란 비센야 언덕 꼭대기에 새로 커다란 셉트를 건설하는 것으로, 왕은 신께서 자신에게 이 셉트를 보여주셨노라고 했다. 그렇게 대셉트 건설 계획이 구체화되었다. 하지만 대셉트는 그가 세상을 뜨고도 많은 시간이 지난 후에야 완성된다.

결국 그의 치세는 시간이 흐를수록 점차 광신적이고 변덕스러운 면모를 띠기 시작했다. 사람들은 도른에서 독사에 물려 빈사 상태에 빠졌던 사건이 그의 머리에 어떤 식으로든 악영향을 미친 것은 아니었을까 의심하기 시작했다. 평민

들은 여전히 그를 사랑했지만-그는 자선을 위해 정기적으로 사재를 털었고, 어느 해에는 킹스랜딩의 주민 모두에게 날마다 빵 한 덩어리씩을 기부하기도 했다-칠왕국 영주들의 우려는 점차 깊어져만 갔다. 왕은 다에나와의 결혼을 끝냈을 뿐만 아니라 셉톤이 되기로 맹세하고 다시는 결혼을 하지 않겠노라 확언했다. 이는 왕국에 대한 영향력이 점차로 늘어나고 있던 하이 셉톤의 조력 혹은 사주에 의한 것임이 틀림없었다. 게다가 왕의 칙령은 물질적인 부분이 아니라 정신적인

혹은 축복이 아니었을지도 모른다. 왜냐하면 바엘로르가 칠신께서 기적을 행할 힘을 이번에는 8세 소년에게 주셨다고 믿었기 때문이다. 그 소년은 거리의 부랑아였으며, 후세 사람들은 포목상의 아들이었을 가능성이 더 높다고 보았다. 바엘로르는 그 소년이 비둘기와 대화를 나누는 광경을 보았으며, 그 비둘기들이 인간 남녀의 목소리로 대답을 했다고 주장했다. 그리고 그는 그것이 칠신의 목소리라고 여겼다. 결국 그는 이 소년이야말로 차기 하이 셉톤이 되어야 한다

바엘로르 왕의 광신이 불러온 일들 가운데 가장 커다란 불행 중 하나는 서적을 불태우라고 고집한 사건이었다. 비록 별다른 가치가 없는 내용을 담고 있는 책이라 해도, 또한 아무리 위험한 내용을 담고 있는 책이라 할지라도 역시 지식이 파괴되는 것은 고통스럽다. 바엘로르는 〈머쉬룸의 증언〉 역시 불태웠는데, 그 책이 야비한 추문으로 가득했음을 감안하면 그리 놀랄 일도 아니었다. 그러나 셉톤 바스의 〈부자연스러운 역사〉는 내용의 일부가 잘못되었다 하더라도 칠왕국 역사상 가장 슬기로운 이들 중 하나가 쓴 책이었다. 〈부자연스러운 역사〉가 주로 다룬 내용들은 논란의 씨앗이 되지도 않았고 사악한 내용도 아니었건만, 고위 신비술에 대한 바스의 연구가 바엘로르의 적개심을 사 결과적으로 책이 불타게 되었던 것이다. 일부분이나마 전해져 그 안의 지식이 완전히 유실되지 않은 것만이 다행스러울 뿐이다.

부분까지도 개입하게 되었다. 예컨대 시타델로 하여금 소식 전달할 때 까마귀 대신 비둘기를 사용하라고 압력을 가하려 힘을 기울인 적도 있으며(이 대참사는 대마에스터 왈그레이브의 〈검은 날개와 신속한 소식통*Black Wings, Swift Words*〉에서 상세히 다루고 있다) 여성들이 정조대를 사용하도록 권장하여 미덕을 보이는 자들에게는 세금을 면제해 주려는 시도 또한 있었다.

치세 후반기에 접어들면서 바엘로르는 보다 많은 시간을 단식과 기도로 보내며 자신과 백성들이 날마다 칠신께 저지르는 죄악과 칠신을 향한 불경에 대해 속죄하려 했다. 하이 셉톤이 사망하자 바엘로르는 최고신실에게 신이 자신 앞에 보여준 미래의 하이 셉톤이 누구인지 알렸다. 그러자 그들은 즉시 바엘로르가 선택한 자를 하이 셉톤으로 추대했다. 그는 페이트라는 평민이었는데, 석공으로서는 뛰어났으나 문맹이었고 머리가 약간 모자라 간단한 기도문조차 외지 못하는 사람이었다. 지성이 결여된 이 하이 셉톤은 자리에 오른 지 1년 만에 열병으로 사망했으니, 아마 그 또한 축복이었을 것이다.

고 주장했다. 최고신실은 또다시 왕의 바람대로 시행했고, 그리하여 소년은 가장 어린 나이에 수정관을 쓰고 하이 셉톤의 자리에 올랐다.

한편 다에나 타르가르옌이 아비가 누구인지 밝히길 거부한 채 아들 다에몬 워터스를 출산하였는데, 이로 인해 왕은 또 한 번 단식에 빠져들게 되었다(후일 왕국에 알려지기로는, 아이의 부친은 당시 왕자였던 사촌 아에곤이었다). 바엘로르는 이미 몇 년 전 사촌 나에리스 공주의 쌍둥이들이 태어난 지 얼마 지나지 않아 죽었을 때 한 달 동안 절식을 감행하여 죽을 뻔한 적이 있었다. 그러나 이번에는 한 발 더 나아가 물과 위를 겨우 진정시킬 만큼 적은 분량의 빵 외에는 모든 음식을 거부했다. 그는 40일간이나 단식을 계속했고, 41일째 되던 날 어머니의 신격의 제단 앞에서 쓰러진 채 발견되었다.

그랜드 마에스터 문쿤은 왕을 소생시키기 위해 최선을 다했다. 소년 하이 셉톤 역시 마찬가지로 노력했지만 그의 기적은 거기까지였다. 왕은 왕좌에 오른 지 10년째 되던 해인 AC171년에 결국 영원히 칠신과 함께 거하게 되었다.

바엘로르를 이어 비세리스가 왕위에 오르자 악의에 찬 소문이 퍼져 나갔다. 비세리스가 10년 이상 절치부심한 끝에 마침내 왕좌를 얻기 위해 왕을 독살했다는 것이다. 이 소문의 발단은 스토크워스 가문의 마이아 여공의 펜 끝이라고 알려졌다. 한편 비세리스가 왕국의 안녕을 위해 바엘로르를 독살했다고 주장하는 이들도 있다. 왜냐하면 셉톤 왕이 칠신께서 왕국 안의 모든 불신자를 개종시키라 명했다고 믿은 까닭이라 한다. 그리고 이는 북부와 강철 군도를 전쟁으로 이끌어 크나큰 소요를 야기하게 된다.

비세리스 2세

비록 아에곤 3세의 아들은 둘 다 사망했지만 세 딸이 여전히 남아 있었기에 평민들 중에는-일부 영주들까지도-철왕좌가 즉시 다에나 공주에게 돌아가야 한다고 생각하는 이들이 있었다. 하지만 그런 의견을 가진 사람은 얼마 되지 않았다. 10년 동안이나 처녀의 감옥에 고립되어 있던 다에나와 그 자매들에게는 힘 있는 동맹 세력이 없었고, 이전에 여성이 철왕좌에 올랐을 때 벌어졌던 일들이 아직 사람들의 뇌리에 생생했기 때문이다. 한편 반항아 다에나는 영주들에게 거칠고 다루기 힘든 데다 문란한 여자로 비춰졌다. 일 년 전 사생아를 낳고서 그 아비의 이름을 밝히지 않았기 때문이다.

그리하여 AC101년의 대회의에서 세워진 선례와 용들의 춤이 차례로 회자되었고, 결국 바엘로르의 누이들은 계승 서열에서 밀려나고 말았다. 그대신 왕관은 선왕의 삼촌이자 핸드였던 비세리스 왕자에게 주어졌다.

역사에 기록되기를 다에론이 전쟁을 하고 바엘로르는 기도를 하는 동안 비세리스는 통치를 했다고 한다. 그는 14년 동안 조카의 핸드로 재임했으며 그 전에는 형인 아에곤 3세를 위해 일했다. 그는 셉톤 바스 이래 가장 판단력이 뛰어난 핸드였다고 전해진다. 그러나 사실 그의 선한 노력은 백성을 기쁘게 하거나 그들로부터 사랑받고자 하는 욕망이 결여되어 있던 우울한 왕의 치세에 많이 폄하된 바 있다. 그랜드 마에스터 카에스의 〈네 왕의 생애*Lives of Four King*〉는 비세리스에 대해 적게나마 좋든 나쁘든 의견을 가진 것으로 보인다. 하지만 그 책의 제목이 네 명의 왕이 아닌 다섯 왕에 대한 것이어야 했다고 지적하는 사람들도 있다. 비세리스를 건너뛰고 곧바로 그의 아들 '무능왕' 아에곤에 대해 서술하고 있기 때문이다.

비세리스는 용들의 춤 이후 몇 년간 리스에서 볼모로 지내다가 부와 권력을 겸비하고 미모마저 빼어난 리스의 귀족 처녀 라라 로가레를 신부로 맞아 함께 킹스랜딩으로 돌아왔다. 키가 크고 날씬하며 발리리아의 백금발과 보랏빛 눈동자를 지녔던 라라 로가레는(리스에는 아직도 발리리아 혈통이 강하게 남아 있으므로) 비세리스보다 일곱 살 연상이었다. 하지만 그녀는 그녀 자신을 궁정의 일원으로 느끼지 못했으며, 킹스랜딩에서 행복하지도 않았다. 그럼에도 고향 리스로 돌아가기 전까지 비세리스에게 세 명의 자식을 주었다.

장남의 이름은 아에곤으로, 비세리스가 리스에서 돌아온 후 AC135년 레드 킵에서 태어났다. 그는 원기왕성한 청년으로 잘생기고 매력적이었으나 한편으로는 무책임하고 변덕스러웠으며 쾌락을 추구하는 데 열성적이었다. 그는 부친에게는 골칫거리를, 왕국에는 고통을 야기했다.

AC136년에는 차남 아에몬이 태어났다. 그는 어린 시절의 아에곤만큼 원기왕성했고 용모도 아름다웠지만 다행히도 형의 결점은 물려받지 않았다. 그는 동년배 사이에서 가장 뛰어난 기사였고 창술도 뛰어났다. 다크 시스터를 지닐 자격을 갖췄을 정도였고 백금 바탕의 투구에 머리 셋 달린 드래곤 문양을 새겨넣어 '용기사'로 알려졌다. 오늘날까지 일각에서는 그를 역사상 가장 고결했던 기사로 여긴다. 또한 킹스가드로 복무했던 기사들 가운데 가장 이야기 속에 자주 등장하는 인물이기도 하다.

비세리스의 막내는 외동딸 나에리스로 AC138년에 태어났다. 그녀의 피부는 창백하다 못해 거의 투명해 보일 정도였다고 전해진다. 그녀는 작은 체구에(식욕이 적어 더욱이 작아졌다고도 한다) 매우 섬세한 이목구비를 지녔는데, 음유시인들은 특히 그녀의 옅은 속눈썹에 둘러싸인 깊은 보랏빛의 커다란 눈동자를 칭송하며 노래를 짓곤 했다.

그녀는 두 오빠 중 아에몬을 좋아했다. 그녀를 웃게 했거니와, 아에곤과 달리 그녀와 같은 미덕을 소유하고 있었기 때문이다. 그녀는 오빠를 사랑하듯, 혹은 그보다 더 칠신을 사랑했다. 만약 부친의 허락만 있었다면 셉타가 되었을지도 모른다. 그러나 비세리스는 출가를 허락하지 않았고, 그녀를 AC153년에 아에곤 3세의 축복 아래 자신의 아들 아에곤과 결혼시켰다. 음유시인들은 아에몬과 나에리스 둘 다 결혼식 내내 눈물을 흘렸다고 노래한다. 그렇지만 역사서에는 결혼식 만찬에서 아에몬과 아에곤이 다투었고, 나에리스는 결혼식이 아닌 잠자리에서 내내 눈물지었노라고 적혀 있다.

젊은 드래곤, 혹은 축복받은 바엘로르 당시에 일어난 어리석은 일들이 비세리스 때문에 일어났다고 말하는 이들도 있는가 하면, 비세리스는 가능한 한 최선을 다해 두 조카가 최악의 선택을 피하게끔 노력했다는 주장도 있다. 비록 그의 치세는 1년 남짓에 불과했지만, 그가 정부의 조직 및 기능을 개선했던 점을 살펴보는 것도 유익하리라. 그는 왕립 화폐주조국을 설립했고 협해 너머와의 무역 증진을 위해 노력했으며 조정자 자에하에리스의 긴 치세에 제정된 법전을 개정하였다.

비세리스 2세에게는 새로운 '조정자'가 될 역량이 충분했다. 그 어떤 왕도 그보다 더 지혜롭고 유능하지는 못했으리라. 그러나 비극적이게도 AC172년 갑작스런 질병이 그를 데려가 버렸다.

일각에서는 그가 병에 걸린 것이나 너무도 빠르게 사망한 점을 들어 아에곤 4세에게 의심의 눈길을 보내기도 했다. 그렇지만 당시에는 그 누구도 목소리를 높여 그렇게 말할 수 없었다. 그리고 10년도 더 지난 후에야 처음으로 비세리스가 아들이자 후계자인 아에곤에게 독살당했다는 고발이 글로 전해졌다.

이 혐의는 과연 진실일까? 확언할 수는 없지만 왕관을 쓰기 전이든, 그 이후이든 무능왕 아에곤이 저질렀던 부패한 악행들을 보아서는 반박하기 어렵다.

아에곤 4세

아에곤 4세는 AC172년에 부왕이 서거하자 드디어 소년 시절부터 갈구해 왔던 왕좌에 올랐다. 그는 젊은 시절부터 잘생긴 용모와 빼어난 창술과 검술로 유명했으며 사냥과 매, 춤을 사랑했다. 그는 궁정에 있는 동세대의 왕족 가운데 가장 영리한 왕자였으며 그 지혜로 뭇 사람들의 찬탄을 받았다. 그러나 그에게는 한 가지 결점이 있었으니, 그것은 그가 자기 자신을 다스리지 못한다는 점이었다. 육욕과 식욕, 권력욕이 그를 완전히 지배하고 있었다. 왕위에 오른 그는 처음에는 소소한 쾌락을 추구하며 악정을 시작했다. 하지만 시간이 흐르며 그의 욕망은 끝을 알 수 없게 되었고 그의 부패는 이후의 몇 세대에 걸쳐 왕국에 고통을 선사했다. 카에스는 이렇게 기술하고 있다. "아에니스는 나약했고 마에고르는 잔인했으며 아에곤 2세는 욕심이 많았다. 그렇지만 아에곤 4세의 치세 이전과 이후를 통틀어 그처럼 고의적으로 악정을 펼친 왕은 아무도 없었다."

아에곤은 고결함과 명예, 지혜로 선택받은 이들이 아니라 자신에게 아첨하거나 즐거움을 선사하는 자들로 순식간에 궁정을 채웠다. 또 궁정의 여인들 또한 대다수가 같은 부류였는데, 왕의 욕정을 몸으로 받아낼 수 있는 여인들이었다. 그는 종종 충동적으로 한 귀족 가문의 소유물을 빼앗아 다른 귀족 가문에 주곤 했다. 예컨대 아무렇지도 않게 브랙켄 가문 소유의 티트라 불리는 커다란 언덕을 블랙우드 가문에 선사했다. 또 본인의 욕망을 위해 가치를 따질 수 없는 보물들을 마구 뿌렸는데, 핸드였던 버터웰 공이 자신의 딸 셋을 모두 바치자 그 대가로 드래곤의 알을 내주었다고 한다. 그는 타인에게 적법하게 상속된 재산이라 해도 탐나면 그대로 강탈했다. 들리는 소문에는 오시퍼 플럼 공이 결혼식을 올린 당일에 사망했을 때도 마찬가지였다고 한다.

평민들에게는 그의 치세가 험담과 여흥의 원천이었는지도 모른다. 그리고 궁정에 드나들지 않으며 아에곤이 자신의 딸을 제멋대로 취하기를 원치 않던 영주들에게는 그가 강력하고, 결단력이 있으며 다소 경솔하더라도 크게 유해하지는 않은 인물로 비쳤을 수도 있다. 그렇지만 그의 영향력 안에 놓인 자들에게 왕은 너무나 변덕스럽고 탐욕스러우며 잔인하여 위험한 존재였다.

아에곤은 결코 혼자 잠드는 법이 없었고, 여성과 함께 밤을 보내지 않으면 밤을 제대로 보냈다고 여기지도 않았다 전한다. 그의 육욕은 가장 고귀한 태생의 공주부터 최악의 창부까지 모든 부류의 여자를 통해 채워졌는데, 그로서는 여자들의 신분에 별 차이를 느끼지 못했던 듯하다. 아에곤은 말년에 자신이 적어도 900명의 여자들과 잠자리를 가졌지만(정확한 숫자는 기억하지 못하지만) 그중 9명만 진심으로 사랑했다고 밝혔다(누이인 나에리스 왕비는 그 안에 포함되어 있지 않다). 가까이서 또는 멀리서 온 9명의 정부들은 저마다 아에곤의 자식을 낳아 주었지만 왕이 흥미를 잃은 순간 아이들과 함께 쫓겨났다(마지막 한 명만 제외하고). 그러나 그 많은 자식들 가운데 한 명만은 정부의 소생이 아니었는데, 바로 반항아 다에나가 낳은 자식이었다.

다에나 공주가 아에곤 4세와의 사이에서 낳은 아이에게 붙인 이름은 다에몬이었다. 한창때의 다에몬 왕자가 경이와 공포 그 자체였던 까닭이다. 그러나 그 이름은 아이가 자라서 어떤 존재가 될 것인지에 대한 경고처럼 보였다. AC170년 그가 태어났을 때 그의 정식 이름은 다에몬 워터스였다. 당시 다에나는 생부의 이름을 밝히기를 거부했지만, 세간에는 아에곤 왕자와 관련이 있으리라는 의심이 이미 돌고 있었다. 레드 킵에서 자라게 된 이 수려한 젊은이는 궁정에서 가장 현명한 마에스터들과 가장 우수한 무술 교관들에게 가르침을 받았다. 그중에는 '화염구'라 불린 열혈 기사 퀜틴 볼도 포함되어 있었다. 그는 무기 다루기를 무엇보다 좋아했고 또 출중하여 많은 이들이 그가 장차 또 하나의 '용기사'가 되리

상단 | 아에곤 왕자를 안은 라라 로가레와 왕자 시절의 비세리스 2세

라 짐작했다. 아에곤 왕은 다에몬이 12세의 나이에 종자들의 마상시합에서 우승하자 그를 기사로 서임했고(그리하여 그는 마에고르를 누르고 타르가르옌 가문 사상 최연소 기사가 된다) 그에게 영토와 명예 그리고 정복왕 아에곤의 검인 블랙파이어를 내림으로써 궁정과 친지들, 그리고 소회의 위원들 모두를 충격에 빠트렸다. 그 후로 다에몬은 자신의 이름을 다에몬 블랙파이어로 개명했다. 나에리스 왕비는 아에곤 4세가 쾌락을 즐기지 못하면서도 동침한 유일한 여성이었다. 그녀는 경건함, 연약함, 예의 등 왕이 좋아하지 않는 미덕을 모조리 갖추고 있었다. 작고 섬세한 나에리스에게는 출산 또한 시련이었다. AC153년의 마지막 날 다에론 왕자가 태어나자 그랜드 마에스터 알포드는 그녀에게 재차 임신할 경우 목숨을 잃을 수도 있다고 경고했다. 그러자 그녀는 자신의 오빠에게 이렇게 청했다고 한다. "후계자를 드렸으니 저는 의무를 다했습니다. 청컨대 이제부터는 다시 오누이로 지내게 허락해 주세요." 그러자 아에곤은 이렇게 대답했다. "이미 그렇게 하고 있지 않소." 그러나 아에곤은 이후로도 그녀가 죽을 때까지 아내로서의 의무를 행하도록 고집했다.

이들 사이에 불거진 문제는 어려서부터 나에리스와 떼려야 뗄 수 없는 관계였던 아에몬 왕자로 인해 더욱 커졌다. 아에곤은 고결하며 뭇 사람들에게 찬미를 받는 동생에게 매사 분통을 터뜨렸으며, 나아가 나에리스와 아에몬을 경멸하고 모욕하기를 즐겼다. 심지어 그가 자신을 지키려다 목숨을 잃고, 이듬해 나에리스 역시 출산하다 세상을 떠났음에도 그들을 애도하지 않았다.

왕과 가까운 친족들 사이의 다툼은 왕의 아들 다에론이 성장해서 의견을 내기 시작하며 더욱 크게 악화되었다. 카에스의 〈네 왕의 생애〉에서는 모르길 하스트윅 경이 왕비의 불륜에 대해 거짓 고변을 한 사건의 배후가 사실은 아에곤 4세였다는 사실을 지적하고 있다. 사건 당시 왕은 이를 부정했다. 그러나 재판 과정에서 모르길 경이 용기사와 결투를 벌여 사망함으로써 기소가 잘못되었음이 입증되었다. 그런데 이 기소가 도른과의 명분 없는 전쟁을 일으키려는 계획을 두고 아에곤 왕과 다에론 왕자의 의견이 충돌한 시기에 이루어졌다는 점은 분명 우연이 아니었다. 게다가 당시 아에곤이 처음으로(그러나 마지막은 아니었다) 다에론 대신 다른 사생아들 중 한 명을 후계자로 삼겠다며 위협했던 시기이기도 했다.

자신의 동생 아에몬과 아내이자 여동생 나에리스가 숨진 뒤 왕은 노골적으로 아들이 저질렀다는 불륜-용기사가 죽었기에 감행한 행동임에 틀림없다-을 언급하기 시작했다. 신하와 그 주변에 있던 자들 역시 곧 왕을 흉내내기 시작하자 금세 다에론에 대한 비방이 퍼지기 시작했다.

아에곤의 치세 말기에 다에론 왕자는 그의 폭정을 가로막는 주된 장애물이었다. 점점 더 비대해지고 탐욕스러워지는 왕에게서 어떤 영주들은 명예와 관직, 영토를 떼어 받아 한몫을 챙길 기회를 또렷하게 보았다. 한편 왕의 행동이 잘못되었다 판단한 영주들은 다에론 왕자의 곁으로 모여들기 시작했다. 그러나 왕은 아들을 협박하고 비방하면서도 결코 정식으로 관계를 끊지는 않았다. 그 이유에 대해서는 여러 설이 존재한다. 어떤 이들은 아에곤 왕의 내면에 명예에 대한 존중이, 혹은 최소한의 염치가 남아 있어 그랬을 것이라 한다. 그러나 가장 그럴듯한 이유가 담긴 주장은 다에론을 폐했다가는 왕국이 전란에 빠지리라는 사실을 왕이 알고 있었기 때문이라는 이야기다. 다에론의 동맹 세력의 입장에서는-특히 다에론과 결혼한 도른 대공의 누이가-당연히 다에론의 계승권을 지키려 할 것이기 때문이었다. 아마도 아에곤이 갑자기 도른에 관심을 쏟게 된 까닭 역시 아직도 도른 변경과 스톰랜드, 그리고 리치에서 타오르고 있던 도른인들에 대한 증오심을 활용하여 다에론의 후원자 중 몇몇을 매수한 뒤 그들을 활용하여 다에론 왕자의 가장 큰 후원자와 맞서려던 의도로 보인다.

아에곤에게는 불행이었지만 왕국에는 다행스럽게도 AC174년의 도른 침략은 완전히 실패로 돌아갔다. '젊은 드래곤' 다에론 1세가 그랬듯이 거대한 함대를 육성했지만, 도른으로 향하던 중에 폭풍을 만나 그만 산산조각나 버렸기 때문이다.

그러나 도른 침략이 실패로 돌아가는 과정에서 일어난 가장 얼빠진 사건에 비하면 이 정도는 약과에 불과했다. 아에곤 4세는 오랜 역사를 지닌 연금술사 조합으로 시선을 돌리더니, 드래곤을 만들어내라는 명령을 내렸다. 나무와 강철로 제작된 괴물과도 같은 그 물건은 불을 내뿜을 수 있도록 설계하여 포위전에서는 유용하게 쓰일 수도 있었다. 그러나 아에곤은 이 기구를 끌고 뼈의 길을 통해 산맥을 넘으려는 시도를 했다. 하지만 그곳은 도른인들조차 계단을 만들어 놓았을 정도로 가파른 길이었다.

왕의 군대는 뼈의 길 입구까지 다다르지도

상단 | 왕의 보검 블랙파이어
우측 | 다에몬 블랙파이어를 기사로 서임하는 아에곤 4세

못했다. 뼈의 길에서 한참 떨어진 킹스우드에서 첫 번째 드래곤에 불이 붙어 버렸기 때문이다. 곧 드래곤 일곱 대가 모두 불타올랐고, 그 불길은 수백의 인명과 함께 킹스우드의 4분의 1을 삼켜 버렸다. 그 사건 이후로 왕은 야망을 버리고 두 번 다시 도른을 입에 올리지 않았다.

통치자의 자격이라고는 없는 이 군주의 치세는 AC184년, 그의 나이 49세에 막을 내렸다. 그는 너무나 뚱뚱해져서 간신히 걸을 수 있을 정도였고, 사람들은 그의 정부–'바다별' 시에라의 어머니인 리스의 세레네이–가 어떻게 그의 육중한 몸무게를 견딜 수 있었는지 궁금해할 정도였다. 왕은 끔찍한 죽음을 맞이했다. 몸이 붓고 비대해진 나머지 더 이상 장의자에서 몸을 일으킬 수가 없어져서 팔다리가 썩고, 살을 파먹는 벌레가 몸속을 기어다니게 되었다. 마에스터들조차 이런 증상은 본 적이 없다고 입을 모았으며, 셉톤들은 신벌이 내린 것이라고 말했다. 아에곤은 고통을 덜어 줄 아편즙을 처방받았다. 치료할 방도가 없었기 때문이다.

그는 죽기 전에 마지막으로 유언을 남겼다. 그리고 그 유언 속에는 왕국 역사상 가장 통탄할 독이 담겨 있었다. 그는 유언을 통해 자신의 모든 소생을–가장 천한 출신부터 귀족 영애를 통해 태어난 '위대한 서자들'까지–적자로 인정하노라고 말했던 것이다. 사실 아에곤의 사생아 중 수십 명은 그의 친자로 인지된 적이 없었기에 그런 이들에게는 이 유언이 아무런 의미를 갖지 못했다. 그러나 생전에 그의 소생으로 인지받았던 사생아의 경우에는 아주 커다란 의미가 있었다. 그리고 나아가 왕국에게는 이후 다섯 세대에 걸친 피와 불을 의미했다.

'무능왕' 아에곤 4세의 아홉 정부들

팔레나 스토크워스
왕보다 10살 연상

팔레나는 AC149년 아에곤이 열네 살에 불과했을 때 그의 동정을 떼어 준 여인이다. AC151년에 그들이 침대에 함께 있는 장면을 킹스가드에게 들켰고, 아에곤의 아버지는 그녀를 수하의 무술 교관인 루카스 로스스톤과 결혼시켰다. 이어서 그는 팔레나를 궁정에서 쫓아내기 위해 로스스톤을 하렌할의 영주로 임명하도록 왕을 설득했다. 그러나 팔레나와 루카스가 하렌할에 살게 된 뒤에도 아에곤은 2년간 뻔질나게 하렌할을 드나들었다.

팔레나 스토크워스의 자녀: 아에곤이 인지하지 않음

'메리 멕' 메제트
대장장이의 젊고 풍만한 아내

AC155년, 말을 타고 페어마켓 근방을 지나가던 아에곤은 말굽이 떨어지는 바람에 근방의 대장장이를 찾아갔다가 그의 아내를 눈여겨보게 되었다. 아에곤은 그 자리에서 드래곤 금화 일곱 닢에(그리고 킹스가드 조프리 스톤튼 경의 협박도 더해서) 그녀를 사서 돌아왔으며, 메제트는 킹스랜딩에서 살게 되었다. 두 사람은 어릿광대를 셉톤으로 분장시킨 뒤 비밀리에 결혼식까지 치렀고, 메제트는 여러 해에 걸쳐 자신의 왕자님에게 네 명의 자식을 낳아 주었다. 아에곤의 아버지 비세리스가 이런 난행에 종지부를 찍었는데, 메제트를 원래 남편에게 돌려보내고 메제트가 낳은 딸들은 교단에 맡겨 셉타로 만들었다. 그 후 메제트는 일 년도 안 되어 대장장이에게 맞아 죽었다.

메리 멕의 자녀: 알리샌느, 릴리, 윌로우, 로지

카셀라 바이스
도른 영주의 딸

선스피어가 다에론 1세에게 굴복한 후, 아에곤은 왕이 도른의 영주들로부터 잡은 볼모들을 킹스가드까지 옮기는 일을 맡았다. 그 볼모 가운데 카셀라 바이스가 있었는데, 녹색 눈에 희미한 백금발을 가진 날씬한 처녀였다. 결국 그녀는 볼모 역할을 아에곤의 침실에서 수행하게 되었다. 이후 도른인이 반란을 일으켜 다에론 왕을 모살하자 볼모들은 모두 사형 선고를 받았는데, 그 즈음 카셀라가 지겨워진 아에곤은 그녀를 감옥으로 돌려보내 다른 볼모들과 함께 지내도록 했다. 그러나 새로 왕위에 오른 바엘로르가 도른의 볼모들을 모두 사면하며 직접 도른으로 돌려보냈다. 이후 카셀라는 결혼하지 않았는데, 늘그막에는 자신이 아에곤의 유일한 참사랑이었으며 곧 그가 자신을 다시 궁으로 부르리라는 망상에 사로잡혔다.

카셀라 바이스의 자녀 : 없음

'브라보스의 흑진주' 벨레게레 오데리스
브라보스의 통치자인 해주의 아들과 여름 제도의 공주 사이에서 태어난 밀수꾼이자 무역상, 때로는 해적이었던 '위도우 윈드' 호의 선장

나에리스가 난산 후유증으로 사경을 헤매던 AC161년, 바엘로르 왕은 아에곤에게 외교 임무를 주어 브라보스로 보냈다. 당시의 설명에 의하면 이는 유산한 나에리스가 몸을 추스리는 동안 아에곤을 그녀와 멀리 떼어놓기 위한 책략이었다고 한다. 그리고 브라보스로 간 아에곤은 벨레게레 오데리스를 만나 사귀게 된다. 그와 흑진주의 관계는 10년간 지속되었지만, 사실 벨레게레는 항구마다 남편을 두었으며 아에곤은 그녀의 수많은 남자들 중 하나였을 뿐이라고 한다. 그녀는 그에게 10년에 걸쳐 자식 셋을 안겼는데, 여자아이 둘과 아버지가 누구인지 의심스러운 남자아이 하나였다.

벨레게레의 자녀: 벨레노라, 나르하, 발레리온

바르바 브랙켄
스톤헤지의 브랙켄 공의 딸. 쾌활한 흑발 미녀로, '처녀의 감옥'에 갇힌 공주들의 말벗

AC171년에 바엘로르가 죽고 비세리스가 왕위에 오르면서 처녀의 감옥에 유폐되었던 공주들 역시 다시 남자들과 만날 수 있게 되었다. 당시 드래곤스톤 공작이자 왕위계승자였던 아에곤은 16세의 바르바 브랙켄에게 반해 이듬해인 AC172년 본인이 즉위하자마자 그녀의 아버지를 핸드로 임명한 뒤 대놓고 그녀를 정부로 삼았다. 그녀는 그의 사생아를 낳았는데 그로부터 2주 후에 나에리스 왕비

역시 쌍둥이 남매를 낳았다. 그러나 남자아이는 사산되었고 여자아이만 살아남아 대너리스라는 이름을 갖게 되었다. 왕비가 죽어가자 바르바의 아버지는 아에곤 4세가 자신의 딸과 재혼할 것이라고 공개적으로 떠들고 다녔다. 하지만 왕비는 자리를 털고 일어났고, 다에론 왕자와 그의 삼촌인 용기사가 나서서 아에곤에게 바르바와 그녀의 사생아를 궁에서 쫓아내라고 종용했다. 결국 레드 킵에서 쫓겨나 스톤헤지의 브랙켄 가문에서 자란 소년은 아에고르 리버스라는 이름이 붙었고, 이후에는 '비터스틸'이라 불리게 된다.

바르바 브랙켄의 자녀:
'비터스틸' 아에고르 리버스

'미시' 멜리사 블랙우드
왕이 가장 총애한 정부

비록 바르바 브랙켄보다는 덜 풍만했지만 그녀보다 젊고 예쁘며 얌전했던 미시는 성격이 친절하고 관대했기에 나에리스 왕비-그리고 용기사와 다에론 왕자와도-의 친구가 될 수 있었다. 이른바 5년간의 '멜리사의 재위' 동안 미시는 왕에게 자식 셋을 안겨 주었다. 그중 가장 눈에 띄는 아이는 AC175년에 태어난 브린덴 리버스로, 후일 '블러드레이븐'이라 불리게 되었다.

멜리사 블랙우드의 자녀: 미아,
그웨니스, '블러드레이븐' 브린덴

베서니 브랙켄
바르바의 여동생

베서니는 멜리사 블랙우드로부터 왕의 총애를 빼앗기 위해 그녀의 아버지와 언니 바르바가 특별히 키워낸 여인이었다. 그리하여 AC177년 왕이 바르바의 사생아인 아에고르를 보기 위해 스톤헤지를 방문했을 때 그의 눈길을 끄는 데 성공했다. 당시 왕은 뚱뚱해진 데다가 성미가 급했지만 그럼에도 베서니는 그를 만족시켜 주었다. 왕은 흡족해하며 그녀를 킹스랜딩으로 데려갔다. 그러나 사실 베서니는 왕의 품에서 고통을 받았다. 그녀는 위안 삼아 킹스가드였던 테렌스 토인 경에게로 눈을 돌렸고, AC178년에 두 사람이 한 침대에 있는 장면이 왕에게 발각되었다. 테렌스 경은 고문 끝에 사망했고 베서니와 부친은 처형당했다. 이 과정에서 테렌스 경의 형제들이 복수를 시도했는데, '용기사' 아에몬 왕자가 형인 아에곤을 보호하려다 죽음을 맞았다.

베서니 브랙켄의 자녀: 없음

제인 로스스톤
왕의 첫 번째 정부 팔레나의 딸.
친부는 루카스 로스스톤 공 또는 아에곤 4세

제인 로스스톤은 AC178년 14세의 나이로 모친이 궁정에 데려왔다. 아에곤은 로스스톤 공을 핸드로 임명했으며, 들리는 말에는 왕이 이들 모녀와 한 침대에서 즐겼다고 한다. 그는 곧 베서니의 처형 후 만났던 창부들에게서 얻은 매독을 제인에게까지 옮겼고, 결국 로스스톤 일가는 모두 궁정에서 나가야 했다.

제인 로스스톤의 자녀: 없음

'달콤한' 리스의 세레네이
존 하이타워 공이 핸드에 취임하며 진상한
리스의 유서깊지만 몰락한 가문의 미녀

세레네이는 아에곤의 정부들 중 가장 아름다웠으나 한편으로는 마녀로도 알려져 있었다. 그녀는 왕의 마지막 사생아를 낳다 죽었는데, 이 아이가 바로 후일 칠왕국 최고의 미녀로 자라나는 '바다별' 시에라였다. 훗날 시에라는 이복오빠인 '비터스틸'과 '블러드레이븐' 두 사람에게서 동시에 사랑받았는데, 이로 인해 싹튼 두 사람의 경쟁심은 결국 증오로 변질되고 말았다.

세레네이의 자녀: 시에라

왼쪽 | (좌에서 우로) 멜리사 블랙우드, 리스의 세레네이, 팔레나 스토크워스, 벨레게레 오데리스

위쪽 | (좌에서 우로) 베서니 브랙켄, 바르바 브랙켄, '메리 멕' 메제트, 카셀라 바이스, 제인 로스스톤

다에론 2세

아에곤의 정복으로부터 184번째 되던 해, 무능왕 아에곤 4세가 마침내 세상을 떠났다.

그의 아들이자 후계자였던 다에론 왕자는 부왕의 서거 소식을 듣자 2주 만에 드래곤스톤을 출발하여 신속하게 레드 킵에서 하이 셉톤이 주관하는 대관식을 올렸다. 그는 대관식에 쓸 왕관으로 부왕이 쓰던 관을 선택했는데, 이는 그의 정통성에 대한 의문을 남기지 않고자 내린 결정이었다. 그 후 다에론 2세는 아에곤의 실정을 바로잡고자 신속하게 움직였다. 시작은 소회의의 구성원을 전부 교체한 것이었다. 능력 있고 현명하다고 입증된 자들을 선별해 자신이 직접 채워 넣었다. 또한 다에론은 도시경비대도 재정비해야 했다. 선왕 아에곤 4세는 관대함을 과시하기 위해 종종 자신이 총애하는 자들을 도시경비대로 발령했고, 그들은 보답으로 왕이 사창가의 여인들, 심지어는 킹스랜딩의 숙녀들을 상대로 마음껏 욕망을 충족할 수 있도록 뚜쟁이짓을 하는 형편이었다. 다에론이 경비대를 바로잡는 데에는 1년이 넘게 걸렸다.

다에론은 거기서 멈추지 않고 부친이 망쳐 놓았거나 혹은 악감정 탓에 방치했던 부패를 개선시키고자 애썼다. 그는 왕국에 대한 의무에도 성실히 임했으며 아에곤 왕의 마지막 유지, 그러니까 자신의 서자 형제를 전부 적자로 인정한다는 선언이 남긴 파장으로부터 왕국을 안정시키고자 노력했다. 그는 선왕의 유언을 무효로 돌릴 수는 없었지만-물론 그러려고 하지도 않았을 테지만-대신 '위대한 서자들'을 가까이 두고 명예롭게 대우했다. 또한 선왕이 수여하던 연금 또한 계속 지급되도록 해 주었다. 그리고 선왕이 바라던 대로 티로시의 집정관에게 약속했던 지참금을 지불하고 이복형제인 다에몬 블랙파이어와 티로시의 로한의 결혼을 성사시켰다. 당시 다에몬 경은 고작 14세였는데도 말이다. 그는 결혼식 당일 다에몬에게 블랙워터 강 근방의 영토와 함께 성을 세울 권리까지 하사했다. 이를 두고 사람들은 '위대한 서자들'에 대해 본인의 지배권과 적통을 과시하기 위해서라고도 했고, 어떤 이들은 왕이 공정하고 친절해서 그랬으리라고도 했다. 그러나 진실이 어느 쪽이든 왕의 노력은 헛된 것이었음이 이후 밝혀졌다.

그렇지만 다에론의 치세에 위에 기술한 바와 같이 문제들만 있었던 것은 아니다. 다에론 2세와 도른의 마리아-칠왕국의 왕비가 된-의 결혼식은 만족스럽고도 복된 결합이었다. 또한 다에론의 통치 초기의 업적 가운데 가장 괄목할 만한 것은 처남인 마론 대공과 더불어 도른을 타르가르옌 가문의 휘하에 편입시키기 위한 협상을 시작한 것이었다. 2년간의 협상 후 다에론의 누이 대너리스가 성년이 되면 마론 대공과 결혼식을 올리기로 결론을 내렸다. 그들은 이듬해에 결혼식을 올렸으며, 마론 대공은 철왕좌 앞에 무릎을 꿇고 충성을 맹세하게 되었다.

다에론 왕은 도른 대공을 일으켜 큰 갈채 속으로 이끌었으며, 함께 레드 킵을 출발해 말을 타고 대셉트까지 행진한 다음 바엘로르의 동상 발치에 화환을 바치며 "바엘로르 왕이시여, 당신의 위업이 완수되었나이다."라고 선언했다. 그야말로 위대한 순간이었다. 정복왕 아에곤이 꿈꾸었던 대로 마침내 장벽에서부터 여름해까지 왕국 전역이 통합된 데다 심지어 다에론 1세처럼 끔찍한 대가를 치르는 일 없이도 이룩한 쾌거였다.

다에론은 이듬해 리치와 스톰랜드, 도른이 마주치는 국경 근처 지역에 본인을 위한 큰 요새를 세웠다. 그는 자신이 이룩한 평화를 기념해 이 요새에 섬머홀이라는 이름을 붙였는데, 요새라고는 해도 성이라기보다는 궁전에 가까운 모습이었다. 이후 수많은 타르가르옌 가문의 자손들이 섬머홀 공에 취임하게 된다.

한편 마론 대공 역시 협정에 따라 여러 가지 이득을 얻어냈다. 특히 도른의 대공은 다른 대가문들은 갖지 못한 독자적인 권리를 쥐게 되었다. 먼저 자신들의 왕호(도른의 경우에는 '대공' 칭호였다)를 계속 사용할 수 있었으며, 자신들 고유의 법을 유지할 수 있는 자치권과 철왕좌에 납부할 세금을 자신들이 직접 부과하고 거두는 권리(물론 레드 킵의 비정기적인 감독 하에)도 부여받았다. 결국 이러한 양보에 대한 불만은 도른인의 영향력이 너무 크다는 생각-왕이 수많은 도른인을 궁정에 데려와 주요 관직을 맡긴 탓이었지만-과 함다에몬 블랙파이어가 반역을 저지르고 몇 년이 흐르자 그가 일찍부터 다에론 왕에 대한 증오를 키우기 시작했다는 이야기가 돌기 시작했다. 다에몬이 티로시의 로한과 결혼한 것은 본인이 아니라 아에곤 왕이 원한 바였고, 다에몬은 다에론의 어린 누이 대너리스에게 열정을 불태우고 있었다는 것이다. 음유시인들의 노래에 따르면 다에몬보다 두 살 어렸던 대너리스 공주 역시 다에몬을 사랑했다 하는데, 아에곤 4세도 다에론 2세도 감정의 흐름에 따라 국가대사를 결정하는 사람이 아니었다. 아에곤은 티로시를 아군으로 두는 게 더 이익이라 생각했는데, 필시 도른 정복을 재차 시도하기 위해서는 티로시의 해군이 매우 중요한 역할을 하리라 여겼을 것이다.

이는 설득력이 있는 이야기지만 또 다른 설에 의하면 다에곤은 정복왕 아에곤이나 마에고르의 예를 따라 신부를 여럿 얻을 수도 있다고 생각해 굳이 티로시와의 혼담을 반대하지 않았다고도 한다. 아에곤 4세 또한 그가 아내를 여럿 두어도 좋다고 약속했을 수도 있다(후일 다에몬의 신봉자들은 이것이 사실이라 주장했다). 그러나 다에론의 의향은 전혀 달랐다. 다에론은 자신의 형제가 둘 이상의 아내를 두도록 허락하지 않았으며, 심지어 칠왕국과 도른의 마지막 협상을 마무리짓기 위해 대너리스를 마론 마르텔에게 아내로 넘겨준 것이다.

흑룡파의 기치를 들었던 자들이 주장하듯 대너리스가 다에몬을 연모하였다는 이야기가 사실인지 아닌지를 그 누가 알 수 있을까? 그 후로도 여러 해 동안 대너리스는 도른의 대공비였다. 설사 그녀가 정말로 다에몬 블랙파이어를 애도했다 하더라도 그녀는 그에 대해 아무런 기록도 남기지 않았다.

께 제1차 블랙파이어 반란의 씨앗 중 하나가 되었다.

그럼에도 다에론의 치세는 왕국을 빠르게 안정시켰고, 얼마 지나지 않아 평민들과 영주들이 입을 모아 그를 '선량왕'이라 부르게 되었다. 비록 도른 출신의 왕비가 미칠 영향력이 우려되긴 했지만, 그는 정의로우며 어진 왕으로 널리 알려졌다. 또 비록 본인은 타고난 전사가 아니었다 하나-당대에 그는 몸집이 작고 팔이 가늘며 어깨가 둥글고 학자와 같은 성격을 가졌노라 묘사되었다-그의 네 아들 가운데 둘은 기사나 영주, 혹은 왕위계승자에게 기대할 법한 요소를 모두 갖추고 있었다. 장남 바엘로르 왕자는 17세에 대너리스 공주의 결혼 기념 마상시합에서 승리하여 처음으로 명성을 떨치며 '창 파괴자'라는 별칭을 얻었다. 그는 그 시합 당시 결승전에서 다에몬 블랙파이어를 만나 그에게 승리를 거두었다. 또한 왕의 막내아들 마에카르 역시 형과 같은 기량을 가진 듯했다.

그러나 바엘로르가 이렇듯 뭇 사람들의 존경을 얻고, 부친과 같이 선량하며 정의로웠음에도 그의 검은색 머리칼과 눈동자를 보고는 타르가르옌이라기보다 마르텔이 아니겠냐며 수군거리는 이들이 너무 많았다. 도른 변경 지역에 있던 기사나 영주들 역시 다에론과 바엘로르를 차츰 불신하게 되었고, 한편으로는 흘러간 옛 시절-왕의 호의와 관대함을 두고 도른과 경쟁하는 사이가 아니라 맞서 싸워야 할 적이던 시절-을 그리워하기 시작했다. 그때 다에몬 블랙파이어가 그들의 눈에 들어왔다. 장신에 강건한 그의 모습은 마치 필멸자들 사이에 선 반신과도 같은 모습이었다. 게다가 정복왕의 검 블랙파이어까지 소유한 그에게 사람들은 경탄했다.

비록 반란의 씨앗이 뿌려졌다고는 하나, 그 결실을 보기까지는 몇 년을 더 기다려야 했다. 다에론 2세를 향한 반란으로 다에몬 블랙파이어를 이끈 결정적인 원인은 모욕이나 커다란 잘못이 있었기 때문이 아니라 대너리스 공주를 향한 연심 탓이었다고 세간에는 알려져 있다. 하지만 진정으로 그 모든 사건이 대너리스를 향한 애정 때문에 일어난 것이었다면 어째서 8년이나 지난 뒤에야 반란이 터졌단 말인가? 좌절된 사랑은 이미 오래전에 식어 굳어 버렸을 터이니, 다에몬과 결혼한 로한은 이미 다에몬에게 일곱 명의 아들딸까지 낳아 주었다. 대너리스 역시 마론 대공에게 여러 명의 후계자를 안긴 상태였다.

진실은 달랐으니, 사실 반란의 씨앗이 비옥한 대지를 유린하게 된 까닭은 '무능왕' 아에곤 4세에게 있었다. 아에곤은 도른을 증오한 나머지 전쟁까지 감행했고, 그 시절을 그리워하는-아에곤의 악정에도 불구하고-영주와 기사들은 평화를 지향하는 왕에게 만족하지 못했던 것이다. 또 수많은 고명한 전사들 역시 왕국의 평화와 궁정을 드나드는 도른인의 존재를 못마땅하게 여긴 나머지 다에론 2세를 몰아낼 방법을 궁리하기 시작했다.

필시 다에몬 블랙파이어도 처음에는 그저 허영심 때문에 이러한 이야기를 즐겼으리라. 사람들이 그에게 맨 처음 접근한 시점부터 실제 반란이 일어나기까지는 몇 년이 걸렸으니까. 그렇다면 대체 왜 다에몬의 마음이 반란으로 기운 것일까? 다른 서자 탓이었을 가능성이 높다. 즉 '비터스틸'이라 불리던 아에고르 리버스 말이다. 아에고르는 걸핏하면 역정을 내었고 공격적인 성향이 강했는데, 이는 브랙켄 가문의 혈통 때문이었을 것이다. 브랙켄 가문이 아에곤 4세에게조차 수치스러운 존재로 전락한 나머지 그 소생인 아에고르까지도 궁정에서 추방된 적이 있었다. 그도 아니라면 궁정에서 함께 지내던 이복형제이자 마찬가지로 서자였던 브린덴 리버스와의 경쟁심 때문이었을 수도 있다. '블러드레이븐' 브린덴의 모친은 왕에게 내내 총애를 받았으며 수많은 사람들에

좌측 | 바엘로르 1세의 석상에 화환을 바치는 다에론 2세와 마론 마르텔 대공

게 좋은 인상을 남겼다. 그래서 왕이 그녀를 내쳤을 때에도 블랙우드 가문은 브랙켄 가문처럼 큰 고통을 받지 않았던 것이다.

원인이 무엇이었든 아에고르 리버스는 곧 다에몬 블랙파이어가 왕위를 주장하도록 압박했고, 다에몬이 본인의 장녀 칼라와 결혼하는 데에 동의한 뒤로는 이를 한층 더 강하게 밀어붙였다. 그의 혀는 그의 검만큼이나 혹독했다. 그는 다에몬의 귀에 독을 흘려 넣었고, 불만을 가진 다른 기사와 영주들의 아우성도 끌어냈다.

결국 이러한 이야기가 몇 년이나 이어진 끝에 마침내 결실을 맺었다. 다에몬 블랙파이어는 결단을 내렸다. 그러나 이는 성급한 결단이었다. 블랙파이어가 돌아오는 달에 스스로를 왕으로 선포할 것이라는 정보가 다에론 왕에게 전달되었다(이 정보가 어떻게 왕에게 전해졌는지는 알 수 없지만, 메리온의 미완성 원고인 〈적룡파와 흑룡파*The Red Dragon and the Black*〉에서는 또 다른 서자인 브린덴 리버스가 관련되었다고 적혀 있다). 왕은 다에몬이 반역을 향한 계획을 진전시키기도 전에 그를 체포하고자 킹스가드를 보냈다. 그렇지만 다에몬은 한발 먼저 경고를 받고는 과격하기로 유명한 '화염구' 퀜틴 볼 경의 도움으로 레드 킵을 무사히 탈출할 수 있었다. 다에몬 블랙파이어의 동맹 세력들은 다에론 왕이 근거 없는 두려움으로 다에몬을 적으로 돌렸다면서 오히려 이 체포 시도를 전쟁의 명분으로 삼았다. 또 다른 사람들도 여전히 왕을 '뻐꾸기' 다에론이라 부르며 무능왕 본인이 치세 말년에 자행했던 것처럼 온갖 근거 없는 소문으로 그를 몰아세웠다. 즉 다에론이 아에곤 왕이 아니라 용기사의 소생이라는 비방이었다.

그리하여 AC196년에 제1차 블랙파이어 반란이 시작되었다. 반란군은 전통적인 타르가르옌 가문의 문장을 반대로 배색하여 붉은 바탕에 검은 드래곤을 문장으로 내세우고는 다에나 공주의 서자인 다에몬 블랙파이어야말로 아에곤 4세의 참된 장남인 다에몬 1세이며, 다에론은 그저 아비가 다른 사생아일 뿐이라고 공표했다. 그러자 베일과 웨스터랜드, 리버랜드를 비롯한 왕국령 곳곳에서 흑룡파와 적룡파가 수많은 전투를 벌이게 되었다.

반란은 일 년 뒤에 '붉은 풀 벌판'에서 끝났다. 어떤 이들은 다에몬 편에서 싸운 이들의 대담함을 칭송하는 반면 또 어떤 이들은 그들의 역심을 입에 올린다. 하지만 반군이 그 들판에서 다에몬을 위해 내보인 용맹과 적개심에도 불구하고 그들의 전투는 개전 명분을 잃고 말았다. 다에몬과 그의 아들인 아에곤, 아에몬 형제가 브린덴 리버스와 그의 개인 경호대 '레이븐의 이빨'이 쏘아올린 빗발치는 화살 아래 쓰러진 탓이었다. 그렇게 쓰러진 다에몬을 대신하여 비터스틸이 블랙파이어를 쥔 채 활로를 개척하고자 돌격했다. 그 돌격 와중에 비터스틸은 블러드레이븐과 엄청난 결투를 벌였고, 블러드레이븐은 한쪽 눈을 잃었으며 비터스틸을 놓치고 말았다.

그러나 전투가 끝나갈 무렵 '창 파괴자' 바엘로르 왕자가 스톰랜드군과 도른군을 이끌고 나타나 반란군의 후미를 쳤다. 또한 어린 마에카르 왕자도 아린 공의 남은 군사를 모아 반란군을 상대했다. 다에몬 블랙파이어의 허영심 때문에 일만 명이 전사했고 그보다 더 많은 수가 다치거나 불구가 되었다. 이로써 평화를 위한 다에론 왕의 노력은 물거품이 되어 버렸다. 그러나 질투심 많은 이복형제들에게 지나친 자비를 베풀었다는 과오만 제외하면 이 내전은 결코 그의 탓이 아니었다.

반란의 여진 속에서 다에론 왕은 뜻밖에도 완고함을 보였다. 흑룡파를 지원했던 영주와 기사 중 많은 수가 영토와 특권을 박탈당하고 볼모를 넘겨야 했다. 다에론은 그들을 신뢰하며 가능한 한 최선을 다해 공정하게 다스렸건만 그들은 왕에게서 등을 돌렸던 것이다. 다에몬 블랙파이어의 살아남은 아들은 어머니의 고향이 있는 티로시로 달아났고, 비터스틸도 그와 함께 떠났다. 왕국은 이후로도 다에몬의 씨를 물려받은 마지막 후손이 관 속으로 들어갈 때까지 네 세대에 걸쳐 블랙파이어를 자칭하는 자들로 인해 수많은 고난을 겪게 된다.

이복형제들의 처리나 그 과정을 지탱했던 후계자의 힘을 보고 많은 이들이 다에론 왕이 이후 몇백 년간은 타르가르옌 가문이 이 땅을 온전히 지배할 것임을 공고히 했다고 생각했다. '창 파괴자' 바엘로르가 훌륭한 왕이 될 것임을 의심하는 자는 거의 없었다. 그는 기사의 심장과 지혜로운 영혼을 동시에 지닌 데다가 핸드로서도 유능했다. 그러나 신의 뜻은 아무도 알 수 없는 법이다. '창 파괴자' 바엘로르는 생애 최고의 순간, AC209년 애시포드의 마상시합에서 바로 그의 동생 마에카르에게 죽음을 당하고 말았다. 마상창 시합도 난투전도 아니라 백 년 만에 처음 열린 7인 결투 재판에서 벌어진 일이었다. 바엘로르는 혈통의 기록조차 찾아볼 수 없

는 편력기사의 대전사로 싸우고 있었다. 그의 죽음은 사고였음이 거의 확실하다. 마에카르 왕자가 항상 바엘로르의 죽음을 사무치게 아쉬워하며 해마다 추모했노라는 기록 또한 존재한다. 그러나 바엘로르는 세상을 떠났고, 마에카르와 왕국은 과연 일개 편력기사가 드래곤스톤 공이자 핸드를 잃을 만큼의 가치가 있는지 의문을 품지 않을 수 없었으리라(당시의 그들은 그 편력기사가 앞으로 얼마나 높은 자리에 오를지 전혀 알지 못했다. 그러나 이는 또 다른 역사이니, 다음 기회로 미뤄 두도록 하겠다).

바엘로르 왕자에게는 아들이 둘 있었고-어린 발라르 왕자와 마타리스 왕자였다-마에카르 왕자에게도 아들이 둘 있었다. 그리고 다에론 2세에게는 마에카르를 제외하고도 아직 두 명의 아들이 더 남아 있었다(그러나 아에리스와 라에겔 왕자에 대해서는 그 누구도 확신을 가질 수 없었는데, 하나는 불가사의한 문제에 집착해 책만 읽었으며, 다른 하나는 사랑스럽지만 약간 정신적으로 문제가 있는 소년이었기 때문이다). 그러나 그때 봄의 대역병이 칠왕국을 휩쓸었다. 이 대역병은 산으로 둘러싸여 외부와 단절되어 있거나 항구와 가까운 베일과 도른을 제외하고는 왕국 전역에 영향을 미쳤다. 병이 가장 크게 강타한 곳은 다름 아닌 킹스랜딩으로 지상에 존재하는 칠신의 대변자인 하이 셉톤을 비롯해 최고신실의 3분의 1이 죽었으며 도심에 있던 침묵 수녀회 또한 거의 전부 사망했다. 드래곤핏의 폐허 앞에는 시체가 10피트* 높이까지 쌓였다. 결국 블러드레이븐이 나서서 화염술사로 하여금 시체들을 그 자리에서 태우도록 명령했다. 시체와 함께 도시의 4분의 1이 불탔지만 달리 어찌할 방도가 없었다.

불행히도 그렇게 실려 나간 이들 가운데 창 파괴자 바엘로르의 아들들, 그리고 많은 이들이 선량왕이라 부르던 다에론 2세도 포함되어 있었다. 그는 25년간 통치하였으며, 그의 치세 대부분에 걸쳐 왕국은 평화와 풍요를 누렸다.

에소스로 건너간 비터스틸은 추방당한 영주와 기사, 그리고 그들의 자손을 모았다. 그는 AC212년에 황금 용병단을 조직하고, 이를 분쟁 지대 최고의 용병단으로 만들었다. "황금 아래에 쓰라린 강철(*Beneath the gold, the bitter steel*)!"이 그들의 전투 구호가 되었으며 이 구호 역시도 에소스 전역에서 유명해졌다. 비터스틸의 사후에는 다에몬 블랙파이어의 후손들이 용병단을 이끌었고, 결국 마지막 후손인 '괴물 같은' 마엘리스가 스텝스톤 군도에서 전사하는 그날까지 계속되었다.

좌측 | 황금 용병단을 이끄는 비터스틸

상단 | 붉은 풀 벌판의 전투에서 돌격을 선도하는 다에몬 블랙파이어

10피트: 약 3미터

아에리스 1세

봄의 대역병이 한창 창궐하던 AC209년에 왕좌에 오른 다에론의 차남 아에리스는 본인이 왕위에 오르리라 생각한 적이 없었거니와 철왕좌에 앉기에는 부적합한 인물이었다. 아에리스도 학식을 쌓았지만 그의 주요 관심사는 고대 예언과 관련된 먼지 쌓인 무덤이나 고위 신비술에 관련된 것들이었다. 아엘리노르 펜로즈와 결혼했지만 그녀와 후손을 생산하는 데에 관심을 두지 않았고, 소문에는 초야조차 치르지 않았다고 했다. 소회의는 아내가 마음에 차지 않은 탓이라는 희망에 그녀를 제쳐 두고 다른 아내를 맞으라 촉구했으나 소용없었다.

봄의 대역병 기간에 왕관을 받아들인 아에리스 1세는 처음부터 온갖 혼란에 휩싸인 왕국과 직면하게 되었다. 역병이 쉽사리 물러가지 않자 강철 군도의 영주였던 다곤 그레이조이가 배를 보내 일몰해 해안가를 오가며 약탈을 자행하고 있었고, 협해 건너에서는 비터스틸이 다에몬 블랙파이어의 자식들과 함께 반역의 음모를 한창 꾸미고 있었다. 아에리스 1세가 브린덴 리버스를 핸드로 임명한 것도 이러한 이유들 때문이었으리라.

블러드레이븐은 유능한 핸드였지만, 동시에 미사리아에 견줄 만한 정보통이기도 했다. 사람들은 그와 그의 이복누이이자 정부인 '바다별' 시에라가 온갖 비밀을 캐기 위해 마법을 사용하고 있음이 분명하다고 생각했다. 그가 '천 하고도 하나'의 눈을 가지고 있다는 소문은 상식이 되었으며, 신분의 높낮음에 관계없이 모든 이가 혹여나 자신의 이웃이 블러드레이븐이 고용한 세작이 아닐까 두려워했다. 그러나 봄의 대역병에 뒤따랐던 여러 위기들을 감안하면 아에리스는 실제로 첩자가 필요했다. 봄이 지나가자 여름이 왔고 그와 함께 가뭄이 찾아들더니 2년도 넘게 이어졌다. 많은 이들이 왕에게 책임을 물었고, 그보다 많은 이들이 블러드레이븐을 비난했다. '가난한 친구들' 가운데에는 반역을 외치는 자들이 생겨났으며, 그 대열에는 기사나 영주들까지도 동참했다. 그리고 그들 가운데에는 보다 구체적으로 반역에 관한 이야기를 속삭이는 자들도 있었는데, 그 내용은 협해 너머로부터 블랙파이어 가문이 돌아와 자신의 자리를 되찾으리라는 것이었다.

새로운 음모의 중심에는 고르몬 피크 공이 있었다. 그는 제1차 블랙파이어 반란 당시 맡았던 역할로 인해 몇백 년 동안이나 소유해 왔던 세 채의 성 가운데 두 채를 빼앗겼다. 봄의 대역병과 가뭄 이후로 고르몬은 블랙파이어의 장남인 젊은 다에몬에게 협해를 건너와 왕좌를 노리라고 설득했다.

이 음모는 AC211년 화이트월즈에서 열린 결혼 축하 기념 마상시합에서 고개를 들었는데, 이곳은 신의 눈 가까이에 자리잡은 버터웰 가문의 거성으로, 앰브로스 버터웰 공은 이전에 다에론 2세의 핸드로 재임했지만 블랙파이어 반란이 일어났을 때 초기에 제대로 대응하지 못한 점을 수상히 여긴 왕이 그를 해임하고 헤이포드 경에게 핸드 자리를 넘겼던 적이 있었다. 그런 그가 프레이 가문의 여식과 혼인하며 축하의 의미로 개최했던 이 마상시합에는 많은 영주와 기사가 모여 있었는데, 그들은 모두 블랙파이어 가문을 왕좌에 앉히고자 하는 욕망을 가진 이들이었다.

만약 블러드레이븐이 반란 음모를 꾸미는 이들 가운데에도 정보원을 심어두지 않았더라면 젊은 다에몬(이른바 다에몬 블랙파이어 2세)은 리버랜드의 심장부에서부터 반란을 개시할 수도 있었으리라. 그러나 마상시합이 채 끝나기도 전에 화이트월즈 바깥에 군대를 거느린 핸드가 나타났다. 그렇게 제2차 블랙파이어 반란은 시작하기도 전에 끝나고 말았다.

일각에서 주장하는 바에 따르면 블러드레이븐이 권력을 쥐게 된 이유는 아에리스가 연금술과 고대사에 관심이 깊었기 때문이라 한다. 왕의 관심사는 블러드레이븐과 잘 맞아 떨어졌는데, 당시 블러드레이븐이 고위 신비술을 연구한다는 것은 공공연한 비밀이었던 것이다. 블러드레이븐은 이미 높은 지위에 오른 뒤였지만, 그래도 왕이 그를 핸드로 삼으리라 예상한 사람은 극히 드물었다. 그러나 아에고르가 핸드에 취임하자 이를 두고 왕과 그의 동생 마에카르 왕자 사이에 마찰이 생겼다. 마에카르는 핸드의 자리가 자신에게 오리라 기대하고 있었던 것이다. 그 후 마에카르 왕자는 몇 년이나 킹스랜딩을 떠나 섬머홀로 가 있었다.

우측 | 체포되는 다에몬 블랙파이어 2세

다에몬 블랙파이어 2세가 왕이 되기를 꿈꾸었다는 사실은 잘 알려져 있는데, 비터스틸은 그를 열성적으로 지지하지는 않았다고 한다. 그러나 비터스틸이 어째서 부친인 다에몬을 지지했으면서도 아들인 젊은 다에몬을 지지하지 않았는가 하는 점에 대해서 여전히 시타델에서도 갑론을박이 일어나곤 한다. 많은 이들은 젊은 다에몬과 고르몬 피크 공이 그들이 세운 계획이 문제가 없노라고 비터스틸을 설득하는 데 실패했을 것이라 한다. 이는 정당한 주장인 듯 보인다. 피크의 복수심이나 자신의 자리를 되찾으려는 갈증을 비터스틸은 이해하지 못했고, 젊은 다에몬은 승산은 염두에도 없이 자신이 왕위를 잇게 되리라 맹신하고 있었다. 비터스틸은 전장에서밖에 쓸모가 없는 뻣뻣한 사람이었기에 다에몬의 몽상이나 음악에 대한 열정, 명품 애호를 들어 그를 불신했다는 의견도 있다. 또 다른 이들은 다에몬과 알린 콕크셔 공 사이의 각별히 친밀했던 관계가 젊은 다에몬에 대한 지원을 거부할 정도로 아에고르 리버스에게는 심각한 사안이었다고도 한다.

고르몬 피크 경은 반란을 사전에 막아낸 직후 음모의 주동자라 하여 처형당했고, 버터웰 공처럼 음모에 참여했던 이들은 영지를 몰수당하는 고통을 맛보아야 했다. 그리고 다에몬 2세는 레드 킵에서 볼모가 되어 이후로도 몇 년을 더 살았다. 어떤 이들은 그를 곧바로 처형하지 않고 가두어 둔 일을 이상하게 여겼지만, 이는 현명한 처사였음이 분명하다. 다에몬 2세의 숨이 아직 붙어 있는 동안에는 다에몬 블랙파이어의 막내아들이자 다에몬 2세의 동생인 하에곤이 왕좌를 주장할 수 없기 때문이었다.

2차 블랙파이어 반란은 대실패로 끝났지만, 항상 모든 일이 그렇게 순조로이 흘러가지는 않았다.

AC219년 하에곤 블랙파이어와 비터스틸이 제3차 블랙파이어 반란을 일으켰다. 당시에 보인 철왕좌의 대응은 훌륭한 것이든 형편없는 것이든 전부 상세히 기록되어 있다. 마에카르의 영도력, '밝은 불꽃' 아에리온의 행동력, 그리고 마에카르의 막내아들이 보인 용기와 블러드레이븐과 비터스틸 사이에 벌어진 두 번째 결투 등이다. 자칭 '하에곤 블랙파이어 1세'는 반란 와중에 사망했는데, 검을 버리고 항복했음에도 불구하고 처형당하고 말았다. 반면 아에고르 리버스 경, 그러니까 비터스틸은 산 채로 사로잡혀 사슬에 묶인 채 레드 킵으로 돌아왔다. 많은 이들은 아에리온 왕자나 블러드레이븐의 주장대로 그 자리에서 그를 처형했더라면 블랙파이어 가문의 야망은 일찌감치 종지부를 찍었을지도 모른다고 주장하고 있다.

하지만 그리 되지는 않았다. 비터스틸은 재판을 받고 반역에 대해 유죄를 선고받았다. 그럼에도 아에리스 왕은 그를 살려 장벽으로 보내 나이츠 워치로 살아가도록 명했다. 하지만 이는 어리석은 자비로 밝혀졌다. 블랙파이어를 따르는 이들은 여전히 궁정에 동지들을 다수 두고 있었으며, 그중 일부는 정보원을 운용하는 데 매우 열성적이었기 때문이다. 결국 비터스틸과 열두어 명의 죄수를 실은 배는 이스트워치로 향하는 항해 도중 협해에서 나포되었고, 아에고르 리버스는 자유를 얻고 황금 용병단으로 돌아갔다. 그는 그 해가 채 끝나기도 전에 티로시에서 하에곤의 장남을 다에몬 블랙파이어 3세라 칭하고 자신의 목숨을 붙여 주었던 왕에 대한 새로운 반역의 음모를 꾸미기 시작했다.

아에리스 1세는 2년이 더 지나도록 철왕좌에 앉아 있다가 AC221년 자연사했다.

그는 본인의 치세 기간 동안 여러 명을 왕위계승자로 인정했으나 그 가운데 본인의 소생은 단 한 명도 없었다. 아에리스는 친자식이 없이 타계했으며, 그의 결혼은 씨조차 뿌리지 않아 결실을 맺지 못한 채로 끝이 났다. 그의 동생이자 선량왕 다에론의 셋째 아들인 라에겔은 그보다 먼저 숨졌는데, 사인은 질식사였다. AC215년의 만찬에서 칠성장어 파이를 먹다가 벌어진 사고였다. 이후 라에겔의 아들 아엘로르가 드래곤스톤 공이자 철왕좌의 후계자가 되었지만 2년 뒤에 죽고 말았다. 그는 자신의 쌍둥이 누이이자 아내인 아엘로라가 일으킨 어이없는 사고로 죽었는데, 그 사고를 일으킨 아엘로라는 깊은 비탄으로 인해 미쳐 버렸다(불쌍하게도 아엘로라는 가면무도회에서 역사에는 '쥐, 매, 돼지'라 이름이 남은 세 남자에게 비난을 당하자 결국 자진하고 말았다).

결국 아에리스가 죽기 전에 마지막으로 인정한 계승자가 왕좌를 이어받게 되었다. 단 하나 남은 왕의 동생 마에카르 왕자였다.

마에카르 1세

마에카르는 힘이 넘치는 왕이었으며 뛰어난 전사였지만 한편으로는 판결과 선고에 신속한, 가혹한 성격의 소유자이기도 했다. 그는 형 바엘로르처럼 지지자나 동맹을 손쉽게 끌어오는 재능이 없었으며, 형이 자신의 손에 죽은 뒤로는-비록 의도하지 않았다 하더라도-한층 더 자비로움을 잃었으며 완강해졌다. 과거와 절연하려는 욕구가 너무 큰 나머지 왕관마저 새로이 만들라 명했는데, 새 왕관 역시 적금으로 만든 테에 창날처럼 보이는 쇠촉이 달려 호전적인 느낌을 주었다. 정복왕 아에곤의 왕관은 다에론 1세가 도른에서 사망하며 유실되었다. 그러나 마에카르의 치세는 3차 블랙파이어 반란과 4차 반란 사이의 소강기, 즉 비교적 평화로운 시대였고, 그의 치세에서 발생한 소요는 대부분 그의 아들들이 일으켰다.

마에카르 치세의 주요 문제는 후계자였다. 그는 자녀를 많이 두었지만 그들은 여러 이유로 통치자에 걸맞은 자질을 지녔는지 의심을 샀다. 장남인 다에론 왕자는 '주정뱅이'라는 별칭으로 알려졌는데, 드래곤스톤을 몹시 음울하게 여겼으며, 섬머홀을 더 선호했다. 둘째는 '밝은 불꽃' 또는 '밝은 화염'으로 불리던 아에리온 왕자였다. 그는 솜씨 좋은 기사였지만 잔인하고 변덕스러웠으며 흑마술에까지 손을 대고 있었다고 한다. 두 왕자 모두 아버지보다 먼저 사망했음에도 불구하고 아버지에게 수많은 문제를 남겼다. 다에론 왕자는 AC222년에 바엘라라는 딸을 낳았지만 가엾게도 머리가 둔했다. 아에리온의 아들은 AC232년에 태어나 그 아비로부터 마에고르라는 음산한 이름을 받았는데, 하필 그 해에 아버지가 죽고 말았다. 와일드파이어를 컵에 담아 들이키면 혹여 드래곤으로 변모할 수 있을지도 모른다고 믿었던 까닭이었다.

마에카르의 셋째 아들인 아에몬은 책을 좋아하는 소년으로 어릴 때 시타델로 보내져 마에스터로 봉직하겠다는 맹세를 하고는 사슬을 두른 채 나타났다. 마지막으로 막내 아에곤 왕자는 소년 시절 어느 편력기사의 종자로 지내며-'창파괴자' 바엘로르가 보호하려다 죽은 바로 그 기사-'에그'라는 별명을 얻었다. 이를 두고 궁정에 나돌던 의미심장한 재담이 하나 있다. "다에론은 농담거리, 아에리온은 섬뜩한데 아에곤은 거지반 농부로구만."

AC233년 마에카르 왕이 도른 변경 지역의 반란을 진압하던 도중 전사하자 결국 왕위 계승에 심각한 혼란이 일어났다. 핸드였던 블러드레이븐은 또다시 용들의 춤과 같은 내전이 벌어지는 위험을 짊어지느니 대회의를 소집하여 문제를 해결하는 데에 한 표를 던졌다.

AC233년 수백 명의 영주들이 킹스랜딩에 모여들었다. 마에카르의 장성한 아들들은 모두 사망했으므로 계승권을 주장할 자는 전부 네 명이 남아 있었다. 대회의는 즉각 다에론 왕자의 사랑스럽지만 미련한 딸 바엘라부터 돌려보냈다. 몇 사람이 '밝은 불꽃' 아에리온의 아들 마에고르를 거론했지만, 젖먹이 왕의 즉위는 길고도 소란스러운 섭정기를 의미하며, 자란 뒤 부친과 같이 잔인함과 광기를 드러내지 않을까 하는 두려움이 반대 의견을 끌어냈다. 결국 누가 보기에도 그들 가운데서는 아에곤 왕자가 가장 적합해 보였으나 그 또한 일부 영주들의 불신을 받기는 마찬가지였다. 편력기사와 함께 방랑하던 그는 많은 이들이 이야기하듯 거지반 농부가 되어 버린 탓이었다. 사실 사람들은 그를 못마땅하게 여긴 나머지 그의 형인 아에몬을 시타델로부터 돌려받을 수 있을지도 고려했으나 결국 당사자인 아에몬이 거절하는 바람에 별 소득 없이 끝났다.

대회의가 격론을 벌이고 있던 시기에 계승권을 주장하는 새로운 인물이 킹스랜딩에 나타나기도 했다. 다름 아닌 다에몬 블랙파이어의 일곱 아들 중 다섯 번째인 아에니스 블랙파이어였다. 그는 대회의 개최가 처음으로 발표되던 날, 유배지인 티로시에서 편지를 보냈다. 자신의 선조들이 검으로 얻으려다 세 번이나 실패한 철왕좌를 이번에는 말로써 얻겠다 기대한 것이다. 그리고 핸드 블러드레이븐이 그가 직접 킹스랜딩에 나타나 계승권을 주장할 수 있도록 안전을 약속하는 답신을 보냈다.

현명치 못하게도 아에니스는 이를 받아들였다. 그러나 그는 미처 도시에 발을 들이기도 전에 도시경비대에 붙잡혀 레드 킵으로 끌려갔다. 그러고는 그의 몸에서 분리된 머리만이 대회의장에 도착해 영주들 앞에 놓였다. 그것은 블랙파이어에게 동조하는 잔존자들에게 보내는 경고의 의미였다.

대회의에서는 다수결에 의해 한때 에그라 불렸던 왕자가 새로운 국왕으로 선출되었다. 넷째 왕자의 넷째 아들이었던 아에곤 5세는 이렇게 '의외왕'이라는 이름으로 널리 알려지게 되었다. 어린 시절에는 왕위계승으로부터 너무나 동떨어져 있었기 때문이다.

상단 | 마에카르 1세의 왕관

우측 | '의외왕' 아에곤과 아들들(좌측부터 던칸, 자에하에리스, 다에론)

아에곤 5세

아에곤 5세가 처음으로 왕권을 행사한 일은 선왕의 핸드였던 '블러드레이븐' 브린덴 리버스를 아에니스 블랙파이어를 죽인 죄로 구속한 것이었다. 블러드레이븐은 위왕을 본인의 손으로 꼬여내고자 안전 보장을 미끼로 삼았다는 점을 부정하지 않았으나, 오직 왕국의 안녕을 위해 개인의 명예를 희생하였노라고 주장했다.

다수의 사람들이 그의 말에 동의하며 또 하나의 위왕 블랙파이어의 제거를 기뻐했다. 그럼에도 아에곤 5세는 철왕좌에서 나온 말이 그 가치를 잃지 않으려면 핸드에게 유죄를 선고하는 수밖에 없다고 느꼈다. 사형을 선고한 뒤 왕은 블러드레이븐이 검은 옷을 입고 나이츠 워치가 될 기회를 주었고, 전임 핸드는 이를 받아들였다. 브린덴 리버스 경은 AC233년 막바지에 장벽을 향해 항해를 시작했다(이번에는 아무도 그의 배를 나포하지 않았다). 그의 여정은 2백 명과 함께였는데, 대다수는 블러드레이븐의 개인 경호대인 '레이븐의 이빨' 소속 궁수들이었다. 또 왕의 형인 마에스터 아에몬 역시 그들과 동행했다.

아에곤의 치세는 도전의 연속이었다. 시작부터 겨울의 한복판이었던 데다 심지어 3년이나 이어지고도 도무지 끝이 보이지 않았기 때문이다. 북부에서는 100년 전, AC130년부터 135년에 걸친 '긴 겨울' 시절과 같은 기아와 고통이 발생했다. 항상 힘없고 가난한 평민들의 안녕을 염려했던 아에곤 5세는 가능한 한 북부에 곡물과 식량을 보내려 했으나, 일부 사람들은 왕이 사소한 문제에 지나치게 관심을 기울인다고 여겼다.

한편 아에곤 5세가 왕자 시절부터 정사에 자주 참견하여 자신들의 특권을 줄이려 했다고 여기던 자들 역시 재빠르게 그의 통치력을 시험하려 나섰다. 또한 블랙파이어 가문의 위협도 아에니스 블랙파이어의 사망과 함께 끝난 것이 아니었으니, 블러드레이븐이 저지른 악명 높은 배덕 행위는 협해 너머로 추방된 자들의 적개심을 한층 더 굳혔을 뿐이었다. 결국 AC236년, 6년에 걸친 잔혹한 겨울이 끝날 무렵 협해 건너편에서 하에곤의 아들이자 다에몬 1세의 손자인 자칭 다에몬 블랙파이어 3세가 제4차 블랙파이어 반란을 일으켰다. 비터스틸과 황금 용병단을 등에 업고 철왕좌를 손에 넣으려는 새로운 도전이었다.

블러드레이븐은 AC239년에 승진해 나이츠 워치의 사령관이 되었으며, 이후 AC252년에 장벽 너머로 순찰을 나갔다가 실종되기 전까지 복무했다.

침략자들은 블랙워터 만 남쪽에 있는 매시의 갈고리에 상륙했으나 그들의 기치 아래 모여든 자들은 그리 많지 않았다. 아에곤 5세는 직접 역도들에게 맞서고자 세 아들을 거느린 채 말을 타고 출격했다. 이어진 웬드워터 다리의 전투에서 블랙파이어 반란군은 대패하여 뿔뿔이 흩어졌고, 다에몬 3세도 킹스가드인 키 큰 던칸 경의 손에 목숨을 잃

었다. 던칸 경은 아에곤 5세가 종자 노릇을 하며 모셨던 바로 그 편력기사였다. 비터스틸은 또 한 번 생포를 모면하고 탈출했는데, 몇 년이 지난 후 분쟁지역에 출몰해 티로시와 미르 사이에 벌어졌던 주요 전투에서 자신의 용병들과 함께 싸우고 있었다 한다. 아에고르 리버스 경은 69세에 사망했는데, 생시와 마찬가지로 손에 검을 쥔 채 입가에는 반항의 빛을 머금고 있었다 전해진다. 하지만 그가 남긴 유산은 황금 용병단, 그리고 그가 받들고 보호해 왔던 블랙파이어 가문에 영원히 남을 터였다.

아에곤 5세의 치세에는 다른 전투들도 있었는데, 의외 왕은 그의 치세 가운데 많은 시간을 갑옷을 입은 채 말을 타고 반란을 진압하며 보내야 했다. 그는 평민들에게는 크나큰 사랑을 받았지만 왕국의 영주들 사이에는 수많은 적을 만들었다. 왕이 영주들의 권력을 축소시키려 들었기 때문이었다. 그는 평민들을 위해 수많은 개혁을 이루었으며, 또 평민들 자신조차 모르고 있었던 수많은 권리를 보장하고 보호했다. 그러나 이러한 조치는 영주들의 노골적인 반감을 불러일으켰으며 때로는 공개적으로 반기를 들기도 했다. 가장 노골적이었던 이들은 아에곤 5세를 가리켜 "칠신께서 우리에게 내려주신 자유와 권리를 빼앗으려는 피투성이 손의 폭군이지."라고 비난하기도 했다.

아에곤은 이러한 저항에 많이 인내해야 했다. 특히 원활한 통치를 위해 영주들과 타협해야 할 때가 되면 정작 왕의 진정한 포부는 자꾸만 후퇴를 거듭하다가 어느새 먼 미래의 숙제로 남겨지는 일이 잦아졌다. 반항에 반항이 계속되자 결국 왕은 저항하는 영주들을 자신이 지나치게 봐주고 있었다는 사실을 깨달았다. 독서와 역사를 좋아했던 아에곤 5세는 종종 아에곤 1세처럼 드래곤을 가졌더라면 평화와 번영과 정의를 모두 구가하며 왕국을 새롭게 개혁할 수 있었을 것이라 말하곤 했다.

심지어 자식들마저도 이 선량한 왕에게 힘이 되어주기는커녕 시련을 안겼다. 아에곤 5세는 연애결혼을 했으며, 그렇게 얻은 아내가 바로 베사 블랙우드였다. 그녀는 레이븐트리 홀의 영주의 딸로서 활발한 성격에(어떤 이들은 그저 고집이 셀 뿐이라고도 했지만) 검은 눈동자와 까마귀처럼 검은 머리칼을 가져 '검은 베사'로도 불렸다. AC220년에 두 사람이 결혼할 당시 신부는 19세, 아에곤은 20세로 왕위 계승 서열이 낮았던 탓에 아무런 반대도 받지 않았다. 그 후 몇 해에 걸쳐 검은 베사는 아에곤에게 세 아들(던칸, 자에하에리스, 다에론)과 두 딸(샤에라, 라엘르)을 낳아 주었다.

타르가르옌 가문에서는 순혈을 유지하기 위해 오누이를 결혼시키는 것이 오랜 관습이었지만 어찌된 연유에서인지 아에곤 5세는 근친 간의 결합은 이점보다 해로운 점이 더 많다고 여기게 되었다. 대신 그는 자신의 자식들을 칠왕국을 떠받치는 대영주들의 아들딸과 결혼시켜 자신이 원하는 개혁에 대한 지지를 얻어내는 동시에 지배권을 강화하기로 결심했다.

그리하여 아이들이 아직 어렸음에도 불구하고 AC237년에 검은 베사의 도움으로 수많은 정략결혼이 성사되었다. 때가 되어 이 결혼식들이 치루어지고 나면 국가는 물론 그들에게도 유익하리라…고 생각했을 터이지만, 아에곤 5세는 본인의 혈통에 흐르는 고집쟁이 기질을 미처 고려하지 못했다. 베사 블랙우드의 아이들은 어머니만큼이나 고집이 세었고, 배우자를 선택할 때도 마치 자신들의 아버지처럼 이성보다는 감성이 따르는 방향을 택했다.

아에곤의 장남이자 드래곤스톤 공이며 왕위계승자였던 던칸이 가장 먼저 그를 거역한 아들이었다. 그는 스톰즈 엔드의 바라테온 가문의 딸과 약혼한 몸이었지만 AC239년 리버랜드를 여행하다가 알게 된, 수상하지만 사랑스럽고 신비에 싸인 '올드스톤의 제니'라는 여자를 사랑하게 되었다. 그녀는 폐허 속에서 반쯤 야생의 상태로 살고 있었는데, 스스로를 가리켜 오래전에 사라진 퍼스트 멘 왕의 후예라고 주장했다. 그렇지만 주변 마을에 사는 사람들은 그녀를 가리켜 반쯤 미친 농부의 딸이라며, 어쩌면 마녀일지도 모른다고 조롱했다.

아에곤 5세는 본인이 아무리 평민들 사이에서 자라 평민들과 친근하다 하더라도 왕위계승자와 근본도 알 수 없는 평민의 결혼을 지지할 수는 없었다. 그는 이 결혼을 무산시키고자 온갖 수단을 동원하여 던칸에게 제니에게서 멀어지라고 요구했다. 그렇지만 부친의 완고함을 빼다박은 왕자는 이를 거부했다. 심지어 부왕이 하이 셉톤과 그랜드 마에스터, 소회의가 함께 모인 자리에서 철왕좌와 숲에서 살아가는 야생의 여인 중 하나를 선택하라 했을 때조차도 굽히지 않았다. 그는 제니를 포기할 바에는 왕관을 동생 자에하에리스에게 넘기겠다고 먼저 맹세하며 드래곤스톤 공의 자리에서 물러났다.

그러나 그 조치로도 박살이 난 철왕좌와 스톰즈 엔드 사이의 친분을 돌이킬 수는 없었다. 딸이 파혼당하면서 스톰즈 엔드의 라이오넬 바라테온 공-빼어난 무예로 사람들에게 칭송받았으며 '웃는 폭풍'이라는 별명으로 유명한-이 받은 자존심의 상처는 쉽게 달랠 수 있는 것이 아니었다. 짧지만 격렬한 반란이 뒤따랐고, 결국 킹스가드인 키 큰 던칸 경이 라이오넬 공을 1대1 결투에서 물리친 뒤 막내딸 라엘르를 라이오넬 공의 후계자와 결혼시키겠다는 확약을 내걸고서야 겨우 진정되었다. 게다가 약속의 실행을 보장하기 위해 라엘르 공주가 라이오넬의 시녀 겸 영주 부인의 말벗으로서 스톰즈 엔드로 가야만 했다. 한편 올드스톤의 제니-궁정에서는 레이디 제니라 불렸다-는 마침내 궁정에 받아들여져 던칸과 결혼식을 올렸으며, 칠왕국 전역에서 평민들에게 사랑받았다. 왕자는 그 후 영원히 '잠자리 대공'이라 불리게 되었고, 두 사람의 이야기는 오래오래 음유시인들이 가장 즐겨 다루는 주제가 되었다.

다음은 형을 이어 드래곤스톤 공작이 된 자에하에리스

궁정에서 올드스톤의 제니를 수행한 사람은 키가 작고 알비노인 여성이었는데, 사람들에게 리버랜드의 숲의 마녀라 불리고 있었다. 그렇지만 제니는 그들의 수군거림을 무시하고 그녀가 숲의 아이들이라고 주장했다.

왕자 차례였다. 아에곤 5세가 평민들 사이에서 자라며 발리리아의 근친혼 관습을 좋지 않게 보게 되었음에도 불구하고 자에하에리스는 취향이 보다 고전적이었다. 그는 일찍부터 누이 샤에라를 사랑하여 타르가르옌 가문의 전통적인 방식으로 그녀와 결혼하리라 꿈꾸고 있었다. 이를 알게 된 아에곤 5세와 베사 왕비는 최선을 다해 둘을 갈라놓으려 노력했으나, 어찌된 일인지 둘을 떼어놓은 뒤에도 서로를 향한 그들의 열정은 더욱 불타오르기만 했다.

자에하에리스 왕자는 본래 장남처럼 단호한 성품이 아니었다. 그러나 던칸이 부친을 거슬러 본인의 마음을 따르고 이에 왕과 궁정이 굴복하자 그 과정을 눈여겨보고 마음에 새겨 두었던 모양이다. 결국 AC240년 던칸 왕자의 결혼식 이듬해가 되자 자에하에리스 왕자와 샤에라 공주는 사람들의 눈을 피해 몰래 비밀 결혼식을 올리고 만다. 당시 자에하에리스의 나이는 15세, 샤에라 공주는 14세였다. 왕과 왕비가 이를 알아챘을 때에는 이미 둘이서 초야를 치른 후였고, 결국 그들 역시 포기하는 수밖에 없었다. 그리하여 왕은 또다시 귀족 가문들의 상처받은 자존심과 분노를 달래야만 했다. 자에하에리스는 리버런의 툴리 가문의 영애 셀리아 툴리와, 샤에라는 하이가든의 후계자 루터 티렐과 각각 약혼한 상태였던 것이다.

형들을 보고 물들었는지 심지어는 막내아들 다에론 왕자까지도 형들과 비슷한 방식으로 부왕을 괴롭혔다. 그는 아홉 살이었을 때 동갑인 아버의 올레나 레드와인과 약혼했지만, AC246년에 열여덟이 되자 약혼을 파기해 버렸다. 그러나 그가 이후의 짧은 생애 동안 결혼을 하지 않은 것을 보면 딱히 다른 여자를 마음에 두어서였던 것은 아니다. 타고난 군인으로 마상시합과 전투에서 즐거움을 찾던 그는 하이가든에서부터 종자 생활을 함께하며 죽 함께했던 늠름한 기사 제레미 노리지 경과의 '동료애'를 더 선호했던 것이다. 결국 다에론 왕자는 AC251년 '쥐, 매, 돼지'가 일으킨 반란을 진압하고자 군대를 이끌다 전사했으며, 부친 아에곤에게 앞선 모든 사건들이 그에게 안긴 고통을 다 합친 것보다도 커다란 슬픔을 안기고 말았다. 제레미 노리지 경도 그의 옆에서 숨을 거두었는데, 다에론의 죽음에도 불구하고 반란군은 궤멸되었으며, 반란에 참여한 모든 이들은 효수되었다.

한편 AC258년에 에소스에서는 아에곤의 치세를 향한 새로운 도전이 불거지고 있었다. 범법자와 유배자, 해적, 용병단장 등 아홉 명의 불한당이 에소스 남서부의 분쟁 지대에 있는 왕관의 나무 아래 모여 위험한 담합을 맺었던 것이다. 이들, 이른바 '구인회'는 각자 자신의 왕국을 일구어내기 위해 서로 돕기로 맹세하였는데, 그중에는 황금 용병단을 지휘하던 마지막 블랙파이어의 혈통, '괴물 같은' 마엘리스도 포함되어 있었다. 그리고 구인회가 마엘리스를 도와 획득하겠다 맹세한 왕국은 다름 아닌 칠왕국이었다. 던칸 왕자는 일찍이 이 담합을 거론하면서 "왕관이 동전 아홉 닢에 팔리는 모양이다."라는 유명한 말을 남겼는데, 이로 인해 이들은 웨스테로스에서 아홉 동전, 즉 나인페니 왕들이라 불리게 되었다. 처음 소식을 접했을 때만 해도 이런 위왕 흉내는 에소스의 자유도시들이 이내 군사를 파견해 끝장을 낼 것이라고 생각했다. 하지만 그렇다 하더라도 마엘리스와 그의 동맹자들이 언젠가는 칠왕국으로 시선을 돌릴 것이 명백했기에 대비책을 세워야 했다. 다만 아주 급박한 일은 아닌 탓에 아에곤 왕은 우선적으로 내정에 몰두했다.

그가 골몰한 일은 한 가지 더 있었다. 바로 드래곤을 부활시키는 것이었다. 아에곤 5세는 나이가 들어 가자 또다시 드래곤이 웨스테로스의 하늘을 날아다니는 세상을 꿈꾸게 되었다. 그는 이전의 왕들과는 같은 전철을 밟지 않았다. 셉톤이 마지막 알을 두고 기도하게 하거나, 마법사로 하여금 알에 주문을 걸게 하거나, 마에스터에게 알에 구멍을 뚫도록 지시하지 않았다는 뜻이다. 신하들이 왕을 만류했음에도 불구하고 아에곤 5세는 점점 더 드래곤이 있어야만 자신이 바라던 대로 왕국을 바꿀 만한 권력을 손에 쥘 수 있으며, 완고하고 오만한 영주들이 자신의 명을 받들게 할 수 있으리라 믿었다.

아에곤 5세의 치세 후반기는 온통 발리리아의 드래곤

자에하에리스와 샤에라는 아에리스와 라엘라라는 두 자식을 보게 된다. 자에하에리스 왕자는 올드스톤의 제니를 수행하던 숲의 마녀의 말을 듣고 이 오누이를 결혼시키기로 마음먹었다… 혹은 그랬다고 당시 궁정의 기록이 전하고 있다. 그러자 아에곤 5세는 역정을 내며 손자들의 혼사에서 손을 떼고 왕자가 자신의 뜻대로 하도록 내버려두었다.

교배법 및 사육에 관한 구전설화를 찾고 연구하는 데에 소모되었다. 전해지기로 아에곤은 웨스테로스에는 없는 지식과 문서를 찾아 '그림자 밑의 아샤이'를 향한 머나먼 여정마저도 마다하지 않았다 한다.

결국 드래곤 부활의 꿈은 가장 기뻐야 할 순간에 가장 비통한 비극을 낳는 결과를 초래했다. 비운의 AC259년, 왕은 가까운 이들 대부분을 섬머홀로 불러모았다. 자에하에리스 왕자의 자식들인 손자 아에리스와 손녀 라엘라 사이에서 첫 증손자가 태어날 예정이었고, 거기서 그 아이-후일 라에가르라 이름 붙여질 남자아이-의 탄생을 축하하고자 모인 것이었다.

섬머홀에서 일어난 비극을 목격한 자들 가운데 살아남은 이는 극소수이며, 그들 역시 그곳에서 벌어졌던 일의 자초지종에 대해서 결코 입을 열지 않았다. 섬머홀의 마에스터가 죽음을 앞두고 최후의 순간에 적었음이 분명한 편지에는 사건에 대한 약간의 암시가 담겨 있으나, 그조차 잉크가 쏟아진 탓에 너무나 많이 얼룩져 대부분은 읽을 수 없게 되었다.

마에스터 코르소의 서신에서 발췌

……드래곤의 혈통이 한 자리에 모여서……

……왕실 셉톤이 경고했음에도 불구하고 칠신에 대한 경의를 담아 일곱 개의 알을……

……화염술사들은……

……와일드파이어……

……불꽃이 감당할 수 없을 정도로……솟구쳐……매우 뜨겁게 타올랐으며……

……죽었으나, 로드커맨……용기에 힘입어……

자에하에리스 2세

섬머홀의 비극은 AC259년 자에하에리스 2세를 철왕좌로 인도했다. 그러나 그가 왕관을 쓰기가 무섭게 칠왕국은 전화의 소용돌이에 휩쓸리고 말았다. 나인페니 왕들이 자유도시 티로시를 약탈하고 스텝스톤 군도를 장악하더니 이제는 시선을 서쪽으로 돌려 웨스테로스 공략에 나설 태세를 취하고 있었던 것이다.

자에하에리스 2세는 나인페니 왕들에 대한 공격을 손수 이끌 작정이었으나 핸드였던 오르문드 바라테온이 현명한 결단이 아니라며 왕을 설득했다. 바라테온은 왕이 혹독한 군사 작전에 익숙지 않으며 무예에 능하지 않다는 점, 무엇보다 섬머홀의 비극 직후에 또다시 왕을 잃을 위험을 감수하는 것은 너무나 어리석다고 지적했다. 자에하에리스는 결국 왕비와 함께 킹스랜딩에 남기로 했다. 군대의 지휘권은 핸드인 오르문드 공에게 주어졌다.

에소스와 스텝스톤 군도에 거대한 혼란을 초래했던 구인회의 명단과 그들의 경칭

'늙은 어머니': 해적 여왕.

'마지막 발리리아인' 사마로 산: 리스의 악명 높은 해적 가문 출신으로, 발리리아 혈통이었다.

'흑단의 군주' 조바 코쿠아: 여름 제도의 추방자. 분쟁 지대에서 한몫을 잡고 용병단을 이끌었다.

'전투의 제왕' 리오몬드 라세어: 저명한 용병단장.

'도살자' 점박이 톰: 웨스테로스 출신. 분쟁 지대의 용병단장.

'썩은 사과' 데릭 포소웨이 경: 웨스테로스 출신 유배자. 평판이 매우 나쁜 사람이었다.

'아홉 눈': 용병단 '유쾌한 친구들'의 단장.

'은혓바닥' 알레코 아다리스: 부유하고 야망이 넘치던 티로시의 상인 출신 참주.

'괴물 같은' 마엘리스 블랙파이어: 황금 용병단의 단장으로 기괴할 정도로 거대한 몸통과 팔뚝, 공포스러울 정도의 완력, 난폭한 성격을 지녔으며 그의 목에는 주먹보다 살짝 작은 머리가 하나 더 달려 있었기에 저런 별명이 붙었다. 그는 황금 용병단의 지휘권을 놓고 사촌 다에몬 블랙파이어와 경쟁했는데, 상대의 말을 한주먹에 때려죽인 뒤 다에몬의 목을 맨손으로 비틀어 뜯어내 버리고 단장 자리를 차지했다.

자에하에리스는 구인회가 칠왕국을 노린다는 사실을 이미 잘 알고 있었지만, 부왕 아에곤과 마찬가지로 아홉 불한당들의 야합이 에소스에서 좌초하거나 자유도시들이 동맹을 맺어 그들을 처리해 주기를 기대하고 있었다. 하지만 그런 일은 일어나지 않았다. 결국 구인회가 코앞까지 닥쳤으나 비극적인 사건으로 아에곤 5세와 '잠자리 대공'이 죽어 버렸다. 출중한 기사였던 다에론 왕자도 몇 년 전에 죽었기에 남은 사람은 아에곤의 세 아들 중 가장 재능이 뒤떨어졌던 자에하에리스뿐이었다.

새 왕은 34세에 왕위에 올랐다. 어느 누구도 그를 가리켜 위엄을 갖춘 왕이라 일컬을 수는 없었으리라. 자에하에리스 2세는 형제들과 달리 골격이 가늘고 말랐으며 생애 내내 여러 질병에 시달렸다. 그렇지만 그에게 용기나 지혜가 부족하지는 않았다. 자에하에리스 2세는 비통함을 잠시 접어 두고 부왕이 세워 두었던 계획에 의지하여 기수 가문의 영주들을 소집했다. 이어서 상대가 칠왕국의 해안에 상륙하기 전에 선공을 개시했다.

AC260년 오르문드 바라테온은 군대를 스텝스톤 군도로 인솔하여 세 군데에 상륙시켰고 나인페니 왕들의 전쟁은 점차 혈전이 되어 갔다. 그 해 내내 여러 섬과 해협을 오가며 전투가 벌어졌다. 마에스터 이언의 〈나인페니 왕들의 전쟁에 대한 보고서*Account of the Was of the Ninepenny Kings*〉는 당시의 전황을 기록한 최고의 걸작으로, 수많은 육상전과 해전을 비롯해 무구의 특징까지 다룬 덕분에 전투의 세부 내용을 파악하는 데 훌륭한 사료가 되었다. 그러나 웨스테로스군의 지휘자였던 오르문드 바라테온 공은 가장 먼저 전사한 사람들 중 하나였다. '괴물 같은' 마엘리스의 칼에 쓰러진 그는 아들이자 후계자인 스테폰 바라테온의 팔에 안겨 숨을 거두었다.

웨스테로스군의 지휘권은 킹스가드의 젊은 로드커맨더 '하얀 황소' 제롤드 하이타워 경에게 넘겨졌다. 하이타워 경

좌측 | 불타는 섬머홀

과 부하들도 한동안 고전을 면치 못했다. 그러나 전세가 어느 한쪽으로 기울지 않고 일진일퇴를 거듭하며 엎치락뒤치락하던 와중에 나타난 바리스탄 셀미 경이라는 젊은 기사가 단신으로 마엘리스 블랙파이어를 쓰러트렸다. 이로써 그는 단 한 번만 검을 휘둘러 상황을 종결시키고 영원히 시들지 않을 명예를 얻었다. 그러자 나머지 나인페니 왕들은 웨스테로스에는 그다지 관심을 두지 않았었기에 각자 자신들의 영토로 돌아가 버렸다. 마엘리스는 여섯 번째이자 마지막 블랙파이어 위왕이었고, 그의 생명이 끝남과 동시에 무능왕 아에곤이 사생아에게 검을 내려 칠왕국에 걸었던 저주도 마침내 끝났다.

반년 동안의 힘겨웠던 전쟁은 스텝스톤 군도와 분쟁 지대에 각각 무엇을 남겼을까? 먼저 스텝스톤 군도는 구인회로부터 해방되었다. 그리고 분쟁 지대에서는 나인페니 왕들의 전쟁으로부터 6년 뒤에 티로시의 참주 알레코 아다리스가 왕비에게 독살당하고 집정제가 재건되었다. 칠왕국으로서는 대승을 거둔 셈이었지만, 그 대가로 치른 목숨과 고통 또한 적지 않았다.

전쟁 이후의 왕국은 평화를 누렸다. 자에하에리스는 강력하지는 않더라도 유능한 왕이었다. 칠왕국의 질서를 복구하고 아에곤 5세가 시도한 개혁으로 인해 철왕좌에 불만을 가졌던 대가문과도 다시 화합했다. 그러나 그의 치세는 짧았다. AC262년 자에하에리스 2세는 갑자기 숨이 차오른다며 고통을 호소하더니 이내 병상에 누웠고, 짧은 투병 생활 끝에 결국 침대 위에서 숨을 거두었다. 당시 그의 나이는 37세였고, 재위 기간은 3년에 불과했다.

아에리스 2세

부왕 자에하에리스가 웨스테로스를 3년 남짓 통치한 끝에 타계한 AC262년에 아에리스 타르가르옌 2세가 철왕좌에 올랐다. 즉위 당시 그는 18세에 불과했다. 준수한 젊은이였던 아에리스는 나인페니 왕들의 전쟁 당시 스텝스톤 군도에서 용감하게 싸웠다. 그는 왕자 가운데 가장 부지런하지도, 가장 지혜롭지도 않았지만 거부할 수 없는 매력을 지닌 덕에 지지자가 많았다. 또한 그는 허영심이 많고 자존심이 강하며 변덕스럽고, 아첨에 쉽게 넘어가는 성품이었으나 즉위 당시에는 아직 이러한 단점들이 드러나지 않았다.

제아무리 현명한 자라 해도 그날의 아에리스 2세가 후에 '광란왕'으로 불리게 되리라고는 내다보지 못했으리라. 또한 그의 치세가 3세기 가까이 이어져 왔던 타르가르옌 왕조의 웨스테로스 지배에 종지부를 찍으리라는 사실도 알지 못했을 것이다. 그러나 AC262년 아에리스가 왕관을 쓰던 비극의 순간에 스톰즈 엔드에서는 사촌 스테폰 바라테온 경과 아내 사이에 검은 머리칼을 가진 튼튼한 아들 로버트가 막 태어나고 있었으며, 또 저 멀리 북부의 윈터펠에서도 릭카드 스타크 경이 아들 브랜든의 탄생을 기뻐하고 있었다. 또 하나의 스타크, 즉 에다드 스타크 역시 그로부터 일 년 뒤에 태어나게 되는데, 이들 세 아이가 타르가르옌 가문의 몰락에서 중요한 역할을 맡게 된다.

왕은 섬머홀의 불길 속에서 태어난 아들 라에가르를 왕위계승자로 점찍고 있었다. 또한 아에리스와 그의 누이이자 왕비인 라엘라는 아직 젊었기에 사람들은 그들이 아이를 더 생산할 수 있으리라 보았다. 당시 이는 중대한 문제였다. 아에곤 5세가 몰고 왔던 섬머홀의 비극이 타르가르옌 가문의 고귀한 혈통을 단지 한 쌍의 가지만 남기고는 전부 쳐내 버렸기 때문이다.

아에리스 2세는 야망이 없는 자가 아니었다. 대관식에서도 칠왕국 사상 가장 위대한 왕이 되고 싶다는 바람을 천명했는데, 이는 그의 지지자들이 그가 장차 '현자왕' 또는 '위대한' 아에리스 대왕이라 기억될 것이라며 부추긴 탓에 생겨난 자만에 찬 확신에서 비롯된 것이었다.

부왕의 궁정은 대부분 아에곤 5세의 치세 때부터 복무했던 연로하고 원숙한 자들로 이루어져 있었다. 그러나 아에리스 2세는 이들 모두를 해임하고 자신과 동세대의 영주들로 그 자리를 채웠다. 그중에서도 특히 사람들의 이목을 끌었던 인선은 나이 많고 지나치게 신중했던 핸드 에드가 슬론을 퇴임시키고 대신 캐스털리 록의 후계자 타이윈 라니스터를 앉힌 일이었다. 당시 20세였던 타이윈 경은 칠왕국 사상 가장 젊은 핸드가 되었거니와 현재까지도 많은 마에스터들이 그의 임명을 두고 '현자왕' 아에리스가(당시에는 지지자들이 그렇게 칭송했다) 행한 일 가운데 가장 현명한 결정이었다고 주장한다.

아에리스 타르가르옌과 타이윈 라니스터는 어린 시절부터 서로 알고 지낸 사이였다. 타이윈 라니스터는 소년 시절 킹스랜딩에서 왕의 시동으로 지냈다. 덕분에 그와 아에리스 왕자, 그리고 좀 더 어린 시동이었던 왕자의 사촌이자 스톰즈 엔드의 스테폰 바라테온은 떼려야 뗄 수 없는 친밀한 관계를 맺을 수 있었다. 나인페니 왕들의 전쟁 기간에도 세 친구는 함께 싸웠는데, 타이윈은 갓 서임받은 기사 자격으로 전장에 나갔고 스테폰과 아에리스는 종자의 신분으로 전투에 임했다. 아에리스가 16세에 처음으로 명성을 떨치고 기사가 되었을 때도 그를 기사로 서임하는 영예 역시 타이윈 경에게 주어졌다. AC261년에 타이윈 라니스터는 지휘관의 역량도 증명해 보였다. 그는 자기 부친의 봉신들 가운데 가장 막강했던 두 사람, 즉 타르벡과 레인 가문이 일으킨 반란을 진압하고 그 과정에서 유서깊은 두 가문을 멸문시켰던 것이다. 비록 그 방식이 잔혹하다 하여 수많은 사람들의 질책을 샀지만 그럼에도 타이윈 경이 그의 부친이 방기했던 혼란과 갈등을 해결하고 웨스터랜드의 질서를 회복했다는 사실에는 그 누구도 반박하지 못했다.

아에리스 타르가르옌과 타이윈 라니스터 두 사람의 유례 없는 우정을 예상한 이는 거의 없었을 것이다. 치세 초기의 젊은 왕은 활력이 넘쳤다. 그는 음악과 춤, 가면무도회를 즐겼고 젊은 여성을 지나치게 좋아하여 곳곳에서 불러들인 아름다운 아가씨로 자신의 궁정을 가득 채웠다. 그가 자신의 선조인 무능왕 아에곤만큼이나 많은 정부를 거느렸다고 하는 이도 있다(물론 아에곤 4세에 대해 우리가 알고 있는 바에 의하면 이는 말도 안 되는 주장이다). 그러나 아에곤 4세와 달리 아에리스 2세는 흥미를 잃는 것이 몹시 빨라 대다수의 정부가 2주를 버티지 못했다고 한다. 그나마 오래 지속된 관계라 해도 역시 반년을 넘기지 못했다.

아에리스 2세는 야심차고 원대한 계획을 세웠다. 그는 대관식으로부터 얼마 지나지 않아 스텝스톤 군도를 정복하고 그곳을 영원히 왕국의 일부로 만들겠노라고 선언했다. 그러고선 AC264년 윈터펠의 릭카드 스타크 공이 킹스랜딩을 방문하자 이번에는 북부에 관심이 생겨 원래 있던 장벽 북쪽으로 100리그*에 걸쳐 새로운 장벽을 세우고 그 사이의 영토를 칠왕국으로 편입하겠노라는 구상을 밝혔다. 또 AC265년에는 '악취가 나는 킹스랜딩'이라는 험담을 듣자 블랙워터강 남안 둑을 따라 대리석으로 지은 새하얀 도시를 새로 건설하겠노라 말하기도 했다. AC267년에 부친이 대출한 융자금과 관련하여 브라보스의 강철은행과 드잡이질을 벌인 뒤

좌측 | 전장에서 조우한 바리스탄 셀미 경과 '괴물 같은' 마엘리스

100리그: 약 480킬로미터

에는 역사상 최대 규모의 함대를 만들어 돌과 청동으로 쌓은 브라보스의 요새이자 랜드마크인 '타이탄'의 무릎을 꿇리겠노라 말하기도 했다. 또한 AC270년 선스피어를 방문하던 중에 도른 여대공에게 산 아래로 대규모 지하 수로를 건설하여 레인우드에서 물을 끌어오는 방식으로 "도른의 사막에 꽃을 피워 주겠노라."고 선언한 적도 있다.

그러나 이 원대한 계획 가운데 정작 결실을 본 것은 아무것도 없었다. 그의 포부는 대부분 달이 채 바뀌기도 전에 잊혀졌다. 아에리스 2세는 자신의 정부들에게 변덕스러웠던 것과 마찬가지로 왕으로서의 열정마저도 빠르게 식었기 때문이다. 그럼에도 불구하고 그의 치세 초기에 칠왕국은 대단한 번영을 누렸는데, 모든 면에서 왕과 정반대였던 핸드 덕택이었다. 타이윈은 부지런하고 결단력이 있었으며 지혜로우면서도 정의로왔고, 공무에 있어서는 엄격했다. 그랜드 마에스터 파이셀은 2년간 타이윈을 도우며 소회의에서 일한 뒤 시타델에 부친 편지에서 타이윈에 대해 평하기를 "신께서는 그를 통치자로 빚어내셨다."고 말할 정도였다.

왕국을 통치하는 사람은 사실 타이윈이었다. 왕의 행동이 점차 괴이해져감에 따라 왕국의 정무가 점점 핸드의 몫이 되었기 때문이다. 왕국은 타이윈 라니스터의 관리 아래 번영을 누렸고, 그 탓에 아에리스 왕의 끝 모를 변덕마저도 크게 문제되지 않을 정도였다. 그러나 아에리스 이전의 타르가르옌 왕조는 각별한 이유가 있을 때를 제외하고는 결코 통치를 일임하는 일이 없었다. 결국 올드타운에서 장벽에 이르기까지 왕국 내의 모든 이들이 왕관을 쓴 자는 아에리스일지라도 통치는 타이윈 라니스터의 몫이라고 말하게끔 되었다.

왕관을 쓴 자와 브라보스 사이의 갈등을 정리한 이도 타이윈 라니스터였다(그렇지만 왕에게는 유감스럽게도 '타이탄의 무릎을 꿇리는' 방식은 아니었다). 그는 자에하에리스 2세가 대출받았던 금액을 캐스털리 록의 재산으로 변제하였다. 또한 타이윈은 영주들의 권력을 제한하던 아에곤 5세의 법을 폐지함으로써 많은 영주들로부터 지지를 얻었다. 타이윈은 킹스랜딩과 라니스포트, 올드타운에 드나드는 선박에 물리는 관세와 세금을 줄여 부유한 상인들에게도 지지를 받았다. 새 도로를 건설하고 오래된 도로를 보수했으며 왕국 내에서 훌륭한 마상시합을 여러 차례 개최하여 기사와 평민들을 즐겁게 했고, 자유도시와의 무역을 증진시켰고, 빵에 톱밥을 섞어 팔다가 들킨 제빵사와 말고기를 쇠고기로 속여 판 도살자에게 엄한 처벌을 내렸다. 그의 통치에는 그랜드 마에스터 파이셀의 조력이 일익을 담당했으니, 아에리스 2세의 치세에 대해 남겼던 그의 논평은 오늘날 우리에게 이 시기에 관해 최고의 초상을 제공한다 할 수 있다.

이러한 성취에도 불구하고 타이윈 라니스터 경은 많은 사랑을 받지 못했다. 그의 경쟁자들은 그가 재치없고 무자비하며 굽힐 줄 모르고 오만하며 또한 잔인하다고 비난하곤 했으며, 그의 기수 가문들은 그를 존경하여 전시에나 평화로울 때에나 항상 그를 따랐으나 진심으로 그를 친구라 여기지는 않았다.

타이윈은 의지박약에 뚱뚱하고 능력이 없는 부친 타이토스 라니스터를 경멸했으며, 형제인 타이게트 및 제리온과의 관계 역시 험악하기로 유명했다. 또 다른 형제 케반과 여동생 젠나에게는 좀 더 관심을 보였는데, 특히 케반은 어린 시절부터 함께하여 신뢰할 수 있는 가까운 관계였다. 그러나 그조차도 애정보다는 의무를 다한 것으로 보였다.

타이윈 경은 AC263년 핸드가 된 지 1년 후에 미모의 사촌 누이 조안나 라니스터와 결혼했다. 그녀는 AC259년 자에하에리스 2세의 대관식 때 킹스랜딩에 온 이래 계속 그곳에 머물며 후에 왕비가 되는 라엘라 공주의 시녀로 지냈다. 신랑과 신부는 캐스털리 록에서 보낸 어린 시절부터 서로를 알고 있었고, 타이윈 라니스터가 속내를 쉬이 드러내는 사람은 아니었으나 사람들은 그가 아내를 한결같이 깊게 사랑한다고 말했다. 그랜드 마에스터 파이셀은 시타델에 보내는 편지에서 이렇게 적었다. "오직 조안나만이 갑옷 안에 숨겨진 그의 모습을 알고 있으며, 그가 짓는 미소는 전부 그녀만의 것이다. 맹세컨대 나는 그녀가 그를 웃게 하는 장면을 한 번도 아니고 무려 세 번이나 목격했다."

불행하게도 아에리스 2세와 누이 라엘라 공주의 결혼 주었으나 시간이 점차 흐르며 그의 동정심은 의심으로 바뀌었다. AC270년, 그는 왕비가 자신에게 불충하다는 결론을 내렸다. 그는 소회의에 참석하여 "왕비가 잇달아 유산함은 칠신께서 사생아가 왕좌에 오르기를 허락지 않으셨기 때문이다."라고 말하며 라엘라 소생의 사산된 아이, 유산된 아이며 죽은 왕자들이 모두 자신의 아이가 아니라고 선언했다. 그 후 왕은 왕비가 마에고르의 내성에서 나가는 것을 금지했고, 셉타 두 명에게 매일 밤 그녀 곁에서 왕비가 정말로 결혼 서약을 지키는지 감시하라고 명했다.

타이윈 라니스터가 이 사실을 어떻게 생각했는지는 기록으로 남겨져 있지 않다. 그러나 AC266년 캐스털리 록에서는 조안나 부인이 금박처럼 찬란한 머리칼을 가졌으며 아름답고 건강한 남녀 쌍둥이를 낳았다. 이는 아에리스 2세와 핸드 사이의 긴장을 한층 더 악화시켰다. 기록에 따르면 아에리스는 이 행복한 소식을 전해 듣고는 "짐이 배필을 잘못 고른 모양이군."이라 말했다고 전해진다. 그럼에도 불구하고 왕은 두 아이의 탄생 축하 선물로 아이들의 몸무게만큼의 금을 선물로 보냈으며, 타이윈에게 두 아이들이 여행을 견딜 수 있을 만큼 자라면 궁정으로 데려오라고 명하며 이렇게 강조했다. "아이들의 어미도 함께 오도록 하게. 그 고운 얼굴을 본 지가 너무 오래 되었군."

조안나 라니스터가 자에하에리스 2세의 대관식 전날 밤에 아에리스 왕자에게 처녀를 바쳤으며 왕자가 등극한 후에도 잠시 그의 정부로 지냈다는 천박한 소문이 있는데, 이는 얼마든지 반박이 가능하다. 파이셀이 편지에서 주장하듯, 그 소문이 사실이라면 타이윈 라니스터가 자신의 사촌을 아내로 맞을 리가 없었다는 것이다. "그는 언제나 자존심이 강했으며, 남이 먹다 남긴 것으로 축제를 즐기는 데 익숙한 사람이 아니다."

그러나 타이윈과 조안나가 초야를 치르던 와중 아에리스 왕이 이례적인 일을 저지르는 바람에 타이윈 공이 매우 불쾌해했다는 확실한 보고가 있다. 그리고 얼마 지나지 않아 라엘라 왕비가 조안나 라니스터를 자신의 시녀 자리에서 해임했지만 그 사유가 무엇인지는 아무것도 언급되지 않았거니와, 해임 즉시 조안나는 캐스털리 록으로 출발했다. 그 뒤로 그녀는 좀처럼 킹스랜딩을 방문하려 들지 않았다.

은 그리 행복하지 않았다. 비록 왕비는 왕의 난잡한 성생활에 대해서는 대부분 파악하지 못했던 것으로 생각되지만, 그녀는 왕이 '내 시녀들을 그의 창부로 전락시키는' 행위를 용납하지 않았다(왕비를 모시던 시녀를 갑작스럽게 해임하는 일은 조안나 라니스터가 처음도, 마지막도 아니었다). 게다가 라엘라가 더 이상 왕에게 자식을 안겨줄 수 없다는 사실이 드러나면서 그녀와 왕의 관계는 훨씬 더 악화되었다. AC263년과 264년의 잇따른 유산에 이어 AC267년에는 아이를 사산하기까지 했다. AC269년에 태어난 다에론 왕자는 반년밖에 살지 못했다. 이후 AC270년에 또 한 번 사산하였고, AC272년에는 아에곤 왕자가 팔삭둥이로 태어나 다음해에 사망했다.

처음에는 아에리스 2세도 비탄에 잠긴 라엘라를 위로해

이듬해인 AC267년 타이토스 라니스터 공이 46세의 나이로 죽었다. 그는 정부의 침실로 이어지는 가파른 나선형 계단을 오르다 그만 심장발작으로 쓰러졌다고 한다. 그의 죽음으로 타이윈 라니스터 경은 캐스털리 록의 영주이자 서부의 관리자가 되었다. 그가 부친의 장례식을 치르고 웨스터랜드의 질서를 안정시키고자 서부로 돌아가려 하자, 아에리스 2세는 그와 동행하기로 했다. 비록 왕비는 킹스랜딩에 남겨두었지만(당시 왕비는 이후 사산하게 될 샤에나 공주를 임신한 상태였다) 8살 난 아들이자 드래곤스톤 공인 라에가르 왕자와 더불어 궁정 사람들의 반 이상을 거느리고 나선 대규모 행렬이었다. 다음해의 대부분에 걸쳐 칠왕국은 왕과 핸드가 동시에 머무르던 라니스포트와 캐스털리 록에서 통치가 이루어졌다.

AC268년이 되자 궁정이 다시 킹스랜딩으로 복귀했고, 정무도 이전의 상태로 되돌아갔다. 하지만 왕과 핸드 사이의 우정이 그 수명을 다하고 있음은 누구의 눈에도 명백히 들어왔다. 이전에는 왕이 수많은 안건에서 타이윈 라니스터의 손을 들어 주었지만, 언젠가부터 두 사람의 의견이 불일치하기 시작했다. 자유도시 미르와 티로시가 볼란티스를 상대로 벌인 무역 전쟁에서 타이윈은 중립을 고수하고자 했지만, 아에리스 2세는 볼란티스에 무기와 자금을 지원하는 편이 더 이득이라고 보았다. 또한 타이윈은 블랙우드 가문과 브랙켄 가문 사이의 영토 분쟁에서 블랙우드 가문의 손을 들어 주었으나, 아에리스는 이를 기각하고 브랙켄 가문에게 문제가 된 풍차를 넘겨주었다.

또한 왕은 핸드의 완강한 반대에도 불구하고 킹스랜딩과 올드타운의 항만세를 두 배로, 라니스포트를 비롯한 왕국 내의 다른 항구나 정박지는 세 배로 인상했다. 그러면서도 소영주들이나 부유한 상인들의 대표단이 철왕좌 앞에서 항의하자 왕은 이렇게 대답했다. "타이윈 공은 본래 황금 대변을 보는 사람인데 근래에는 변비에 걸려서 말이오. 결국 돈궤짝을 채우려면 다른 수를 찾을 수밖에 없었겠지." 그리고 항만세와 관세를 이전으로 되돌렸다. 그로 인해 본인은 사람들의 찬사를 들은 반면 타이윈 라니스터에게는 매서운 비난이 쏟아졌다.

왕과 핸드 사이에서 점점 커지던 균열은 인사 문제에서도 여실하게 드러났다. 이전에는 항상 핸드의 자문에 주의를 기울이고 관직이며 작위, 상속지 역시 타이윈 공의 추천에 따라 하사하곤 했던 아에리스 2세는 AC270년 이후부터 그가 추천하는 인물은 전혀 염두에 두지 않고 본인이 직접 선택했다. 많은 수의 웨스터랜드 출신 관료들이 핸드의 사람이라는 이유만으로 해임되었다. 그리고 그 자리는 점차 아에리스 왕의 총애를 받는 사람들로 채워졌다. 그렇지만 그 총애 역시 점차 일시적인 것이 되었으며 쉽사리 사라지곤 했다. 핸드의 친인척조차 왕의 불만의 표적이 되었다. 타이윈 공은 자신의 동생 타이게트 라니스터 경이 레드 킵의 무술 교관으로 임명되길 바랐으나 아에리스 2세는 그 자리를 윌렘 대리 경에게 주었다.

이 무렵 아에리스 2세는 자신이 진짜가 아니라 속이 텅 빈 허수아비에 불과하며 타이윈 라니스터야말로 칠왕국의 진정한 주인이라는 믿음이 널리 퍼져 있다는 사실을 알게 되었다. 이러한 이야기는 당연히도 왕의 역정을 샀다. 그리하여 왕은 그런 소문이 틀렸음을 증명하고 '과도한 권력을 쥔 하인'을 '마땅히 있어야 할 원래의 자리'로 되돌려 놓으리라 결심하게 되었다.

AC272년 아에리스의 철왕좌 즉위 10주년 기념 마상시합이 열리자 조안나 라니스터는 캐스털리 록에서 자신의 여섯 살 난 쌍둥이 남매 제이미와 세르세이를 데리고 함께 궁정을 방문했다. 그 자리에서 왕은(수많은 술잔을 비운 상태에서) 그녀에게 혹여 아이들에게 젖을 먹이느라 "탐스럽고 자랑스럽던 가슴이 망가지지는 않았던가?"라고 물었다. 타이윈 공이 왕에게 무시당하거나 조롱받는 광경을 항상 즐기던 경쟁자들에게는 매우 재미있던 질문이었겠으나, 조안나 부인에게는 엄청난 모욕이었다. 다음 날 아침이 되자 타이윈 라니스터는 핸드의 목걸이를 벗어 왕에게 반납하려 했으나 왕은 그의 사임을 받아들이지 않았다.

물론 아에리스 2세는 언제라도 타이윈 라니스터를 해임하고 자기 사람을 핸드로 지명할 수 있었다. 그러나 어떤 이유에서인지는 몰라도, 심지어 타이윈이 다양한 방식으로 왕의 기반을 약화시키기 시작했을 때조차도 왕은 어릴적부터 함께 지냈던 친구를 계속해서 곁에 두고 자신을 위해 일하도록 하는 쪽을 선택했다. 왕의 무시와 조롱은 점차로 심해졌으며 승진을 원하는 궁정의 사람들은 왕의 눈에 띄는 최선의 방법이 고독하고 농담을 모르는 핸드를 조롱하는 것임을 금세 알아차렸다. 이러한 상황 속에서도 타이윈은 조용히 고통을 감내했다.

그러나 AC273년에 캐스털리 록에서 조안나 영주 부인이 타이윈 공의 둘째아들을 낳다가 그만 숨지고 말았다. 아기의 이름은 티리온이라 붙였는데, 기형아였다. 그는 지나치게 커다란 머리통과 악마처럼 생긴 짝눈에 다리가 덜 자란 채 태어난 아기였다(일부 보고서에 의하면 꼬리도 달린 채 태어났는데, 부친의 명령으로 잘라냈다 한다). 평민들은 잘못 만들어진 그 생명을 가리켜 타이윈 공 파멸의 징조, 혹은 타이윈 공의 골칫덩이라 불렀다. 한편 이 출산 소식을 전해 들은 아에리스 2세는 다음과 같은 악명 높은 말을 남겼다.

"신께서 더이상은 그의 오만함을 용납할 수 없었던 게 분명하지. 그의 손에서 고운 꽃을 거둬 가고 대신 괴물을 주셨으니, 이는 마침내 타이윈에게 겸손이 무엇인지 가르치려 한 것이야.”

왕의 말은 얼마 지나지 않아 캐스털리 록에서 비탄에 잠겨 있던 타이윈 공의 귀에까지 들어갔다. 그 사건 후로는 둘 사이에 오래도록 쌓아 왔던 우정은 한 오라기도 남지 않게 되었다. 왕이 그 어느 때보다도 더욱 괴팍해지고 무도해지며 의심암귀에 빠져드는 가운데에도 타이윈 공은 여전히 핸드로 일하며 칠왕국의 지루한 일상적 정무를 처리했다. 아에리스는 주변에 온갖 세작들을 두고 자신이 미심쩍어하는 인물에 대한 정보 및 반란 음모의 제보에 대해 진위와는 상관없이 고자질쟁이와 거짓말쟁이들에게 큰 상금을 내리기 시작했다. 그런데 그런 자들 중 하나가 핸드의 경호대장인 일린 페인 경이 칠왕국의 참된 지배자는 타이윈 공이라고 으스대더라고 왕에게 밀고했으며, 아에리스 2세는 그 길로 킹스가드를 보내 그 기사를 잡아들인 다음 벌겋게 달군 뜨거운 집게로 혀를 뽑아 버렸다.

아에리스 2세의 광기 어린 행각은 AC274년 라엘라 왕비가 아들을 낳자 잠시 잦아드는 듯했다. 왕의 기쁨이 어찌나 깊었던지 마치 이전으로 돌아간 듯했다. 그러나 그해 말 바로 그 아들, 자에하에리스 왕자가 사망하자 왕은 실의 속으로 내던져졌다. 그는 어두운 분노로 불타올라 왕자의 유모를 탓하며 그녀를 사형시켰다. 그리고 얼마 지나지 않아 마음이 바뀌었는지 이번에는 그 아기가 자신의 정부에게 독살당했다고 주장하기 시작했다. 그 정부는 왕가의 기수 중 하나의 젊고 어여쁜 딸이었는데, 왕은 그 일가 전체를 고문한 끝에 몰살시켰다. 기록에 의하면 관련자 모두가 고문을 받는 과정에서 살인을 자백했으나, 그들의 진술은 서로 크게 모순되었다고 한다.

그 후 아에리스는 2주 동안 금식하며 도시 맞은편에 있는 대셉트로 회개의 발길을 옮겨 하이 셉톤과 함께 기도를 올렸다. 그리고 대셉트에서 돌아온 왕은 앞으로는 본인의 적법한 아내 라엘라 왕비 외의 여자와는 결코 잠자리를 함께하지 않겠다고 선언했다. 연대기가 사실이라면 아에리스는 이 맹세를 지켰고, AC275년의 그날 이후 여자들에게 흥미를 보이지 않았다고 한다.

아에리스 2세의 신실함이 저 높은 곳에 계시는 어머니의 신격에게 기쁨을 샀는지도 모른다. 이듬해 라엘라 왕비에게 왕이 고대하던 둘째 아들을 주셨으니 말이다. AC276년에 태어난 비세리스 왕자는 덩치가 자그마했으나 원기왕성했고, 그간 킹스랜딩이 보아 왔던 아기 중 가장 아름다웠다. 당시 17세였던 라에가르 왕자는 왕의 후계자로서 갖춰야 할 요소를 모두 가지고 있었지만 그럼에도 웨스테로스 전역에서 그에게 마침내 형제가, 다시 말해 타르가르옌 가문의 왕위를 안전하게 지킬 또 다른 타르가르옌이 탄생한 것을 알고 크게 기뻐했다.

그러나 비세리스 왕자의 탄생은 아에리스 2세를 더욱 공포와 집착에 빠져들게 만들었다. 새로 탄생한 어린 왕자는 충분히 건강해 보였지만 왕은 이 아기가 먼저 간 형제들과 같은 운명을 겪을까 두려워했다. 킹스가드는 왕의 허가 없이는 누구도 아이에게 손대지 못하도록 밤낮으로 아이를 지키라는 명령을 받았다. 심지어 왕비조차도 아기와 단둘이 있을 수 없었다. 왕비의 젖이 마르자 아에리스는 자신의 기미 시종에게 명해 유모의 젖꼭지를 빨아 보도록 고집해 그녀가 혹시 젖꼭지에 독을 바르지는 않았는지 확인하려 들었다. 또한 칠왕국의 수많은 영주들로부터 어린 왕자에게 바치는 선물이 도착하자 혹여 그들이 선물 중 어느 하나라도 요술이나 저주를 걸었을까 두려워서 죄다 궁의 뒤뜰에 쌓아 놓고 태워 버렸다.

그해 말 타이윈 라니스터 공은 라니스포트에서 비세리스 왕자의 탄생을 축하하는 마상시합을 열었다. 물론 이는 현명치 못한 처사였으나 어쩌면 왕과의 화해를 위한 제스처였는지도 모른다. 아무튼 그는 이 자리에서 라니스터 가문의 부와 권력을 왕국 전체가 볼 수 있게끔 공개적으로 과시했다. 아에리스 2세는 처음에는 참석을 거절했지만 곧 결정을 번복했다. 그러나 왕비와 새로 태어난 아들은 킹스랜딩을 벗어나지 못하도록 했다.

그곳에 간 왕은 캐스털리 록의 그늘에 준비된 자신의 왕좌에 앉아 수백 명이나 되는 왕국의 주요 인물과 함께했고, 새로 기사로 서임된 아들 라에가르 왕자를 성심성의껏 응원했다. 왕자는 타이게트와 제리온 라니스터 형제를 둘 다 말에서 떨어트렸고, 용맹한 바리스탄 셀미 경을 상대해서도 승리를 거둔 뒤, 결승전에서 저명한 킹스가드인 ‘아침의 검’ 아서 데인 경에게 패배했다.

필시 왕의 기분이 고양된 덕을 보려는 생각이었으리라. 타이윈 라니스터는 그날 밤 아에리스에게 왕위계승자가 결혼해 후계자를 생산할 시기가 지났다고 아뢰었다. 그는 자신의 딸인 세르세이를 왕세자의 배필로 제안했다. 그러나 아에리스는 이 혼담을 퉁명스레 거절하며 타이윈 공이 훌륭하고 중요한 신하이기는 하나 그럼에도 결국 하인일 뿐이라는 점을 상기시켰다. 또한 그는 타이윈 공의 아들 제이미를 라에가르의 종자로 삼아 달라는 청에도 고개를 가로저었다. 대신 그 영광을 핸드나 라니스터 가문과는 친분이 없다고 알려진, 자신이 총애하는 다른 이들에게 돌렸다.

그즈음 아에리스 2세가 빠른 속도로 광기의 늪으로 미끄러져 들어가고 있었다는 사실은 누가 보기에도 명백했다. 그러나 그가 진정 심연으로 빠져든 것은 AC277년에 더스켄데일의 반역이 일어나면서부터였다.

유서 깊은 항구 도시인 더스켄데일은 백 개의 왕국 시절 옛 왕들의 도읍이었다. 한때 블랙워터 만의 가장 중요한 항구였던 이 도시는 킹스랜딩이 급성장함에 따라 무역량이 줄어들며 쇠퇴하게 되었다. 더스켄데일의 영주인 데니스 다클린 공에게 바람이 있다면 이러한 쇠락을 멈추는 것이었다. 다클린 공이 어째서 반란이라는 극단적인 선택을 했는지는 오랫동안 수많은 논쟁을 낳았다. 그럼에도 그의 미린 출신

좌측 | 왕의 핸드, 타이윈 라니스터 공

아내 세랄라가 부분적인 역할을 차지했다는 점에 있어서만 큰은 의견이 일치한다. 그녀를 폄하하던 자들은 그녀에게 그 사건의 모든 책임을 지웠다. 그들은 그녀를 '비단뱀'이라 부르며 그녀가 베갯머리에서 남편 다클린 공의 머릿속에 독을 부어넣었다며 비난했다. 한편 그녀를 변호하는 자들은 데니스 공 본인이 어리석어서 벌어진 일일 뿐, 그녀가 웨스테로스에서는 낯선 신을 섬기는 이방인이라 혐오의 대상이 된 것이라 주장한다.

데니스 공은 오래전부터 도른이 누려 왔던 것처럼 더스켄데일 또한 왕으로부터 일정 수준의 자치권을 얻어내길 바랐다. 그는 이 요구가 그리 과도하지 않다고 여겼는데, 세랄라의 말대로 협해 건너편의 땅에서는 그런 형태의 자치도시가 보편적이었기 때문이다. 그러나 타이윈 공은 위험한 선례가 될까 저어하여 핸드로서 이 요구를 단호하게 거절했고, 이는 납득할 만했다. 그러나 거부에 화가 난 다클린 공은 자치권(그리고 더스켄데일이 한 번 더 킹스랜딩과 무역량을 다툴 수 있도록 항만세와 관세 인하까지) 요구를 관철시키기 위해 새로운 계획을 짜냈다. 하지만 그야말로 어리석은 계획이었다.

더스켄데일의 반역은 아주 조용하게 시작되었다. 아에리스 왕의 괴벽스러운 행동이 왕과 타이윈 공 사이를 압박하고 있음을 아는 데니스 공은 세금을 내지 않고 버티며 직접 더스켄데일로 오셔서 청원을 들어 달라며 왕을 초청했다. 아에리스 2세가 이런 말도 안 되는 초대를 받아들인다는 것 자체가 참으로 뜻밖이었지만, 타이윈 공이 강경하게 이를 거절하라 충고하자 왕은 정반대로 다클린 공의 초대를 받아들였다. 그러고는 그랜드 마에스터 파이셀과 소회의에 자신이 직접 이 문제를 해결하고, 반항적인 더스켄데일을 굴복시키겠노라고 밝혔다.

왕은 또다시 타이윈 공의 충고를 무시하고 더스켄데일까지의 여정에 킹스가드 그웨인 곤트 경이 이끄는 조촐한 수행단만 대동했다. 그러나 그 초대는 함정이었고, 왕은 아무것도 모르는 상태에서 그 속으로 걸어들어간 셈이었다. 아에리스 2세는 도착 즉시 수행단과 함께 억류되었고, 그중 몇 명-가장 주목해야 할 사람은 그웨인 경-이 왕을 지키다가 살해당했다.

더스켄데일로부터 전해진 소식에 대한 즉각적인 반응은 충격, 이어서 분노였다. 당장 그 도시로 돌격해 왕을 구하고 반역자들을 대역죄로 처벌해야 한다는 촉구가 쏟아졌다. 그러나 더스켄데일은 굳센 성벽에 둘러싸여 있었고, 항구를 내려다보며 자리잡은 다클린 가문의 옛 거성 던포트는 한층 더 가공할 만한 요새였다. 군사적으로 그곳을 접수한다는 것은 결코 쉬운 일이 아니었다.

타이윈 공은 각지에 파발꾼과 까마귀를 풀어 전력을 모으는 한편 데니스 다클린 공에게는 즉각 왕을 석방하라고 명령했다. 데니스 공은 명령을 받드는 대신 만약 성벽을 부수려는 시도를 한다면 그 즉시 왕을 시해하겠다고 받아쳤다. 소회의 위원들 중 일부는 웨스테로스의 그 누구도 그처럼 악랄한 범죄를 저지를 리가 없다며 다클린의 말을 의심했지만, 타이윈 공은 이를 운에만 맡길 수 없었다. 그는 상당한 규모의 군대를 동원하여 더스켄데일을 육지와 바다 양 편에서 포위하여 외부로부터 봉쇄했다.

한편 성 밖에 왕의 군대가 몰려오고 보급선마저 차단당하자 다클린 공의 결심은 흔들리기 시작했다. 그는 여러 차

례에 걸쳐 협상하려 애썼으나 타이윈 공은 어떠한 조건도 일절 듣지 않았다. 대신 도시와 성이 무조건 항복하고 왕을 석방할 것만을 반복적으로 요구했다.

반역은 반년간 지속되었다. 더스켄데일의 성벽 안쪽에서 비축한 식량과 창고가 마르기 시작하자 사기도 함께 시들기 시작했다. 그러나 던포트에 틀어박혀 있던 데니스 공은 여전히 타이윈 공이 보다 나은 조건을 곧 제시할 것이라며 스스로를 타이르고 있었다.

그렇지만 타이윈 라니스터의 결심을 아는 이들은 데니스보다 사태를 명확하게 파악하고 있었다. 핸드의 마음은 약해지기는커녕 더 차갑게 굳어서 이윽고 더스켄데일의 영주에게 최종 항복 요구를 보내기에 이르렀다. 만약 이를 거부한다면 도시로 돌격하여 함락한 다음 그 안에 있는 모든 남녀와 아이들까지 전부 죽이겠다고 선언했다(들리는 설화에 의하면 타이윈 공은 이 최종 통보를 자신의 음유시인에게 전달하도록 하였으며, 데니스 공과 비단뱀에게 '카스타미르의 비*The rains of Castamere*'라는 노래를 불러주라고 명했다고 한다. 안타깝게도 이러한 생생한 세부 묘사는 기록으로 공인되지 않고 있다).

이 시점에서 소회의 인원 대부분이 핸드와 함께 더스켄데일 성벽 밖에 있었는데, 그들 중 여럿이 타이윈 공의 계획을 반대했다. 그런 식으로 공격하다가는 궁지에 몰린 다클린 공이 아에리스 왕을 시해할 가능성이 높지 않겠느냐는 시각에서였다. "그럴 수도 있고 아닐 수도 있소." 타이윈 라니스터는 그렇게 대답했다고 기록되어 있다. "하지만 만일 그렇게 된다면 우리에게는 더 나은 왕이 생기겠지." 그러고는 손을 들어 라에가르 왕자를 가리켰다.

이후로 많은 학자들이 타이윈 공의 의도를 놓고 언쟁해왔다. 그는 다클린 공이 물러서리라 믿었을까? 아니면 그는 진정으로, 아니면 기꺼이, 혹은 간절하게 아에리스가 죽고 라에가르가 철왕좌에 앉는 모습을 보고 싶었던 것일까?

이 문제의 해답은 결국 킹스가드 바리스탄 셀미 경의 용기 덕분에 영원히 그 누구도 알 수 없게 되었다. 바리스탄 경은 도시 안으로 몰래 잠입하겠다고 나선 뒤 던포트까지 직접 가서 왕을 구출하는 용맹을 발휘했던 것이다. 셀미는 소싯적부터 '용감한' 바리스탄으로 알려져 있었지만 타이윈 라니스터에게 그 행동은 광인의 그것에 버금갈 정도로 무모하게 느껴졌다. 그렇기는 해도 타이윈은 그의 기량과 용기를 존중하여 더스켄데일 돌격 전 바리스탄 경에게 단 하루, 작전을 시도할 기회를 주었다.

바리스탄 경이 용감하게 왕을 구출한 일을 다루는 노래는 매우 많다. 더구나 음유시인들이 윤색할 필요조차 없는 사건이었다. 바리스탄 경은 밤의 어둠을 틈타 맨손으로 성벽을 기어올랐고, 또 던포트까지 가는 길에는 모자를 쓴 거지로 위장하여 이동했다. 또한 던포트의 벽을 기어오르던 중에 성벽 위를 순찰하던 경비와 부딪치자 그가 경보를 울리기 전에 죽였다. 그런 다음 용감하고도 조용하게 움직여 왕이 갇혀 있는 지하 감옥을 찾았다. 그러나 아에리스 타르가르옌을 감옥에서 탈출시켰을 당시 왕은 정신이 나간 상태였고, 아우성을 치며 울부짖었다. 바로 이때 바리스탄 셀미의 진정한 영웅적 면모가 드러나는데, 그는 항복하는 대신 맞서 싸우는 길을 택했다.

뿐만 아니라 공격을 기다리지 않고 선제공격을 감행했다. 그는 다클린 경의 매제이자 무술 교관인 시몬 홀라드와 익명의 기사 둘을 모두 베어 홀라드의 손에 죽었던 킹스가드 그웨인 곤트 경의 복수까지 해치웠다. 그는 서둘러 왕을 모시고 마굿간으로 향했고, 그 과정에서도 방해꾼을 해치웠다. 결국 두 사람은 성문이 닫히기 전에 무사히 던포트에서 말을 타고 달려나왔다. 그런 다음 뿔과 나팔이 경보를 알리는 가운데 더스켄데일 거리를 정신없이 달렸고 이윽고 성벽까지 도달하자 타이윈 공의 궁수들이 엄호하며 탈출극을 마무리 지었다.

왕이 탈출하여 안전이 확보되자 이제 다클린 공에게는 항복 외에 아무런 선택지도 남지 않았다. 그러나 당시 그가 왕이 끔찍한 복수를 고려하고 있다는 것을 알았을지는 의문이다. 다클린 공과 그 가족이 쇠사슬에 묶인 채 등장하자 아에리스는 그들의 죽음을 요구했다. 다클린 공의 직계는 물론 삼촌, 숙모에 이어 심지어 더스켄데일에 사는 먼 친척까지도 전부 처형당했다. 거기서 그치지 않고 그의 사돈인 홀라드 가문마저도 모든 것을 빼앗긴 뒤 무너졌다. 단 한 사람, 시몬의 어린 조카 돈토스 홀라드만이 목숨을 구했는데, 이는 바리스탄 경이 자신에게 허락된 특권으로 간청한 덕분이었다. 왕 역시 차마 자신을 구한 자의 청원까지 거절할 수가 없어 간신히 구한 목숨이었다. 또 영주 부인 세랄라의 죽음은 한층 더 잔인했다. 아에리스는 비단뱀의 혀와 성기를 찢어낸 뒤 산 채로 그녀를 불태웠다(그러나 그녀의 적들은 그녀가 도시를 망쳐 버린 점을 고려하여 더 극심하고 커다란 고통을 당해 마땅하다고 말했다).

더스켄데일에 감금되었던 사건은 그나마 남아 있던 아에리스의 이성을 산산조각내고 말았다. 그날 이후 왕이 아니라 왕의 광기가 왕국을 지배했으며, 점차로 더 심각해졌다. 다클린 가문에 구금되어 있을 때 그들은 감히 왕의 옥체에 손을 대고 거칠게 다뤘으며, 옷을 벗기고 구타하기까지 했다. 풀려난 왕은 아무도, 심지어 시종들에게조차 자신의 몸을 만지지 못하게 했다. 왕은 머리를 자르기는커녕 감지도 않게 되었다. 자라난 머리는 서로 엉켜붙었고 손톱 또한 길고 굵어져 기괴하고 누런 빛깔의 짐승 발톱처럼 되어 버렸다. 그는 자신이 있는 자리에서는 날붙이를 일절 허락지 않았는데, 오직 자신을 보호하기로 맹세한 킹스가드가 소지한 검만 예외로 두었다. 그의 판결은 날이 갈수록 더 가혹하고 잔인해져만 갔다.

아에리스 2세는 킹스랜딩에 안전하게 돌아온 후 4년 동안이나 레드 킵을 떠나기를 거부하고 자신의 성 안에서 여전히 죄수인 것처럼 지냈다. 왕은 주변 사람들을 더욱 경계하

좌측 | 더스켄데일의 봉쇄

게 되었고 특히 타이윈 라니스터에게 혹독해졌다. 왕의 의심은 급기야 자신의 아들이자 왕위계승자인 라에가르에게까지 확장되었다. 그는 라에가르 왕자가 타이윈 라니스터와 공모해서 더스켄데일에서 자신을 죽이려 했다는 망상을 가지게끔 되었다. 둘이서 더스켄데일로 돌격하여 다클린 공이 자신을 죽이도록 공모했고, 그리하여 라에가르가 철왕좌에 오르고 나면 타이윈 공의 딸과 결혼하려 했다고 왕은 상상한 것이다.

이런 사태를 막아야겠다고 결심한 왕은 또 다른 어릴적 친구에게 고개를 돌렸다. 그는 스톰즈 엔드에서 스테폰 바라테온을 소환해 소회의 위원에 임명했다. AC278년 왕은 스테폰 공에게 모종의 임무를 맡겨 협해 너머 올드 볼란티스로 보냈다. 바로 라에가르의 신붓감으로 삼을 만한 '옛 발리리아의 혈통을 지닌 고귀한 출신의 처녀'를 찾아오라는 임무였다. 아에리스 2세는 이 임무를 맡기면서 스톰즈 엔드의 영주를 핸드보다, 또 라에가르 왕자 본인보다 훨씬 신뢰한다는 말들을 쏟아냈다. 또한 스테폰 공이 임무를 완수하고 나면 아에리스 2세가 그를 핸드로 지명할 생각이며, 타이윈 공을 핸드 자리에서 해임한 후 구속하여 중반역죄로 재판을 받게 될 거라는 소문이 파다했다. 많은 영주들이 그러한 전망을 달갑게 여겼다.

그러나 신의 의중은 왕의 의중과 달랐다. 스테폰 바라테온의 임무는 실패로 끝났고, 볼란티스에서 돌아오던 중 그가 탄 배가 좌초하여 스톰즈 엔드를 눈앞에 둔 채 쉽브레이커만에 가라앉아 버렸다. 스테폰 공과 그의 부인은 맞은편 성벽에서 장성한 두 아들들이 지켜보는 가운데 그대로 바다로 잠겼다. 이 죽음이 킹스랜딩에 전해지자 아에리스는 분노로 정신이 나간 채 그랜드 마에스터 파이셀에게 타이윈 라니스터가 왕의 심중을 예측하고서는 바라테온 경의 살인을 꾸몄노라 했다. "그를 핸드직에서 해임하면 그는 나 역시 죽일 것이오." 왕은 그랜드 마에스터에게 그렇게 말했다.

왕의 광기는 이어진 몇 해 동안 더욱 깊어졌다. 타이윈 라니스터는 계속 핸드로 일했지만 이제 왕은 일곱 명의 킹스가드 전부를 대동하지 않고서는 더 이상 그와 대면하려고 들지 않았다. 그는 평민과 영주 모두가 자신을 죽이려는 음모를 꾸미고 있다고 생각했다. 심지어 라엘라 왕비와 라에가르 왕자까지도 이 음모에 가담했을지 모른다며 두려워했다. 결국 그는 협해 너머 펜토스와 접촉하여 그곳에서 바리스라는 고자를 들여와 자신의 첩보관으로 삼기에 이른다. 웨스테로스에 친구도 가족도 없는 인물에게서만이 진실을 기대할 수 있다는 이유였다. 바리스는 곧 왕국의 평민들 사이에서 '거미'라 불리게 되는데, 왕의 금화를 이용해 수많은 끄나풀로 이루어진 거미줄을 구축했다. 그는 아에리스 치세의 남은 기간 내내 왕의 곁에 웅크리고 앉아 왕의 귀에 무언가를 속삭였다.

한편 더스켄데일 사건의 파장 속에서 드래곤을 향한 왕의 집착 역시 계속 자라나고 있음이 확연해졌는데, 이는 자신의 여러 선조들과 비슷한 증세였다. 아에리스는 만약 자신이 드래곤을 소유했더라면 다클린 공이 감히 자신에게 반항하지 않았으리라 생각한 것이다. 그렇지만 드래곤스톤 깊은 곳에서 찾아낸 알(일부는 너무 오래되어 돌이 되었다)을 부화시키려던 그의 시도는 아무런 소득도 얻지 못한 채 수포로 돌아갔다.

분노한 아에리스는 이제 연금술사 조합으로 눈을 돌렸다. 그들은 드래곤이 내뿜는 불길의 사촌쯤으로 알려진, 와일드파이어라는 휘발성의 비취빛 물질을 만드는 비술을 알고 있었다. 불에 대한 왕의 심취가 깊어져 감에 따라 궁정에는 화염술사들이 상주하게 되었다. 그러다 AC280년에 이르자 아에리스는 반역자나 살인자, 음모가들을 교수형이나 참형이 아닌 화형에 처하게 되었다. 왕은 불을 이용한 처형에서 큰 기쁨을 느꼈고, 결국 화형을 주재하던 연금술사 조합의 수장 로사르트에게 작위를 내리고 소회의에 자리까지 내주었다.

그즈음이 되자 커져만 가는 왕의 광기는 숨기려 들어도 숨길 수가 없는 지경이었다. 도른에서 장벽에 이르기까지 모든 이들이 왕을 두고 '광란왕'이라 부르기 시작했다. 킹스랜딩에서는 딱지투성이 왕이라 불렸는데, 왕이 여러 차례 자신의 몸을 철왕좌로 베어 자해를 시도한 까닭이었다. 그러나 바리스와 그의 밀고자들이 언제나 듣고 있기에 이러한 이야기를 소리 내어 말하는 일은 몹시 위험했다.

그러는 사이 아에리스 왕은 자신의 후계자인 아들과도 멀어지고 말았다. 드래곤스톤 공 라에가르 왕자는 AC279년 초에 도른의 엘리아 마르텔 대공녀와 공식적으로 약혼했다. 그녀는 도른 대공인 도란의 여동생으로, 어리고 예민한 소녀였다. 그들은 이듬해 킹스랜딩에 있는 바엘로르의 대셉트에서 성대한 결혼식을 올렸으나 아에리스 2세는 그 자리에 참석하지 않았다. 그가 소회의에서 말하기를, 아무리 킹스가드가 자신을 호위하더라도 레드 킵의 한정된 공간을 나서면 누군가 자신의 목숨을 노릴 것이 두렵다 하였다. 그는 둘째 아들 비세리스가 형의 결혼식에 참석하는 일조차 허락하지 않았다.

라에가르 왕자와 그의 새 신부가 레드 킵에 머물지 않고 드래곤스톤에서 살겠다고 결정하자 칠왕국 전체에 흉흉한 소문이 퍼져 나갔다. 일부에서는 왕세자가 부친을 끌어내리고 철왕좌에 오를 계획을 꾸미는 것이라 수군거렸고, 아에리스 2세가 라에가르의 계승권을 박탈하고 차남인 비세리스를 새로이 드래곤스톤 공으로 임명할 것이라는 이야기도 돌았다. AC280년 말에 드래곤스톤에서 아에리스 2세의 첫 손녀 라에니스가 태어났지만, 깨어진 부자 관계는 회복되지 않았다. 레드 킵에 돌아온 라에가르 왕자가 부모 앞에 딸을 내보이자 라엘라 왕비는 그 아기를 따뜻하게 안아 주었으나 아에리스 2세는 아기를 만지기도, 안기도 꺼려하며 "도른놈 냄새가 난다."고 투덜거렸던 것이다.

이러한 와중에도 타이윈 라니스터 공은 계속해서 왕의

우측 | 다클린 가문 사람들에게 사형을 선고하는 아에리스 2세

핸드로 복무하고 있었다. "타이윈 공은 캐스털리 록만큼이나 크고 중요했다. 그리고 그 어떤 왕도 이 핸드처럼 부지런하고 유능하지는 못했다." 그랜드 마에스터 파이셀은 그렇게 기록했다. 스테폰 바라테온이 숨진 이후 관직이 보장된 상태에서 그는 자신의 아름답고 어린 딸 세르세이를 궁정에 데려오기까지 했다.

그러나 AC281년에 연로한 킹스가드 할란 그래디슨 경이 잠들었다가 그대로 세상을 떠났고, 이에 아에리스 2세가 타이윈 공의 장남에게 킹스가드의 상징인 하얀 망토를 내리겠다고 제안하자 왕과 핸드 사이의 불편하던 관계가 폭발해 버렸다.

당시 15세였던 제이미 라니스터 경은 이미 기사였다. 게다가 그를 기사로 봉한 사람은 '아침의 검' 아서 데인 경으로 많은 이들에게 왕국 제일의 기사도 정신을 지닌 명예로운 전사로 여겨지는 인물이었다. 제이미의 기사 자격은 아서 경이 킹스우드 형제단이라는 무법자들을 소탕할 때 얻은 것으로, 누구도 그의 기량을 의심할 수 없었다.

그러나 제이미 경은 타이윈 공의 후계자이기도 했으니, 라니스터 가문의 존속에 대한 희망이 모두 그의 어깨 위에 놓여 있었다. 타이윈 공의 또 다른 아들은 기형의 난쟁이 티리온이었기 때문이다. 더욱이 왕이 그 결정을 알렸을 때 핸드는 제이미 경의 정략결혼을 교섭하던 차였다. 결국 아에리스 왕은 단 한 번의 손짓으로 타이윈 공에게서 후계자를 빼앗고 그를 어리석은 실패자로 전락시킨 것이다.

그러나 그랜드 마에스터 파이셀의 말에 의하면 아에리스 2세가 왕좌에 앉아서 제이미 경을 킹스가드로 임명하겠노라 공표했을 때 타이윈 공은 왕 앞에 무릎을 꿇고 자신의 가문에 그와 같이 커다란 영광을 내려 주심에 감사를 표했다 한다. 그리고 병증을 호소하며 핸드직을 사임하기를 허락해 주십사고 간청했다.

아에리스 2세는 핸드의 요청을 기꺼이 수락했다. 이에 타이윈 공은 핸드의 목걸이를 풀어 놓고 궁정에서 나와 딸과 함께 캐스털리 록으로 돌아갔다. 왕은 핸드직에 오웬 메리웨더 공을 대신 앉혔다. 그는 늙고 쾌활한 아첨꾼으로, 왕이 하는 모든 농담과 재담이 아무리 시시해도 큰 소리로 폭소를 터뜨리는 것으로 잘 알려진 인물이었다.

그 후 아에리스 2세는 파이셀에게 이렇게 말했다고 한다. 이제 왕국은 왕관을 쓴 자가 칠왕국을 통치한다는 사실을 확실히 알게 되리라고 말이다.

아에리스 타르가르옌과 타이윈은 소년 시절에 만났고, 나인페니 왕들의 전쟁에서 함께 싸워 피를 흘렸으며 그 후로도 20여년 동안 함께 칠왕국을 다스렸다. 그러나 AC281년, 왕국에 그토록 풍요를 가져다주었던 이 관계는 씁쓸한 종말을 맞이하게 된다.

그 후 얼마 지나지 않아 왈터 휀트 공이 딸의 생일을 기념하며 자신의 거성인 하렌할에서 대규모 마상시합을 개최하겠다고 발표했다. 아에리스 2세는 이 행사를 통해 제이미 라니스터 경을 킹스가드 기사로 공식 임명하고자 하였고, 그렇게 광란왕의 치세가 끝을 맺고 길었던 타르가르옌 왕조의 칠왕국 통치도 종말을 맺게 되는 사건이 시작된다.

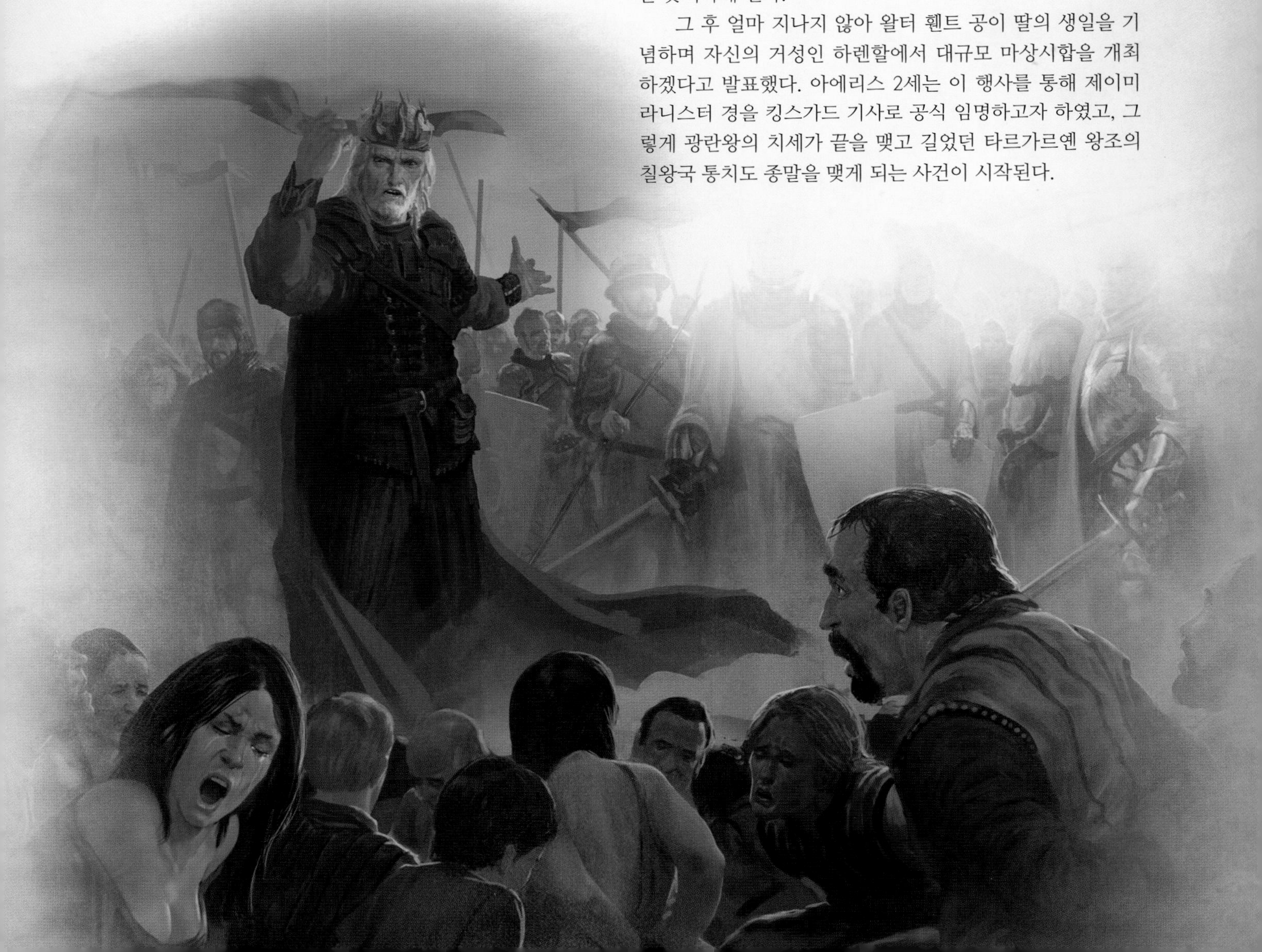

The Fall of the Dragons
용들의 낙조

거짓 봄의 해

웨스테로스 왕국의 연대기에서 AC281년은 '거짓 봄의 해'로 일컬어진다. 거의 두 해 동안이나 겨울이 대지를 차가운 손아귀에 움켜쥐고 있었지만, 이제 마침내 눈이 녹고 숲에 녹색이 올라오며 해가 길어지는 참이었다. 비록 아직 흰 까마귀 떼가 날아오르지는 않았어도 올드타운의 시타델에서조차 많은 이들이 겨울의 끝이 머지않았다고 믿었다.

남쪽에서 따스한 바람이 불어올 무렵, 칠왕국 전역의 영주와 기사들이 하렌할을 향해 길을 떠났다. 신의 눈 호숫가에서 왈터 휀트 공이 주최하는 대마상시합에 참가하기 위해서였다. '의외왕' 아에곤 시대 이래 가장 규모가 크고 웅장한 대회가 되리라 약속된 행사였다.

우리는 이 시합의 많은 부분을 알고 있다. 하렌할 성벽 아래에서 발생한 그 일들은 수많은 연대기 작가들에 의해 기록되었으며, 또 많은 편지와 증언에도 담겨 있기 때문이다. 그러나 우리가 결코 알지 못할 더 깊고 넓은 부분도 존재한다. 칠왕국에서 가장 뛰어난 기사들이 대진표에 이름을 올리고 경쟁하는 동안, 검은 하렌의 저주받은 성 안쪽의 방들과 각지에서 모여든 영주들의 천막이며 가건물에서는 더 위험한 게임이 진행되고 있었기 때문이다.

휀트 공이 개최한 시합을 둘러싸고 많은 뒷얘기가 흘러나왔다. 그 이야기들은 계략과 음모, 배신과 반란, 불륜과 밀회, 비밀과 수수께끼에 얽힌 것들로, 거의 전부가 추측일 뿐이었다. 진실을 아는 자는 매우 적었으며, 그들 중 일부는 이미 오래전에 죽음의 계곡을 건넜기에 영원히 입을 열지 못할 것이다. 그러므로 이 파국적 운명을 지닌 행사에 관해 글을 쓸 때는 양심적인 학자라면 마땅히 사실과 허구를 구분하고 확실히 알려진 사실과 단순한 추측, 믿음, 뜬소문 사이를 날카롭게 구분하는 데 주의를 기울여야 할 것이다.

우선 확실히 알려진 사실은 다음과 같은 것들이다. 하렌할의 영주인 휀트 공이 이 마상시합을 처음으로 공표한 때는 AC280년 막바지로, 그의 동생이자 킹스가드였던 오스웰 휀트 경이 형을 방문하고 얼마 지나지 않은 시점이었다. 이 대회가 타의 추종을 불허하는 최대 규모라는 점은 처음부터 명백했다. 왜냐하면 휀트 공이 대회에 내건 상금이 타이윈 라니스터가 아에리스 2세의 철왕좌 등극 10주년 기념으로 열었던 AC272년의 라니스포트 마상시합보다 세 배나 많았기 때문이다.

대부분의 사람들은 이를 단순히 휀트 공이 전임 핸드를 누르고 자기 가문의 부와 풍요를 과시하고자 했다고 받아들였다. 그러나 일각에서는 이것이 모종의 계략이며, 휀트 공은 하수인에 불과하다고 믿었다. 휀트 가문은 그렇게 막대한 상금을 걸 만한 자금이 없다. 그러므로 그 뒤에 또 다른 누군가-돈은 모자람이 없지만 그림자 속에 남아 있기를 원하는 어떤 자가 있어서 본인 대신 하렌할의 영주에게 이 호화로운 행사를 주최하는 영광을 돌렸다는 것이다. 물론 이런 '그림자 속의 주최자'가 실재했다는 증거는 하나도 없지만, 그럼에도 당시 많은 이들이 그렇게 생각했고, 오늘날에 와서도 마찬가지다.

그러나 정말로 그런 그림자가 실재했다면 그는 대체 누구며 왜 자신의 역할을 비밀로 했던 것일까? 여러 해에 걸쳐 열댓 명의 이름이 오르내렸지만, 그중 진실로 와닿는 이름은 하나뿐이니, 다름 아닌 드래곤스톤 공 라에가르 타르가르옌이다.

이 가설을 믿는다면 결국 라에가르 왕자가 휀트 공의 동생 오스웰 경을 중개자로 삼아서 휀트 공이 시합을 개최하도록 주선했다는 얘기가 된다. 라에가르 왕자는 되도록 많은 영주와 기사들이 하렌할에 모이도록 휀트 공에게 막대한 상금을 제공하기에 충분한 자금을 댔을 것이다. 하지만 사실 왕자는 시합 자체에는 아무 관심도 없었다고 전해진다. 그의 진짜 의도는 왕국 전역에서 가능한 한 많은 대영주들을 하렌할로 불러모으는 것이었다. 거의 비공식적인 대회의에 준할 만큼 많은 사람을 모아서 부왕인 아에리스 2세의 광기를 어떻게 처리할지 그 방법과 수단을 논의하는 것이 진짜 목적이었으며, 아마도 섭정 통치 또는 강제 퇴위도 고려하고 있었을 것이다.

정말로 이것이 시합 뒤에 숨은 목적이 맞다면 라에가르 왕자는 극히 위험한 게임을 하고 있던 셈이다. 비록 아에리스가 제정신이 아니라는 사실을 의심하는 이는 드물었지만, 많은 자들은 여전히 아에리스가 철왕좌에서 내려오는 것을 반대할 만한 충분한 이유를 가지고 있었다. 어떤 신하와 자문위원들은 왕의 변덕 덕분에 상당한 부와 권력을 손에 넣었으며, 라에가르 왕자가 권력을 쥐게 되면 그 모두를 잃게 될 것임을 알았던 것이다.

아에리스 2세는 적이라 믿는 자들을 와일드파이어로 산 채로 불태웠던 사건에서 알 수 있듯이 야만스러울 정도로 잔인해질 수 있었지만, 몹시 사치스러워질 때도 있어서 마음에 드는 사람에겐 명예와 직위, 영지를 마구 퍼주었다. 아에리스 2세를 둘러싼 아첨꾼 영주들은 광기에 휩쓸린 왕을 뜯어 먹을 대로 뜯어 먹고 기회가 있을 때마다 득달같이 달려들어 라에가르 왕자를 헐뜯으며 아들을 의심하는 마음을 부채질했다.

광란왕의 지지세력 중 가장 두드러진 이들은 소회의에 속한 세 명의 영주, 재무대신 콸튼 첼스테드와 선박대신 루세리스 벨라리온, 법무대신 사이몬드 스탠튼이었다. 첩보

이전 페이지 | 겨울 장미관을 리안나 스타크에게 바치는 라에가르 왕자

우측 | '광란왕' 아에리스 2세

관인 '고자' 바리스와 연금술사 길드의 그랜드 마스터인 위즈덤 로사르트 역시 왕의 신임을 누렸다. 한편 라에가르 왕자의 지지층은 더 젊은 사람들이었다. 존 코닝턴 공, 메이든풀의 마일스 무톤 경과 리처드 론마우스 경도 라에가르 왕자의 지지자였다. 엘리아 왕자빈과 함께 궁정에 온 도른인들 역시 왕자의 신임을 받았는데, 특히 엘리아의 삼촌이자 킹스가드인 레윈 마르텔 공자가 그랬다. 그러나 킹스랜딩 전체를 통틀어 왕자의 벗들과 지지자들 중 가장 거물은 '아침의 검' 아서 데인 경이었다.

그랜드 마에스터 파이셀과 왕의 핸드인 오웬 메리웨더 공에게 이 세력들 간의 평화 유지라는 별로 부럽지 않은 임무가 주어졌으나, 대립은 날이 갈수록 첨예해졌다. 파이셀은 시타델에 보낸 편지에서 레드 킵 내부의 분열상이 유감스럽게도 한 세기 전에 있었던 용들의 춤이 일어나기 바로 전의 상황을 상기시킨다고 적었다. 당시에도 알리센트 왕비와 라에니라 공주 사이의 지독한 적대감이 왕국을 둘로 찢어 통탄할 만한 대가를 초래했었다. 파이셀은 라에가르 왕자의 지지층과 왕의 지지층 양쪽 모두를 만족시킬 만한 모종의 협약이 필요하며, 그러지 않고서는 또다시 용들의 춤과 비슷한 유혈 분쟁이 왕국을 기다리고 있을지도 모른다고 경고했다.

만약 라에가르 왕자가 부왕에 맞서 음모를 꾸미고 있다는 증거의 조짐이 조금이라도 보였더라면 왕당파는 틀림없이 이를 이용해 왕자를 몰락시켰을 것이다. 사실상 왕당파 중 일부는 심지어 왕이 '불충'한 왕자의 계승권을 박탈하고, 대신 동생 비세리스를 철왕좌의 후계자로 지명해야 한다고 제안하는 데까지 나갔다. 당시 비세리스 왕자는 겨우 일곱 살일 뿐이었으므로 결국 그가 왕위에 오른다면 섭정이 필요하며, 그렇게 되면 그들 자신이 섭정으로서 통치할 생각이었던 것이다.

분위기가 이랬으니 휀트 공의 마상시합이 수많은 의심을 불러일으킨 것도 그렇게 놀랄 만한 일은 아니었다. 첼스테드 공은 왕에게 시합을 허가하지 말라고 촉구했고, 스탠튼 공은 한발 더 나아가 모든 종류의 마상시합 금지안까지 제출했다.

하지만 이런 행사는 평민들에게 폭넓은 인기를 얻고 있었고, 메리웨더 공은 마상시합을 금지했다가는 오히려 왕의 인기만 더욱 추락하고 말 뿐이라며 경고하고 나섰다. 그러자 왕은 다른 길을 택해서 스스로 대회에 참석하겠다고 선언했다. 더스켄데일의 반역 사건 이래로 왕이 레드 킵의 안전한 처소를 떠나는 일은 이번이 처음이었다. 틀림없이 설마 자신의 눈앞에서 반란을 일으키지는 않으리라는 생각에서였을 것이다. 한편 그랜드 마에스터 파이셀은 왕이 그런 커다란 행사에 참여해 백성의 사랑을 되찾을 수 있으리라는 희망을 품었다고도 말한다.

만약 왕의 의도가 정말 그랬다면 그것은 심각한 오산이었다. 왕의 참석 소식은 왕국 구석 구석에서 영주들을 끌어모아 하렌할의 마상시합을 더욱 장대하고 호화로운 행사로 만드는 데는 일조했으나, 그렇게 모인 많은 이들은 자신들의 군주가 어떻게 변했는지를 보고서 충격과 공포에 휩싸였다. 길게 자란 누런 손톱과 마구 엉킨 수염, 감지 않아 서로 엉겨붙어 밧줄처럼 된 머리카락은 왕의 광기가 어느 정도인지를 모든 사람 앞에 분명히 드러냈다. 왕의 모습만이 아니라 언행 역시 제정신이 아니었으니, 아에리스는 눈 깜짝할 사이에 유쾌하게 웃다가도 갑자기 우울에 빠져들었다. 당시 하렌할의 상황에 대한 기록 대부분이 왕의 신경질적인 웃음소리와 긴 침묵, 한바탕의 흐느낌, 갑작스러운 분노에 대해 언급하고 있을 정도다.

무엇보다도 아에리스 2세는 의심이 많았다. 그는 아들이자 후계자인 라에가르 왕자를 의심했고, 하렌할의 경기에 참석하고자 모인 모든 영주와 기사들을 다 의심했다. 그리고 참석하지 않기로 한 자들은 더욱 심하게 의심했는데, 그중 가장 중요한 인물이 바로 전임 핸드였던 캐스털리 록의 영주 타이윈 라니스터였다.

아에리스 2세는 대회 개막식에서 제이미 라니스터 경의 킹스가드 서임식을 성대하게 치렀다. 젊은 기사는 왕국의 영주들 절반이 지켜보는 가운데 하얀 갑주를 입고 푸른 잔디밭에 무릎을 꿇은 채 왕의 천막 앞에 맹세를 올렸다. 제롤드 하이타워 경이 그를 일으키고는 어깨에 백색 망토를 둘러 주자 관중들로부터 환호성이 터졌다. 제이미 경은

용감하고 용맹하며 검술 솜씨가 뛰어나 특히 웨스터랜드에서 명성이 드높았기 때문이었다.

비록 타이윈 라니스터는 하렌할의 서임식에 불참했지만, 휘하의 기수 수십 명과 수백 명의 기사들은 직접 참석해서 최연소로 임명된 이 킹스가드 기사를 위해 크고도 열광적인 함성을 올렸다. 왕 역시 흡족해 보였다. 들리는 바로는 그는 광기에 사로잡혀서 그 함성이 자신을 칭송하는 소리라고 믿었다 한다.

그러나 아에리스 2세는 서임식이 끝나자마자 자신의 새로운 수호기사를 깊이 의심하기 시작했다. 그랜드 마에스터 파이셀에 따르면 아에리스 2세가 제이미를 킹스가드로 만들겠다는 발상에 집착한 이유는 제이미의 아비이자 자신의 오랜 친구인 타이윈 공에게 굴욕을 주는 데 있었다고 한다. 그러나 서임하고 나서야 뒤늦게 깨달은 점이 있었다. 앞으로는 밤이나 낮이나 타이윈 공의 아들을 곁에 두고 있어야 한다는 사실이었다. 그것도 칼을 찬 채로.

파이셀에 따르면 왕은 그 상상이 얼마나 공포스러웠던지 그날 밤 연회에서 거의 아무것도 입에 대지 못했다고 한다. 그러고는 제이미 경을 자기 앞으로 불러서(이때 왕은 요강 위에 쪼그려 앉은 채였다고 하는데, 하지만 이런 식의 흉한 이야기들은 나중에 첨가된 이야기일 수도 있다) 킹스랜딩으로 돌아가라고 명했다. 마상시합에 동행하지 않고 레드 킵에 머물러 있던 라엘라 왕비와 비세리스 왕자를 보호하라는 명분이었다. 로드커맨더 제롤드 하이타워 경이 나서서 제이미 대신 자신이 레드 킵으로 가겠다고 제안했으나 왕은 거절했다.

자신도 마상시합에 나가 무위를 뽐낼 일을 고대하고 있었을 젊은 기사에게 이 갑작스런 퇴거 명령은 씁쓸한 실망감으로 다가왔다. 그렇지만 제이미 경은 자신이 한 맹세에 충실했다. 그는 즉시 레드 킵으로 떠났으며 이후 하렌할에서 벌어진 사건들에서는 더 이상 아무 역할도 하지 않았다. 다만 광란왕의 마음속에서만은 제외하고 말이다.

장장 이레 동안 하렌할의 높은 성벽 밑에 펼쳐진 들판 위에서 칠왕국을 통틀어 가장 뛰어난 기사들과 가장 고귀한 영주들이 서로의 창과 검을 겨루었다. 또 밤이 되면 승자와 패자가 다 같이 모여 성 안의 동굴 같은 '일백 화로의 방'에서 연회와 함께 축하 행사를 벌였다. 수많은 노래와 설화들이 신의 눈 호수변에서 펼쳐진 이 낮과 밤들에 대해 다루고 있으며, 개중에는 심지어 진실된 것들도 일부 있다. 아무튼 당시 있었던 모든 시합과 농담, 익살들을 살펴보는 것은 이 책의 목적을 훨씬 벗어나는 일이므로, 이에 대해서는 기꺼이 음유시인들의 몫으로 남겨두도록 하겠다. 그러나 단 두 가지 사건만은 그냥 넘길 수 없으니, 이는 그 사건들이 결국 심각한 결과를 낳았기 때문이다.

첫 번째 사건은 마상창시합에 수수께끼의 기사가 한 명 등장한 일이었다. 그는 몸에 잘 맞지 않는 갑옷을 걸친 꽤 젊은 나이의 인물이었는데, 그가 가진 방패에는 일그러진 표정으로 웃는 하얀 위어우드 나무가 새겨져 있었다. 이 도전자는 '웃는 나무의 기사'라고 불리면서 마상창시합에서 연속해서 세 명의 참가자를 낙마시켜 관중들에게 즐거움을 선사했다.

그러나 아에리스 2세는 수수께끼를 즐기는 인물이 전혀 아니었다. 왕은 그 수수께끼의 기사가 든 방패의 웃는 나무가 자신을 비웃는 것이 분명하다고 생각했으며, 아무런 증거가 없는데도 그 기사의 정체가 제이미 라니스터가 틀림없다고 판단했다. 그의 신임 킹스가드가 명령을 거부하고 마상시합에 돌아온 것이라고 그는 모든 사람에게 말하고 다녔다.

화가 난 왕은 휘하 기사들에게 다음 날 아침 경기가 재개되면 웃는 나무의 기사를 쓰러뜨리고 가면을 벗겨서 만천하에 역심을 드러내라 명했다. 그러나 수수께끼의 기사는 그날 밤 사라져 다시는 나타나지 않았고, 이 사실 또한 왕을 불편하게 만들었다. 왕 가까이 있는 누군가가 '얼굴을 드러내려 하지 않는 반역자'에게 미리 언질을 주었음이 분명하다는 것이었다.

경기가 끝나며 마상시합의 최종 우승자로 라에가르 왕자가 떠올랐다. 평소 마상시합에 잘 나가지 않던 그는 이번에는 갑옷을 입고 나와 마주하는 적들을 죄다 패퇴시켜 모든 이들을 놀라게 했다. 왕자가 패배시킨 인물들 중에는 킹스가드 기사가 넷이나 포함되어 있었던 것이다. 그는 마지막 마상창시합에서 칠왕국 전체를 통틀어 가장 마상창을 잘 다룬다고 일컬어지던 바리스탄 셀미 경을 낙마시키고서 우승자의 월계관을 거머쥐었다.

관중의 환호는 귀가 먹먹해질 정도였지만, 아에리스 2세는 기뻐하지 않았다. 그는 후계자의 무예를 자랑스러워하고 흡족해하기는커녕 오히려 위협으로 보았다. 첼스테드 공과 스탠튼 공은 왕의 의심을 더욱 부추겼다. 왕자가 대진표에 이름을 올린 이유는 평민들의 환심을 사기 위해서이며, 또 영주들이 모인 앞에서 자신이 뛰어난 전사이자 정복왕 아에곤의 진정한 후계자임을 상기시키려는 의도가 분명하다는 것이었다.

그리고 승리한 드래곤스톤 공이 사랑과 미의 여왕으로 윈터펠의 공녀 리안나를 지명하고 창끝으로 푸른 장미 화관을 그녀의 무릎에 얹어 주자, 왕을 둘러싼 아첨꾼 영주들은 이것이야말로 더욱 확실한 반역의 증거라고 주장했다. 철왕좌를 얻기 위해서가 아니라면, 그 자리에 왕자 본인의 아내인 도른의 엘리아 마르텔 왕자빈이 있었음에도 그녀를 모욕하면서까지 리안나에게 영광을 바친 이유가 대체 무엇이란 말인가? 엘리아 왕자빈처럼 섬세한 아름다움은 도통 찾아볼 수도 없는, 어느 모로 보나 거칠고 소년같기만 했다는 그 어린 스타크 가문의 소녀에게 화관을 씌워 준 이유는? 결국 이는 오직 라에가르 왕자가 윈터펠의 지지를 획득하려는 의미일 수밖에 없다는 것이 사이몬드 스탠튼이 왕 앞에 내놓은 주장이었다.

그러나 그 주장이 사실이라면 리안나의 오빠들은 왕자가 누이에게 영광을 돌리는 모습을 보며 왜 그렇게까지 흥분하고 화를 냈던 것일까? 당시 윈터펠의 후계자 브랜든 스타크는 라에가르에게 덤비려다 사람들의 제지까지 받아야 했다. 리안나는 스톰즈 엔드의 영주 로버트 바라테온과 약혼한 지 오래였기에 왕자의 행동이 여동생의 명예를 모욕했다고 받아들인 것이다. 브랜든의 동생이자 로버트 공의 절친이었던 에다드 스타크는 형보다는 침착했지만 역시 불쾌해했다. 한편 로버트 바라테온 본인으로 말하자면, 일각에선 그가 왕자의 행동에 웃음을 터뜨리며 '왕자는 리안나가 당연히 받아야 할 것을 준 것뿐'이라고 말했다 전해진다. 그러나 그를 더 잘 아는 사람들은 이 젊은 영주가 그 모욕을 혼자 곱씹었으며, 그날 이후로 드래곤스톤 공에 대한 태도가 냉담해졌다고 한다.

실로 그랬을 수도 있다. 고작 그 파리한 푸른 장미 화관 하나 때문에 라에가르 타르가르옌은 장차 칠왕국을 갈라놓고 자신은 물론 수천의 목숨을 빼앗았으며, 급기야는 철왕좌에 새로운 왕을 앉힐 새로운 춤을 시작했던 것이다.

AC281년의 거짓된 봄은 두 달도 채 가지 않았다. 그 해가 끝날 무렵이 되자 겨울이 보복이라도 하듯 웨스테로스를 덮쳤다. 그해 마지막 날, 킹스랜딩에는 눈이 내리기 시작했으며 블랙워터의 강물 위를 살얼음이 덮었다. 2주 내내 폭설이 내리다 말다 반복하더니 결국 블랙워터 강이 꽁꽁 얼어붙고, 도시 안에 있는 모든 성탑들의 지붕과 홈통에 고드름이 매달렸다.

추위가 도시를 강타하자 아에리스 2세는 휘하의 화염술사들에게 마법으로 겨울을 몰아내는 임무를 맡겼다. 그리하여 한달 내내 레드 킵의 성벽을 따라 거대한 녹색 불꽃이 타올랐다. 하지만 라에가르 왕자는 도시 안에 머물며 그 광경을 지켜보고 있지 않았다. 그렇다고 드래곤스톤에서 엘리아 왕자빈 및 어린 아들 아에곤과 함께 있던 것도 아니었다. 그는 새해가 다가오면서 가까운 친구 대여섯을 데리고 길을 나선 차였고, 그 길은 시합이 있었던 리버랜드로 되돌아가는 방향이었다. 그리고 하렌할에서 채 10리그*도 안 떨어진 곳에서 라에가르는 윈터펠의 리안나를 납치해 갔다. 그는 불을 질렀다. 그의 집과 친족, 사랑하는 모든 이들, 그리고 왕국의 절반을 태워 버릴 불을.

그러나 그 이야기는 너무나 잘 알려져 있으니 구태여 여기서 되풀이할 필요는 없으리라.

로버트의 반란

라에가르 왕자가 저지른 악명 높은 리안나 스타크 유괴 사건은 타르가르옌 왕가를 붕괴시키는 결과를 불러왔다. 스타크 공과 후계자 및 추종자들이 라에가르의 잘못을 바로잡으라고 요구하자 아에리스 2세는 난행으로 대응하여 결과적으로 그의 광기가 극에 달했음을 입증했다. 몇몇은 제대로 소명할 기회도 주지도 않은 채 무자비하게 죽여 버렸고, 존 아린 공에게 아린 공 자신이 대부로서 돌본 바 있는 로버트 바라테온과 에다드 스타크를 직접 처형하라고 요구했다. 오늘날 많은 이들은 로버트의 반란이 진정으로 시작된 시점을 바로 이때, 아린 공이 왕의 요구를 거부하고 정의를 수호하기 위해 용감히 자신의 기수들을 소집하고 나섰던 시점부터라고 말한다. 그러나 베일의 모든 영주가 존 공의 결정에 동의하지는 않았다. 이윽고 국왕 지지파가 아린 공을 끌어내려고 시도하며 전쟁이 시작되었다.

일단 시작된 싸움은 영주와 기사들이 각각 어느 편을 들지 선택함에 따라 칠왕국 전체에 들불처럼 번져 나갔다. 당

상단 | 드래곤스톤 공 라에가르 타르가르옌

10리그: 약 48킬로미터

인들의 병력이 합류하자 이제 그들 앞에는 더 많은 승리가 펼쳐졌다. 그중 스토니 셉트에서 로버트가 거둔 승리는 그 명성에 합당한, 그야말로 위대한 승리였다. '종들의 전투'라고 불리는 이 전투에서 로버트는 한때 라에가르 왕자의 종자였던 마일스 무톤 경과 다섯 명의 기사를 죽였으며, 신임 핸드였던 코닝턴 경 역시 만약 전투 중 붙었더라면 아마 마찬가지 꼴이 되었을 것이다. 이 승리는 툴리 공이 자신의 딸들을 아린 공 및 스타크 공과 결혼시킨 일에 이어서 리버랜드가 이 갈등 속에서 누구의 기치에 합류할지를 확실하게 굳히는 역할을 했다.

한편 국왕파 군대는 반군의 승리들로 인해 휘청거리며 흩어지고 말았지만, 그럼에도 다시 결집하고자 최선을 다하고 있었다. 우선 코닝턴 공의 남은 병력을 수습하도록 킹스가드가 파견되었고, 라에가르 왕자도 남부에서 돌아와 국왕령에서 육성 중이던 신병들을 통솔했다. 한편 애쉬포드에서 국왕파가 부분적인 승리를 거두어 로버트가 철수하게 되면서 스톰랜드가 티렐 공 앞에 문을 활짝 열게 되었다. 리치의 영주들은 가진 힘을 전부 쏟아부어 반란군을 쓸어내고 스톰즈 엔드를 포위하기 위해 집결했다. 얼마 후 아버 항구에서 온 팩스터 레드와인 공의 강력한 함대가 합류하자 스톰즈 엔드를 땅과 바다 양쪽에서 에워싸는 포위망이 완성되었으며, 전쟁이 끝날 무렵까지 포위가 계속되었다.

도른에서는 엘리아 왕자빈을 지키기 위해 일만 명의 창병이 뼈의 길을 지나 킹스랜딩으로 행군하여 라에가르의 병력을 강화시켜 주었다. 한편 이 시기 궁정에 머물렀던 이들은 아에리스의 행동이 변덕스러웠다고 회고한다. 왕은 킹스가드를 빼고는 아무도 믿지 않았으며, 그조차도 불안해서 제이미 라니스터 경을 상시 가까이 두고 부친에 대한 인질로 삼고 있었다.

마침내 라에가르 왕자가 킹스로드를 거쳐 트라이던트로 진군했을 때, 그의 곁에는 킹스랜딩에 남겨진 한 명을 뺀 나머지 킹스가드 전원이 동행하고 있었다. 용맹한 바리스탄 경, 조노소 대리 경, 도른의 레원 공자 등이었다. 레원 공자는 그의 조카인 도란 대공이 보내온 도른 군사의 지휘를 맡고 있었다. 그러나 전하는 바에 따르면 도른인들의 반역을 두려워하던 미친 왕이 위협한 뒤에야 도른 병사들의 지휘를 맡았다고 한다. 단지 젊은 제이미 라니스터 경만이 홀로 킹스랜딩에 남겨졌다.

트라이던트에서 벌어졌던 유명한 전투에 대해서는 많은 이야기들이 알려지고 또 기록되어 있다. 특히 두 군대의 충돌 지점이 당시 라에가르 왕자의 갑옷에서 흩뿌려진 루비들로 인해 그 뒤로 언제까지나 영원히 '루비 여울목'으로 불리게 되었다는 사실만큼은 모르는 이가 없으리라. 그 전투는 말하자면 호적수가 제대로 만나서 붙은 경우였다. 라에가르의 병력은 대략 4만에 달했으나 그중 1/10만이 기사였다. 반면에 반란군은 수는 좀 적어도 전투 경험이 있는 병력이라 라에가르의 병력 상당수가 신병인 점과 크게 비교되었다.

시 전투에 참가했던 많은 이들이 오늘날까지도 살아 있으므로 그 자리에 없었던 나보다 더 풍부한 지식을 알려줄 수 있으리라. 그러니 로버트의 반란에 대한 진실되고 상세한 역사를 기록하는 임무는 그들에게 맡겨 두는 쪽이 좋겠다. 사건을 불완전하게 요약해서 제시하거나 무능하다고 증명된 자들을 잘못 칭찬하게 됨으로써 그들을 불쾌하게 만들고 싶지는 않기 때문이다. 따라서 여기서는 최종적으로 철왕좌에 오르게 된, 그리하여 왕의 광기에 거의 망가지다시피 하였던 왕국을 복구한 일부 영주 및 기사들에 대해서만 살펴보겠다.

로버트 바라테온은 점점 더 많은 이들이 자신의 기치 아래로 모여들자 직접 나서서 본인이 두려움을 모르는 불굴의 전사임을 증명했다. 그래프튼 공이 타르가르옌 가문의 기를 올렸을 때도 로버트 자신부터 제일 먼저 직접 걸타운의 성벽에 올랐고, 거기서부터 스톰즈 엔드까지 배를 몰고 가서(왕의 함대에 붙잡힐 위험을 감수하며) 자신의 기수들을 모았다. 물론 그들 모두가 기꺼이 호출에 응한 것은 아니었다. 아에리스 2세의 핸드였던 메리웨더 공은 스톰랜드의 영주 몇몇에게 로버트 공에 맞서라고 독려했다. 하지만 이런 노력도 소용없이 섬머홀에서 로버트 공의 승전보가 이어졌다. 그곳에서 그는 하루에 세 차례의 전투를 치르고 모두 승리했던 것이다. 그가 서둘러서 모은 군대는 그랜디슨 공과 캐퍼런 공을 차례로 물리쳤으며, 로버트는 계속해서 단 한 번의 전투로 펠 공을 죽이고 나아가 그의 유명한 아들 '은도끼'를 사로잡기까지 했다.

로버트 공과 스톰랜드 영주들의 행렬에 아린 공과 북부

상단 | 로버트 바라테온 1세

여울목의 전투는 격렬했고 많은 생명이 싸움 중에 쓰러져 갔다. 조노소 대리 경도 전투 중 적에게 베여 숨졌으며 도른의 레윈 공자도 마찬가지였다. 하지만 가장 중요한 죽음은 아직 일어나지 않은 상태였다.

라에가르 왕자와 로버트 공을 둘러싸고 전투의 함성이 울려 퍼졌다. 그리고 신의 뜻인지, 우연인지, 아니면 계획이라도 되어 있던 것인지는 모르겠지만 그 두 사람은 여울의 가장 얕은 곳에서 마주쳤다. 모든 기록들이 똑같이 말하기를 두 기사는 말을 탄 채로 용맹무쌍하게 싸웠다고 한다. 라에가르 왕자는 비록 죄는 지었을지언정 겁쟁이가 아니었고, 로버트 공은 왕자와 싸우다가 부상까지 입었다. 그러나 결국에 가서는 바라테온의 엄청난 완력과 약혼녀를 빼앗긴 복수의 갈망이 더 컸던 것으로 드러났다. 로버트는 자신의 워해머가 목표물을 찾은 순간, 놓치지 않고 해머의 뾰족한 부리 끝을 라에가르의 가슴팍에 찍어넣었다. 그리고 그와 동시에 왕자의 갑주 가슴받이를 눈부시게 장식하고 있던 값비싼 루비들이 산산히 흩어져 날아갔다.

양측 병사들 일부는 일순간 싸움을 멈추고 강에 뛰어들어 귀한 보석을 주웠다. 그리고 국왕파가 전장을 이탈하기 시작하면서 전투가 끝났다.

로버트 공은 부상을 입어 추격할 수 없게 되자, 대신 그 임무를 에다드 스타크 공에게 넘겼다. 또한 그는 심하게 부상당한 바리스탄 경이 죽도록 내버려두길 거부함으로써 스스로의 기사도 정신도 입증했으니, 자신의 마에스터를 보내 그 위대한 기사를 치료하도록 했다. 즉 이 미래의 왕은 이런 식으로 벗들과 동맹자들의 열렬한 충성을 얻어낼 수 있었다-로버트 바라테온만큼 너그럽고 자비로운 남자는 별로 없을 테니 말이다.

종말

새들이 날아오르고 전령들이 달렸으니, 모두들 루비 여울목의 승전보를 품고 있었다. 레드 킵에 소식이 당도하자 아에리스는 도른인들을 저주했다. 레윈 공자가 라에가르 왕자를 배신한 것이 분명하다고 확신했던 것이다. 왕은 당시 임신 중이던 왕비 라엘라와 차남이자 이제는 후계자가 된 비세리스를 함께 드래곤스톤으로 보냈다. 그러나 엘리아 왕자빈은 아이들과 함께 도른에 대한 인질로서 킹스랜딩에 붙잡아 두었다. 이미 전쟁 동안 그릇된 조언을 했다는 죄로 전임 핸드인 첼스테드 공을 산 채로 불태운 아에리스는 이번에도 화풀이 대상을 찾았다. 바로 내세울 것이라고는 화염마법과 잔재주밖에 없는 미천한 출신의 연금술사 로사르트였다.

그러는 동안 제이미 라니스터가 레드 킵의 방어 책임을 맡게 되었다. 기사들과 경비대가 적을 기다리며 성벽을 방비했다. 맨 처음 도착한 군대는 선두에 타이윈 공을 앞세운 채 캐스털리 록의 사자 깃발을 휘날리고 있었고, 아에리스 왕은 초조해하면서도 성문을 열어주도록 명했다. 예전 더스켄데일의 반란처럼 이번에도 역시 자신의 오랜 친구이자 전임 핸드인 타이윈이 자신을 구하러 왔다고 여긴 것이다. 그러나 타이윈 공은 광란왕을 구하러 온 것이 아니었다.

타이윈 공의 대의는 국왕이 아니라 왕국과 함께 있었다. 그는 광기로 추락한 왕의 치세를 끝내겠다고 단호히 결심했다. 성벽 안으로 들어온 그의 군사들은 킹스랜딩의 수비병들을 공격해서 온 거리에 피를 흘렸다. 몇몇은 레드 킵으로 달려가 성벽을 공격하며 왕을 찾아내서 정의를 실현코자 했다.

레드 킵은 곧 돌파되었다. 하지만 혼돈의 와중에 도른의 엘리아 왕자빈과 왕자빈의 자녀 라에니스와 아에곤에게 큰 불행이 덮쳤다. 전쟁에서 흐르는 피가 죄 있는 자만이 아니라 죄 없는 자의 것일 수도 있음은 참으로 비극이다. 엘리아 왕자빈을 욕보이고 살해한 이들이 심판을 피해 달아난 것 역시도 비극이다. 라에니스 왕손녀를 침대에서 살해한 자가 누구인지, 그리고 갓난아기인 아에곤 왕손의 머리를 벽에 짓이긴 자가 누구인지는 알려지지 않았다. 어떤 이들은 그 일을 지시한 사람이 다름 아닌 아에리스 자신이며, 라니스터 공이 로버트 공의 대의를 택했다는 것을 알게 되자 저지른 일이었다고 수군댄다. 그런가 하면 또 다른 쪽에서는 엘리아 왕자빈 본인이 직접 자기 손으로 그랬다고도 추측한다. 아이들이 죽은 남편의 적에게 사로잡히면 어떤 일을 당할지 두려워한 나머지 그랬다는 것이다.

아에리스의 핸드였던 로사르트는 비겁하게 도망치려다가 성의 비상구에서 붙잡혀 죽었다. 마지막으로 죽은 자는 바로 아에리스 왕으로 아직 남아 있던 킹스가드 기사, 제이미 라니스터 경의 손에 죽었다. 제 아버지가 그랬듯 제이미도 스스로 왕국에 최선이라 판단한 길을 택하여 광란왕에게 죽음을 선사한 것이다.

이렇게 하여 타르가르옌 왕가의 치세와 로버트의 반란이 동시에 끝났다. 이 전쟁으로써 근 3백 년 동안 지속되어 왔던 타르가르옌 왕가의 통치는 종말을 맞이하고, 바라테온 왕가의 비호 아래 새로운 황금 시대가 열렸다.

영광의 치세

타르가르옌 왕가의 몰락 이래 왕국은 크게 번성했다. 국왕 로버트 1세는 금이 간 웨스테로스를 맡아서 광란왕과 그의 아들이 왕국에 불러왔던 갖은 병폐들을 치유했다. 우선 아직 미혼이었던 왕은 왕국에서 가장 아름다운 여인인 라니스터 가문의 세르세이를 아내로 맞아들여 아에리스에게 부정당했던 라니스터 가문의 모든 명예를 다시 돌려주었다. 한편 모든 이들이 당연히 타이윈 공이 다시 핸드로 복직하리라 여겼음에도 왕은 그 자리를 자신의 오랜 친구이자 보호자였던 존 아린 공에게 선뜻 수여했다. 과연 현명하고 정의로운 아린 공은 이후 왕이 왕국을 번성케 하는 데 실로 큰 도움을 주었다.

그렇다고 로버트 왕의 치세에 분란이 전혀 일어나지 않았다는 뜻은 아니다. 즉위한 지 6년이 지났을 때 발론 그레이조이가 왕에게 부당한 반기를 들고 일어났다. 본인이나 그 휘하의 사람들이 무슨 해를 입어서가 아니라 오직 악의에 찬 야망 때문이었다. 로버트의 동생인 스타니스 바라테온 공이 그레이조이 공에 맞설 왕의 함대를 이끌었고, 동시에 로버트 왕 자신도 강력한 대군을 이끌며 진압군의 선두에 섰다. 로버트 왕은 위대한 무용을 떨치면서 끝내 파이크를 접수했고, 자칭 '강철 군도의 왕' 발론 그레이조이를 철왕좌 앞에 무릎을 꿇린 후 그의 아들을 인질로 취해 앞으로의 충성을 보장받았다.

이제 왕국은 평화를 이루었으며, 로버트가 왕좌에 오르면서 약속했던 모든 일들이 하나씩 실현되어 갔다. 우리의 고결한 왕은 여러 해 만에 온 긴 여름을 번영과 풍작 속에서 지켜보았다. 나아가 왕과 그의 사랑하는 왕비는 황금 같은 후계자 셋을 왕국에 선사하며 바라테온 왕가가 오랫동안 통치를 이어갈 것임을 확실히 했다. 한편 최근 자칭 '장벽 너머의 왕'이 나타나 스스로 왕을 자처한 일이 있었으나, 사실 그는 나이츠 워치에서 맹세를 깨고 도망친 만스 레이더라는 자로서 나이츠 워치는 이런 배신자들에게 항상 신속하게 정의를 실천해 왔다. 결국 그도 이전의 와일들링 왕들과 마찬가지로 아무 문제도 되지 못할 것이다.

하지만 항상 이렇지는 않을 수도 있다. 역사가 보여주듯 세계는 많은 시련을 겪어 왔다. 여명기부터 오늘에 이르기까지 수천 년이 지났다. 여러 성이 세워졌다가 무너지고, 왕국 또한 마찬가지였다. 농부들은 태어나고 자라나 들에서 일하다가 나이가 들어서, 혹은 사고로, 혹은 병으로 세상을 떠나며 그 뒤로 역시 똑같은 삶을 살다 갈 자식들을 남겼다. 왕자들은 태어나고 자라나 왕관을 썼다가 전쟁에서, 혹은 침대에서, 혹은 시합에서 세상을 뜨며 그 뒤로 위대하거나, 혹은 별 볼일 없거나, 혹은 비난받아 마땅한 치세를 남겼다. 세계는 긴 밤을 통해 얼음을 알게 되었고, 또 발리리아의 멸망 속에서 불을 알게 되었다. 얼어붙은 해안에서 그림자 밑의 아샤이에 이르기까지, 이 얼음과 불의 세계의 역사는 그 다채롭고도 영광스러운 이야기들을 우리 앞에 드러내 왔거니와, 아직도 더 알아내야 할 것들이 많다. 만약 마에스터 길데인의 원고 조각들이 더 많이 발견되거나, 혹은 그만큼 비할 데 없이 귀중한 보물이(적어도 우리 마에스터의 눈으로는 이런 원고야말로 귀한 보물이다) 더 발견된다면 우리의 무지도 좀 더 씻겨져 나갈 수 있으련만. 그러나 한 가지 사실만은 확실하다. 다음 천년기가 펼쳐지고 또 그다음 천년기가 펼쳐짐에 따라 수많은 생명이 태어나서 살고 또 사라질 것이다. 그리고 역사는 계속 흘러갈 것이며, 여기 나의 부족한 펜이 풀어놓은 과거의 역사만큼이나 앞으로의 역사 역시도 기이하며 복잡하고도 매혹적일 것이다.

미래에 무엇이 있을지 확실히 말할 수 있는 자는 없다. 그러나 지금까지 어떤 일들이 벌어져 왔는가를 안다면, 아마도 그로써 우리는 이전 사람들이 저질렀던 실수는 피하고 성공은 따라하도록 각자의 역할을 다할 수 있을 것이다. 또 나아가 더욱 조화로운 세상을 이루어 우리 아이들과 그 아이들, 더 나아가 뒤를 이을 세대에게 물려줄 수 있으리라.

영광스러운 로버트 폐하의 이름으로 나는 이 졸저, 칠왕국의 왕사를 마무리짓고자 한다.

좌측 | 레드 킵과 킹스랜딩

The Seven Kingdoms

칠왕국

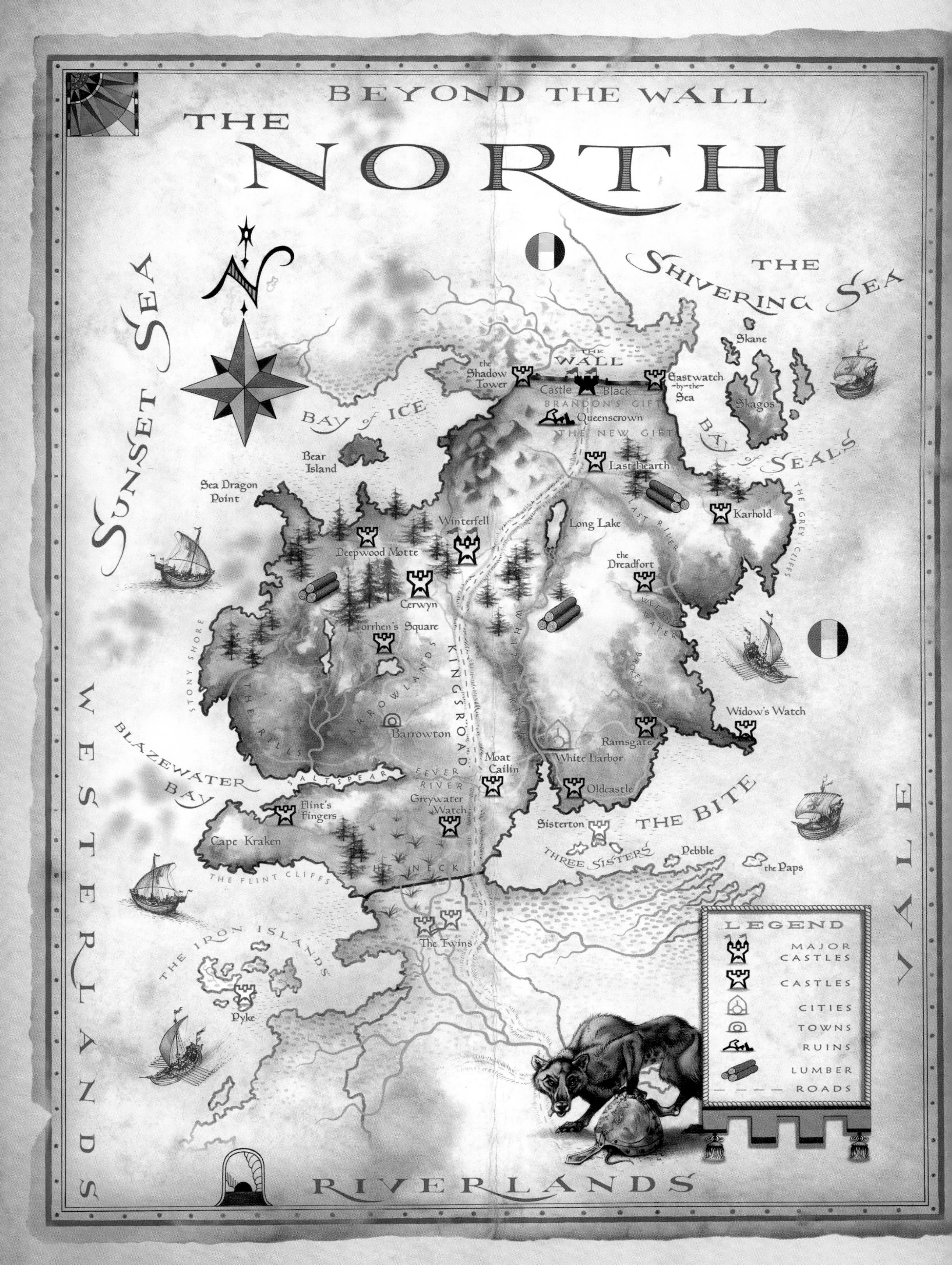
BEYOND THE WALL
THE NORTH
SUNSET SEA
THE SHIVERING SEA
Skane
THE WALL
the Shadow Tower
Castle Black
Eastwatch -by-the- Sea
Skagos
BRANDON'S GIFT
Queenscrown
THE NEW GIFT
BAY of ICE
BAY of SEALS
Bear Island
Last Hearth
Sea Dragon Point
Karhold
LAST RIVER
THE GREY CLIFFS
Winterfell
Long Lake
Deepwood Motte
the Dreadfort
Cerwyn
WEEPING WATER
Torrhen's Square
STONY SHORE
KINGSROAD
WHITE KNIFE
BROKEN BRANCH
BARROWLANDS
THE RILLS
BLAZEWATER BAY
Barrowton
Widow's Watch
Ramsgate
Moat Cailin
White Harbor
SALTSPEAR
FEVER RIVER
Oldcastle
Flint's Fingers
Greywater Watch
THE BITE
Sisterton
Cape Kraken
THREE SISTERS
Pebble
the Paps
THE FLINT CLIFFS
THE NECK
WESTERLANDS
THE IRON ISLANDS
The Twins
VALE
Pyke
LEGEND
MAJOR CASTLES
CASTLES
CITIES
TOWNS
RUINS
LUMBER
ROADS
RIVERLANDS

북부

겨울의 왕 스타크 가문이 다스리는 광대하고도 추운 영토는 일반적으로 칠왕국 중 가장 오래된 최초의 왕국으로 여겨지는데, 그 이유는 가장 오랫동안 정복되지 않고 버텼기 때문이다. 북부의 지리적, 역사적 특성은 이곳을 남부의 다른 이웃 왕국들과 확연하게 구분짓는다.

흔히 북부가 다른 여섯 왕국을 합친 것만큼 넓다고 하지만, 사실 그렇게까지 크지는 않다. 오늘날 윈터펠의 스타크 가문이 통치하는 북부는 왕국 전체의 1/3을 약간 넘는 정도에 그친다. 스타크 가문이 다스리는 땅은 최남단의 넥에서 시작하여 북쪽의 뉴 기프트까지에 이른다(원래 뉴 기프트도 북부의 일부였으나, 자에하에리스 1세가 윈터펠을 설득해서 이 땅을 나이츠 워치에 넘겨주었다).

북부에는 드넓고 바람이 센 평야와 언덕과 계곡 지대, 바위투성이의 해안 지대, 눈에 덮인 산악 지대가 펼쳐져 있다. 북부는 추운 땅으로, 대부분 높이 솟은 황야나 고원 위의 평야인 데다가 북쪽 경계에 가까울수록 고지대인 탓에 남부보다 훨씬 비옥함이 덜하다. 또 여름에도 눈이 내린다고 알려져 있으며, 겨울 날씨는 치명적일 정도로 춥다.

북부에서 유일하게 진정한 도시라 할 만한 화이트 하버는 칠왕국 전체 기준으로는 가장 작은 도시다. 또 북부에서 가장 눈에 띄는 마을로 윈터펠의 성벽 밑에 자리잡은 윈터타운과 배로우랜드의 배로우턴이 있다. 윈터타운은 봄과 여름에는 대개 비어 있다가 가을과 겨울이 되면 사람들로 미어터지는데, 고달픈 시기 동안 살아남기 위해 윈터펠의 보호와 후원을 받으려는 사람들이 몰려오기 때문이다. 윈터펠 주변의 작은 촌락과 농지에 사는 사람들만이 아니라 산악 부족의 자녀들도 눈이 본격적으로 내리기 시작하면 윈터타운을 향해 길을 떠난다고 알려져 있다.

배로우턴 역시 상당히 호기심을 불러일으키는 마을이다. 이곳은 모든 퍼스트 멘의 위에 군림했다는 전설을 가진, 저 유명한 '최초왕'의 고분 발치에 세워진 마을이다. 넓고 텅 빈 평지 한가운데 솟아 있는 이 마을은 스타크 가문의 충성스러운 기수 가문인 더스틴 가문의 유능한 관리를 받으며 번성해 왔다. 그들은 마지막 고분왕이 죽은 이래로 고분왕의 명의가 아닌 더스틴 가문의 이름으로 이곳을 다스려 왔다.

북부인은 퍼스트 멘의 후손으로 그 피는 오직 왕국의 남부를 압도한 안달족의 혈통하고만 천천히 섞여 왔을 뿐이다. '올드 텅'이라 알려진 퍼스트 멘의 원래 언어는 지금은 장벽 너머 와일들링들 사이에서만 쓰여질 뿐이며, 그 밖에 다른 퍼스트 멘 문화의 많은 부분은 이제 희미해졌다(예컨대 퍼스트 멘 신앙의 섬뜩한 측면으로서 범죄자와 배신자를 처형한 후 그 시체와 내장을 위어우드 가지에 내거는 식의 행위 같은 것들이 그렇다).

그러나 북부인들은 관습이나 예절에서는 다소간 옛 방

웨스테로스는 수 세기 동안 관습적으로 '칠왕국'이라 불렸다. 이 친숙한 명칭은 아에곤의 정복이 시작되기 직전, 장벽 아래쪽 웨스테로스 대부분을 지배했던 일곱 개의 큰 왕국들에서 유래된 것이다. 그러나 사실 이 명칭은 당시 기준으로 봐서도 정확한 것이 아니었다. 예를 들어 당시 그 일곱 개의 '왕국' 중 하나는 '왕'이 아닌 '여대공'이 통치했다(도른의 경우가 그렇다). 또 왕국의 수를 셀 때 아에곤 타르가르옌이 소유한 드래곤스톤 '왕국'은 포함시키지도 않았다.

그럼에도 그 용어는 계속해서 사용되었다. 마치 우리가 옛날의 어떤 시대를 '백 개의 왕국 시대'라 말하지만 실제 웨스테로스가 백 개의 작은 독립국가로 나눠졌던 적은 없는 것처럼, 칠왕국이라는 말 역시 다소 부정확하더라도 널리 쓰이고 인용된다는 사실을 받아들여야 한다.

더스틴 가문의 문장에 그려진 녹슨 왕관은 자신들이 최초왕과 그 뒤를 이은 고분왕들의 후손이라는 주장에서 유래한다. 케네트의 저서 〈사자의 길*Passages of the Dead*〉에 실린 옛 설화에 따르면 최초왕의 대고분인 그레이트 배로우에는 산 자 가운데 최초왕과 필적할 존재가 나오지 못하도록 막는 저주가 걸려 있다고 한다. 때문에 최초왕의 칭호를 참칭한 자들은 생기와 생명력이 다 빠져나간 채 시체 같은 몰골로 변하게 된다는 것이다. 물론 이런 이야기는 단지 전설에 지나지 않지만, 더스틴 가문이 옛 고분왕들의 혈통과 내력을 물려받았다는 말은 충분히 설득력이 있어 보인다.

이전 페이지 | 베일

북부에는 기사로 서임되는 사람이 드물기 때문에 기사들의 마상시합이나 화려한 연회, 기사도 같은 것들은 넥 너머에서 암탉 이빨을 찾는 것만큼이나 찾아보기가 힘들다. 물론 북부인들도 마상에서 랜스를 휘두르며 싸우고, 마상시합을 전혀 하지 않는 것은 아니지만, 이때도 운동 삼아 두 사람이 대결하는 마상창시합보다는 진짜 전투의 측면이 강한 난투전을 선호한다. 때로는 이런 경기가 반나절이나 이어져서 농지가 짓밟히고 촌락이 절반쯤 무너진 적도 있었다. 이런 난투전에서는 심각한 상처를 입는 일이 흔하며, 죽는 경우도 없지 않다. AC170년 라스트 하스에서 열렸던 대규모 난투전에서는 최소 18명이 사망했으며, 27명 이상이 그날 불구가 되었다고 한다.

식을 그대로 따르고 있다. 다른 곳보다 더 척박한 곳인 만큼 사람들도 더 거칠어졌고, 남부에서는 귀족적이라 여겨지는 취미도 북부에서는 유치한 일로 취급되며, 북부인들이 가장 사랑하는 사냥과 싸움에 비해 가치를 낮게 친다.

가문의 이름들마저도 북부의 특징이 드러나는데, 이는 퍼스트 멘들이 짧고 뭉툭하며 간결한 이름을 지녔었기 때문이다. 스타크, 월, 움버, 스타우트 등의 가문은 모두 다 아직 북부에 안달족의 영향력이 미치지 않았던 시기의 산물이다.

북부인들이 무엇보다 중히 여기는 중요한 관습 중 하나는 접대의 전통인 '손님의 권리'다. 즉, 그 누구도 자신의 지붕 아래 머무는 손님이나, 거꾸로 자신을 초청한 집주인에게 위해를 가하면 안 된다는 것이다. 안달족에도 비슷한 관습이 있기는 하지만 남부인의 사고방식에서는 그렇게 크게 다가오지는 않는다. 마에스터 에그버트는 그의 저서 〈북부의 정의와 불의: 세 스타크 공의 판결*Justice and Injustice in the North: Judgements of Three Stark Lords*〉에서 북부에서는 손님의 권리를 위반하는 범죄가 발생하는 일이 드물지만, 일단 일어나면 예외 없이 가장 심각한 반역죄와 똑같은 엄벌에 처해진다고 적었다. 오직 근친살인만이 접대의 관습을 위반한 것과 동급의 죄악으로 여겨진다.

북부에 전해 내려오는 설화 중에는 '쥐 요리사' 이야기가 있다. 어떤 자가 한 안달족 왕-일각에서는 그 왕이 '바위의 왕' 타이웰 2세였다고도 하고 또 일각에서는 '산과 계곡의 왕' 오스웰 1세라고도 한다-을 대접하면서 왕의 아들의 고기를 넣어 만든 파이를 먹였다. 그러자 그 요리사는 벌을 받아 괴물 쥐로 변하게 되어 자기 자식들을 잡아먹었다는 얘기다. 그런데 그가 벌을 받은 죄목은 왕의 아들을 죽였기 때문도 그 고기를 왕에게 먹였기 때문도 아니라 바로 손님의 권리를 위반했기 때문이었다.

겨울의 왕들

노래와 설화들에 따르면 윈터펠의 스타크 가문은 넥 너머 땅의 상당 부분을 팔천 년 이상 지배해 오면서 스스로를 옛날식으로는 '겨울의 왕', 좀 더 후에는 '북부의 왕'이라 칭해 왔다. 그들의 지배에 도전하는 세력이 없었던 것은 아니다. 스타크 가문은 많은 전쟁을 치르면서 그 속에서 스스로의 세력을 넓히거나 반란군이 떼어간 영토를 수복해 왔다. 겨울의 왕들은 혹독한 시기를 이겨낸 굳센 이들이었다.

고대의 서사시, 그중에서도 올드타운에 있는 시타델의 서고에서 찾아볼 수 있는 가장 오래된 작품들을 보면 어떻게 단 한 명의 겨울의 왕이 북부에서 거인들을 내몰았는지, 그리고 또 다른 겨울의 왕이 어떻게 '늑대들과의 혈전'에서 스킨체인저 '회색 늑대' 게이븐과 그 일족을 몰락시켰는지에 대해 노래한다. 그러나 실제로 이런 왕이나 전투가 존재했다는 근거는 오로지 음유시인이 전하는 노래뿐이다.

겨울의 왕들과 그보다 남쪽의 고분왕들 사이에 있었던 전쟁에 대해서는 좀 더 역사적인 증거가 있다. 고분왕들은 스스로를 퍼스트 멘의 왕이자 세상 모든 곳에 사는 퍼스트 멘의 위에 군림하는 최고 지배자임을, 심지어 스타크 가문에 대한 지배권까지도 주장했다. 룬 문자로 된 기록에 따르면 시인들이 '천년 전쟁'이라 부른 이 싸움은 사실 2백 년 동안 지속되었으며, 하나의 전쟁이 아니라 여러 전쟁이 연속된 것이었고, 결국 마지막 고분왕이 겨울의 왕 앞에 무릎을 꿇고 결혼이라는 형식을 빌어 딸을 넘겨줌으로써 전쟁이 끝났다고 한다.

하지만 그래도 아직 윈터펠이 북부 전체를 지배하게 된 것은 아니었다. 다른 소왕들이 여전히 남아서 제각기 크고 작은 영토를 다스리고 있었고, 이들을 마지막 하나까지 다 정복하려면 앞으로도 수천 년 넘게 더 많은 전쟁을 치러야만 할 터였다. 하지만 스타크 가문은 하나씩 하나씩 이들을 굴복시켰으며, 그 과정에서 많은 귀족 가문과 유서 깊은 가계들이 영원히 사라져 버렸다.

왕가에서 봉신 가문으로 격하된 가문 중에는 브레이크스톤 힐의 플린트 가문, 블랙풀의 슬레이트 가문, 라스트하스의 움버 가문, 올드 캐슬의 로크 가문, 딥우드 모트의 글로버 가문, 스토니 쇼어의 피셔 가문, 릴스의 라이더 가문이 있었다. 그리고 레이븐트리의 블랙우드 가문도 끼워 넣을 수 있을지도 모르겠다. 그들은 자신들이 원래 울프스 우드 지역의 대부분을 지배했다가 겨울의 왕에 의해 쫓겨났다고 주장하기 때문이다(마에스터 바너비의 번역을 신뢰한다면 몇몇 룬 기록 역시 이 주장을 뒷받침하고 있다).

나이트포트가 버려지기 전 그곳에 주둔하던 나이츠 워치의 서고에서 찾은 연대기를 보면 해룡의 곶을 놓고 벌어졌던 전쟁이 거론된다. 그 연대기에 따르면 스타크 가문이 워그의 왕과 숲의 아이들을 쓰러뜨렸다고 한다. 워그 왕의 마지막 보루가 무너지자 왕의 아들들은 왕이 부리던 야수들 및 그린시어와 함께 모두 참수되었으며, 왕의 딸들은 정복자들에게 포상으로 주어졌다고 한다.

한편 스타크 가문과 볼튼 가문의 악연은 '긴 밤'의 시기까지 거슬러 올라간다고 한다. 이 두 유서 깊은 가문 사이에 벌어졌던 전쟁은 셀 수 없이 많았는데, 그 모든 전쟁이 스타크 가문의 승리로 끝나지는 않았다. 한때는 볼튼 가문의 로이스 2세가 윈터펠을 함락하고 불을 질렀다고 하며, 그로부터 3세기 후 로이스 4세 역시 똑같은 짓을 되풀이했다(로이스 4세는 역사에 '붉은 팔' 로이스라고 기록되는데, 그가 포로의 배에 맨손을 팔뚝까지 찔러넣어 내장을 뽑는 버릇이 있기 때문이었다). 또 다른 붉은 왕들은 포로로 잡은 스타크 가문 사람들의 살가죽을 벗겨 망토를 만들어서 입고 다닌 것으로 유명했다.

그러나 결국에는 드레드포트조차도 윈터펠의 힘 앞에 무너졌다. 역사에 '사냥꾼' 로가르로 알려진 마지막 붉은 왕은 겨울의 왕에게 충성의 맹세를 바치고 왕자들을 윈터펠에 인질로 보냈다. 안달족들이 처음으로 약탈선을 타고 협해를 건너던 무렵이었다.

북부인으로서 스타크 가문의 마지막 경쟁자였던 볼튼 가문이 패배한 후, 이제 스타크 가문의 지배에 대한 가장 큰 위협은 바다로부터 왔다. 스타크 가문은 육지에서는 장벽과 나이츠 워치 대원들에 의해 북쪽 경계를 보호받고 있었다. 한편 남쪽은 넥의 늪지대를 통과하는 유일한 길이 모

좌측 | 모트 카일린

상단 | 스타크 가문과 봉신들의 문장(시계 방향으로 글로버, 리스웰, 맨더리, 더스틴, 볼튼, 톨하트, 리드, 움버, 카스타크, 혼우드, 모르몬트 가문)

트 카일린이라는 커다란 요새의 무너진 탑의 잔해와 물에 잠긴 성벽 밑으로 나 있다. 심지어 늪의 왕들이 지배했을 때조차도 그들 늪지인들은 남쪽에서 오는 침략자에 대항해 굳건히 버티고 서서 필요하다면 고분왕, 붉은 왕, 겨울의 왕과 함께 동맹까지 맺어 북부를 침략하려는 모든 남쪽 영주들을 왔던 길로 돌려보냈다. 그리고 릭카드 스타크가 넥을 자신의 영토에 더하고 나자 그때부터 모트 카일린은 더욱 인상 깊은 역할-즉, 남쪽의 무력에 대항하는 보루로서 기능해 왔다. 이곳을 지나고자 했던 시도는 매우 드물었을 뿐더러, 누구도 성공하지 못했다고 역사는 말하고 있다.

그러나 동과 서 양쪽에 길고 삐죽삐죽하게 펼쳐진 북부의 해안선만은 여전히 취약한 채로 남아 있었다. 윈터펠의 통치가 크게 위협받게 된다면 그것은 바로 해안을 통해 다가온 위협일 터였다. 그 적이 서쪽의 강철인이든, 동쪽의 안달족이든 말이다.

수백, 수천 명을 태우고 협해를 건넌 안달족의 약탈선은 남부와 마찬가지로 북부에도 상륙을 시도했다. 하지만 그들이 오른 해안 어디든지 스타크 가문과 그 기수들이 몰려와서 그들을 바다로 다시 몰아냈다. 가장 큰 위협은 역사상 '배고픈 늑대'로 알려진 테온 스타크 왕이 물리쳤는데, 그는 볼튼 가문과 어깨를 나란히 하고 함께 뭉쳐 위핑 워터 전투에서 안달족의 수장 '일곱 별' 아르고스를 박살냈다.

테온은 승리의 여세를 몰아 아군 함대를 이끌고 협해를 건너 안달로스 지역의 해안까지 나아갔다. 범선 뱃머리에 보란 듯이 아르고스의 시체를 매단 채였다. 이윽고 뭍에 오른 왕은 피바람이 몰아치는 복수에 착수했다. 스무 군데 이상의 마을이 불길에 휩싸였고 성탑 세 곳과 요새화된 셉트 하나를 장악했으며, 그 과정에서 수백 명을 참수했다고 전해진다. 배고픈 늑대는 살육당한 자들의 머리를 전리품으로 삼아 웨스테로스로 가지고 돌아와서 이를 자신의 영토 해안선을 따라 창에 꿰어 놓고 미래의 침략자들에 대한 경고로 삼았다(이후 테온 왕은 본인의 피에 젖은 치세 동안 직접 세 자매 군도를 정복하고 핑거스에 군대를 상륙시키기도 했으나, 정복은 오래가지 못했다. 그는 또한 서쪽의 강철인들과도 싸워서 그들을 크라켄 곶과 베어 섬에서 몰아내고 릴스에서 터졌던 반란을 진압했으며, 그 밖에도 나이츠 워치와 함께 장벽 너머로의 습격 작전에 참여하여 한 세대에 걸치는 세월 동안 와일들링의 힘을 꺾어 놓았다고 한다).

사실 안달족이 오기 이전부터도 존 스타크 왕이 울프스 덴이라는 요새를 구축해서 협해를 건너 오는 침입자와 노예상의 공격으로부터 화이트 나이프 강 하구를 방어하고 있었다(일부 학자들은 당시의 침입자들이 초기의 안달족이었다고 주장하나 또 다른 쪽에서는 그들의 정체가 이벤인의 선조, 혹은 발리리아나 볼란티스의 노예상들이었다고 주장한다).

이 오래된 요새는 수 세기 동안 여러 가문들(스타크 가문의 방계인 그레이스타크 가문, 플린트 가문, 롱 가문, 홀트 가문, 로크 가문, 애시우드 가문 등)이 이어받아 지배하면서 대대로 이어지는 갈등의 초점이 되어 왔다. 또 윈터펠이 안달족의 '산과 계곡의 왕'과 싸웠을 때는 '늙은 매' 오스굿 아린이 울프스 덴을 포위한 적도 있으며, 그 아들인 '매의 발톱' 오스윈이 울프스 덴을 빼앗아 불지르기도 했었다. 그 후로도 이 요새는 세 자매 군도의 해적왕들과 스텝스톤에서 온 노예상들의 공격도 받아냈다. 북부의 심장으로 바로 통하는 경로인 화이트 나이프 강의 방위 문제는 결국 아에곤의 정복이 이루어지기 수천 년 전에 리치에서 쫓겨난 맨더리 가문이 북부로 올라와 울프스 덴에서 충성을 맹세하고 화이트 하버를 건설하자 드디어 해결되었다.

북부의 서쪽 해안 역시 자주 약탈자들의 먹잇감이 되었다. 강철 군도의 왕 하라그 호알의 지휘하에 그레이트 윅, 올드 윅, 파이크, 오크몬트의 약탈선이 서쪽 해안선에 상륙하자 배고픈 늑대도 어쩔 수 없이 여러 차례의 전쟁에 돌입할 수밖에 없었다. 결국 한동안 스토니 쇼어가 하라그와 그가 이끄는 강철인들에게 충성하게 되었고, 울프스 우드 근방은 잿더미만 남게 되었으며, 베어 섬은 하라그의 음흉한 아들 '약탈자' 라보스의 손에 넘어가 약탈을 위한 전진기지로 전락했다. 이에 테온 스타크가 라보스를 직접 죽이고서 강철인들을 베어 섬에서 쫓아냈으나, 그들은 또 다시 하라그의 손자인 '독수리' 에리히를 앞세워 돌아왔으며 다음엔 '늙은 크라켄' 로론 그레이조이를 앞세워서 또다시 돌아오더니 결국 베어 섬과 크라켄의 곶 양쪽 모두 다시 빼앗겼다(베어 섬은 늙은 크라켄이 죽은 뒤 로드릭 스타크 왕이 수복했으나, 크라켄의 곶은 그 아들과 손자대에 걸쳐서까지 계속해서 되찾기 위해 싸움을 벌였다). 북부와 강철인들 사이의 전쟁은 이후에도 계속되나, 그 어느 전쟁도 이때만큼 치열하지는 않았다.

블랙워터 강 하구에 킹스랜딩이 세워지기 전까지는 화이트 하버가 칠왕국 전체에서 가장 젊은 도시였다. 맨더리 가문은 리치에서 추방되면서 몸만 빠져나온 것이 아니라 아니라 재산까지 가져왔고, 그 재산으로 화이트 하버를 세웠다. 사실 그들을 추방한 로리마르 피크 경의 배후에는 가드너 왕가의 퍼시온 3세의 의향이 있었는데, 리치에서 맨더리 가문의 힘이 점점 강해지는 상황을 두려워한 탓이었다. 따라서 화이트 하버는 북부의 성들보다는 리치 스타일의 세련된 성이나 성탑과 더 유사한 양식이었다. 화이트 하버의 뉴 킵은 맨더리 가문이 추방되면서 잃게 된 던스톤버리 성을 따서 만들어졌다고 한다.

산의 씨족들

북부의 산악 지대에 사는 씨족들은 접대의 관습을 철저히 지키는 것으로 유명한데, 이런 씨족을 통치하는 소영주들은 누가 가장 통이 큰지를 두고 서로 경쟁하기까지 한다. 이들 씨족은 대개 울프스우드 숲 너머 산악 지대나 고지대의 골짜기와 초원, 또는 얼음의 만과 북부의 몇몇 강줄기를 따라 자리잡고 있다. 그들은 스타크 가문에 충성하는 한편으로 종종 자기들끼리 분쟁을 일으켜서 윈터펠의 영주, 그 이전에는 겨울의 왕들에게 곤란을 초래하기도 했다. 그때마다 산악 지대로 사람을 보내 유혈사태를 막거나('검은 소나무'나 '언덕의 늑대들' 등의 노래 속에 이런 일들이 나온다) 각 씨족의 리더들을 윈터펠로 불러들여 재판을 중재해야 했던 것이다.

북부의 씨족들 중 가장 강했던 자들은 울 부족으로, 얼음의 만 기슭을 따라 자리잡은 어부들이었다. 그들은 와일들링을 증오하는 만큼이나 강철인들도 싫어한다. 왜냐하면 강철인들이 자주 해안가를 습격해서 회당을 불태우고 작물을 약탈했으며, 심지어 아내와 딸들까지 납치해서 노예 또는 '소금 부인'이라 불리는 강철인들의 첩으로 삼았던 것이다. 때로는 스토니 쇼어, 베어 섬, 해룡의 곶, 크라켄의 곶 등 많은 지역이 강철인들에게 점령당한 적도 있었다. 심지어 강철 군도에 가장 가까이 있는 크라켄의 곶은 주인이 너무 자주 바뀐 나머지 많은 마에스터들이 실은 이곳 주민의 혈통이 북부인보다 강철인에 더 가깝다고 믿을 정도이다.

북부의 역사서에 따르면 로드릭 스타크가 씨름 시합을 통해서 강철 군도로부터 베어 섬을 되찾아왔다고 한다. 이는 아마도 얼마간은 진실을 담고 있을 것이다. 왜냐하면 강철 군도의 왕들은 종종 자신의 실력과 유목 왕관을 쓸 자격을 증명하기 위해 본인의 힘을 과시해야 했던 것이다. 하지만 좀 더 냉철한 학자들은 이에 의문을 표하고, 만약 정말 '씨름'을 했다면 그건 아마 '말씨름'이었으리라는 의견도 보인다.

스카고스의 바위인

몇 세기 동안의 불화에도 불구하고, 전통적으로 산의 씨족들은 전쟁과 평화 속에서도 스타크 가문에 충성을 지속해 왔다. 그러나 물개의 만 동쪽에 있는 바위섬 스카고스 거주민들에 대해서는 똑같은 말을 할 수가 없겠다.

스카고스인들은 다른 북부인들에게 와일들링과 다를 바가 없는 존재로, 스칵스라 불리면서 천시당한다. 반면 스카고스인들은 스카고스라는 말이 올드 텅으로 돌을 뜻한다면서 스스로를 바위인이라고 부른다. 덩치가 크고 털이 부숭부숭하며 고약한 냄새가 나고(몇몇 마에스터들은 이들에게 이벤인의 피가 강하게 섞였다고 생각하며, 또 어떤 마에스터들은 이들이 거인의 후손이라고도 생각한다) 가죽과 모피, 무두질하지 않은 짐승의 생가죽을 뒤집어썼으며 유니콘을 타고 다닌다고도 전해진다. 이들 스카고스인들은 온갖 음습한 소문의 주인공이 되어 왔는데, 아직도 위어우드에 산 인간을 제물로 바친다는 설도 있고, 거짓으로 불을 밝혀서 지나가는 배를 유인해 난파시킨다는 설이나 인육을 먹으면서 겨울을 난다는 얘기도 있다.

스카고스인들에게 한때 식인 풍습이 있었음은 분명하지만, 이런 관습이 오늘날까지 내려오는지에 대해서는 논란이 있다. 우리가 스카고스인에 대해 알고 있는 이야기의 원천은 상당수가 〈세상의 끄트머리*The Edge of the World*〉라는 민담과 전설 모음집으로, 오스릭 스타크가 60년 동안 나이츠 워치의 총사령관으로 재임하던 시절 이스트워치 바이 더 씨의 사령관이던 마에스터 발더가 편찬한 책이다. 그 책의 내용 중에는 스케인 축제에 대한 설명이 실려 있는데, 스카고스인들이 근처의 작은 섬 스케인에 상륙해서 그곳 여자들을 강간, 납치하고 남자들은 죽인 뒤 그 고기로 연회를 열어 2주 동안 계속해서 먹고 마셨다는 것이다.

이 이야기가 사실이든 아니든 오늘날 스케인 섬은 사람이 없는 무인도로

상단 | 스카고스의 전사

한때 마에스터들은 스카고스의 이른바 '유니콘' 이야기에 코웃음을 쳤다. 평판 나쁜 상인들이 가끔씩 내놓곤 하던 '유니콘의 뿔'이 실상은 이브의 고래잡이들이 잡은 특정 종류의 고래 뿔에 불과했기 때문이다. 그러나 이스트워치의 마에스터들에게는 스카고스에서 왔다는 사뭇 다른 종류의 뿔이 종종 눈에 들어온다. 그리고 스카고스와 교역할 만큼 배짱이 좋은 바닷사람들이 슬쩍 엿본 바에 따르면 바위인들의 영주는 커다랗고 털이 삐죽삐죽하며 뿔이 난 야수를 타고 다닌다고 하는데, 이 말 비슷한 괴물은 발디딤이 아주 든든하여 산을 잘 탄다는 것이다. 하지만 그런 생물의 살아 있는 표본이나 골격 표본을 오랫동안 연구하고 수소문해 왔음에도 아직까지 시타델에 당도한 것은 없다.

남아 있다. 하지만 나뒹구는 주춧돌과 잡초가 웃자란 기초석들은 이 바람이 강한 언덕과 바위투성이 해안에서도 한때 인간이 살았음을 증명한다.

지금은 섬 밖에서 목격되는 일이 거의 없으나 한때는 바위인들도 물개의 만을 건너서 교역을 하거나 약탈을 하는 데 익숙했었다. 하지만 그런 일들은 브랜든 9세가 단번에 그들의 기세를 영영 꺾어 버리고 바다로부터 쫓아낸 뒤로는 영원히 사라졌다. 글로 기록된 역사의 대부분은 그들에 대해 고립되고 퇴행적인 야만인이라는 기록을 남겼다. 예컨대 섬에 교역하러 찾아온 사람을 그냥 죽여 버리는 식이다. 가끔 교역에 응할 때는 털가죽과 흑요석으로 만든 칼과 화살촉, 그리고 '유니콘의 뿔'을 가져와서 원하는 물품과 바꿔 간다.

한편 몇몇 스카고스인들은 나이츠 워치에서 복무한 경우도 있다. 천 년도 더 이전에 크로울 씨족(스카고스에서는 귀족으로 통하는 씨족이다) 에 속했던 사람이 한때 총사령관을 맡은 적이 있으며, 〈검은 켄타우로스의 연감*Annals of the Black Centaur*〉에 의하면 스테인 씨족(스카고스 명문 씨족 중 하나이다)의 어떤 자는 수석 레인저 자리까지 올랐으나 얼마 후 사망했다 한다.

스타크 가문에게 있어 스카고스는 말썽의 원천이었다. 왕들이 그곳을 정복하려 했을 때도 그랬고, 또 영주들이 그들의 충성을 받아내기 위해 분투한 측면에서도 그랬다. 실제로 이 섬은 그리 옛날도 아닌 타르가르옌 왕조의 다에론 2세('선량왕' 다에론)의 재위중에도 윈터펠의 영주에 대항해 들고 일어났다. 반란은 몇 년 동안이나 지속되면서 윈터펠의 영주 바소간 스타크('흑검 바스'로 불렸다)를 포함해 여러 목숨을 앗아간 뒤에야 비로소 진압되었다.

넥에 거주하는 크래노그족

마지막으로 소개해야 할 북부인은(어떤 자들은 소개할 필요가 없다고 할 수도 있겠으나) 넥의 늪지대에 사는 사람들이다. 이들은 크래노그족이라 불리는데, 일종의 인공 섬을 띄워서 그 위에 집이며 회당을 짓고 생활한다. 크래노그족은 키가 작고 약삭빠른 종족으로 상당히 비밀스럽고 자기들끼리 사는 것을 선호한다(어떤 이들은 이들의 몸집이 작은 이유가 그들이 숲의 아이들과의 혼혈이기 때문이라고도 하나, 아마 그보다는 영양실조 때문일 가능성이 높다. 넥의 소택지와 늪, 소금기 많은 진창에서는 곡식이 잘 자라지 않으며, 그들은 식단의 대부분을 물고기와 개구리, 도마뱀에 의지해 살아가기 때문이다).

넥의 남쪽으로 크래노그족의 땅과 맞닿은 지역에 사는 강변 사람들은 크래노그족이 물속에서도 숨을 쉬며 물갈퀴가 달린 손과 개구리 같은 발을 가졌고, 그들의 '개구리 작살'과 화살촉에 독을 묻혀 사용한다고 말한다. 마지막 부분의 독에 대한 서술은 확실히 맞다는 점을 짚고 넘어가야겠다. 그들의 독과 관련하여 많은 상인들이 희귀한 약초와 기이한 식물들을 시타델로 가져왔고, 마에스터들이 조사하여 그 특성과 가치를 더 잘 파악했기 때문이다. 그러나 그 외의 나머지 부분은 전혀 사실이 아니다. 크래노그족도 똑같은 인간이며, 다만 대부분의 인간보다 몸집이 작고 칠왕국에서는 독특한, 자기들만의 독자적 방식으로 살아갈 뿐이다.

역사에 따르면 먼 옛날에 크래노그족은 늪의 왕의 지배를 받았다고 한다. 음유시인이 전하는 노래는 늪의 왕들이 도마뱀 사자를 타고 랜스와 비슷한 대형 개구리 창을 사용했다고 전하지만, 이는 순전히 공상일 뿐이다. 늪의 왕 자체

좌측 | 넥의 크래노그족

부터가 과연 정말로 우리가 쓰는 의미 그대로의 진짜 왕이었을까? 대마에스터 에이론의 글에 따르면 크래노그족은 왕이라는 존재를 모두가 동등한 가운데 제일 앞에 선 자 이상으로는 보지 않았다고 한다. 한편으로 늪의 왕은 옛 신들의 가호를 받았고, 이는 눈동자에 신비로운 색채를 보이거나 숲의 아이들처럼 동물과 대화를 나눌 수 있는 능력에서 드러난다고도 했다.

진실이 무엇이든 마지막으로 늪의 왕이라고 불린 자는 릭카드 스타크 왕(북부에서 그는 선량한 인품 때문에 가끔 '웃는 늑대'라고 불렸다)에게 죽었다. 릭카드 왕은 그의 딸을 취해 아내로 삼았으며, 크래노그족도 무릎을 꿇고 윈터펠의 지배를 받아들였다. 이후 크래노그족은 그레이 워터의 리드 가문의 지휘하에 수백 년 동안 스타크 가문의 든든한 동맹군이 되어 왔다.

윈터펠의 군주들

아에곤의 정복에 따라 칠왕국이 합쳐진 이후 스타크 가문은 철왕좌에 충성을 맹세하고 이제 왕이 아니라 북부의 관리자가 되었다. 하지만 자신의 영토 안에서는 여전히 명칭을 제외한 모든 부분에서 왕과 다름없는 존재로 남아 있었다. 비록 토렌 스타크가 겨울의 왕에게 전해져 내려오던 유서 깊은 왕관을 포기했지만 아들들은 타르가르옌 왕조를 그리 달가워하지 않았으며 그들 중 몇몇은 반란을 모의하기도 했고, 토렌 공의 동의가 있었는지는 몰라도 아무튼 스타크 가문의 깃발을 다시 내걸자는 얘기까지도 즐기곤 했다.

그 뒤로 스타크 가문은 자에하에리스 1세와 알리샌느 왕비에게도 떨떠름한 태도를 보였는데, 국왕 부부가 뉴 기프트 지역을 나이츠 워치에게 증여하라고 압력을 가했던 일 때문이었다. 아마도 이것이 AC101년의 대회의에서 엘라드 스타크 공이 코를리스 벨라리온과 라에니스 공주의 편을 든 이유 중 하나일지도 모른다.

우리는 앞서 용들의 춤에서 스타크 가문의 역할을 살펴보았다. 이제 크레간 스타크 공이 아에곤 3세에게 바친 충성스러운 지지의 대가로 많은 이익을 얻었다는 사실도 덧붙여 적어 두겠다. 비록 불운한 왕자 자카에리스 벨라리온이 드래곤을 타고 윈터펠에 날아갔을 때 맺었던 얼음과 불의 협정대로 스타크 가문에 왕가의 공주를 맞아들이지는 못했지만.

용들의 춤 이후 스타크 가문은 타르가르옌 왕조에 이전보다 더 공공연히 충성을 바쳤다. 실제로 '젊은 드래곤'이 도른 정복에 나섰을 때 크레간 스타크 공의 아들이자 후계자였던 릭콘이 직접 나가서 타르가르옌의 기치 아래 싸웠다. 릭콘 스타크는 용감히 싸웠으며, 다에론 왕이 기록한 〈도른 정복기*Conquest of Dorne*〉에도 당시 그의 행적이 이따금씩 등장한다. 그리고 릭콘이 마지막 전투 중 하나를 치르다가 선스피어 바로 앞에서 전사하자 북부는 여러 해 동안 비탄에 잠겼다. 그의 배다른 형제들이 치세하면서 일으킨 말썽들 때문

라에니스 왕비가 대가문들 사이의 혼인을 주선하여 새롭게 하나로 통합된 왕국을 열려고 노력한 것이 반 타르가르옌 정서를 더 심화시켰는지 아닌지의 여부는 독자들의 판단에 맡기도록 하겠다. 토렌 스타크의 딸이 불운한 운명을 타고난 어린 베일의 영주와 맺어졌다는 사실은 널리 알려져 있으며, 이 역시 라에니스가 추진했던 평화를 위한 수많은 혼인들 중 하나였다. 그러나 시타델에 보관된 편지들을 보면 스타크 가문은 이 중매를 많은 저항 끝에 겨우 받아들였다고 하며, 결국 신부측 형제들 모두가 결혼식에 불참했다.

비록 오늘날에는 엘라드 스타크 공이 많은 설득 없이도 흔쾌히 나이츠 워치에게 뉴 기프트를 내주었다고 전해지지만, 진실은 그와 다르다. 스타크 공의 동생이 시타델로 부쳤던 편지를 보면 마에스터들에게 사유재산의 강제 기부 요청에 반한 선례가 있는지 확인해 보내 달라는 부탁이 담겨 있었고, 따라서 스타크 가문이 자에하에리스 왕의 분부를 즐겁게 따르지는 않았던 것이 분명하기 때문이다. 아마 스타크 가문은 나이츠 워치의 관리 아래 놓이게 된 뉴 기프트가 필연적으로 쇠락하리라는 점을 내다보고 이를 두려워했을지도 모르겠다. 나이츠 워치의 관심은 언제나 북쪽만을 향했으며, 남쪽의 새로 편입된 소작인들에게는 별다른 신경을 쓰지 않을 것임이 분명했기 때문이다. 그리고 시간이 흐르면서 실제로 그런 일이 벌어져 버렸다. 나이츠 워치가 쇠락함에 따라, 또 장벽 너머에서 온 침입자들이 약탈할 몫까지 커진 탓에 결국 오늘날 뉴 기프트에는 사람이 살지 않는 곳이 많아지게 되었다고 한다.

에라도 더욱 그랬다.

그 후 수십 년 동안 북부는 스카고스의 반란을 처리하고 또 다곤 그레이조이가 이끄는 강철인들의 기습적인 약탈과 AC226년 '장벽 너머의 왕'이었던 '붉은 수염' 레이문이 일으킨 와일들링의 침략까지 겪어야 했다. 매 사건마다 스타크 가문의 사람이 죽었다. 그러나 가문은 지속되었고 가문의 힘 역시 거의 변함없었다. 아마도 이는 왕국 남부에서 벌어지는 음모에 엮이지 않겠다는 윈터펠 영주들의 굳은 결심 덕분이었을 것이다.

스타크 가문의 가계는 라에가르의 리안나 납치 사건 이후로 '광란왕' 아에리스에 의해 거의 절멸되다시피했다. 상황을 오판한 몇몇 사람들은 이를 릭카드 공의 탓으로 돌렸다. 그가 피와 우정으로 맺은 동맹이 대가문들을 한데 묶어 결국 광란왕의 범죄 앞에 함께 대응할 수 있었는데도 말이다.

윈터펠

윈터펠은 북부에서 가장 큰 성으로, 여명기 이래 내내 스타크 가문의 근거지였다. 전설에 따르면 건축가 브랜든이 '긴 밤'이라 불리는 한 세대에 걸친 긴 겨울이 끝난 직후 본인의 자손, 즉 겨울의 왕들을 위한 요새로 건설했다고 한다. 한편 브랜든은 인간 수명의 수십 배에 달하는 긴 기간에 걸쳐 불가능하리만큼 많은 수의 위대한 건축물들과 연관지어 거론된다(눈에 띄는 예를 단 두 가지만 꼽자면 장벽과 스톰즈 엔드를 들 수 있겠다). 하지만 사실 이런 이야기들은 몇

윈터펠의 외성벽은 '눈수염' 에드릭 왕의 치세 중 마지막 20년에 걸쳐 지어졌다. 에드릭 왕은 거의 한 세기에 걸친 긴 치세로 유명하지만, 나중에는 망령이 나서 점점 이상해져 갔다. 그리고 이를 알아챈 수많은 파벌들이 저마다 이 비틀거리는 나라의 통제권을 손아귀에 쥐려고 덤벼들었다. 가장 확실한 위협은 왕의 수많은 괴팍한 자손들이었으나, 단지 그들만 문제가 된 것도 아니었다. 강철인들, 협해 건너에서 오는 노예상들, 와일들링, 게다가 볼튼 가문과 같은 북부의 경쟁자들 역시 저마다 호시탐탐 기회를 노렸다.

몇 옛 왕들이나 스타크 가문의 여러 다른 왕들(브랜든이라는 이름은 스타크 가문의 긴 치세 기간 동안 매우 흔했을 것이다)의 이야기를 전설로 윤색했을 가능성이 크다.

성 자체의 특별한 점은 스타크 가문이 성의 기초를 놓고 성벽을 건설하면서 바닥의 높이를 평평하게 고르지 않았다는 점이다. 따라서 이 성은 애초에 하나의 건물로 계획되어 지어진 것이 아닌, 여러 번에 걸쳐 나누어 지어졌을 가능성이 매우 높다. 어떤 학자들은 윈터펠이 원래는 서로 연결된 여러 원형 요새들의 집합체였으리라고 추측하나, 몇 세기가 흐르면서 관련된 모든 흔적이 거의 모두 지워져 버렸다.

있다. 그 탑의 이름은 퍼스트 킵이라 한다. 일각에선 이 건물을 퍼스트 멘이 지었기에 그런 이름이 붙은 것이라고 여기지만, 마에스터 케네트가 확실하게 증명했던 바에 따르면 이런 건축물은 안달족의 도래 이전까지는 존재할 수가 없었다. 왜냐하면 퍼스트 멘과 초기 안달족들은 탑과 성을 사각형으로만 지었고, 이런 둥근 탑은 나중에서야 나타났기 때문이다.

훈련된 눈으로 볼 때 윈터펠의 건축물은 서로 다른 여러 시대의 양식이 결합된 혼합물이다. 그리고 그 광활함은 비단 건물 자체만이 아니라 내부에 속한 땅까지도 아우르고 있다. 사실상 3에이커나 되는 땅이 고스란히 오래된 신의 숲에 할

머쉬룸은 그의 책에서 드래곤 버맥스가 윈터펠의 지하 깊숙한 어딘가에 알을 한 둥지 가득 낳아 두었으며, 그곳에는 온천수가 성벽 가까이로 흐르고 있었다고 주장한다. 용들의 춤 초기에 버맥스를 타고 온 기수가 크레간 스타크와 의논하는 동안 몰래 둥지를 틀고 알을 낳았다는 것이다. 하지만 대마에스터 길데인의 역사 기록 일부에서 다뤄진 바에 따르면 버맥스는 많이는 고사하고 단 하나라도 알을 낳았다는 기록이 없으며, 아마 이 드래곤은 수컷으로 추정된다고 했다. 한편 마에스터 안손의 〈진실*Truth*〉에 따르면 드래곤이 필요에 따라 성별을 바꿀 수 있다는 믿음 역시도 잘못된 것으로서, 원래 고위 신비술을 논하면서 즐기던 몇몇만 아는 일종의 은유를 셉톤 바스가 오해한 데에서 비롯된 잘못된 주장이라 한다.

한때 유일한 방어벽이었던 내성벽은 세워진 지 대략 2천 년 정도 흐른 것으로 추정되며, 아마 일부 구역은 그보다도 더 오래되었을 것이다. 이후에 내성벽을 둘러싸는 해자를 파고 그 너머로 제2의 성벽을 쌓으면서 성의 방호가 무서우리만큼 든든해졌다. 내성벽은 100피트* 높이이며 외측 성벽은 80피트**다. 그러므로 만약 침략자가 외성벽을 탈취하는 데 성공한다 하더라도 곧이어 내성벽 위에 있던 방어군이 아래로 돌과 화살을 겨누는 상황을 맞닥뜨리게 될 것이다.

두 겹의 성벽 안쪽에 세워진 본성은 몇 에이커나 되는 넓은 땅 위에 펼쳐져 있으며, 그 안에 독립적인 건물 몇 채를 품고 있다. 가장 오래된 건물은 오랫동안 버려진 채 방치되어 온 탑으로, 둥글고 땅딸막하며 가고일 석상으로 온통 뒤덮여

당되어 있으며, 전설에 따르면 건축가 브랜든이 여기서 신들께 기도를 올렸다 한다. 그 이야기가 사실이든 아니든, 이 숲의 고풍스러움은 타의 추종을 불허한다. 그리고 신의 숲이 유지되는 것은 의심할 바 없이 그 안에 자리잡은 온천 덕분이다. 그 온천이야말로 숲의 나무들을 가장 혹독한 겨울 추위에도 견딜 수 있도록 보호하고 있다. 사실 윈터펠 주변에 점점이 흩뿌려져 있는 이런 온천들의 존재야말로 애초에 퍼스트 멘이 이곳에 자리를 잡은 이유였을 것이다. 언제든 물을, 그것도 따뜻한 물을 얻을 수 있는 수원이 얼마나 중요한지는 북부의 겨울이 얼마나 가혹한가를 떠올리면 누구나 쉽게 상상할 수 있다. 금세기에 들어 스타크 가문은 이 온천을 직접 이용해 거주 공간을 데우기 위한 구조물까지 만들었다.

윈터펠 밑에 있는 것과 같은 온천들은 세계의 용광로에 의해 뜨겁게 데워지는데, 말하자면 '열네 개의 화염'이나 드래곤스톤의 연기를 뿜는 산을 창조한 것과 같은 바로 그 불이다. 그러나 윈터펠의 평민들은 이런 온천이 성 밑에 잠든 드래곤의 숨결로 데워진다고 믿는 것으로 알려졌다. 물론 이런 발상은 심지어 머쉬룸의 주장보다도 훨씬 더 어리석으며 검토할 일말의 가치조차 없다.

좌측 | 윈터펠과 성 밖의 윈터타운

100피트: 약 30.5미터 / 80피트: 약 24.4미터

장벽과 그 너머

나이츠 워치

나이츠 워치는 칠왕국에만 있는 독특한 성격의 서약으로 묶인 조직이다. 과거 웨스테로스에는 '긴 밤'이라 불리는 한 세대에 걸친 기나긴 겨울이 왔었고, 그로 인해 아더들이 인류의 영역에 내려와서 인류를 거의 끝장낼 뻔했다고 한다. 그리고 그 여파로 나이츠 워치가 탄생해 이후 몇 세기에서 몇천 년에 걸쳐 장벽을 수호해 왔던 것이다.

나이츠 워치의 역사는 매우 장대하며, 많은 설화들이 아직도 장벽의 검은 기사들과 그들의 고결한 소명에 대해 이야기하고 있다. 하지만 영웅들의 시대는 오래전에 끝났고, 아더들도 수천 년간 나타나지 않았다. 만약 그런 것이 정말로 존재한다면 말이다.

그리고 해가 거듭될수록 워치는 쇠락해 갔다. 그들 자신의 기록을 보면 이러한 쇠락이 심지어 아에곤과 그 누이들이 웨스테로스를 정복하던 시기 이전부터도 진행 되고 있었음을 알 수 있다. 비록 워치의 검은 형제들은 아직도 여전히 인간의 영역을 고결하게 지키고 있지만, 사실 현재 그들이 대면하는 위협은 더 이상 아더나 와이트, 거인, 그린시어, 워그, 스킨체인저, 그 밖에 동화나 전설속에 등장하는 갖가지 괴물들이 아니다. 그보다는 차라리 돌도끼와 몽둥이로 무장한 야만인, 와일들링이 더 문제랄까-물론 잔인하긴 하지만 어차피 인간일 뿐이다 보니 훈련받은 정식 전사들에는 상대도 안 되는 존재들이 현재 워치의 적인 것이다.

항상 이렇지는 않았다. 전설이 맞든 틀리든 퍼스트 멘과 숲의 아이들(그리고 음유시인들의 말을 받아들인다면 거인들조차도)이 뭔가를 두려워한 나머지 장벽을 세우기 시작했다는 것은 분명하다. 그리고 단순한 만큼 위대하기도 한 이 건축물은 당연히 세계의 불가사의 중 하나가 되었다. 장벽의 초석은 돌이었겠지만(사실 이에 대해서도 마에스터마다 의견이 다르다), 현재 몇백 리그 거리에서 볼 수 있는 모든 것은 순 얼음뿐이며, 근처 호수에서 구한 재료들을 퍼스트 멘이 거대한 육면체 조각으로 잘라내어 썰매에 올린 후 장벽까지 끌고 가서 하나씩 하나씩 제자리에 쌓았다. 수천 년이 흐른 지금, 장벽은 그 최고점이 7백 피트* 이상으로 높이 솟아 있다(하지만 장벽이 땅의 윤곽을 따라 이어지는 만큼 100리그** 거리마다 높이가 심각하게 달라진다).

얼음 장벽이 드리우는 그림자 밑으로 나이츠 워치는 19개의 요새를 쌓았다. 그러나 그것들은 칠왕국의 다른 어떤 성들과도 닮지 않았다. 이 성채들은 어떤 외부 성벽도, 방어용 요새도 갖추지 않았기 때문이다(장벽 그 자체로도 북쪽에서 오는 그 어떤 위협에 맞서기에는 충분할뿐더러 나이츠 워치는 남쪽에는 자신들의 적이 없다고 주장한다).

이들 장벽의 요새 중 가장 웅장하고 오래된 것은 나이트포트지만, 지난 2백 년 동안은 방치되어 왔다. 나이츠 워치가 위축되면서 너무 크고 유지비도 비싼 곳이 되었기 때문이다. 나이트포트가 아직 사용되던 시절에 재임했던 마에스터들은 이 성이 여러 세기에 걸쳐 여러 번 증축되어 왔으며, 원 구조물에서 남아 있는 부분이 거의 없다는 사실을 분명히 밝혔다. 원래 모습 그대로인 부분은 겨우 성 발치에 바위를 쪼아 만든 매우 깊은 납골당 정도다.

그러나 나이트포트는 수천 년 동안 워치의 제일가는 요새로 존재해 왔던 만큼 그 자체로 많은 전설을 안고 있으며, 그 일부가 대마에스터 하르문의 〈장벽의 파수꾼들*Watchers on the Wall*〉에 기록되어 있다. 그중 가장 오래된 전설 하나는 '밤의 왕'에 관한 것이다. 그는 본래 나이츠 워치의 13번째 사령관으로, 시체처럼 창백한 어떤 여자 마법사와 동침한 후 스스로를 왕으로 선언했다고 한다. 밤의 왕과 그의 아내 '시체 왕비'는 함께 13년을 통치하다가 결국 겨울의 왕인 '격파왕' 브랜든에게 토벌되었다(이때 장벽 너머의 왕인 조라문도 브랜든과 동맹을 맺고 함께 움직였다). 그리고 브랜든은 '밤의 왕'이라는 이름을 기록에서 말소시켜 버렸다고 한다.

시타델의 대마에스터들은 대개 이런 이야기들을 무시해 버린다. 그래도 그중 몇 명은 초창기에 나이츠 워치를 본인의 왕국으로 만들려고 시도한 사령관이 있었을지도 모른다는 사실까지는 인정한다. 일부에서는 시체 왕비가 배로우랜드의 여자, 즉 당시만 해도 왕으로서 실제 권력을 소유하고 있던 고분왕의 딸이며 무덤들과도 관련되어 있을 것이라는 추측도 나온다. 한편 밤의 왕의 원래 정체에 관해서는 설이 다양해서 볼튼 가문 사람이라고도 하고 우드풋, 움버, 플

전설에 따르면 거인들도 장벽의 건설을 도왔다고 한다. 그들이 가진 괴력을 이용해서 얼음 벽돌을 제 위치로 옮겼다는 것이다. 이 이야기는 부분적으로 진실이 담겨 있을 수는 있으나, 이야기 속에는 거인들이 실제보다 훨씬 크고 힘센 모습으로 묘사되어 있다. 한편 같은 전설 속에 숲의 아이들 역시 거론되는데, 이들은 직접 얼음이나 돌을 날라서 장벽을 쌓지는 않았으나 자신들의 마법을 사용해 공사에 기여했다고 한다. 그러나 전설이 언제나 그렇듯 신용할 만한 가치가 있는지는 의심스럽다.

좌측 | 캐슬 블랙과 장벽

700피트: 약 214미터 / 100리그: 약 480킬로미터

나이츠 워치의 성채들

사용 중인 성채

섀도우 타워

캐슬 블랙
(나이츠 워치 사령관은 이 성채에 주둔한다)

이스트워치 바이 더 씨

버려진 성채

웨스트워치 바이 더 브리지

센티널 스탠드

그레이가드

스톤도어

호어프로스트 힐

아이스마크

나이트포트

딥 레이크

퀸스게이트
(원래의 이름은 스노우게이트였으나
'선한 왕비' 알리샌느를 기념하여 개명했다)

오큰실드

우즈워치 바이 더 풀

세이블 홀

라임게이트

롱배로우

토치스

그린가드

린트, 노리, 심지어 스타크 가문 사람이라는 얘기까지 있거니와, 결국 전승 지역이 어디냐에 따라 각각 달라진다. 모든 설화가 다 그렇듯 화자에게 가장 매력적으로 다가오는 특성을 취하게 되는 법이다.

나이츠 워치는 칠왕국 최초의 군사조직이라 할 수 있다. 왜냐하면 조직원 모두의 제1목표가 장벽의 수호이며, 따라서 그에 해당하는 수준까지 모든 대원이 군사 훈련을 받기 때문이다. 이에 나이츠 워치에 소속된 맹세를 나눈 대원들은 세 부류로 나뉜다.

1) 스튜어드–나이츠 워치에 음식과 옷, 각종 전쟁에 필요한 모든 자원을 공급한다.

2) 빌더–장벽과 여러 성채를 관리한다.

3) 레인저–장벽 너머 야생의 땅을 탐험하며 와일들링과 전쟁을 벌인다.

이들을 이끄는 것은 나이츠 워치의 선임 사관들이며, 그 수장이 로드 커맨더라 부르는 사령관이다. 사령관은 투표로 선출된다. 나이츠 워치 대원들은 모두–글도 모르는 전직 밀렵꾼부터 고매한 가문의 자손까지 각각 한 사람도 빠짐없이, 그들을 이끌 만하다고 신뢰가 가는 자에게 한 표씩 행사한다. 한 사람이 과반수를 얻게 되면 그는 죽을 때까지 종신직으로 나이츠 워치를 이끌게 된다. 이 관습은 지금까지 워치를 유지하는 데 크게 기여해 왔으며, 혹 사령관을 바꾸고자 하는 시도는(약 오백 년 전의 사령관인 런셀 하이타워가 자신의 사생아 아들에게 나이츠 워치를 넘겨주려고 시도했던 때처럼) 결코 성공하지 못했다.

슬프게도 오늘날 나이츠 워치에 관한 가장 중요한 진실은 이 조직이 쇠락하고 있다는 사실이다. 물론 한때는 나이츠 워치가 위대한 목표에 복무했을 수도 있다. 하지만 아더의 존재가 사실이라 치더라도 수천 년 동안 모습을 보이지 않았고, 따라서 인류에게 아무런 위협도 되지 못한다. 오늘날 나이츠 워치가 대면한 위험은 오히려 장벽 너머의 와일들링이다. 하지만 그것도 오직 장벽 너머의 왕이 존재할 때일 뿐이며, 그렇지 않을 때에 와일들링이 인류의 영역에 제대로 된 위협을 가한 적은 없다.

장벽과 대원들을 유지하는 데 쓰이는 지출은 점점 더 감당하기 어려울 정도로 증가하고 있다. 현재 워치는 성들 중 오직 세 곳만 운용하고 있으며, 조직의 규모 역시 아에곤과 그 누이들이 상륙했던 때에 비해 1/10에 지나지 않지만, 그럼에도 불구하고 그 규모만으로도 부담이 된다.

일각에서는 장벽이 살인자, 강간범, 밀렵꾼 같은 족속들을 왕국령 밖으로 내보내는 좋은 방법이라고도 주장하나, 또 다른 편에선 그런 자들의 손에 무기를 쥐어 주고 군사훈련을 시키는 것이 과연 현명한 일인지 의심한다. 사실 와일들링의 습격 따위는 위협이라기보다 귀찮은 골칫거리로 보는 게 마땅할 것이다. 많은 현명한 이들은 북부의 영주들이 장벽 너머까지 지배권을 넓히도록 허락해 그들로 하여금 와일들링을 몰아내도록 하는 것이 와일들링 문제를 처리할 더 나은 방법이라고 여긴다.

오로지 북부인들이 워치를 크게 존경하고 있다는 사실만이 나이츠 워치가 돌아가도록 유지하는 원동력이다. 캐슬 블랙, 섀도우 타워, 이스트워치 바이 더 씨의 검은 형제들을 굶주림에서 구원하는 식량은 사실 워치가 관리하는 기프트 지역에서 나오는 것이 아니다. 실은 북부의 영주들이 워치를 지원한다는 명목으로 해마다 장벽에 실어나르는 진짜 '선물'로부터 나오는 것이다.

와일들링

장벽 너머의 땅에는 다양한 사람들이 산다. 이들은 모두 다 퍼스트 멘의 후손으로서, 보다 문명화된 우리 남쪽 사람들은 그들을 와일들링-즉 야만인이라 부른다.

물론 그들이 자신을 와일들링이라 자칭하지는 않는다. 장벽 너머에 사는 다양한 사람들 중에서 가장 규모가 크고 수도 많은 무리는 스스로를 자유민이라고 부른다. 그들의 야만적인 삶의 방식이 남쪽의 복종적인 사람들보다 더 많은 자유를 허용한다고 믿기 때문이다. 사실 그들이 왕도 영주도 없이 살며, 타인이든 신을 모시는 사제에게든 아무에게도 머리를 숙이지 않고 살아가는 것은 맞다. 출신이나 혈통, 지위가 어떻든 상관 않고 모두 그렇게 살아간다.

하지만 동시에 그들은 가난하게 살아간다. 또한 굶주림과 혹한의 추위, 야만적인 내전, 이웃끼리 서로 약탈하는 상태로부터도 결코 자유롭지 못하다. 장벽 너머의 무법 상태는 부러울 것이 아니다. 와일들링을 목격한 사람은 누구나 그렇게 증언할 것이다(실제로 그런 증언들이 많이 있는데, 이는 나이츠 워치 레인저들의 진술에 기초한 수많은 기록들에 남아 있다). 하지만 그럼에도 불구하고 스스로의 빈곤과 자신들이 사용하는 쇠도끼며 고리버들 방패, 심지어 몸에 걸친 벼룩이 뒤끓는 생가죽에조차도 자부심을 보이는 면이야말로 그들이 칠왕국 사람과 구분되는 점 중 하나일 것이다.

자유민에 속한 수많은 부족과 씨족들이 퍼스트 멘과 숲의 아이들이 섬기던 옛 신인 위어우드를 믿는다(일부 진술에 따르면 다른 신을 숭배하는 경우도 있다고 한다. 예컨대 프로스트 팽에 전해지는 땅 밑의 검은 신들, 얼어붙은 해안에 전해지는 눈과 얼음의 신, 또 스토롤드 곶의 게의 신 같은 것이지만 확인된 정보는 아니다).

나이츠 워치의 레인저들은 장벽 너머에서도 더 먼 외딴 구석에 거주하는 낯선 사람들의 존재에 대해서도 보고한다. 먼 북쪽의 계곡에 사는 온통 청동을 뒤집어쓴 전사들이나 맨발로 얼음과 돌 위를 걸어다니는 혼풋 부족과 같은 사람들이다. 우리는 얼어붙은 해안에 있는 인간들이 얼음으로 만든 집에 살고 사냥개가 끄는 썰매를 탄다는 사실도 안다. 그리고 동굴을 집으로 삼는 부족도 대여섯은 되며, 장벽 너머의 얼음 강 상류에 산다는 식인종에 대한 소문도 들린다. 그렇다 해도 귀신들린 숲 속으로 50리그* 이상 뚫고 들어가 본 레인저는 드물며, 그곳에는 그들의 상상 이상으로 더 다양한 종류의 와일들링들이 있을 것임은 의심할 바 없다.

이런 야만적인 종족들이 왕국에 가하는 위협은 크게 염려하지 않아도 된다. 예외가 있다면, 가끔 수많은 세월 중 한 번씩 장벽 너머의 왕으로 추대되는 존재의 지도하에 여러 와일들링이 집결할 때다. 그러나 많은 와일들링 침입자와 전사들이 장벽 너머의 왕이라는 호칭에 도전했지만, 실제로 손에 넣은 자는 드물었다. 그리고 장벽 너머의 왕이 되고자 일어났던 와일들링 중 그 누구도 진정한 왕국을 건설하거나 자신의 백성에 신경을 쓴 자는 없었다. 사실 이런 자들은 전쟁 지도자일 뿐 제대로 된 의미의 군주가 아니었고, 그 밖에는 서로 차이는 있을지언정 모두 다 장벽을 부수고 칠왕국을 남쪽 끝까지 정벌하겠다는 희망으로 와일들링들을 이끌었다.

와일들링 침략자들이 칠왕국을 괴롭히는 큰 이유는 금속과 철 때문이다. 즉, 스스로는 이런 물품을 만들어 낼 기술이 없었던 것이다. 많은 와일들링 침입자들은 나무나 돌로 만든, 심지어 어떤 경우에는 뿔로 만든 무기까지 사용한다. 일부는 청동제 도끼와 칼을 다루는데, 사실 그들에게는 청동조차 귀한 물품이다. 그들 중 이름난 전쟁 지도자들은 종종 훔친 강철검을 사용하는데, 때로는 그들이 죽인 나이츠 워치의 레인저에게서 노획해 쓰기도 한다.

좌측 | 나이츠 워치의 성채들
상단 | 와일들링 약탈자

*50리그: 약 240킬로미터

스토롤드 곶의 딥워터 항에는 한때 장벽 너머에 있는 유일하게 마을 비슷한 정착지인 하드홈이 있었다. 그러나 6백 년쯤 전에 마을은 불타고 주민들이 전부 죽었는데, 나이츠 워치조차도 정확히 무슨 일이 일어났는지 모르겠다고 한다. 일각에선 스카고스의 식인종들이 덮쳤다고도 하고, 또 다른 이들은 협해를 건너온 노예상들이 한 짓이라고도 한다. 가장 기이한 이야기는 진상을 조사하러 보낸 나이츠 워치의 선박이 보고한 것으로, 가서 보니 하드홈 위쪽 절벽에서 소름끼치는 비명이 메아리쳐 오는데, 정작 그곳에는 여자든 남자든 아무도 살아 있는 사람이 없더라는 것이다. 하드홈에 관한 가장 흥미로운 설명은 마에스터 윌리스의 저서 〈하드홈: 장벽 너머에서 야만인, 침입자, 숲의 마녀들과 함께 보낸 3년간의 기록*Hardhome: An Account of Three Years Spent Beyond-the-Wall among Savages, Raiders, and Woods-witches*〉에서 찾아볼 수 있다. 윌리스는 펜토스의 무역선을 타고 하드홈까지 가서 의사 겸 자문관으로 자리를 잡았고, 덕분에 그들의 풍속에 대한 글을 쓸 수 있었을 것이다. 윌리스는 그곳에서 '늑대' 고름이라는 자의 보호를 받았는데, 고름은 하드홈을 관리하던 네 명의 부족장 중 하나였다. 하지만 고름이 술에 취해서 싸우다 살해당하는 바람에 윌리스 역시 목숨을 위협받게 되었고, 곧 올드타운으로 돌아왔다. 그는 올드타운에서 자신의 증언을 기록했으며, 그 글을 끝낸 지 일 년 후에 종적을 감추었다. 시타델에 따르면 윌리스가 마지막으로 목격된 장소는 부두로, 자신을 이스트워치 바이 더 씨로 데려갈 배를 찾고 있었다고 한다.

전설에 따르면 제일 처음 장벽 너머의 왕이 된 자는 조라문이라는 인물로, 자신이 가진 뿔피리를 사용해 '땅 속에서 거인들을 깨워 일으켜' 장벽을 무너뜨리겠다고 주장했다 한다(아직까지 장벽이 멀쩡한 것을 보면 그의 주장, 더 나아가 그의 존재 자체도 의심스럽다). 한편 겐델과 고른 형제는 둘이 함께 왕 노릇을 한 경우로 3천 년 전에 등장한 인물들이다. 이들은 자신의 군대를 땅 밑으로 데려가서 꼬불꼬불한 지하의 미로로 이끌었으며, 눈에 띄지 않고 장벽을 통과해 북부를 공격했다고 한다. 고른은 전투에서 스타크 가문의 왕을 죽였고, 이어서 본인 역시 그 왕의 후계자에게 죽었다. 그러자 겐델은 남은 와일들링들을 데리고 동굴로 후퇴했지만, 다시는 볼 수 없었다고 한다.

그로부터 천 년이 지난 뒤(혹은 2천 년일 수도 있다), 그들의 뒤를 이어 '뿔 달린 군주'라는 자가 나타났다. 그의 본명은 역사 속에 잊혀졌지만 그는 장벽을 통과하기 위한 마법을 부렸다고 한다. 그 뒤로 몇백 년 후에는 음유시인 바엘이 등

와일들링 사이에서는 겐델과 그의 부하들이 지하에서 길을 잃고 갇혔으며, 오늘날까지도 그 안에서 방황하고 있다고 전해진다. 하지만 레인저의 역사책에 따르면 고른과 마찬가지로 겐델도 전사했고, 추종자들 몇몇만이 겨우 살아남아 땅 밑으로 달아났다고 한다.

장했고, 그가 실재했든 그렇지 않든 여전히 그의 노래가 장벽 너머에서 불리워진다.

와일들링들은 그가 실존인물이며 많은 노래들이 그가 지은 것이라고 말한다. 하지만 정작 윈터펠의 옛 연대기들은 그에 대한 아무런 언급도 하지 않는다. 그 이유가 바엘이 윈터펠에 안겼다고 전해지는 굴욕과 패배 때문인지(그가 스타크 가문의 처녀를 취해서 임신시켰다는 별 가능성 없는 이야기까지 포함해서), 아니면 그가 아예 존재한 적이 없었기 때문인지는 정말 모를 일이다.

마지막으로 장벽을 넘어선 장벽 너머의 왕은 '붉은 수염' 레이문으로, 그는 AC212년이나 213년경 와일들링을 하나로 결집시켰다. 그러고는 AC226년이 되자 수천 명의 와일들링과 함께 미끄러운 얼음벽을 타고 올라 장벽을 넘고 반대편 땅에 내려서게 된다.

레이문이 거느린 무리는 모두 합쳐 수천 명에 달했으며, 남쪽 멀리 롱레이크까지 싸우면서 나아갔다. 그리고 그곳에서 윌리엄 스타크와 움버 가문의 '술에 취한 거인' 하르몬드 공의 연합군과 맞부딪쳤다. 붉은 수염은 호수를 등지고 양쪽 군대에 포위된 채 싸우다 전사했지만, 윌리엄 스타크를 죽인 뒤였다.

마침내 사령관 잭 무스굿이 나이츠 워치를 이끌고 나타났을 때는 이미 전투가 끝난 뒤였고(그는 이 침략 이전에는 '유쾌한' 잭 무스굿이라고 불렸지만, 이 사건 이후로는 영원히 '잠만 자는' 잭 무스굿으로 불리게 되었다), 이에 화가 난 윌리엄의 형제 아토스 스타크(윌리엄의 동생으로 또래 중 가장 무서운 전사였다)는 홧김에 이들 검은 형제들에게 시체를 매장하는 임무를 맡겨 버렸다. 그리고 나이츠 워치는 최소한 그 임무만큼은 감탄스러울 만큼 제대로 해냈다.

하단 | 장벽으로 모여드는 와일들링 군대

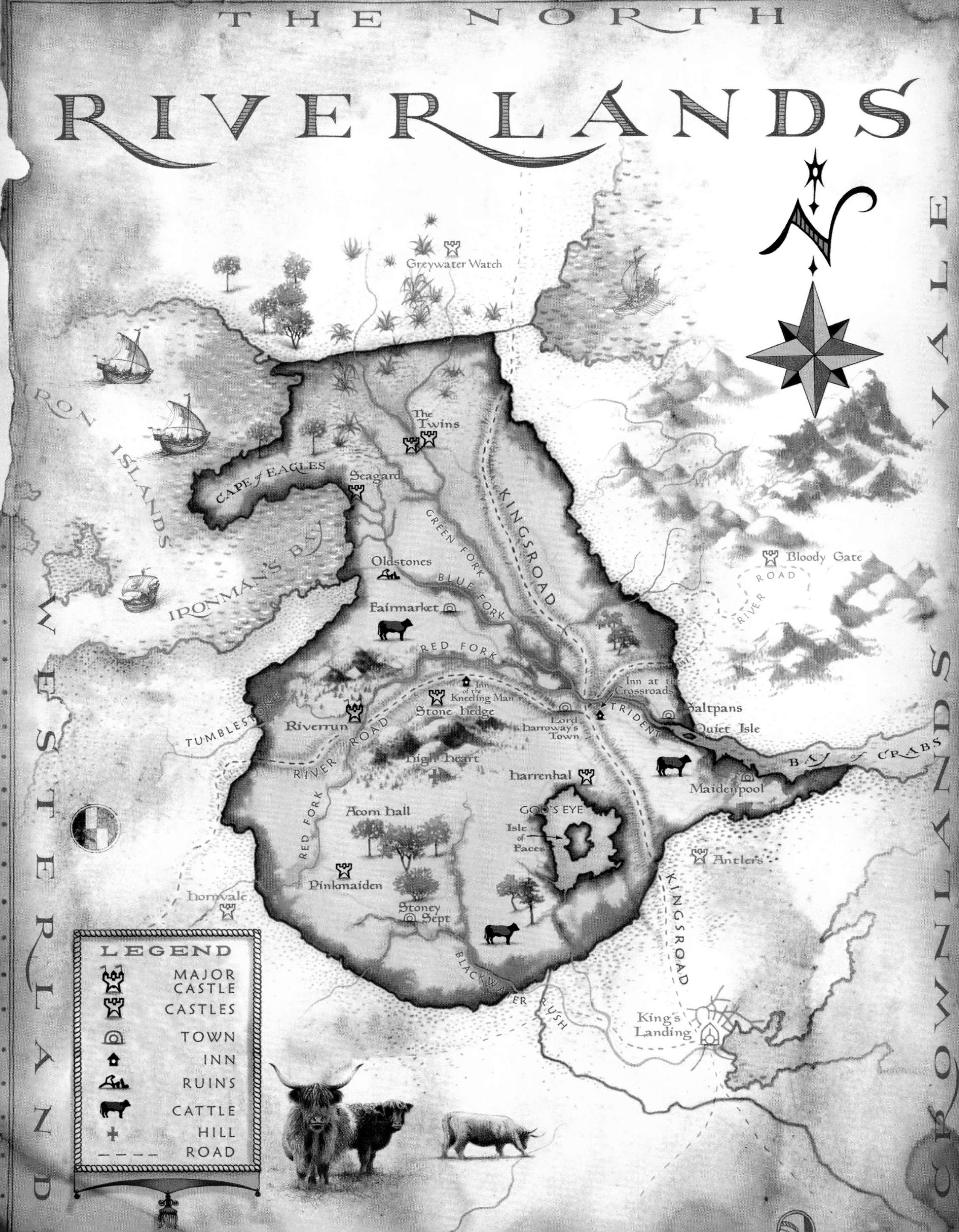
THE NORTH
RIVERLANDS
N
Greywater Watch
IRON ISLANDS
The Twins
CAPE of EAGLES
Seagard
KINGSROAD
GREEN FORK
IRONMAN'S BAY
Oldstones
BLUE FORK
Bloody Gate
RIVER ROAD
Fairmarket
RED FORK
Inn of the Kneeling Man
Inn at the Crossroads
Riverrun
Stone hedge
Lord harroway's Town
TRIDENT
Saltpans
Quiet Isle
TUMBLESTONE
RIVER ROAD
High heart
BAY of CRABS
harrenhal
Maidenpool
GOD'S EYE
Acorn hall
Isle of Faces
RED FORK
Antlers
KINGSROAD
hornvale
Pinkmaiden
Stoney Sept
BLACKWATER RUSH
King's Landing
LEGEND
MAJOR CASTLE
CASTLES
TOWN
INN
RUINS
CATTLE
HILL
ROAD
WESTERLANDS
VALE
CROWNLANDS
REACH

리버랜드

트라이던트 강과 이에 합류하는 세 가닥의 큰 지류가 흐르는 리버랜드 땅에서는 옛부터 영광과 비극이 가득한 많은 역사가 이루어져 왔다.

리버랜드는 넥으로부터 블랙워터 강 기슭까지 뻗어 있고, 동으로는 베일의 경계까지 이르는 지역으로 웨스테로스의 고동치는 심장과도 같다. 칠왕국의 다른 어떤 땅도 이곳만큼 많은 전투를 겪지는 않았으며 또 이곳만큼 그렇게 수많은 군소 왕들과 왕조가 일어났다 쓰러져 간 지역도 없었다. 그 이유는 명백하다. 기름지고 풍요로운 리버랜드는 칠왕국 중 도른을 제외한 다른 모든 왕국들에 국경을 맞대고 있음에도 불구하고 정작 주변에는 침략을 저지할 만한 자연 경계선이 거의 없다. 트라이던트 강물 덕분에 비옥해진 이 땅은 정착에도, 경작에도, 심지어 정복에조차도 알맞으며, 게다가 세 개의 큰 지류까지 있어서 평화시에는 교역과 여행을 촉진하지만 전시에는 진군로이자 방어선이 된다.

트라이던트 강의 세 지류는 각각 그 근처의 지명으로 이어진다. 우선 서쪽의 산악지대에서 물과 함께 쓸려내려와 강물에 섞인 진흙과 토사의 색깔을 딴 레드포크가 있다. 그린포크는 넥의 늪에서 발원한 이끼 낀 물색으로 인해 이 이름이 붙었다. 그리고 블루포크는 지하수에서 솟아나는 반짝이는 맑은 물로 인해 붙은 이름이다. 이 넓은 세 개의 강물이 리버랜드를 통과하여 운송되는 모든 물자들의 물길이 되니, 장대로 노를 젓는 배들이 1마일* 이상 줄줄이 늘어서 있는 광경을 보게 되는 일도 흔하다. 한편 보다시피 이상하게도 리버랜드에는 도시가 없다(하지만 큰 마을들은 좀 있다). 아마도 이 지역의 말썽 많은 역사 탓일 가능성이 크거니와, 과거 이 지역의 왕들이 솔트팬스나 해로웨이 타운, 페어마켓 같은 마을의 확장 인가를 잘 내주려 하지 않았기 때문일 가능성도 있다.

퍼스트 멘이 웨스테로스의 지배 민족으로 군림하던 시절 리버랜드에는 수없이 많은 군소 왕국들이 세워지고 또 무너져 갔다. 그들의 역사는 신화와 노래들에 뒤엉켜 혼동된 채 많은 부분이 잊혀졌지만, 일부 전설적인 왕과 영웅들의 이름만은 남았다. 이들의 행적에 대한 기록이 오래되어 풍화된 돌들 위에 룬 문자로 새겨져 있었기 때문인데, 그 의미에 대해서는 심지어 오늘날까지도 시타델에서 논쟁이 되고 있다. 그러므로 비록 음유시인과 이야기꾼들이 '힘센' 아토스나 '어리석은' 플로리안, 또 '아홉 손가락' 잭, '마녀 여왕' 샤라, '신의 눈'의 녹색 왕 등에 얽힌 화려한 이야기들로 우리를 즐겁게 하더라도, 이러한 인물들이 실존했는지에 대해서는 진지한 학자들이라면 반드시 의문을 품어야 할 것이다.

리버랜드의 진정한 역사는 안달족의 도래와 함께 시작되었다. 이들 동쪽에서 온 정복자들은 협해를 건너와 베일을 휩쓴 뒤 약탈선을 타고 트라이던트와 세 지류를 거슬러 올라왔다. 이 시기에 안달족들은 무리를 이룬 채 앞에 우두머리를 내세워서 싸웠던 듯한데, 훗날 셉톤들이 이런 우두머리들을 가리켜 왕이라고 불렀다. 그리고 그들은 리버랜드를 다스리고 있던 많은 소왕들의 영토를 조금씩 잠식해 들어갔다.

노래들에 귀를 기울여 보면 그 많은 세월에 걸친 여러 이야기들이 나온다. 예컨대 메이든풀의 함락과 그 곳의 소년왕인 '용감한' 플로리안 5세의 죽음, 또는 위도우 포드에서 대리 공의 세 아들들이 안달족 장수인 보리안 비프렌과 그 휘하 기사들을 하루밤낮으로 저지하며 수백 명을 해치운 후에야 숨이 다한 이야기 등이 있다. 또 화이트우드에서 어느 날 밤 할로우 힐 언덕에 숲의 아이들로 추정되는 자가 나타나더니 늑대 수백 마리를 보내서 안달족 기지를 습격해 초승달이 비추는 가운데 수백 명을 찢어발겼다는 이야기도 있으며, 비터 리버에서 벌어졌던 큰 전투에서 스톤헤지의 브랙켄 가문과 레이븐트리 홀의 블랙우드 가문이 함께 침략자들에 맞서 싸우기로 뜻을 모았으나 결국 방패 위에 칠신교의 칠각성을 새긴 777명의 안달족 기사와 셉톤 7인에 의해 산산조각이 났다는 이야기도 있다.

사실 칠각성은 안달족이 가는 곳이라면 어디든지 나타났다. 안달족은 방패와 깃발에 칠각성을 새기고 앞장세웠으

이 지역에서 트라이던트 강의 중요성이 그 어느 때보다 뚜렷이 드러난 경우는 '검은 하렌'의 부친인 하르윈 호알이 리버랜드를 놓고 폭풍왕 아렉과 다투었을 당시였다. 이들 강철인 약탈자들은 트라이던트 강의 제강권을 쥐는 데 성공하여 멀리 떨어진 주둔지와 전장 사이에 전력을 신속히 이동시킬 수단으로 활용했던 것이다. 당시 폭풍왕은 페어마켓 근처의 블루포크 강을 건너다 가장 뼈아픈 패배를 당했거나와, 아렉이 거느린 병사의 수가 월등한데도 불구하고 강을 타고 신속히 움직인 강철인들의 선박이 결정적인 역할을 했음이 드러났다.

1마일: 약 1.6킬로미터

며 갑옷 밑에 받쳐입는 옷에도 수놓았고 때로는 아예 몸에다 문신을 하기도 했다. 광신적인 칠신교도였던 정복자들은 퍼스트 멘과 숲의 아이들이 모시는 옛 신들을 악마보다 더한 존재로 치부했다. 그러고는 그들이 신성하게 여기던 위어우드를 마구 베고 불질렀으며, 위대한 하얀 나무들을 발견하는 족족 다 파괴하고 그 위에 새겨진 얼굴들을 난자했다.

예컨대 하이 하츠라고 불리는 큰 언덕은 이전에 숲의 아이들처럼 퍼스트 멘에게도 특별히 신성한 곳이었다. 꼭대기에 거대한 위어우드 숲이 있는 그곳은 칠왕국의 모든 것이 그랬듯 아주 오래된 곳이었고, 심지어 아직도 여전히 그린시어와 숲의 아이들이 살고 있었다. 그러므로 안달족의 왕인 '친족 살해자' 에렉이 언덕을 포위했을 때 숲의 아이들도 언덕을 지키기 위해 나타나서 구름같이 많은 까마귀 떼와 늑대 무리를 불러냈다고, 적어도 전설은 그렇게 말한다. 그러나 늑대 이빨도 새의 발톱도 안달족의 쇠도끼 앞에서는 상대가 되지 않았고 결국 그린시어, 야수들, 퍼스트 멘 할 것 없이 죄다 죽어서 하이 하츠 바로 옆에 그 언덕만큼하고도 절반이나 더 높이 시체의 언덕이 쌓였다고 음유시인들은 노래했다.

하지만 〈진실된 역사*True History*〉라는 책에서는 다른 가능성을 제기한다. 숲의 아이들은 안달족이 협해를 건너기 한참 전에 리버랜드를 버리고 떠난 지 오래였다는 것이다. 하지만 어떠한 배경이 있었든 그 숲은 파괴되었다. 그리고 오늘날 위어우드들이 서 있던 그 자리에는 그루터기들만 남아 있을 뿐이다.

또 다른 기록도 있으며, 피즈데일에 있는 오래된 셉트에 전해지는 〈리버랜드 왕조 연감*Annal of the Rivers*〉의 일부에는 세 번째 왕조였다고도 되어 있다). 한편, 블랙우드 가문과 브랙켄 가문도 영웅들의 시대에는 자신의 가문이 리버랜드를 여러 차례 지배했었다고 주장한다.

머드 가문은 다른 어떤 앞선 가문들보다도 더 많은 리버랜드의 왕국들을 슬하에 거느렸으나 그 치세가 오래가지는 못했다. '정의의 망치'는 아들 트리스티퍼 5세에게 왕위를 물려주었지만, 결국 그가 최후의 트리스티퍼가 되고 말았던 것이다. 그는 밀려오는 안달족을 막을 능력이 없었을 뿐더러, 심지어 자신의 백성을 하나로 묶는 일조차도 실패했다.

올드스톤을 함락시키고 마지막 트리스티퍼를 죽인 안달족 왕들은 남아 있던 퍼스트 멘 귀족들과 통혼하고 무릎을 꿇지 않는 자들은 다 죽여 버렸다. 호전적이고 다투기 좋아하는 안달족은 리버랜드를 서로 나눠 가졌다. 안달족 정복자들은 마지막 퍼스트 멘 왕의 피가 채 마르기도 전에 자기들 사이의 주도권을 놓고서 전쟁을 시작했다. 이렇게 해서 생긴 많은 군주들이 저마다 강과 언덕의 왕, 또는 트라이덴트의 왕을 자처했다. 하지만 이런 소군주들 사이에 그 칭호에 걸맞을 만큼 충분히 리버랜드 지역을 제패하는 누군가가 나타날 때까지는 그 후로도 수 세기가 걸릴 터였다.

안달족의 침략 이후 리버랜드 땅 전체를 장악하게 된 최초의 왕은 오랫동안 앙숙이었던 두 가문-바로 브랙켄 가문과 블랙우드 가문의 남녀 한 쌍의 밀회를 통해 태어난 사생

에렉의 이름은 고대의 역사책에서 가장 선명한 이름 중 하나지만, 그럼에도 그가 과연 실존인물인지의 여부는 의문의 여지가 있다. 대마에스터 페레스탄은 에렉이 사실은 안달족이 사용하던 칭호에 대한 오독일 뿐, 사람의 이름이 아닐 수도 있다는 의견을 제시한다. 그는 더 나아가 그의 책 〈역사에 대한 고찰*A Consideration on History*〉에서 이 이름 없는 안달족 수장이 나무들을 베어냈던 것도 실은 상대하던 소왕과 경쟁 관계에 있던 또 다른 소왕에게 용병으로 고용되어 대신 저지른 것뿐이라고도 얘기한다.

안달족 이전에 리버랜드를 다스렸던 왕들 중에서 가장 위대했던 왕은 마지막 '강의 왕' 바로 전 왕인 머드 가문의 트리스티퍼 4세였다. '정의의 망치'라고도 불리던 그는 블루포크 강 기슭의 언덕 위에 세워진 올드스톤이라는 큰 성에서 왕국을 다스렸다. 시인들에 따르면 그는 침략자들에 맞서 일백 번의 전투를 치르고 아흔아홉 번 승리했으며, 딱 한 번 마지막 전투에서 7인의 안달족 왕이 연합한 군대와 싸우다가 패배했다고 한다. 하지만 노래에 하필 7인의 안달족 왕이 등장하는 것이 너무 작위적으로 보인다. 이는 아마도 셉톤들이 신앙적인 교훈을 주려고 지어낸 이야기일 가능성이 높다.

머드 가문 이전에도 그와 엇비슷하게 강했던 왕이 있었다. 몇몇 연대기의 기록에 따르면 피셔 가문이 리버랜드를 다스렸던 강의 왕 중에서 최초이면서도 가장 오래된 가계라고 한다(하지만 리버랜드 전체를 다스린 두 번째 왕조였다는

아였다. 그는 소년 시절 베네딕트 리버스로 불리면서 사람들의 멸시를 받았으나, 곧 또래 중 가장 위대한 전사로 성장해서 '용맹한' 베네딕트 경이라는 이름을 얻었다. 그는 빼어난 전투 기량으로 친모와 친부 양쪽 가문 모두의 지지를 얻어냈고, 마찬가지로 다른 리버랜드의 영주들도 곧 그의 앞에 무릎을 꿇었다. 베네딕트가 리버랜드의 소왕들을 마지막 한 명까지 다 제압하는 데에는 30년 이상이 걸렸다. 그렇게 마지막 경쟁자가 굴복하고 나서야 그는 스스로 왕관을 썼다.

왕으로서 그는 '공정한' 베네딕트라 불렸다. 그는 이 호칭을 너무나 마음에 들어한 나머지 사생아에게 주어지는 리버스라는 원래 성씨를 버리고 스스로의 가문명으로 저스트맨을 취하기도 했다. 완고했지만 그만큼 현명하기도 했던 그는 23년 동안 통치하면서 자신의 영토를 멀리 메이든풀과 넥까지 넓혔다. 똑같이 베네딕트라는 이름을 쓴 아들 역시 60

년 동안 통치하며 그의 치세 동안 강의 왕국에 더스켄데일, 로스비, 블랙워터 강 하구까지 더했다.

연대기에 의하면 저스트맨 가문은 리버랜드를 거의 3백 년 가까이 통치했다고 한다. 이 가계는 강철 군도의 왕 코레드 호알이 파이크에 포로로 잡혀 있던 베르나르 2세의 아들들을 죄다 죽이며 대가 끊겼다. 이에 복수하고자 희망 없는 전쟁을 일으킨 그들의 부친 역시 결국 아들들보다 그리 오래는 살지 못했다.

다시 리버랜드에 무정부 상태와 피바람의 시대가 이어졌다. 용맹한 베네딕트가 하나로 묶었던 왕국은 다시금 갈갈이 찢어졌고 블랙우드, 브랙켄, 밴스, 말리스터, 찰튼 가문에서 소왕들이 일어나 100년에 걸쳐 서로 경쟁하며 갈등을 이어 갔다.

이 분쟁들의 승자는 뜻밖에도 토렌스 티그 공이었다. 출신이 불분명한 모험가였던 그는 웨스터랜드를 과감히 공격해서 황금을 쥐는 행운을 얻게 되었고, 그 재산을 사용해 협해 너머로부터 엄청난 수의 용병을 데려왔던 것이다. 그 용병들은 하나같이 백전노장으로 칼끝부터 차원이 달랐고, 그렇게 해서 티그는 6년간의 긴 전쟁 끝에 메이든풀에서 트라이던트의 왕위에 올랐다.

그러나 토렌스 왕도 그 후계자들도 왕좌에 안전하게 앉아 있을 수는 없었다. 티그 가문은 너무도 사랑받지 못한 나머지, 혹시 모를 반역에 대비해 트라이던트의 모든 대가문들의 자녀들을 왕궁에 볼모로 잡아 두어야만 했다. 그렇게까지 했음에도 4대째의 군주 '엉덩이 까진' 테오는 치세 전체를 말 위에 탄 채로 기사들을 이끌고 하나의 반란에서 또 다음 반란으로 쫓아다녀야 했다. 그 과정에서 인질들이 죄다 나무에 목매달렸음은 물론이다.

퍼스트 멘 시절처럼 이들 안달족 출신 왕조들 역시 수명이 짧았는데, 이는 그들의 영토가 사방으로 적들에 둘러싸여 있었기 때문이었다. 서쪽 해안으로는 강철 군도에서 강철인들이 침략해 들어왔으며 동쪽에서도 스텝스톤 군도와 세 자매 군도의 해적들이 똑같은 짓을 저질렀다. 구릉지대에서는 웨스터랜드인들이 내려와 약탈과 정복을 위해 레드포크를 건넜으며, 달의 산에서도 산악 부족이 나타나 불을 지르며 약탈하고 여자들을 납치해 갔다. 남서쪽에서는 리치의 영주들이 내킬 때마다 블랙워터 너머로 강철 같은 기사들을 보냈으며, 남동쪽에는 언제나 황금과 영광에 굶주리던 폭풍왕들의 영역이 펼쳐져 있었다.

트라이던트의 긴 역사 내내 수백 명의 지배자들 밑에서 살아오며 강의 백성들은 최소한 하나의 이웃한 세력과 전쟁을 겪지 않았던 시절이 드물었다. 때로는 둘, 심지어 셋 이상의 적들과 동시에 싸워야 할 때도 있었다.

설상가상으로 이들은 휘하 가문들의 제대로 된 지원을 거의 받지 못했다. 트라이던트의 영주들은 예부터의 오래된 과오들과 지난 배신의 기억을 쉽게 떨쳐버리지 못했으니, 그들이 품은 적개심은 그 땅을 적시는 강물만큼이나 깊이 흘렀다. 하나 이상의 영주들이 몇 번이고 거듭하여 침략자와 손을 잡고 자신의 주군에 대항했다. 사실 어떤 경우는 이 영주들 자신이 리버랜드에 외부 세력을 끌어들인 당사자였으니, 자기 곁의 낯익은 적에 맞서고자 땅과 황금, 나아가 딸까지 내주며 바깥에 도움을 청했던 것이다.

수많은 왕들이 이런 식의 동맹으로 인해 엎어졌으며, 모든 새로운 전투는 언제나 다음 전투의 준비에 지나지 않았다. 돌이켜 보면 이런 외부의 침략자들 중 하나가 갑자기 리버랜드에 머무르기로 작정하고서 리버랜드를 자기 것이라고 선언하는 일은 단지 시간 문제일 뿐이었다.

그리고 그것을 이루어낸 첫 번째 인물은 스톰랜드를 다스리던 듀랜든 가문의 알란 3세였다.

당시 '강과 언덕의 왕'은 티그 가문의 험프리였다. 신앙심이 두터운 지배자였던 그는 리버랜드 곳곳에 많은 셉트와 수녀원을 세웠으며, 나아가 자신의 영토 안에서 이루어지는 옛 신들에 대한 숭배를 억압하고 나섰다.

그리고 이는 레이븐트리 성이 왕에 맞서 일어서도록 이끌었다. 블랙우드 가문은 절대 칠신교를 받아들이지 않았기 때문이다. 아틀란타의 밴스 가문과 리버런의 툴리 가문도 반란에 동참했다. 험프리 왕과 그의 충성파들이 무장 교단의 조력을 받아 막 이들을 박살내기 직전에 로데릭 블랙우드 공이 스톰즈 엔드로 지원 요청을 보냈다. 당시 블랙우드 공은 듀랜든 가문과 혼인으로 연결되어 있었다. 알란 왕이 로데릭 공의 딸 하나를 아내로 맞이하여 레이븐트리의 신의 숲에 있는 거대한 위어우드 아래에서 오래된 예법에 따라 혼례를 치른 바가 있었던 것이다.

알란 3세는 재빨리 요청에 응했다. 폭풍왕은 자신의 기

상단 | 저스트맨 가문의 베네딕트 1세

수들을 죄다 불러모아 대군을 이끌고서 블랙워터 강을 건넜다. 그러고는 피비린내가 진동하는 몇 번의 전투 끝에 험프리 왕과 충성파를 물리치고 레이븐트리를 장악했다. 로데릭 블랙우드와 엘스턴 툴리 모두 전투 중에 목숨을 잃었으며 브랙켄, 대리, 스몰우드, 밴스 공도 마찬가지였다. 험프리 왕과 그의 동생이자 빼어난 기사인 다몬 경, 그리고 그 아들들인 험프리, 홀리스, 타일러 역시 모두 다 이 전쟁의 마지막 전투에서 숨졌다. 이 유혈극이 벌어진 장소는 브랙켄 가문과 블랙우드 가문이 서로 소유권을 다투던, '어머니 신의 젖가슴' 또는 간단히 티트라 불리는 두 언덕 사이였다.

기록에 따르면 이 전투에서 제일 먼저 죽은 자는 험프리 왕이었다고 한다. 곧바로 후계자 험프리 왕자가 부친의 왕관과 검을 이었으나 그 또한 금방 죽었고, 이어서 둘째 아들 홀리스가 왕관을 쓰자마자 그 역시 죽고 말았다. 이렇게 마지막 '강의 왕'의 피묻은 관은 아들에서 아들로 계속 넘어가 마침내는 험프리 왕의 동생에게까지 넘어갔고, 이 모든 과정이 한나절 동안 벌어졌다. 결국 해가 질 무렵 티그 왕가는 완전히 전멸한 후였으며 티그 가문의 왕국도 같은 운명을 맞았다. 이들이 사망한 전투는 이후로 폭풍왕 알란 3세와 스톰랜드인들이 죽인 다섯 왕들을 기리는 의미로 '여섯 왕들의 전투'라 불리게 되었다. 비록 그 다섯 왕 중 일부는 심지어 몇 시간도 아닌 몇 분밖에 왕관을 쓰지 못했지만 말이다.

그로부터 몇백 년 뒤 스톰즈 엔드와 레이븐트리에서 근무했던 마에스터들이 발견한 서신들을 보면 알란 3세가 북으로 진격한 것이 그 스스로 리버랜드를 차지하려는 의도가 아니었을 가능성이 제기된다. 즉, 그보다는 자신의 장인인 블랙우드 가문의 로데릭 공이 왕위를 갖도록 할 작정이었다는 것이다. 하지만 로데릭 공이 전투 중 사망하는 바람에 계획이 다 틀어져 버렸다. 그도 그럴 것이 레이븐트리의 후계자는 이제 겨우 여섯 살에 불과했고, 그나마 아직 살아 있던 블랙우드 공의 형제들에 대해서는 폭풍왕 자신이 별로 마음에 들어하거나 신뢰가 가지 않았다. 알란 왕은 자신의 며느리이자 로데릭 블랙우드의 장녀였던 시에라에게 왕관을 씌우고 그 옆에서 자신의 아들이 통치하는 방법도 잠시 고려했던 것으로 보인다. 하지만 강의 영주들은 여자에게 통치받는 일을 대놓고 반대했고, 결국 리버랜드가 폭풍왕 자신의 영토에 더해지는 것으로 결정되었다.

그렇게 해서 리버랜드는 3백 년 이상을 폭풍왕 치하에 남게 되었다. 하지만 리버랜드의 영주들은 적어도 한 세대에 한 번씩은 스톰즈 엔드의 지배에 반발해 봉기하곤 했다. 많은 가문에서 열댓 명의 인물들이 스스로를 리버랜드의 왕 또는 트라이던트의 왕으로 자칭하고 나섰으며, 저마다 스톰랜드인들이 리버랜드에 씌운 굴레를 벗겨 버리겠노라 공언했다. 게다가 그중 몇몇은 성공하기까지 했다. 2주간, 혹은 한 달간, 심지어 1년 동안 말이다. 그러나 그들의 왕좌는 진흙과 모래 위에 세워진 것이었으니, 결국 매번 스톰즈 엔드에서 새로이 군대를 파견해 옥좌를 뒤엎고 그 자리에 앉으려던 자들을 교수형에 처해 버렸다. 그런 식으로 짧고도 불명예스러운 치세의 끝을 맞이한 왕들로 루시퍼 저스트맨(거짓말쟁이 루시퍼), 마크 머드(미치광이 시인), 로버트 밴스 공, 피터 말리스터 공, 제인 너트 여공, 사생아 왕 아담 리버스 경, 농부왕 페어마켓의 페이트, 올드스톤의 기사 라이몬드 피셔 경을 비롯해 그 밖에도 열댓 명이나 더 있다.

마침내 리버랜드에 대한 스톰즈 엔드의 지배가 무너졌다. 하지만 이를 무너트린 사람은 리버랜드의 영주가 아닌 트라이던트 땅 너머에서 온 또 다른 정복자였으니, 바로 강철 군도의 왕이었던 '압제자' 하르윈 호알이었다. 그는 백 척이 넘는 약탈선을 이끌고 강철인의 만을 건너 씨가드에서 40리그* 남쪽 지점에 상륙한 다음 타고 왔던 배들을 어깨에 짊어지고서 블루포크를 향해 내륙으로 행군했다. 강철 군도의 음유시인들은 이 위업을 아직도 여전히 찬미하고 있다.

강철인들이 강을 오르내리며 마음대로 리버랜드 땅을 습격하고 약탈하자 리버랜드의 영주들은 그들 대다수가 욕하던 스톰즈 엔드의 왕의 이름으로 싸우는 부담을 감수하기가 싫어서 그냥 물러나거나 얌전히 성에 틀어박혀 있었다. 한편, 강철인에 대항해 무기를 든 자들은 참혹한 대접을 받았다. 리버런의 영주 토멘 툴리의 사생아였던 샘웰 리버스라는 대담한 젊은 기사가 소규모로 군대를 조직해 텀블스톤에서 하르윈에게 맞섰지만, 그의 대오는 '압제자'가 한 번 들이받자 바로 산산조각나 버렸다. 수백 명이 도망치다가 물에 빠져 죽었고 샘웰 경은 몸뚱이가 두 동강이 난 뒤, 각각의 반쪽이 양측 부모 가문에 보내졌다.

툴리 공은 전투 없이 리버런을 포기하고 전력을 전부 보전한 채로 도망친 뒤 레이븐트리 홀에서 아그네스 블랙우드 여공과 그의 아들들 밑으로 결집하던 군대에 합류했다. 그러나 막상 아그네스 여공이 강철인을 향해 진격하자 그녀와 사이가 나쁜 이웃인 로타르 브랙켄 공이 전력을 다해서 후방을 급습해 그녀의 병사들을 날려 버렸다. 결국 아그네스는 자신의 아들 중 두 명과 함께 붙잡혀 하르윈에게 보내졌고, 왕은 직접 맨손으로 두 아들을 목졸라 죽이면서 그 광경을 아그네스에게 강제로 보게 했다. 설화가 사실이라면 아그네스는 울지 않았다. 그녀는 강철인 왕에게 이렇게 말했다. "나한테는 다른 아들도 있다는 것을 잊지 마라. 레이븐트리는 너와 네 아들들을 꺾고 박살낼 때까지 버틸 거다. 네 핏줄은 피와 불 속에서 종말을 맞이할 거야."

하지만 마지막의 예언적 언사는 후대에 어느 음유시인이나 이야기꾼이 창작해서 덧붙였을 가능성이 크다. 우리가 아는 바로는 압제자 하르윈은 포로의 반항에 매우 깊은 인상을 받았다고 한다. 그래서 그녀의 목숨을 살려주고 소금 부인으로 삼고자 했다. 하지만 아그네스는 "네 좆을 내 안에 넣느니 네 칼을 받고 말지."라고 대꾸했고, 압제자 하르윈은 그녀의 소원대로 해 주었다.

블랙우드 여공이 거느린 군대가 궤멸하자 리버랜드의 영주들은 저항을 그만두었지만, 아직 전쟁 자체가 끝난 것은

우측 | 페어마켓의 전장을 내려다보는 폭풍왕 아렉

40리그: 약 194킬로미터

아니었다. 멀리 스톰즈 엔드에 있던 듀랜든 가문의 아렉 1세에게 비로소 강철인들이 쳐들어왔다는 소식이 전해진 것이다. 폭풍왕은 막강한 군대를 끌어모으고 북쪽으로 달려갔다.

젊은 왕은 강철인을 물리치려는 의욕이 너무나 넘친 나머지 곧 자신의 보급선보다도 앞서 나가고 말았다. 이것은 뼈아픈 실책이었다. 아렉은 블랙워터를 건너자마자 모든 성이 자신에게서 문을 닫아걸고 음식도 건초도 찾아볼 수 없이 오직 불타는 마을과 재가 된 들판만이 펼쳐진 광경을 보고서야 실수를 깨달았다.

그때쯤에는 수많은 리버랜드의 영주들이 이미 강철인들 편에 붙은 후였다. 그들은 굿브룩 공과 페이지 공, 비프렌 공의 지휘 아래 블랙워터 강을 건너 후방에서 천천히 이동하던 폭풍왕의 보급대가 미처 강에 도착하기도 전에 급습하여 아렉 왕의 호위대를 날려 버리고 보급품을 장악했다.

마침내 폭풍왕의 군대가 페어마켓에서 압제자 하르윈을 마주했을 무렵, 그들은 이미 좌절하고 굶주린 상태였다. 게다가 로타르 브랙켄, 테오 찰튼을 비롯한 몇몇 영주들도 하르윈 왕의 편에 합세해서 기다리고 있었다. 아렉 왕의 병력은 적보다 1.5배 정도 많았지만, 여러 날 동안의 행군에 지칠대로 지친 데다가 혼란과 절망에 빠진 상태였다. 그리고 그런 군대를 이끈 왕도 곧 고집불통에 우유부단한 모습을 보여주었다. 결국 전투가 벌어졌지만, 폭풍인들은 크게 패배하여 산산조각났다. 아렉 자신은 그 대학살의 현장을 빠져나왔으나 두 동생이 전사했고, 이렇게 해서 트라이던트 땅에 대한 스톰즈 엔드의 지배는 피비린내 속에서 갑자기 끝나 버렸다.

전하는 바에 따르면 리버랜드 전역에서 많은 평민들이 이를 듣고 기뻐했으며, 영주들도 대담해져서 아직 리버랜드 곳곳에 남아 있던 몇몇 폭풍인들의 소규모 주둔지에 대항해 일어나 그들을 쫓아내거나 칼을 들이댔다고 한다. 연대기 작가들에 의하면 스토니 셉트에서는 하루 낮밤 동안 종소리가 끊이지 않았다고 전해지며, 또 음유시인들과 거지들은 이 마을 저 마을을 옮겨다니며 트라이던트 사람들이 다시금 스스로의 주인이 되었다고 선언하고 다녔다 한다.

그러나 이런 축하가 오래 이어지지는 못했다. 비록 사실을 뒷받침할 기록은 없지만, 특히 스톤헤지의 로타르 브랙켄 공은 폭풍인들을 쫓아내고 나면 압제자 하르윈이 자신을 왕으로 세워 주리라 믿고서 강철인들과 뜻을 함께했다고 하는데, 사실 그런 일이 일어날 가능성은 전혀 없어 보였다. 하르윈 호알은 왕관을 포기할 만한 인물이 아니었기 때문이다. 300년 전 알란 3세 듀랜든이 그랬듯 이번에도 하르윈 본인이 직접 리버랜드를 차지했다. 하르윈 옆에서 함께 싸웠던 리버랜드의 영주들은 단지 옛 주인을 새 주인으로 바꾸는 데 불과한 짓을 한 셈이 되었고, 그렇게 바꾼 새 주인은 이전보다 더 가혹하고 잔인하며, 더 모시기가 까다로운 주인이었다.

그리고 로타르 브랙켄 자신이야말로 첫 번째로 그런 교훈을 배운 자였다. 그는 반 년 후 압제자에 맞서 일어나려 했으나 몇몇 군소 영주들만이 그의 깃발 밑에 모였으며, 결국 하르윈 왕은 그의 군대를 철저히 분쇄하고 스톤헤지도 약탈한 후 브랙켄 공을 거의 일 년 동안 까마귀 우리에 매달아 놓고 욕보이며 서서히 굶어죽도록 했다.

한편 아렉 왕은 말년에 두 번 더 블랙워터 강을 건너 잃었던 땅을 되찾으려 했으나 성공하지 못했다. 그의 장남이자 계승자였던 아를란 5세 역시 같은 시도를 하다가 죽었다.

압제자 하르윈은 죽을 때까지 리버랜드를 지배했다(그는 64세의 나이로 여러 소금 부인들과 육욕을 즐기다가 돌연사했다). 그리고 그의 아들과 손자가 차례로 대를 이으며 계속해서 트라이던트 사람들을 강철인 특유의 잔인한 통치로 다스렸다. 하르윈의 손자인 '검은 하렌'은 강철 군도에는 단지 가끔만 돌아갈 뿐, 삶의 대부분을 리버랜드에서 자신의 이름을 딴 거대한 성을 짓는 데 보냈다.

그러던 어느 날 정복자 아에곤이 웨스테로스에 상륙하여 하렌과 호알 가문에 종말을 가져왔다. 리버랜드에 대한 강철인의 지배는 하렌할을 삼켜 버린 대학살극으로 끝이 났다. 아에곤은 맨 처음으로 타르가르옌 가문에 지지를 선언했던 에드민 툴리에게 트라이던트의 대영주 칭호를 내렸고, 다른 영주들은 그의 봉신으로 격하시켰다. 한편 왕 칭호는 그 자신이 취했으니, 이제 웨스테로스에는 아에곤을 제외한 어떤 왕도 존재하지 않을 터였다.

툴리 가문

리버런의 툴리 가문은 결코 왕가가 아니었다. 하지만 그 가계를 다룬 책들은 이 가문이 과거에 왕가들과 여러 번 혼인을 맺어 왔음을 보여준다. 툴리 가문이 아에곤 1세 밑에서 대영주로 봉해지기까지의 출발점에 그런 연결고리들이 도움을 주었을지도 모를 일이다.

툴리라는 이름은 트라이던트의 여러 연대기와 연감에 등장하는데, 가문의 출발은 퍼스트 멘이 리버랜드를 지배하던 시기까지 거슬러 올라간다. 연대기의 첫 번째 기록은 에드무어 툴리와 그의 아들들이 '정의의 망치' 트리스티퍼 4세의 곁에서 싸우며 그의 아흔아홉 번에 걸친 전투 중 상당수에 함께했다는 내용이다. 에드무어 경은 트리스티퍼 4세가 죽은 뒤에는 안달족 정복자들 중 가장 세력이 강했던 아미스티드 밴스에게로 넘어갔다. 에드무어의 아들 악셀에게 레드포크와 물살이 세찬 지류인 텀블스톤의 교차점에 있는 땅을 하사한 사람도 밴스였다. 악셀 공은 그곳을 자신의 근거지로 삼고서 붉은 성을 건축한 후 리버런이라 이름붙였다.

리버런은 곧 중대한 전술적 요충지로 드러났다. 그리고 무정부 시대에 등장했던 소왕들은 저마다 툴리 가문의 지지를 따내기 위한 경쟁을 시작했다. 악셀과 그의 후손들은 점점 더 부와 권력을 축적해 갔으며, 웨스터랜드로부터 트라이던트를 지키는 서부 방어선의 핵심 역할을 하며 수많은 리버랜드의 왕을 수호하는 방벽이 되었다.

폭풍왕이 티그 가문의 마지막 왕과의 전쟁에서 승리할 무렵이 되자 툴리 가문은 리버랜드의 영주 가문들 중 가장 중요한 가문으로 여겨졌다. '여섯 왕들의 전투'에서 수많은 귀족 가문들이 멸문되었지만, 대부분은 티그 왕가가 무너지자 폭풍왕 앞에 무릎을 꿇었다. 툴리 가문도 마찬가지였다. 곧 툴리 가문은 중요 관직들을 역임하며 신뢰받는 위치로 올라서기 시작했다.

리버런은 폭풍왕들의 지배 아래에서 오랜 세월을 헤쳐 나갔으며, 이어진 강철인들의 침략까지도 견뎌내면서 거의 그대로 살아남았다. 하지만 리버랜드의 다른 귀족 가문들은 툴리 가문처럼 운이 좋지 못했다. 예컨대 아에곤의 정복이 있기 십 년 전, 오랜 숙적이었던 블랙우드 가문과 브랙켄 가문이 언제나처럼 사사로운 전쟁을 벌인 적이 있었다. 이전까지는 강철인 지배자들도 이런 봉신 가문들 사이의 분쟁은 대부분 그냥 무시해 왔었다. 아니, 〈강철의 연대기 *The Iron Chronicle*〉에 따르면 사실상 압제자 하르윈은 종종 기수 가문들 사이에 일부러 싸움을 조장해서 그들이 힘을 기르지 못하도록 했던 것으로 보인다.

그러나 이번에는 이 싸움이 하렌할의 건설에 방해가 되

리버랜드를 한 번 이상 지배한 적이 있는 가문들의 목록

미스티 섬의 피셔 가문

레이븐트리의 블랙우드 가문

스톤헤지의 브랙켄 가문

올드스톤의 머드 가문
(옛 신 신앙을 가졌던 마지막 리버랜드 왕조)

저스트맨 가문

티그 가문
(리버랜드 출신의 마지막 왕조)

스톰랜드의 듀랜든 가문

강철 군도의 호알 가문

상단 | 툴리 가문을 비롯한 여러 가문들의 문장
(상단부터 시계방향으로 말리스터, 무톤, 대리, 머드, 파이퍼, 스트롱, 밴스, 브랙켄, 블랙우드, 휀트, 로스스톤, 프레이 가문)
우측 | 아에곤 왕자와 퀵실버의 죽음

블랙우드 가문과 브랙켄 가문 사이의 적개심은 악명이 높은데, 그도 그럴 것이 그 역사가 안달족이 오기도 전인 수천 년 전까지 거슬러 올라가기 때문이다. 그 기원은 전설 속에 가려진 채 논쟁의 대상이 되었는데, 블랙우드 가문은 자신들이 왕가였던 반면 브랙켄 가문은 소영주보다 약간 높은 정도였고, 그런 주제에 왕가에 반역해서 자신들을 폐위시키려 했다고 주장한다. 반면에 브랙켄 가문 블랙우드 가문과 정 반대로 뒤집힌 주장을 한다. 두 가문 모두 트라이던트의 왕가였다는 주장은 충분히 진실로 보인다. 확실한 것은 무언가의 원인으로 이들 두 가문 사이의 불화가 발생했으며, 이것이 너무 깊어진 나머지 지금처럼 전설적인 수준으로까지 굳어 버렸다는 사실이다. 그 두 가문은 힘이 강했던 만큼 계속하여 불화를 빚었고, 많은 왕들이 둘 사이의 평화를 끌어내고자 시도해 봤지만 아무런 소용이 없었다. 심지어 저 늙은 왕, 조정자 자에하에리스마저도 이 그치지 않는 전쟁을 끝내려는 시도에 실패했으니, 그가 이룩했던 일시적인 평화 역시 그의 치세가 끝난 뒤에는 유지되지 못했던 것이다.

었고, 이는 '검은 하렌'이 두 가문에 철퇴를 내릴 충분한 이유가 되었다. 결국 그렇게 해서 정복자 아에곤이 하렌할로 행군할 무렵엔 리버런의 툴리 가문이 잔존하던 리버랜드의 영주들 중에서 가장 막강한 위치에 서게 되었다.

40년 동안 통치하면서 수천 명을 빈곤과 죽음 속으로 몰아넣은 검은 하렌은 리버랜드에서 전혀 사랑받지 못했다. 그 결과 아에곤이 상륙했다는 소식이 전해지자 크고 작은 영주들이 그의 기치 아래 몰려들었다. 그들 모두는 저 잔혹한 외지 출신 왕을 몰아내고자 안달이 났으며, 그중에서도 제일 앞자리에 선 자가 바로 에드민 툴리였다. 하렌할이 불타고 검은 하렌의 대가 끊기자 아에곤은 리버랜드의 지배권을 에드민 툴리에게 내주었다. 심지어 일부에서는 툴리 가문에 강철 군도의 통치권까지 부여하자고 건의했으나, 그 의견은 기각되었다.

에드민 공은 하렌할이 남긴 상처를 복구하고자 큰 노력을 기울였다. 또한 새로운 인척관계도 구축되었으니, 에드민 공은 파괴된 하렌할을 새로이 영지로 받은 드래곤스톤의 무술교관 쿠엔톤 쿼헤리스에게 자신의 딸을 시집보냈다(그러나 몇 년 뒤에 이 혼인에는 문제가 많았다는 사실이 드러나면서 쿼헤리스 가문의 슬프고도 빠른 몰락만 초래하게 된다). 한편, 에드민 툴리 공은 AC7년에 왕의 핸드가 되어 2년 동안 재임한 뒤 사임하고 리버런과 가족들에게 돌아갔다.

이어지는 여러 해 동안 툴리 가문의 남자들은 타르가르옌 왕가 초기에 있었던 많은 주요 사건들에서 일익을 담당했다. 아에니스 1세가 리버런을 방문하고 있을 무렵 하렌할

하렌할의 영주들

하렌할의 영주인 쿼헤리스 가문의 2대째이자 마지막 영주였던 가르곤 공은 쿠엔톤 공의 손자였다. 그는 여자를 밝히는 것으로 악명 높았는데, '손님' 가르곤이라는 별명 역시 그가 영지 내의 모든 결혼식에 나타나 초야권을 행사했던 버릇에서 나왔다. 그러니 가르곤 공이 범한 처녀의 아버지가 붉은 하렌과 그 휘하의 무법자 군대에게 성의 비상구를 열어 준 일과 가르곤 공이 살해되기 전 거세부터 당한 것도 놀라운 일은 아니다. 하렌할은 이어지는 세월 동안 저주받았다는 평판에 시달렸다. 하렌할을 다스리던 가문들 대다수가 불행한 종말을 맞이했기 때문이다.

해로웨이 가문

루카스 해로웨이 경은 아에니스 1세의 치세 때 가르곤 쿼헤리스의 뒤를 이어 하렌할의 영주에 올랐다. 딸 알리스가 마에고르 왕과 결혼해서 마에고르의 왕비 중 하나가 되었으며 본인 역시 핸드가 되었으나, 이후 잔혹왕 마에고르가 그들 부녀와 가문 전체를 몰살시키고 말았다.

타워스 가문

해로웨이 가문을 멸문시킨 마에고르 왕은 왕의 기사 중 가장 강한 자가 영지 전체는 아니지만 하렌할 성을 갖게 될 거라고 선포했다. 그를 모시던 기사 23명은 해로웨이 타운의 거리를 피로 적시면서 상을 받기 위해 싸웠다. 왈튼 타워스 경이 승자가 되어 작위를 얻었으나, 곧 상처가 악화되어 죽고 말았다. 그의 가계는 그 뒤로 두 세대를 더 이어가다 마지막 타워스 공이 후사를 얻지 못하면서 사라져 버렸다.

스트롱 가문

리오넬 스트롱은 유명한 전사인 동시에 시타델에서 마에스터 체인의 고리를 여섯 개나 손에 넣은 재능을 타고난 인물이었다. 그는 자에하에리스 1세의 치세 중에 하렌할의 영주 자리를 받았다. 그는 먼저 법무대신으로, 다음엔 비세리스 1세의 핸드로 재임했는데, 그의 아들들도 궁정에 깊이 관여하게 되었다. 그와 그의 후계자인 하르윈 경은 하렌할에서 일어난 화재로 죽었고, 뒤에 남겨진 차남 라리스 스트롱이 다음으로 하렌할의 영주가 되었다. 라리스는 용들의 춤에서는 살아남았지만 늑대의 판결에서는 끝내 살아남지 못했다.

로스스톤 가문

AC151년, 레드 킵의 무술교관이었던 루카스 로스스톤은 하렌할을 아에리스 3세로부터 선물받았다. 마침 그는 팔레나 스토크워스와 결혼한 차였는데, 사실 이는 그녀와 아에곤 왕자(훗날 '무능왕' 아에곤 4세가 된다)의 스캔들이 터지는 바람에 이루어진 조치였다. 그는 곧 신부와 함께 궁정을 떠났지만, 아에곤의 치세 동안 다시 킹스랜딩으로 돌아와 핸드로 복무했다. 하지만 그 기간은 채 1년도 가지 않았다. 아에곤이 또다시 그와 그의 아내와 딸을 궁정에서 내쳤기 때문이다. 이 가문은 마에카르 1세의 치하에서 다넬 로스스톤 여공이 흑마술에 빠지면서 광기와 혼돈 속에 막을 내렸다.

휀트 가문

원래 로스스톤 가문 휘하의 기사 가문이었던 휀트 가문은 로스스톤 가문을 끌어내리는 데 기여한 대가로 하렌할을 받게 되었다. 휀트 가문은 하렌할의 영주 자리를 오늘날까지 유지하고 있지만, 이미 비극이 그들을 노리기 시작한 것 같다.

용들의 춤 초반, 다에몬 타르가르옌 왕자는 라에니라 여왕의 군대를 이끌고 하렌할에 무혈 입성해서 성을 장악하고 여왕의 지지자들이 모일 집결지로 만들었다. 리버랜드에는 흑색파가 많았던 까닭에 지지자들이 각기 수천 명의 군대를 일으켜 라에니라의 이름을 내건 다에몬 왕자의 군대에 합류했다. 그들 중에서도 가장 특기할 만한 자는 강력한 기사인 포레스트 프레이 공으로, 한때 라에니라에게 청혼한 바 있는 여왕의 옛 구혼자였다. 프레이 가문은 유서 깊은 가문은 아니었다. 그들은 약 600년 전부터 명성을 얻기 시작했는데, 그린포크 강의 가장 좁은 부분에 부실한 나무다리 하나를 지었던 어떤 소영주로부터 시작되었다. 하지만 가문의 힘과 영향력이 점점 커졌고, 그들의 성인 크로싱 역시 크게 성장했다. 그 성은 처음엔 다리를 내려다보는 성탑 한 채였지만, 곧이어 강을 사이에 끼고 한 쌍으로 세워진 가공할 만한 두 개의 성탑으로 성장했다. 이 두 성탑 요새는 오늘날 쌍둥이 성이라 불리면서 왕국에서 가장 강력한 요새 중 하나가 되었다.

포레스트 공은 한때 사랑했던 여왕을 위해서 용감히 싸웠으나 결국 이 전쟁 사상 가장 지독했던 '물고기밥' 전투에서 수많은 영주 및 기사들과 함께 죽었다. 한편 그의 미망인인 비프렌 가문 출신의 사비타는 의심할 바 없는 용기의 소유자임이 입증된 동시에, 무자비하기로도 악명이 높았다. 머쉬룸의 기록에 따르면 그녀는 "날카로운 외모에 역시 날카로운 혀를 가진 비프렌 가문의 악녀로서, 춤추기보다 말타기를 즐기고 비단옷보다 갑옷을 두르며, 남자를 보면 죽이기를 좋아하고 여자를 보면 입맞추기를 좋아했다."고 전한다.

을 접수한 붉은 하렌이 '손님' 가르곤을 죽이자, 왕이 그를 하렌할에서 몰아내도록 의지한 상대도 바로 툴리 가문과 그 기수들이었다. 후년에 가서 아에곤 왕자가 숙부인 '잔혹왕' 마에고르와 전쟁을 일으켰을 때도 툴리 가문은 당시 하렌할을 통치하던 해로웨이 가문과 함께 군대를 제공해 아에곤 왕자와 그의 용 퀵실버를 공격해 패배시켰다.

그러나 오래지 않아 리버런 역시 어느새 마에고르 왕에게 진저리를 치기 시작했다. 마에고르의 적들이 그에게 대항하여 일어서기 시작하자 툴리 가문도 자에하에리스 왕자의 깃발 밑으로 달려갔다. 자에하에리스는 잔혹한 숙부의 치세

좌측 | 하렌할의 거성
상단 | 말을 타고 전장으로 나가는 포레스트 프레이 공

마지막 해에 살해당했던 아에곤 왕자의 동생이었다.

툴리 가문은 이후에도 계속해서 역사에 깊은 족적을 남겼다. AC101년의 대회의에서는 그로버 툴리 공이 자에하에리스 1세의 후계자로 라에노르 벨라리온보다 비세리스 타르가르옌 왕자를 지지하는 목소리를 냈다.

AC129년에 용들의 춤이 발발했을 때, 늙은 영주는 자신의 원칙대로 아에곤 2세에게 충성을 바치고 있었다. 하지만 그는 너무 늙어서 자리에 누운 처지였고, 그의 손자 엘모 경은 조부의 뜻에 반하여 성문을 닫고 깃발을 접어 내렸다.

엘모 경은 용들의 춤 후반이 되자 비로소 리버랜드의 영주들을 이끌고 제2차 텀블톤 전투에 참가했다. 하지만 조부가 편들던 아에곤 2세가 아니라 라에니라 여왕의 편에서였다. 전투는 승리로 끝났으며-적어도 부분적으로라도-그로부터 조금 지난 후 조부가 죽고 엘모 경이 리버런의 새 영주가 되었다. 그러나 그는 그 지위를 오래 누리지 못했다. 그는 그로부터 49일 후 행군 도중에 숨을 거두었고, 젊은 아들 커밋 경이 남아서 그의 자리를 이었던 것이다.

커밋 공은 툴리 가문의 힘을 최고조로 끌어올렸다. 생기가 넘치고 용맹했던 그는 처음에는 라에니라 여왕, 이어서 그녀의 아들로 훗날 아에곤 3세가 될 아에곤 왕자 편에 서서 지치지 않고 끝까지 싸웠다. 커밋 공은 전쟁 막바지에 킹스랜딩으로 내려온 흑색파 군대의 사령관이었으며, 또 개인으로서도 용들의 춤 마지막 전투에서 보로스 바라테온 공을 죽인 바 있다.

그의 후계자들 역시 그를 이어 최선을 다해 통치했으나, 그때만큼 리버런이 번영한 때는 다시 없었다. 툴리 가문은 블랙파이어 반란 당시에도 내내 타르가르옌 가문에 충성했으나, 결국 아에리스 2세의 광기에 진절머리를 내고 호스터 툴리 공이 로버트 바라테온이 이끄는 반란군에 가담했다. 그리고 그는 자신의 딸들을 각각 이어리의 존 아린 공과 윈터펠의 에다드 스타크 공과 결혼시켜 그들 사이의 동맹을 굳건히 했으니, 결국 이 동맹이 로버트를 철왕좌에 올렸다고 할 수 있겠다.

리버런

툴리 가문의 거성인 리버런은 다른 대가문들이 소유한 웅장한 요새들에 비하면 자그마한 편이다. 심지어 리버랜드 안에서조차도 가장 큰 성은 못 되니, 검은 하렌이 지었던 방대한 하렌할의 잔해만 해도 리버런을 열 개나 수용할 정도로 컸기 때문이다.

그러나 리버런은 견고하고 잘 지어진 성이며, 또 두 강이 만나는 곳에 자리하여 성 양 쪽으로 깊은 물에 둘러싸인 위치가 이 성의 공략을 단순한 어려움 그 이상으로 만든다. 리버런은 비록 수 세기 동안 여러 차례 포위된 적은 있어도, 적의 손에 넘어간 적은 거의 없으며, 특히 스톰랜드인들에게 넘어간 적은 단 한 번도 없었다. 이 성의 위력의 핵심은 서쪽 벽 밑으로 파들어간 해자로서, 바로 이곳에 성의 대문이 자리잡고 있다. 많은 칠왕국의 성들이 해자를 갖고 있지만, 이곳 리버런처럼 필요할 때 바로 물을 채울 수 있도록 복잡한 수문을 창안해낸 곳은 드물다. 리버런의 해자는 다른 곳에서는 보기 힘들 정도로 깊고 넓기 때문이다. 만약 해자에 물을 충분히 채운다면 리버런은 일종의 섬이 되어 난공불락의 요새가 된다고 볼 수 있다.

상단 | 엘모 툴리 경
우측 | 리버런

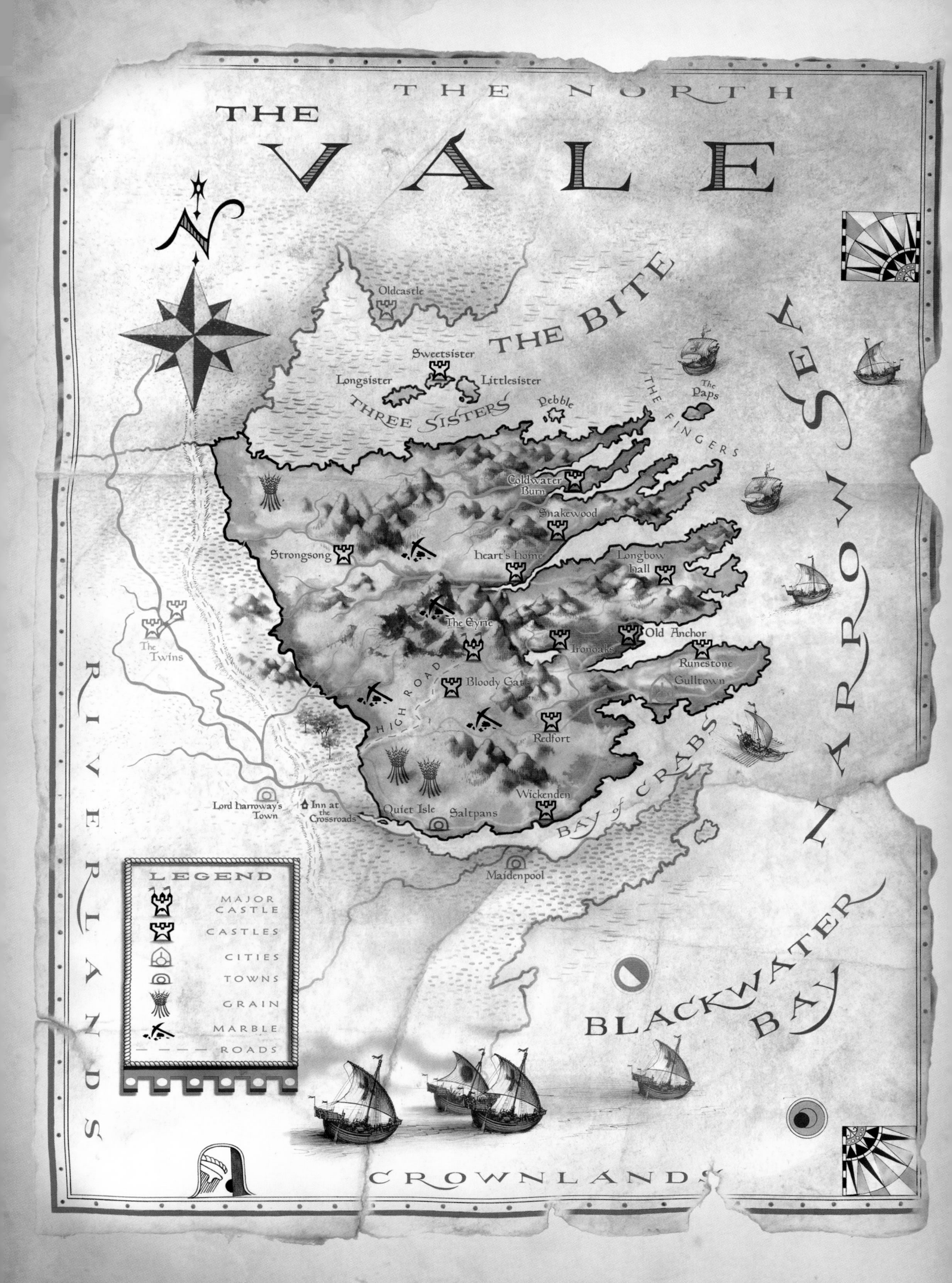
THE NORTH
THE VALE
THE BITE
Oldcastle
Sweetsister
Longsister
Littlesister
THREE SISTERS
Pebble
The Paps
THE FINGERS
NARROW SEA
Coldwater Burn
Snakewood
Strongsong
Heart's Home
Longbow Hall
The Eyrie
Old Anchor
Ironoaks
Runestone
Gulltown
Bloody Gate
HIGH ROAD
Redfort
BAY of CRABS
Wickenden
Saltpans
Quiet Isle
Lord Harroway's Town
Inn at the Crossroads
Maidenpool
The Twins
RIVERLANDS
BLACKWATER BAY
CROWNLANDS
LEGEND
MAJOR CASTLE
CASTLES
CITIES
TOWNS
GRAIN
MARBLE
ROADS

베일

웅장한 달의 산맥의 회녹색 산봉우리들에 완전히 둘러싸인 비옥하며 널따란 계곡은 풍요롭고도 아름답다. 안달족이 칠신의 기치 아래 협해를 건너 웨스테로스에 닿았을 때 베일에 자리잡고자 마음먹게 된 이유도 그래서였을 것이다. 베일 이곳저곳에 흩어져 있는 별과 검, 그리고 도끼(몇몇은 대장장이 신의 상징인 망치라고 주장한다)가 새겨진 바위들이 그 증거가 될 것이다. 그들의 성스러운 경전인 〈칠각성*The Seven-pointed Star*〉에는 언덕의 휴고르가 칠신으로부터 '우뚝 솟은 산들 사이에 자리잡은 젖과 꿀이 흐르는 땅'이 언젠가는 안달족의 새로운 보금자리가 되리라는 계시를 받았음이 언급되어 있다.

거대한 산맥으로 웨스테로스의 다른 지역들과 나뉘어 있는 베일은 안달족이 이 새로운 땅에서 그들의 첫 왕국을 열기에 완벽한 곳이었다. 안달족이 오기 전부터 베일에 거주했던 퍼스트 멘은 바다에서 나타난 정복자들에게 굳게 맞섰지만 당시의 베일은 인구가 매우 적었기에 결국 수적 열세에 밀리고야 말았다. 그 당시를 일컬어 "배 한 척을 불태우거나 가라앉히면 다음 날 새벽과 함께 10척이 떠올랐다."고 음유시인들은 표현했다. 퍼스트 멘은 침입자들의 종교적 맹신을 이겨내기 힘에 부쳤을 뿐만 아니라, 그들의 청동제 무기와 갑옷 역시도 안달족들의 강철 검과 갑옷을 배겨내기에는 역부족이었다.

게다가, 안달 침입자들이 칠각성을 가슴에 그리고(또는 아예 문신으로 새기고) 해변에 올라서기 시작했을 무렵 베일의 여러 골짜기와 산봉우리들은 수많은 소왕국들로 나뉘어 있었다. 오랜 적개심으로 반목하던 퍼스트 멘 왕들은 그들이 처음 나타났을 때 힘을 합쳐 안달족에게 대항하는 대신 서로간의 전쟁에 이 신참자들을 끌어들여 자신의 수족으로 이용하고자 수없이 많은 동맹을 맺었다(이런 어리석은 행태는 안달족이 온 웨스테로스에 가득찰 때까지 반복되었다).

핑거스의 왕 자리를 놓고 다투던 다이웬 셸과 존 브라이트스톤은 서로를 공격하기 위해 안달족 군벌을 용병으로 고용하는 위험한 도박을 할 정도였다. 하지만 고용된 안달족들은 고용주에게 봉사하는 대신 창을 거꾸로 들었다. 안달족을 고용한 지 1년도 안 되어 브라이트스톤은 안달족에게 사로잡혀 고문을 받다 참수당했고, 다이웬 셸은 나무로 지은 자신의 궁궐과 함께 산 채로 잘 구워지고 말았다. 존과 다이웬에게 저런 운명을 안긴 안달족 기사 코윈 코브레이는 브라이트스톤의 딸을 신부로 삼고 셸의 아내는 첩으로 들인 뒤 자신을 핑거스의 주인으로 선포했다(다만 코브레이는 다른 안달족 군벌들과 달리 자신을 왕으로 칭하는 대신 핑거스의 군주라는 겸양을 부린 표현을 선호했다).

좀 더 멀리 남쪽에 있는 크랩 만에 자리잡은 항구도시 걸타운은 일만 년 전 여명기에나 통했을 법한 칭호인 '인류의 진정한 왕'이라는 거창한 칭호를 가진 희끗한 머리의 전사, 셰트 가문의 오스굿 3세가 다스렸다. 걸타운은 두터운 돌벽으로 둘러싸였기에 외부의 공격에 안전해 보였지만, 오스굿 왕과 그의 조상들은 그들만큼이나 유서 깊고 더 강력한 이웃인 룬스톤의 '청동왕'과 간헐적으로 다투고 있었다. 삼 년 전에 아버지가 전사하자 뒤를 이어 왕관의 주인이 된 룬스톤의 군주, 로이스 가문의 요르윅 6세는 이미 여러 전투에서 오스굿 3세를 물리치고 걸타운 안으로 몰아넣은 가공할 적수였다.

어리석게도 오스굿 3세는 그가 잃은 땅과 백성을 되찾기 위해 안달족의 힘에 의지하기로 마음먹었다. 그는 셸과 브라이트스톤 가문이 맞이했던 운명을 피하기 위해 돈 대신 혼인을 통해 결속을 다지고자 했다. 오스굿 3세는 자신의 딸을 안달족 기사 제롤드 그래프튼에게 시집보내는 한편, 제롤드의 장녀를 왕비로 맞고 차녀는 자신의 후계자와 결혼시켰다. 이 세 차례의 결혼식은 모두 바다 건너 칠신교의 예식을 따라 치러졌으며, 셉톤이 결혼식을 주재했다. 오스굿 3세는 종교까지 바꾸어 가며 칠신이 그에게 승리를 보장하리라 믿고 걸타운에 대셉트를 짓겠다는 맹세까지도 했다. 그러고는 새로 맞이한 안달족 동맹자와 함께 청동왕을 기습했다.

결국 오스굿 3세는 청동왕에 맞서 승리를 거두었지만, 그 자신은 전투에서 전사하고 말았다. 이후 걸타운 주민들과 다른 퍼스트 멘들은 제롤드 경이 오스굿 3세를 죽인 것이 분명하다고 수군거렸다. 한편 걸타운으로 귀환하는 길에 제롤드는 장인의 왕좌를 자신이 물려받았노라고 주장하고는 자신의 작은딸이 아이를 가질 때까지 오스굿 3세의 아들을 유폐했다(그 뒤, 오스굿 3세의 아들은 역사의 페이지에서 영영 사라졌다).

걸타운이 제롤드에 맞서 반기를 들자 제롤드 왕은 무자비한 수단을 동원해 반란을 진압했고, 도시의 모든 수로는 남녀노소를 가리지 않고 퍼스트 멘의 피로 붉게 물들었다고 한다. 그리고 그들의 시체는 크랩 만에 던져져 게의 먹이가 되었다. 이후 몇 년이 흐르면서 그래프튼 가문의 걸타운 지배는 견고해졌고, 제롤드는(놀랍게도) 자신이 현명하고 유능한 통치자임을 증명했다. 걸타운 역시 그와 그의 후손들의 통치 아래 번영하여 베일의 최초이자 유일한 도시로 성장했다.

하지만 모든 퍼스트 멘 영주와 왕들이 이 이방인들을 자신의 궁궐과 집으로 초대할 만큼 어리석지는 않았다. 많은 이들은 정복자들을 초대하는 대신 싸움을 선택했다. 그들 중 가장 두각을 보인 지도자는 앞서 언급했던 청동왕, 로이스 가문을 이끌고 안달족에 맞서 여러 승리를 거둔 룬스톤의 요르윅 6세였다. 한때는 해안에 상륙을 감행한 안달족의 약탈선 일곱 척을 격파하고 룬스톤의 성벽을 그들의 머리로 장식할 정도였다. 그의 후손들 역시 계속하여 안달족과 맞섰고, 퍼스트 멘과 안달족 사이의 전쟁은 세대를 이어 계속되었다.

마지막 청동왕은 요르윅의 손자인 로바르 2세다. 열여섯이 되기 2주 전에 아버지에게서 왕위를 물려받은 그는 안달족의 베일 침입을 저지하는 데 거의 성공할 뻔했던 흉포하면서도 영리하고 매력적인 전사였다.

이미 베일의 4분의 3을 차지하고 있던 안달족은 이제 예전에 퍼스트 멘 군주들이 그랬던 것처럼 자기들끼리 다투고 있었다. 로바르 2세는 서로 다투는 그들의 모습에서 기회를 포착했다. 또한 레드포트의 레드포트 가문, 롱보우 홀의 헌터 가문, 스트롱송의 벨모어 가문, 콜드워터 번의 콜드워터 가문 등, 아직도 많은 퍼스트 멘이 베일 전역에서 안달족에 맞서 여전히 대항하고 있었다. 로바르 2세는 그들 하나하나와 차례차례 동맹을 맺어 나갔으며, 그들 외에도 수많은 작은 가문이나 씨족들과 통혼하거나 토지와 돈으로, 그리고 조금 특이한 사례로는(전설에 따르면 로바르 왕이 속임수를 썼다고 한다) 헌터 공과의 활쏘기 시합을 벌여 자신의 기치에 합류하도록 했다. 그의 혀는 인어왕의 신부를 자칭했던 유명한 마녀 우르슬라 업클리프의 충성마저 얻어낼 정도로 달콤했다고 한다.

자그마한 땅을 다스리는 왕이었던 그들은 자신들의 왕관을 벗고 로바르 왕의 깃발 아래 모두 모여 무릎을 꿇었다. 그리고 그를 '베일과 핑거스, 달의 산맥의 대왕'으로 추대했다.

마침내 하나의 통치자 아래 단합을 이룬 퍼스트 멘은 분열되어 서로 다투는 정복자들에 대항해 빛나는 승전을 거듭했다. 현명하게도 로바르는 그들을 해안에서 바다로

내몰기 위해 전 지역에서 동시에 공세를 시도하는 어리석은 짓은 하지 않았다. 그는 한 번에 적 하나씩만을 상대했고, 때때로는 안달족 군벌을 쓰러트리기 위해 다른 안달족 군벌과 연합하기도 했다.

처음으로 무너진 자는 핑거스의 왕이었다. 전설에 따르면 로바르는 코브레이 가문의 명검인 '레이디 폴른'을 직접 카일 코브레이의 손에서 쳐낸 뒤 참살했다고 한다. 걸타운 역시 로바르가 자신의 여동생을 들여보내 셰트 가문을 설득하고 그래프톤 가문에 맞서 봉기하자 성문이 열렸다. 그리고 베일의 동쪽 끝을 장악하고 있던 안달족 왕 '언덕의 망치' 역시도 재기한 퍼스트 멘 세력과 맞섰으나 아이언오크스 성벽 아래에서 로바르 2세의 군대에 쓰러졌다. 한순간, 젊고 용감한 왕의 영도 아래 퍼스트 멘이 자신들의 땅을 되찾는 빛나는 시기가 돌아올 것처럼 보였다.

하지만 그런 일은 일어나지 않았다. 로바르가 마지막 승리를 거두자 남은 안달족 영주들과 소왕들은 마침내 위기에 처했음을 깨닫게 되었다. 그리고 그들 역시 서로의 견해차를 내려놓고 단일한 지도자의 기치 아래 하나로 뭉쳤다. 그러나 그들이 맹주로 선택한 사람은 왕도, 왕자도, 심지어는 영주도 아닌 기사 아르티스 아린 경이었다. 로바르 2세 또래의 젊은 청년인 그는 검과 마상창과 모닝스타 모두에 능통하며 영리하고 지략도 갖춘, 전우들의 사랑을 받는 당대 최고의 전사로 또래들 사이에서 추앙받고 있었다. 비록 순수 안달족 혈통이지만 아르티스는 높이 솟은 산봉우리들 사이로 매가 치솟는 '거인의 창' 기슭에서 태어난 사람이었다. 그의 방패에는 달과 매가, 은으로 된 투구에는 매의 두 날개가 장식되어 있었다. 사람들은 그를 가리켜 '매의 기사'라 불렀고, 지금도 여전히 그렇게 불리고 있다.

그 뒤에 일어난 일을 설명하려면 우리는 노래와 전설의 영역으로 돌아가야 한다. 음유시인들에 따르면 두 군대가 '거인의 창' 산자락, 아르티스의 생가에서 1리그* 떨어진 곳에서 맞부딪쳤다고 한다. 양 군은 수적으로는 비등했지만, 로바르 2세 측이 방어에 유리한 산을 등진 고지대를 점유하고 있었다.

안달족보다 며칠 먼저 거인의 창에 도착한 퍼스트 멘은 참호를 파고 날카로운 말뚝을 땅에 박아 방어벽으로 삼았다(셉톤 맬로우의 군종 기록에 따르면 말뚝 끝에는 동물 내장과 똥을 덕지덕지 발랐다고 한다). 그 자리에 모였던 퍼스트 멘 병사들은 대부분이 보병이었다. 반면 안달군의 경우 전체의 10분의 1은 기병이었고 무장 상태도 퍼스트 멘보다 우수했다. 안달족은 퍼스트 멘보다 전장에 늦게 도착했으며, 전설이 사실이라면 로바르 2세는 안달족보다 사

1리그: 약 4.8킬로미터

를 먼저 전장에 도착하자 매일 안달족을 찾아 수색을 벌였다고 한다.

마침내 황혼 무렵이 되자 안달족의 군대가 도착해 적으로부터 반 리그* 떨어진 곳에 진지를 세웠다. 어두워지는 가운데에도 로바르 로이스는 적군의 대장이 어디 있는지 파악해 두는 데 성공했다. 은빛으로 빛나는 갑옷과 날개가 달린 투구 때문에 멀리 떨어진 곳에서도 그가 '매의 기사'임을 알아보는 데 어려움이 없었다.

당연히도 그날 밤은 두 진영 모두 쉴 틈이 없었다. 날이 새자마자 베일의 운명을 건 전투가 벌어질 것임을 그 자리에 모였던 전부가 알고 있었기 때문이다. 동쪽에서 몰려온 구름이 달과 별을 가리는 바람에 밤은 칠흑과도 같이 어두웠다. 유일한 빛이라곤 강물처럼 흐르는 어둠 양편으로 구축된 진지에서 피운 수백 개의 모닥불뿐이었다. 음유시인들에 따르면 이따금 이편 또는 저편에서 적을 맞추는 요행수를 바라는 화살들이 공중으로 솟아올랐다고 한다. 과연 그 눈 먼 살이 피를 불러왔는지 아닌지는 말해 주지 않았지만.

동녘이 틀 무렵, 사람들은 딱딱한 돌바닥에서 일어나 갑옷을 챙겨 입고 전투를 준비했다. 그때 안달족 진영에서 외침이 들렸다. 희끄무레한 서쪽 하늘에 일곱 개의 별이 반짝이고 있었다. "신께서 우리와 함께 하신다. 승리는 우리의 것이다!"라는 함성이 수천 명의 목에서 솟았다. 나팔 소리가 울리자 안달족 군대의 전위가 깃발을 휘날리며 사면을 올라 쇄도해 왔다. 그러나 퍼스트 멘은 하늘에 나타난 징조에 당황하지 않았다. 그들은 동요 없이 기다렸고, 두 군대가 조우하자 베일의 오랜 역사에서 비길 데 없을 만한 맹렬한 혈전이 벌어졌다.

음유시인들은 안달족이 일곱 번에 걸쳐 돌격했다고 말한다. 퍼스트 멘은 여섯 번 그들을 격퇴했다. 하지만 토르골드 톨레트라는 이름의 무시무시한 거인이 이끈 일곱 번째 공격이 돌파구를 찾았다. 그는 '잔인한' 토르골드라 불렸지만, 가슴팍에 피의 칠각성을 문신하고 양손에 도끼를 든 채 웃통을 벗고 광소하며 전투에 돌입하는 광경을 보면 그런 무서운 별명조차 토르골트의 사람됨을 온전히 표현하지 못하는 익살에 불과할 지경이었다.

이 전투를 묘사한 노래들에 따르면 토르골드는 두려움도, 고통도 느끼지 않았다고 한다. 그는 상처에서 피가 흘러도 아랑곳않고 레드포트 공의 호위병들을 사정없이 도륙한 뒤, 단 한 번의 칼질로 레드포트 공의 어깨에서 팔을 떨구었다. 마녀 우르슬라 업클리프가 피처럼 붉은 말을 타고 그를 저주하기 위해 나타났을 때에도 그는 당황하지 않았다. 그 순간 그의 두 도끼는 적의 가슴팍에 박혀 있던 바람에 맨손이었지만, 음유시인들의 묘사에 따르면 그는 마녀의 말에 뛰어들어 피범벅이 된 손으로 그녀의 얼굴을 움켜쥐고 구원을 요청하는 그녀의 머리를 어깨에서 찢어내 버렸다고 한다.

안달족이 퍼스트 멘의 대열로 쏟아져 들어오자 혼돈이 뒤따랐다. 승리가 안달족의 손아귀에 떨어지는 듯 보였지만, 로바르 로이스는 그리 쉽게 굴복하지 않았다. 다른 자들이 부대를 재정비하기 위해 물러서거나 달아나는 와중에도 대왕은 반격을 명령했다. 그는 양옆에 전사들을 동반하고 스스로 선두에 서서 돌진하며 안달족의 진격으로 일어난 혼돈을 깨부쉈다. 그의 손에는 그가 핑거스의 왕의 손에서 노획한 무시무시한 검, 레이디 폴른이 들려 있었다. 좌우로 몰려든 적들을 쳐죽이며 왕은 토르골드에 대적하러 나아갔다. 로바르가 그의 머리를 내리치자 토르골드는 여전히 웃으며 그의 검을 잡아챘지만 레이디 폴른은 그의 손을 잘라내고 토르골드의 두개골에 박혔다. 이 거인은 마지막으로 껄껄대는 웃음을 남기고는 죽었다고 음유시인들은 말한다.

대왕은 매의 기사가 전장 너머 어디 있는지 미리 봐 두었기 때문에 그를 향해 박차를 가했다. 만약 안달족의 지도자가 쓰러진다면 그가 거느린 부하들도 사기가 꺾여 패퇴하리라 희망했던 것이다.

청동 갑옷을 입은 왕과 은빛 강철의 영웅은 전투가 한창 벌어지는 전장 가운데에서 엉켰다. '매의 기사'가 입은 갑옷은 아침 햇살을 받아 반짝였지만, 그의 검은 레이디 폴른과 같은 명검이 아니었다. 둘의 결투는 시작하자마자 순식간에 끝났다. 발리리아산 강철검이 투구를 가르며 안달족의 전사를 쓰러트렸다. 그의 적이 말안장에서 굴러떨어진 순간, 로바르 로이스는 분명 자신이 승리했다고 생각했을 것이다.

그러나 그 순간, 그는 새벽 공기를 가르며 자신의 뒤편에서 울리는 나팔 소리를 들었다. 당황해 안장에서 몸을 돌린 대왕은 500명의 쌩쌩한 안달족 기사가 '거인의 창' 비탈을 달려 내려와 자신의 부대 측면을 찌르는 모습을 보았다. 선두에서 돌격을 이끄는 자의 방패에는 달과 매가 그려져 있었고, 머리에는 날개 달린 투구를 썼으며 몸에는 빛나는 강철 갑옷을 걸치고 있었다. 아르티스 아린은 충복에게 자신의 여벌 갑옷을 입히고 본진을 사수하도록 한 뒤, 자신은 최고의 기병들을 골라 어릴적부터 알고 있는 험로를 따라 진군해 퍼스트 멘의 배후를 노렸던 것이다. 덕분에 그들은 퍼스트 멘의 진영 뒤편에 나타나 불시에 습격을 가할 수 있었다.

남은 것은 패주뿐이었다. 앞뒤로 협공을 당한 퍼스트 멘의 마지막 대군은 산산히 박살났다. 그날 서른 명의 영주가 로바르 로이스를 위해 전장으로 왔지만 그들 중 단 한 명도 살아남지 못했다. 음유시인들은 대왕이 수십 명의 적을 베었지만, 결국 그 역시 죽임을 당했다고 전한다. 혹자는 아르티스가 그를 죽였다고 하고, 혹자는 루터몬트 공이나 '아홉 별의 기사' 루시온 템플튼을 지명한다. 하츠 홈의 코브레이 가문은 로바르에게 죽음의 일격을 가한 자가 제이미 코브레이 경이라고 주장해 왔고, 그 증거로 전투 후에

이전 페이지 | 일곱 별의 전투

0.5리그: 약 2.4킬로미터

코브레이 가문이 되찾은 발리리아 강철검 '레이디 폴른'을 내세운다.

여기까지가 음유시인과 셉톤이 전하는 '일곱 별의 전투'의 내막이다. 확실히 흥미진진하기는 하지만, 학자라면 그 이야기가 얼마나 진실에 기반하고 있는지 따져야 한다. 물론 우리는 결코 알 수 없으리라. 다만, 확실한 것은 로이스 가문의 로바르 2세가 '거인의 창' 기슭에서 아르티스 아린 경과 전투를 벌인 끝에 로바르 2세는 전사했다는 사실과 '매의 기사'가 날린 이 일격을 맞은 퍼스트 멘은 다시는 일어설 수 없었다는 사실이다.

그날의 전투에서 가장 유서 깊고 가장 고귀했던 베일의 가문들 중 최소 열넷이 멸문당했다. 지금까지도 계보가 이어지는 레드포트, 헌터, 콜드워터, 벨모어, 로이스 등의 가문은 정복자에게 금과 땅과 인질을 바치고 새로이 '산과 계곡의 왕관'을 쓴 아르티스 1세에게 충성을 서약하며 무릎을 꿇어서 살아남을 수 있었다.

이 몰락한 가문 중 일부는 결국 일곱 별의 전투에서 패하며 잃었던 자부심과 부, 세력을 되찾게 되었지만, 그렇게 되기까지는 몇 세기에 걸친 세월이 필요했다. 반면 승리자인 아린 가문은 정복왕 아에곤과 그의 누이들이 오기 전까지 베일을 통치했고, 그 뒤로는 동부의 관리자, 베일의 수호자, 이어리의 영주로서 군림해 왔다. 또한 그날 이후로 베일 지역 자체가 '아린의 계곡'이라는 이름으로 불리게 되었다.

패배자들이 맞이한 운명은 훨씬 더 잔혹했다. 승전보가 협해 너머에 퍼지자 새로운 땅을 갈망하며 더 많은 약탈선이 안달로스로부터 베일과 주변 산맥으로 쏟아져 들어왔다. 안달족 영주는 기꺼이 그들에게 퍼스트 멘이 여전히 저항하다 짓밟혀 노예로 전락하거나 쫓겨나고 있는 땅들을 하사했다.

퍼스트 멘 중 일부는 안달족과 통혼하면서 살아남을 수 있었지만, 나머지 대부분은 서쪽의 산골짜기와 달의 산맥의 돌투성이 길목으로 몸을 숨겼다. 한때 자부심이 가득한 민족이었던 그들의 후손은 이제는 그 골짜기에서 제대로 된 호위 없이 그들의 산맥으로 들어온 어리석은 사람들을 상대로 산적질을 하며 야만적인 삶을 살고 있다. 장벽 너머의 자유민들에 비해 별로 나을 것도 없는 이들 산악 부족들 역시 문명인들에게 와일들링이라고 불리고 있다.

아무리 베일 지역이 높은 산맥의 보호를 받는다고는 해도, 외부의 침략을 완전히 막아내지는 못했다. 거칠고 가파르지만 군대를 베일로 들여보내기에는 가장 적합해 보이는, 리버랜드에서 시작해 달의 산맥을 가로지르는 '높은 길'은 그 동안 엄청나게 많은 피가 흐르는 광경을 지켜보아야 했다. 통나무로 대충 벽을 올린 급조 요새였다가 퍼스트 멘 양식의 성채로 개수된 피의 관문이 그 길목의 동쪽 끝을 지키고 있었는데, 이 관문은 오스릭 5세 시기에 새로이 개

여기 대마에스터 아르넬이 그의 저서 〈산과 골짜기*Mountain and Vale*〉에서 언급한 달의 산맥에 거주하는 산악 부족들 중 규모가 큰 부족의 명단이 있다.

돌까마귀(Stone Crows)	울부짖는 사람(Howlers)
나무의 아들(Sons of the Trees)	달의 형제(Moon Brothers)
우유뱀(Milk Snakes)	붉은 대장장이(Redsmiths)
불탄 자(Burned Men)	검은 귀(Black Ears)
안개의 아들(Sons of the Mist)	색칠한 개(Painted Dogs)

이들 외에도 한 부족이 여럿으로 갈라지면서 생기는 더 작은 규모의 부족들이 있지만, 대부분은 얼마 안 있어 라이벌 부족에 삼켜지거나 베일의 정규군에게 쓸려 나가곤 한다.

이들의 부족명은 모두 나름의 의미를 가지고 있지만, 우리는 그 뜻이 무엇인지 이해하기 힘들 것이다. '검은 귀' 부족은 전쟁터에서 전리품으로 패자의 귀를 잘라가는 행위를 한다. 또한 '불탄 자' 부족의 젊은이들은 성인식에서 자신의 용기를 증명하기 위해 몸의 일부를 불에 지져야 한다. 이런 풍습은 '용들의 춤'이 끝난 몇 년 뒤 '색칠한 개'에서 파생된 부족이 불의 마녀를 숭배하면서 시작되었을 것이라고 마에스터들은 짐작하고 있다. 즉 그들은 부족의 소년들을 불의 마녀에게 보내 그녀가 모는 드래곤의 불길을 견뎌내며 공물을 바침으로써 성인으로 인정받을 자격이 있음을 증명하도록 했던 것이다.

축되었다. 이후 몇 세기 동안 수십 차례에 걸쳐 외지의 원정대가 피의 관문을 넘어서려다 박살나곤 했다.

베일 지역의 바닷가는 위험한 여울목과 암초로 가득한 바위투성이 해안으로, 배를 댈 수 있는 곳이 한정되어 있기에 방어에 유리하다. 그렇지만 아린 가문의 왕들은 자신들의 선조가 바다를 건너서 웨스테로스에 왔음을 잊지 않았다. 그렇기에 그들은 해안 방어를 절대 등한시하지 않았다. 강력한 성과 요새가 취약지를 지키고 있고, 심지어는 바위가 많고 강풍이 부는 핑거스 지역에도 바다로부터의 침입을 알리기 위한 봉화대를 갖춘 감시탑을 이곳저곳에 지어 놓았다.

안달족은 그들이 숭배하는 칠신의 신격 중 하나가 전사신일 정도로 매우 호전적인 종족이었다. 베일의 왕 중 몇몇은 베일 내에서 안전히 머무를 수 있었음에도 자신의 영역 너머로 정복 사업에 나섰다. 그들에게는 전황이 불리하게 돌아가더라도 천연의 방어선인 산맥 안쪽으로 물러나면 그만이라는 이점이 있었다.

베일의 왕들은 해군력의 강화 역시 소홀히 하지 않았다. 걸타운은 매우 훌륭하고 규모도 어마어마한 자연항이었으며, 아린 가문의 통치 아래 칠왕국에서도 손꼽힐 만한 대도시로 성장했다. 아무리 토지가 비옥하기로 유명하다 해도 베일은 다른 왕국(또는 대영지)들에 비해 영토가 작고, 영역의 상당 부분을 차지하는 달의 산맥 역시 황량하고, 거칠고, 사람이 살기 힘든 지역이다. 따라서 베일의 통치자들은 교역을 최고로 중하게 여기며, 아린 가문의 왕들 중 현명한 축들은 항상 전함을 건조하여 무역을 보호하는 데 힘썼다.

베일의 동쪽과 북쪽 해역에는 육십여 개의 섬이 있다. 그중 일부는 게의 보금자리나 바닷새의 둥지 따위에 불과한 암초가 아니라 꽤 큼지막하고 사람이 사는 섬이다. 아린 가문의 왕들은 함대를 동원해 이런 섬들까지 베일의 통치권을 확장할 수 있었다. '뚱보왕' 휴 아린은 짧은 전투를 치른 뒤 페블즈를 얻었고, 그의 손자 휴고 아린은 꽤 공을 들인 끝에 팹스를 손에 넣었다. 마술로 악명을 떨치던 업클리프 가문이 통치하는 위치 섬은 알레스터 2세가 아르웬 업클리프를 신부로 맞는 결혼 동맹을 통해 베일 왕국에 편입되었다.

베일에 편입된 마지막 섬들은 세 자매 군도였다. 이 섬들은 약탈선을 타고 바이트 만, 협해, 심지어 전율해까지 활보하며 해적질을 일삼고 배에 황금과 노예를 가득 실어 귀향하던 잔인한 왕들과 해적, 약탈자들을 수천 년에 걸쳐 자랑하던 곳이었다.

이런 약탈에 시달리던 끝에 결국 북부의 왕이 세 자매 군도, 그리고 바이트 만의 영유권을 노리고 함대를 파견하기에 이르렀다.

'세 자매 군도의 대학살'은 북부가 벌인 세 자매 군도의 정복 사업 중에서 가장 유명한 사건이다. 〈롱시스터 연대기*The Chronicle of Longsister*〉에서는 야만적인 북부인들이 아이들을 죽여서 냄비에 삶고, 병사들은 사람들의 내장을 산 채로 뽑아내 쇠꼬챙이에 칭칭 감곤 했으며 헤드맨 산에서는 단 하루에 삼천 명의 전사들이 처형당했고, 발타자르 볼튼은 백 명의 세 자매 군도 주민에게서 가죽을 벗겨 분홍색 천막을 만들었다는 일화 등 당시의 수많은 공포스러운 사건들을 서술하고 있다.

이런 이야기들을 어디까지 믿을 수 있는지는 확실하지 않지만, 이런 잔혹한 행위들이 베일 사람들이 쓴 전쟁 비망록에는 종종 나타나는 반면, 북부의 연대기에는 전반적으로 언급되지 않는다는 점에 주목할 필요가 있다. 하지만 세 자매 군도 사람들이 살아남은 영주들을 이어리로 보내 베일의 왕에게 구원을 요청할 정도로 북부의 통치가 가혹하였음은 부정할 수 없다.

매토스 2세는 세 자매 군도 사람들이 이어리의 통치권을 인정하고 그와 그의 후손들에게 대대로 충성을 바치겠다는 조건 하에 기꺼이 도움을 제공했다. 매토스 2세의 아내가 물 건너의 전쟁이 베일에 꼭 필요한 것인지 의문을 표했지만, "우린 이제 이웃으로 늑대 대신 해적을 가지게 될 거요."라고 대답했던 일은 유명하다. 그러고 나서 매토스 2세는 시스터튼으로 100척의 함대를 이끌고 나섰다.

결국 그는 베일로 돌아오지 못했지만, 그의 후손들이 전쟁을 계속해 나갔다. 이후 천 년 동안 윈터펠과 이어리는 세 자매 군도의 통치권을 둘러싼 전쟁을 계속했다. 몇몇 사람들은 이 분쟁에 '가치 없는 전쟁'이라는 별칭을 붙였다. 전쟁이 끝나나 싶은 순간이 여러 번 있었지만, 세대가 내려가자 전쟁은 다시 불타올랐다. 섬들은 수십 번이나 주인이 바뀌었다. 북부인이 핑거스 지역에 상륙하는 일도 세 번이나 있었다. 아린 가문의 왕들은 울프스 덴을 불사르기 위해 화이트 나이프 강으로 함대를 보내기도 했고, 스타크 가문은 그에 대한 화답으로 걸타운을 공격하다 난공불락의 성벽에 저지당하자 분노에 가득차 수백 척의 배를 불사르기도 했다.

결국 아린 가문이 승리를 거두었고, 세 자매 군도는 아에곤의 정복 직후 잠시 말라 선더랜드 여왕이 통치하던 때를 제외하면 지금까지도 베일의 일부로 남아 있다. 말라 선더랜드는 아에곤의 명을 받고 북부인이 고용한 브라보스 함대가 다가오는 광경을 보자 스스로 물러났다. 그녀의 남동생은 타르가르옌 가문에 충성을 맹세하였으며, 그녀는 침묵 수녀회로 보내져 생을 마쳤다.

대마에스터 페레스탄은 〈역사 고찰*A Consideration of History*〉에서 이렇게 평했다. "윈터펠이 손해를 보는 만큼 이어리가 이득을 보는 일은 아니었다. 미몽에서 깨어난 늑대가 세 자매 군도는 그저 이 사이에 낀 조그마한 돌멩이에 불과했다는 사실을 깨닫고는 뱉어내고 사라지기 전까지, 다이어울프와 매는 바위 셋을 두고 10세기 동안이나 피를 흘리며 싸웠다."

아린 가문

아린 가문은 안달족 귀족 중에서도 가장 오래되고 가장 순수한 가문이다. 아린 가문의 왕들은 자신의 계보를 안달로스 시절까지 자랑스럽게 더듬어 올라갈 수 있으며, 일부는 '언덕의 휴고르'의 후손이라고 주장할 수도 있을 정도이다.

그러나 아린 가문의 기원을 추적하려면 역사와 전설을 엄격히 구분지을 필요가 있다.

베일을 처음으로 통치한 아린 가문의 첫 왕이자 '매의 기사'라 불린 아르티스 아린 경이 실존 인물이라는 역사적 증거는 풍부하다. 일곱 별의 전투에서 그가 로바르 2세에게 승리를 거두었음은 이후 몇 세기를 거치며 세부적인 이야기가 윤색되었을 가능성이 있지만, 사실로 증명되었다. 비범한 존재일망정, 아르티스 1세가 실존 인물이라는 점에는 의심의 여지가 없다.

그러나 베일에서 실존 인물 아르티스 아린은 〈날개 달린 기사*Winged Knight*〉라는 노래와 이야기에 등장하는, 수천 년 전 영웅들의 시대에 살았던 동명이인 아르티스 아린과 완전히 뒤섞여 있다.

첫 번째 아르티스 아린 경은 큰 매를 탔다고 한다(대마에스터 페레스탄의 견해에 따르면 멀리서 드래곤라이더를 본 기억이 왜곡되어 전해졌으리라고 본다). 독수리들이 군대를 이루어 그의 명령에 따라 싸웠으며, 그는 베일을 차지하기 위해 매를 타고 거인의 창 꼭대기로 날아올라 그리핀 왕을 쓰러트렸다. 거인과 인어들이 그의 친구였고, 숲의 아이들 출신의 여성과 결혼했지만, 그녀는 아르티스의 아들을 낳다가 죽었다고 한다.

그에 대한 수백 가지의 이야기가 전해지지만, 대부분은 상상 속에서나 나올 법한 이야기이다. 그런 사람이 실제로 존재했을 가능성은 매우 낮다. 웨스터랜드에서 전해지는 '영리한 란', 북부의 전설인 '건축가 브랜든'처럼 날개 달린 기사 역시 실존 인물이 아닌 전설에서 태어난 존재다. 그런 영웅이 실제로 저 먼 여명기의 희뿌연 안개 속에서 베일의 산맥과 협곡 사이를 누볐다 하더라도 그의 이름은 아르티스 아린이 아니었을 것이다. 아린이라는 성은 순수 안달족 혈통에서 기원한 것인데, 이 날개 달린 기사는 안달족이 웨스테로스에 첫 발을 디디기 수천 년 전에 살고, 날고, 싸웠기 때문이다.

이 두 인물상을 융합시키고 전설의 날개 달린 기사의 행적을 역사에 등장하는 '매의 기사'에 결부시킨 사람들은 분명 퍼스트 멘의 대영웅을 아린 가문의 선조들 사이에 끼워넣어 아르티스 아린의 후손들의 호의를 사려 했던 베일의 음유시인들이었을 것이다.

아린 가문의 진실한 이야기에는 거인도, 그리핀도, 거대한 매도 없지만, 아르티스 경이 처음으로 매의 왕관을 쓴 순간부터 현재까지의 칠왕국 역사에서 저명한 위치를 차지할 만했다. 아에곤의 정복 이래 이어리의 군주들은 동부의 관리자로서 철왕좌에 봉직해 오며 바다 건너의 적에 맞서 웨스테로스의 해안을 방어해 왔다. 그 이전 시대의 일을 담은 연대기들은 야만적인 산의 부족들에 맞선 수많은 전투들, 세 자매 군도를 놓고 북부와 벌인 천 년에 걸친 투쟁, 아린의 함대가 볼란티스에서 온 노예상과 강철 군도의 약탈자, 스텝스톤 군도와 바실리스크 군도에서 온 해적들을 상대로 혈전을 벌여 격퇴했던 수많은 해전들을 오늘날까지 전하고 있다. 비록 스타크 가문이 아린 가문보다 더 긴 연륜을 자랑할지도 모르지만 아린 가문의 군주들이 셉트에서 신앙 생활을 하며 배움에 힘쓴 덕에 곧 그들의 업적과 선행들이 연대기와 종교적 작품으로 남게 된 반면, 스타크 가문의 전설들은 퍼스트 멘이 문자를 가지기 이전 시대의 일이라 기록으로 남지 않았다.

왕국이 통일되는 과정에서 어린 소년 로넬 아린(날아다닌 왕)이 이어리의 첫 영주가 되자 아린 가문에는 새로운 가능성이 열렸다. 라에니스 타르가르옌 왕비가 로넬 아린과 토렌 스타크의 딸을 약혼으로 맺어 주었는데, 이는 그녀가 평화의 이름 아래 추진한 수많은 결혼 중 하나였으므로 그리 놀랄 일은 아니다. 안타깝게도 로넬 공은 이후 동생인 '친족 살해자' 조노스 아린의 손에 비극적인 죽음을 맞았지만 아린 가문은 친척을 통해 계속 이어졌고, 칠왕국의 수많은 큰 사건들에 깊은 족적을 남겼다.

아린 가문은 '드래곤의 혈통'과 두 번이나 통혼을 하는 영예를 안았다. 이어리의 영주 로드릭 아린은 자에하에리스 1세와 선한 왕비 알리샌느의 간택으로 부마가 되어 다엘라 공주와 결혼했다. 이 둘 사이에서 태어난 레이디 아엠마 아린은 비세리스 1세의 왕비가 되었고, 철왕좌를 두고

상단 | 아린 가문과 봉신들의 문장(시계 방향으로 웨인우드, 로이스, 코브레이, 베일리쉬, 벨모어, 그래프튼, 헌터, 레드포트, 템플튼 가문)

의붓동생 아에곤 2세와 경쟁했던 라에니라 공주가 바로 아엠마의 첫 자식이다. 라에니라 공주와 아에곤 2세가 맞붙은 용들의 춤 당시 이어리를 다스리던 제인 아린 여공은 라에니라 공주와 아들들의 충실한 친구임을 증명했고, 결국 아에곤 3세의 섭정 중 한 명으로 봉직하였다. 그날 이후로 철왕좌에 앉은 모든 타르가르옌 가문 사람들에게는 조금이나마 아린 가문의 피도 흐르고 있다.

아린 가문은 타르가르옌 왕조가 벌인 전쟁에서 한 축을 맡아 왔으며, 블랙파이어 반란에서도 굳건하게 철왕좌와 나란히 서서 블랙파이어 가문의 왕위 주장자들에 맞섰다. 제1차 블랙파이어 반란 당시 도넬 아린 공은 충성파의 선봉대를 이끌었고, 다에몬 블랙파이어의 맹공으로 전열이 붕괴되어 생명이 경각의 위험에 빠진 와중에도 킹스가드 그웨인 코브레이 경이 원군을 이끌고 나타날 때까지 용감하게 맞섰다.

도넬 공은 살아남아 이후의 전장에서도 싸웠고, 몇 년 뒤 '봄의 대역병'이 칠왕국 전역을 휩쓸자 베일로 통하는 '높은 길'과 해로를 차단했다. 덕분에 베일과 도른만은 그 끔찍한 전염병의 대유행을 피할 수 있었다.

최근에 벌어진 사건 중에서는 로버트의 반란에서 존 아린 공이 수행한 역할의 중요성을 부정할 수 없으리라. 사실상 반란의 시작은 존 아린 공이 그의 대자인 에다드 스타크와 로버트 바라테온의 머리를 바치라는 철왕좌의 어명을 거부하면서부터였다. 만약 그가 어명에 따랐더라면 여전히 아에리스 2세가 권좌를 지키고 있었을 것이다. 고령에도 불구하고 존 아린은 트라이던트 강 전투에서 로버트와 나란히 서서 용맹하게 싸웠다. 전후에 로버트 1세는 존 아린 공을 핸드로 임명하여 그의 지혜 역시 입증하였다. 존 아린의 현명함은 이후로 로버트 왕이 칠왕국을 현명하고 공정하게 통치하는 데 큰 도움이 되었다. 위대한 인물이 위대한 왕의 핸드로서 봉직하며 평화와 풍요를 불러옴은 왕국에 큰 기쁨이었다.

AC101년의 대회의에서 아린 가문은 제인 아린 여공이 아직 나이가 어렸기에 큰 역할을 하지 못했다. 룬스톤의 요버트 로이스가 베일의 섭정 자격으로 제인을 대신하여 대회의에 참석했다. 베일의 대가문 중 하나인 로이스 가문은 자신들이 퍼스트 멘 혈통임과 더불어 로이스 가문의 마지막 왕인 로바르 2세에 대한 자부심을 갖고 있다. 지금도 룬스톤의 영주들은 선조들처럼 주인을 위험으로부터 보호한다는 룬 문자를 새긴 청동 갑옷을 입고 전투에 나선다. 아, 이 룬 갑옷을 입고 전장에서 쓰러진 로이스 가문 사람들이 그 얼마나 많았던지. 하지만 마에스터 데네스탄의 저서 〈의문들*Questions*〉에서는 로이스 가문의 룬 갑옷이 겉보기보다는 고대의 유물이 아니라고 추측하였다.

이어리

많은 사람들이 아린 가문의 이어리 성이야말로 칠왕국에서 가장 아름다운 성이라고 주장한다. 이 사실을 부정하기란 어렵다(물론 티렐 가문은 분명 부정하겠지만). 하얗고 날씬한 일곱 개의 탑을 왕관처럼 머리에 얹은 채 거인의 창 중턱에 높이 솟은 이어리 성보다 더 많은 대리석을 벽재와 계단에 사용하여 지었음을 자랑할 수 있는 성은 웨스테로스 어디에도 없다.

아린 가문과 베일 사람들은 그런 빼어난 아름다움에도 불구하고 산꼭대기에 자리하여 공성이 불가능한 이어리 성이야말로 난공불락의 요새라고 말할 것이다.

웨스테로스의 왕좌에 해당하는 성 가운데 가장 작은 이어리는 원래 아린 가문의 거성이 아니었다. 일곱 별의 전투 전날 밤에 아르티스 아린 경과 안달족 군대가 진지를 세웠던 자리인 거인의 창 기슭에 있는 훨씬 큰 성인 달의 관문이 아린 가문의 첫 거성이었다. 아직 왕권이 탄탄하지 못했던 집권 초기에 아르티스 1세는 퍼스트 멘이 봉기할 경우 포위전과 공세를 충분히 버틸 수 있을 정도로 강력한 근거지를 원했다. 달의 관문은 그런 요망을 충족하는 곳이었지만 궁전이라기보다는 요새였고, 이 성을 처음 보는 사람들은 소영주들에게는 훌륭한 성이지만 왕이 살기에 적당한 곳이 아니라고 말하곤 했다.

하지만 어쩌다가 성에 머무르는 아르티스 아린에게는 그 점이 큰 문제가 되지 않았다. 아린 가문의 첫 왕은 재위기간 대부분을 말등에 앉아 영토의 한쪽 끝에서 반대편 끝

까지 끝없이 순행하며 보냈기 때문이다. 그는 "가죽 안장이야말로 나의 왕좌다. 그리고 내 성은 천막이지."라고 말하곤 했다.

아르티스 1세 사후 그의 장남과 차남이 왕위를 이어받았다. 이들은 각각 두 번째와 세 번째의 '산과 계곡의 왕'으로서 통치했다. 아버지와 달리 두 아들은 재위 기간의 대부분을 달의 관문에서 보내며 성에 편의시설을 증축했지만, 그 정도 수준에서 만족하고 더 이상은 손을 대지 않았다. 그러나 아르티스 1세의 손자인 네 번째 왕이 즉위하자 이어리의 건설이 시작되었다. 롤랜드 아린은 소년 시절 리버랜드의 안달족 왕에게 보내져 교육을 받았고 처음으로 무훈을 떨친 뒤, 부왕이 승하하여 왕위를 이어받기 위해 베일로 돌아오기 전까지 올드타운과 라니스포트 등 여러 곳을 여행했다. 하이타워와 캐스털리 록, 그리고 트라이던트 지역 여기저기에 여전히 흩어져 있던 퍼스트 멘이 건설한 훌륭한 성들을 보고 왔던 그의 눈에는 달의 관문이 매우 촌스럽고 못생겨 보였다. 처음에는 달의 관문을 아예 철거하고 그 자리에 새로이 성을 지으려는 충동에 휩싸였지만, 산지가 폭설에 뒤덮이자 식량과 안식처를 찾아 수천 명의 산악부족들이 산을 내려왔다. 그리고 그들이 벌인 약탈은 달의 관문이 있는 자리가 얼마나 외부의 공격에 취약한 장소인지를 롤랜드 1세에게 일깨워 주었다.

전설에 따르면 그의 조부가 고지대에서 공격을 가해 로바르 2세를 물리쳤음을 롤랜드 아린에게 상기시킨 사람은 이후에 그의 아내가 된 헌터 공의 딸 테오라였다고 한다. 테오라의 조언에 따라 롤랜드 1세는 가장 높은 곳을 부지로 선정하여 훗날 이어리가 될 성을 건설하라는 칙령을 내렸다.

그러나 롤랜드 1세는 성이 완성되는 광경을 살아서 보지 못했다. 그가 건축가들에게 내린 지시는 엄청난 것이었다. 거인의 창 기슭은 매우 가파르고 숲이 무성했으며, 산꼭대기의 암반은 깎아지른 절벽인 데다가 얼음까지 얼어 있었기 때문이다. 구불구불한 산길을 정비하는 데만도 10년 이상이 걸렸다. 숲 너머에서 한 무리의 석공들이 가파른 사면을 오르기 쉽도록 망치와 끌로 계단을 만드는 작업에 착수했다. 한편 롤랜드 1세는 베일 주변에서 구할 수 있는 대리석에 만족하지 못하고 다른 곳에서 석재를 구하도록 건축가들을 칠왕국으로 파견했다.

이윽고 다시 겨울이 오자 달의 산맥에 살고 있는 베일의 산악 부족들이 공격을 시작했다. 부지불식간에 '색칠한 개' 부족에 사로잡힌 롤랜드 1세는 칼집에서 칼을 뽑으려다 말에서 끌어내려져 돌도끼로 머리를 맞아 두개골이 박살났다. 그는 26년을 통치하였지만, 기획했던 성의 주춧돌이 놓이는 모습을 보는 데에 그쳤다.

그의 아들, 그리고 아들의 아들이 베일을 다스리는 동안에도 이어리의 건축은 계속되었지만, 타스에서 대리석을 배로 실어오고 다시 노새로 거인의 창을 올라야 했기에 건설 진척도는 고통스러울 정도로 느렸다. 네 명의 잡역부와 한 명의 석공이 조를 짜서 돌을 싣고 산을 오르는 동안 수십 마리의 노새가 죽었다. 그래도 처음으로 하늘로 우뚝 솟은 성을 꿈꿨던 왕의 증손자에게 매의 왕관이 넘겨지기 전까지 성벽은 조금씩이나마 서서히 올라가기 시작했다. 하지만 롤랜드 2세의 관심사는 건축이 아니라 전쟁과 계집질이었다. 이어리의 건축비는 천정부지로 솟았고, 왕은 그가 계획 중인 리버랜드 원정을 위한 자금이 필요했다. 부왕이 영면에 들자마자 롤랜드 2세는 성의 건축을 전면적으로 중지시켰다.

이렇게 이어리는 4년 동안 버려졌다. 반쯤 올라간 탑들 사이로 매가 둥지를 트는 동안 롤랜드 2세는 군대를 이끌고 리버랜드로 진군해 돈과 영광을 위해 퍼스트 멘과 싸웠다.

그러나 정복은 그의 예상보다 달성하기 더 어려운 것이었다. 소왕들을 상대로 몇 차례 별 의미 없는 승리를 거둔 뒤, 그는 '정의의 망치' 트리스티퍼 4세를 마주하게 되었다. 진정으로 위대한 마지막 퍼스트 멘 대왕은 롤랜드 아린에게 엄청난 패배를 안겼고, 다음해에는 더한 패배를 선사했다. 목숨이 경각에 놓인 롤랜드 2세는 그때까지의 동맹자 중 하나였던 안달족 군벌의 성으로 후퇴했지만, 배신당해 사슬에 묶인 채 트리스티퍼에게 넘겨졌다. 화려하게 베일을 나선 지 4년 만에 롤랜드 2세는 올드스톤에서 트리스티퍼 4세의 손에 참수되었다.

그는 거만하고 호전적이었기에 친구가 없었고, 베일에서 그의 죽음을 애도하는 목소리도 거의 없었다. 그의 동생 로빈 아린이 왕위를 계승하자 이어리의 건설도 재개되었다. 하지만 성이 완공되어 사람이 들어가 살게 된 것은 그로부터 43년의 세월이 흘러 왕이 네 번 바뀐 뒤였다. 그곳에서 일하게 된 첫 마에스터 퀸스는 이어리를 두고 "사람의 손으로 지은 것 중 가장 훌륭한 걸작품으로, 그야말로 신들께서 거하시기에도 부족함이 없는 궁전이다. 하늘에 계신 아버지께서도 이런 궁전은 가지고 계시지 못하리라."라고 언명했다.

그 이후로 지금까지도 이어리는 아린 가문이 봄에서 가을까지 거주하는 장소로 남아 있다. 겨울이 되면 눈과 얼음, 그리고 돌풍으로 산을 오를 수 없어 성에 사람이 살 수 없지만, 여름이 되면 계곡에서 시원하고 신선한 바람이 불어오는 덕에 계곡 아래의 찌는 듯한 열기를 피할 훌륭한 도피처가 된다. 전 세계 어디를 찾아보아도 이같은 성은 없으며, 이에 필적할 만한 성이 있었다는 기록도 없다.

이어리는 군대에 함락된 적이 없다. 이어리를 공략하려면 우선 산 아래에 있는 가공할 요새인 달의 관문을 손에 넣어야 한다. 만약 달의 관문을 손에 넣었다 하더라도 침공군은 아직도 기나긴 오르막길을 타야 하고, 그 과정에서 구불구불한 산길을 지키는 스톤, 스노우, 스카이라는 이름의 세 요새를 공략해야 한다.

이어리의 신의 숲에 세워진 울고 있는 알리사 아린을 묘사한 조각상은 주목할 만하다. 전설에 따르면 6천 년 전 알리사는 남편과 형제, 아들들이 모조리 살해당하는 광경을 보았음에도 눈물 한 방울조차 흘리지 않았다고 한다. 그래서 신들은 그녀에게 베일이 눈물로 가득 차기 전까지 울음을 그치지 못하는 신벌을 내렸다. 거인의 창에서 떨어져 내리는 거대한 폭포수는 너무 높기 때문에 물이 땅에 떨어지기 전에 안개로 변한다고 해서 '알리사의 눈물' 이라는 별명을 갖고 있다.

과연 이 이야기는 사실일까? 우리는 알리사 아린의 실존 여부에 대해서는 수긍할 수 있다. 하지만 그녀가 6천 년 전에 살았으리라고는 보기 어렵다. 〈진정한 역사*True History*〉에서는 4천 년 전 설을 주장하였으며, 마에스터 데네스탄은 〈의문들*Questions*〉에서 다시 반으로 줄였다.

이 일련의 방어벽들은 이어리에 접근하는 일 자체를 어렵게 한다. 뿐만 아니라, 심지어 이 세 요새를 하나하나 돌파하고 이어리 성 아래까지 도달한다 해도 곧 자신들이 가파른 벼랑 아래에 있으며, 이어리 성은 윈치나 사다리를 사용하지 않고서는 닿을 수 없는 600피트*의 절벽 위에 있음을 알게 될 것이다.

이어리 공성에 나서려는 진지한 시도가 거의 없었다는 것은 별로 놀라운 일이 아니다. 성이 축조된 이래 아린 가문의 왕들은 위기에 처했을 때 도피할 수 있는 난공불락의 피난처가 자신들에게 있음을 잘 알고 있었다. 아린 가문에서 봉직한 마에스터들과 군사학을 배우는 학생들은 이 성이 절대 함락되지 않는다는 믿음에 만장일치로 동의하고 있다. 아마도 드래곤은 제외하고 말이다. 비센야 타르가르옌은 베일의 마지막 왕의 어머니를 설득해 타르가르옌 가문에 항복하고 매의 관을 바치도록 하기 위해 그녀의 드래곤을 타고 이어리의 안뜰에 내려앉으며 드래곤의 앞에서는 난공불락의 이어리라도 버틸 수 없음을 증명했다.

하지만 그날 이후 거의 300년이 흘렀고, 오래전 마지막 드래곤이 킹스랜딩에서 사라졌다. 이제 이어리를 다스릴 미래의 영주들은 그들의 화려한 거성이 영원히 안전하고 난공불락으로 남으리라는 사실에 다시 한 번 베개를 높이고 잠들 수 있으리라.

600피트: 약 180미터

THE NORTH
IRON ISLANDS
SUNSET SEA
BLACKTYDE
Blacktyde
IRONMAN'S BAY
RIVERLANDS
GREAT WYK
Sealskin Point
OLD WYK
ORKMONT
Nagga's Cradle
Ten Towers
Hammerhorn
Pebbleton
Iron Holt
HARLAW
Lordsport
Pyke
SALTCLIFFE
PYKE
Banefort
N
SUNSET SEA
LEGEND
MAJOR CASTLE
CASTLES
TOWNS
IRON & TIN
ROADS
WESTERLANDS

강철 군도

퍼스트 멘은 정말로 최초로 웨스터랜드에 발을 디딘 존재였을까?

대부분의 학자들은 그렇다고 믿는다. 그들이 오기 전의 웨스테로스는 거인과 숲의 아이들, 들판을 떠도는 야수들의 세계였다. 하지만 강철 군도의 '익사한 신'의 사제는 다른 이야기를 전하고 있다.

그들의 믿음에 따르면 강철인은 인류의 상궤에서 동떨어진 종족이다. '소금 혀' 사우론은 "우리는 신이 없는 땅에서 이 성스러운 섬들로 건너오지 않았다. 우리는 바다 아래, 자신들을 본따 우리를 창조하고 이 세상 모든 바다의 지배권을 준 익사한 신의 궁궐에서 왔다."고 말했다.

물론 강철인들 중에도 이 교리를 의심하고 자신들이 퍼스트 멘의 후손이라는 더 보편적인 견해를 받아들이는 사람들도 있다. 하지만 퍼스트 멘은 안달족과는 달리 결코 해양 민족이 아니었다. 물론 우리는 강철인이 다른 인류보다는 물고기나 인어와 더 가까운 종족이라는 강철인 사제의 주장을 진지하게 받아들일 수는 없다.

교가 뿌리내릴 수 없었다.

익사한 신 신앙에는 사원도, 경전도, 그의 모습을 새긴 성상도 없지만 사제들은 많이 있다. 역사가 문자로 기록되기 이전부터 이 성자들은 강철 군도에 들끓었다. 이들은 여러 섬들을 떠돌아다니며 전도하고, 다른 신들과 신자들을 맹렬히 공격했다. 누더기를 입은 꾀죄죄한 차림새에 종종 맨발로 다니곤 했던 익사한 신의 사제들은 집도 없이 섬들을 떠돌아다녔고, 바다에서 멀리 떨어진 곳까지 가는 일은 드물었다. 이들 대부분은 문맹이었으며 지식은 구전으로 전해졌다. 어린 사제들은 선배에게 기도와 의식을 배웠다. 그들이 어디를 다니든 군주들과 농민들은 익사한 신의 이름으로 그들에게 보금자리와 음식을 제공해야 했다. 몇몇 사제들은 오직 물고기만 먹었다. 대부분은 바다에서 씻는 경우를 제외하면 목욕도 하지 않았다. 다른 지역 사람들은 그들을 미친 사람들로 치부하고 실제로도 그렇게 보이긴 하지만, 그들이 대단한 힘을 휘두른다는 사실을 부정할 수는 없다.

대마에스터 해레그는 한때 해석좌의 전설을 인용하여 강철인의 선조가 일몰해 서쪽에 있는 미지의 땅에서 왔다는 흥미로운 주장을 폈다. 반들반들한 검은 돌에 크라켄을 새긴 그레이조이 가문의 해석좌는 퍼스트 멘이 처음으로 올드 윅에 도착했을 때 발견한 것이라고 한다. 해레그는 이 왕좌가 강철 군도의 첫 주민들이 만들었다고 논하였으며, 마에스터와 셉톤들이 그들이 실은 퍼스트 멘의 후손이라고 주장한 것은 나중의 일이다. 하지만 이는 순수히 추정일 뿐이며, 결국 해레그 자신도 그런 견해를 일축했고, 우리 역시 마땅히 그래야 할 것이다.

그렇기는 해도 이 땅에 강철인이 생겨났으며 그들의 관습과 종교, 통치술이 칠왕국의 다른 지역들에서 보이는 일반적인 모습과 다르다는 점은 부정할 수 없다.

대마에스터 해레그는 자신의 책 〈강철인의 역사*History of the Ironborn*〉에서 이런 모든 차이가 종교에서 기원했다고 주장했다. 춥고 습하며 바람이 몰아치는 강철 군도의 섬들에는 결코 숲이 생겨나지 않았고, 척박한 토양에서는 위어우드도 자라지 못했다. 그 어떤 거인도 이곳에 집을 짓지 않았으며, 숲의 아이들 또한 강철 군도의 숲을 거닐지 않았다. 이 유서 깊은 종족들이 숭배했던 옛 신 신앙은 강철 군도에는 없는 것이나 마찬가지였다. 그리고 마침내 안달족이 강철 군도에 도착했지만 이미 이곳에는 바다의 창조자이자 강철인의 아버지인 익사한 신 신앙이 있었기에 칠신

대부분의 강철인들이 남쪽의 칠신교와 북쪽의 옛 신 신앙을 비웃긴 하지만, 그들은 익사한 신 외에 다른 신격도 인정한다. 그들의 신학에 따르면 익사한 신은 하늘에 살며 인간과 인간의 행적을 증오하는 악신인 폭풍의 신과 대립한다. 폭풍의 신은 세찬 바람과 폭우, 천둥과 번개를 보내 끝없는 분노를 보여주는 존재다.

혹자는 강철 군도라는 이름이 그곳에서 풍부하게 나는 철광석에서 기원했다고 말하지만, 강철인 자신들은 그들의 신처럼 굽힘 없고 굳건한 주민들의 성품에서 따온 이름이라고 주장한다. 지리학자들은 독수리 곶 서쪽의 강철인의 만에 31개의 섬이 있고, 드넓은 일몰해 저편의 론리 라이트 주변에 13개의 섬이 몰려 있다고 말한다. 주요 섬은 일곱으로 올드 윅, 그레이트 윅, 파이크, 할로우, 솔트클리프,

블랙타이드, 오크몬트이다.

할로우는 강철 군도에서 가장 인구가 많고, 그레이트 윅은 가장 넓고 철광이 풍부하며, 올드 윅은 가장 신성한 곳으로 '소금과 암초의 왕'들이 회색왕의 궁정에 모여 누가 그들을 다스릴 것인지 결정하던 장소이다. 거친 바위산이 널린 오크몬트는 몇 세기 전만 해도 강철 군도의 왕가였던 그레이아이언 가문의 본거지이다. 강철 군도에서 가장 큰 도시인 로드스포트를 자랑하는 파이크는 아에곤의 정복 이후 강철 군도 전체를 통치하는 그레이조이 가문의 거성이 있다. 블랙타이드와 솔트클리프는 딱히 볼 것이 없다. 더 자그마한 섬들에는 매우 작은 어촌들 외에 소영주가 사는 성채가 있다. 다른 섬들은 양의 방목지로 쓰이기도 하고, 대부분은 무인도로 남아 있다.

두 번째 그룹인 13개의 섬들은 일몰해에서 배를 타고 북서쪽으로 여드레를 가야 한다. 그곳에는 너무 작은 나머지 집 한 채를 올리기에도 벅찬, 세찬 바람에 드러나 있는 암초 위에 물개와 바다사자가 모여들어 살고 있다. 가장 큰 암초에는 밤낮으로 타오르는 봉화가 지붕에서 빛나고 있기에 론리 라이트라는 이름으로 불리는 파윈드 가문의 요새가 있다. 파윈드 가문과 그들이 통치하는 작은 부족에 대해서는 기묘한 이야기들이 전해진다. 혹자는 그들이 물개와 동침해 반인반수의 자식들을 갖는다고도 하고, 또다른 사람들은 그들이 바다사자나 바다코끼리, 점박이고래나 늑대로 변할 수 있는 스킨체인저들이라고 수군거린다.

그러나 세상 끝에 있는 곳들을 두고 이런 믿지 못할 이야기들이 떠도는 일은 흔하다. 론리 라이트는 우리가 알고 있는 모든 땅에서 서쪽 끝에 있으며, 수많은 용감한 뱃사람들이 몇 세기 동안이나 수평선 너머에 있다는 전설 속의 낙원을 찾아 론리 라이트의 불빛 너머로 떠났지만, 돌아온(물론 대부분은 돌아오지 못했다) 선원들은 오직 끝없이 펼쳐지는 회색 대양에 대한 이야기만을 남겼을 뿐이다.

그레이트 윅과 할로우, 오크몬드의 구릉 밑에는 풍부한 납, 주석, 철광이 묻혀 있다. 이 광석들은 강철 군도의 주요 수출품이다. 당연히도 강철인 중에는 뛰어난 대장장이들이 많다. 로드스포트에 있는 대장간은 다른 곳과 견줄 수 없는 검과 도끼, 갑옷과 금속판을 생산한다.

강철 군도의 토양은 척박하고 돌이 많아 농작물을 재배하기보다는 염소를 방목하는 데 더 적합하다. 만약 바다의 무한한 풍요로움과 어부들이 없었더라면 강철인들은 겨울마다 기근에 시달렸으리라.

강철인의 만에는 대구와 은대구, 아귀, 홍어, 뱅어, 정어리, 고등어 무리가 산다. 모든 섬의 해안마다 게와 바닷가재가 있으며, 그레이트 윅 서쪽의 일몰해에는 황새치와 물개, 고래가 배회하고 있다. 할로우에서 나고 자란 대마에스터 헤이크는 강철 군도 주민의 열에 일곱은 어부라고 추정했다. 비록 이 사람들이 육지에서는 더럽고 가난한 존재지만, 바다로 나가면 이들은 어엿한 주인이다. "배를 가진 자는 노예가 되지 않는다. 모든 선장들은 자신의 갑판 위에서는 왕이기 때문이다."라고 헤이크는 남겼다. 그들의 어로 활동이 섬들을 먹여 살렸다.

하지만 강철인들은 어부보다도 해적들을 더 존중한다. 옛날에 웨스터랜드와 리버랜드에 살던 사람들은 그들을 가리켜 '바다의 늑대들'이라고 불렀는데, 적절한 표현이라 할 수 있다. 그들은 종종 늑대처럼 떼지어 사냥을 하고, 재빠른 약탈선을 몰아 폭풍우가 치는 바다를 건너 일몰해 해안가의 평화로운 마을이나 도시에 내려 약탈과 강간을 일삼았다. 겁 없는 뱃사람들이자 무시무시한 전사들인 그들은 아침 안개를 헤치며 등장해 해가 중천에 뜨기 전에 유혈이 낭자한 과업을 마치고 바다로 돌아갔는데, 그들의 약탈선은 울부짖는 아이들과 겁에 질린 여자들, 그리고 약탈품으로 가득하곤 했다.

대마에스터 해레그는 강철인이 이런 혈겁의 길을 걷기로 결정한 이유가 처음에는 단지 목재가 필요해서였다고 주장했다. 여명기만 해도 그레이트 윅, 할로우, 오크몬트에는 넓은 숲이 있었지만, 조선공들이 게걸스럽게 목재를 탐하면서 숲은 하나둘씩 사라지기 시작했다. 따라서 강철인들은 웨스테로스 본토의 푸르른 땅에 펼쳐진 광대한 숲으로 눈길을 돌릴 수밖에 없었다.

상단 | 나가의 턱뼈로 만든 옥좌에 앉은 회색왕

약탈자들은 섬에서 부족한 모든 것들을 웨스테로스에서 발견했다. 하지만 무역은 거의 하지 않았고, 대부분의 경우 뾰족한 칼끝이나 도끼날을 통해 피로써 값을 치렀다. 그들은 약탈품을 싣고 섬으로 돌아오며 "강철로 값을 치렀다."고 말하곤 했다. 섬에 남았던 사람들은 그들이 가져온 보물을 얻기 위해 '금으로 값을 치르'거나 그냥 없이 지내야 했다. 해레그는 우리에게 이와 같이 말했다. 이러한 약탈자들과 그들의 약탈 행위는 음유시인과 평민들, 그리고 사제들 모두가 칭송하였다고 전한다.

일몰해를 주름잡았던, 누구보다도 거칠고 잔인하며 두려움이라곤 없었던 '소금왕'들과 약탈자들에 대한 수많은 전설들이 수천 년의 세월을 지나 우리에게까지 전해 내려왔다. 그래서 우리는 지금도 '잔인왕' 토르곤, '고래' 요를, '시체술사' 다곤 드럼, 파이크의 로스가와 그가 크라켄을 부를 때 썼다던 뿔피리, 올드 윅의 '누더기' 랄프 이야기를 들을 수 있다.

그 누구보다도 악명이 높았던 사람은 왼손에 도끼, 오른손에는 워해머를 들고 싸웠다는 '검은 피부' 발론이었다. 그를 베려 한 검은 상처 하나도 내지 못하고 튕겨 나갔으며 도끼는 피부에 닿는 순간 산산조각이 났다는 등 사람의 손으로 만든 무기로는 결코 그를 해칠 수 없었다고 한다.

설마 그런 사람들이 정말로 세상을 활보했을까? 이들 대부분은 강철인들이 문자를 갖기 수천 년 전에 태어나고 죽었으므로 알 수 없다. 강철 군도는 오늘날까지도 문맹이 대부분이고, 글자를 아는 사람들은 종종 약골이라고 무시받거나 마법사로 여겨져 두려움의 대상이 된다. 우리가 여명기의 이 반신반인들에 대해 알고 있는 지식의 대부분은 그들이 약탈한 희생자들이 남긴 퍼스트 멘의 룬 문자와 옛 언어로 된 기록에서 온 것이다.

이들이 약탈했던 땅은 그 당시에는 숲이 울창하고 인적은 드문 곳들이었다. 강철인들은 지금과 마찬가지로 해안에서 멀리 떨어진 곳까지 진출하는 것을 꺼렸지만, 그들은 북으로는 베어 섬과 얼음의 만에서부터 남으로는 아버에 이르기까지 일몰해 전역을 호령했다. 육지가 보이지 않는 바다까지는 좀처럼 나가지 않던 퍼스트 멘의 조잡한 고깃배나 돛단배는 거대한 돛과 수많은 노를 가지고 있던 강철인들의 날랜 약탈선의 상대가 되지 않았다. 해안에서 전투가 벌어졌다 하면 강력한 왕들과 유명한 전사들이 강철인 약탈자들 앞에서 낫 앞의 밀이삭처럼 쓸려 나갔다. 웨스테로스 본토에 사는 사람들은 이들 강철인들이 바다밑에 있는 지옥에서 올라온 악마들로, 사악한 마법사의 가호를 받아 쓰러트린 적의 영혼을 빨아들이는 저주받은 무기를 사용한다고들 수군거렸다.

가을이 저물고 겨울이 성큼 다가올 때면 이들은 약탈선을 타고 식량을 구하러 오곤 했다. 그렇게 강철 군도는 씨를 뿌리지도, 가꾸지도, 거두지도 않는 사람들을 한겨울에도 굶기지 않고 먹여 살렸다. "우리는 씨를 뿌리지 않는다."는 말이 파이크의 수확 군주를 자칭하는 그레이조이 가문의 긍지가 되었다.

약탈자들은 금과 곡식 외에도 다른 것, 즉 '하수인'으로 부릴 포로들을 강철 군도로 가져왔다. 강철인들 사이에서는 약탈과 어업만이 자유인이 할 만한 일로 여겨졌다. 농장과 들판에서 쪼그리고 해야 하는 끝없는 노동은 하수인이나 하기에 적절했다. 채광도 마찬가지였다. 하지만 밭일을 하는 하수인들은 결혼하고 아이를 낳으며 늙을 때까지 살 수 있기에 자신들이 운 좋은 사람들이라 생각했다고 해레그는 적고 있다. 반면 광산으로 끌려간 하수인들은 그러지 못했다. 그들은 언덕 아래의 어둡고 위험한 구덩이에서 일했으며, 주인들은 거칠었다. 눅눅하고 더러운 공기를 마시며 일하는 그들은 수명도 짧았다.

강철 군도로 끌려온 남자 포로는 대부분 여생을 밭이나 광산에서 힘든 노동을 하며 보냈다. 하지만 영주나 기사, 부유한 상인의 자식들은 몸값을 지불하면 풀려날 수 있었다. 읽고 쓰고 셈할 수 있는 하수인은 주인을 위해 집사나 가정교사, 서기로 일했다. 석공이나 제화공, 통 만드는 기술자나 상인, 목수처럼 기술을 가진 장인들은 더 가치있

하수인 제도는 퍼스트 멘이 웨스테로스를 지배했던 오랜 기간 동안 흔한 관습이었고, 이는 강철인이 퍼스트 멘의 후예라는 가설의 커다란 근거가 된다.

또한 하수인 제도를 자유도시와 저 멀리 동쪽 나라들에 있는 노예제와 혼동해서는 안 된다. 노예와는 달리 하수인은 몇몇 중요한 권리를 갖고 있다. 물론 하수인 역시 그를 붙잡은 자에게 속하며 노동을 제공하고 복종해야 하지만, 그럼에도 불구하고 재산이 아니라 사람으로 취급받는다. 하수인은 사고 팔 수 없다. 자신의 재산을 소유할 수 있으며 결혼도 할 수 있고, 희망에 따라서는 아이를 가질 수도 있다. 노예의 아이들은 노예로 태어나 자라지만, 하수인의 아이들은 자유민으로 태어나 자란다. 섬에서 태어나는 아이들은 모두가 강철인이며, 이는 부모가 다 하수인이라도 마찬가지다. 그리고 도제 일을 시작하거나 선원으로 배를 타기 시작하는 일곱 살 이전까지는 부모에게서 떼어내지도 않았다.

는 존재였다.

하지만 약탈자들이 가장 귀중히 여긴 것은 젊은 여자들이었다. 나이 많은 여자들도 때로는 부엌일이나 요리, 재봉, 방직, 산파 일을 맡기기 위해 잡아오곤 했지만, 이들은 약탈에 나설 때마다 갓 피어나기 시작한 아름다운 소녀와 처녀들을 잡아왔다. 잡힌 사람들 대부분은 섬에서 하녀나 창녀, 가사 노동, 또는 다른 하수인들의 아내로 여생을 마쳤지만, 그중에서도 가장 아름답고 강하고 성적 매력이 있는 사람들은 포획자의 '소금 부인'이 되었다.

웨스테로스 본토와는 믿는 신이 다른 것처럼, 결혼에 대한 그들의 관습 또한 본토와 다르다. 칠신교의 가르침이 널리 퍼진 칠왕국에서 남자는 한 명의 아내와 인생을 함께하고, 여자 역시 한 남편과 일생을 보내게 되었다. 하지만 강철 군도에서는 남자는 단 한 명의 '바위 부인'을 맞을 수 있지만(부인이 죽지 않는 한에서 말이다. 바위 부인이 죽는다면 다른 바위 부인을 맞을 수 있다), 소금 부인은 여럿을 가질 수 있다. 바위 부인은 강철 군도의 자유인 태생이어야만 한다. 배에서도 침실에서도 그녀의 자리는 남편의 바로 옆이며, 그녀 소생의 자식들 역시 우선권을 갖는다. 하지만 소금 부인은 거의 항상 약탈로 잡혀온 여성이다. 몇 명의 소금 부인을 거느렸는지가 남자의 권세와 재산, 정력의 척도가 된다.

강철인의 소금 부인들이 첩이나 매춘부, 잠자리 수발을 드는 노예에 불과하다고 생각해서는 안 된다. 소금 결혼 역시 바위 결혼처럼(비록 바위 결혼에 비해 상당히 간소한 의식이었지만) 익사한 신의 사제의 주관 아래 결혼식을 치렀다. 또한 소금 부인에게서 태어난 아이들도 합법적인 관계를 통해 태어난 아이로 간주되었다. '소금 아들' 역시 바위 부인과의 사이에서 태어난 적자가 없는 경우에는 상속도 받을 수 있었다.

아에곤의 정복 이후 아에곤 1세가 여성의 약탈을 금지했기 때문에(라에니스 왕비의 청탁이었다고 한다) 강철 군도에서 소금 결혼 풍습은 현저히 쇠퇴했다. 또한 아에곤 1세는 칠왕국을 약탈하는 행위도 금지시켰다. 하지만 그의 후계자들은 이러한 금지령을 이따금씩만 강제했기에, 오늘날도 수많은 강철인들은 그들이 '옛 방식'이라 부르는 것으로 돌아가기를 여전히 갈망하곤 한다.

유목 왕관

전설에 따르면 영웅들의 시대에는 회색왕이라고만 알려진 강력한 군주가 강철인들을 다스렸다. 회색왕은 바다를 통치했고 인어를 아내로 삼았기에 그의 아들딸은 선택에 따라 바다 위, 또는 밑에서 살았을 것이다. 그의 머리와 수염, 눈은 마치 겨울 바다처럼 회색이었기에 회색왕이라는 이름이 붙었다. 그가 쓴 왕관은 바다에 떠밀려 온 나무를 엮어 만들었고, 따라서 그 앞에 무릎 꿇은 자 모두는 그의 왕권이 바다, 그리고 바다 밑에 사는 익사한 신으로부터 오는 것임을 잘 알았을 것이다.

강철 군도의 사제들과 음유시인들이 노래하는 회색왕의 업적에는 놀라운 것들이 많다. 폭풍의 신을 모욕해 벼락을 떨궈 나무를 불사르도록 해 세상에 불을 가져온 자가 바로 회색왕이었다. 또한 사람들이 그물과 돛을 짜도록 가르치고, 사람을 잡아먹는 단단한 마목 '이그'를 베어 첫 약탈선을 건조했다고 한다.

하지만 회색왕이 올린 최고의 업적은 리바이어던과 거

상단 | 노획물을 챙기는 강철인 약탈자

대한 크라켄을 잡아먹을 정도로 커다란 야수, 격노하면 섬을 물 속으로 가라앉히곤 하던 가장 큰 바다 드래곤인 나가를 죽인 것이다. 회색왕은 죽인 나가의 늑골을 기둥과 서까래로 사용해 커다란 궁전을 지었다. 그곳에서 그는 피부가 자신의 머리와 수염처럼 회색이 될 때까지 천 년 동안 강철 군도를 다스렸다. 그러고는 그는 유목 왕관을 벗어두고 바다 밑으로 내려가 익사한 신의 궁전에서 마땅히 그가 차지해야 할 자리, 익사한 신의 오른편에 앉았다.

회색왕은 강철 군도 전체를 다스렸지만, 그가 남긴 백 명의 아들들은 회색왕이 죽자 누가 그의 자리를 계승할지를 두고 다투기 시작했다. 형제가 서로 죽이는 친족 살해의 살육전 끝에 단 열여섯만이 남았다. 마지막까지 살아남은 이들은 섬을 나누어 가졌다. 재미있게도, 강철인의 대가문 중 정말로 회색왕의 장자의 후손일 법한 올드 윅과 그레이트 윅의 굿브라더 가문을 제외하면 하나같이 자신들이 회색왕의 후예라고 주장하고 있다.

아무튼 여기까지가 전설과 익사한 신의 사제들이 전하는 이야기이다.

하지만 역사는 다른 이야기를 전한다. 시타델에서 찾을 수 있는 가장 오래된 기록에 따르면 강철 군도는 한때 두 왕, 암초왕과 소금왕을 두고 다스리던 별개의 왕국들이었다고 한다. 암초왕은 섬을 통치하고 정의를 집행하며 법률을 제정하고 분쟁을 조정했다. 반면 소금왕은 그들이 약탈선을 타고 바다로 나가면 언제 어디서든 지휘권을 행사했다.

남아 있는 기록에 따르면 거의 대부분의 경우 암초왕이 소금왕보다 나이가 많았다고 한다. 때로는 아버지와 아들이 각각 암초왕과 소금왕으로 재위했기에 일부는 소금왕이 그저 암초왕의 세자 직위에 불과하다는 주장을 펴기도 한다. 하지만 암초왕과 소금왕이 각각 다른 가문 소속인 경우도 알려져 있으며, 심지어는 서로 적대적인 가문 출신이기도 했다.

웨스테로스의 다른 지역에서는 소왕들이 혈통과 태생을 내세워 왕관에 대한 권리를 주장했지만, 강철 군도의 유목 왕관은 쉽게 얻을 수 있는 것이 아니었다. 강철인들은 웨스테로스에서 유일하게 왕을 직접 선출하는 제도를 가지고 있었다. 이들은 킹스무트라는 큰 회의에 모여 자신들을 다스릴 암초왕과 소금왕을 선출했다. 왕이 죽으면 익사한 신의 사제는 후계자를 선출하기 위해 킹스무트를 개최했다. 배를 소유한 선장이라면 누구든 때로는 며칠, 드물게는 그보다 더 오래 이어지는 이 난장판에 참석해 발언할 권리가 있었다. 무능한 군주를 끌어내리기 위해 사제들이 '선장들과 왕들'을 소집하는 경우도 있었다고 강철인들은 전한다.

익사한 신의 사제들이 강철인들 사이에서 행사한 권력은 과소평가할 수 없다. 그들만이 킹스무트를 개최할 권리가 있었고, 감히 그들에게 반항하는 자라면 영주든 왕이든 할 것 없이 재앙을 내렸다. 그들 중 가장 위대한 사제는 어디서든 불신자들을 후려치기 위해 기다란 지팡이(어떤 전승에서는 위어우드, 또 다른 전승에서는 나가의 뼈로 만들었다고 한다)를 짚고 다니던 위대한 선지자, '하얀 지팡이' 갈론이었다.

강철인들끼리 싸워서는 안 되며 서로의 여자와 해안을 탐해서도 안 된다는 규정을 만들고, 암초왕과 소금왕들의 위에 서서 모두를 다스릴 대왕을 뽑도록 선장들과 왕들을 올드 윅으로 소집해 강철 군도를 하나의 왕국으로 단합시킨 사람이 바로 갈론이었다. 킹스무트에 모인 사람들은 오크몬트의 소금왕으로 당대에 가장 무시무시한 약탈자였던 '무쇠발' 우라스 그레이아이언을 대왕으로 선출했다. 갈론이 몸소 나서서 대왕의 머리에 유목 왕관을 얹었고, 우라스는 회색왕 이래 처음으로 강철인 모두를 다스리는 사람이 되었다.

여러 해가 흐른 뒤 우라스가 약탈 도중에 입은 상처로 숨지자 우라스의 장남이 그의 관을 가로채고는 에리히 1세라고 자칭했다. 당시 갈론은 반쯤 눈이 멀고 노쇠했지만 그럼에도 불구하고 이 소식에 격분해 오직 킹스무트만이 왕을 옹립할 수 있다고 선언했다. '선장들과 왕들'이 다시 올드 윅에 모였고, 이들은 '추남' 에리히의 왕권을 부정하고

올드 윅에 있는 나가의 언덕에는 화석화된 거대한 바다 생물의 뼈가 실제로 존재하기는 하지만, 이 뼈가 진짜로 바다 괴물의 뼈인지에 대해서는 논란의 여지가 있다. 그 갈비뼈들은 매우 거대하긴 하지만 리바이어던이나 크라켄을 잡아먹을 만한 바다 드래곤의 것이라고 볼 수 있을 정도로 크지는 않다. 애초에 바다 드래곤이 정말로 있는지의 여부조차 일부에서는 의문을 제기하고 있다. 만약 그런 괴물이 실제로 존재한다면 분명 그들은 일몰해의 깊고 어두운 심연에 살고 있을 것이다. 수천 년 동안 아무도 본 적이 없으니까.

사형을 선고했다. 에리히는 죽음을 모면하기 위해 아버지의 왕관을 부순 뒤 익사한 신에 대한 복종의 표시로 바다로 흘려보내야 했다. 킹스무트에서는 그를 대신하여 올드 윅의 암초왕 '까마귀 아비' 레그나르 드럼을 새로이 대왕으로 선출했다.

이후의 몇 세기는 강철 군도의 황금기였으며, 바닷가에 살던 퍼스트 멘에게는 암흑기였다. 이전에도 약탈자들이 혹독한 겨울을 버텨낼 양식, 약탈선을 건조할 나무, 자식들에게 줄 소금 부인, 그리고 강철 군도에는 부족한 재화를 찾아 떠났지만, 그들은 항상 전리품과 함께 강철 군도로 돌아왔다. 그러나 유목왕의 지도 아래 이런 관례는 훨씬 어렵고 위험한 방식에 자리를 내주었다. 약탈이 아니라 정복한 뒤 식민지로 삼아 지배하는 방식으로.

대마에스터 해레그의 〈강철인의 역사〉에는 강철 군도의 대왕으로 유목관을 썼던 111명의 명단이 전부 실려 있다. 인정하건대 이 명단은 완벽하지 않은 데다가 여러 모순들로 가득하지만, 그 누구도 웨스테로스의 역사에 '잔인한' 코레드라는 피에 얼룩진 기록을 남긴 호알 가문(어떤 기록에서는 그레이아이언 가문이라고도 하고, 또 다른 기록에서는 블랙타이드 가문이라고도 한다)의 코레드 1세 치하에서 유목왕의 권력이 정점에 이르렀음을 부정할 수는 없다. 코레드 1세는 한 세기의 4분의 3에 이르는 기나긴 기간 동안 강철인들을 통치했고, 아흔 살까지 살았다. 그의 치세에 본토의 퍼스트 멘들은 약탈자들에 대한 두려움에 가득 찬 나머지 일몰해의 해안가를 등지고 떠났다. 그리고 해변에 그대로 남은 영주들은 튼튼한 성에 살며 강철인에게 조공을 바쳤다.

'짭짤한 바다 냄새를 맡을 수 있고 파도가 부서지는 소리가 들리는 곳이라면 어디든' 그의 힘이 미쳤다는 것이 코레드 1세의 자랑이었다. 그는 젊은 시절에는 올드타운을 약탈해 수천 명의 여성과 소녀들을 사슬에 묶어 강철 군도로 끌고 왔다. 서른에는 트라이던트의 영주들과의 전투에서 '강의 왕' 베르나르 2세를 무릎꿇리고 그의 아들 셋을 볼모로 잡았으며, 3년 뒤 그들의 아버지가 연공을 제때 바치지 않고 미루자 손수 세 소년의 심장을 도려내 죽였다. 비탄에 빠진 그들의 아비가 복수를 위해 전쟁을 벌이자 코레드 1세와 강철인들은 베르나르의 군대를 박살내고 베르나르 2세를 익사한 신에게 제물로 바쳤다. 이로써 저스트맨 가문은 멸족당하고 리버랜드는 끔찍한 무정부 상태에 빠졌다.

그러나 코레드가 죽자 서서히 쇠퇴가 시작되었다. 코레드의 후계자들이 무능한 탓도 있었지만, 그보다는 본토인들의 힘이 강해진 탓이었다. 퍼스트 멘도 함대를 건조하기 시작했으며, 도시들은 돌로 된 성벽으로 자신을 보호하고 목책과 꼬챙이를 박은 해자를 두르기 시작했다.

가드너 가문과 하이타워 가문은 연공 지불을 거부한 본토의 첫 번째 세력이었다. 그레이조이 가문의 테온 3세가 군대를 거느리고 쳐들어갔지만, 하이타워 가문의 '바다사자' 라이몬드 3세에 대패하고 그도 전사했다. 라이몬드는 웨스테로스 본토에서는 잊혀졌던 하수인 제도를 부활시켜 강철인 포로들을 하수인으로 삼고 중노동을 부과하여 올드타운의 성벽을 강화했다.

한편, 웨스터랜드의 세력들이 성장함에 따라 유목왕의 지배권이 더욱 뚜렷하게 위협받기 시작했다. 첫 번째로 강철인들의 패권이 무너진 곳은 페어 섬으로, 섬 주민들이 강철인 지배자를 내쫓기 위해 길버트 파맨의 지도 아래 봉기했다. 한 세대가 흐른 뒤, '사생아' 헤록이 금테 두른 뿔피리를 불자 케록의 창녀들이 도시의 뒷문을 열어 주었다. 케록은 라니스터 가문의 손에 떨어졌다. 세 명의 강철인 왕들이 잃어버린 땅을 되찾으려 시도했지만, 그중 둘이 헤록의 칼에 목숨을 잃었다.

강철인들이 겪은 가장 큰 수모는 '바위의 왕' 제롤드 라니스터가 선사했다. 웨스터랜드에서 '제롤드 대왕'으로 숭상되는 제롤드는 함대를 이끌고 강철 군도를 향해 대담한 습격에 나서 백 명의 강철인 포로를 잡았다. 그들을 캐스털리 록에 가둔 제롤드는 이후 강철인들이 자신의 해안을 습격할 때마다 하나씩 목을 매달았다.

이후로 1세기 동안 점점 더 약체화된 강철인들은 아버, 베어 섬, 플린트 등 일몰해에 있는 대부분의 정착지를 잃었고, 강철인의 영토는 겨우 한 줌만 남게 되었다.

물론 그렇게 되기까지 강철인이 승리를 전혀 거두지 못했다고 생각해서는 안 된다. 그레이조이 가문의 '삭풍' 발론 5세는 북부의 왕이 거느린 함대를 격파했으며, 할로우 가문의 에리히 5세는 젊은 시절 페어 섬을 탈환하였지

전통을 엄격하게 따르자면 유목관은 소유자가 죽으면 부순 뒤 바다로, 즉 익사한 신에게로 돌려보내야 했다. 그리고 후계자는 그의 고향 섬에 새로이 떠밀려 온 유목을 사용해서 새 왕관을 만들어 써야 했다. 그렇기에 모든 유목왕들의 왕관은 전의 왕이 쓰던 유목관과 모양새가 달랐다. 어떤 왕관은 작고 단순했지만, 크고 거추장스러우며 웅장한 왕관도 있었다.

만 노년에 다시 잃었다. 그의 아들 하론 할로우는 올드타운의 성벽 아래에서 하이가든의 가레스 2세를 쓰러트렸다. 반 세기 뒤에 블랙타이드 가문의 조론 1세는 안개 군도에서 가일스 2세의 함대와 격돌하여 승리를 거두고는 그를 포로로 잡았다. 조론은 가일스 2세를 고문하여 죽이고는 시체를 조각내어 '왕 쪼가리'라고 조롱하며 낚시 미끼로 썼다. 이후 그는 강철과 불로 아버를 휩쓸었고, 서른 미만의 섬의 모든 여성들을 약탈하여 '처녀파괴자'라는 유명한 악명을 얻었다.

하지만 이 모든 승리는 그 승리를 거두었던 왕들의 치세와 마찬가지로 매우 짧은 순간에 지나지 않았다. 몇 세기가 더 흐르며 웨스테로스의 왕국들은 더더욱 강해진 반면, 강철 군도는 더더욱 쇠퇴했다. 그리고 영웅들의 시대가 끝날 무렵 새로운 위기가 강철인들을 더욱더 약화시키고 분열시켰다.

그레이아이언 가문의 우라곤 3세('대머리' 우라곤)가 죽었을 당시 장남인 토르곤은 약탈을 위해 맨더 강을 거슬러 올라가던 중이었다. 토르곤의 동생들은 토르곤이 돌아오기 전에 서둘러 킹스무트를 개최했다. 자신들 중 하나가 유목관을 쓰게 되리라 기대하고 벌인 일이었지만, 낭패스럽게도 '선장과 왕들'은 그들 대신 그레이트 윅의 우라손 굿브라더를 왕으로 선출했다. 왕관을 쓴 우라손 4세가 내린 첫 명령은 선왕의 자식들을 모두 죽이라는 것이었다. 그 명령과 더불어 그가 왕으로 2년간 재위하며 보여준 야만스러운 잔인성 때문에 우라손 4세는 역사에 '배드브라더'라는 별명을 남겼다.

마침내 토르곤 그레이아이언이 리치에서 강철 군도로 귀환하자 그는 자신이 참석해 권리를 주장할 수 없었던 킹스무트는 무효라고 선언했다. 익사한 신의 사제들도 배드브라더의 거만함과 신에 대한 불경에 질려 있던 터라 토르

상단 | 바다를 누비는 강철인의 약탈선

곤의 주장을 지지했다. 우라손의 부하들이 우라손을 난도질하기 전까지 수많은 소부족들과 대영주들이 토르곤의 기치 아래 모였다. '지각꾼' 토르곤은 킹스무트의 선출과 공표 없이 우라손 대신 왕위에 올라 40년을 통치했다. 그는 자신이 강하고 정의로우며 현명하고 공정한 왕임을 증명하긴 했지만, 쇠락해 가는 강철 군도의 운명을 바꾸기 위해서 할 수 있는 일은 거의 없었다. 그는 재위 기간 동안 독수리곶의 대부분을 말리스터 가문에게 잃었다.

토르곤은 젊은 시절에 정당히 선출된 왕을 축출하며 킹스무트에 일격을 날린 바 있었다. 그리고 나이가 들어 아들인 우라곤을 불러 통치를 보좌하도록 하면서 한 번 더 킹스무트에 일격을 가했다. 5년 동안 궁정과 내각에서, 그리고 전시든 평시든 우라곤은 아버지를 훌륭히 보좌했다. 마침내 토르곤이 죽은 뒤, 그가 골랐던 후계자가 우라곤 4세로서 즉위하는 것은 자연스러워 보였다. 킹스무트는 개최되지 않았지만, 이번에는 부자 승계에 분노해 항의할 '하얀 지팡이' 갈론이 없었다.

선장과 왕들의 모임이 가진 권력에 대한 최후의 치명타는 우라곤 4세의 길고 평범한 치세가 흐른 뒤 그가 죽자 날아왔다. 우라곤은 종손이자 오크몬트의 소금왕이었던 '붉은 손' 우론 그레이아이언이 왕위를 잇도록 유언을 남겼다. 하지만 익사한 신의 사제들은 세 번이나 선왕이 차기 왕을 결정하도록 두지는 않겠다고 결심하고는 선장과 왕들이 올드 윅으로 모여 킹스무트를 열어야 한다고 선언했다.

올드 윅으로 모인 사람은 수백 명에 달했으며, 그 가운데에는 일곱 개의 큰 섬의 소금왕과 암초왕들, 심지어는 론리 라이트에서 온 사람도 있었다. 하지만 우론이 도끼를 든 병사들을 풀어 나가의 갈비뼈를 피로 새빨갛게 물들이고 나자 살아남아 있는 사람은 얼마 없었다. 그날 열세 명의 왕과 오십에 달하는 사제와 예언자가 죽었다. 이렇게 킹스무트는 최후를 맞았고, '붉은 손' 우론이 강철 군도의 대왕으로 22년간을 통치한 뒤 그의 자손들이 계속해서 대를 이었다. 유랑하는 성자들은 다시는 왕을 추대하거나 퇴위시킬 수 없었다.

그레이아이언 왕조

그레이아이언 가문은 강철 군도의 대가문 중 가장 유서 깊고 유명한 가문이다. 해레그에 따르면 킹스무트의 오랜 역사 동안 선장들과 왕들은 최소한 38명에 달하는 그레이아이언 가문 사람을 유목관의 주인으로 선출해 대왕으로 추대했으며, 이는 다른 가문에서 선출된 대왕들의 두 배에 달한다.

하지만 그런 시대는 올드 윅의 학살자 우론에 의해 끝장났다. 그 사건 이래로 강철 군도의 왕관은 유목 대신 검은 무쇠로 만들어졌고, 장자 상속 원칙을 따라 아버지에게서 아들로 왕관이 넘겨졌다. 그레이아이언 가문은 더 이상은 다른 왕들을 두려워하지 않았다. 이제는 암초왕도 소금왕도 없었다. 우론과 그의 자손들은 자신들을 그저 단순히 '강철 군도의 왕'이라고만 칭했다. 그레이트 윅과 올드 윅, 파이크, 할로우, 그리고 그보다 작은 수많은 섬들을 다스리던 통치자는 영주로 격하되었고, 복종을 거부한 고대의 수많은 가문들이 완전히 멸문되었다.

하지만 그레이아이언 가문의 왕권에 논란이 없는 것은 아니었다. 올드 윅의 학살 이후 킹스무트가 사라지는 동시에 강철인이 다른 강철인과 전쟁을 벌일 수 없다는 갈론의 금기도 함께 사라졌다. 이어지는 몇 세기 동안 우론과 그의 후손들은 다섯 번의 커다란 반란과 최소한 두 번의 하수인 대봉기를 겪어야 했다. 물론 본토의 영주와 왕들은 강철인들 사이에 벌어지는 불화를 통해 이득을 누리는 데 인색하지 않았다. 강철인은 차례차례 본토의 기반을 잃어 갔다. 리치의 왕 '황금손' 가스 7세가 강철인들을 안개 군도에서 축출한 뒤 방패 군도로 이름을 바꾸고 강력한 군대와 훌륭한 선원들을 주둔시켜 맨더 강 하구를 수호하게 한 일은 가장 통렬한 일격이었다.

안달족이 웨스테로스에 도착하자 강철 군도의 쇠퇴에는 가속도가 붙었다. 이전에 왔던 퍼스트 멘과 달리 안달족은 강철인들의 배만큼이나 빠르고 항해에 적합한 자신들만의 약탈선을 가진 겁이 없는 선원들이었다. 안달족이 리버랜드와 웨스터랜드, 리치로 물밀 듯 밀려들어오자 해안을 따라 새로운 마을들이 생겨났고, 모든 항구와 만에는 성벽을 갖춘 마을들과 나무와 돌로 지은 성들이 올라섰다. 대영주와 소왕들도 자신들의 선박과 해안을 수호하기 위해 전함을 건조하기 시작했다.

이내 안달족은 넥 아래의 웨스테로스 전역에서 그랬듯이 강철 군도도 휩쓸었다. 안달족 모험가들이 파도처럼 밀려와 강철 군도에 내렸고, 때로는 강철인 세력 하나나 여럿과 동맹을 맺기도 했다. 안달족들은 강철 군도의 몇몇 고대 가문과 통혼하는 한편, 몇몇 가문과는 검과 도끼로 끝장을 보았다.

그레이아이언 가문은 안달족의 손에 의해 끝장난 가문 중의 하나이다. 오크우드 가문을 비롯해 드럼, 호알, 그레이조이 가문이 손을 잡고서 안달족 해적과 용병, 군벌들의 지원을 받아 그레이아이언 왕조의 마지막 왕이었던 로그나르 2세를 쓰러트렸다.

하지만 승리자들은 누가 로그나르를 이어 왕위에 오를 것인지에 대해 합의점을 찾지 못했다. 그래서 그들은 서로 도끼를 공중으로 던지고 받아내는, 당시 강철인들 사이에 유행하던 놀이인 '손가락 춤'을 추어 그 문제를 해결하고자 했다. 그 결과 하라스 호알이 손가락 두 개를 대가로 치르고 승리자가 되었다. 이후 '토막손' 하라스 왕은 강철 군도를 30년간 다스렸다.

많은 사람들은 하라스가 도끼를 맨손으로 잡아내 왕위를 차지했다는 이야기가 음유시인의 상상 속 이야기에 지나지 않는다고 믿는다. 대마에스터 해레그는 하라스가 안달족 처녀를 아내를 맞아들여 장인과 다른 안달족 유력 영주들의 지원을 받을 수 있었기에 왕위를 둘러싼 경쟁에서 승리할 수 있었다는 설을 제안했다.

검은 피

대마에스터 헤이크는 호알 가문의 왕들이 "머리가 검고, 눈이 검고, 속도 검었다."고 언급했다. 호알 가문의 적들은 호알 왕조 초기의 왕들이 안달족 왕비들을 맞아들였기에 피마저도 '안달족의 피로 오염되어' 까맣다고 비방하곤 했다. 익사한 신의 사제들은 진정한 강철인이라면 혈관에 바닷물이 흐르는 법이라며 검은 피가 흐르는 호알 왕조는 타도해야 할 무신론자이자 찬탈자, 가짜 왕이라고 주장했다.

여러 세기 동안 많은 사람들이 호알 왕조를 쓰러트리려 했다고 해레그는 자세히 늘어놓았다. 하지만 아무도 성공을 거두지 못했다. 호알 가문은 부족한 용맹을 교활함과 잔혹함으로 벌충했기 때문이다. 그들을 사랑하는 백성들은 별로 없었지만, 대다수는 호알 가문의 분노를 두려워할 충분한 근거가 있었다. 그들의 별명부터가 수백 년 뒤의 우리에게도 그들의 성정이 어떠했는지를 대변하고 있다. '과부제조기' 울프가르, '사제살해범' 호르간, '험악한' 페르곤, '영혼 없는' 오스가르, '악마 숭배자' 오스가르, '붉은 미소' 크래그혼 등등이다. 익사한 신의 사제들은 그들 호알 왕조 초기의 왕 모두를 맹렬히 성토했다.

이 성자들의 주장처럼 호알 가문의 왕들이 정말로 신성모독자들이었을까? 헤이크는 그들의 주장을 긍정했다. 하지만 대마에스터 해레그는 매우 다른 견해를 취했다. '검은 피가 흐르는' 왕들이 저지른 진정한 죄는 독신이나 악마 숭배가 아니라 관용이었다는 것이다. 안달족의 칠신교가 강철 군도에 처음으로 들어온 때가 바로 호알 왕조의 통치기였기 때문이다.

호알 왕조의 왕들은 안달족 왕비의 비호 아래 셉톤과 셉타의 안전을 보장했고, 섬들을 돌아다니며 칠신교를 전도해도 좋다는 허가를 내렸다. 강철 군도 최초의 셉트는 '과부제조기' 울프가르의 치세에 그레이트 윅에 세워졌다. 울프가르의 증손자 호르간이 옛날에 킹스무트가 열렸던 올드 윅에 셉트 건축 허가를 내리자 익사한 신의 사제들의 선동에 온 섬이 끔찍한 반란으로 들끓었다. 셉트는 불탔고 셉톤들은 갈기갈기 찢겼으며, 신자들은 진정한 믿음을 되찾게 해 주겠다며 바다로 끌려가 수장당했다. 해레그의 주장에 따르면 호르간 호알은 이에 대한 응답으로 사제들을 도륙하기 시작했다.

호알 왕조의 왕들은 또한 약탈의 관행도 막았다. 약탈이 쇠퇴함에 따라 교역이 성장했다. 그레이트 윅과 오크몬트, 할로우, 파이크의 구릉지에는 여전히 철광석이 풍부했고, 납과 주석도 많았다. 강철인들은 배를 건조할 나무가 그 어느 때보다도 절실했지만, 이제는 나무를 발견하는 족족 예전처럼 약탈할 힘이 없었다. 그대신 그들은 철광석과 목재를 거래하기 시작했다. 겨울철이 되어 찬 바람이 불어오기 시작하면 철광은 호알 가문의 왕들이 자신의 백성들을 먹일 보리와 밀, 순무를(그리고 자신들의 식탁에 올릴 쇠고기와 돼지고기도) 사들일 재화가 되었다. "강철로 값을 치른다."는 격언은 이제 완전히 새로운 뜻이 되었다. 많은 강철인들은 이를 굴욕으로 여겼고, 익사한 신의 사제들은 수치스러운 일이라고 비난했다.

강철인의 자존심과 세력이 바닥을 친 순간은 세 명의 하르문드가 다스리던 시절이었다. 강철 군도에서 그들은 '접대자' 하르문드, '흥정꾼' 하르문드, 그리고 '미남왕' 하르문드로 기억되고 있다. '접대자' 하르문드는 강철 군도의 왕좌를 차지한 사람들 중 문맹이 아닌 첫 번째 왕이었다. 그는 세계 곳곳에서 그레이트 윅에 있는 그의 성으로 온 여행자와 상인들을 환영했으며, 책을 보물로 여기고 셉톤과 셉타들을 보호해 주었다.

그의 아들 '흥정꾼' 하르문드도 독서에 대한 사랑을 아버지와 공유하였고, 대단한 여행가로 명성을 얻었다. 그는 검을 손에 들지 않고 본토를 방문한 강철 군도의 첫 번째 왕이었다. 어릴 적에 라니스터 가문에서 볼모로 지낸 적이 있던 그는 캐스털리 록에 왕의 신분으로 돌아가서 '바위의 왕'의 딸이자 '서부에서 가장 아름다운 꽃'이라고 칭송받던 렐리아 라니스터를 왕비로 맞아들였다. 그 뒤로도 그는 하이가든과 올드타운으로 항해하여 영주와 왕들을 접견하고 교역을 발전시켰다.

하르문드 2세의 자식들은 칠신교의 교리 또는 하르문드 2세의 독창적인 종교관 아래에서 자랐다. 그리고 하르문드 2세가 죽자 그의 장남이 왕위를 계승했다. '미남왕' 하르문드 3세는(렐리아 라니스터 대비의 영향이라고 혹자들은 말한다) 이제부터 약탈은 축하의 대상이 아니며, 오히려 해적질과 마찬가지로 교수형에 처해질 것이고, 소금 부인을 들이는 일 또한 공식적으로 금지하며 소금 결혼을 통해 태어난 아이들은 서자로서 상속의 권리가 없다고 선언했다. 하르문드 3세가 강철 군도에서 하수인 제도를 폐지하려는 궁리를 하고 있을 무렵, 슈라이크라는 사제가 왕의 칙령에 반발하는 설교를 시작했다.

왕에 대한 반발에 다른 사제들도 가담하기 시작하자 강철 군도의 영주들은 이들을 주시하기 시작했다. 오직 셉톤과 칠신교의 신자들만이 하르문드 왕의 편이었다. 결국 커다란 유혈사태가 벌어지지 않고도 그가 폐위되는 데에는 2주일도 걸리지 않았다. 하지만 그 뒤에 벌어진 일들에서는 제법 피를 흘려야 했다. 슈라이크는 폐위된 왕이 다시는 '거짓말과 신성모독'을 하지 못하도록 혀를 잘랐다. 또한 '모두들 그가 괴물임을 똑똑히 알도록' 하기 위해 소경으로 만들고 코도 잘라냈다.

영주들과 사제들은 하르문드의 동생 하곤을 즉위시켰

비록 하르문드 2세가 칠신을 참된 신으로서 받아들였지만, 그는 익사한 신에게도 여전히 믿음을 표했다. 그레이트 윅으로 돌아오는 길에 그는 공공연하게 '팔신'이라는 말을 입에 올렸으며, 모든 셉트의 정문에는 칠신과 함께 익사한 신의 상도 세워야 한다고 명했다. 하지만 이런 주장은 셉톤들도, 익사한 신의 사제들도 달가워하지 않았으며 양편으로부터 비난을 받았다. 그들을 달래기 위해 왕은 명령을 철회해야 했지만, 대신 "신은 일곱 신격을 가졌지만, 익사한 신 역시 칠신 중 이방인의 또 다른 측면이다."라고 선언했다.

다. 새 왕은 칠신교를 부정하고 하르문드의 칙령을 철회했으며, 왕국 전역에서 셉톤과 셉타를 추방했다. 2주일도 안 되어 강철 군도의 모든 셉트가 불타올랐다.

렐리아 대비를 두고 남편과 자식들을 참된 신앙에서 벗어나도록 했다며 '라니스터의 갈보'라 욕하고, 심지어는 슈라이크가 대비를 불구자로 만드는데도 하곤은 이를 묵인했기에 '무정한' 하곤이라는 별명을 얻었다. 렐리아는 입술과 귀, 눈꺼풀이 잘렸고 혀는 불에 달군 집게에 뜯겨 나간 뒤 배에 실려 라니스포트로 돌려보내졌다. 그녀의 조카인 '바위의 왕'은 이 만행에 분노해 기수들을 소집했다.

뒤이어 벌어진 전쟁에서 1만 명이 전사하였는데, 4분의 3은 강철인이었다. 전쟁 7년차가 되자 웨스터랜드인들은 그레이트 윅에 상륙해 하곤의 군대를 쳐부수고 성을 점거하는 데 성공했다. 하곤은 목이 매달리기 전에 그의 어머니가 받았던 고문과 똑같은 방식으로 불구가 되었다. 라니스터군을 지휘했던 오브리 크레이크홀 경은 호알 성을 완전히 파괴하라는 명령을 내렸지만, 그의 병사들은 약탈에 나섰다. 그러다 그들은 성의 지하감옥에서 '미남왕' 하르문드를 발견했다. 크레이크홀은 하르문드를 복위시킬까 잠깐 고민했지만, 해레그의 주장에 따르자면 하르문드는 눈이 멀고 오랜 감금 생활로 인해 마음이 피폐해졌으며 반쯤은 미쳐 버렸다고 한다. 결국 오브리 경은 하르문드에게 양귀비 즙을 넣은 포도주를 한 잔 내려 '죽음이라는 선물'을 주었다. 그러고는 갑자기 미치기라도 했는지 이 기사는 강철 군도의 왕권을 주장하기로 결심했다.

그러나 강철인도 라니스터 가문도 그의 결심을 달가워하지 않았다. 그가 강철 군도의 왕을 자칭했다는 소문이 캐스털리 록까지 퍼지자 웨스터랜드의 왕은 전함들을 불러들이고 오브리 크레이크홀을 그레이트 윅에 홀로 남겨 두었다. '오브리 왕'은 그의 권좌를 지탱하던 라니스터 가문의 권력과 부가 사라지자 자신의 권세도 순식간에 무너지는 모습을 지켜봐야 했다. 그의 권좌는 채 반년도 가지 않았으며, 슈라이크는 오브리 경을 붙잡아 바다에 제물로 바쳤다.

강철인과 웨스터랜드인 사이의 전쟁은 그 후로도 지리멸렬하게 5년을 더 끌었다. 마침내 강철 군도에 피폐와 잿더미, 모든 것이 박살난 잔해를 남긴 뒤에야 기진맥진한 평화가 찾아왔다. 그 뒤에 이어진 겨울은 매우 길고도 매서워 강철 군도에 '기근의 겨울'로 기억되고 있다. 헤이크는 이전까지의 전투에서 발생했던 사망자의 세 배나 되는 강철인들이 그 겨울에 굶어죽었다고 기록했다.

강철 군도가 복구되어 차근차근 번영을 되찾고 힘을 회복하기까지는 몇 세기나 걸렸다. 그 암흑기에 강철 군도를 다스렸던 왕들은 딱히 논할 가치가 없다. 대다수의 왕들은 영주들과 사제들의 꼭두각시였다. 그들 중 몇몇은 마치 영웅들의 시대의 약탈자였던 하라그 호알이나 '굶주린 늑대' 테온 스타크의 피비린내나는 치세에 북부를 휩쓸었던 그의 아들 '약탈자' 라보스 호알 같은 걸물이었지만, 그런 왕은 한참

씩마다 드물게 나왔다.

강철 군도의 자부심을 회복하고 능력을 기르는 데에는 약탈과 무역이 큰 역할을 했다. 이제 다른 지역들은 강철인들보다 더 크고 어마어마한 전함을 건조할 수 있었지만, 강철인보다 대담무쌍한 선원들은 어디에서도 구할 수 없었다. 상인들은 파이크의 로드스포크와 그레이트 윅, 할로우, 오크몬트에서 바다로 뻗어 나가 라니스포트와 올드타운, 자유도시까지 항해했고, 선조들은 결코 꿈도 꿀 수 없었던 보물들을 싣고 돌아왔다.

물론 약탈도 계속되었다. 하지만 본토의 왕들의 힘이 너무 커졌기에 '바다의 늑대'는 더 이상 고향 근처에서는 사냥하지 않았다. 대신 그들은 훨씬 멀리 있는 바다인 바실리스크 군도와 스텝스톤 군도, 분쟁 지대의 해안선을 따라 사냥감을 찾았다. 몇몇은 용병으로 나서서 자유도시들 사이의 끝없는 무역 전쟁에 참전했다.

그렇게 용병으로 나선 자들 중 하나가 '교활한' 쿼르윈의 셋째 아들 하르윈 호알이었다. 탐욕스럽고 교활한 쿼르윈은 재위 기간 내내 전쟁을 피하며 부를 축적하는 데 힘썼다. 심지어 함대의 규모를 두 배, 세 배로 늘리고 대장장이들에게 더 많은 무기와 갑옷을 만들도록 하면서도 "전쟁은 무역에

해롭다."고 말한 것으로 유명하다. 쿼르윈은 "힘이 없으면 전쟁을 불러온다. 평화롭고 싶다면 강해져야지."라는 말을 남겼다.

그의 아들 하르윈은 평화에는 쓸모가 없었지만, 그의 아버지가 쌓아 올린 무기와 갑옷에는 훨씬 쓸모 있는 사람이었다. 모든 진술들이 호전적인 소년이었다고 입을 모아 증언하는 하르윈 호알은 계승 순위가 세 번째에 불과했기에 어릴적에 바다로 보내졌다. 그는 스텝스톤 군도에서 성공적으로 약탈을 수행했고, 멀리 에소스로 가서 볼란티스와 티로시, 브라보스를 방문했으며 리스에 있는 '환락의 정원'에서 비로소 남자가 되었다. 바실리스크 군도에서는 2년 동안 해적왕의 포로 생활을 하기도 했으며, 분쟁 지대에서는 차남 용병단에 들어가 여러 전투에서 싸웠다.

강철 군도로 귀환한 하르윈은 그의 아버지가 죽어 가는 중이고 큰형은 회색비늘병으로 죽은 지 2년이나 지났음을 알게 되었다. 하르윈과 왕관 사이에는 아직 둘째 형이 있었지만, 그 역시도 쿼르윈이 마지막 숨을 거두기도 전에 갑작스러운 죽음을 맞이하게 되었다. 하지만 그의 죽음은 오늘날까지도 논란거리이다. 하를란의 죽음을 목도했던 사람들은 모두 그가 우연히 낙마하는 바람에 죽었다고 주장했지만, 당연하게도 이론의 여지가 있다. 강철 군도 밖에서는 하르윈이 죽음의 배후라는 이야기가 널리 퍼졌다. 어떤 사람들은 하르윈이 직접 형을 죽였다고 추측하고 있으며, 또 다른 일부는 하를란 왕자가 브라보스의 '얼굴 없는 자들'의 손에 죽었다고 주장했다.

쿼르윈은 그의 셋째 아들이 후계자가 된 지 엿새 뒤에 세상을 떠났다. 그리고 새로운 왕은 곧 칠왕국의 모든 역사책에 '압제자' 하르윈이라는 피로 물든 이름을 남겼다.

새로운 왕은 아버지의 조선소를 방문하여 "배는 바다로 타고 나가라고 있는 법이다."라고 선언했다. 그리고 왕궁의 무기고를 검열하고서는 "검은 피를 부르라고 만든 것이지."라고 말했다. 쿼르윈도 종종 힘이 없으면 공격받는다는 말을 하곤 했었다. 그의 아들이 강철인의 만 너머를 바라보았을 때, 그의 눈에 보인 것은 오직 리버랜드의 나약함과 혼란뿐이었다. 당시 리버랜드는 머나먼 스톰즈 엔드의 '폭풍왕' 아렉 듀랜든 치하에서 쉼없이 툭탁거리는 트라이던트의 영주들로 가득했던 것이다.

하르윈은 군대를 소집해 아버지가 건조했던 백 척의 배를 타고 만을 건넜다. 그들은 시가드 북쪽에 저항 없이 상륙한 뒤 육로로 배를 트라이던트의 블루포크 강까지 날랐고, 강을 따라 내려가며 불과 검으로 강변을 휩쓸었다. 몇몇 영주들은 무기를 들고 대항했지만, 리버랜드의 영주 대부분은 스톰랜드에 있는 주군에 대한 애정과 충성심이 거의 없었기에 침묵을 지켰다. 당시의 강철인들은 바다에서는 야만적인 전사지만 일단 땅에 발을 디디면 쉽사리 패배한다는 평판이 있었다. 하지만 하르윈 호알은 달랐다. 분쟁 지대에서 단련된 그는 땅에서도 바다에서처럼 맹렬하게 적을 쳐부쉈다. 그가 블랙우드 가문을 박살내고 나자 수많은 영주들이 하르윈을 지지하기 시작했다.

하르윈은 페어마켓에서 자신보다 1.5배 많은 병력을 거느린 젊은 폭풍왕 아렉 듀랜든을 마주했다. 하지만 스톰랜드의 병사들은 고향에서 먼 거리를 온 데다가 병들고 지쳐 있었기에 강철인과 리버랜드의 영주들은 그들을 손쉽게 쳐부술 수 있었다. 아렉은 동생 둘과 병사의 반을 잃었지만, 운 좋게도 목숨을 건질 수 있었다. 그가 남쪽으로 도망치자 리버랜드 주민들도 들고 일어나 스톰랜드 주둔군을 죽이거나 내쫓았다. 넓고 비옥한 리버랜드와 그들의 자산이 스톰즈 엔드의 손에서 강철인들의 품으로 넘어갔다.

이 대담한 일격으로 하르윈은 그의 영토를 단번에 열 배로 늘렸고, 다시 한 번 강철 군도를 두려움의 대상으로 만들었다. 듀랜든 가문으로부터 벗어나고 싶은 일념으로 하르윈에게 가담했던 트라이던트의 영주들은 곧 그들의 새로운 주군이 옛 주군보다도 훨씬 잔혹하고 탐욕스럽다는 사실을 알게 되었다. 하르윈은 그가 정복한 땅들을 혹독하게 지배했고, 강철 군도보다 리버랜드에서 더 많은 시간을 보냈다. 그는 죽을 때까지 트라이던트의 동쪽 끝에서 서쪽 끝까지 탐욕스러운 군대의 선봉에서 말을 타고 달리며 세금과 공물, 소금부인을 탐하는 한편, 반란의 징조를 탐지하고 다녔다. 사람들은 그를 일컬어 '막사가 그의 궁정, 말안장이 그의 옥좌'였다고 평했다.

하르윈이 64세로 죽고 나서 뒤이어 즉위한 그의 아들 할렉은 아버지와 똑같은 부류의 사람이었다. 그는 강철 군도를 생애에 단 세 번만 방문했고, 그곳에서 보낸 기간은 채 2년도 되지 않았다고 한다. 비록 강철인이라고 자칭하며 익사한 신에게 제물을 바치고 항상 세 명의 익사한 신의 사제를 데리고 다녔지만, 할렉 호알의 내면은 바닷사람이라기보다는 리버랜드 사람이었다. 그에게 있어 강철 군도는 그저 병사와 함대, 무기의 공급처일 뿐인 듯 보였다. 웨스터랜드 및 스톰랜드 사람들과 벌인 전쟁에서 큰 성과를 거두지 못했고 베일 정복에 자그마치 세 번이나 도전했지만 매번 피의 관문에 막혀 파국을 맞은 데에서 알 수 있듯이, 그의 치세는 비록 성공적이지는 못하였을망정 아버지 시절보다도 훨씬 유혈이 낭자했다.

할렉 역시 아버지처럼 치세의 대부분을 전쟁터의 막사에서 보냈다. 전쟁이 없을 때에는 아버지가 대승을 거두었던 장소 근처, 리버랜드의 심장부에 있는 페어마켓에 세운 소박한 저택에서 지내며 그의 넓은 영지를 다스렸다.

할렉의 아들은 그보다 더 넓은 거성을 바랐기에 치세의 대부분을 건축에 투자했다. 하지만 '검은 하렌'과 그가 세운 하렌할의 이야기는 이미 다른 부분에서 다뤘기에 넘어가기로 하자.

하렌할을 파괴한 드래곤의 불길은 하렌의 망상과 강철인의 리버랜드 강점기, 그리고 호알 가문의 '검은 계보'를 모두 불살라 끝장냈다.

파이크의 그레이조이 가문

검은 하렌과 아들들의 죽음으로 왕이 사라진 강철 군도는 혼란에 빠졌다. 많은 영주들과 유명한 전사들이 리버랜드에서 하렌 왕을 섬기고 있었다. 그들 중 일부는 하렌할이 드래곤파이어에 불타오를 때 하렌과 함께 타죽었고, 일부는 리버랜드 전역이 강철인에 맞서 봉기했을 때 죽었다. 소수의 사람들만이 살아남아 해안가로 도망쳤지만, 다시 그중에서도 몇몇만이 고향으로 데려다주기 위해 기다리다 불타오르지 않은 배를 발견할 수 있었다.

아에곤 타르가르옌과 그의 누이들은 하렌할을 함락한 직후 곧바로 강철 군도로 시선을 돌리지 않았다. 그들에게는 해결해야 할 더 급한 과제들이 있었고, 물리쳐야 할 강적들도 도처에 있었다. 따라서 아에곤은 강철인들이 알아서 그들끼리 살아가도록 내버려두었고, 강철인은 즉시 내전에 빠져들었다.

할로우의 소영주 코린 볼마크가 처음으로 왕위를 주장하고 나섰다. 그의 할머니는 압제자 하르윈의 여동생이었다. 그 점을 근거 삼아 볼마크는 자신이 '검은 피'의 정당한 계승자라고 선언했다.

한편 올드 윅에 있는 나가의 뼈 아래에는 자신을 익사한 신의 아들이라고 주장하는 맨발의 성자 로도스에게 유목 왕관을 씌우기 위해 익사한 신의 사제들이 모였다.

그레이트 윅과 파이크, 오크몬트에서도 속속 왕을 자칭하는 사람들이 등장했다. 이들은 추종자를 거느리고 1년이 좀 넘도록 육지와 바다에서 맞붙었다. 하지만 AC2년에 발레리온을 탄 정복왕 아에곤이 어마어마한 함대를 이끌고 그레이트 윅에 내려앉음으로써 내분을 종식시켰다. 그와 발레리온의 앞에서 강철인은 속절없이 무너질 수밖에 없었다. 코린 볼마크는 아에곤의 발리리아 강철검 '블랙파이어'에 죽었다. 올드 윅의 사제왕 로도스는 익사한 신에게 거대한 크라켄을 심연에서 불러내어 아에곤의 전함을 가라앉혀 달라고 빌었다. 하지만 크라켄이 나타나지 않자 로도스는 옷자락을 돌로 가득 채우고는 아버지에게 '조언을 구하기 위해' 바다로 걸어 들어갔다. 수천 명의 추종자들이 그의 뒤를 따랐다. 그들의 퉁퉁 불은 익사체가 몇 년 동안이나 해안가로 밀려오곤 했지만, 그중에 로도스의 시체는 없었다. 그레이트 윅과 파이크에서 살아남은 경쟁자들은(오크몬트의 왕은 이미 그 전해에 죽었다) 재빨리 타르가르옌 가문에 무릎을 꿇고 충성을 맹세했다.

하지만 이들을 대체 누가 통치한단 말인가? 본토 사람들 중에는 아에곤에게 '트라이던트의 대영주'인 리버런의 툴리 가문에게 봉신으로 하사해야 한다고 권하는 자들이 있는 한편, 캐스털리 록에 주자는 사람들도 있었다. 드래곤파이어로 강철 군도를 깔끔하게 일소하여 강철인이라는 재앙거리를 영원히 세상에서 없애야 한다고 읍소하는 사람들마저 도 있었다.

하지만 아에곤은 다른 길을 택했다. 살아남은 강철 군도의 영주들을 모은 그는 강철인들 스스로 대영주를 선택하도록 하겠다고 발표했다. 당연히 그들은 자신들 중에서 대영주를 골랐다. 바로 파이크의 수확 영주이자 회색왕의 후예, 유명한 선장인 빅콘 그레이조이였다. 비록 파이크는 그레이트 윅이나 할로우, 오크몬트보다 작고 가난한 섬이었지만 그레이조이 가문은 유서 깊고 특별한 혈통을 자랑했다. 킹스무트로 왕을 선출하던 시대에 그레이조이 가문보다 많은 왕을 배출한 집안은 그레이아이언 가문과 굿브라더 가문 둘뿐이었고, 그레이아이언 가문은 이미 대가 끊긴 뒤였다.

몇 년 동안이나 이어진 전쟁에 지친 강철인들은 새로운 지배자를 군말 없이 받아들였다.

강철 군도가 하렌 호알의 몰락과 뒤이은 골육상쟁으로 입은 상처를 회복하는 데에는 한 세대가 걸렸다. 파이크의 해석좌에 앉은 빅콘 그레이조이는 엄격하고 신중한 통치자였다. 비록 약탈을 금지하지는 않았지만, 철왕좌의 분노를 불러오는 일이 없도록 웨스테로스 밖의 먼 바다로 나가서만 할 수 있다고 명령했다. 그리고 아에곤이 칠신교를 받아들이고 올드타운의 하이 셉톤에게 축성받았기에 빅콘 공도 셉톤이 다시 강철 군도로 돌아와 칠신교를 포교할 수 있도록 허락했다.

이전에도 늘 그랬듯이 이 조치는 독실한 강철인들을 화나게 하고 익사한 신의 사제들의 격노를 불러왔다. 이러한 불평불만은 빅콘 공에게도 전달되었지만, 그는 "얼마든지 떠들라고 놔둬라. 우린 돛을 부풀릴 바람이 필요하니까."라고 말할 뿐이었다. 그는 아에곤의 신하였고 아들 고렌의 장래도 걱정해야 했으며, 바보가 아니고서야 감히 아에곤 타르가르

상단 | 그레이조이 가문과 강철 군도 가문들의 문장(그레이아이언, 굿브라더, 윈치, 보틀리, 드럼, 할로우, 호알, 블랙타이드 가문)

옌과 그의 드래곤에게 대들려는 사람도 없었으니까 말이다.

그의 말은 후계자인 고렌 그레이조이도 상기해야 할 말이었다. AC33년에 빅콘 공이 죽자 고렌은 코린 볼마크의 아들을 옹립하여 '검은 피'를 복위시키려는 어설픈 음모를 진압하고는 강철 군도의 대영주 자리를 계승했다. 4년 뒤 정복왕 아에곤이 드래곤스톤에서 뇌일혈로 죽고 아들인 아에니스 1세가 즉위하자 그는 더 심각한 문제들을 마주하게 되었다. 아에니스 타르가르옌은 쾌활하고 선량한 사람이었지만, 철왕좌가 어울리지 않는 유약한 사람으로 잘 알려져 있었다. 왕국 이곳저곳에서 반란이 터질 무렵 그는 왕국을 순방하는 중이었다.

강철 군도에서도 드디어 '아버지'를 만나고 돌아온 사제왕 로도스라고 주장하는 사람이 나타나 반란을 일으켰다. 하지만 고렌 그레이조이는 단호히 대처하였으며 소금에 절인 사제왕의 머리를 아에니스에게 보내기까지 했다. 선물을 받아든 아에니스는 매우 만족하여 고렌 공에게 들어줄 수 있는 소원은 뭐든 들어주겠다고 약속했다. 흉포한 만큼 현명하기도 했던 그레이조이는 강철 군도에서 셉톤과 셉타들을 축출하더라도 내버려두라고 요청했다. 아에니스는 부탁을 들어줄 수밖에 없었다. 강철 군도에서 다시 셉트가 문을 열기까지는 한 세기가 걸려야 했다.

그 뒤로 그레이조이 가문의 군주들이 대를 잇는 오랜 세월 동안 강철인들은 잠잠했다. 약탈을 삼가고 어로와 교역, 광업으로 살아갔다. 킹스랜딩과 파이크 사이의 거리는 매우 멀었기에 강철인은 궁정과는 인연이 없었다. 섬에서의 생활은 여전히 혹독했고 특히 겨울을 나기가 매우 힘들었지만, 그 정도야 예전에도 그랬었다. 강철인이 모두에게 공포의 대상이었던 '옛 방식'으로의 복귀를 꿈꾸는 자들도 여전히 있었지만, 스텝스톤 군도와 여름해는 멀리 있었고, 해석좌의 그레이조이 가문은 고향 근처에서의 약탈을 허용하지 않았다.

붉은 크라켄

크라켄이 다시 깨어나기까지 한 세기가 족히 지났지만, 옛 방식에 대한 강철인들의 소망은 여전히 사그라들지 않았다. 익사한 신의 사제들은 여전히 바닷물에 무릎까지 몸을 담그고 '옛 방식'을 설파했으며, 항구의 사창가와 술집에서는 노인들이 강철인들이 부유하고 자부심 넘쳤던 시절, 그리고 노잡이들마저도 밤에 잠자리를 데울 열두 명의 소금 부인을 거느렸던 시절에 대한 이야기를 떠벌리곤 했다. 젊은이들은 그런 이야기들에 취하고, 약탈자의 영광스러운 삶에 대한 동경에 굶주리며 성장했다.

그렇게 성장한 젊은이 중 하나가 파이크와 강철 군도 후

계자의 난폭한 아들 달톤 그레이조이였다. 헤이크는 그에 대해 "그가 사랑한 셋은 바다와 자신의 칼, 그리고 여자였다." 라고 적었다. 대담하고 고집불통에 다혈질인 이 꼬맹이는 다섯에는 노를 저었고 열 살에는 약탈을 시작했으며, 삼촌과 함께 바실리스크 군도까지 가서 해적을 털어먹고 살았다고 한다.

달톤 그레이조이는 열넷에는 올드 기스까지 항해했고, 열몇 번의 전투를 겪으며 네 명의 소금 부인을 사로잡았다. 부하들은 그를 사랑했고 그도 부하들을 사랑했다(달톤이 금방 여자들에게 질렸기에 아내들보다도 부하들을 더 사랑했다 할 수 있겠다). 그중에서도 그가 제일로 사랑하는 것은 죽은 해적선장에게서 노획해 나이트폴이라고 이름을 붙인 발리리아 강철검이었다. 열다섯에 스텝스톤 군도에서 용병으로 싸우던 그는 삼촌이 전사하는 광경을 보자 복수에 나섰고, 열 군데 정도의 상처를 입고 머리부터 발끝까지 피에 젖긴 했지만 삼촌의 복수에 성공했다. 그날부터 사람들은 그를 붉은 크라켄이라 불렀다.

그해 말에 아버지가 돌아가셨다는 이야기가 스텝스톤 군도에 있던 그에게 도달하자 붉은 크라켄은 자신이 강철 군도의 새로운 군주임을 선언했다. 그러고는 즉시 함선의 건조에 나서고, 무기를 만들고, 병사들을 훈련시켰다. 왜 그러시느냐는 질문에 젊은 군주는 간단히 답했다. "폭풍이 불어오고 있거든."

그가 내다보았던 폭풍은 다음해에 비세리스 1세가 킹스랜딩의 레드 킵에서 자다가 죽음을 맞이하자 불어닥쳤다. 비세리스의 딸 라에니라와 그녀의 이복동생 아에곤이 서로 철왕좌의 주인이라고 주장하며 나섰고, 결국 '용들의 춤'이라 불리게 된 전투와 약탈, 살인으로 피칠갑된 난장판이 벌어졌다. 이 소문이 파이크까지 닿자, 붉은 크라켄은 크게 웃었다고 한다.

전쟁 동안 라에니라 공주와 흑색파는 드리프트마크에서 벨라리온 가문의 함대를 지휘한 조류의 군주, '바다뱀' 코를리스 벨라리온의 지지를 받았기에 제해권을 누릴 수 있었다. 이에 대항하여 녹색파의 아에곤 2세는 파이크에 접근했고, 벨라리온의 함대와 맞서 준다면 달톤 공에게 소회의의 선박대신 자리를 주겠다고 제안했다. 대부분의 소년이라면 덥석 받아들일 매력적인 제안이었지만, 달톤 공은 나이가 어림에도 불구하고 약삭빨랐기에 라에니라 공주 쪽에서는 어떤 제안을 할 것인지 기다리기로 했다.

라에니라 측이 보낸 편지는 훨씬 그의 구미에 맞았다. 흑색파의 제안은 그의 함대가 웨스테로스 주변과 협해에서 싸울 필요는 없다는 애매모호한 내용이었다. 라에니라 공주는 그저 자신의 적과 싸워 달라는 요청을 했을 뿐이다. 그 적들 가운데에는 강철 군도에 가까이 있으면서도 방어는 취약한 캐스털리 록의 라니스터 가문도 있었다. 제이슨 라니스터 공은 그의 기사와 궁수, 숙련된 병사들 대부분을 끌고 리버랜드에 있는 라에니라의 동맹자들과 싸우러 동쪽으로 갔기에 웨스터랜드를 방어하는 병력은 거의 없었다. 달톤은 여기서 자신에게 주어진 기회를 발견했다.

제이슨 공이 리버랜드의 레드포크에서 쓰러지고 그의

군대가 매 전투마다 지휘권이 교체되며 휘청거리는 동안, 붉은 크라켄과 강철인들은 마치 양떼를 덮치는 늑대 무리처럼 웨스터랜드를 휩쓸었다. 제이슨 공의 미망인 조한나가 빗장을 지른 캐스털리 록은 강철인들이 함락시키기에 벅찼지만, 대신 라니스터 함대를 불사르고 라니스포트를 철저히 약탈해 어마어마한 양의 금과 곡물, 무역품을 노획하고 제이슨 공의 정부와 딸들을 포함한 수백의 여성을 소금 부인으로 붙잡았다.

약탈과 파괴가 잇따랐다. 서부 해안에서는 북쪽 끝부터 남쪽 끝까지 강철 군도의 약탈선들이 누비며 예전과 같이 약탈을 수행했다. 붉은 크라켄이 몸소 케이스 공략에 앞장섰다. 페어캐슬 성이 함락당하면서 페어 섬의 재보가 붉은 크라켄의 손에 떨어졌다. 달톤 공은 파맨 영주의 딸들 중 넷을 소금 부인으로 빼어갔고, 다섯 번째 딸은 동생 베론에게 소금 부인으로 주었다.

웨스테로스에서 대규모 군대가 행군하며 격돌하고 드래곤들이 하늘을 빙빙 돌며 피비린내가 진동하는 전투를 치르는 동안, 붉은 크라켄은 옛 선조들처럼 일몰해를 장악하고 2년간 통치했다.

하지만, 모든 일에는 끝이 있는 법. 용들의 춤도 마찬가지였다. 라에니라 공주가 죽고 아에곤 2세도 죽었다. 타르가르옌 가문의 드래곤 대부분도, 대소 수십의 영주들과 수백 명의 용감한 기사들도, 수만 명의 평민들도 죽었다. 살아남은 흑색파와 녹색파는 협정을 맺고 라에니라의 아들을 아에곤 3세로 옹립했으며, 아에곤 3세는 아에곤 2세의 딸 자에하에라와 결혼했다.

하지만 킹스랜딩의 평화가 곧 웨스터랜드의 평화를 의미하는 것은 아니었다. 붉은 크라켄은 전투에 대한 욕망이 사그라지지 않았다. 새로운 소년 왕의 이름으로 통치하던 섭정단이 약탈을 그만두라고 지시했지만, 달톤의 행각은 멈추지 않았다.

결국, 붉은 크라켄이 실패한 원인은 여자 문제에 있었다. 테스라는 이름만 알려진 소녀가 페어캐슬에 있는 달톤 경의 침실에서 잠든 달톤의 목을 단검으로 그은 뒤 바다로 몸을 던졌다.

붉은 크라켄은 바위 부인을 두지 않았다. 그렇기에 그의 후계자들은 여러 소금 부인들로부터 얻은 소금 아들들이었다. 그가 죽은 지 몇 시간 만에 공위 계승을 놓고 피로 피를 씻는 투쟁이 시작되었다. 그리고 올드 윅과 파이크에서 전투가 벌어지기도 전에 페어 섬의 평민들이 봉기하여 섬에 남아 있는 강철인들을 학살했다.

AC134년에 조한나 라니스터는 붉은 크라켄이 그녀와 그녀의 가족에게 저질렀던 짓들에 대한 복수를 감행했다. 라니스터 가문의 함대는 이미 박살났기에, 그녀는 리치의 나이 든 해군 제독 레오 코스테인 경을 설득하여 그녀의 병사들을 강철 군도로 보냈다. 강철인들은 계승 분쟁에 휩싸여 있었기에 무방비 상태에서 기습을 당했다. 남녀노소 수천 명이 칼을 맞아 죽고, 수십 개의 마을과 수백 척의 배가 불탔다. 이어진 전투 끝에 결국 코스테인 경은 전사하고 그의 군대도 여기저기로 흩어져 분쇄되었다. 하지만 함대의 일부가(몇 톤의 곡식과 염장 생선 등의 전리품을 싣고) 라니스포트로 귀환했다. 그들이 캐스털리 록으로 잡아온 귀족 포로 중에는 붉은 크라켄의 소금 아들 중 하나가 있었다. 조한나는 그를 거세하고 아들의 어릿광대로 주었다. 대마에스터 해레그는 "그는 훌륭한 어릿광대였지만, 아버지의 반만큼도 어리석지 않았다."라고 논평했다.

가문과 백성에게 그런 운명을 맞게 한 군주는 다른 지역에서라면 매도당해 마땅하겠지만, 붉은 크라켄이 오늘날까지도 칭송받고 그들의 위대한 영웅으로 여겨지는 것이야말로 바로 강철 군도와 강철인들의 특이한 점이다.

'옛 방식'과 '새 방식'

지금까지도 그레이조이 가문의 수확 영주는 파이크의 해석좌에 앉아 강철 군도를 통치하고 있다. 붉은 크라켄 이후로는 누구도 칠왕국이나 철왕좌에 진정한 위협이 되지 못했지만, 왕의 충복이라고 일컬을 만한 이도 거의 없었다. 그들은 이전 시대에는 왕으로 군림했었고, 심지어 수천 년이라는 시간의 흐름조차 강철 군도에서 유목 왕관의 기억을 지울 수는 없었다.

그들의 치세는 대마에스터 해레그의 저서인 〈강철인의 역사〉에서 찾을 수 있다. 그 책에서 여러분은 아에리스 1세가 철왕좌에 앉아 있던 무렵 약탈선을 끌고 서부 해안을 괴롭히던 마지막 약탈자, 다곤 그레이조이의 기록을 확인할 수 있을 것이다. 론리 라이트 너머에 있다는 새 땅을 찾아 정복하려 했던 '엄청난 바보' 알톤 그레이조이, 비터스틸과 피의 맹약을 맺고도 적에게 팔아넘겼던 음흉한 토르윈 그레이조이, 본토의 기사인 젊은 데스몬드 말리스터 경과 돈독하고도 비극적인 우정을 쌓았던 로론 그레이조이의 이야기도 찾을 수 있다.

여러분은 해레그의 역작 끝무렵에 와서는 아에곤의 정복 이후 해석좌에 앉았던 자들 중 가장 현명했던 퀠론 그레이조이 공을 만나게 될 것이다. 키가 6피트 6인치*나 되던 그는 황소처럼 튼튼하면서도 고양이처럼 민첩했다고 한다. 소싯적에는 여름해에서 해적과 노예상들에 맞서 싸우며 전사로서의 명성을 얻었고, 철왕좌의 충복으로 일하며 나인페니 왕들의 전쟁에서는 백 척의 약탈선을 끌고 웨스테로스 남해

이전 페이지 | '붉은 크라켄'의 약탈자들

6피트 6인치: 약 1.98미터

안을 방비했으며, 스텝스톤 군도 주변의 전투에서 중대한 역할을 수행했다.

군주로서 퀠론은 강철 군도가 평화로운 길을 걷기를 바랐다. 그는 허가 없는 약탈을 금하였으며, 병자를 치료하고 젊은이들을 가르치도록 수십 명의 마에스터를 강철 군도로 초빙했다. 그들과 함께 강철 군도로 온 까마귀들은 검은 날개를 통해 강철 군도와 본토를 그 어느 때보다도 더 단단하게 결속시켰다.

강철 군도에 남아 있던 하수인 제도를 폐지하고 하수인들을 해방한 사람 또한 퀠론 공이었다(하지만 그 사업은 완전한 성공을 거두지 못했다). 또한 그는 소금 부인을 취하지 않았고, 다른 사람들에게까지 금하지는 않았지만, 소금 부인을 취할 경우 높은 세금을 물렸다. 그는 세 아내에게서 아홉 아들을 보았다. 첫째와 둘째 부인은 익사한 신의 사제가 주관한 전통적 예식에 따라 맞이한 바위 부인이었지만, 세 번째는 본토에 있는 핑크메이든 성의 파이퍼 가문에서 맞이한 여자였다. 그녀는 아버지의 궁정에서 셉톤의 주관 하에 퀠론 공과 결혼했다.

위에서 보듯 퀠론 공은 자신의 영지와 칠왕국 사이에 더 강한 연대감을 구축하고자 하는 희망으로 강철인의 낡은 인습들을 멀리했다. 그는 의지가 강하고 완고한 군주였으며, 퀠론의 무시무시한 격노가 두려웠기에 감히 그의 앞에서 이의를 제기하는 자는 아무도 없었다.

퀠론 그레이조이는 로버트 바라테온과 에다드 스타크, 존 아린이 반란의 기치를 올렸을 때 여전히 해석좌를 지키고 있었다. 나이가 들어 가며 그는 더더욱 신중해졌고, 전쟁이 본토를 휩쓰는 와중에도 끼어들지 않기로 결정했다. 하지만 그의 아들들이 이득과 영광을 갈망하고 있는 반면, 그의 건강과 권력은 쇠락하고 있었다. 그는 한동안 복통에 시달렸고, 양귀비 즙을 한 잔 마시고서야 겨우 잠들곤 했다. 그럼에도 불구하고 그는 까마귀가 트라이던트의 전투에서 라에가르 왕자가 전사했다는 소식을 파이크에 전하기 전까지는 참전하자는 탄원을 거부했다. 그러나 트라이던트 전투의 결과는 퀠론 공의 세 아들을 하나로 묶었다. 그들은 퀠론 공에게 타르가르옌 왕조는 끝장났으며, 당장 반란에 참여하지 않으면 아무런 전리품도 얻을 수 없다고 진언했다.

결국 퀠론 공이 아들들에게 양보했다. 강철인은 가장 가까이 있는 타르가르옌 충성파를 공격해 충의를 과시하기로 결정했다. 고령에다가 병마에 시달리고 있음에도 그는 몸소 함대를 지휘하겠다고 나섰다. 50척의 전선이 파이크에 모여 리치를 향해 노를 저었다. 강철 함대의 대부분은 라니스터 가문의 공격을 방어하기 위해 본거지에 남았다. 캐스털리 록이 반란군 편을 들지 충성파에 합류할지가 분명하지 않았기 때문이었다.

퀠론 그레이조이의 마지막 항해에 대해 언급할 내용은 많지 않다. 전쟁의 결과에는 하등 영향을 주지 못한, 로버트의 반란의 역사에 부록으로 덧붙은 피투성이 비즈니스에 지나지 않기 때문이다. 강철인들이 한 짓이라고는 몇몇 어선을 가라앉히고, 뚱뚱한 상인 몇 명을 포로로 잡고, 마을 몇몇을 불태우고 작은 도시 몇 군데를 약탈한 게 전부였다. 하지만 강철인들이 맨더 강 하구에 다다랐을 무렵 예상하지 못했던 저항과 마주쳤다. 방패 군도에서 배를 타고 나와 강철인들에게 도전한 것이다. 이들과 벌인 전투에서 십여 척의 배가 침몰하거나 나포되었다. 더욱 난감하게도 그 전투의 전사자 중에 퀠론 그레이조이 공이 있었다.

전쟁은 거의 끝나고 있었다. 신중하게도 후계자인 발론 그레이조이는 원정을 그만두고 바다로 돌아가 해석좌를 잇기로 결정했다.

강철 군도의 새 군주는 퀠론 공의 살아남은 아들 중 장자이며 두 번째 결혼에서 얻은 아이였다(첫 번째 결혼으로 얻은 아들들은 어릴적에 죽었다). 여러 면에서 볼 때, 그는 아버지를 닮았다. 13살에 약탈선의 노를 저었고 '손가락 춤'을 추었다. 열다섯에는 스텝스톤 군도에서 약탈을 하며 보냈다. 열일곱에는 자신의 배를 가진 선장이었다. 아버지 같은 덩치와 엄청난 힘은 갖지 못했지만, 기민함과 무기를 다루는 솜씨를 물려받았다. 그리고 아무도 그의 용기에 대해 의문을 제기할 수 없었다.

아직 어린아이에 불과했음에도 발론 공은 철왕좌의 멍에를 불살라 강철인을 풀어 주고 자긍심을 되돌려 주었다. 해석좌에 앉은 그는 아버지가 내렸던 많은 명령들을 철회하였고 소금 부인에 매겨지는 세금을 철폐하는가 하면 전쟁에서 포로로 잡은 사람을 하수인으로 부릴 수 있다고 선언했다. 비록 셉톤을 내쫓지는 않았지만, 부과하는 세금을 열 배로 올렸다. 마에스터들은 버리기에는 너무 유용했기 때문에 그대로 두었다. 미심쩍은 사유로 파이크의 이전 마에스터를 처형했지만, 그 즉시 시타델에 다른 마에스터를 보내 달라고 청원했던 것이다.

퀠론 공은 기나긴 치세 동안 전쟁을 회피하며 보냈다. 하지만 발론 공은 즉시 전쟁 준비에 착수했다. 발론은 금이나 영광보다도 왕관을 더더욱 갈망했다. 왕좌에 대한 미망은 그레이조이 가문의 기나긴 역사를 통틀어 항상 떠돌았던 모양이었다. 하지만 그 미망은 발론 그레이조이의 경우처럼 보통은 패배와 절망, 죽음으로 끝을 맺곤 했다. 그는 5년 동안 전쟁을 준비하고 병사와 약탈선을 모으고, 용골과 무쇠 충각을 보강하고 갑판에 대형 쇠뇌와 투석기를 올린 거대한 전함으로 이뤄진 함대를 건설했다. 발론이 새로 진수한 강철 함대의 배들은 약탈선이라기보다는 갤리선으로, 강철인들이 이전에 건조했던 그 어떤 배보다도 거대했다.

AC289년, 발론 공은 강철 군도의 왕을 자칭하며 동생인 유론과 빅타리온을 라니스포트로 보내 라니스터 함대를 불살랐다. 타이윈 라니스터의 배들을 불태우며 그는 "바다야말로 나의 해자이니, 감히 넘으려 하는 자에게 화가 있으리라." 라고 의기양양하게 선언했다.

그러나 로버트 왕이 해자넘이에 나섰다. 트라이던트에

서의 승리로 불후의 영광을 얻은 로버트 1세는 재빨리 대응하여 기수들을 소집하고, 동생이자 드래곤스톤의 영주인 스타니스를 국왕 함대와 함께 도른 방면으로 보냈다. 올드타운과 아버, 리치에서 온 전함들이 그의 함대에 힘을 보탰다. 발론 그레이조이는 동생 빅타리온을 보내 상대하도록 했지만, 스타니스 공은 페어 해협에서 유인책을 써서 강철 함대를 박살냈다.

발론의 '해자'가 무력화되자 이제 로버트 왕은 어려움 없이 그의 병사들을 시가드와 라니스포트에서 강철인의 만 너머로 보낼 수 있었다. 서부의 관리자와 북부의 관리자를 거느린 로버트는 파이크와 그레이트 윅, 할로우와 오크몬트에 상륙하여 강철과 불로 섬을 분단한 뒤 거센 공격을 가했다. 발론은 파이크에 있는 성채에 틀어박혀 농성했지만, 로버트가 외벽을 무너트리고 기사들을 밀어넣자 모든 저항이 붕괴되었다.

부활한 강철 군도 왕국은 채 1년도 가지 못했다. 발론 그레이조이는 사슬에 묶여 로버트 왕 앞으로 끌려왔지만 여전히 반항적이었다. 발론은 "너는 내 목은 가져갈 수 있겠지만, 나를 반역자라고 부를 수는 없지. 그레이조이 가문은 그 누구도 바라테온 가문에 충성을 맹세한 적이 없으니까."라고 말했다고 전해진다. 그러나 자비로운 로버트 바라테온은 적일지라도 용기 있는 자들이라면 좋아했기에 그의 말을 웃어넘겼다고 한다. 왕은 "그럼 이제 맹세해 보실까. 아니면 네 고집불통 머리가 날아갈 테니."라고 대꾸했다. 결국 발론 그레이조이는 무릎을 꿇었고, 충성을 보증하는 인질로 살아남은 막내아들을 보내고서야 목숨을 건질 수 있었다.

언제나처럼 강철 군도는 지금도 영속하고 있다. 붉은 크라켄의 통치기부터 지금까지 이어진 강철인의 이야기는 영광스럽던 과거의 꿈과 현재의 가난 사이에 갇힌 민족의 이야기이다. 회녹색 바다로 웨스테로스와 분리된 강철 군도는 그들만의 왕국으로 여전히 남아 있다. 강철인들은 바다는 항상 움직이며 변화무쌍하다고 말하기를 좋아한다. 바다는 영원히, 그리고 무한히 그러할 것이며, 항상 다르면서도 항상 똑같을 것이다. 바다의 민족인 강철인들 또한 그러할 것이고 말이다.

"강철인에게 비단과 벨벳을 입히고 읽기와 쓰기를 배우게 한 뒤 책을 주어 기사도와 예의범절과 종교의 신비를 가르칠 수는 있으리라. 하지만 그의 눈을 들여다본다면, 차갑고 잔인한 회색 바다가 여전히 그 자리에 있을 것이다."라고 대마에스터 해레그는 적고 있다.

파이크

파이크 성은 강철 군도에서 가장 크고 웅장한 성은 아니지만 가장 오래된 성 중 하나이며, 그레이조이 가문이 강철인을 통치할 무렵부터 거기 있었다. 섬의 이름이 성에서 유래했다는 주장이 있어 왔지만, 섬 주민들은 그 반대라고 이야기한다.

파이크는 매우 오래된 탓에 아무도 이 성이 언제 지어졌는지, 누가 이 성을 지었는지가 확실치 않다. 해석좌와 마찬가지로 섬의 기원은 미궁 속에 있다.

몇 세기 전만 해도 파이크는 다른 성들과 마찬가지로 바다를 내려다보는 절벽 위의 단단한 암반 위에 성벽과 본관, 탑을 갖춘 완전한 성이었다. 하지만 성의 기반이 된 절벽은 보기보다 단단하지 않아서 파도가 끊임없이 두들긴 끝에 허물어지기 시작했다. 파이크 성은 벽이 무너지고 지반이 함몰되면서 부속 건물들을 잃었다.

오늘날까지 남아 있는 파이크는 몰아치는 파도 위에 솟은 여섯 개의 바위섬에 걸쳐 흩어진 탑과 성채의 복합체이다. 곶을 가로지르며 뻗은 외벽 일부와 거대한 정문, 방어탑이 성으로의 유일한 길목을 따라 남아 있으며, 이것이 원래의 성에서 남은 전부이다. 곶에 걸린 돌다리는 파이크 성의 가장 큰 섬과 대성채로 이어진다. 그 너머로는 흔들다리들이 탑들을 서로 잇고 있다. 그레이조이 가문 사람들은 "폭풍이 휘몰아치는 와중에도 이 다리를 건널 수 있는 사람이라면 노젓는 일도 손쉬울 것이다."라고 말하기를 즐긴다. 성벽 아래로는 여전히 파도가 밤낮을 가리지 않고 바위에 부딪치고 있으며, 언젠가는 남은 부분들도 틀림없이 바다 밑으로 무너질 것이다.

좌측 | 파이크 성에 남아 있는 성탑들

THE NORTH

WESTERLANDS

IRON ISLANDS
IRONMAN'S BAY
SUNSET SEA
RIVERLANDS
Seagard
Oldstones
Banefort
TUMBLESTONE
Riverrun
The Crag
Ashemark
Faircastle
Golden Tooth
RIVER ROAD
RED FORK
Sarsfield
Hornvale
Kayce
Casterly Rock
Feastfires
Deep Den
GOLDROAD
Lannisport
Silverhall
OCEAN ROAD
Cornfield
Crakehall
Red Lake
Old Oak
REACH

LEGEND
MAJOR CASTLE
CASTLES
CITIES
TOWNS
RUINS
GOLD & SILVER
ROADS

웨스터랜드

웨스터랜드에는 바위투성이 산지와 완만한 언덕, 안개가 자욱한 계곡과 험준한 해안선, 푸른 호수와 반짝이는 강, 비옥한 들판과 온갖 사냥감이 가득한 활엽수림이 펼쳐져 있다. 또한 숲이 우거진 언덕 옆으로 반쯤 가려진 입구를 통해 이어지는 어두운 미로를 거쳐 땅 속 깊은 곳에 숨어 있는 상상을 초월하는 경이와 방대한 보물을 마주할 수 있다.

이곳은 온화하고 비옥하며 풍요로운 대지이다. 동쪽과 남쪽은 높은 산지가, 서쪽은 일몰해의 푸르른 바다가 자연 방벽이 되어 준다. 한때 숲의 아이들은 숲속에 보금자리를 만들었고 거인들은 언덕에 집을 지었으며, 요즘도 종종 그들의 뼈가 발굴되곤 한다. 하지만 퍼스트 멘이 불과 청동 도끼를 가지고 들어와서 나무를 베고 들판을 갈아엎으며 거인들이 집을 지었던 언덕에 길을 뚫었다. 얼마 지나지 않아 퍼스트 멘의 경작지와 마을이 서부 전역에 걸쳐 바다부터 산까지 가득찼으며, 튼튼한 모트 베일리 양식의 요새로 보호되던 마을이 나중에는 거대한 석성이 되자 마침내 거인들은 더 이상 어디에서도 찾아볼 수 없었고, 숲의 아이들도 깊은 숲, 언덕 아래의 동굴, 그리고 멀리 북쪽으로 사라졌다.

이곳에 있는 많은 대가문들의 뿌리는 퍼스트 멘의 황금기까지 거슬러 올라간다. 이러한 가문으로는 호손 가문, 푸트 가문, 브룸 가문, 플럼 가문이 있다. 페어 섬에서는 파맨 가문의 함대가 강철인 약탈자들에 맞서 웨스터랜드의 서해안을 방어했고, 그린필드 가문은 위어우드로만 지은 바우어라는 이름의(지금은 단순히 그린필드라고 부른다) 거대한 목조 성곽을 쌓았다. 웨스털링 가문이 해변에 크랙 성을 쌓아올리는 동안 카스타미르의 레인 가문은 그들의 거성 아래로 광물이 풍부한 광산과 굴, 터널이 교차하는 복잡한 구조물을 만들었다. 다른 가문들은 '멧돼지 사냥꾼' 크레이크의 후손인 크레이크홀 가문, '두건을 쓴 사내'의 후손 베인포트 가문, 맹인 궁수 '떡갈나무의 알란'의 후손인 유 가문, '쟁기꾼 페이트'의 후손인 모어랜드 가문처럼 오늘날까지 이야기가 전해지는 전설적인 영웅들로부터 유래했다.

이 가문들은 유력자가 되었고, 일부는 한때 영주였으며 심지어 왕을 칭하기도 했다. 하지만 단연코 웨스터랜드에서 가장 위대한 군주들은 일몰해 옆에 솟은 거대한 바위에 자리잡았던 캐스털리 가문이었다. 전설에 따르면 캐스털리 가문의 선조는 오늘날 라니스포트가 있는 곳 근처 마을에 살았던 사냥꾼 '캐스터의 아들' 코를로스였다고 한다. 사자가 나타나 마을의 양들을 해치기 시작하자 코를로스는 사자를 추적하여 바위 아래 동굴에 있는 사자의 보금자리로 갔다. 고작 창 한 자루만 들고 한 쌍의 사자를 잡은 그는 사자 새끼들은 죽이지 않고 남겨두었다. 그의 자비로움에 감동한 옛 신들은(웨스테로스에 칠신교가 들어오기 한참 전이었다) 동굴 깊숙이까지 햇빛을 비췄고, 그 순간 코를로스는 동굴의 벽에서 남자 허리만큼이나 두꺼운 금 광맥이 희미하게 반짝이는 것을 보았다.

이 이야기의 진실은 시간의 뒤안길로 사라졌지만, 코를로스 또는 캐스털리 가문의 선조가 된 누군가가 바위 안에서 금을 발견해 채굴을 시작했음은 분명하다. 그는 보물을 훔쳐가는 사람을 막기 위해 동굴 안 깊숙이까지 들어가 입구를 요새화했다. 한 해 두 해가 지나고 몇 세기가 흐르자 그의 후손들은 금맥을 따라 더욱 깊이 파들어가며 홀과 통로, 계단과 터널을 만들어 그 거대한 바위를 통째로 웨스테로스의 다른 모든 성을 왜소하게 만들 만큼 강력한 요새로 탈바꿈시켰다.

캐스털리 가문은 결코 왕은 아니었지만 웨스테로스 전체를 통틀어 가장 부유한 영주이자 웨스터랜드 최대의 세력이 되었고, 그렇게 수백 년이 흘렀다. 그리고 여명기가 지고 영웅들의 시대가 시작되었다.

그때 '영리한' 란이라는 금발의 건달이 동쪽에서 나타났다고 한다. 어떤 사람은 그가 협해를 건너온 안달족 모험가라고 추측하지만, 란이 나타날 당시는 안달족이 웨스테로스에 들어오기 시작한 때로부터 천 년이나 이전이었다. 하지만 그의 출신이 무엇이었든, 전설들은 모두 영리한 란이 캐스털리 가문으로부터 캐스털리 록을 빼앗았다는 데 의견이 일치하고 있다.

그가 어떻게 성을 빼앗았는지에 대한 정확한 방법은 아직 공상의 영역에 남아 있다. 가장 흔한 이야기로는 란이 바위 사이의 비밀 통로를 발견했지만 틈이 너무 좁은 나머지 통로 사이로 몸을 빼내기 위해 옷을 모두 벗고 알몸에 버터를 발라야만 했다는 것이다. 하지만 일단 안으로 들어가자 그는 분탕질을 벌이기 시작했다. 잠든 캐스털리 가문 사람의 귀에 대고 협박을 속삭이고 어둠 속에서 악마처럼 울부짖었으며 보물을 훔쳐 다른 사람의 침실에 숨기고 성 이곳저곳에 잡다한 덫과 함정을 쳤다. 그는 이런 식으로 사람들을 반목하게 만들었고, 캐스털리 록은 평안히 살 수 없는 귀신 들린 곳이라고 여기게 되었다.

이야기꾼들은 다른 이야기도 펼친다. 어떤 이야기에서 란은 바위의 갈라진 틈으로 쥐와 해충들을 캐스털리 록에 들여보내 캐스털리 가문을 몰아냈다. 다른 이야기는 사자 무리를 성 안으로 몰래 들여보내는 바람에 영주와 아들들은 모두 잡아먹히고 란이 아내와 딸들을 차지했다. 가장 외설적인 이야기는 밤마다 란이 몰래 성으로 들어가 잠든 캐스털리 가문의 처녀들을 덮쳤고, 아홉 달 뒤에 남자라고는 접한 적이 없다는 이 처녀들이 전부 금발의 아이를 낳았다는 것이다.

마지막 이야기는 비록 저속하기는 하지만 실제로 어떤 일이 일어났는지에 대한 일말의 진실을 암시하는 흥미진진한 측면이 있다. 대마에스터 페레스탄은 란이 캐스털리 가문의 사용인(아마도 호위병이었을 것이다)이었으며, 주군의 딸(또는 가능성은 낮지만 딸들)을 임신시킨 뒤, 그녀의 아버지에게 결혼 허락을 얻어냈을 것이라고 추측했다. 이런 일이 실제로 벌어졌다면 캐스털리의 영주는 적출 아들이 없었다고 봐야 하며(그래야 이야기의 앞뒤가 맞다), 그가 사망한 뒤 자연스레 캐스털리 록이 딸에게, 그리고 사위인 란에게 넘어왔을 것이다.

이 이야기가 다른 이야기들보다 더 뚜렷한 역사적 증거를 가지고 있지는 않다. 확실한 것은 영웅들의 시대 중 언젠가부터 캐스털리 가문이 연대기에서 사라졌고, 대신 이전까지는 알려지지 않았던 라니스터 가문이 캐스털리 록을 차지하고 앉아 웨스터랜드의 대부분을 지배하고 있다는 것이다.

영리한 란은 312세까지 살았으며, 백 명의 용감한 아들들과 백 명의 나긋나긋한 딸들을 두었다고 한다. 자녀들은 모두 얼굴이 잘생기고 피부가 깨끗했으며, 태양처럼 찬란한 금발을 가지고 있었다고 한다. 하지만 그런 이야기들은 제쳐 두고 역사만 보더라도 라니스터 가문은 초창기부터 잘생겼을뿐더러 다산으로도 유명해 연대기를 수많은 이름으로 채웠으며, 몇 세대 뒤에는 후손들이 너무 많은 나머지 캐스털리 록에 그들 모두를 수용할 수 없었다고 한다. 그들은 바위 안에 새로운 터널을 파는 대신 가문의 방계 사람들을 1마일* 정도 떨어진 마을에 정착시켰다. 그들이 고른 땅은 토질이 비옥하고 바다도 물고기가 풍부한 천혜의 자연 항만이었다. 얼마 안 있어 마을은 작은 도시로, 그리고 다시 라니스포트라는 대도시로 성장했다.

안달족이 웨스테로스에 도달했을 무렵, 라니스포트는 웨스테로스 제 2의 도시가 되었다. 라니스포트보다 크고 부유한 도시는 올드타운뿐이었고, 세계 각지의 무역선이 일몰해에 있는 황금의 도시를 찾아 서해안을 항해했다. 금은 라니스터 가문의 부를 쌓아올렸고, 무역을 통해 더더욱 번창했다. 라니스포트의 라니스터 가문 사람들은 부유해졌으며, 그들의 부를 훔치려 했던 자들(주로 강철인)을 막기 위해 도시 주변에 거대한 성벽을 쌓았고, 곧 왕을 칭하게 되었다.

우리가 아는 한 영리한 란은 왕을 자칭하지 않았다. 하지만 몇몇 이야기에 따르면 몇 세기 뒤 사람들이 그를 왕으로 추증했다. 알려진 라니스터 가문의 진정한 첫 번째 왕으로 알려진 자는 '사자왕' 로레온 라니스터다(몇 세기에 걸쳐 수많은 라니스터 가문 사람들에게 납득할 만한 이유로 '사자'나 '황금'이라는 별명이 붙었다). 그는 혼인을 통해 카스타미르의 레인 가문을 봉신으로 맞아들였고, 20년이나 걸린 전쟁으로 '두건을 쓴 왕' 모르곤 베인포트와 그의 부하들을 쳐부쉈다. 자신을 '바위의 왕'이라 칭한 첫 번째 라니스터 가문의 사람이 로레온이었을지도 모르지만, 그 칭호는 이후 그의 아들과 손자, 그 후계자들로 수천 년 동안 이어졌다. 하지만 왕국의 경계는 안달족 침입자들이 웨스터랜드에 도착할 때까지도 완성되지 않았다. 안달족의 웨스터랜드 입성은 베일을 탈취하고 리버랜드의 퍼스트 멘 왕국을 전복시키느라 첫 상륙으로부터 꽤 세월이 흐른 뒤였다. 웨스터랜드를 노린 첫 번째 안달 군벌이 언덕을 넘어 행군해 왔지만, 타이볼트 라니스터(아니나다를까, 그는 '벼락왕'이라 불렸다)에게 걸려 피에 젖은 결말을 맞이했다. 두 번째, 세 번째 공격도 비슷한 결말을 맞이했지만, 안달족이 크고 작은 무리를 지어 더더욱 자주 서쪽으로 진출하기 시작하자 티리온 3세와 그의 아들 제롤드 2세는 다가올 파국을 염려하게 되었다.

이 현명한 왕들은 침입자들을 돌려보내려 시도하기보다는 유력한 안달족 군벌과 서부의 대가문 사이의 혼인을 주선하는 길을 택했다. 조심스러우며 베일에서 무슨 일이 벌어졌는지를 잘 아는 이들은 이러한 후의에 대한 대가를 요구하는 데 신중을 기했다. 귀족에 봉해진 안달족 군벌의 아들딸들은 퍼스트 멘 영주들의 대자와 양아들딸이 되어 캐스털리 록에서 종자, 시동, 술 담당으로 일하게 되었다. 그들의 아버지가 수상쩍은 행동을 할 때에는 인질이 되었음은 물론이다.

이윽고 라니스터 가문의 왕들은 자신의 자녀들을 안달족과 혼인시키기 시작했다. 제롤드 3세가 남자 후계자 없이 죽자 대신들은 그의 외동딸의 남편 조프리 리덴 경에게 왕관을 씌웠고, 그는 라니스터의 성씨를 쓰며 웨스터랜드를 통치한 첫 안달족이 되었다. 자스트, 레포드, 파렌, 드록스, 마브랜드, 브락스, 세레트, 사스필드, 킨달 가문이 퍼스트 멘과 안달족의 연합을 통해 탄생한 가문들이다. 이리하여 활력을 되찾은 라니스터 가문은 영토를 더 멀리까지 넓혀 나갔다.

세리온 라니스터는 그의 영토를 멀리 동쪽의 골든 투스와 주변의 언덕까지 확장했고, 그 과정에서 연합해 항거한 세 명의 소왕들을 물리쳤다. 토멘 1세는 대함대를 육성하여 페어 섬을 합병하고 파맨 가문의 마지막 왕의 딸을 아내로 맞았다. 로레온 2세는 웨스터랜드에서 처음으로 마상시합을 개최하였고, 그에게 도전한 모든 기사들을 꺾었다고 한다. 란셀 1세(물론, '사자왕'으로 알려졌다)는 하이가든의 가드너 왕조와 전쟁을 벌여 멀리 남쪽의 올드 오크까지 영토를 확장했지만, 전쟁터에서 전사했다(그의 아들

1마일: 약 1.6킬로미터

로레온 3세는 아버지가 얻었던 영토를 모두 잃어서 '절름발이'라는 굴욕적인 별명을 얻었다). 하지만 제롤드 '대왕'은 강철 군도로 항해하여 100명의 강철인 포로를 잡아왔고, 이후 강철인이 그의 해안가 마을을 약탈할 때마다 하나씩 교수형에 처하겠다고 선언했다(그의 장담대로 제롤드는 스무 명 이상의 인질을 교수형에 처했다). 란셀 4세는 란스 포인트에서 벌어진 전투에서 발리리아 강철검 브라이트로어를 단 한 번 휘둘러 강철 군도의 왕 '반쯤 익사한' 하랄드와 그의 자식의 목을 베었다고 한다. 그는 나중에 리치를 침공하던 중 레드 레이크 전투에서 전사했다.

라니스터 왕조의 몇몇은 지혜로, 몇몇은 용맹으로 이름을 떨쳤으며, 그들 모두는 인심이 후하기로 유명했다. 아마 '구두쇠왕' 노윈으로 알려진 노윈 라니스터를 제외하고 말이다. 그렇지만 캐스털리 록 역시 나약하고 잔인하며 무력한 왕들이 다스리던 시절도 여러 번 있었다. 로레온 4세는 '얼간이 로레온'으로 더 유명하며, 그의 손자인 로레온 5세는 아내의 옷을 걸치고 평범한 매춘부로 가장해 라니스포트의 선창가를 거닐고 다니는 일을 즐겼기에 '로레아 여왕'으로 불렸다(이 둘이 재위한 뒤로 라니스터 가문에서는 아들들에게 로레온이라는 이름을 붙이기 꺼려하게 되었다). 후기의 군주 티리온 2세는 '고문관'이라는 별명으로 알려졌다. 그는 전투 도끼를 능숙하게 다루는 강한 왕이었지만, 그의 진정한 취미는 고문이었고, 사람들은 그가 처녀만을 탐했다고 수군거렸다.

결국 라니스터 왕조의 영토는 서부 해안부터 레드포크 강과 텀블스톤 강의 상류까지, 그리고 골든 투스 아래로 이어지는 고갯길을 지나 강철인의 만 남쪽 해안부터 리치 국경까지의 영역으로 확정되었다. 현재 웨스터랜드 지역의 경계선은 '불의 벌판' 전투 뒤에 로렌 라니스터('마지막 왕' 로렌)가 왕으로서 무릎을 꿇었다가 영주로서 일어나기 전까지의 '바위의 왕국'의 경계선을 따르고 있다. 하지만 과거의 경계선은 지금보다 훨씬 유동적이었으며, 특히 리치의 가드너 왕조와 경쟁했던 남쪽 국경, 트라이던트의 수많은 왕들과 전쟁을 벌였던 동쪽 국경이 그러했다.

게다가 웨스터랜드의 해안선은 다른 왕국들보다 강철 군도에 가까이 있었고, 라니스포트의 거대한 부와 활발한 교역은 무지몽매한 강철 군도의 약탈자들에게는 끊임없는 유혹이었다. 매 세대마다 웨스터랜드인과 강철인 사이에서는 전쟁이 발발했고, 심지어 전쟁이 없던 시기라 하더라도 강철인들은 재산과 소금 부인을 약탈하러 오곤 했다. 페어 섬은 웨스터랜드의 남쪽 해안을 지키는 방어기지가 되었고, 파맨 가문은 강철인에 대한 증오심으로 유명해졌다.

웨스터랜드의 엄청난 부는 주로 금광과 은광에서 왔다. 광맥이 넓고 깊게 퍼져 있기에 천 년 이상의 세월 동안 아래로 파들어갔어도 여전히 마르지 않았다. 로마스 롱스트라이더는 멀리 그림자 밑의 아샤이에서도 '사자 군주'가 단단한 황금으로 지은 궁정에 살며, 거기서는 소작농마저도 밭을 갈다가 금을 줍는다는 말이 사실이냐고 묻는 상인들이 있었다는 이야기를 전했다. 웨스터랜드의 금은 무역상을 따라 저 멀리까지도 여행했고, 마에스터들은 전 세계 그 어떤 금광도 캐스털리 록만큼이나 광맥이 풍부하지 않다는 사실을 알고 있다.

브라이트로어는 발리리아의 멸망 이전의 세기에 라니스터 가문의 소유가 되었고, 브라이트로어를 사기 위해 치른 금의 양은 군대 하나를 양성하기에도 모자람 없는 것이었다고 한다. 하지만 1세기 뒤에 토멘 2세가 멸망한 발리리아의 유적에 부와 마법이 여전히 남아 있으리라 생각하고 약탈을 위해 함대를 이끌고 간 뒤 잃어버리고 말았다. 함대와 토멘 2세, 브라이트로어는 웨스터랜드로 귀환하지 못했다.

그들에 대한 마지막 기록은 〈볼란티스의 영광*The Glory of Volantis*〉이라는 볼란티스 연대기에서 찾을 수 있다. 그 책에는 '사자왕'을 태운 '황금 함대'가 보급을 위해 머물렀으며, 볼란티스의 통치자인 삼두는 그에게 선물을 아낌없이 선사했다고 쓰여 있다. 연대기는 그가 삼두의 환대와 더불어 지원 요청을 받을 경우 함대를 파견하겠다는 약조에 대한 보답으로 발견할 모든 보물의 절반을 주겠다는 맹세를 했다고 전한다. 그리고 함대는 다시 떠났다. 1년 뒤 황금 함대가 무언가 발견한 것이 있었는지 확인하기 위해 삼두 중 하나인 마르퀠로 타가로스가 발리리아로 소함대를 파견했지만, 그들은 빈손으로 돌아왔다고 한다.

상단 | 라니스터 가문이 잃어버린 발리리아 강철검 '브라이트로어'

웨스터랜드의 부는 발리리아 자유국의 금에 대한 갈망과 맞아떨어지겠지만, 드래곤로드가 웨스터랜드의 군주인 캐스털리 가문이나 라니스터 가문과 연락을 취했다는 증거는 없는 듯 보인다. 셉톤 바스는 지금은 전해지지 않는 발리리아의 문헌을 통해 그 문제에 대한 추측을 제기했는데, 발리리아의 마법사가 캐스털리 록의 황금이 그들을 파멸시킬 것이라는 예언을 남겼다고 이야기했다. 대마에스터 페레스탄은 발리리아인들이 고대에 이미 올드타운까지 다다른 적이 있지만, 그 이후로 웨스테로스 전토를 피하게 될 정도로 크나큰 좌절이나 참극을 겪은 것이 아닌가 하는 보다 그럴듯한 추측을 내놓았다.

타르가르옌 왕조 치하의 라니스터 가문

로렌 라니스터가 왕관을 내려놓는 동시에 라니스터 가문은 왕가에서 영주로 격하되었다. 비록 그들의 엄청난 부는 그대로 남았지만, 라니스터 가문은 (바라테온 가문과는 달리) 타르가르옌 가문과 긴밀한 연줄이 없었고, 툴리 가문처럼 철왕좌 아래에서 곧바로 중책을 받아들이기에는 자부심이 너무나 강했다.

한 세대 뒤, 아에곤 왕자와 라에나 공주가 '잔혹왕' 마에고르 1세로부터 도피처를 구하면서 라니스터 가문은 다시 한 번 왕국에 거대한 족적을 남기기 시작했다. 라이먼 라니스터 공은 왕자와 공주를 그의 궁정에서 보호하여 접대의 관습을 지켰으며, 둘을 넘겨 달라는 왕의 모든 요구를 거절했다. 하지만 그는 망명한 왕자와 공주에게 충성을 서약하지는 않았고, 아에곤 왕자가 '신의 눈 아래의 전투'에서 삼촌의 손에 죽은 뒤로도 앞으로 나서지 않았다. 하지만 아에곤의 막내 동생 자에하에리스가 철왕좌를 요구하고 나섰을 때에는 라니스터 가문도 지원군을 보내 그에게 힘을 보탰다.

비록 벨라리온 가문과 아린 가문, 하이타워 가문, 툴리 가문, 바라테온 가문에는 가려졌지만, 마에고르 1세의 죽음과 자에하에리스 1세의 대관식은 라니스터 가문을 철왕좌에 보다 가까이 놓았다. 타이몬드 라니스터 공은 누가 왕위를 계승할지를 결정하는 AC101년의 대회의에 기수와 병사, 하인들로 이뤄진 300명의 대규모 가신단을 이끌고 참석한 것으로 유명하다. 그보다 많은 가신단을 이끌고 참석한 사람은 500명을 이끌고 온 하이가든의 매토스 티렐뿐이었다. 심사숙고 끝에 라니스터 가문은 비세리스 왕자의 편을 들었다. 그 선택은 몇 년 뒤 비세리스가 철왕자에 오르면서 제이슨 라니스터의 쌍둥이 동생 타일랜드 라니스터 경을 선박대신으로 임명하여 보답받았다. 후에 타일랜드 경은 아에곤 2세 치세에 재무대신이 되었고, 그와 철왕좌 사이의 친밀한 관계와 궁정에서의 지위는 형인 제이슨 공을 '용들의 춤'에서 아에곤 2세의 진영으로 끌어들이는 계기가 되었다.

왕위계승을 둘러싼 전투가 이어지자 타일랜드 경은 라에니라 타르가르옌이 킹스랜딩을 점령하더라도 국고에 손을 대지 못하도록 감추느라 크나큰 고생을 했다. 그리고 철왕좌와 라니스터 가문의 유대는 제이슨 공이 아에곤 2세의 어명에 따라 동쪽으로 행군하는 사이에 무방비 상태의 웨스터랜드를 '붉은 크라켄'과 그의 약탈자들이 습격하면서 불행한 결말을 맞았다. 라에니라 여왕의 지지자들은 레드 포크 강을 건너다 제이슨 공의 군대와 마주치자 전투에 돌입했고, 그 전투에서 제이슨 공은 나이 지긋한 종자인 롱리프의 페이트(이 평민 출신 전사는 전투가 끝난 뒤 기사로 서임되었으며, 여생 동안 '사자 살해자'라고 불리게 되었다)에게 치명상을 입고 전사했다. 라니스터군은 전투 뒤에도 행군을 계속했으며, 처음에는 아드리안 타르벡 경의 지휘하에, 그가 쓰러진 뒤에는 험프리 레포드 공의 지휘하에 '물고기밥' 전투에서 세 갈래의 군대에 포위당해 섬멸되기 전까지 여러 승리를 거두었다.

한편, 타일랜드 라니스터 경은 라에니라 여왕이 킹스랜딩을 점령한 뒤 포로가 되었다. 흑색파는 아에곤 2세의 국고를 어디에 은닉했는지 알아내기 위해 그에게 잔인한 고문을 가했지만 그는 고집스럽게 입을 다물었다. 아에곤 2세와 충성파가 킹스랜딩을 탈환하자 그는 눈이 멀고 거세된 채 발견되었다. 하지만 그의 능력은 어디 가지 않았고, 아에곤은 그를 재무대신으로 유임시켰다. 아에곤 2세는 그의 치세 막바지에 아에곤 3세와 그의 지지자들에 대항할 용병들을 고용하기 위해 타일랜드 경을 자유도시로 파견하기도 했다.

싸움이 끝나고 아에곤 3세가 철왕좌에 등극했지만, 나이가 11살에 불과했기에 섭정기가 이어졌다. 타일랜드 경은 용들의 춤이 웨스테로스에 남긴 깊은 상처를 치유하고자 하는 바람으로 핸드 직책을 받아들였다. 한때 그의 적이었던 자들은 그가 이미 눈이 멀었고 쇠잔해졌기에 위협이 되지 않는다고 여겼으리라. 하지만 타일랜드 경은 AC133년에 겨울의 대역병으로 죽기 전까지의 2년간 훌륭하게 핸드로서의 소임을 다했다.

이후에 라니스터 가문은 다에몬 블랙파이어에 맞서 타

르가르옌 왕조의 편을 들었지만, 다에몬의 반란군은 웨스테로스에서 승리를 거듭했다. 그중에서도 라니스포트에서는 '화염구'라는 별명으로 알려진 다혈질 기사 퀜틴 볼 경이 레포드 공을 죽이고 데이먼 라니스터(후에 '회색 사자'라는 별명으로 유명해졌다) 공을 캐스털리 록으로 후퇴하게 만들 정도의 대승을 거두었다.

AC210년에 '회색 사자'가 죽자 그의 아들 타이볼트가 캐스털리 록의 영주 지위를 계승했지만, 2년 뒤에 수상쩍은 죽음을 맞았다. 한창 나이의 청년이었던 그는 세렐이라는 세 살배기 딸 하나만을 남겼고, 그녀가 캐스털리 록의 여주인으로 재위한 기간은 잔인하게도 짧았다. 그녀는 영주가 된 지 채 1년도 지나지 않아서 죽었고, 캐스털리 록과 웨스터랜드, 그리고 라니스터 가문의 모든 부와 권력은 그녀의 작은아버지이자 타이볼트의 동생인 제롤드가 물려받았다.

대단한 지성으로 유명한 상냥한 남자 제롤드는 어린 조카의 섭정이었다. 그렇게 어린 나이에 그녀가 갑작스레 죽음을 맞자 사람들은 안타까움에 혀를 찼고, 웨스터랜드에서는 타이볼트와 세렐이 사실 제롤드의 손에 죽었다는 이야기가 널리 퍼졌다.

제롤드 라니스터는 곧 영주로서의 판단력과 유능함, 공정함을 드러냈고, 라니스터 가문의 부와 캐스털리 록의 권력, 그리고 라니스포트의 교역을 크게 신장시켰기 때문에 이런 뜬소문들의 어디까지가 진실인지를 확실히 말할 수 있는 사람은 이제 없다. 그는 31년 동안 웨스터랜드를 다스리며 '황금의 제롤드'라는 별명을 얻었다. 하지만 연달아 닥쳤던 라니스터 가문의 비극은 그의 적들에게는 그를 비방할 충분한 근거가 되어 주었다. 그가 사랑하던 둘째 부인 로한 웨버는 AC230년에 막내 아들 제이슨을 낳고는 채 1년도 되지 않아 홀연히 실종되었다. 장남 타이왈드 라니스터는 AC233년에 있었던 피크 반란에서 카스타미르의 로버트 레인 공을 호위하다 전사했다. 로버트 공도 장남인 로저 레인 경(붉은 사자)을 후계자로 남기고 그때 함께 전사했다.

피크 반란으로 생긴 일들 중 가장 중요한 사건은 단언컨대 마에카르 1세의 전사일 것이다. 하지만 이 사건이 불러온 혼란은 다른 곳들에도 충분히 영향을 미쳤고, 기록으로 남았다. 그리 널리 알려지지는 않았지만 반란은 웨스터랜드의 역사에도 엄청난 영향을 미쳤고, 결코 덜 해롭지도 않았다. 제롤드의 죽은 장남 타이왈드 라니스터는 '붉은 사자'의 활달한 여동생 엘린 레인과 오래전에 약혼한 사이였다. 불같은 성질에 고집이 세고, 몇 년 동안이나 캐스털리 록의 안주인 자리를 노렸던 그녀는 꿈을 포기할 수 없었다. 약혼자가 죽은 뒤 그녀는 타이왈드의 쌍둥이 동생 티온을 구슬러 골든그로브의 로완 가문과 파혼하고 자신과 결혼하겠다고 선언하도록 했다.

제롤드 공은 그들의 결합을 반대했지만, 이미 고령인 데다가 자식을 잃은 비탄, 그리고 병마 탓에 그에게서 이전의 지성과 판단력을 찾아보기 힘들었고, 결국 그는 고집을 꺾고 말았다. AC235년에 캐스털리 록은 두 번의 결혼식을 치렀다. 한 커플은 티온 라니스터 경과 엘린 레인의 결혼이었고, 또 하나는 티온의 남동생 타이토스와 애셔마크의 마브랜드 가문의 여식 제인 마브랜드의 결혼이었다.

두 번 상처하고 이제는 병까지 든 제롤드 공은 다시는 결혼하지 않았고, 결혼식을 올린 엘린은 사실상 캐스털리 록의 안주인이 되었다.

시아버지가 서재와 침실로 물러나자 엘린 부인은 궁정을 화려하게 치장하고 성대한 마상시합과 무도회를 개최했다. 캐스털리 록은 예술가와 배우, 음악가와 레인 가문 사람들로 가득찼다. 그의 오빠 로저와 레이나드는 항상 그녀의 곁에 붙어 다녔고, 온갖 직책과 영예, 그리고 토지가 두 형제와 삼촌과 사촌, 조카들에게 쏟아졌다. '두꺼비 공'이라 불린 늙고 신랄한 궁정 광대는 이렇게 비꼬았다. "엘린 부인은 분명 마법사일 거야. 일 년 내내 캐스털리 록 안에 비가 내리게 만들었잖나."

AC236년 다에몬 블랙파이어 3세가 비터스틸 및 황금 용병단과 함께 매시즈 후크에 상륙해 철왕좌를 노렸다. 이에 아에곤 5세가 칠왕국 전역에서 영주들을 불러 맞서게 하면서 제4차 블랙파이어 반란이 막을 열었다.

반란은 웬드워터 다리의 전투에서 다에몬의 희망보다 훨씬 빨리 막을 내렸다. 반란자들의 시신이 웬드워터 강을 가득 메워 강물이 넘칠 지경이었다. 충성파의 사망자는 100명도 채 안 되었지만, 그들 가운데 캐스털리 록의 후계

상단 | 라니스터 가문과 주요 가문의 문장들
(상단부터 시계방향으로 크레이크홀, 브락스, 클리게인, 파맨, 레포드, 레인, 웨스털링, 페인, 마브랜드, 리덴, 프레스터, 타르벡 가문)

자인 티온 라니스터 경이 있었다.

형에 이어 '영광스러운 쌍둥이'의 동생마저 잃자 비탄에 잠긴 아버지는 폐인이 될 것만 같았다. 하지만 신기하게도 사실은 그 반대였다. 티온 경의 시신이 캐스털리 록에 안장된 뒤, '황금의 제롤드'는 자리를 떨치고 일어나 다시 웨스터랜드를 장악하고, 의지박약에 미덥지 못한 셋째 아들 타이토스가 자신을 승계할 준비를 갖추도록 모든 힘을 다했다.

이렇게 '레인 강점기'는 끝을 맺었다. 이윽고 엘린 부인의 형제들과 수많은 레인 가문 사람들은 캐스털리 록을 떠나 카스타미르로 향했다.

엘린은 캐스털리 록에 남았지만 그녀의 영향력은 줄어든 반면, 제인 마브랜드의 영향력은 성장했다. 마에스터 벨든이 남긴 소문을 신뢰하자면, 티온 경의 미망인과 타이토스의 아내가 벌이던 신경전은 결국 추한 이전투구가 되었다. 벨든에 따르면 AC239년에 엘린 레인은 타이토스 라니스터와 동침하려 들면서 아내와 이혼하고 자신과 재혼하자고 졸랐다고 한다. 하지만 어린 타이토스(당시 열아홉이었다)는 형의 미망인이 너무나 적극적으로 달려드는 바람에 일을 제대로 치를 수 없었다고 전해진다. 모욕감을 느낀 그는 아내에게 달려가 고백하고 용서를 빌었다.

제인 부인은 어린 남편은 너그러이 용서했지만, 손윗동서에게는 가차없었다. 그녀는 주저하지 않고 제롤드 영주에게 이실직고하였다. 격노한 제롤드 공은 엘린을 재혼시켜 캐스털리 록에서 내쫓기로 결심했다. 까마귀가 이곳저곳을 날았고 급박한 중매가 주선되었다. 보름도 안 돼 엘린 레인은 오래전에 잘 나갔지만 이제는 한미해진 타르벡 가문의 얼굴이 발그레한 쉰다섯 먹은 홀아비, 왈데란 타르벡과 결혼했다.

이제 타르벡 부인이 된 엘린 레인은 남편과 함께 캐스털리 록을 떠나 다시는 돌아오지 않았지만, 그녀와 제인 마브랜드 사이의 경쟁은 아직 끝나지 않았다. 오히려 두꺼비 공이 '자궁의 전쟁'이라고 불렀듯이 더욱 심화되었다. 엘린 부인은 티온 경과의 사이에서는 후계자를 남기지 못했지만 왈데란 타르벡(그는 이미 두 번의 결혼을 통해 장성한 아들 여럿을 두었음을 주목해야 한다)과의 사이에서는 두 딸과 아들 하나를 두어 자신의 생식 능력을 과시했다. 제인 마브랜드 역시 자신의 아이들로 응답했는데, 첫째는 아들이었다. 장손에게는 타이윈이라는 이름이 주어졌는데, 소문에 따르면 그의 할아버지인 제롤드 공이 아이의 금발 머리칼을 헝클어트리자 아이는 할아버지의 손가락을 깨물었다고 한다.

다른 아이들도 잇따라 태어났지만, 맏이인 타이윈만이 할아버지가 볼 수 있었던 유일한 손자였다. AC244년 황금의 제롤드 공은 방광염으로 죽었다. 그의 살아남은 아들 타이토스 라니스터는 스물넷에 캐스털리 록의 영주, 라니스포트의 방패, 서부의 관리자가 되었다.

하지만 그는 그런 직책들을 수행하기에 적합한 사람이 아님이 명백했다. 물론 타이토스 공에게는 수많은 미덕이 있었다. 그는 분노는 아끼고 용서는 빨랐다. 상대가 고귀하든 미천하든 모든 이에게서 장점을 발견할 수 있었고 지나치게 남들을 잘 믿었다. 그의 예의바른 쾌활함은 '웃는 사

상단 | 제롤드 라니스터 공의 궁정에서 마주친 엘린 레인과 제인 마브랜드

자'라는 별명을 가져다주었다. 한동안은 웨스터랜드인들도 그와 함께 웃었다. 하지만, 얼마 안 있어 더 많은 사람들이 그를 조롱하기 시작했다.

이야기에 따르면 타이토스 공은 의지박약에 결단력이 부족했다고 한다. 그는 전쟁에는 흥미가 없었고, 선조들이라면 당장 칼을 뽑아들었을 모욕을 들어도 그냥 웃어 넘겼다. 많은 사람들은 그의 약점에서 권력과 부, 토지를 얻어낼 기회를 엿보았다. 몇몇은 캐스털리 록으로부터 많은 돈을 빌리고도 갚지 않았다. 타이토스가 기꺼이 대출 기한을 연장해 주고 때로는 탕감해 주기까지 하자, 라니스포트나 케이스의 평범한 상인들마저도 타이토스에게 대출을 조르기에 이르렀다.

타이토스 공의 명령은 무시당하기 일쑤였고, 웨스터랜드에 부패가 퍼지기 시작했다.

만찬과 무도회에 참석한 손님들은 심지어 그의 면전에서조차 마음껏 그를 조롱할 수 있었다. 사람들은 이를 두고 '사자의 수염 뽑기'라 불렀고, 젊은 기사들은 물론 심지어 종자들조차 누가 사자의 수염을 더 세게 잡아당길 수 있는지를 두고 경쟁했다. 그런데도 이런 행위에 대해 타이토스보다 더 크게 웃는 사람은 없었다고 한다.

마에스터 벨든은 시타델로 보낸 편지 중 하나에 "타이토스 공은 사랑받기만을 원한다네. 그래서 그는 자신들을 모욕하고 거역하는 자에게도 웃고, 적대하지 않으며 용서하고, 영예와 높은 자리와 풍성한 선물을 주어 충성심을 얻으려 해. 하지만 그가 더 많이 웃고 베풀수록 사람들은 더 더욱 그를 멸시하거든." 이라고 적었다.

라니스터 가문의 권세가 줄어들수록 다른 가문은 더 강해지고, 더 반항적으로 변했으며 무질서는 심해져만 갔다. 그리고 AC254년에는 심지어 웨스터랜드 너머의 영주들도 캐스털리 록의 사자는 더 이상 두려운 맹수가 아님을 알게 되었다.

그해 말, 타이토스 공은 일곱 살 난 딸 젠나를 크로싱의 영주 왈더 프레이의 어린 아들과 약혼시켰다. 겨우 열 살밖에 되지 않은 타이윈마저도 그의 결정을 냉혹하게 헐뜯었다. 타이토스 공은 뜻을 굽히지 않았지만, 사람들은 강철 같은 의지를 가진 겁 없는 아이가 나이에 걸맞지 않게 조숙하고, 상냥한 아버지와는 딴판임을 알게 되었다.

얼마 후 타이토스 공은 그의 후계자를 킹스랜딩으로 보내 아에곤 5세의 궁정에서 시종으로 지내도록 했다. 둘째 아들 케반도 카스타미르로 보내 처음에는 시동으로, 다음에는 종자로 일하게 했다.

유서 깊고 부유하며 권력을 가진 레인 가문은 타이토스 영주의 실정을 틈타 엄청나게 번창했다. '붉은 사자' 로저 레인은 뛰어난 검술로 사람들의 두려움을 샀다. 많은 이들이 그를 웨스터랜드 제일의 검사로 평가했다. 그의 동생 레이나드 경은 로저 경이 민첩하고 강했던 만큼 매력적이고 교활한 사람이었다.

레인 가문이 부상하자 그들의 긴밀한 동맹자였던 타르벡 홀의 타르벡 가문도 함께 떠올랐다. 한때 번창했으나 몇 세기에 걸쳐 천천히 쇠락했던 이 유서 깊은 가문의 재흥은 상당 부분 새로운 타르벡 부인인 엘린 레인의 덕을 보고 있었다.

엘린 부인 자신은 여전히 캐스털리 록에서 환영받지 못했지만, 타이토스 공은 로저 레인을 성에서 내치기를 어려워했기에 그녀는 형제들을 통해 라니스터 가문에서 많은 재산을 빼돌리려고 애썼다. 그녀는 그렇게 빼내 온 자금으로 성의 외벽을 새로 쌓고 탑을 증축하였으며 성채를 단장해 예전에 타르벡 홀이라 불렸던 폐허를 재건해서 웨스터랜드에 있는 어떠한 성들에게도 밀리지 않을 정도로 화려하게 꾸몄다.

AC255년 타이토스 공은 캐스털리 록의 넷째 아들의 탄생을 기뻐했지만, 그 기쁨은 곧바로 슬픔으로 바뀌었다. 그의 사랑하는 아내, 제인 마브랜드는 아이를 낳은 후 회복하지 못했고, 제리온 라니스터가 태어난 바로 그 달이 저물기도 전에 생을 마감했다. 그녀를 잃은 것은 그에게는 엄청난 타격이었고, 그날 이후 누구도 그를 '웃는 사자'라 부르지 않았다.

뒤이은 세월들은 웨스터랜드의 기나긴 역사에서 그 어느 시절보다도 음울했다. 웨스터랜드의 상황이 악화되자 철왕좌는 무언가 손을 쓸 필요를 느꼈다. 아에곤 5세는 세 번이나 기사들을 파견해 웨스터랜드에 질서를 회복하고자 했지만, 칙사가 떠나자마자 매번 분쟁이 재발했다. AC259년 왕이 섬머홀의 비극으로 죽자 새로 왕위에 오른 자에하에리스 2세는 아버지만한 의지력이 없었던 데다가 나인페니 왕들의 전쟁에 휘말리는 바람에 웨스터랜드의 상태는 더욱 악화되었다.

왕의 호출에 응하여 천 명의 기사와 일만 명의 군사가 웨스터랜드를 떠났지만, 군대의 지휘자는 타이토스 공이 아니었다. 그를 대신하여 타이토스 공의 동생인 제이슨 라니스터 경이 사령관을 맡았으나 AC260년 블러드스톤 강에서 전사했다. 그가 죽은 후로는 로저 레인 경이 웨스터랜드 군대의 지휘를 맡아 주목할 만한 승리를 여러 번 거두었다.

타이토스 공의 장성한 세 아들도 스텝스톤 군도의 전투에서 실력을 발휘했다. 전투가 벌어지기 전날 기사로 서임된 타이윈 라니스터 경은 왕의 어린 후계자이자 드래곤스톤의 영주인 아에리스 왕자의 수행원으로 복무했으며, 전쟁 말엽에는 그를 기사로 서임하는 영광을 안았다. 로저 레인 경의 종자로 참전한 케반 라니스터도 무공을 세워 레인 경에게 기사로 서임되었다. 막내 타이게트는 기사로 서임되기에는 너무 어렸지만, 그의 용기와 무술은 모두의 이목을 끌었다. 그는 첫 전투에서 성인 기사와 맞서 이겼고, 다음 전투에서는 세 명을 더 죽였는데, 그들 중 한 명은 황금 용병단의 기사였다. 이렇게 자식들이 스텝스톤 군도에서 싸우고 있었지만, 타이토스 공은 막내 아들의 유모로 일

하다 그의 눈을 사로잡은 비천한 태생의 젊은 여자와 함께 캐스털리 록에 틀어박혀 있었다.

타이토스 공의 아들들이 전쟁터에서 돌아오자 웨스터랜드에 변화의 바람이 불기 시작했다. 전투를 통해 단련되었으며 웨스터랜드 내의 영주들이 아버지를 얕보고 있음을 매우 잘 알고 있던 타이윈 경은 즉시 캐스털리 록의 자존심과 세력을 회복하는 데 착수했다. 그의 아버지는 변화에 저항했지만, 결국 아들이 거침없이 명령을 내리는 동안 정부의 품으로 힘없이 물러났다고 한다.

먼저 타이윈 경은 타이토스 공의 대출을 회수하는 것부터 시작했다. 빌린 돈을 갚을 수 없는 자들은 캐스털리 록으로 인질을 보내라는 요구를 받았다. 스텝스톤에서의 전쟁으로 단련된 500명의 베테랑 기사들은 타이윈 경의 동생 케반의 지휘 아래 대열을 이루고 웨스터랜드에서 불한당 기사와 불량배들을 소탕하는 임무를 수행했다.

몇몇은 재빨리 복종했다. 집달관들이 성문 아래 도착하자 콘필드의 기사 해리스 스위프트 경은 "사자가 깨어났군."이라고 말했다고 전해진다. 빚을 갚을 수 없었던 그는 자신의 딸을 케반에게 인질로 넘겨줄 수밖에 없었다. 하지만 다른 곳에서는 징수원들이 소극적인 저항에, 때로는 적극적인 반항에 마주했다. 레인 공은 그의 마에스터가 타이윈 경의 포고문을 읽어주자 크게 웃은 뒤 친구들과 가신들에게 그냥 가만히 있으라 말했다고 전해진다.

왈데란 타르벡 공은 어리석게도 다른 길을 택했다. 그는 자신이 나서서 겁쟁이 타이토스를 윽박지른다면 아들이 내렸던 포고령을 철회시킬 수 있으리라 믿고는 말을 타고 캐스털리 록으로 향했다. 그러나 그를 마주한 사람은 타이토스가 아니라 타이윈 경이었고, 왈데란은 감옥에 들어가게 되었다.

왈데란에게 사슬을 채운 타이윈 라니스터는 틀림없이 타르벡 가문이 백기를 들 것이라 생각했다. 하지만 타르벡 부인은 곧바로 그의 기대를 깨트렸다. 그 놀라운 여인은 기사들을 보내 라니스터 가문 사람 셋을 포로로 잡아왔다. 포로 중 둘은 먼 친척인 라니스포트의 라니스터 가문 사람이었지만, 나머지 하나는 타이토스 공의 동생 제이슨 경의 장남이자 후계자요 타이윈에게는 사촌인 젊은 종자 스태포드 라니스터였다.

이런 사태가 벌어지자 타이토스 공은 정부의 품에서 빠져나와 강철 같은 의지를 가진 후계자의 포고문을 철회시켰다. 그는 타르벡 공을 온전히 석방했을 뿐만 아니라, 그에게 사과하고 빚까지 탕감해 주었다.

포로 교환식의 안전을 보장받기 위해 타이토스 공은 타르벡 부인의 동생인 레이나드 경을 불렀다. '붉은 사자'의 카스타미르 성이 포로 교환식 장소로 선정되었다. 타이윈 경은 그 자리에 참석하기를 거부했기에 케반 경이 왈데란 공을 돌려주는 역할을 수행했고, 타르벡 가문에서는 타르벡 부인이 몸소 스태포드와 친척들을 데리고 왔다. 레인 공은 파티를 주최하였고, 라니스터 가문과 타르벡 가문이 서로 건배하며 선물과 키스를 교환하고 '영원히' 진실한 친구로 남겠다고 서약하는 대단한 친선 쇼가 펼쳐졌다.

하지만 그 '영원'은 채 1년도 가지 않았다고 그랜드 마에스터 파이셀은 후에 고찰했다. 붉은 사자의 만찬에 참석하기를 거부했던 타이윈 라니스터는 이 지나치게 강한 봉신을 굴복시키고야 말겠다는 결심을 절대 꺾지 않았다. AC261년 말이 되자 그는 카스타미르와 타르벡 홀에 까마귀들을 보내 로저와 레이나드 레인, 그리고 타르벡 공 부처에게 캐스털리 록으로 스스로 출두해 "자신들의 죄를 고하라."는 명령을 내렸다. 레인 가문과 타르벡 가문은 출두 대신 반항을 선택했다. 두 가문은 대놓고 반란을 일으켰고, 캐스털리 록에 대한 충성 서약을 철회했다.

그러자 타이윈 라니스터는 기수들을 소집했다. 그는 아버지의 허가도 구하지 않고, 어떻게 하겠다는 설명도 없이 오백 명의 기사와 삼천 명의 궁수 및 병사들을 거느리고 곧바로 말을 달렸다.

타르벡 가문은 타이윈 경의 격노를 맛본 첫 번째 대상이었다. 라니스터군이 너무 빨랐기 때문에 왈데란의 봉신과 지원자들은 미처 집결할 겨를이 없었다. 어리석게도 왈데란 공은 타이윈의 군대 앞에 가신 기사들만을 데리고 나섰다. 짧고 격렬한 전투 뒤 타르벡군은 완전히 박살나고 살해당했다. 왈데란 타르벡 공과 그의 아들들은 참수되었고, 그의 조카와 사촌들, 사위들, 그리고 타르벡의 혈통임을 과시하기 위해 은색과 파란색의 칠각성을 방패나 겉옷에 새긴 자들도 모두 참수되었다. 라니스터군이 타르벡 성을 향해 행군을 재개했을 때, 대열의 맨 앞에는 창에 꽂힌 왈데란 공과 그의 아들들의 머리가 있었다.

타이윈의 군대가 접근하자 엘린 타르벡은 성문을 닫아건 뒤 카스타미르로 까마귀를 보내 그녀의 형제들에게 구원을 청했다. 타르벡 부인은 성벽을 믿고 포위전이 틀림없

상단 | 타이토스 라니스터 공과 그의 후계자 타이윈 경

이 길게 이어지리라 예상했다. 하지만 하루 만에 공성구가 완성되었고, 거대한 바위가 날아들어 낡은 성채를 일격에 박살내자 성벽은 별로 믿음직하지 못했음이 증명되었다. 엘린 부인과 그녀의 아들 티온은 성채가 갑자기 무너지는 바람에 깔려 죽었다. 타르벡 홀의 저항은 곧 끝났고, 성문은 라니스터군에게 활짝 열렸다. 타이윈 라니스터는 타르벡 홀을 불태우라고 명령했다. 성은 하루 밤낮을 타올라 검게 그을린 잔해만을 남겼다. 때마침 도착한 '붉은 사자'는 성이 타오르는 불꽃을 보았다. 그는 이천 명의 병사를 거느리고 왔는데, 급박한 상황에서 그가 모을 수 있는 병력은 그것이 전부였다.

대부분의 기록은 타이윈의 병력이 로저의 세 배였다는 데 동의하고 있으며, 일부만이 라니스터군이 레인의 군대를 5대 1로 압도했다고 주장한다. 로저 레인은 기적이 오기를 바라며 공격 나팔을 불라는 명령을 내린 뒤 타이윈 경의 진영을 향해 내달렸다. 첫 번째 격돌 후 라니스터군은 재빨리 혼란을 수습하고, 수적 우세를 바탕으로 밀어붙이기 시작했다. 결국 레인 공은 부하의 절반을 전장에 시신으로 내버려둔 채 고삐를 돌려 도망칠 수밖에 없었다. 라니스터 진영에서 빗발치는 화살이 레인군의 기병을 뒤따랐고, 그중 한 발이 갑옷 뒷판을 뚫고 레인 경의 어깨에 맞았다. 붉은 사자는 말을 계속 달렸지만, 반 리그*도 가지 못해 낙마할 수밖에 없었다. 그는 카스타미르로 이송되었다.

사흘 뒤 라니스터군이 카스타미르에 도착했다. 레인 가문의 거성도 캐스털리 록처럼 처음에는 광산에서 시작했다. 풍부한 금맥과 은맥 덕에 영웅들의 시대 동안 레인 가문은 라니스터 가문만큼이나 부를 쌓아올렸다. 그들은 재산을 지키기 위해 광산 입구에 외벽을 세운 뒤 떡갈나무와 철로 문을 만들었고, 옆으로는 한 쌍의 튼튼한 탑을 쌓았다. 뒤이어 지상에도 성채와 건물들을 지었지만, 그러는 와중에도 갱도는 점점 더 깊이까지 들어갔다. 마침내 금이 고갈될 무렵이 되자 광산은 넓은 방과 회랑, 아늑한 침실, 빽빽한 터널과 소리가 울릴 정도로 널찍한 무도회장으로 변해 있었다. 얼핏 보기에 카스타미르는 지주 기사나 소영주에게나 어울릴 법한 평범한 저택처럼 보였지만, 성의 비밀을 아는 자들은 카스타미르의 10분의 9는 땅밑에 있음을 알고 있었다.

레인 가문이 후퇴한 곳은 바로 그런, 땅 깊숙한 곳에 숨은 방들이었다. 출혈로 쇠약해지고 열이 끓던 '붉은 사자'는 방어전을 이끌 수 없었다. 그래서 동생인 레이나드 경이 그를 대신해 지휘권을 수령했다. 형보다는 덜 고집쟁이지만 더욱 교활했던 레이나드는 성벽을 방어할 병사가 모자라다는 것을 알았기에 지상은 적에게 완전히 내주고 땅 밑으로 물러났다. 병사들이 터널 아래로 안전히 숨자, 레이나드 경은 타이윈 경에게 협상을 제안했다. 그러나 타이윈 라니스터는 레이나드 경의 제안에 대꾸도 하지 않았다. 그대신 그는 광산을 틀어막으라는 명령을 내렸다. 타이윈의 공병들은 곡괭이와 도끼, 횃불을 동원하여 몇 톤이나 되는 돌과 흙을 퍼부어 광산의 거대한 문을 아무도 드나들 수 없도록 묻어 버렸다. 작업이 마무리되자 그는 카스타미르 성이라는 이름의 기원이 된, 성 옆으로 투명하고 푸른 웅덩이를 만들며 흐르는 작은 개울로 눈길을 돌렸다. 개울을 막는 둑을 쌓는 데에는 하루도 걸리지 않았고, 다시 물길을 가장 가까운 광산 입구로 돌리는 작업은 이틀이면 충분했다.

광산 입구를 틀어막은 흙과 돌은 사람은커녕 다람쥐 한 마리가 지나갈 틈도 없었지만, 그래도 물은 흘러갈 길을 찾아 내려갔다.

레이나드 경은 300명이 넘는 남녀와 아이들을 광산으로 데려갔다고 한다. 그러나 이들 중 누구도 다시는 나타나지 못했다. 광산에서 가장 멀리 있는 작은 입구를 지키던 보초 몇몇은 밤새도록 땅 밑에서 희미한 비명과 고함이 들렸지만, 해가 뜰 무렵이 되자 다시 침묵에 빠졌다는 보고를 올렸다.

아무도 카스타미르 광산을 다시 열지 않았다. 지상에 있던 건물과 성채들은 타이윈 라니스터의 손에 타올랐고, 지금은 텅 빈 채 남아 캐스털리 록의 사자를 향해 무기를 들이대는 어리석은 자들을 기다리는 운명이 무엇인지를 무언으로 웅변하고 있다.

AC262년, 자에하에리스 2세가 킹스랜딩에서 서거했다. 그는 철왕좌에 겨우 3년간만 앉아 있었다. 드래곤스톤의 아에리스 공이 아에리스 2세로서 철왕좌를 계승했다. 그가 왕으로서 내린 첫 번째 명령이자 많은 사람들이 일컫듯이 그의 생애에서 가장 현명했던 행동은 소년 시절의 친구 타이윈 라니스터를 캐스털리 록에서 불러와 핸드 자리에 앉히는 것이었다.

타이윈 경은 겨우 스물밖에 되지 않았고, 지금까지의 핸드 중 최연소였다. 하지만 그가 레인-타르벡 반란에서 보인 단호한 대처는 칠왕국 전역에 걸쳐 존경을 받았고, 심지어 두려움을 사기까지 했다. 타이토스 공의 동생 제이슨 경의 딸이자 타이윈의 사촌인 조안나 라니스터는 이미 킹스랜딩에 와 있었다. 그녀는 AC259년부터 라엘라의 시녀이자 말벗으로 일했다. 타이윈 경은 핸드에 취임한 1년 뒤 바엘로르의 대셉트에서 조안나와 호화로운 결혼식을 올렸는데, 결혼 만찬과 첫 동침은 아에리스 2세가 직접 주재했다. AC266년에 조안나 부인은 아들과 딸 쌍둥이를 낳았다. 한편 타이윈 경의 동생 케반 경도 한때 빚에 대한 담보로 잡혀 있던 콘필드의 해리스 스위프트 경의 딸을 신부로 삼아 결혼식을 올렸다.

AC267년, 타이토스 라니스터는 정부의 침실로 향하는 가파른 계단을 오르다 심장마비로 죽었다(그 무렵 그는 막내의 유모를 내팽개쳤지만, 대신 라니스포트에 사는 양초 장인의 딸에게 홀딱 빠져서 정신을 못 차리는 중이었다). 그리하여 타이윈 라니스터는 스물 다섯에 캐스털리 록의

*0.5리그: 약 2.4킬로미터

영주이자 라니스포트의 방패, 서부의 관리자가 되었다. '웃는 사자'가 영면에 들고 타이윈 공이 뒤를 잇자 라니스터 가문은 더할 나위 없는 전성기를 누렸다. 그 뒤로 웨스터랜드뿐 아니라 칠왕국 전체가 황금기를 맞이했다.

하지만 사과 속에는 벌레가 숨어 있는 법이다. 커져만 가던 아에리스 2세의 광기는 머지않아 타이윈 라니스터가 구축하고자 했던 모든 것을 위태롭게 만들었다. 타이윈 공 역시 그의 아내인 조안나가 AC273년에 기형으로 태어난 아이를 낳다가 숨지는 등 엄청난 개인적인 상실을 겪었다. 그랜드 마에스터 파이셀은 타이윈 라니스터는 아내의 죽음으로 모든 기쁨을 잃었지만, 그럼에도 여전히 핸드로서의 의무를 다했다고 평가했다.

하루하루가 지나고 한 해 한 해가 지날수록 아에리스 2세는 어린 시절의 친구였던 핸드에게서 등을 돌렸고, 그를 연이어 책망하는가 하면, 반대를 일삼고 심지어는 모욕을 주기도 했다. 타이윈 공은 이 모든 것들을 참고 넘겼지만, 왕이 그의 아들이자 후계자인 제이미 경을 킹스가드로 서임하자 더 이상은 참을 수 없었다. AC281년, 마침내 타이윈 공은 핸드직을 사임했다.

그토록 오랫동안 의지해 왔던 조언자를 잃고 이제 아첨꾼과 모사꾼에 둘러싸이게 된 아에리스 2세는 곧 온 나라를 산산조각내고 그의 광기 속으로 삼켜 버렸다.

로버트의 반란에 대해서는 다른 장에서 이미 서술하였으므로, 타이윈 공이 웨스터랜드에서 거대한 군대를 이끌고 로버트 바라테온을 위해 킹스랜딩과 레드 킵을 함락했다는 점 외에는 여기서 재론할 필요는 없다. 근 300년에 달하던 타르가르옌 왕조의 권좌는 타이윈 공과 그가 거느린 웨스터랜드인들의 칼로 종지부를 찍었다. 이듬해에 바라테온 왕조의 로버트 1세는 타이윈 공의 딸 세르세이를 왕비로 맞이해 전 웨스테로스에서 가장 위대하고 고귀한 두 가문의 결합이 이루어졌다.

캐스털리 록

옛날부터 라니스터 가문이 웅거했던 캐스털리 록은 평범한 성이 아니다. 탑과 망루, 감시탑이 있고 모든 출구를 돌벽과 튼튼한 떡갈나무 문짝, 쇠창살로 지키고 있는 이 고대의 요새는 사실 일몰해 옆에 높이 솟은 거대한 바위로, 혹자는 해가 질 무렵에 보면 웅크려 앉아 쉬는 사자처럼 보인다고 한다.

캐스털리 록에는 수천 년에 걸쳐 사람이 살아 왔다. 파도가 뚫은 바위 아래쪽의 동굴에는 퍼스트 멘이 오기 전부터 숲의 아이들과 거인들이 보금자리를 꾸렸으리라 보인다. 곰과 사자, 늑대와 박쥐도 그들보다 작은 수많은 생물들과 함께 둥지를 틀었던 것으로 알려졌다.

수백에 달하는 수직 갱도가 바위 밑을 관통하고 있으며, 수천 년 동안 채굴했음에도 불구하고 붉고 노란 금 광맥들이 아직도 사람의 손을 타지 않은 채 돌 밑에 숨어 있다. 캐스털리 가문이 처음으로 수직 갱도에 방들을 만들기 시작했고, 바위 꼭대기에는 동그란 성채를 지어 그곳에서 영토 구석구석을 지켜볼 수 있도록 했다.

캐스털리 록은 올드타운에 있는 하이타워 성보다 세 배나 높다. 동에서 서까지의 길이는 거의 2리그*에 달하고, 바위 안에는 터널과 감옥, 창고와 막사, 넓은 방들, 마구간, 계단, 뜰, 발코니와 정원으로 가득하다. 심지어는 안에 '신의 숲'마저도 마련해 두었는데, 그곳에서 자라는 위어우드는 기묘하게 비틀리고 휘어 있으며, 서로 뒤엉킨 뿌리가 동굴을 가득 채워 다른 식물들은 자랄 수 없다고 한다.

게다가 캐스털리 록은 내부에 부두와 선창, 조선소를 완비한 항구까지 갖추고 있다. 캐스털리 록 서쪽으로 들이치던 파도가 바위를 깎아 약탈선들은 물론 무역선이 화물을 하역할 수 있을 정도로 수심이 깊고 넓은 입구를 만들었기 때문이다.

캐스털리 록으로 들어가는 정문인 거대한 천연 동굴, '사자의 입'은 바닥에서 천장까지의 높이가 200피트**나 되는 커다란 아치를 이룬다. 몇 세기 동안에 걸쳐 넓히고 정비한 지금은 스무 명의 기수가 나란히 서서 계단을 오를 수 있다고 한다.

캐스털리 록은 폭풍에도 포위에도 결코 무너진 적이 없다. 칠왕국에 있는 어떤 성도 캐스털리 록보다 더 크거나 더 넓거나 더 방어력이 출중하지 않다. 전설에 따르면 캐스털리 록을 처음 본 비센야 타르가르옌은 로렌 라니스터 왕이 군대를 끌고 나와 불의 벌판에서 동생 아에곤에 맞선 것에 대해 신에게 감사를 드렸다고 한다. 그가 캐스털리 록에 남아 있었더라면 드래곤의 불길마저도 그를 주눅들게 하지 못했을 것이기 때문이다.

캐스털리 록의 영주들은 몇 세기에 걸쳐 수많은 보물을 모았다. 화려한 성 내부, 그중에서도 장식품과 벽이 금으로 된 황금 회랑과 더불어 백 명의 라니스터 가문 출신 기사들과 군주 및 왕들이 화려한 갑옷을 입고 영원히 서 있는 있는 '영웅의 방'은 칠왕국만이 아니라 협해 건너편의 땅에서도 유명세를 떨치고 있다.

우측 | 캐스털리 록

2리그: 약 9.7킬로미터 / 200피트: 약 61미터

THE REACH
RIVERLANDS
WESTERLANDS
CROWNLANDS
STORMLANDS
DORNE
SUNSET SEA
SUMMER SEA
SHIELD ISLANDS
REDWYNE STRAIT
Lannisport
Cornfield
Crakehall
Red Lake
Old Oak
Greenshield
Greyshield
Oakenshield
Southshield
Goldengrove
Tumbleton
Grassy Vale
Bitterbridge
Longtable
Cider hall
Ashford
MANDER
BLUEBURN
COCKLESWHENT
ROSEROAD
OCEANROAD
Highgarden
Brightwater Keep
Bandallon
Honeyholt
Horn hill
Blackhaven
Uplands
Oldtown
Blackmont
High hermitage
Starfall
Blackcrown
Three Towers
Sunhouse
Sandstone
The Arbor
LEGEND
MAJOR CASTLE
CASTLES
CITIES
TOWNS
WINE
GRAIN
ROADS

리치

남쪽의 여섯 왕국들(광활하지만 인구는 적은 북부는 제외하고) 중 가장 넓고 인구가 많은 지역은 보통 리치라고 불린다. 하지만 사실 이 이름은 어느 정도는 잘못된 것이다. 하이가든의 영주 티렐 가문의 영역은 아에곤의 정복이 있기 전부터 수천 년 동안 존재했던 리치 왕국의 영역과 대략 일치하지만, 사실 이 풍요롭고 비옥한 땅은 한때 네 개의 왕국으로 갈라져 있었다.

먼저 동으로 붉은 산맥, 북쪽으로는 허니와인 강 상류를 경계로 하는 올드타운과 그 주변을 들 수 있다.

두 번째로는 와인과 햇빛으로 유명한 레드와인 해협 너머 황금의 섬 아버이다.

세 번째로 혼 힐부터 나이트송까지 이어지는 리치 서부의 변경지대가 있다.

그리고 마지막으로 광활한 들판과 농장들, 호수와 강, 언덕과 숲과 향기로운 초원 지대, 방앗간과 광산들, 점점이 흩어진 작은 촌락과 시장이 서는 도시들, 그리고 오래된 성들, 남으로는 일몰해의 방패 군도에서부터 시작해 맨더 강 하구를 지나 하이가든을 거치고 붉은 호수와 골든그로브, 비터브리지를 지나 멀리 텀블톤과 맨더 강 상류까지 길게 뻗은 리치가 있다.

리치는 예전에는 가드너 가문의 영역이었고, 이제는 그들의 집사의 후손인 하이가든의 티렐 가문이 다스리고 있다. 역사는 이 푸른 초원에서 기사도가 탄생했다고 전한다. 리치의 용감한 기사들과 아름다운 처녀들은 칠왕국 전역에 걸쳐 음유시인들의 찬양을 받는데, 그 전통은 이곳에서 처음으로 뿌리를 내렸다.

언제나 위대한 왕국이었던 리치는 그 땅에서 살아가는 사람들에게 많은 것들을 내주었다. 리치는 칠왕국에서 가장 인구가 많고 비옥하고 강력하며, 금광이 넘치는 웨스터랜드에 이어 두 번째로 부유하고, 학문과 음악, 문화의 수도이며 긍정적으로든 부정적으로든 모든 예술의 중심지이다. 또한 웨스테로스의 곡창이자 무역 거점이며 위대한 항해자들과 현명하고 고귀한 왕들, 무서운 마법사들, 그리고 웨스테로스에서 가장 아름다운 미녀들의 고향이기도 하다. 맨더 강이 내려다보이는 언덕 위에는 리치에서 가장 아름답다고 하는 하이가든 성이 솟아 있다. 하이가든의 성벽 아래로 흐르는 맨더 강은 칠왕국에서 가장 길고 넓은 강이다. 자갈로 포장된 거리, 화려한 길드홀, 늘어선 석조 주택들과 더불어 별빛의 셉트와 마에스터들의 시타델, 세상에서 가장 높은 탑이자 거대한 봉화대인 하이타워 성, 이렇게 세 가지 기념비적 건축물이 있는 위대한 도시 올드타운은 규모로는 킹스랜딩과 맞먹을 만하고, 다른 부분들을 따지자면 킹스랜딩보다 훨씬 우월한 곳이다. 진심으로 말하건대, 리치는 최고의 땅이다.

초록손 가스

리치의 이야기는 하이가든의 티렐 가문만이 아니라 선대의 가드너 왕조, 그리고 이 푸르른 왕국의 모든 대가문들과 귀족들의 전설적인 조상인 '초록손' 가스부터 시작된다.

리치와 그 너머에서는 가스에 대한 수많은 이야기들이 전해지고 있다. 하지만 대부분은 믿기 의심스러운 내용이며, 모순되는 이야기들도 있다. 일부 이야기에서 그는 '건축가 브랜든'이나 '영리한 란', '신의 고뇌' 듀란, 그리고 그 밖의 모든 영웅들의 시대를 누볐던 다채로운 군상들과 동시대의 사람으로 등장한다. 심지어 어떤 이야기는 가스를 그들 모두의 조상으로 세우기도 한다.

가스는 퍼스트 멘의 대왕이었다고 한다. 어떤 이야기에서는 멀리 동쪽의 대륙에서 웨스테로스로 이어지는 육교를 건너는 퍼스트 멘을 이끈 사람이 바로 그였다. 하지만 다른 이야기는 그가 퍼스트 멘이 들어오기 수천 년 전에 웨스테로스로 들어왔을 뿐만 아니라, 이 드넓은 땅의 유일한 인류로서 홀로 활보하며 거인이나 숲의 아이들과 사귀었다고 한다. 심지어 몇몇 이야기에서 그는 신으로 추앙되기까

초록손 가스에 대한 가장 오래된 이야기들 중 몇몇은 그가 풍성한 수확의 대가로 신자들에게 인신공양을 요구했다는 등 보편적인 묘사보다 훨씬 어두운 신격이었음을 제시한다. 몇몇 이야기들에서 이 녹색의 신은 나무가 잎을 떨구기 시작하는 가을마다 죽었다가 봄의 도래와 함께 다시 태어났다. 가스에 대한 이런 이야기들은 대부분 잊혀졌다.

지 한다.

그의 이름을 두고서도 여러 의견들이 있다. 우리는 그를 흔히 '초록손 가스' 라고 부르지만, 가장 오래된 이야기에서는 '초록머리 가스', 또는 단순히 '녹색의 가스'라고 불렸다. 어떤 이야기에 따르면 그는 녹색 손과 녹색 머리칼을 가졌다고 하고 피부가 전체적으로 녹색이었다는 이야기도 있다(심지어 몇몇 설화에선 그에게 사슴처럼 뿔까지 달아주었다). 다른 이야기들은 가스가 머리끝부터 발끝까지 녹

초록손 가스의 유명한 아이들

참나무 존. 웨스테로스에 기사도를 도입한 최초의 기사다(어떤 이야기에서는 키가 8피트*, 또 다른 이야기에서는 10에서 12피트**에 달했다고 하며, 키가 컸다는 점에 누구나 동의하고 있다. 가스와 거인 여자 사이에서 태어났다고 한다). 그의 후손은 올드 오크의 오크하트 가문이 되었다.

포도나무 길버트. 아버 섬의 사람들에게 섬에 무성하게 자라는 포도로 달콤한 술을 빚는 방법을 가르쳤다. 레드와인 가문의 시조가 되었다.

여우 플로리스. 가스의 자식들 중 가장 똑똑했으며 세 명의 남편을 두었는데, 남편들끼리는 서로의 존재를 몰랐다고 한다(그녀의 아들들은 각각 플로렌트 가문과 볼 가문, 피크 가문의 시조가 되었다).

처녀 마리스. 가장 아름다웠고, 그녀의 미모에 대한 소문이 퍼지자 누가 그녀의 손을 잡을 것인가를 놓고 열린 웨스테로스의 첫 마상시합에서 50명의 영주들이 경쟁했다고 한다(우승자는 '회색 거인' 아르고스 스톤스킨이었다. 하지만 마리스는 아르고스가 청혼하기 전에 높은 탑의 우서 왕과 결혼하였고, 이후 아르고스는 평생 올드타운 성벽 밖을 맹렬히 휘저으며 신부를 내놓으라고 고함을 질러댔다).

궁수 포스. 마음에 든 소녀의 머리에 올린 사과를 쏘아 맞추는 재주로 유명했다. 붉은 사과의 포소웨이 및 푸른 사과의 포소웨이 가문이 그의 후손으로 추정된다.

피로 물든 칼날의 브랜든. 리치에서 거인을 쫓아내고 숲의 아이들과 전쟁을 벌였다. 푸른 호수에서 적을 너무나 많이 죽이는 바람에 호수의 이름이 붉은 호수로 바뀌었다.

참나무 방패 오웬. 방패 군도를 정복하고 섬에 살던 인어와 셀키들을 바다로 몰아냈다.

사냥꾼 할론과 뿔나팔의 헌돈. 혼 힐 꼭대기에 성을 쌓고 아름다운 숲의 마녀를 신부로 삼은 쌍둥이 형제로, 백 년 동안이나 그녀의 애정을 공유했다(보름달이 뜰 때마다 그녀와 동침하는 한, 두 형제는 나이를 먹지 않았다고 한다).

파괴자 보르스. 황소의 피만 마시고 살면서 남자 스무 명분의 힘을 얻었다고 한다. 블랙크라운의 불워 가문을 세웠다(어떤 이야기에서는 보르스가 황소의 피를 너무 마신 나머지 머리에 새까맣게 빛나는 뿔 한 쌍이 돋았다고 한다).

붉은 호수의 로즈. 마음대로 두루미에 빙의할 수 있는 스킨체인저였다고 한다. 어떤 자들은 그녀의 후손인 크레인 가문의 여자들이 여전히 그 힘을 지니고 있다고 주장한다.

영원히 달콤한 엘린. 꿀을 너무나 좋아한 나머지 드넓은 산 속의 벌집에 사는 벌의 왕을 찾아가 그의 아이들, 아이들의 아이들을 언제나 보살피겠다고 약속했다. 그녀는 인류의 첫 번째 양봉가였고, 비스버리 가문의 어머니가 되었다.

황금나무 로완. 연인이 그녀를 버리고 부잣집 여자에게 가자 상심에 빠져 자신의 금발을 잘라 사과를 감싸 언덕 위에 심었고, 그 자리에서 줄기와 이파리, 열매가 금빛으로 반짝이는 나무가 자라났다고 한다. 골든그로브의 로완 가문은 그녀의 딸들이 자신들의 시조라고 믿는다.

8피트: 약 2.44미터 / 10피트: 약 3미터 / 12피트: 약 3.66미터

색의 옷을 입었다고 전하는데, 그를 묘사하는 그림이나 태피스트리, 조각상에서는 이 설명을 가장 흔히 따르고 있다. 그가 가진 별명의 유래로서 가장 가능성이 높은 것은 모든 전설에서 일치하는 그의 특성인 정원사와 경작자로서의 재능에서 따왔다는 것이다. 그는 "곡물을 여물게 하고, 나무에 열매를 맺도록 하며 들판에 꽃을 피웠다."고 음유시인들은 노래한다.

세상의 수많은 원시 부족들이 풍요의 신이나 여신을 숭배하고 있으며, 초록손 가스도 풍요의 신과 많은 공통점이 있다. 인류에게 농경을 처음으로 가르친 자는 가스였다고 하며, 그가 사람들에게 종자를 선물하고 파종하는 방법과 경작하고 수확하는 방법을 가르치기 전까지만 해도 사람들은 사냥꾼이자 채집자였고, 먹을 것을 찾아 영원히 떠도는 뿌리 없는 방랑자들이었다고 한다(어떤 이야기에 따르면 그는 '옛 종족들'에게도 농경을 가르치려 했지만, 거인들은 고함을 지르며 바위를 내던졌고 숲의 아이들은 웃으며 자신들에게 필요한 모든 것은 나무의 신께서 내려주신다고 대답했다고 전한다). 그의 발걸음이 닿는 곳마다 경작지와 마을, 과수원이 솟아났다. 그가 가는 길을 따라 어깨에 짊어진 가방에서 씨앗들이 흩뿌려졌는데, 세상의 온갖 나무와 곡물, 과일과 꽃의 씨앗으로 가득 찬 그 가방은 그야말로 신답게 절대 바닥나는 일이 없었다고 한다.

초록손 가스는 사람들에게 풍요를 선물했다. 그가 비옥하게 만든 것은 땅만이 아니었다. 전설에 따르면 그는 석녀를 쓰다듬어 불임을 치료할 수 있었으며, 심지어 폐경이 온 노파마저도 고칠 수 있었다. 그가 있으면 처녀들은 성숙해졌고, 그의 축복을 받은 임산부들은 쌍둥이, 심지어는 세쌍둥이를 낳았으며 소녀들은 그의 미소에 활짝 피어났다. 그가 가는 곳마다 영주와 평민을 가리지 않고 풍년을 기원하며 처녀인 딸들을 바쳤다. 그가 거쳐간 아홉 달 뒤에 튼튼한 아들, 아름다운 딸을 낳지 못한 아가씨는 아무도 없었다고 한다.

평민들 사이에서 가스가 신이라는 견해가 소중히 전해져 내려오기는 하지만, 초록손 가스가 신이 아니라 인간이라는 견해를 공유하는 시타델의 마에스터와 칠신교의 셉톤들은 이런 전설을 무시한다. 사냥꾼이었든, 전사였든, 아니면 부족장이었든 간에 그가 추종자들을 이끌고 (당시에는 아직 부러지지 않았던) 도른의 팔을 건너 이전에는 거인과 숲의 아이들만이 누볐던 웨스테로스로 온 퍼스트 멘 최초의 군주였을 것이다.

신이었든 사람이었든 초록손 가스가 이 새로운 땅에서 수많은 아이들의 아버지가 되었다는 점에는 모든 이야기들이 일치하고 있다. 그의 자식들 대다수가 나중에 영웅, 왕, 대영주가 되었고, 수천 년을 이어 온 대가문을 세웠다.

그의 자식들 가운데 가장 위대한 사람은 장남인 '정원사왕' 가드너였다. 그는 꽃과 포도 덩굴을 엮어서 만든 왕관을 썼으며 맨더 강을 바라보는 언덕 위를 본거지로 삼았고, 그곳은 후에 하이가든이라는 이름을 얻게 되었다. 초록손 가스의 아이들은 모두 가드너를 전 인류의 정당한 왕으로 여기고 경의를 표했다. 정복자 아에곤과 그의 누이들이 웨스테로스에 오기 전까지 수천 년 동안 초록색 손이 그려진 깃발을 휘날리며 리치를 통치한 가드너 가문이 그에게서 나왔다.

초록손 가스의 자녀 목록은 매우 길며, 상당 부분은 그저 전설에 불과하다. 리치 전역에 있는 귀족 집안들 중 초록손 가스의 아이들을 선조로 두었다고 자랑하지 않는 가문은 드물었기 때문이다. 심지어는 다른 왕국의 영웅들마저도 가스의 자손 가운데 하나로 꼽히곤 했다. 건축가 브랜든이 '피로 물든 칼날의 브랜든'의 후손이므로 가스의 후손이기도 하다는 이야기나 '영리한' 란이 '여우 플로리스'나 '황금나무 로완'의 사생아라는 이야기들이 그러한 예시가 되겠다. 하지만 란이 초록손 가스의 후손이라는 이야기는 리치에서만 전해지는 이야기다. 웨스터랜드에서는 란이 초록손 가스에게 자기가 당신의 아들이라고 사기를 쳤다고 한다(가스는 자녀들이 매우 많았으므로, 종종 헷갈리곤 했다). 그렇게 해서 가스의 진짜 자녀들의 몫이 되어야 할 유산을 훔쳐냈다는 것이다.

리치에서 얼마나 많은 이들이 그의 후손이라고 주장하고 있는지를 감안하면 초록손 가스에게 수많은 자녀들이 있었다는 점은 부정할 수 없다. 하지만 가스의 자손이라고 주장하는 모든 영주 가문들이 실제로 가스의 후손일 것 같지는 않다.

가드너 왕조

퍼스트 멘의 시대에 있었던 리치의 역사는 웨스테로스의 다른 왕국들과 그다지 차이가 없다. 이 푸르고 비옥한 땅에서 나는 소출은 사람들을 더 평화롭게 만들지도, 덜 욕심을 부리도록 만들지도 않았다. 이곳에서도 퍼스트 멘은 숲의 아이들과 다투며 그들의 성스러운 숲과 언덕에서 쫓아내고, 청동 도끼로 위어우드들을 베어냈다. 몇 세기 동안이나 소왕들과 영주들은 토지와 재산, 영광을 놓고 서로 싸웠고, 마을이 불타오르고 여자들은 울부짖었으며 검과 검이 부딪쳐 울리고 수많은 왕국들이 일어섰다가 잊혀졌다.

그러나 이곳에서의 투쟁은 본질은 같지만 그 정도에는 차이가 있었다. 리치의 거의 모든 가문들은 초록손 가스

어 섬부터 아버까지 서해안의 거의 전부를 지배했기 때문이다. 빠른 약탈선을 이용해 강철인들은 반격이 오기 전에 치고 빠질 수 있었다. 침입자들은 종종 예상치도 못했던 곳으로 상륙해 부지불식간에 기습하곤 했다. 강철인들이 내륙 깊숙한 곳까지 진출하는 일은 드물었지만, 일몰해를 통제하에 놓고 해안을 따라 늘어선 어촌들로부터 잔혹하게 공물을 수탈했다. 눈에 띄는 남자는 모두 죽이고 여자들을 차지하여 아예 방패 군도에 자리를 잡았던 강철인들은 심지어 아무런 해도 입지 않고 맨더 강 유역을 약탈하기까지 했다.

강철인 지배자 중에서도 가장 무시무시했던 코레드 왕은 "짭짤한 바다 냄새를 맡을 수 있고 파도가 부서지는 소리가 들리는 곳이라면 어디든 나의 영역이다."라고 자랑하곤 했다. 그는 리치에서는 '잔인한 코레드'로 통했고, 그를 계승한 왕들의 별명도 '끔찍한' 하곤, '처녀파괴자' 조른 같은 식이었다.

3세기에 걸쳐 가드너 가문의 왕들이 때로는 홀로, 때로는 '바위의 왕'이나 올드타운의 영주와 연합하여 대항한 상대도 바로 강철 군도의 왕들과 휘하의 강철인이었다. 그 과정에서 가드너 왕조의 왕 중 적어도 여섯이 전사했고, 그중에는 '근엄왕' 가레스 2세, '샛별' 가스 6세가 있었으며, 심지어 가일스 2세는 포로로 잡혀 고문당한 뒤 시신이 난도질당해 낚시 미끼로 쓰이기까지 했다. 하지만 마침내 승리는 가드너 가문으로 돌아왔고, 이들은 가드너 가문의 영토를 보다 멀리까지 확장하고 더 많은 땅과 영주들을 하이가든의 지배 아래 놓았다.

그런 까닭에 많은 학자들은 여전히 가드너 왕조에서 가장 위대한 자들은 전사가 아니라 중재자들이었다고 믿는다. 그들을 칭송하는 노래는 별로 없지만, 역사의 연대기에는 '대왕' 가스 3세, '새신랑' 갈란드 2세, '풍보왕' 그웨인 3세, '키다리왕' 존 2세에 대한 기록이 큼직하게 남아 있다. 가스 대왕은 우호 협정과 방위 조약을 통해 올드 오크와 레드 레이크, 골든그로브를 얻어 왕국의 경계를 북쪽으로 넓혔다. '새신랑' 갈란드도 리치 남부에서 같은 방법을 사용했는데, 딸을 하이타워 가문의 '바다사자' 라이몬드와 결혼시키고 자신도 아내들을 저버리고 라이몬드의 딸과 결혼함으로써 올드타운을 왕국에 편입시켰다. '풍보왕' 그웨인은 피크의 영주와 맨덜리의 영주 사이에 벌어진 분쟁에서 자신의 중재안을 받아들이도록 하고, 전쟁 한 번 없이 두 가문의 충성 서약을 받아냈다. '키다리왕' 존은 맨더 강의 수원지까지 배를 타고 오르며 가는 곳마다 녹색 손의 깃발을 꽂았으며, 강둑을 따라 늘어선 영주와 소왕들이 그에게 경의를 표했다고 한다.

그러한 가드너 가문 사람들 중에서도 가장 위대한 사람은 전쟁과 평화 양쪽 모두에서 위대한 업적을 쌓았던 '황금손' 가스 7세였다. 소년 시절 그는 정복을 위해 만 명의 병사를 끌고 '넓은 길(당시에는 대공의 고갯길을 그렇게 불

와 그의 자녀들이라는 공통의 조상을 두었고, 그러한 친족 의식이 몇 세기 동안이나 가드너 가문의 수위권을 인정하도록 하였다고 많은 학자들이 추측했다. 정원사왕 가스가 손수 심은 참나무에서 자라난 살아 있는 왕좌(참나무좌)에 그의 후손들이 평화로운 시절에는 꽃과 포도덩굴을 엮어 만든 관을 쓰고, 전시가 되면 청동제 가시 왕관(훗날에는 철제로 바뀌었다)을 쓴 채 앉아 있는 한, 그 어떤 소왕도 하이가든의 힘에 대항할 엄두를 내지 못했다. 누구든 왕을 자칭할 수는 있었지만 가드너 가문은 의심의 여지 없는 대왕이었고, 소군주들은 설사 가드너 가문에 복종하지는 않더라도 존경은 바쳤다.

몇 세기에 걸친 도전과 격동의 시대에 리치는 수많은 용감한 전사들을 낳았다. 그때부터 지금까지 음유시인들은 '거울 방패' 세르윈, '용살자' 다보스, '뿔피리' 롤랜드, 그리고 '갑옷 없는 기사'같은 용사들의 업적과 더불어 '도른인의 망치' 가스 5세, '용감왕' 그웨인 1세, '비탄왕' 가일스 1세, '근엄왕' 가레스 2세, '샛별' 가스 6세, 그리고 '회색 눈' 고르단 1세 등 그들을 거느린 전설적인 왕들을 찬양하는 노래를 부르고 있다.

이 군주들 대부분은 공통의 적을 두고 있었다. 어둡고 피비린내나는 세기 동안 강철 군도에서 온 약탈자들이 베

상단 | '황금손' 가스 7세

렸다)'을 통해 쳐들어왔던 파울러 가문의 페리스 왕을 도른으로 돌려보냈다. 그러고는 바다로 시선을 돌려 방패 군도에서 마지막 강철인들을 몰아냈다. 그리고 가장 용맹한 전사들을 방패 군도로 이주시키고는 강철인들이 되돌아올 때를 대비해 맞설 1차 방어선으로 삼으려는 목적 하에 그들에게 특혜를 주었다. 이 정책은 엄청난 성공을 거두었고, 오늘날까지도 방패 군도 사람들은 바다에서 오는 모든 적들로부터 맨더 강 하구를 방어하여 리치의 심장부를 수호하고 있음을 자부하고 있다.

가스 7세는 그가 벌인 마지막이자 가장 위대한 전쟁에서 리치를 분할할 목적으로 폭풍왕과 바위의 왕이 결성한 동맹을 상대해야 했다. 그러나 그는 둘 모두를 물리친 뒤 계략을 써서 두 왕 사이에 불화의 씨를 뿌렸다. 결국 '세 군대의 전투'에서 폭풍왕과 바위의 왕은 서로를 공격해 엄청난 살육을 벌였다. 그 여파로 그는 딸들을 두 왕의 후계자와 결혼시키고 각자와 조약을 맺어 세 왕국의 경계를 확정했다.

하지만 전쟁을 통해 얻은 그 어떤 업적도 그가 올린 가장 위대한 성취, 사반세기에 걸친 평화 앞에서는 빛을 잃는다. 열두살에 왕위에 오른 황금손 가스는 아흔 셋에 참나무좌에 앉은 채 죽었는데, 그때까지도 총기를 유지하고 있었다(비록 몸은 쇠약해졌을망정). 81년간의 치세에서 리치가 전쟁을 하던 기간은 채 10년도 되지 않는다. 소년들은 창과 방패를 쥐고 전장으로 행군한다는 것이 어떤 일인지를 모르는 채 태어나고 성인이 되었으며, 아이들의 아비가 되었다가 늙어 죽었다.

그리고 이 오랜 평화기는 전례 없는 번영을 불러왔다. '황금의 치세'로 알려진 이 시절이 리치가 진정으로 꽃을 피웠던 시기였다.

하지만, 모든 황금기는 끝이 나는 법이며, 리치도 예외는 없었다. 황금손 가스는 이 세상에서 떠나갔다. 그의 증손자가 뒤이어 참나무좌에 앉았고, 다시 그 아들이 왕위를 물려받았다.

그리고 안달족이 왔다.

리치의 안달족들

안달족이 리치까지 오는 데에는 오랜 세월이 필요했다. 약탈선을 타고 협해를 건넌 그들은 처음에는 베일의 해안가에 상륙했고, 이후에는 웨스테로스의 동해안 전역에 올라섰다. 올드타운과 아버의 함대는 레드와인 해협과 일몰해에서 그들의 진출을 저지했다. 리치의 풍요로움과 하이가든, 그리고 왕들의 부와 권세에 대한 소문이 안달족 군벌들의 귀까지 들어갔음에는 의심의 여지가 없지만, 그들과 리치 사이에는 아직 수많은 땅과 왕들이 늘어서 있었다.

이리하여 하이가든의 왕들은 안달족이 맨더 강까지 오기 한참 전부터 그들이 오고 있음을 알게 되었다. 그들은 멀리 베일과 스톰랜드, 리버랜드에서의 전투를 지켜보며 어떤 일들이 벌어졌는지를 확인했다. 다른 지역들에서 안달족을 상대했던 영주들보다는 현명했던 그들은 내부의 경쟁자들에 맞서기 위해 안달족과 동맹을 맺는 실수를 저지르지 않았다. '신들의 공포' 그웨인 4세는 그린시어와 숲의 아이들의 마법이 침입자들을 저지할 수 있으리라고 기대하며 그들을 찾아낼 전사들을 이곳저곳에 파견했다. '석공' 메이슨 2세는 하이가든에 새로이 외벽을 쌓고, 봉신들과 기수들에게 방어를 굳건히 하라는 명령을 내렸다. 한편 '미치광이' 메른 3세는 망자들의 군대를 일으켜 안달족 침입자들을 격퇴할 수 있다고 주장하던 숲의 마녀에게 돈과 명예를 아낌없이 뿌리기도 했다. 레드와인의 영주는 보다 많은 전함을 건조했고, 하이타워의 영주는 올드타운의 성벽을 강화했다.

그러나 그들 대부분이 예상했던 대단한 전투는 일어나지 않았다. 정복자들이 웨스테로스 동해안의 정복을 마칠 때까지는 몇 세대가 지나야 했고, 안달족은 마흔 명에 달하는 자신들의 소왕을 세웠다. 그리고 그들 중 대다수가 자기들끼리 다투었다. 그러는 동안 하이가든에서는 삼현왕이 연이어 참나무좌에 앉았다.

가스 9세와 그의 아들 '유순왕' 메른 1세, 그의 손자 그웨인 5세는 각각 성정이 매우 달랐지만 무기를 들고 저항하기보다는 조화와 동화를 바탕으로 한 안달족 대책을 공유했다. 가스 9세는 여전히 신의 숲에서 옛 신을 숭배하면서도 궁정으로 셉톤을 초빙하여 자문회의 구성원으로 삼았고, 하이가든에 첫 셉트를 지었다. 그의 아들인 메른 1세는 공식적으로 칠신교 신앙을 고백하고 리치 전역에 셉트와 수도원, 수녀원을 건설하는 자금을 지원했다. 그웨인 5세는 가드너 왕조에서 칠신교 모태신앙을 가진 첫 번째 사람이었으며, 경건한 예식과 기도 의식을 거친 뒤 가드너 가문에서 첫 번째로 기사에 서임되었다(그의 고귀한 선조 중 다수는 가수와 이야기꾼들에 의해 기사로 불리고 있었지만, 진정한 기사 작위가 웨스테로스에 도입된 것은 이때 안달족을 통해서였다).

메른 1세와 그웨인 5세는 장인을 왕국에 복속시키기 위한 수단으로 안달족 여성을 아내로 삼았다. 삼현왕은 모두 안달족을 그들의 가신 기사와 신하로 삼았다. 그런 영예를 입은 자들 중 알레스터 티렐 경이라는 안달족 기사는 무용이 대단하여 그웨인 5세의 대전사와 개인 경호원이 될 정도였다. 알레스터 경의 후손은 가드너 가문 치하에서 하이가든의 세습 집사가 되었다.

삼현왕은 또한 리치로 내려오는 보다 강력한 안달족 군주들이 바치는 충성 서약에 대한 보상을 위해 영지와 작위를 마련했다. 그들은 안달족 장인들을 고용했고, 영주와 기수들도 그렇게 하도록 장려했다. 장인 중에서도 대장장이와 석공들은 특히 후한 대접을 받았다. 대장장이들은 퍼스트 멘들이 청동 갑옷과 무기 대신 무쇠 갑옷과 무기를 들도록 지도했고, 석공들은 성의 방어력을 강화하는 데 도움이 되었다.

새로 봉해진 영주들 중 몇몇은 나중에 충성 서약을 철회하였지만, 대부분은 그러지 않았다. 오히려 그들은 주군과 힘을 합쳐 반란을 진압하고 뒤에 오는 안달족 왕들과 전사들에 맞서 리치를 수호했다. "늑대가 양떼를 습격한다고 해서 죽여 봤자 얻는 거라곤 그저 짧은 휴식 뿐이지. 곧 다른 늑대가 올 테니까. 하지만 늑대를 먹이고 길들여서 늑대 새끼를 경비견으로 만든다면 이제 그 녀석들이 늑대 무리로부터 양떼를 지켜줄 거다."라는 가스 9세의 말은 유명하다. 그웨인 5세는 좀 더 간결하게 말했다. "그들은 우리에게 칠신을 주었고, 우리는 땅과 딸을 주었지. 이제 우리의 아들과 손자들은 형제가 될 것이다."

리치의 많은 귀족 가문들은 가스 9세, 메를 1세, 그웨인 5세에게 토지와 아내를 받은 안달족 모험가들로 추정되며, 그런 가문들로는 오름 가문, 파렌 가문, 그레이스포드 가문, 쿠이 가문, 록스튼 가문, 어퍼링 가문, 바너 가문이 있다. 몇 세기가 지나자 이들의 아들딸들은 자유롭게 통혼하여 어느 종족 출신인지를 구분할 수 없게 되었다. 정복은 피를 거의 흘리지 않고 마무리되었다.

안달족의 정복에 뒤이은 몇 세기 동안은 이전보다 덜 평화로왔음이 증명되었다. 참나무좌를 계승한 가드너 가문의 왕들 중에는 강인한 남자가 있는가 하면 나약한 사람도 있었고, 때로는 현명한 자가, 때로는 어리석은 자가 왕위에 올랐다. 심지어는 여왕이 등극하기도 했지만, 삼현왕만큼이나 지혜로우면서도 교활한 사람은 거의 없었기 때문에 '황금손' 가스의 시절에 누릴 수 있었던 황금의 평화는 다시는 오지 않았다. 안달족의 동화에서부터 아에곤 1세가 웨스테로스에 다다르기까지의 긴 시간 동안, 리치의 왕들은 이웃들과 토지와 권력, 영광을 놓고 끊임없이 경쟁하며 전쟁을 벌였다. 바위의 왕들, 폭풍왕들, 다투기 좋아하는 도른의 왕들, 그리고 강과 언덕의 왕들이 리치의 적이었다(그리고 때로는 그들의 동맹이 되기도 했다).

하이가든은 휘황찬란한 기사들을 이끌고 스톰랜드로 쳐들어가 늙은 폭풍왕의 군대를 쳐부순 가일스 3세 치하에서 그 힘이 정점에 달했다. 그는 2년간의 포위전 끝에 공략을 포기한 스톰즈 엔드를 제외한 레인우드 북쪽의 모든 땅을 정복했다. 만약 바위의 왕이 그가 없는 틈을 타 리치를 휩쓰는 바람에 포위망을 풀고 회군하여 웨스터랜드군과 맞서야만 하지 않았더라면 가일스 3세는 스톰랜드 정복을 완수했을 것이다. 전쟁은 더욱 커져 도른의 왕 셋과 리버랜드의 왕 둘까지 끼어들었고, 가일스 3세가 이질에 걸려 죽으며 끝을 맺었다. 국경선은 유혈사태가 벌어지기 이전과 비슷한 상태로 돌아갔다.

가드너 왕조 최악의 순간은 일곱 살에 즉위하여 아흔여섯에 죽은 '회색 수염' 가스 10세의 기나긴 치세에 왔다. 그는 유명한 선조 황금손 가스보다도 훨씬 오래 재위했다. 가스 10세는 젊은 시절만 해도 활달했지만, 커서는 바보와 아첨꾼들로 둘러싸인 허영심 많고 경박한 왕이 되었다. 현명하지도 영리하지도 않았던 그는 나이듦에 따라 분별력마저도 완전히 잃었고, 노망이 든 뒤로는 부와 권력을 다투는 사람들에게 휘둘리며 어떤 때는 이 당파의, 다음에는 저 당파의 도구가 되었다. 그는 아들을 두지 못했으며 딸 중 하나는 피크 공과, 다른 하나는 맨덜리 공과 결혼했다. 두 사위는 각자 자신의 아내가 왕위를 계승해야 한다며 다투었다. 둘 사이의 경쟁은 배신과 음모, 살인으로 얼룩진 끝에 마침내는 전쟁으로까지 확대되었다. 다른 영주들도 양쪽 진영에 속속 가담했다.

리치의 영주들이 일촉즉발의 상황에 서 있는데도 왕은 너무나 쇠약해진 나머지 이들을 말리기는커녕 무슨 일이 벌어지고 있는지 파악조차 못하고 있다는 사실을 알자 폭풍왕과 바위의 왕은 기회를 포착하고 리치의 영토를 잔뜩 집어삼켰다. 도른의 습격도 점점 더 대담하고 빈번해졌다. 도른의 왕 중 하나는 올드타운을 포위했고, 다른 왕은 맨더 강을 건너 하이가든을 약탈했다. 수천 년 동안이나 가드너 가문의 자랑거리가 되었던 살아있는 옥좌인 참나무좌는 박살나 불탔고, 노망든 가스 10세는 자신의 오물로 범벅이 된 채 침대에 묶여 훌쩍이는 몰골로 발견되었다. 도른인들은 그의 목을 베었고(그들 중 한 명은 나중에 "우리는 가스에게 자비를 베푼 거야."라고 말했다) 하이가든의 모든 부를 샅샅이 약탈한 뒤 불태웠다.

거의 10년의 무정부 상태가 이어졌지만, 하이가든의 집사장 오스문드 티렐 경이 40개에 달하는 리치의 대가문들을 모아 피크 가문과 맨더리 가문을 둘 다 쳐부수고 하이

가든을 재건하였으며, 아무도 죽음을 슬퍼하지 않았던 '회색 수염' 가스의 뒤를 이어 그의 재종형제 메른 6세를 왕위에 올렸다.

메른 6세는 비록 범용한 사람이었지만 유능한 집사의 조언을 구할 수는 있었다. 오스문드 경의 직위는 그의 아들 로버트 경, 그리고 손자인 로렌트 경에게 이어졌고, 그들의 통찰력에 의지해 메른 6세는 하이가든을 재건하고 가드너 가문과 리치를 복구하며 원만한 통치를 할 수 있었다. 그의 아들 가스 11세는 도른인들에게 무시무시한 복수를 하여 남은 일을 마무리지었는데, 하이타워 경은 나중에 "붉은 산맥은 가스 11세가 도른인의 피로 빨갛게 색칠하기 전만 해도 푸르렀다."고 평했다. 그의 긴 치세 동안 가스 11세는 '피의 화가' 가스로 알려졌다.

그 뒤로도 왕이 잇달아 즉위했다가 서거하고, 전쟁이 터졌다가 평화가 왔다. 하지만 그 모든 기간 동안 초록색 손이 그려진 깃발은 리치 전역에서 위풍당당하게 펄럭였다. 메른 9세가 말을 타고 나와 불의 벌판에서 아에곤 타르가르옌과 그의 누이들을 마주하기 전까지.

올드타운

아무리 킹스랜딩의 인구에 가리워지더라도 전 웨스테로스를 통틀어 가장 웅장하고 오래됐으며 여전히 제일 부유하고 제일 거대하며 제일 아름다운 도시, 올드타운을 조망하지 않고서는 리치의 역사가 완성되지 않는다.

과연 올드타운은 정말로 얼마나 오래되었을까? 수많은 마에스터들이 그 문제를 두고 숙고했지만, 답은 간단하다. 우리는 올드타운의 연령을 알 수 없다. 도시의 기원은 안개 속으로 사라졌고 전설에 가려졌다. 무지몽매한 셉톤들은 칠신이 도시의 경계를 그었다고 주장하고, 하이타워 가문의 선조가 끝장을 내기 전까지만 해도 드래곤이 배틀 섬에 둥지를 틀고 있었다고 주장하는 사람도 있다. 많은 평민들은 하이타워가 어느날 갑자기 나타났다고 믿는다. 올드타운이 어떻게 세워졌는지에 대한 완전하고 참다운 역사는 결코 알려지지 않을 듯하다.

하지만 우리는 여명기부터 인류가 허니와인 강 하구에 살고 있었음을 확실히 언명할 수 있다. 오래된 룬 문자의 기록과 더불어 숲의 아이들과 함께 살았던 마에스터로부터 내려오는 단편적인 이야기들이 이 사실을 확인시켜 준다. 그중

좌측 | 참나무좌
상단 | 올드타운을 약탈하는 도른인들

하나로, 마에스터 젤리코는 위스퍼링 사운드 끝에 있던 정착지가 발리리아와 올드 기스, 여름 제도에서 온 배들이 식량을 보충하고 배를 수선하며 옛 종족들과 물물교환을 하던 교역소로 성장하고, 마침내는 거대한 도시로 발전한 것이 아닐까 하는 의견을 내놓았지만, 어떤 것이든 추측에 지나지 않을까 싶다.

하지만 미스터리는 여전히 남아 있다. 하이타워가 서 있는 바위섬은 우리의 가장 오래된 기록에서도 '배틀 섬'으로 알려져 있지만, 왜 그런 이름이 붙었을까? 그곳에서 어떤 전투가 벌어졌는가? 언제? 누가 누구와? 음유시인들마저도 이 주제에 대해서는 침묵을 지키는 편이다.

학자와 역사가들에게 더욱 수수께끼인 것은 섬을 차지하고 있는 검은 돌로 지은 거대한 사각 건물이다. 기록된 대부분의 역사에 이 기념비적인 건축물은 이미 하이타워의 기초이자 최하층으로 기능하고 있었지만, 우리는 그 구조물이 탑 상부보다 수천 년이나 연대가 앞선다는 것을 확실히 알고 있다.

과연 누가 그것을 지었을까? 언제? 도대체 왜? 대부분의 마에스터들은 그 토대가 발리리아의 건축물이라는 보편적 지혜를 수용한다. 거대한 벽과 미로 같은 내부 모두를 돌이 맞물린 흔적도, 회칠한 부분도, 끌 자국도 없는 통짜 판석으로 만들었기 때문이다. 이런 종류의 건축물은 웨스테로스 밖에서 발견되는 양식으로, 특히 발리리아 자유국의 '드래곤의 길'과 올드 볼란티스의 심장부를 보호하는 '검은 장벽'이 좋은 예이다. 잘 알다시피 발리리아의 드래곤로드는 드래곤의 불길로 바위를 녹여 원하는 대로 모양을 만든 뒤 다시 철이나 강철, 화강암보다도 더 단단하게 합치는 기술을 가지고 있었다.

정말로 최초의 요새가 발리리아의 산물이라면, 드래곤로드는 드래곤스톤에 전초기지를 만들기 수천 년 전에, 안달족은 물론이고 심지어는 퍼스트 멘이 웨스테로스에 도달하기도 훨씬 전에 이미 웨스테로스에 왔었음을 암시한다. 만약 그렇다면 그들은 무역을 위해 왔을까? 노예상이어서 거인을 잡으러 온 것일까? 숲의 아이들을 찾아내 그린시어와 워어우드로부터 마법을 배우기 위해서? 아니면 좀 더 음침한 목적이 있어서?

그러한 의문은 오늘날까지도 아주 많다. 발리리아의 멸망이 있기 전, 마에스터와 대마에스터들은 해답을 찾기 위해 때로는 발리리아로 여행을 떠났지만 아무런 기록도 찾아낼 수 없었다. 발리리아인이 웨스테로스에 온 까닭은 인류의 파멸이 협해 너머의 땅에서 올 것이라는 그들의 사제가 남긴 예언 때문이라는 셉톤 바스의 주장은 바스의 다른 기괴한 믿음과 추정들처럼 허튼소리로 치부해도 무방하다.

그보다 복잡하고 보다 고려할 가치가 있는 것은 최초의 요새가 절대로 발리리아인의 것이 아니라고 주장하는 자들이 제시한 가설이다.

우선 단단히 결합된 검은 돌은 발리리아인의 산물일 가능성을 시사하지만, 밋밋하고 꾸밈이 없는 건축 양식은 그런 가능성을 부정한다. 발리리아의 드래곤로드들은 돌들을 기묘하게 꼬아 멋지고 장식적인 모양새로 만드는 것을 선호했기 때문이다. 또한 요새 내부는 좁고 꼬불꼬불하고 창문이 없는 통로로 가득차 있어 방이라기보다는 터널로 보는 것이 적합한데, 사람들이 헤메다가 길을 잃기 쉽다. 아마 이는 건물 내에 돌입한 공격자들을 교란하기 위해 고안한 방어 수단인 듯하지만, 그것 역시 매우 발리리아답지 않은 방식이다. 요새의 미로와도 같은 내부는 대마에스터 퀼리온이 지적한 것처럼 전율해변의 자유도시 로라스에 문명의 잔재를 남기고 사라진 신비한 민족인 '미궁을 만드는 자들'이 이 요새를 지었을 수도 있음을 암시한다. 그러나 이 가설은 흥미롭기는 하지만 이 가설로 풀리는 해답보다도 더 많은 의문을 제기할 뿐이다.

한편 더 기발한 가능성이 1세기 전에 마에스터 테론에 의해 제기되었다. 강철 군도에서 사생아로 태어난 테론은 고대 요새의 검은 돌과 그레이조이 가문의 옥좌이자, 마찬가지로 기원이 매우 오래되고 신비한 해석좌와의 유사성에 주목했다. 테론의 초고 필사본 〈신비한 돌*Strange Stone*〉은 요새와 해석좌가 바다 괴물을 아비로 인간 여성의 배에서 태어난 이형의 반인반요 종족이 만든 작품이라고 상정했다. 그는 자신이 '딥 원'이라고 이름붙인 그 종족은 우리의 인어 전설을 자라나게 하는 씨앗이 되었으며, 그들을 태어나게 한 끔찍한 아비야말로 강철인들의 '익사한 신'의 뒤에 숨겨진 진실이라고 주장했다.

그의 원고에 포함된 호화로우며 상세하고, 때로는 다소 충격적인 삽화는 이 희귀한 책을 흥미진진하게 만들지만, 책의 내용은 부분부분 이해하기가 힘들다. 마에스터 테론은 그림에는 재능이 있었지만 글을 다루는 데는 소질이 별로 없었다. 어쨌든 그의 논지는 사실적인 근거가 없기에 기각하더라도 문제는 없을 것이다. 결국 우리는 처음으로 돌아가 올드타운과 배틀 섬, 그리고 요새의 기원은 우리에게 영원히 미스터리로 남을 것임을 인정할 수밖에 없는 자신을 발견하게 된다.

어째서 이 요새가 버려졌는지, 또한 그것을 지은 사람들은 어떤 운명을 맞이하였는지는 우리가 알 수 없게 되었지만, 배틀 섬과 거대한 요새가 어느 순간 하이타워 가문의 선조에게 넘어왔다는 사실만은 알고 있다. 오늘날 대부분의 학자들이 믿고 있듯, 그들은 퍼스트 멘이었을까? 그게 아니라면 그들은 인류사의 초기에 위스퍼링 사운드에 자리잡은 뱃사람들과 상인들, 즉 퍼스트 멘보다 먼저 온 사람들의 후손일까? 그것 역시도 우리는 알 수 없다.

역사의 첫 페이지를 언뜻 훑어보면 그때도 이미 하이타워 가문은 배틀 섬과 올드타운을 통치하는 왕이었다. 연대기가 전하는 바에 따르면 이른바 최초의 '높은 탑'은 나무로 지었고, 토대가 된 고대 요새 위에 50피트* 높이로 솟아 있었다. 몇 세기를 지나며 점점 더 높은 나무 탑들이 세워졌지만,

우측 | 배틀 섬의 하이타워 성

50피트: 약 15.2미터

200피트: 약 61미터 / 100피트: 약 30.5미터

그 어느 것도 사람이 살 것을 염두에 두고 지은 것은 아니었다. 그 탑들은 안개로 가득한 위스퍼링 사운드를 지나는 무역선들에게 항로를 비추는 목적만을 위한 순수한 봉화대였다. 하이타워 가문의 조상들은 탑이 아니라 탑 아래의 토대석에 있는 어두운 홀과 창고, 방에서 살았다. 하이타워 성이 대가문에 어울리는 거성이 된 것은 오직 다섯 번째로 지은 탑, 즉 처음으로 석조 건물을 올렸을 때부터였다. 그 탑은 항구에서 200피트* 높이로 서 있었다고 한다. 어떤 사람들은 이 건물을 설계한 자가 '건축가' 브랜든이었다고 하며, 다른 사람들은 이름이 같은 그의 아들이었다고 한다. 그에게 설계를 의뢰하고 대금을 지불한 왕은 우리에게 '높은 탑의 우서'라는 이름으로 기억되고 있다.

그 뒤로 수천 년 동안에 걸쳐 그의 후손들은 왕으로서 올드타운과 허니와인의 영토를 통치했고, 전 세계에서 배들이 무역을 위해 그들의 성장하는 도시를 방문했다. 올드타운이 점점 부유하고 강력해지자 이웃의 영주와 소왕들은 탐욕스러운 눈길로 그들의 부를 훔쳐보았고, 바다 너머의 해적들과 약탈자들마저도 올드타운의 영화에 대한 이야기를 들을 수 있었다. 덕분에 올드타운은 한 세기 동안 세 번이나 약탈당하기도 했다. 한 번은 도른의 왕 '별의 불꽃' 샘웰 데인에게, 또 한 번은 잔인한 코레드와 그의 강철인들에게. 그리고 마지막으로 주민의 4분의 3을 붙잡아 노예로 팔았지만 배틀섬에 있는 하이타워의 방어를 돌파하지는 못했다고 전해지는 가드너 가문의 '비탄왕' 가일스 1세의 소행이었다.

이전까지 도시를 보호했던 목책과 해자는 더이상 방어에는 적합하지 않음이 명백히 드러났고, 하이타워의 왕 오토 2세는 올드타운을 거대한 돌벽으로 둘러싸는 데 치세의 대부분을 보냈는데, 이 새 돌벽은 그 당시 웨스테로스에 존재하던 어떤 성벽보다도 높고 두터웠다. 덕분에 올드타운은 3세대에 걸치는 기간 동안 빈곤에 시달렸다고 하지만, 역사에 기록되었듯이 약탈자나 정복자 지망생들이 꿈을 접고 다른 동네로 가도록 설득하는 데 힘을 발휘했으며 올드타운을 공격하려는 시도를 무용지물로 만들었다.

하이타워 가문의 리치 왕국 편입은 전쟁을 통해 이룩한 것이 아니라 오랜 협상과 혼인을 통해서였다. 라이몬드 하이타워가 갈란드 2세의 딸을 아내로 맞이하고 자신의 딸은 갈란드 2세에게 시집보내며 하이타워 가문은 하이가든의 봉신이 되었다. 이제 하이타워 가문은 부유하나 세력은 약하던 독립적인 왕에서 리치의 대영주로 격하되었다(올드타운은 고대 왕국 중에서는 하이가든에 가장 마지막으로 무릎을 꿇었다. 아버의 마지막 왕이 바다에서 실종되고 그의 사촌인 하이가든의 메린 3세가 아버를 병합한 조금 뒤였다).

혼인 조약에 따라 가드너 가문은 올드타운의 육상 방어를 떠맡아야 했다. 덕분에 라이몬드 공은 그의 '큰 뜻'인 함대 건설과 바다의 정복으로 눈을 돌릴 수 있었다. 결국 그의 치세 말엽에는 웨스테로스의 어떤 영주나 왕도 바다에서는 하이타워 가문의 힘을 능가할 수 없을 정도였다. 라이몬드 하이타워의 거대한 동상은 오늘날도 올드타운의 항구를 조망하는 장소에서 위스퍼링 사운드를 바라보고 있다. 하이타워 가문의 마지막 왕은 '바다사자'라는 별명으로 지금까지 기억되고 있다.

라이몬드의 후손들도 그의 선견지명을 공유했다. 하이타워 가문은 몇몇 예외를 제외하면 소왕들 사이의 끊없는 전쟁, 그리고 이후 칠왕국 치하에서도 영주들과의 분쟁에 얽히는 일을 피하고 자신들의 정원과 도시를 가꾸는 데 집중했다. 제레미 하이타워 공은 "하이가든이 우리의 등을 지켜주고 있지. 그러니 우리는 마음껏 바다와 그 너머로 눈을 돌리도록 하자."라는 말을 남겼다. 자신의 말대로 시선을 밖으로 돌려 그 어느 때보다도 많은 배들을 건조하고 무역을 보호했던 그는 올드타운의 부를 두 배로 늘렸다. 그리고 제레미 공의 아들 제이슨은 아버지가 축적한 재산을 또다시 두 배로 늘렸으며, 하이타워를 100피트** 더 높이 증축했다.

하이타워 가문은 안달족을 환영한 웨스테로스 최초의 영주들 중 하나였다. 20년 동안 같이 살며 아이들을 낳고 길러 준 조강지처를 팽개치고 안달

시타델의 기원은 하이타워만큼이나 수수께끼이다. 대부분의 사람들은 시타델의 설립자로 '높은 탑의 우서' 왕의 차남인 '뒤틀린 왕자' 페레모어 하이타워를 꼽고 있다. 팔은 앙상하고 등은 굽은 채 태어났던 병약한 소년 페레모어 하이타워는 짧은 생애의 대부분을 침대에 누운 채 보내야 했지만, 창 너머의 세계에 대한 무한한 호기심을 가지고 있었기에 현자와 교사, 성직자, 의사와 음유시인뿐만 아니라 몇몇 마법사와 연금술사, 마술사들을 자신의 주위에 불러모았다. 왕자는 그들이 벌이는 논쟁을 경청하는 것보다 인생에 더한 즐거움이 없었다고 한다. 페레모어 왕자가 죽자 그의 형인 우라곤 왕은 허니와인 강 인근에 펼쳐진 넓은 토지를 이들 '페레모어의 총신들'에게 내렸고, 그리하여 그들이 그곳에 자리잡고서 가르치고, 배우고, 진실을 탐구할 수 있었을 것이다. 그리고 지금까지도 그렇게 하고 있다.

족 공주를 신부로 맞이한 도리안 하이타워 공은 "전쟁은 교역에 해롭지."라는 말을 남겼다. 그리고 도리안의 손자 '독실한' 데이먼 공은 하이타워 가문 사람들 중 처음으로 칠신교 신앙을 받아들였다. 새로운 신들을 위해 그는 올드타운에 첫 셉트를 지었고, 그의 왕국 내에 여섯 개의 셉트를 더 지었다. 그가 복통으로 때이른 죽음을 맞자 셉톤 로브슨이 당시 갓 태어났던 데이먼의 아들의 섭정이 되어 20년 동안 올드타운을 다스렸고, 나중에는 웨스테로스의 칠신교단 최초의 하이 셉톤이 되었다. 그가 양육하고 교육시킨 트리스톤 하이타워 공은 로브슨이 세상을 떠나자 그를 기리기 위해 별빛의 셉트를 세웠다.

그 뒤로 몇 세기에 걸쳐 올드타운은 웨스테로스에서 의심의 여지 없는 칠신교 신앙의 중심지가 되었다. 별빛의 셉트의 어두운 대리석 홀에서 하이 셉톤들이 즉위식을 거행하고 수정관(그 중 첫 번째 수정관은 트리스톤 공의 아들 바리스가 헌정한 것이었다)을 썼으며, 칠신의 목소리를 세상에 전하는 대변자가 되어 무장 교단을 지휘하고 도른에서부터 넥까지 모든 충실한 신자들의 영혼을 울렸다. 올드타운은 그들의 성도가 되어 수많은 독실한 남녀가 순례를 와 도시의 셉트와 제단, 성지에서 기도했다. 올드타운과 칠신교의 긴밀한 관계가 가드너 가문이 벌인 수많은 전쟁에서 하이타워 가문이 한 발을 뺄 수 있던 이유들 중 하나였음은 의심의 여지가 없다.

칠신교는 하이타워 가문의 보호 아래 올드타운의 거대한 벽 뒤에서 번성했던 유일한 조직이 아니었다. 최초의 셉트가 문을 열기 수천 년 전부터 올드타운은 시타델의 본거지가 되어 웨스테로스 전역에서 소년과 청년들이 배우고, 연구하고, 마에스터의 사슬을 엮기 위해 모여들었다. 이 세상 어디에도 올드타운보다 더 위대한 지식의 전당은 존재하지 않는다.

아에곤의 정복 무렵 웨스테로스에서 가장 넓고 부유하며, 인구가 많고 종교와 지식의 중심지인 올드타운이 위대한 도시였음에는 의문의 여지가 없다. 그렇지만 하이타워 가문과 별빛의 셉트 사이의 긴밀한 관계가 아니었더라면 올드타운 역시 하렌할과 똑같은 운명을 겪었을지도 모른다. 만프레드 하이타워 경이 아에곤과 그의 드래곤에 저항하는 대신 정복자에게 성문을 열고 충성을 맹세하도록 설득한 사람은 바로 당대의 하이 셉톤이었기 때문이다.

그러나 일단은 회피했던 갈등이 한 세대 이후 아에곤의 차남 '잔혹한' 마에고르 1세와 칠신교단이 피의 투쟁을 벌이자 다시 불타올랐다. 마에고르 재위 첫 해의 하이 셉톤은 하이타워 가문의 사람으로, 마에고르와는 사돈지간이었다. 하지만 AC44년에 마에고르의 재혼을 비난한 하이 셉톤에게 격노한 왕이 드래곤을 몰고 와 별빛의 셉트를 불살라 버리겠다는 위협을 한 직후 하이 셉톤이 갑자기 죽은 일은 꽤 다행스러운 사건으로 여겨진다. 덕분에 발레리온과 바가르가 올드타운을 향해 불을 뿜기 전에 마틴 하이타워 공이 먼저 성문을 열고 항복하게 되었기 때문이다.

AC44년에 하이 셉톤이 급사한 사건의 정황이 매우 수상했기에, 살해당한 것이 아닌가 하는 숙덕거림은 오늘날까지 들려오고 있다. 어떤 이들은 하이 셉톤이 동생이자 올드타운의 '전사의 아들들' 사령관인 모건 하이타워 경에게 살해당했다고 믿는다(그리고 모건 경이 '전사의 아들들' 중 마에고르 왕에게 사면받은 유일한 사람임은 부정할 수 없는 사실이다). 어떤 사람들은 마틴 공의 고모 파트리스 하이타워를 의심하지만, 그 근거라고는 독이야말로 여성의 무기라는 빈약한 믿음에 불과하다. 시타델이 하이 셉톤의 제거에 한 몫을 했다는 가장 터무니없는 추측이 제기되기도 했다.

티렐 가문

비록 왕가의 피가 흐르기는 하지만, 티렐 가문은 왕이었던 적이 한 번도 없다(50에 달하는 리치의 다른 대가문들과 마찬가지로 말이다). 가문의 시조 알리스터 티렐 경은 삼현왕 중 하나인 그웨인 5세의 대전사이자 개인 경호원이었던 안달족 모험가였다. 그의 장남도 아버지를 닮아 훌륭한 기사였지만, 마상시합 도중 죽었다. 반면 그의 차남 가레스는 독서가 취미였고 기사로 서임되지도 못했지만. 대신 하이가든의 집사로 일하는 길을 택했다. 오늘날의 티렐 가문 사람들은 가레스를 조상으로 두었다.

가레스 티렐과 그의 아들 레오는 훌륭하게 자신의 의무를 다했고, 가드너 가문은 티렐 가문에게 집사장 직위를 세습시켰다. 몇 세기에 걸쳐 티렐 가문 사람들이 대를 이어 봉사했다. 그중 많은 이들이 왕의 친밀한 측근이자 조언자가 되었으며, 몇몇은 전시에 성주 대리로 복무했으며 적어도 한 명의 티렐이 갈란드 6세의 미성년기에 섭정으로서 리치를 통치했다. 가일스 3세는 티렐 가문을 일컬어 '나의 가장 충실한 종복'이라 선언했고, 메른 6세는 티렐 가문의 봉사에 만족한 나머지 막내딸을 로버트 티렐 경과 결혼시켰다(그리하여 그들의 아들과 손자, 그리고 그 자손들에게 초록손 가스의 피를 이었다고 주장할 수 있도록 하였다). 그 결혼은 가드너 가문과 티렐 가문 사이의 첫 통혼이었으며, 그 뒤로 몇 세기 동안 아홉 번의 결혼식이 뒤따랐다.

가드너 왕조 최후의 왕 메른 9세가 불의 벌판에서 아들들과 함께 죽은 뒤 아에곤이 티렐 가문을 하이가든의 영주이자 남부의 관리자, 리치의 대영주로 임명한 것은 그들이 왕가의 피를 이었기 때문은 아니었다. 그러한 영예는 아에곤이 다가오자 하이가든의 성문을 열고 타르가르옌 가문에 그 자신과 가문의 충성을 서약한 할란 티렐의 분별력 덕에 얻을 수 있었다.

그러자 리치의 수많은 대가문들이 '벼락출세한 집사'의 봉신이 된 데 대해 격렬히 반발하며 자신들의 가문이 티렐 가문보다 훨씬 고귀하다고 주장했다. 올드 오크의 오크하트 가문, 브라이트워터 킵의 플로렌트 가문, 골든그로브의 로완 가문, 스타파이크의 피크 가문, 아버의 레드와인 가문이 티렐 가문보다 더 유서깊고 더 격이 높으며 가드너 가문에 더 가까운 혈연임은 부정할 수 없다. 하지만 그들의 항의는 소용이 없었다. 아마도 이 가문들은 전부 불의 벌판에서 아에곤 남매에게 무기를 들고 대항했지만, 티렐 가문은 그러지 않았던 탓도 있었을 것이다.

아에곤 타르가르옌이 리치의 통수권을 두고 내렸던 판단은 옳은 것이었다. 비록 할란 공은 1차 도른 전쟁 중 도른의 사막에서 그의 병사들과 함께 실종된 AC5년까지만 통치했지만, 리치의 유능한 관리자임을 입증했다.

그의 아들 테오 티렐은 당연히 도른을 정복하려는 시도에 리치가 말려드는 것을 꺼렸지만, 결국 붉은 산맥 너머로 갈등이 쏟아져 나오자 휘말려들 수밖에 없었다.

마침내 타르가르옌 왕조가 도른과 화해하자 테오 공은 하이가든이 자신들의 것이라는 끈질긴 주장들을 심사하고 기각할 셉톤과 마에스터의 위원회를 조직해 티렐 가문의 권력을 공고하게 다지는 데 관심을 돌렸다.

하이가든의 영주이자 남부의 관리자로서 이 '벼락출세한 집사'의 후손은 칠왕국의 가장 강력한 영주들 중 하나이며, 타르가르옌의 기치 아래 여러 전투에 소집되었다. 티렐 가문은 대부분의 소집에 응하였지만, 현명하게도 '용들의 춤' 당시에는 아무런 역할도 하지 않았다. 그 당시 티렐의 영주는 포대기에 싸인 아기였고, 그의 어머니와 성주 대리는 무시무시한 동족상잔의 피바다를 피하기로 결정했기 때문이다.

이후 다에론 1세가 도른으로 진군하자 티렐 가문은 대공의 고갯길에 대한 공격을 주도하며 용맹을 입증했다. 충실히, 때로는 지나치게 대담하게 복무한 데 대한 보답으로 라이오넬 공은 다에론 1세가 킹스랜딩으로 개선한 뒤 도른의 총독이 되었다. 그는 한동안 도른인들을 다독이는 데 성공했지만, 악명 높은 '전갈 침대'의 소름끼치는 죽음을 맞이하게 되었다. 그의 암살은 도른을 휩쓸 봉기에 불을 당겼고, 마침내 다에론 1세는 열여덟의 나이에 죽음을 맞게 되었다.

상단 | 티렐 가문과 주요 가문들의 문장들
(시계방향으로 카스웰, 플로렌트, 포소웨이, 가드너, 하이타워, 메리웨더, 퓰렌도르, 오크하트, 레드와인, 로완, 탈리, 애쉬포드 가문)

그 뒤의 세월 동안 하이가든에서 불운한 라이오넬 공의 뒤를 이은 티렐 가문 사람들 중에 가장 주목할 만한 사람은 오늘날까지 '긴 가시'라는 별명으로 유명한 토너먼트 챔피언 레오 티렐 공이다. 많은 사람들은 오늘날까지도 그를 최고의 마상창시합 선수로 여기고 있다. 또한 레오 공은 제1차 블랙파이어 반란에서 비록 붉은 풀 벌판의 전투에 제때 도착할 만큼 빨리 집결하지는 못했지만, 리치에서 블랙파이어 세력에게 커다른 승리를 거두며 이름을 떨쳤다.

하이가든의 현 영주 메이스 티렐은 로버트의 반란 당시 타르가르옌 가문 진영에서 충성을 다하며 싸웠다. 그는 로버트 바라테온을 애쉬포드 전투에서 격파하고 1년 가까이 스톰즈 엔드에서 로버트의 동생 스타니스를 포위했다. 그러나 아에리스 2세와 라에가르 왕자가 죽자 메이스 공은 검을 내려놓았고, 오늘날 다시 한 번 남부의 관리자이자 로버트 왕과 철왕좌의 충실한 종복이 되었다.

하이가든

티렐 가문의 거성이자 그 이전에는 가드너 왕조의 거성이었던 거대한 성, 하이가든은 맨더 강의 넓고 고요한 물살을 내려다보는 푸른 언덕 위에 솟아 있다. 하이가든 성은 멀리서 바라보면 마치 "거기에 세워진 것이 아니라 그곳에 자라났다고밖에 볼 수 없고, 마치 땅의 일부분 같다."고들 한다. 수많은 사람들이 하이가든을 일컬어 칠왕국에서 가장 아름다운 성이라고 여기는데, 이에 이의를 제기하는 사람들은 베일 사람들뿐이다(베일 사람들은 이어리가 가장 아름답다고 주장한다).

하이가든이 서 있는 언덕은 가파르지도 않고, 바위투성이도 아니며, 좌우대칭의 널찍하고 완만한 경사를 그린다. 사람들은 섬의 성벽과 탑에서 티렐 가문의 문장인 황금색 장미 정원과 과수원, 목초지와 꽃밭을 가로질러 사방으로 4리그*나 내다볼 수 있다.

하이가든은 잘 다듬은 새하얀 바위로 쌓아 동심원을 그리는 삼중 성벽으로 둘러싸여 있으며, 처녀처럼 날씬하고 우아한 탑들로 방호되고 있다. 각 성벽은 위로 올라갈수록 아래쪽의 성벽보다 더 높고 두터워진다. 언덕 기슭을 둘러싸는 가장 바깥쪽의 성벽과 중간 벽 사이에는 유명한 장미의 미로가 있다. 가시덩굴과 덤불로 이루어진 이 엄청나게 넓고 복잡한 미궁은 성의 거주자와 방문객들의 즐거움과 기쁨을 위해, 또한 미로에 익숙하지 않은 침입자들이 함정과 막다른 길목을 돌파해 성문까지 다다르는 길을 찾기 힘들도록 하기 위해 몇 세기 동안이나 관리되어 왔다.

성벽 안쪽에는 녹음이 풍성하며, 성곽은 정원과 나무, 연못과 분수, 뜰과 인공 폭포로 둘러싸여 있다. 담쟁이가 고색창연한 건물을 뒤덮고, 포도와 덩굴장미는 조각상과 벽, 탑들을 타고 오른다. 성 어느 곳을 가든 만개한 꽃이 사람들을 반긴다. 성곽은 다른 곳들과 달리 석상과 열주, 분수로 가득한 궁전이다. 하이가든에서 가장 높은 탑은 둥글고 가늘어서 훨씬 예전에 지어진 네모지고 근엄한 이웃 탑들을 내려다보고 있는데, 가장 오래된 탑은 그 기원이 영웅들의 시대까지 거슬러 올라간다. 성의 나머지 부분은 대부분 근대에 지은 것으로, 상당수가 원래의 건물이 '회색 수염' 가스가 다스리던 시절 도른인들의 손에 파괴된 뒤 메른 6세가 재건한 것이다.

하이가든에서는 옛 신과 새로운 신이 함께 섬김을 받았다. 칠신교의 일곱 신격과 '초록손' 가스를 묘사한 스테인드 글라스가 줄지어 늘어선 하이가든의 셉트는 그 화려함에 있어서 킹스랜딩에 있는 바엘로르의 대셉트와 올드타운에 있는 별빛의 셉트 정도나 견줄 만하다. 초목이 무성한 신의 숲 역시 매우 유명한데, 한 그루의 하트트리 대신 몇 세기 동안 서로 얽히며 자라난 나머지 한 그루처럼 보이는 거대하면서도 우아한 고대의 위어우드 세 그루가 고요한 연못 위로 가지를 뻗고 있다. 리치의 전설에 따르면 '세 가수'라고 부르는 이 나무들은 초록손 가스가 직접 심었다고 한다.

칠왕국에 있는 어떤 궁궐도 하이가든보다 더 많이 노래로 불려지지 않았는데, 티렐 가문과 가드너 가문이 예전에 그들의 궁정을 문화와 음악, 순수 예술의 장으로 삼았음을 감안하면 그리 놀랍지 않다. 아에곤의 정복 이전에 리치의 왕과 왕비들은 사랑과 미의 마상시합을 주재했는데, 그곳에서 리치의 위대한 기사들은 무술만이 아니라 노래, 낭송, 미덕과 경건, 순수한 헌신의 구현을 통해 가장 아름다운 아가씨의 사랑을 얻으려 경쟁했다. 무술에 능하면서도 가장 순수하며 명예롭고 덕성을 갖춘 토너먼트 우승자는 초록손 기사단에 입단하는 영예를 안았다.

그 고귀한 기사단의 마지막 단원들은 불의 벌판에서 그들의 왕과 함께 사라졌지만(맨덜리 가문의 기사들이 아직도 기사단원이라고 주장하는 화이트 하버를 제외하면 말이다), 티렐 가문이 기사도 정신과 무인의 마음가짐에 있어 정점을 유지하고 있는 리치에서 그들의 전통은 여전히 이어지고 있다. 자에하에리스 1세의 시대에 장미 벌판에서 열린 마상시합은 그 시대 최고의 마상시합으로 이름을 떨쳤으며, 오늘날에도 리치에서는 수많은 마상시합이 개최되고 있다.

4리그: 약 9.7킬로미터

CROWNLANDS
STORMLANDS
King's Landing
KINGSROAD
WENDWATER
ROSEROAD
BLUEBURN
Haystack Hall
Felwood
Bronzegate
Evenfall Hall
Tarth
Grassy Vale
Bitterbridge
Longtable
Storm's End
SHIPBREAKER BAY
Ashford
Summerhall
Griffin's Roost
Rain House
Crow's Nest
THE RED MOUNTAINS
BONEWAY
Stonehelm
Mistwood
ESTERMONT
Blackhaven
Nightsong
Vulture's Roost
Wyl
Weeping Town
Greenstone
CAPE WRATH
SEA of DORNE
PRINCE'S PASS
Skyreach
Yronwood
REACH
NARROW SEA
DORNE

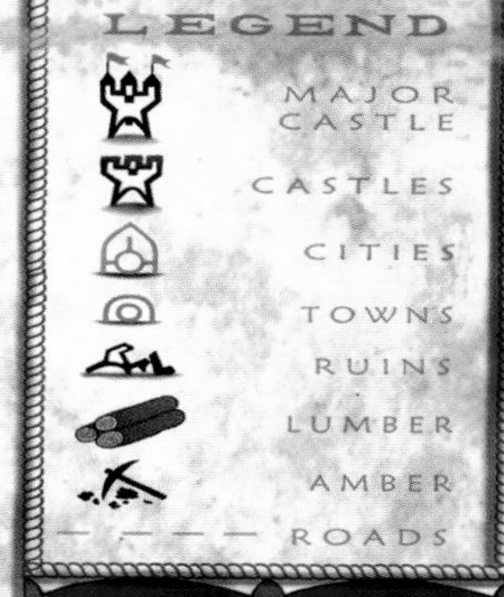
LEGEND
MAJOR CASTLE
CASTLES
CITIES
TOWNS
RUINS
LUMBER
AMBER
ROADS

스톰랜드

협해에 몰아치는 폭풍은 칠왕국 전체에서도 악명이 높으며, 아홉 자유도시에까지 위명을 떨치고 있다. 폭풍은 계절을 가리지 않고 다가오지만, 선원들은 매년 가을에 스텝스톤 군도 남쪽의 따뜻한 여름해에서 태어나 황량한 바위섬들을 가로질러 북으로 올라오며 포효하는 폭풍이 최악이라고들 말한다. 시타델에 남아 있는 기록에 따르면 폭풍의 절반 이상이 북서쪽으로 계속 나아가 분노 곶과 레인우드를 휩쓸고는 듀란의 갑에 있는 스톰즈 엔드를 강타하기 전까지 쉽브레이커 만에서 수증기를 빨아들이며 힘을 기른다고 한다.

스톰랜드라는 이름은 이 대단한 돌풍에서 유래했다.

이 고대 왕국의 중심지는 듀란의 갑 끄트머리의 깎아지른 절벽 꼭대기에 요지부동으로 버티고 선 스톰즈 엔드로, 영웅들의 시대에 영웅왕 '신의 고뇌' 듀란이 마지막으로, 그리고 가장 크고 튼튼하게 쌓아올렸다고 한다. 거친 파도와 위험한 암초들이 가득한 쉽브레이커 만 너머 남쪽으로는 분노 곶이 있다. 습한 밀림인 레인우드가 분노 곶의 북쪽 삼분의 이를 차지하고 있으며, 남쪽으로는 수많은 어촌들이 해안선을 따라 점점이 흩어진 도른해 방면을 향해 넓은 평원이 완만하게 내려온다. 번성하는 항구와 시장이 있는 위핑 타운(다에론 1세가 도른에서 전사한 뒤 시신이 운구되어 돌아온 장소인 탓에 이런 이름이 붙었다)이 이곳에 있고, 스톰랜드의 거의 모든 무역품이 위핑 타운의 항구를 거친다.

폭포와 호수, 우뚝 솟은 산맥이 있는 거대한 섬, 타스는 스톰랜드에 속해 있으며, 에스터몬트 섬과 더불어 분노 곶과 위핑 타운 근처에 흩어진 무수히 많은 자그마한 섬들도 역시 스톰랜드의 영역이다.

스톰랜드 서쪽으로는 스톰랜드와 도른 사이의 경계인 붉은 산맥에 닿을 때까지 거칠고 험한 언덕들이 하늘을 밀어올리며 솟아올라 있다. 깊이 파인 물이 없는 골짜기와 거대한 사암 절벽이 이곳의 풍광을 지배하며, 해질녘이 되면 가끔 산봉우리들이 구름에 맞서 주홍빛과 진홍으로 반짝인다. 하지만 이곳에 '붉은 산맥'이라는 이름이 붙은 이유는 바위가 붉어서가 아니라 땅에 스며든 피 때문이라고 말하는 사람들도 있다.

구릉을 넘어 내륙으로 들어가면 수백 리그에 걸쳐 서쪽과 북쪽으로 뻗은 광활한 초원과 황야, 바람이 몰아치는 벌판이 늘어선 변경 지역이 펼쳐진다. 그곳에는 남쪽에서 올라오는 도른인들과 서쪽에서 다가오는 강철 갑옷을 입은 리치의 왕의 부하들에 맞서 국경을 방어하기 위한 변경 영주들의 거대한 성이 붉은 산맥을 바라보며 서 있다. 변경 영주들 중 유명한 가문은 스톤헬름의 스완 가문, 블랙헤이븐의 돈다리온 가문, 하베스트 홀의 셀미 가문, 나이트송의 카론 가문이 있으며, 나이트송은 폭풍왕의 영역에서 가장 서쪽에 있다. 이 모든 가문들은 태곳적부터 스톰즈 엔드에 충성을 맹세해 왔다.

하지만 스톰즈 엔드의 북쪽 국경은 크고 작은 전쟁을 치르는 동안 재위했던 폭풍왕들이 어느때는 강력했고 또 어느때는 나약했기에 몇 세기에 걸쳐 위아래로 크게 요동쳤다. 오늘날 바라테온 가문의 명령은 웬드워터 강의 남안과 킹스우드 자락, 협해의 바위투성이 해안을 따라서는 매시즈 후크까지 닿고 있지만 아에곤의 정복이 있기 전, 심지어는 안달족이 오기 전에 듀랜든 가문의 전사 왕들은 국경을 상당히 북쪽까지 밀어붙이기도 했었다.

당시 매시즈 후크 지역은 물론 킹스우드 전역과 블랙워터 강도 당시에는 폭풍왕의 영토였다. 때로 폭풍왕이 블랙워터 강 너머까지 다스리기도 했다. 더스켄데일과 메이든풀처럼 스톰랜드에서 멀리 떨어진 도시들도 한때는 스톰즈 엔드에 충성을 맹세했었고, 경외로운 전사 왕 아를란 3세의 치세에 스톰랜드인들은 리버랜드 전역을 장악했다. 이후 스톰랜드의 지배는 3세기 동안 이어졌다.

그렇게나 영역을 넓혔음에도 불구하고 듀랜든과 그의 후계자들의 왕국은 리치와 리버랜드, 웨스터랜드에 비해 인구가 적었기에 스톰즈 엔즈를 다스리는 군주의 힘은 줄어들어만 갔다. 그러나 협해의 바위투성이 해안에 살든, 레인우드의 푸른 숲 속에서 살든, 바람이 몰아치는 변경에 있든, 스톰랜드를 고향으로 삼은 사람들은 특별한 족속들이다. 스톰랜드인들은 마치 그곳의 기후처럼 살아간다고들 한다. 격동적이고, 폭력적이며, 고집세고, 예측할 수 없게 말이다.

퍼스트 멘의 도래

스톰랜드의 역사는 여명기로 거슬러 올라간다. 퍼스트 멘이 오기 훨씬 전의 웨스테로스의 모든 대지는 고대 종족들, 즉 숲의 아이들과 거인들(그리고 몇몇이 일컫듯이 '아더'라고도 하는 무시무시한 '긴 밤'에 나타났던 백귀들)의 것이었다.

숲의 아이들은 한때 분노 곶부터 강철 군도 북쪽의 크라켄 곶까지 뻗은 광활한 원시림(이 원시림의 잔재가 오늘날의 킹스우드와 레인우드이다)을 자신들의 집으로 삼았으며, 거인들은 붉은 산맥의 구릉지대와 매시즈 후크에 있는 험준한 산자락을 따라 살았다. 바다를 건너 웨스테로스로 온 안달족과는 달리 퍼스트 멘은 지금은 '도른의 부러진 팔'이라 부르는, 당시만 해도 에소스와 웨스테로스를 잇는 좁은 육상 통로를 통해 건너왔다. 그렇기에 도른과 스톰랜드는 웨스테로스에서 인류의 첫 발길이 닿은 곳이 되었다.

습하고 야성적인 레인우드는 숲의 아이들이 좋아하는 보금자리였다고 옛 이야기들은 전한다. 그리고 붉은 산맥의 그늘에서 거칠게 솟아 오른 언덕들과 지금은 매시즈 후크라고 부르는 돌투성이 반도의 비탈과 능선에는 거인들이 있었다. 거인들은 수줍음이 많은 종족이었으며 애초부터 인류를 적대했지만, 숲의 아이들은 모두가 함께 살 만한 충분한 땅이 있다는 생각에 처음에는 웨스테로스의 신참자들을 환영했다고 한다.

숲은 참나무 고목과 높이 솟은 적송, 세콰이어와 소나무 아래 퍼스트 멘이 살도록 했다. 그들의 지도자가 허가한 사냥꾼들이 가는 곳마다 시냇가의 강둑을 따라 조잡한 마을들이 하나둘씩 생겨났다. 스톰랜드에서 나는 모피들도

품질이 좋았지만, 레인우드의 진정한 보물은 숲에서 구할 수 있는 목재와 희귀하고 단단한 나무들이었다. 그러나 벌목은 곧 퍼스트 멘과 숲의 아이들 사이의 충돌을 불러왔다. 수백에서 수천 년에 걸친 긴 세월 동안 두 종족은 싸움을 벌였다. 그리고 퍼스트 멘이 숲의 아이들의 신앙을 받아들인 다음 '신의 눈'이라 불리는 거대한 호숫가 가운데에 있는 '얼굴의 섬'에서 평화조약을 맺은 뒤 증거를 남기고 서로의 영역을 가르며 전쟁은 끝이 났다.

하지만 그 조약은 웨스테로스의 인류사에서 상당히 늦게 이뤄졌다. 조약을 맺을 즈음에는 거인들(조약의 당사자가 아니었다)은 스톰랜드에서 거의 사라졌고, 숲의 아이들도 엄청나게 줄어든 뒤였다.

듀랜든 가문

웨스테로스 초기 역사의 상당수는 시간의 안개 속으로 사라졌고, 전설과 사실을 구분하기란 매우 어려워졌다. 퍼스트 멘이 비교적 적었고 고대 종족이 강세였던 스톰랜드에서는 더욱 그러하다. 칠왕국의 다른 곳에는 동굴 벽과 선돌, 옛 거주지의 폐허에 새겨진 룬 문자들이 오늘날까지 살아남아 그들의 기록을 전하고 있지만, 스톰랜드에서는 퍼스트 멘이 그들의 승리와 패배에 대한 기록을 나무에 새겼던 까닭으로 세월이 지나면서 썩어 없어져 버린 지 오래였다.

게다가, 왕의 장남이자 후계자의 이름을 가문의 창시

자인 '신의 고뇌' 듀란의 이름을 따서 짓던 옛 폭풍왕들의 전통은 역사가의 고민을 더욱 깊게 만들었다. 어리둥절할 정도로 많은 듀란 왕은 필연적으로 엄청난 혼동을 불러왔다. 올드타운의 시타델에 있는 마에스터들은 이들 중 상당수에 대수를 매겼지만, 당시의 이야기에 대한 원천인(가장 나은 상황에서도 꼭 신뢰할 수만은 없는) 음유시인들의 관행은 그렇지 않았다.

듀랜든 가문의 시조인 '신의 고뇌' 듀란을 둘러싼 전설들은 모두 음유시인을 통해 우리에게 다가온다. 노래들은 듀란이 바다의 신과 바람의 여신 사이에서 태어난 딸인 엘레네이의 마음을 사로잡았음을 알려준다. 필멸자를 사랑하게 됨으로서 엘레네이 역시 죽음이라는 필멸자의 운명을 맞이하게 되었고, 그녀의 부모는 딸이 남편으로 택한 사람을 증오하게 되었다. 분노에 찬 그들은 몰아치는 바람과 억수 같은 폭우를 보냈고, 한 어린 소년이 듀란을 도와 그들의 돌풍에 견뎌낼 수 있을 정도로 튼튼하고 교묘한 성을 세우기 전까지는 듀란이 감히 신에 대항하여 쌓아올린 모든 성을 때려부쉈다. 그 소년은 자라서 건축가 브랜든이 되었고, 듀란은 최초의 폭풍왕이 되었다. 그는 엘레네이와 함께 스톰즈 엔드에서 천 년간 살며 왕국을 다스렸다고 옛이야기는 주장한다.

(1000년이라는 수명은 아무리 두 신 사이의 딸과 결혼한 영웅이었다 할지라도 믿기 힘들다. 스톰랜드 출신인 대마에스터 글라이브는 천 년을 산 왕의 이야기는 사실 같은 이름을 가진 왕들이 죽 이어져 내려온 것이라는 가설을 내놓았다. 있음직한 이론이지만, 증명은 영원히 불가능할 것이다)

듀란이 한 명이었든 50명이었든 간에, 우리는 이 시기에 스톰랜드 왕국이 스톰즈 엔드의 이웃 나라들을 몇 세기에 걸쳐 하나씩 흡수하면서 스톰즈 엔드와 그 배후지를 넘어 영역을 확장해 왔음을 알고 있다. 때로는 조약으로, 때로는 혼인을 통해, 그리고 대부분은 듀란의 후손들이 지속했던 정복 사업으로.

초대 듀란은 숲의 아이들의 영역이었던 습한 황야인 레인우드를 자신의 영토로 합병한 첫 번째 왕이었다. 그의 아들인 '경건왕' 듀란은 아버지가 빼앗은 땅의 대부분을 숲의 아이들에게 돌려주었지만, 1세기 후의 '청동 도끼' 듀란은 그 땅을 다시 빼앗았고, 그 뒤로는 영원히 듀랜든 가문의 영토가 되었다. 음유시인들의 노래는 '음침왕' 듀란이 크룩워터 전투에서 거인들의 '마지막 왕' 룬을 살해했다고 전하지만, 학자들은 그가 듀란 5세인지 6세인지에 대해 아직도 논쟁하고 있다.

말든 매시는 '까마귀의 친구'라는 별명을 가진 또 다른 듀란 왕의 시대에 스톤댄스 성을 쌓고 매시즈 후크 지역의 영주가 되었지만 그게 언제인지, 그리고 당시의 왕이 과연 듀란 몇 세인지도 역시 논란쟁거리로 남아 있다. 피의 연못 전투에서 '여전사' 월 가문의 월라와 요렌 아이언우드의 연합군에 맞서 도른인의 시체로 슬레인 강이 막힐 정도였다는 '젊은 왕' 또는 '꼬마 도살자' 듀란은 과연 조카딸에게 홀린 나머지 동생인 '친족 살해자' 에리히에게 죽었던 바로 그 왕이었을까? 이런 류의 의문들은 결코 해결되지 않을 것이다.

하지만 그 뒤의 세기들에 재위했던 왕들에 대해서는 그나마 나은 사료들이 존재한다. 우리는 '미남왕' 듀란이 섬나라 타스의 왕인 '저녁별' 에드윈의 딸과 결혼하여 타스를 손에 넣었음을 분명히 말할 수 있다. 그의 손자인 '늦장이왕' 에리히(아마 에리히 3세일 것이다)는 에스터몬트와 더 남쪽의 수많은 작은 섬들을 처음으로 스톰랜드에 편입했다. 왕국을 북쪽의 블랙워터 강까지 확장한 사람은 또 다른 듀란(대부분의 학자들은 그가 듀란 10세라고 믿는다)이었으며, 그의 아들 '강인왕' 몬프리드 1세는 블랙워터 강을 처음으로 건너 다클린 가문과 무톤 가문의 소왕들을 물리치고 번영하는 항구 마을인 더스켄데일과 메이든풀을 점령했다.

그러나 몬프리드의 아들 '나약왕' 듀란 11세와 그의 아들 '아름다운' 바론은 몬프리드가 성취했던 모든 것들을 잃었을 뿐만 아니라, 기존의 영토까지 내주었다. '뚱보왕' 더왈드 1세가 스톰즈 엔드를 다스렸던 오랜 세월 동안 매시 가문은 왕국에서 벗어났고 타스 가문은 세 번 반란을 일으켰으며, 분노 곶에서도 '녹색 여왕'이라고만 알려진 숲의 마녀가 왕권에 도전하여 거의 한 세대에 걸쳐 레인우드를 점령하고 스톰즈 엔드에 저항했다. 당시 더왈드의 권력이 통하는 영역은 스톰랜드 성벽 위에서 오줌발이 닿는 거리 정도밖에 되지 않았다고들 한다.

그러나 모덴 2세가 신분이 비천한 어머니에게서 태어난 이복동생 로나드를 그의 성주 대리로 지명하자 대세가 일변되었다. 무시무시한 전사였던 로나드는 스톰랜드의 실질적인 지배자가 되었으며 모덴 2세의 여동생을 아내로 삼았다. 그리고 5년 뒤에는 왕좌마저 차지했다. 모덴 2세의 왕관을 로나드의 머리에 씌운 사람은 바로 모덴의 왕비였다. 만약 음유시인들의 노래가 사실이라면, 그녀도 로나드와 동침했었다고 한다. 모덴은 로나드에게 전혀 위협이 되지 않는 존재였지만, 탑에 유폐되었다.

찬탈자는 '서자왕' 로나드로 30년 가까이 통치하며 반기를 든 기수들과 소왕들을 매 전투마다 박살냈다. 그는 한 여자에 묶이는 남자가 아니었으며, 그가 무릎을 꿇린 모든 적들에게서 딸을 취했다. 그는 죽기 전까지 아들을 99명이나 두었다. 대부분은 사생아였으며(노래들에 의하면 그는 아내가 23명이나 되었는데도 불구하고), 그들은 아버지에게서 유산을 받지는 못했지만, 각자 자신의 길을 개척해 나갔다. 그래서 수천 년 뒤의 스톰랜드에서는 평민들, 심지어는 그중에서 가장 비천한 자일지라도 자신이 왕의 피를 이었다고 자랑하게 된다.

이전 페이지 | 스톰즈 엔드

우측 | 스톰랜드 해변에 상륙하는 안달족들

스톰랜드의 안달족

안달족의 약탈선들이 협해를 처음으로 건너기 시작했을 무렵, 스톰랜드의 왕은 에리히 7세였다. 그는 '먼 나라에서 이방인들끼리 싸우는 일'에는 아무런 관심이 없다고 말하며 안달족 침략자에게는 관심을 두지 않았기에, 역사는 '준비되지 않은 왕' 에리히라는 이름으로 그를 기억하게 되었다. 당시 에리히 7세는 도른의 왕 올리바 아이언우드의 침입을 방어하는 한편 매시즈 후크를 악명높은 해적왕 '우유눈' 저스틴으로부터 되찾으려 하는 등, 자신만의 전쟁에 얽매여 있었다. 안달족 역시 그의 생애 동안에는 베일의 정복에 몰입해 있었기에 에리히의 생전에는 자신의 태만이 불러온 결과를 지켜볼 일이 없었다.

그의 손자인 콸튼 2세가 안달족을 전장에서 마주한 첫 번째 폭풍왕이었다. 4대에 걸친 매시 가문과의 전쟁 뒤, '정복자' 콸튼이라 자칭했던 이 군주는 1년의 포위전 끝에 매시 가문의 마지막 왕 조슈아(무른 창)를 쓰러트리면서 스톤댄스 성을 점령하고 마침내 매시즈 후크 재정복을 완수했다.

폭풍왕의 정복은 채 2년도 가지 않았다. 토가리온 바에몬('끔찍한' 토가리온이라 불렸다)이라는 안달족 군벌은 블랙워터 강 북쪽에 작은 왕국을 건설했지만, 더스켄데일의 다클린 왕에게 강한 압박을 받고 있었다. 토가리온은 남쪽 지방이 취약하다는 사실을 발견하고는 '무른 창' 조슈아

의 딸과 결혼하고 블랙워터 만을 건너온 뒤 온 힘을 기울여 매시즈 후크에 새로운 왕국을 세웠다. 그는 매시즈 후크 끝에 있는 샤프 포인트에 성을 쌓는 한편, 스톰랜드인들을 스톤댄스 성에서 몰아내고는 처남을 꼭두각시 왕으로 세웠다.

쾰튼은 곧 매시즈 후크를 다시 잃은 것보다 훨씬 심각한 문제를 놓고 고민하게 되었다. 안달족의 눈은 남쪽을 향했고, 방패와 가슴팍에 칠각성을 새긴 굶주린 사람들로 가득한 약탈선들이 바다를 가득 채우고 해안가에 상륙하기 시작했다. 그들은 모두들 자신만의 왕국을 세우려 들었다. 쾰튼의 나머지 치세와 그의 아들, 그리고 그의 손자(쾰튼 3세와 몬프리드 5세)가 다스리던 시대는 끊임없는 전쟁으로 채워졌다.

폭풍왕들은 다섯 번의 대승을 거두었지만-그 중 가장 위대한 승리는 몬프리드 5세가 안달족의 일곱 소왕 및 군벌이 맺은 동맹인 '안달 신성 형제단'을 목숨을 바쳐 가며 격파한 브론즈게이트 전투였다-약탈선은 계속해서 스톰랜드로 다가왔다. 한 명의 안달족이 전장에서 쓰러지면 다섯 명이 그 자리를 메꾸었다는 이야기가 있다. 타스가 처음으로 안달족에게 함락되었고, 에스터몬트가 곧 그 뒤를 이었다.

안달족은 분노 곶에도 자리를 잡았고, 만약 퍼스트 멘의 왕국들처럼 서로 전쟁을 벌이지만 않았더라면 레인우드 전체를 차지했을 것이다. 하지만 '교활한' 발드릭 1세는 안달족들을 반목하게 만드는 데 있어 전문가임을 증명했고, 듀란21세는 동굴과 골짜기 깊은 곳으로 숨어든 숲의 아이들을 찾아내 함께 손을 잡고 바다 건너에서 온 자들에 맞서는 유례가 없는 조치를 취했다. 블랙 보그, 미스티 우드, 하울링 힐(이곳들의 정확한 위치는 아쉽게도 알려지지 않았다)에서 벌어진 전투에서 위어우드 동맹은 안달족에 통렬한 패배를 안겼고, 폭풍왕의 권위가 사그라드는 것을 한동안 늦췄다. 심지어 한 세대 뒤의 클레오덴 1세와 세 명의 도른인 왕이 연대한, 그야말로 상상하기 힘든 연합군은 스톤헬름 근처의 슬레인 강에서 '시체 제조자' 드록스를 상대로 확고한 승리를 거두었다.

하지만 폭풍왕들이 침입자들을 물리쳤다는 주장은 잘못된 것이다. 그들은 안달족에 맞서 수많은 승리를 거두었음에도 불구하고 결국 그들의 물결을 저지하지 못했다. 수많은 안달족 왕들과 군벌들이 스톰즈 엔드의 성문 위에 세운 창 끝에 머리가 내걸리는 신세가 되었지만, 여전히 안달족은 계속해서 스톰랜드로 들어왔다. 물론 그 반대의 말도 거짓은 아니다. 안달족은 결국 듀랜든 가문을 정복하지 못했으니까. 안달족은 일곱 번에 걸쳐 스톰즈 엔드를 포위하고 몰아쳤지만, 일곱 번 모두 실패했다. 그들은 일곱 번째의 패배를 신들의 계시로 여겼고, 그 뒤로는 스톰즈 엔드를 공격하지 않았다.

결국 두 민족은 하나로 합치기로 했다. 말든 4세는 그의 아들 '혼혈아' 듀란 24세가 그랬듯이 안달족 처녀를 아내로 맞았다. 안달족의 군벌 지도자들은 영주와 소왕이 되었다. 스톰랜드 영주들의 딸들과 결혼하고 그 대가로 자신들의 딸들을 신부로 내주었으며, 영지를 받는 대신 폭풍왕에게 검을 바쳤다. 오르문드 3세와 왕비의 주도 아래 스톰랜드 사람들은 옛 신앙을 버리고 안달족의 신과 칠신교를 받아들였다. 몇 세기가 지나자 두 민족은 하나가 되었다. 그리고 숲의 아이들은 거의 잊혀졌으며 스톰랜드와 레인우드에서 완전히 사라졌다.

그리고 듀랜든 가문은 번영의 정점에 도달했다. 백 개의 왕국 시대에 '복수자' 아를란 1세는 그의 앞에 놓인 모든 것을 휩쓸어 버리며 국경을 블랙워터 강과 맨더 강 상류까지 확대했다. 그의 증손자인 아를란 3세는 블랙워터 강과 트라이던트 강을 모두 건너 리버랜드 전체를 손에 넣었고, 한때는 왕관을 쓴 수사슴 깃발을 일몰해의 해안에까지 꽂았다.

하지만 아를란 3세의 죽음과 함께 쇠퇴가 시작되었다. 스톰랜드인들은 이 광대한 왕국을 하나로 붙들기에는 수가 너무 적었다. 반란이 잇따르고, 소왕들은 여기저기에 잡초처럼 돋아났으며, 성과 요새가 하나둘씩 왕국에서 떨어져 나갔다. 그리고 강철 군도의 왕 '압제자' 하르윈이 이끄는 강철인이 리버랜드로 오자 모든 불운들이 밀어닥쳤다. 스톰랜드인들이 북쪽에서 강철인의 맹공에 휘청거리고 있는 동안 도른인들은 뼈의 길을 꽉 채우며 몰려와 남쪽으로부터 압박을 가했고, 리치의 왕 역시 그들이 잃어버린 것들을 되찾기 위해 하이가든에서 기사들을 보냈다.

폭풍의 왕국은 대를 거듭할수록, 전투가 거듭될수록, 해가 갈수록 쪼그라들었다. 강력한 전사 왕 아르길락('오만한' 아르길락이라 불린다)이 수사슴의 왕관을 쓰게 되면서 스톰랜드의 몰락은 잠시 멈추었지만, 그가 아무리 강하다 해도 그 자리에 머무르는 게 고작일 뿐, 물결을 거스를 수는 없었다. 마지막 폭풍왕이자 듀랜든 왕조의 마지막 왕인 아르길락은 한동안 그 일을 해냈지만, 생애가 막바지로 치달으면서 나이를 먹자 강철인들과 그들의 왕 검은 하렌의 커져만 가는 힘을 견제하기 위해 드래곤스톤의 타르가르옌 가문을 방패로 이용하려는 어설픈 시도를 했다. 옛 속담에는 '절대로 드래곤의 꼬리를 밟지 말라'는 말이 있다. 그러나 오만한 아르길락은 드래곤의 꼬리를 밟았고, 아에곤 타르가르옌과 그의 누이들의 시선을 서쪽으로 돌리게 하는 데 성공했다.

타르가르옌 남매가 블랙워터 강 하구에 상륙해 칠왕국의 정복을 시작했을 때, 검은 눈에 검은 머리를 가진 사생아, 오리스 바라테온이 그들과 함께 있었다.

바라테온 가문

바라테온 가문은 오리스 바라테온이 세 번에 걸쳐 스톰즈 엔드의 병사들을 물리치고 그들의 왕인 오만한 아르길락을 단 한 번에 쓰러트린, 역사에 '마지막 폭풍'이라고 알려진 전투의 비와 진흙 사이에서 탄생했다. 스톰즈 엔드는 오랜 세월 동안 난공불락으로 여겨졌지만, 전투 한 번 없이 오리스에게 항복했다(하렌할이 맞이한 운명을 생각하면 참으로 현명했다). 스톰즈 엔드를 점령한 오리스는 아르길락의 딸을 아내로 삼았으며, 아르길락의 용맹을 기리기 위해 듀랜든 가문의 문장과 가언을 자신이 이어받았다.

정복자 아에곤이 오리스 바라테온에게 베푼 총애는 그가 아에곤의 이복동생이라는 소문의 신빙성을 높였다. 비록 사실로 입증되지는 않았지만, 오늘날까지도 많은 사람들이 그렇게 믿고 있다. 혹자는 빼어난 무용과 타르가르옌 가문에 대한 흔들림 없는 충의 덕분에 오리스가 그렇게 출세한 것이라고 주장하기도 한다. 하지만 그는 정복 이전에도 아에곤의 대전사이자 개인 경호원이었으며, 아르길락을 물리친 일은 그저 이미 드높았던 그의 영예에 빛을 조금 더했을 뿐이다. 아에곤 1세가 바라테온 가문에 스톰즈 엔드를 영원히 하사하고 스톰랜드의 대영주에 봉한 뒤 핸드로 삼았을 때, 오리스가 그러한 영광을 얻을 자격이 없다고 반대하는 사람은 아무도 없었다.

하지만 AC4년, 아에곤이 도른으로 쳐들어갔을 때 오리스 공은 군사를 이끌고 뼈의 길을 넘으려 시도하다 포로로 잡혔다. 그를 붙잡은 사람은 '과부 사냥꾼'으로 알려진 윌 가문의 윌이었으며, 포로로 잡힌 오리스는 오른손을 잘렸다.

이후의 기록들에 따르면 오리스 공은 그 사건을 겪은 뒤 심술궂고 신랄한 사람이 되었다고 한다. 핸드 직책을 사임한 그는 복수심에 사로잡혀 항상 도른을 주시하며 기회를 노렸다. 아에니스 1세의 치세에 복수할 기회가 오자, 그는 독수리 왕의 군대 일부를 박살내고 '과부 사냥꾼'의 아들 왈터 윌을 포로로 잡았다.

바라테온 가문은 타르가르옌 가문과 항상 밀접한 관계를 맺었고, 정복자 아에곤의 후계자들이 곤경에 처했을 때마다 중책을 맡았다. 오리스 공의 손자 로가르 공은 자에하에리스 왕자가 숙부인 '잔혹왕' 마에고르 1세에 맞서 일어났을 때 처음으로 자에하에리스 왕자를 지지한 대영주였다. 그의 충성과 용기 덕택에 그는 마에고르가 철왕좌에서 수상쩍은 죽음을 맞은 뒤 섭정이자 왕의 핸드가 되었다. 로가르 공은 자에하에리스 왕이 성인이 되기 전까지 왕의 어머니인 알리사 대비와 함께 칠왕국을 다스렸으며, 둘은 반 년 뒤 결혼했다.

둘의 결혼으로 조슬린 바라테온이 태어났다. 조슬린은 왕의 장남과 결혼하여 라에니스 공주-구변 좋은 어릿광대 머쉬룸은 그녀를 '여왕이었던 적이 없는 여왕'이라고 불렀

대마에스터 길데인의 역사서에서 발췌함

역사에 '외팔이'라고도 알려진 오리스 바라테온은 생애 막바지에 스톰즈 엔즈에서부터 말을 타고 달려 스톤헬름의 성벽 아래에서 도른인들을 격파했다. 왈터 윌이 부상을 입었지만 목숨만은 건진 채 그에게 넘겨졌을 때, 오리스 공은 "네 아비가 내 손을 잘랐었지. 이제 네가 그 빚을 상환해야겠구나."라고 말하고는 왈터 공의 오른손을 잘랐다. 이어서 왼손, 그리고 두 발을 자르고는 "이건 이자다."라고 말했다고 한다. 묘한 말이지만, 바라테온 공은 스톰즈 엔드로 개선하는 도중에 전투에서 입은 상처가 악화되어 죽었는데 오리스의 아들 다보스는 그가 자신의 막사 안에 양파처럼 매달려 썩어 가는 왈터의 손발을 바라보고 미소를 지으며 편안한 임종을 맞이했다고 말하곤 했다.

좌측 | 돌에 새겨진 칠각성

상단 | 바라테온 가문과 봉신들의 문장들(버클러, 카론, 코닝턴, 돈다리온, 에스터몬트, 펜로즈, 시워스, 셀미, 스테드몬, 스완, 타스 가문)

다-의 어머니가 되었고, 보어문드 바라테온은 아버지의 지위를 계승해 스톰즈 엔드의 영주가 되었다. 자에하에리스 1세가 후계 문제를 논의하기 위해 AC101년에 대회의를 개최하자 보어문드 공은 조카인 라에니스 공주와 그녀의 아들인 발레리온 가문의 라에노르 왕자를 강력하게 지지했지만, 결국 패배하고 말았다.

스톰즈 엔드는 킹스랜딩과 거리가 가까왔고 강력했기에 철왕좌는 바라테온 가문을 웨스테로스 제일의 대가문으로 만들었고, 비세리스 1세가 승하한 뒤, 아에곤 2세와 라에니라 공주는 모두 바라테온 가문의 협조를 구하고자 했다. 그러나 그 무렵 보어문드 공은 이미 죽었고, 보로스가 스톰랜드의 대영주 자리에 있었다. 보로스는 아버지와는 완전히 다른 부류의 사람이었다.

보어문드 공은 라에니라의 남편 라에노르에 대한 지지에 흔들림이 없었지만, 보로스 공은 라에니라와 라에노르 사이의 차남인 루세리스 벨라리온이 궁정을 방문하여 지지를 요청하기 전까지 상황을 살피며 침묵을 지키고 있었다. 루세리스가 지원을 바라며 드래곤을 타고 스톰즈 엔드로 날아왔을 때, 그는 사촌 아에몬드 타르가르옌이 자신보다 먼저 도착해 보로스의 딸들 중 하나와의 약혼을 부지런히 준비하고 있음을 발견했다.

보로스 공은 루세리스가 들고 온 메시지-라에니라 공주는 당연히 스톰즈 엔드가 그녀를 지지할 것이라고 생각하는 꼴사나운 오만함을 보였다-와 딸들 중 하나와 결혼하라는 요구를 벨라리온이 거부했기에(벨라리온은 이미 다른 처녀와 약혼중이었다) 매우 격분했다. 보로스는 어린 벨라리온을 자신의 궁전에서 내쫓았고, 아에몬드 왕자가 몇 년 전 루세리스가 자신의 한쪽 눈을 멀게 한 데 대한 복수를 하려고 쫓아가는데도 스톰즈 엔드 안에서 칼부림이 벌어지지 않는 한은 제지하지 않았다.

루세리스 왕자는 어린 드래곤 아락스를 타고 도망치려 했지만, 아에몬드는 거대한 용 바가르를 타고 루세리스를 뒤쫓았다. 쉽브레이커 만에 폭풍우가 몰아치지만 않았더라도 루세리스는 무사히 도망칠 수 있었을 것이다. 하지만 그런 일은 일어나지 않았다. 소년과 드래곤 둘 다 목숨을 잃었고, 바가르가 의기양양하게 포효하는 가운데 루세리스와 아락스는 스톰즈 엔드에서 빤히 바라다보이는 바다로 떨어졌다. 이 사건으로 '용들의 춤'에서 처음으로 왕족이 목숨을 잃었다. 그 뒤로도 수많은 죽음들이 이어지게 되었지만 말이다.

전쟁 초기, 보로스 공은 타르가르옌 가문의 사람들과 사적으로 만나기를 꺼렸다. 하지만 전쟁 후반기, 이른바 '세 왕의 달'에 그와 그의 병사들은 킹스랜딩을 점령해 질서를 회복한 뒤, 홀아비가 된 아에곤 2세가 보로스의 장녀를 왕비로 삼는다는 약속을 얻어냈다. 그러고는 마지막으로 남은 녹색파 군대를 이끌고 젊은 커밋 툴리 공과 그보다 더 어린 벤지콧 블랙우드, 샘웰 블랙우드 공의 누이인 알리샌느 블랙우드가 이끌고 다가오는 리버랜드의 군대와 맞서러 나갔다. 보로스 공은 적군의 지휘관이 꼬맹이들과 여자라는 소식을 듣자 승리를 확신했지만, '검은' 알리샌느 블랙우드가 궁병대를 지휘하여 그의 기사들을 쓰러트리는 동안 '피투성이' 벤 블랙우드가 녹색파 군대의 옆구리를 찔렀다. 보로스 공은 끝까지 저항했으며, 전해지는 바에 따르면 커밋 툴리에게 죽기 전까지 대리 공과 말리스터 공을 포함하여 열 명이 넘는 기사들을 죽였다고 한다.

그의 죽음과 스톰랜드군의 패배로 '용들의 춤'은 거의 끝에 다다랐다. 바라테온 가문은 아에곤 2세를 지지하는 커다란 도박을 했던 결과 아에곤 3세의 섭정기와 뒤이은 왕의 친정 기간 동안 냉대를 받았다.

세월이 흘러 차례로 철왕좌에 왕이 즉위했다 승하하면서 철왕좌와 바라테온 가문 사이에 생겼던 간극은 점점 메워졌고, 바라테온 가문은 다시 왕을 충실히 섬겼다. 타르가르옌 가문 자신이 바라테온 가문의 충성심을 시험하기 전까지는 말이다. 아에곤 5세(훗날 '의외왕' 아에곤으로 알려진다)의 치세에 그 사건이 벌어졌다. 당시 스톰랜드의 영주는 후세에 '웃는 폭풍'이라는 별명으로 알려진 활달한 거인 라이오넬 바라테온으로, 당대의 가장 위대한 전사 중 하나였다.

라이오넬 공은 언제나 아에곤 5세의 가장 충실한 신하들 중 하나였고, 그와 왕의 우정 또한 매우 확고했기에 아에곤 5세는 자신의 장남과 라이오넬의 딸을 흔쾌히 약혼시켰다. 던칸 왕자가 올드스톤의 제니(몇몇은 그녀가 마녀였다고 한다)라고만 알려진 수상쩍은 여인과 만나고 사랑에 빠져 아버지의 반대를 무릅쓰고 결혼하기 전까지만 해도 모든 일이 순조로왔다.

올드스톤의 제니(일명 '머리에 꽃을 꽂은' 제니)와 '잠

셉톤 유스타스가 남긴 보로스 공에 대한 평가

보어문드 공은 바위였다. 단단하고 강하고 흔들림이 없었다. 보로스 공은 바람이었다. 쉽게 화내고 쉽게 고함치며, 이리저리 휘둘렸다.

우측 | 일 대 일 결투장에서 마주한 킹스가드 던칸 경과 라이오넬 바라테온 공

자리 대공' 던칸의 사랑 이야기는 음유시인과 이야기꾼, 젊은 처녀들에 의해 오늘날까지 사랑받고 있지만 라이오넬 공의 딸에게는 엄청난 슬픔이었고, 바라테온 가문에게는 커다란 수치와 불명예였다. '웃는 폭풍'은 너무나도 분노한 나머지 피의 복수를 맹세하고 철왕좌에 대한 충성 서약을 파기한 뒤 자신을 새로운 폭풍왕으로 선포했다. 킹스가드인 키 큰 던칸 경이 결투 재판에 나서 라이오넬 공과 싸우고, 던칸 왕자가 왕위 계승권을 포기하고, 마지막으로 아에곤 5세가 막내딸을 라이오넬의 장남에게 시집보낸 뒤에야 평화가 돌아왔다.

칠신께서 그러기를 바라신 것인지, 아에곤 5세가 '웃는 폭풍'을 달래기 위해 주선했던 결혼은 결국 칠왕국에서 타르가르옌 왕조의 치세를 끝내는 원인이 되고 말았다. AC245년 라엘르 공주는 아버지의 약속대로 스톰즈 엔드의 젊은 영주 오르문드 바라테온과 결혼했다. 다음해에 그녀는 아들 스테폰을 낳았고, 그는 킹스랜딩에서 시동과 종자 생활을 하며 자에하에리스 2세의 장남이자 후계자인 아에리스 왕자의 가까운 친구가 되었다.

안타깝게도 스테폰 공은 아에리스 2세의 명을 받아 라에가르 왕자의 신붓감을 구하는 공무로 볼란티스를 다녀오다가 쉽브레이커 만에서 배가 난파하는 바람에 익사했다. 하지만 스테폰의 장남 로버트는 스톰즈 엔드의 영주 직위를 계승하고 칠왕국 전체에서 손꼽히는 기사로 자라났다. 그는 매우 용맹하고 대담해 사람들은 그를 '웃는 폭풍'의 재래라 불렀다.

아에리스 2세의 광기가 감당할 수 없을 정도로 심해지자, 왕국의 영주들은 로버트 공에게로 돌아섰다. AC282년, 트라이언트 강가에서 로버트 바라테온은 드래곤스톤 공 라

바라테온 가문의 수많은 걸물들이 '외팔이 오리스'와 그 선조들인 폭풍왕의 뒤를 이어 명성을 쌓았다. 오리스 공의 작은아들 레이몬트 바라테온 경은 아에니스 1세가 칠신교와 맞서 전쟁을 벌여야만 했던 시절에 킹스가드로 복무하고 있었으며, '가난한 친구들'이 아에니스 1세의 침실에서 그를 시해하려 시도했을 때 왕의 생명을 구했다. '스톰브레이커'와 '웃는 폭풍'과 같은 걸출한 기사들은 가문에 영광을 안겼고, 오르문드 바라테온 공은 나인페니 왕들의 전쟁 동안 스텝스톤 군도에서 타르가르옌의 기치 아래 싸우다 전사했다.

에가르 타르가르옌을 전사시키고 그의 군대를 격파하여 3세기에 걸친 타르가르옌 왕조의 통치를 사실상 종식시켰다. 그리고 곧 로버트 1세로 철왕좌에 즉위하여 영광스러운 새 왕조를 열었다.

스톰랜드의 주민들

로버트 왕이 트라이던트 강의 전투에서 입증했고-또한, 로버트 1세 이전의 조상들이 마찬가지로 우리들에게 보여주었듯이-스톰랜드 사람들은 칠왕국의 누구보다도 강하고 사나우며, 전쟁에 능하다. 변경 지역의 장궁수들은 특히 유명하며, 역사와 무훈시에 등장하는 수많은 명궁들이 도른 변경 출신들이다. 킹스우드 형제단의 악명 높은 무법자 플레처 딕은 도른 변경에 있는 스톤헬름 성 부근의 마을에서 태어났으며, 수많은 사람들에게 활잡이들 중에서 최고였다고 일컬어졌다.

또한 스톰랜드는 훌륭한 뱃사람들도 낳았다. 듀란의 갑에 있는 거대한 절벽이나 쉽브레이커 만의 위험한 암초 탓에 스톰랜드에는 군선이든 상선이든 안전한 정박지를 둘 수 없었다. 그럼에도 불구하고 폭풍왕의 시대에는 종종 매시즈 후크, 에스터몬트, 그리고 도른 해의 해안선에 있는

타스의 주민들은 귀천을 가리지 않고 자신들이 전설적인 영웅, 칠신 중 처녀신으로부터 직접 '저스트 메이드'라는 검을 하사받은 모른의 갈라돈 경의 후손이라고 주장한다. 갈라돈 경의 이야기에서 저스트 메이드가 차지하는 위치를 볼 때 마에스터 휴버트는 그의 저서 〈수사슴의 혈족들*Kin of the Stag*〉에서 모른의 갈라돈이 영웅들의 시대에 살던 거친 전사가 아니라 좀 더 최근의, 실존하는 역사의 인물이었다고 주장하고 있다. 또한 휴버트는 폭풍왕에게 무릎꿇기 전까지 타스 동해안을 다스리는 소왕국의 수도였던 모른의 유적을 확인한 결과 퍼스트 멘이 아니라 안달족 양식이었음을 주목해야 한다고 지적했다.

수많은 어촌들에 함대를 운용했다. 그 뒤의 군주들은 협해에서 불어오는 폭풍으로부터 보호받을 수 있는 거대한 산이 자리잡은 타스 섬 서해안에 함대 정박지를 두었다. 종종 사파이어 섬이라고도 불리는 타스 섬은 듀랜든, 바라테온, 최근에는 타르가르옌 가문과도 이어졌던 이븐폴 홀의 타스 가문이 다스리고 있다. 한때는 왕으로 군림하기도 했던 타스 가문 사람들은 여명기부터 사용하던 '이븐스타'라는 칭호를 아직도 사용하고 있다.

스톰랜드에서, 그리고 아마도 칠왕국 전체에서 가장 거친 전사들은 분명 칼을 쥐고 태어나 걷는 법을 배우기 전에 싸우는 법부터 익힌다고 자랑하곤 하는 도른 변경의 주민들일 것이다. 그들은 오래전부터 서쪽, 그리고 특히 남쪽 도른에서 건너오는 숙적들로부터 스톰랜드를 방어하는 임무를 수행해 왔다.

도른 변경의 성들은 왕국에서 가장 튼튼한 성들이며, 주민들 중 살면서 평생 전쟁을 한 번도 겪지 못한 사람이라곤 없었다. 리치와 도른의 침입에 대비한 방벽을 구축하는 일환으로 건설된 성들을 다스리는 변경 영주들은 폭풍왕의 영토를 지키는 방어의 핵심이었던 그들의 역사에 큰 자부심을 느끼고 있으며, 많은 노래와 이야기들이 그들의 용맹을 노래해 왔다.

변경에 있는 성들 중에서도 가장 탄탄한 성은 급류와 연못, 폭포가 있는 슬레인 강의 수면에 세워진 흑백의 망루를 갖춘 스완 가문의 거성 스톤헬름과 검은 현무암으로 지은 성벽과 바닥이 보이지 않을 정도로 깊은 해자가 있는 돈다리온 가문의 본거지 블랙헤이븐, 그리고 몇 세기 동안이나 카론 가문이 웅거해 온, '노래하는 탑'이라는 별명을 가진 나이트송이다. 카론 가문은 '변경의 군주'라고 자칭하긴 하지만, 실제로 도른 변경 지역의 영주들을 휘하에 두고 있지는 않다. 그러나 그들은 변경 영주 가문들 중에서도 가장 오래되었다고 하며(스완 가문의 일방적인 주장이지만), 도른 변경의 방위에 있어 항상 두각을 나타내 왔다.

도른 변경 지역이 탄탄한 성과 노래로 유명하다면, 레인우드 지역은 엄청난 강수량과 고요함, 그리고 모피와 목재, 호박의 산지로 유명하다. 이곳은 숲이 다스린다고들 일컬어지는데, 이 지역의 성들은 땅에 건설했다기보다는 땅

전사와 음유시인들로 유명한 카론 가문은 영웅들의 시대까지 거슬러 올라가는 유구한 역사를 가지고 있다. 카론 가문은 그들 가문의 나이팅게일이 그려진 깃발이 천 곳의 전장에서 나부꼈다고 말해 왔으며, 역사에 따르면 나이트송은 지난 천 년 동안 무려 37번의 포위전을 겪었다.

에서 자라난 것처럼 보이곤 한다. 하지만 레인우드 지역의 기사와 영주들은 그들을 지켜 주는 숲만큼이나 깊은 기원을 가지고 있고, 전장에서는 언제나 변함없이 강하고 단호하며 요지부동인 모습을 보였다.

스톰즈 엔드

스톰즈 엔드가 어떻게 지어졌는지는 신의 고뇌 듀란과 두 신의 딸, 아름다운 엘레네이에 대한 노래와 이야기를 통해서만 우리에게 전해진다. 아마 스톰즈 엔드는 듀란이 그 자리에 세운 일곱 번째 성이었을 것이다(하지만 일곱이라는 숫자는 아마 칠신교의 영향으로 보인다). 고들 한다. 이 주장은 신뢰할 수 있다.

로버트의 반란 동안 하이가든의 티렐 공은 스톰즈 엔드를 1년 동안 포위했지만, 아무런 성과를 내지 모했다. 수비대의 비축 물자가 충분했다면 성은 아마도 무한히 버텼을 것이다. 하지만 갑자기 전쟁이 터지는 바람에 비축분은

분명 스톰즈 엔드는 오래되기는 했지만, 퍼스트 멘이 세웠던 요새의 유적들이나 윈터펠의 첫 성채(스타크 가문에서 일했던 마에스터들이 조사한 결과, 연대를 정확히 가늠할 수 없을 정도로 수없이 재건되었다)와 비교해 보면 스톰즈 엔드의 중앙 성채와 바위가 완벽할 정도로 맞물려 있는 성벽은 수천 년 전 퍼스트 멘이 보유했던 기술력으로는 불가능한 수준의 건축물이다. 성벽을 쌓는 데 들어가는 대단한 수고도 그렇지만, 스톰즈 엔드처럼 바람조차 파고들 틈이 없을 정도의 벽을 쌓아올리는 데에는 예술을 능가하는 엄청난 수고가 들어가는 법이다. 대마에스터 비론은 그의 저서 〈승리와 패배*Triumphs and Defeats*〉에서 현재의 스톰즈 엔드가 일곱 번째로 지은 성이라는 이야기는 안달족의 영향을 받았음을 명백히 드러내는 한편, 그 이야기가 사실이라면 현재의 성은 안달족의 침공기에 지어진 것이리라고 저술했다. 아마 현재의 스톰즈 엔드는 옛 성이 있던 자리 자리 위에 재건되었을 것이며, 신의 고뇌 듀란과 아름다운 엘레네이가 세상을 뜬 지 한참 뒤의 일이다.

스톰즈 엔드에서 일했던 마에스터들은 성의 출중한 방어력과 기발한 건축술에 대해 많은 증언을 남겼다. 건축가 브랜든의 설계였든 아니든, 바위들을 매우 교묘하게 끼워 맞춘 거대한 성벽은 몸을 가눌 수 없을 정도로 거센 바람 앞에서도 요지부동으로 버티고 서서 명성을 떨치고 있다. 쉽브레이커 만을 내려다보며 우뚝 솟아 있는 거대한 중앙 성채도 마찬가지다.

스톰즈 엔드는 폭풍에도 포위전에도 함락된 적이 없다 창고의 반밖에 차지 않았다. 그해 말, 로버트 공의 동생 스타니스 경이 지휘하던 수비대는 굶주림과 물자의 부족으로 큰 곤경에 빠졌다. 그러나 어느 날 밤, 한 밀수업자가 양파와 염장 생선을 가득 실은 배를 몰고 레드와인 가문의 해상 봉쇄를 돌파한 뒤 스톰즈 엔드에 도착하여 성을 구원했다. 덕분에 성은 로버트가 트라이던트의 전투에서 라에가르를 물리치고 에다드 스타크 공이 도착해 포위를 풀 때까지 버틸 수 있었다.

바다와 하늘의 옛 신들이 듀란의 성을 바다로 날려보내려고 77년마다 엄청난 폭풍이 스톰랜드로 불어온다는 이야기가 있다. 참 아름다운 이야기지만, 이야기는 이야기일 뿐이다. 스톰즈 엔드의 마에스터들이 남긴 기록은 거의 매년, 특히 가을만 되면 거친 폭풍이 불어오고, 때로는 꽤 대단한 폭풍이 오기는 하지만, 77년마다 엄청난 폭풍이 불어옴을 입증할 만한 기록은 없다. 사람들의 기억에 남아 있는 가장 대단했던 폭풍은 아에리스 1세의 치세 말기인 AC221년의 폭풍이었고, 그 이전의 거대한 폭풍은 55년 전인 AC166년에 불어왔다.

이전 페이지 | 드래곤스톤 성을 바라보는 바라테온 가문의 중기병

좌측 | 타스의 이븐폴 홀

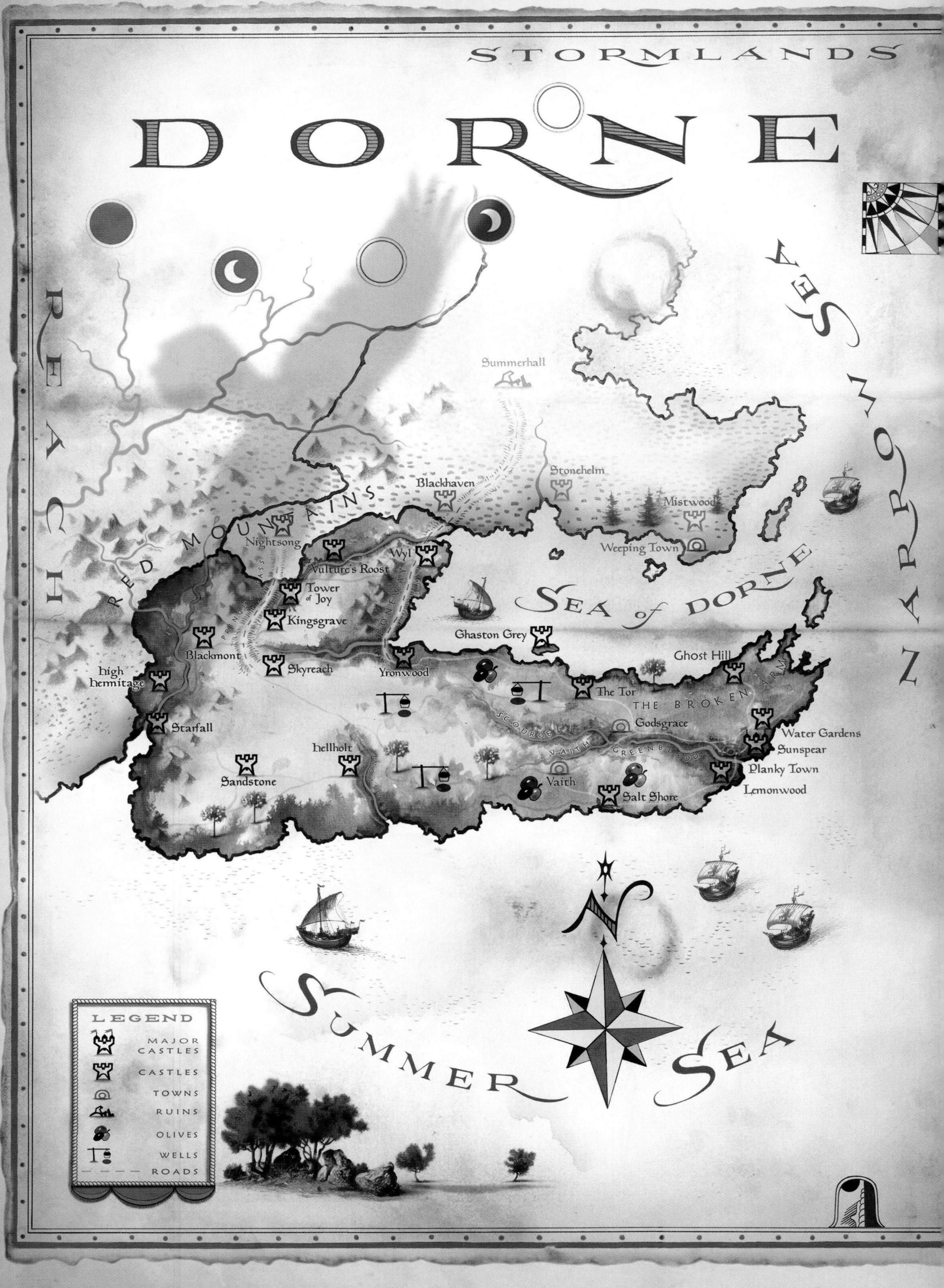

DORNE

STORMLANDS

REACH

NARROW SEA

RED MOUNTAINS

SEA of DORNE

SUMMER SEA

THE BROKEN ARM

Summerhall
Blackhaven
Stonehelm
Mistwood
Weeping Town
Nightsong
Wyl
Vulture's Roost
Tower of Joy
Kingsgrave
Ghaston Grey
Blackmont
Skyreach
Yronwood
Ghost Hill
high hermitage
The Tor
Starfall
Godsgrace
Water Gardens
Sunspear
hellholt
Planky Town
Sandstone
Vaith
Salt Shore
Lemonwood
SCOURGE
VAITH
GREENBLOOD

LEGEND

MAJOR CASTLES
CASTLES
TOWNS
RUINS
OLIVES
WELLS
ROADS

도른

도른의 참모습을 알고 있는 사람은 오직 도른인뿐이라는 말이 있다. 리치, 웨스터랜드 혹은 킹스랜딩에서 자라온 사람들에게 여기 일곱 왕국의 최남단은 사람이 살기에 적합지 않은 생소한 곳으로 보인다. 하지만 도른은 사람들 사이에 회자되는 것보다 더욱 많은 부분에서 여타의 지역과 다른 곳이다.

사막은 붉고 흰 모래로 가득하며, 믿을 수 없는 자들이 험난한 산길을 장악하고 있다. 여기에 찌는 듯한 열기, 모래폭풍, 전갈, 입안이 얼얼해지는 음식, 맹독, 진흙으로 지은 성, 대추와 무화과, 그리고 피처럼 붉은 오렌지를 더해 보자. 이런 것들이 칠왕국의 평민들 사이에 전해지는 도른에 대한 이야깃거리의 대부분이다. 그리고 이 모든 것이 실재하기는 하지만, 이 고대의 공국에는 이보다는 훨씬 더 많은 것들이 존재할 것이 틀림없다. 왜냐하면 도른의 역사는 여명기에까지 이어져 있기 때문이다.

서쪽과 북쪽에서 경계를 이루고 있는 '붉은 산맥' 덕분에 도른은 수천 년 동안 웨스테로스의 다른 왕국들과 분리되어 있었다. 여기에는 사막 역시도 한 몫을 하고 있었다. 그리고 산맥 너머로 넘어가 도른에 닿으면 메마른 황무지가 3/4을 차지하고 있다.

기다랗게 늘어진 도른의 남부 해안 지대 역시 농사에는 적합하지 않으며 암초와 바위들이 뒤엉켜 있기에 정박할 만한 곳을 찾는 것도 쉽지 않다. 의도이건 우연이었건 어떻게 해안가에 배를 가져다 대는 데에는 성공했다 해도, 배를 정박해 둘 수 있는지는 전혀 다른 이야기다. 해안가에는 배의 수리에 필요한 목재를 얻을 만한 숲이 없으며, 사냥감도 거의 없고, 농장도 거의 없다. 식량을 얻을 만한 마을은 더더욱 없다. 심지어 식수를 얻기도 어려운데다 도른의 남쪽 바다는 소용돌이 투성이에 상어와 크라켄이 들끓는다는 것도 잊지 말아야 할 사항이다.

도른에는 도시라는 것이 존재하지 않는다. 물론 선스피어 성벽에 붙어 있는 섀도우 시티가 마을이라고 부를 수는 있을 정도로 크긴 하지만 말이다(비록 진흙과 짚으로 지은 곳이지만, 엄연히 마을이다). 사실 그린블러드 강 어귀에 있는 플랭키 타운이 섀도우 시티보다 더 크고 인구도 많아 좀 더 도시에 가깝다. 비록 플랭키 타운이 뗏목과 거룻배, 상선들을 밧줄로 둘둘 묶어 주택과 홀, 상점을 대신하고 있으며, 도로 대신 널빤지를 깔았고 물결에 따라 흔들리는 곳이라 하더라도 말이다.

대마에스터 브루드는 선스피어의 허물어진 성벽 아래 옹기종기 모여 탄생한 섀도우 시티에서 나고 자란 사람이다. 그는 도른이 그 사이에 끼어 있는 다른 영토들에 비해 저 멀리 떨어진 북부과 비슷한 점이 많다는 사실을 깨닫게 되었다. 그의 말은 이렇다. "한쪽은 덥고 한쪽은 춥다. 고대의 모래 왕국과 눈의 왕국은 역사, 문화, 그리고 전통이라는 측면에서 웨스테로스의 나머지 지역과 여전히 분리되어 있다. 두 지역 모두 차지한 땅에 견주어 보면 인구밀도가 낮다. 두 지역 모두 고유의 법과 전통을 완강하게 고수하며 결코 타르가르옌 가문에 '정복'당하지 않았다. 북부의 왕은 아에곤 타르가르옌을 평화적으로 자신의 군주로 받아들였으며 도른은 거의 200년 동안 타르가르옌 가문에 저항하다 혼인 동맹을 통해 철왕좌에 복종한 것이다. 도른인과 마찬가지로 북부인들 역시 다른 '문명화된' 다섯 왕국 사람들에게 야만인이라고 조소받기 일쑤이며, 그들을 향해 칼을 겨누는 자들은 용맹하다고 칭송받을 정도이다."

도른인들은 웨스테로스의 칠왕국 중 가장 유서가 깊은 곳이 도른이라고 자랑하곤 하는데, 이는 어느 정도 사실에 기반하고 있다. 나중에 도래한 안달족과는 달리 퍼스트 멘은 항해자들이 아니었다. 그들은 배를 타고 온 것이 아니라 에소스에서 땅을 밟고 육로로 웨스테로스에 왔다. 이 '육로'의 잔해는 오늘날 스텝스톤 군도와 도른의 '부러진 팔'로 남아 있다. 걸어서 왔건 말을 타고 왔건 간에 그들이 웨스테로스 땅에 내디딘 첫 발걸음은 분명 도른의 동쪽 해안 어딘가에 발자국을 남겼을 것이다.

그러나 그곳에 남기로 결정한 이들은 거의 없었다. 그들이 마주한 땅이 안락과는 너무 거리가 멀었기 때문이다. 숲의 아이들은 도른을 두고 '빈 땅'이라고 불렀는데, 충분히 그럴 만한 일이었다. 도른의 동쪽 절반은 대체로 척박한 관목 지대이며, 건조하고 돌이 많은 이곳의 토양은 힘써 물을 대더라도 극히 적은 소출을 제공할 뿐이다. 그리고 바이스 강 너머 도른의 서쪽에는 광대한 모래 사구의 바다가 끝없이 펼쳐져 있으며 가혹한 태양빛이 작렬한다. 이따금씩 불어닥치는 모래폭풍에 대해 말하자면 사람의 뼈에서 몇 분 만에 살을 다 발라낼 지경이다. 리치 지방에서 전해지는 이야기대로라면 초록손 가스가 오더라도 그렇게 가혹하고 어려운 환경에서는 꽃을 피워낼 수 없었을 것이다(참고로 도른의 전설에는 가스에 관해 일말의 언급조차 없다). 초록손 가스는 도른에 정착하는 대신 산맥을 넘어 비옥한 리치 지방으로 그를 따르는 백성들을 인도했다. 뒤따르던 퍼스트 멘 대부분은 도른을 한 번씩 뒤돌아보고는 이내 그를 따라갔다.

물론 그게 다는 아니다. 이 황량하고 무덥고 가혹한 땅에서 무언가 아름다움을 발견하고 이곳에 정착하기로 마음먹은 소수의 사람들이 있었다. 이들 대부분은 자신들이 그린블러드라고 이름 붙인 강을 따라 정착했다. 비록 맨더 강, 트라이던트 강, 블랙워터 강 등에 비하자면 메마른 강이지만 그린블러드 강은 도른에게 있어 생명줄이라 할 수 있으리라.

도른 지역의 강 대부분은 아주 드물게 찾아오는(그리고 위험한) 폭풍우가 지나간 뒤에만 차오르며, 그 외의 나머지 기간에는 메마른 채로 남아 있다. 도른 전역에서 밤낮으로, 그리고 여름과 겨울을 가리지 않고 물이 흐르는 강은 단 세 곳뿐이다. 먼저 서쪽 산맥 높은 곳에서 기원하는 토렌타인 강은 거대한 짐승이 포효하는 것 같은 소리를 내며 협곡과 크레바스를 뚫고 여러 갈래의 급류와 폭포를 이루며 바다로 내려온다. 깊은 산 속의 샘에서 솟아오르는 물은 달고 깨끗하지만 다리 없이는 건너기 위험하고, 강에서 배를 띄우기란 불가능하다. 브림스톤 강은 훨씬 더 잔잔하지만 탁하며, 누런 물에서는 유황 냄새가 난다. 강둑을 따라 자란 식물들은 어쩐지 별스럽고 왜소하다(브림스톤 강변에 사는 사람들도 비슷하다는 점은 말해서는 안 되는 부분이다). 그러나 그린블러드 강은 때때로 진흙탕이 되긴 하지만 동물과 식물 모두에게 해를 끼치지 않기 때문에 농장과 과수원이 강둑에서 수백 리그에 걸쳐 밀집되어 있다. 게다가 그린블러드 강과 그 지류인 바이스 강 및 스커지 강에는 배가 다닐 수 있어 거의 수원지까지도 올라갈 수 있는데(때때로 수심이 너무 얕거나 곳곳에 산재한 모래톱 때문에 골치를 썩힐 수도 있긴 하지만), 공국 교역망의 대동맥 역할을 수행한다.

비옥한 땅을 찾아 북부를 유랑하는 대신 도른에 남기로 한 퍼스트 멘들의 상당수는 그린블러드 강가에 정착하고 운하와 도랑을 파서 나무와 작물을 심고 물을 댔다. 또 다른 이들은 협해 근방의 해안가에 자리를 잡았는데, 도른의 동쪽 해안은 남쪽에 비해 사람이 살기에 더 좋았기 때문에 이내 많은 자그마한 마을들이 생겨났고, 물고기와 게를 식량으로 삼았다.

그들보다 더 정열적인 퍼스트 멘도 있었는데, 이들은 내륙으로 더 나아가 붉은 산맥 남쪽의 구릉지대에 터전을 마련했다. 그곳에는 북으로 이동하는 비구름이 산맥에 걸리는 덕택에 비가 내리기 쉬워 비옥한 녹지대가 형성되어 있었다.

그런데 이보다도 더 높이 올라간 자들도 있었다. 이들은 산봉우리 사이에 숨겨진 계곡과 높다란 산이 제공하는 목초지에 자리잡았다. 그곳의 풀은 향기롭고 푸르렀다.

그리고 이들 중 가장 용감하면서도 무모한 자들은 감히 모래사막을 깊숙이 가로지르며 사막 속으로 진입하는 모험을 시도했다. 이들 중 몇몇은 모래 사구에서 물을 발견했고 이 오아시스에 지지대를 세우고 성을 쌓았다.

몇 세기가 지난 후, 이들은 '우물의 영주'가 되었다. 그러나 우물에 발을 헛디뎌 죽은 사람들을 제외하고도 수없이 많은 이들이 도른의 태양 아래에서 갈증으로 죽었을 것이 틀림없다.

이러한 기원에 따라 오늘날 우리가 알고 있는 도른인들을 크게 세 가지 유형으로 구분할 수 있다. 타르가르옌 왕가의 '젊은 드래곤' 다에론 1세는 그의 저서인 〈도른 정복기 *The Conquest of Dorne*〉에서 이를 바위 도른인, 모래 도른인, 소금 도른인이라 명명한 바 있다. 바위 도른인은 산에 사는 이들로 대부분 퍼스트 멘과 안달족에게서 물려받은 밝은 머리와 피부색을 하고 있다. 모래 도른인들은 사막과 강 유역에 살며, 그들의 피부는 도른의 작열하는 태양빛에 갈색으로 그을렸다. 그리고 소금 도른인들은 해안가에 살며 검은 머리에 올리브빛 피부가 특징으로 신체가 유연하다. 소금 도른인은 셋 중 가장 기묘한 풍속을 지니고 있고, 대부분은 로인인 혈통이다(니메리아 여대공이 도른의 해안에 도착했을 때, 그녀가 통솔하는 로인인 중 대부분이 해안가에 남았다. 니메리아가 자신의 선단을 불태워 버린 후에도 그들은 여전히 그 자리에 남았다).

대균열

도른 역사상, 어쩌면 웨스테로스의 전체 역사상 가장 중요한 사건을 언급하려는 이 순간, 우리가 느끼는 것은 일종의 좌절감이다. 왜냐하면 우리가 그 사건에 대해 아는 것이 거의 없기 때문이다.

우리가 알고 있는 '대균열'에 대한 이야기는 대체로 노래와 전설에서 기인한다. 퍼스트 멘은 여명기에 육로를 통해 에소스에서 웨스테로스로 건너왔다. 모두가 동의하듯 여명기에 두 대륙을 이어 주던 거대한 지협을 통해 언덕과 숲을 지나 말을 타거나 혹은 걸어서 당도한 것이다. 도른은 그들이 처음 진입한 땅이었으나 위에도 적었듯 이곳에 남은 이들은 거의 없었다. 많은 이들이 북쪽으로 몰려갔다. 이들은 산맥을 넘고 현재에는 도른해가 된, 소금기가 있는 늪지대를 지났을 것이다. 수 세기가 경과하고 퍼스트 멘의 수가 늘어나자 이들은 스톰랜드와 리치, 리버랜드를 자신들의 영토로 삼았고 결국에는 베일과 북부에까지 도달했다. 그들은 선주민들을 몰아냈다. 거인들을 보는 족족 도살하였으며 청동 도끼로 위어우드를 찍어 넘어트렸다. 퍼스트 멘은 그런 식으로 숲의 아이들과 피비린내 나는 전쟁을 시작했다.

숲의 아이들은 최선을 다해 저항했지만 퍼스트 멘은 더 크고 힘이 셌다. 청동으로 무장한 퍼스트 멘은 선주민들을 만나는 족족 제압해 버렸는데 숲의 아이들의 무기는 기껏해야 뼈와 나무, 혹은 드래곤글래스로 된 것이었다. 결국 이 작은 민족은 필사적인 심정으로 마법에 의지했고 그린시어들에게 침략자들을 막아 달라고 애원했다.

그래서 숲의 아이들 수백 명이 한 곳에 모여들었다(어떤 이들은 그들이 모여든 장소가 얼굴의 섬이었다고 한다). 이들은 노래와 기도로 옛 신들을 불렀고 끔찍한 제물을 바쳤다(설화 중 하나에 따르면 천 명 가량의 포로가 위어우드에 바쳐졌다고 하며, 다른 주장으로는 자신들의 어린아이를 제물로 바쳤다고도 한다). 그리하여 기도를 들은 옛 신들이 움직이고 대지에서 잠자던 거인들이 깨어나게 되었다. 그들의 움직임에 웨스테로스 전역이 떨리고 흔들렸다. 대지에 거대한 균열이 생겨났고, 언덕과 산이 무너져 땅 밑으로 빨려 들어갔다. 그리고 바다가 밀려와 도른의 팔이 끊어지고 세찬 물살에 산산조각이 났다. 뒤에 남은 것은 파도 속에 헐벗은 바위섬들 몇 개뿐이었다. 여름해는 협해와 합류하게 되었고, 에소스와 웨스테로스를 잇던 지협은 영원히 사라졌다.

혹은 전설에서는 그리 전해진다-라고 해야 할 것이다.

학자들 대부분은 에소스와 웨스테로스가 한때는 육지로 연결되어 있었다는 점에 동의하고 있다. 천 가지는 될 법한 설화와 고대의 기록이 퍼스트 멘의 횡단을 증언하고 있기 때문이다. 현재는 바다가 두 대륙을 가르고 있으니, 소위 도른인들이 대균열이라고 일컫는 사건은 어쨌거나 분명히 실존하는 사건일 것이다. 그러나 노랫말로 전해지는 것처럼 그 일이 하루만에 일어난 것일까? 혹은 대균열이 정말 숲의 아이들과 그린시어의 마법으로 일어났던 것일까? 아무래도 확실성이 떨어진다. 대마에스터 카산더는 에소스에서 웨스테로스가 떨어져 나간 것은 그린시어의 노래 때문이 아니라고 주장한다. 그는 자신의 저서 〈바다의 노래: 대지는 어떻게 잘려나갔는가*Song of the Sea: How the Lands Were Severed*〉에서 이는 하루 동안이 아니라 몇 세기에 걸쳐 수면이 상승했기에 발생한 일이라고 기술했다. 길고 무더운 여름과 짧고 온화한 겨울이 반복되는 과정에서 전율해 너머 얼어붙은 땅의 빙하가 녹아내렸고, 결국 해수면의 상승을 불러왔다는 것이다.

많은 마에스터들이 카산더의 주장이 이치에 맞는다고 생각하여 이를 받아들였다. 그러나 대균열이 하룻밤에 일어났건 아니면 몇 세기에 걸쳐 천천히 일어났건 간에 실제로 벌어진 일이라는 점은 의심할 여지가 없다. 스텝스톤 군도와 도른의 '부러진 팔'이 묵묵히 이를 웅변하고 있다. 또한 이 사건은 도른해에 관해 많은 시사점을 안고 있다. 한때 산줄기를 타고 물이 흘러들어오는, 오늘날보다 훨씬 더 작았던 내륙의 염호였던 곳을 협해가 경계를 허물고 들어오면서 물을 채워 도른해가 되었을 것이라는 추측에 신빙성을 더한다.

전설대로 고대의 신들이 물의 망치를 들어올려 도른의 팔을 부수었다는 것을 인정하더라도 그린시어의 노래는 너무 늦은 셈이 되었다.

퍼스트 멘은 항해자가 아니었으므로 대균열 이후에는 더 이상 퍼스트 멘이 웨스테로스로 건너오는 일은 없었지만, 이미 수많은 이들이 건너와 정착한 상태였고 대지가 갈라질 즈음에도 퍼스트 멘의 수는 선주민에 비해 거의 세 배는 더 많았다. 이 격차는 그 후 수 세기 동안 더 벌어지기만 했다. 퍼스트 멘의 여인들이 선주민의 여인들보다 훨씬 더 자주 아이를 낳았기 때문이다. 그리하여 숲의 아이들과 거인들은 쇠락하였고, 반대로 인류는 여기저기로 퍼져 수를 늘렸다. 그들은 숲과 대지를 자신들의 소유라 주장하고 마을과 요새, 그리고 왕국을 건설했다.

좌측 | 세 종류의 도른인-바위 도른인, 모래 도른인, 소금 도른인

퍼스트 멘의 왕국들

도른인들 사이의 분열은 가장 오래된 자료에서도 찾아볼 수 있다. 각 정착지들은 엄청나게 떨어져 있었고, 타오르는 모래와 바위투성이의 산맥을 넘어 이동하기란 지극히 어려웠다. 이로 인하여 소규모 공동체들은 서로 고립되기 일쑤였고 수많은 소영주들이 난립했다. 그리고 그중 절반 이상은 스스로를 왕이라고 칭하기 시작했다. 역사를 보면 웨스테로스 여기저기에 이러한 소왕들이 존재한 바 있었지만, 퍼스트 멘 혈통의 도른인들처럼 그렇게 많은(그리고 작은 영지를 통치하는) 왕들이 존재했던 일은 좀처럼 없었다.

우리가 이들 전부에 대해서 언급하진 않을 것이다. 대부분은 영토가 매우 좁았거나 너무 짧은 시간 동안만 왕국이 지속되었기 때문에 주목할 만한 가치가 별로 없다. 그러나 그중 특별히 위대했던 몇몇에 대해서는 마땅히 언급해야 할 것이다. 이들의 계보는 수천 년의 세월을 견디며 뿌리를 깊이 내려 오늘날까지 이어져 내려오기 때문이다.

데인 가문은 요란한 소리를 내면서 휘어져 흐르는 토렌타인 강이 바다와 만나는 곳에 성을 쌓았다. 전설에 의하면 데인 가문의 시조가 떨어지는 별의 흔적을 좇아 도달한 곳이 바로 이 자리로, 그는 이곳에서 마법의 힘이 담긴 돌을 발견했다고 한다. 그의 후손들은 이후 몇 세기 동안 토렌타인의 왕이자 스타폴의 영주로서 서쪽의 산맥을 다스렸다.

도른의 북쪽과 동쪽은 산맥으로 막혀 있지만, 도른에서 리치로 이어지는 가장 짧고 가장 편한 통로가 있다. 파울러 가문은 그 길이 내려다보이는 바위 비탈에 자리를 확보했다. 그 자리가 바로 스카이리치로, 우뚝 솟은 횃대와 하늘위로 솟구친 돌탑들로 유명한 곳이다. 스카이리치가 굽어보는 이 길목은 당시에는 보통 '넓은 길'이라고 불렸는데, 오늘날의 우리는 '대공의 고갯길'이라는 이름에 더 익숙하다. 그리하여 파울러 가문 사람들은 스스로에게 조금 거창한 이름을 붙였다. 그들은 '넓은 길의 군주'이며 '바위와 하늘의 왕'이라고 자칭하였다.

비슷한 사례로, 산맥이 멀리 동쪽으로 질주하다 도른의 바다에 막히는 지점에 아이언우드 가문이 있다. 이들은 산봉우리 아래의 계곡과 식물이 자라는 구릉에 영지를 두고 도른으로 진입할 수 있는 두 개의 주요한 통로 중 다른 하나인 '돌의 길'을 장악하고 있다(서쪽의 '넓은 길'에 비해 훨씬 가파르고 좁아서 위험하다).

이들의 땅은 잘 방비되어 있고 비옥한 편으로, 수목이 우거졌을 뿐 아니라 쇠, 주석, 은과 같이 값어치 있는 자원도 보유하고 있다. 이로 인해 아이언우드 가문은 도른의 왕들 사이에서 가장 부유하고 강력한 일족이 되었다.

스스로를 고귀한 혈통이며 '돌의 길'을 다스리는 영주, 푸른 언덕의 지배자이며 도른의 대왕이라고 칭하는 아이언우드 가문의 영주들은 이윽고 윌 가문이 다스리는 산에서부터 그린블러드 강의 상류에 이르기까지 도른의 북부를 다스리게 되었다. 그러나 도른의 다른 왕들을 그들의 휘하에 복종시키려는 노력은 좀처럼 성공하지 못했다.

이들과 경쟁하는 또 다른 도른의 대왕은 퍼스트 멘의 시대부터 존재하고 있었다. 이들은 그린블러드 강이 여름해로 흘러드는 하구인 레몬우드 근방, 즉 그린우드의 남안에 세워진 거대한 목조 성에서 왕국을 다스렸다. 이들의 왕위계승법은 기묘했는데, 선왕이 죽으면 강안과 동부 해안에 산재한 열두 귀족 가문에서 투표를 통해 새로운 왕을 선출했다. 웨이드, 쉘, 홀트, 브룩, 헐, 레이크, 브라운힐, 브라이어 가문이 그들이며 이들 모두가 레몬 나무가 우거진 하이 홀에서 왕국을 통치하기를 원했다. 하지만 논란이 된 선거를 계기로 가문끼리 서로 반목하면서 이 기이한 제도는 무너졌다. 한 세대에 걸친 충돌 끝에 세 가문이 멸문되었고, 한때는 강대했던 강의 왕국은 걸핏하면 서로 다투기 일쑤인 소왕국들로 조각나 버렸다.

도른에는 다른 작은 왕국들도 여럿이 있었다. 사막 깊은 곳에도, 높은 봉우리 사이에도, 소금 해안의 기슭을 따라서도, 작은 섬들과 도른의 부러진 팔 지역에도 군주들이 있었다. 하지만 이들 중에서 권력이나 명망이라는 점에서 스타폴의 데인, 스카이리치와 넓은 길의 파울러, 아이언우드를 다스리는 아이언우드 가문에 비견할 만한 이들은 거의 없었다.

안달족의 도착

넥 남쪽의 웨스테로스 전역에서 그러했듯이 안달족은 도른에서도 큰 영향을 주었다. 그러나 대부분의 역사학자들은 도른에 끼친 안달족의 영향력은 남부의 다른 왕국들에 비해 훨씬 덜한 편이라고 입을 모은다. 퍼스트 멘과 달리 안달족은 항해자였으며, 모험심이 강했던 선장들은 이미 도른의 해안에 대해 잘 알고 있었다. 이들은 도른을 두고 뱀과 전갈, 모래 외에는 찾을 만한 것이 없다고 말하곤 했다. 당시 안달로스 지역에서 보자면 협해 너머의 훨씬 더 가까운 곳에 풍요롭고 녹음이 짙은 땅이 있었다. 그러니 이들 침략자들 중 남쪽으로 배를 돌린 자들이 드물었다는 것은 그리 놀랄 일은 아니리라.

그래도 세상에는 다른 이들이 기피하는 길을 걷고, 황량

우측 | '여명'을 들고 있는 아침의 검

아침의 검, 여명

스타폴의 데인 가문은 칠왕국 내에서도 가장 유서 깊은 가문으로 꼽히며, 이들의 명성은 '여명'이라고 불리우는 검과 그 검의 소유자들에게 크게 기대고 있다. 이 검의 기원은 전설 속으로 사라져 버렸지만, 데인 가문은 이 검을 수천 년 동안이나 소유하고 있었다고 한다. 이 검을 조사할 수 있는 영예를 얻은 이들에 의하면, 여명은 그들이 알고 있는 그 어떤 발리리아 강철검과도 다르게 우윳빛 유리처럼 흐릿한 색채를 띠고 있다고 한다. 그러나 그 외의 다른 모든 점에서는 믿을 수 없는 정도로 강하고 예리한 발리리아 강철검의 특징을 공유하고 있다고 한다.

많은 가문에 가보로 내려오는 검이 있지만, 대부분은 영주에서 영주에게로 이어지는 물건이다. 코브레이 가문이 그랬듯이 아들이나 형제들에게 일생 동안 대여해 주는 경우도 있다. 물론 소유자의 사후에는 영주에게 돌아온다는 조건이다. 하지만 데인 가문의 방식은 다르다. 여명을 휘두르는 자에게는 항상 '아침의 검'이라는 칭호가 주어지며, 그런 만큼 검을 받을 사람은 가문의 기사 중에서도 그럴 만한 가치가 있는 인물이 아니어서는 안 된다.

이런 연유로 아침의 검이라는 칭호를 받은 기사들은 칠왕국 전체에 그 명성을 떨쳤다. 이렇게 명성 높은 검과 칭호를 얻고자 스타폴의 아들이 되고 싶다는 꿈을 은밀하게 간직하는 소년들도 있다. 아침의 검 중 가장 명성이 높은 이는 바로 아서 데인 경으로, 아에리스 2세의 킹스가드 중에서도 가장 강력한 기사였다. 그는 킹스우드 형제단을 물리쳤고, 수많은 마상시합과 난투전에서 명성을 떨쳤다. 아서 데인은 로버트의 반란이 마무리될 무렵 킹스가드의 동료들과 함께 고귀하게 목숨을 다했다. 이후 에다드 스타크가 일대일 결투에서 그를 죽였다고 증언했으며, 아서 경에 대한 존경의 표시로 여명을 스타폴의 데인 가문에 반환했다.

한 곳에서 미래를 추구하는 모험가들이 언제나 존재하는 법이다. 그러니 도른으로 행선지를 정한 안달족도 물론 있었다. 몇몇은 그린블러드 강과 해안 주변의 땅에서 먼저 자리 잡은 바 있는 퍼스트 멘과 경쟁하였고 어떤 이들은 산 속으로 모험의 여정을 떠났다. 나머지는 이전에는 아무도 가 보지 못한 장소로 떠나서 자리를 잡았다.

이 사람들 가운데 울레르 가문과 쿼르가일 가문이 있었다. 전자는 브림스톤의 유황 섞인 누런 강가에 음침하고 악취가 나는 영지를 확보한 반면, 후자는 모래사구와 깊은 모래 사이에 자리잡고 우물을 중심으로 50리그* 정도를 요새화했다. 더 동쪽에서는 바이스 가문이 곧 이들 가문의 이름이 붙을 강의 두 지류 근방 언덕에 높고 하얀 성을 쌓아올렸다. 이 지역의 다른 곳에서는 알리리온, 조르데인, 산타가르 가문이 토지를 개척하고 있었다.

이제 동부 해안에 이르면 '부러진 팔' 지역과 그린블러드 강 사이에서, 모르건 마르텔과 그의 일족이 웨이드 가문과 셸 가문이 느슨하게 장악하고 있는 땅을 습격하였다. 전쟁에서 승리한 이들은 마을을 장악하고 성을 불태운 후, 길이 50리그**에 폭이 10리그*** 가량 되는 돌투성이의 연안지대에 지배권을 확립했다.

이어지는 몇 세기 동안, 마르텔 가문의 힘은 느리지만 착실하게 성장해 갔다. 그 때나 지금이나 마르텔 가문의 영주들은 조심스러운 성정으로 유명하다. 니메리아가 등장할 때까지만 해도 도른 사람들 중에 마르텔을 강대한 군주라고 여긴 이들은 없었다. 실제로 온 사방에 왕들이 가득했건만 마르텔 가문은 왕을 자칭한 적이 없었다. 이들의 역사 중에 찾아보자면 마르텔 가문은 토의 조르데인 가문이나 갓스그레이스의 독실한 알리리온, 그린블러드의 소왕국이나 아이언우드의 강력한 아이언우드 가문 등에 기꺼이 무릎을 꿇은 바 있었다.

로인인이 찾아오다

마르텔 가문은 수백 년 동안 그들의 보잘것없는 영지를 다스리고 있었다. 그러던 어느 날 니메리아 여대공과 그녀가 지휘하는 일만 척에 달하는 배들이 오늘날 선스피어 성과 섀도우 시티가 있는 도른의 해안에 상륙했다.

어떻게 니메리아가 모르스 마스텔을 그녀의 주군이자 남편으로 맞이했으며, 어찌하여 타고 온 배들을 불태웠는지, 또한 로인인을 남편의 가문에 자진해서 명예롭게 묶어 놓았는지는 다른 곳에서도 충분히 이야기하고 있으므로 이곳에서 다시 이야기할 필요는 없으리라. 마찬가지로 우리는 이에 관련한 승전과 패전, 동맹과 배신에 관한 친숙한 이야기들도 다시 언급하지 않을 것이다.

로인인이 이주하면서 웨스테로스에 가져온 자산과 지식, 여기에 샌드쉽의 영주인 모르스의 야망이 더해져 니메리아의 불굴의 의지와 하나가 되었고, 이제 마르텔 가문은 세력을 널리 떨칠 수 있게 되었다. 그리하여 이들은 타 영주들과 소왕들을 하나둘씩 꺾었으며, 마침내 아이언우드 가문마저 쓰러트려 도른을 통합했다. 하지만 왕국으로서가 아니라 '공국'이었다. 모르스나 니메리아는 자신을 왕이나 여왕으로 칭한 일이 없었다. 대신 멸망한 로인인들의 도시 국가에서 사용하던 칭호인 대공이나 여대공을 사용했다. 이들의 후손들은 현재까지도 이러한 전통을 잇고 있는데, 많은 경쟁자들을 꺾고 스톰랜드의 왕이나 리치의 왕에 대항해 자신들의 힘을 증명하는 순간에도 그리하였다.

전해지는 노래에서 니메리아는 마녀이며 전사였다고 한다. 물론 이 둘 모두 사실이 아니다. 니메리아는 전쟁터에서 직접 무기를 들지는 않았지만, 수많은 전장에서 병사들을 영리하고 솜씨 좋게 이끌었다. 그것은 그녀가 너무 나이가 들고 몸을 가눌 수 없게 되더라도 군을 통솔할 수 있도록 그녀가 후계자들에게 전해 준 지혜였다. 니메리아는 왕 여섯을 사로잡아 황금 족쇄를 채워 장벽으로 보내버린 바 있는데, 그녀의 후계자들이 쌓았던 업적 중 그 무엇도 니메리아의 위업에 견줄 수 없었다. 하지만 그들은 산맥 북쪽의 왕들에 맞서 독립을 지켜냈고, 원한에 불타며 성미가 급한 산과 사막의 영주들을 통치하면서도 도른의 통합을 유지했다.

마르텔 가문은 칠백 년이나 도른을 이끌었다. 선스피어에 거대한 탑들을 세우고 섀도우 시티와 플랭키 타운이 생겨나는 모습을 지켜보았으며, 그들을 위협하는 모든 이들을 패배시켰다.

상단 | 마르텔 가문과 봉신 가문의 문장들(데인, 파울러, 조르데인, 쿼르가일, 톨란드, 울레르, 바이스, 윌, 아이언우드, 알리리온, 블랙몬트 가문)

50리그: 약 240킬로미터 / 10리그: 약 48.3킬로미터

역사에 언급되는, 니메리아가 장벽으로 추방한 여섯 왕

'고귀한' 요릭 아이언우드

마르텔 가문에 의해 폐위된 도른의 왕 가운데 가장 부유하고 강력한 자였다.

'저녁의 검' 보리안 데인

도른 전역에서 가장 위대한 기사로 알려져 있었다.

'맹인왕' 개리슨 파울러

늙고 눈이 멀었지만, 그의 교활함은 공포의 대상이었다.

'최후의 혈족' 루시퍼 드라이랜드

브림스톤의 왕이며 헬게이트홀의 영주였다.

베네딕트 블랙몬트

어둠의 신을 숭배했으며 거대한 독수리로 변신하는 힘을 지녔다고 전해진다.

알빈 맨우디

붉은 산맥의 통치권을 주장하던 골치 아픈 미치광이였다.

남부의 특이한 관습들

도른인들이 천 년 전에 로인인과 결합하며 태어난 풍습들은 별개로 하더라도, 도른은 자신들만의 자부심 넘치는 역사를 지니고 있다.

바위 도른인은 산맥의 북쪽 사람들 중에 가장 흔한데, 로인의 독특한 풍습에 가장 적게 영향을 받은 이들이다. 하지만 그렇다고 해서 이들이 도른 변경 및 리치의 영주들과 친밀하게 지낼 수 있지는 않았다. 산의 영주들은 베일에 도사린 산악 부족 못지 않게 야만의 역사를 거쳐 왔다고 전해지는데, 수천 년 동안 리치와 스톰랜드, 그도 아니면 자신들끼리 전쟁하며 살아왔기 때문이다. 만일 누군가 행군 중에 잔인한 도른인과 용맹하게 격돌한다는 내용을 노래한다면 그 노래에 등장하는 도른인들은 아마도 블랙몬트 가문이나 윌, 아니면 킹스그레이브나 스카이리치의 영주와 관련이 있을 것이다. 물론 이는 아이언우드 가문도 마찬가지인데, 이들 '돌의 길'의 관리자들은 마르텔 가문의 봉신 중 가장 위풍당당하고도 강력한 위세를 지녔고, 그들과 마르텔 사이의 관계는 최대한 호의적으로 보더라도 아직은 불편한 관계라고 평해야 할 것이다.

모래 도른인은 보다 로인인에 가까우며, 사막의 가혹한 삶에 익숙하다. 도른의 강은 맨더 강이나 트리이던트 강에 비교하면 보잘 것 없지만 밭에 물을 대고 마을을 지탱할 만큼은 된다. 그러나 강을 벗어나면 사람들의 삶은 전혀 달라진다. 가령 사막의 이쪽 오아시스에서 저쪽 오아시스로 이동하거나, 흙탕물이나 다름없으리라고 이미 알고 있는 우물에 의지하여 사막을 가로지르고, 염소나 말과 함께 자녀들을 풀어 키운다.

상단 | 선스피어에서 대관식을 올리는 니메리아 여대공과 모르스 마르텔 대공

니메리아가 오기 전, 아이언우드 가문의 왕들은 도른 전체를 통틀어 가장 강력한 가문을 다스리는 셈이었다. 그 당시 아이언우드 가문은 마르텔 가문보다 훨씬 대단한 존재였다. 그들은 사실상 도른의 절반을 지배했고, 아이언우드 가문 사람들 중에 그 역사를 잊은 자는 아무도 없는 것이다. 마르텔 가문이 도른을 지배한 이후에도 몇 세기 동안이나 아이언우드는 반란을 일으킬 공산이 큰 가문이었으며, 실제로도 몇 번인가 실행에 옮겼다. 마론 마르텔 대공이 철왕좌의 주인과 함께 도른을 통일한 후에도 이러한 관성은 여전히 남아 있다. 아이언우드의 영주들은 다섯 번에 걸친 블랙파이어 반란 중 무려 세 번이나 블랙파이어 측에서 싸웠다.

칠왕국에서 가장 아름답다고 하는, 그 유명한 모래 준마의 가장 훌륭한 사육사들이 바로 모래 도른인들이다. 이 말들은 골격이 약해서 갑옷을 입은 기사의 무게를 감당하기는 힘들지만 대신 민첩하며 지구력이 강하여 약간의 물만 마시고도 하루 밤낮을 달릴 수 있다. 도른인들은 이 모래 준마를 그들의 자녀들 못지않게 사랑하는데, 다에론 왕은 〈도른 정복기〉에서 "산타가르의 기사가 모래 준마를 자신의 저택 안에서 키웠다."라고 기록한 바 있다.

소금 도른인은 로인인의 후손이지만, 몇 세기가 지나는 동안 모국어를 잃어버렸다. 다만 도른인들이 공용어를 말할 때는 어떤 발음은 늘어뜨리고, 어떤 단어는 혀에서 굴리는 한편 기묘한 타이밍에서 억양을 내는 등 여전히 몇몇 특징이 남아 있다. 도른인들의 말투를 가리켜 매력적이라고 평가하는 이들이 있는가 하면(좀 편파적이지만 대개 도른 주변 지역 주민들의 의견에 의하면), 이해할 수가 없다는 소리를 듣기도 한다. 하지만 로인인들의 영향에 있어 어투 같은 부분은 전혀 중요하지 않다. 이들이 고유의 관습과 법을 가지고 웨스테로스로 들어왔으며, 이것이 마르텔 가문에 의해 도른 전역에 퍼졌다는 점이 중요하다. 그리하여 칠왕국 중 오직 도른만이 남자든 여자든 관계없이 맏이인 자식이 상속자가 된다. 때문에 뛰어난 여군주와 여대공이 아주 많았으며, 이들은 위대한 기사나 왕자들만큼이나 노래와 이야기의 충분한 주제가 되어 주었다.

도른에는 다른 지역과는 차이가 있는 관습이 더 있다. 이들은 자식이 부부 사이에서 태어났는지 아니면 혼외, 특히 정부와의 사이에서 낳은 아이인지 크게 개의치 않는다. 도른의 많은 영주나 귀부인들은 후계를 잇거나 동맹을 맺는 목적 외에 사랑이나 욕정을 이유로 정부를 둔다. 또한 사랑이라는 문제에 있어서는 남자가 남자와, 혹은 여자가 여자와 동침하는 것 또한 문제가 되지 않는다. 도른인들을 올바른 길로 인도하려는 셉톤의 시도가 몇 번인가 있었지만, 그다지 효과를 거두지 못했다. 도른에서는 의복 문화도 다른데, 기후의 영향으로 로브처럼 느슨한 옷을 선호하며 식문화에 있어서도 음식에 향신료를 듬뿍 사용한다. 뱀독을 섞은 드래곤페퍼는 입안이 타오를 지경이다.

그린블러드의 고아들은 나머지 소금, 모래, 바위 도른인과는 확연히 다른 이들이다. 이들은 니메리아가 배들을 불사를 때 눈물을 흘렸던 이들이었다. 이들은 불타 버린 배의 잔해를 뒤져 그린블러드 강을 오갈 수 있는 배를 만들었고, 조국인 로인으로 돌아갈 날을 꿈꿨다. 그들 중 순수한 로인 혈통을 가진 사람들은 모국어로 말할 수 있었다고 전해지는데, 니메리아의 손자인 모르스 2세의 세 후계자가 로인어의 사용을 금지한 이후에도 비밀리에 로인어를 간직했다고 한다.

이 세 후계자들은 '붉은 대공'이라고 불리는데(비록 그 중 둘은 여대공이었지만) 이들의 치세는 도른 안팎에서 벌어진 전쟁으로 이목을 끌었다. 이들은 배와 화물선을 엮어 플랭키 타운을 만들었다. 이곳이 사용하기 편리한 항구라는 점에 주목한 자유도시에서 점점 더 많은 배들이 들어오자 마을은 점점 커져 갔고, 세 후계자들은 마을을 방어하고자 근방에 요새를 건설했다.

로인인의 영향을 받아 변화한 도른의 법과 생활 양식에 대해 한 가지 사례를 언급하자면, 바로 '용들의 춤' 막바지에 벌어졌던 사건에서 찾을 수 있을 것이다. 대마에스터 길데인은 자신의 역사서에서 '은발의 가에몬'의 짧았던 치세에 대해 다음과 같은 기록을 남겼다.

"이른바 '왕'이라고 자칭하는 어린아이가 자리하고 있는 유곽에서는 계속 법령이 쏟아져 나왔는데, 점점 더 터무니없는 내용들이었다. 가에몬은 다음과 같이 명했다. 이후부터 상속 문제에 있어서 남자아이와 여자아이가 동등해야 한다. 기근이 들었을 때는 가난한 사람들에게 빵과 맥주를 주어야 한다. 전쟁에서 수족을 잃은 사내들의 경우 그들을 싸움터로 내몬 영주가 이들을 거두어들이고 먹을 것을 제공해야 한다. 또한 가에몬은 아내를 때린 남편의 경우 아내가 벌을 받을 만한 짓을 했는지 여부와 관계없이 남편 역시 똑같이 구타당해야 한다고 선언했다. 이러한 칙령들은 실베나 샌드라는 도른인 매춘부의 작품인 것이 거의 분명했는데, 소문에 의하면 이 여인은 왕의 어머니인 에시의 정부라고 했다. 궁정 광대이며 난쟁이인 머쉬룸의 증언을 믿을 수 있다면 말이지만."

우측 | '용이 격노한 해'에 발레리온의 불길을 풀어놓는 아에곤 1세

드래곤에 맞선 도른인들

도른인들이 마주한 도전 중에 정복자 아에곤과 그 누이들보다 더 커다란 과제는 없었다. 전쟁 중에 도른인들이 내보인 용맹은 매우 격렬했고, 죽은 이들에 대한 비탄 또한 그러했다. 자유의 대가는 너무나도 가혹했다. 그러나 칠왕국 중에서 도른만이 유일하게 타르가르옌 가문으로부터 독립을 유지했으며 도른을 철왕좌에 복속시키려는 아에곤과 그의 누이들, 그리고 그 후계자들의 시도에 끝까지 저항했다.

도른인들은 타르가르옌을 상대로 굉장한 전투를 벌인 것이 아니었다. 이들은 드래곤이 쳐들어왔을 때 그에 맞서 성을 방어하려고 하지도 않았다. 아에곤의 침공 당시 도른의 여대공이었던 메리아 마르텔은 스톰랜드의 '마지막 폭풍' 전투와 리치에서 벌어진 '불의 벌판' 전투, 그리고 하렌할의 운명에서 많은 것을 배웠다. 때문에 AC4년, 아에곤이 시선을 도른으로 돌렸을 때 그들은 드래곤의 눈앞에서 그냥 사라져 버리는 쪽을 선택했다.

라에니스 왕비가 도른에 가해진 첫 공격을 이끌었다. 그녀는 도른의 요충지를 장악하기 위해 신속하게 이동했으며 메락세스에 타고 선스피어에 접근해 플랭키 타운을 태워 버렸다. 동시에 아에곤과 티렐 공은 대공의 고갯길에서 산의 영주들과 전투를 벌이고 있었다. 도른 측 수비자들은 타르가르옌의 군대에 맞서 쉴 새 없이 매복 공격을 펼쳤다. 그리고 하늘에 드래곤이 날아오는 모습이 보일라치면 재빨리 바위 밑으로 숨어들었다. 티렐 가문이 동원한 군사들은 울레르 가문의 성인 헬홀트로 진군하는 동안 태양과 갈증 때문에 숱하게 죽어나갔다. 그리고 마침내 목적지에 도착했을 때 성은 텅 비어 있었다. 울레르 가문 사람들은 전부 사라진 뒤였다.

아에곤은 아이언우드에서의 짧은 포위 작전을 제외하면 그럭저럭 성과를 거두었다. 아에곤이 아이언우드에서 찾아낸 것은 적수가 아니라 한 줌의 노인과 어린아이, 그리고 여인들뿐이었다. 심지어 파울러 가문의 거대한 성인 스카이리치 역시 버려졌다. 한편 도른 해가 내려다보이는 백악의 언덕 위에는 톨란드 가문의 영지인 고스트 힐이 있었다. 아에곤은 이곳의 성벽에서 톨란드 가문의 깃발이 펄럭이는 모습을 보았다. 가문의 상징인 유령이 그려진 깃발이었다. 이어서 톨란드의 영주가 아에곤을 상대할 대전사를 보내겠다는 목소리가 들려왔다. 이를 승낙한 아에곤은 자신의 검 블랙파이어를 들어 도전자를 살해했지만, 그자가 톨란드 공 휘하의 정신나간 어릿광대였다는 사실을 알게 되었다. 톨란드의 영주는 그의 가솔들과 함께 이미 도주해 버린 뒤였다. 훗날, 톨란드는 가문의 새 깃발을 만들었는데 여기에는 드래곤이 자

대마에스터 길데인의 역사서에서 발췌한 선스피어의 낙사 사건

선스피어의 성주이자 모래벌판의 관리자로 임명되었던 로스비 공은 다른 이들에 비해 자비롭게 숨이 끊어진 편이었다. 선스피어를 탈환하러 섀도우 시티에서 떼를 지어 몰려온 도른의 사내들은 그의 손발을 묶어 '창의 탑' 꼭대기에 매달아 놓았다. 그리고 다른 누구도 아닌 늙은 메리아 여대공이 몸소 그를 창밖으로 내던져 버렸다.

신의 꼬리를 물고 있는 문장이 그려져 있다. 깃발은 황금색 바탕에 녹색으로 구성되어 있었는데, 그 용감한 광대의 얼룩덜룩한 의상을 기리기 위해서였다.

다른 곳에서는 오리스 바라테온이 뼈의 길을 공격했다. 하지만 재앙이나 다름 없는 결과를 낳았다. 약삭빠른 도른인들은 고지대에서 바위와 화살, 창을 쏟아부었고 밤이 되면 기어나와서 사람들을 죽였다. 나중에는 뼈의 길을 앞뒤로 포위하기까지 했다. 결국 오리스 바라테온은 그의 기수 및 기사들과 함께 윌의 영주에게 사로잡혔다. 그들은 몇 년 동안 포로로 잡혀 있다가 AC7년에 몸값을 지불한 뒤에야 풀려났는데, 다시는 도른을 향해 무기를 드는 일이 없도록 오른손을 잘라서 돌려보냈다.

뼈의 길에서 습격했던 일을 제외하면 도른인들은 영지를 방어하거나 무릎을 꿇고 복종하는 것을 거부하고 그저 영지를 비워 버렸다. 이는 타르가르옌의 군대가 메리아 여대공이 있는 선스피어에 도달했을 때도 마찬가지였다. 여대공은 사막 어딘가로 사라져 버렸다(메리아 대공은 그녀의 적에게는 도른의 노란 두꺼비라는 조소를 들었지만, 도른에서는 오늘날까지 영웅으로 대접받고 있다). 그곳에서 라에니스 왕비와 아에곤 1세는 남은 신하와 관리들을 모아 자신들을 승리자라 칭하며 도른이 철왕좌의 통치 아래 들어갔음을 선언했다. 그리고 로스비 공에게는 선스피어를 다스리도록 하고 티렐 공에게는 반란을 진압하는 임무를 맡긴 뒤 드래곤을 타고 킹스랜딩으로 돌아갔다. 그러나 그들이 킹스랜딩에 발을 디디기도 전에 도른은 경악할 만한 속도로 반란을 일으켰다. 도른에 남겼던 주둔군은 칼에 찔려 죽었고, 이들을 이끌던 기사들은 고문당했다. 몸을 조금씩 잘라내면서 어떤 기사가 가장 오래 살아남을지 지켜보는 것은 도른의 영주들 사이에서 일종의 게임이 되었다.

할란 티렐 공과 그의 군대는 바이스 가문의 영지를 정복하고 선스피어를 탈환하기 위해 헬홀트를 출발했다. 그러나 그의 군대는 사막에서 그대로 실종되었으며, 이후 그들의 소식을 들은 사람은 아무도 없었다. 그 지역을 여행하는 사람들의 증언에 따르자면 바람이 사구의 모양을 흐트러트릴 때 종종 뼈와 갑옷이 모습을 드러내는 일이 있다고 한다. 하지만 깊은 사막을 유랑하는 모래 도른인들의 주장에 따르면 사막은 수천 년 전부터 수많은 전쟁의 흔적이 묻힌 거대한 무덤이며, 뼈라는 것은 언제든지 나올 수 있는 게 아니냐는 것이다.

도른과의 전쟁은 오리스와 함께 오른손이 없는 여러 영주들이 풀려난 후, 새로운 국면으로 접어들게 되었다. 여전히 아에곤 왕은 복수에 몰입하는 중이었다. 왕과 왕비는 드래곤을 풀어 저항하는 성들을 불사르고 또 불살랐다. 그 보답으로 도른은 자신들이 사용할 수 있는 불로 대응했다. 도른인들은 AC8년 분노 곶으로 병력을 보내 레인우드의 절반을 불태우고 여섯의 도시와 마을을 약탈했다. 사태는 점점 악화되어 AC9년에는 더 많은 도른의 영지가 드래곤파이어에 불타올랐다. 도른인들은 이에 응수해 일 년 뒤 파울러 가문의 군대를 보내어 국경지대의 거성인 나이트송을 태워 버리고 영주와 수비군을 인질로 잡았다. 같은 시기 조프리 데인 경의 군대는 올드타운 바로 아래로 진군하여 성 밖의 들판과 마을을 완전히 초토화하고 있었다.

이에 대응하고자 타르가르옌 가문은 드래곤에 의지하여 자신들의 분노를 스타폴과 스카이리치, 헬홀트에 쏟아부었다. 그리고 도른인들이 타르가르옌 가문을 상대로 가장 큰 성과를 거둔 곳이 바로 헬홀트였다. 대형 쇠뇌에서 쏜 화살

대마에스터 길데인의 역사서에서 발췌함

라에니스 타르가르옌이 과연 그녀의 드래곤보다 오래 살아남았는가는 여전히 논쟁거리로 남아 있다. 어떤 이들은 그녀가 안장에서 떨어져 추락사했다고 하며, 다른 이들은 성의 안마당에서 메락세스 아래 깔려 죽었다고 한다. 어떤 이야기에서는 왕비가 드래곤과 함께 추락한 뒤에도 살아남았지만 울레르 가문의 지하감옥에서 고통받으며 서서히 죽어갔다고 한다. 그녀의 죽음에 대한 진정한 자초지종은 좀처럼 알아낼 수 없지만, 역사의 기록에서는 아에곤 1세의 여동생이자 아내인 라에니스 타르가르옌이 정복 후 10년째 되는 해에 헬홀트에서 사망했다고 기록되어 있다.

우측 | 메락세스의 죽음

이 메락세스의 눈을 관통했고, 거대한 드래곤과 왕비는 땅으로 추락했다. 왕비가 극심한 고통을 느끼며 죽어가는 동안 드래곤은 단말마의 저항으로 성의 가장 높은 탑과 외벽의 일부를 파괴했다. 라에니스 왕비의 시신은 킹스랜딩으로 반환되지 않았다.

이후 2년의 시간은 차후 '드래곤이 격노한 해'라고 불리운다. 사랑하는 여동생의 죽음으로 비탄에 사로잡힌 아에곤 왕과 비센야 왕비는 선스피어와 섀도우 시티를 제외한 도른의 모든 성과 요새를 최소 한 번 이상은 불살랐다. 두 장소가 어째서 제외되었는지는 추측의 영역으로 남아 있다. 도른에서는 이에 대해 메리아 대공이 드래곤을 죽일 수 있는 모종의 수단을 자유도시 리스에서 구매했기 때문이라고 추정한다. 하지만 대마에스터 티모티가 자신의 저서 〈추측 *Conjectures*〉에 남긴 내용이 더 그럴듯한데, 그에 따르면 아에곤과 비센야는 거듭되는 파괴에 신음하는 도른의 나머지 가문이 온전하게 영지를 보존하고 있는 마르텔 가문으로부터 등을 돌리도록 유도한 것이 아닌가 하는 것이다. 이 이론은 도른 변경의 영주들이 여러 가문에게 보낸 편지들로 뒷받침할 수 있다. 편지들은 도른의 영주들에게 항복을 재촉하는 동시에 마르텔 가문이 타르가르옌 가문으로부터 안전을 확보하는 것을 대가로 도른의 나머지를 팔아넘겼다고 주장하고 있다.

이제 첫 번째 도른 전쟁에서 막바지의, 가장 영광스럽지 못한 순간이 다가왔다. 타르가르옌 가문은 도른 영주들의 머리에 현상금을 붙였고, 여섯이 넘는 영주들이 암살자에게 살해되었다. 하지만 살아남아서 보상을 받은 암살자들은 단 두 명이었다. 도른인은 같은 방식으로 대응했으며, 무자비한 죽음이 수없이 뒤따랐다. 킹스랜딩의 심장부에서도 안전한 사람은 없었다. 펠 가문의 영주는 사창가에서 질식사했고 아에곤 왕도 세 차례에 걸쳐 습격을 받았다. 비센야 왕비 역시 암살자의 공격을 받았는데 그녀가 손수 '다크 시스터'를 들어 마지막 암살자를 처지했을 때는 호위병 중에 두 명이 죽은 후였다. 이보다 더 나쁜 사건은 윌 가문의 윌의 손에서 벌어졌는데, 우리가 그 파렴치한 행위에 대해서 자세히 언급할 필요는 없다. 그렇지 않아도 이미 충분히 수치스러운 데다가 특히나 폰튼이나 올드 오크에서는 여전히 잊혀지지 않고 있는 사건이다.

이즈음 도른은 불타서 엉망이 된 폐허로 화해 있었다. 그러나 도른인들은 여전히 폐허의 그늘 속에 숨어 싸우며 항복을 거부했다. 작은 마을조차도 굴복하길 거부했으며 사상자는 헤아릴 수 없었다. AC13년, 메리아 여대공이 마침내 유명을 달리하자 늙고 쇠약한 아들, 니모르 대공이 그녀의 뒤를 이었다. 전쟁이라면 이미 충분히 겪은 바 있는 니모르 대공은 딸인 데리아 공주를 필두로 하는 사절단을 킹스랜딩으로 보냈다. 사절단은 왕에게 전하는 선물로 메락세스의 두개골을 가져갔다. 많은 이들이 사절단을 냉대했는데, 그중에는 비센야 여왕과 오리스 바라테온도 있었다. 오크하트 공은 데리아를 가장 싸구려 사창가로 보내어 아무 남자나 구별 없이 받아들이도록 해야 한다고 주장했다. 그러나 왕인 아에곤 타르가르옌은 그런 건의를 받아들이는 대신 그녀의 이야기를 들었다.

도른은 평화를 원한다. 그러나 두 왕국 사이의 평화를 원하는 것이지 군주와 신하 사이의 평화를 원하는 것은 아니다. 데리아가 전한 말은 이러했다. 많은 이들이 왕을 설득하려 했다. 아에곤포트의 홀에서는 '항복 없이는 평화도 없다'는 말이 자주 오갔다. 이들의 요구에 응하면 왕이 약해 보일 뿐이라고 주장했으며, 왕을 위해 전장에서 엄청난 고통을 감내한 리치와 스톰랜드의 영주들이 분노할 것이라고 말했다.

아에곤 왕은 이러한 사정에 기인하여 제안을 거절하려 했다고 전해진다. 데리아 공주가 그녀의 아버지, 니모르 대공의 친서를 왕의 손에 넘기기 전까지는. 아에곤 왕은 편지를 철왕좌에 앉아서 읽었는데, 그가 일어설 무렵에는 편지를 너무 세게 움켜쥔 나머지 손에서 피가 흐르고 있었다고 한다. 그는 편지를 태워 버리고 곧바로 발레리온의 등에 올라타 드래곤스톤으로 향했다. 다음 날 아침에야 돌아온 왕은 그는 협정에 동의하고 조약에 서명했다.

과연 편지의 내용은 무엇이었을까? 많은 이들이 추측을 거듭했지만 오늘날에도 내막을 아는 사람은 아무도 없다. 니모르 대공은 라에니스가 이곳저곳을 다쳐 불구가 되었음에도 여전히 숨이 붙어 있다고 폭로한 것일까? 아에곤이 적대 행위를 종식한다면 그녀의 고통을 끝내 주겠노라고 제안했던 것일까? 혹은 편지에 마법이라도 걸려 있었던 것인가? 아니면 도른의 모든 자산을 총동원하여 얼굴 없는 자들을 고용해 아에곤의 어린 아들이자 후계자인 아에니스를 암살할 것이라고 위협했을까? 아마도 이러한 의문들은 그 답을 영영 얻을 수 없을 것이다.

'독수리 왕'이나 여타의 문제들은 여전히 존재했지만 어쨌든 결과적으로는 평화가 찾아왔다. 이러한 평화로운 시기에도 도른과의 전쟁이 사라진 것은 아니었다. 도른에서 밖으로 나서는 약탈자들이 항상 있었기 때문이다. 이들은 붉은 산맥에서 내려와 북쪽과 서쪽, 도른 밖의 더 부유하고 풍요로운 땅을 약탈하려는 자들이었다.

코렌 마르텔 대공은 다에몬 타르가르옌 왕자와 '바다뱀' 코를리스 벨라리온이 스텝스톤 군도의 영유권을 두고 삼두정과 전쟁을 벌이던 당시 삼두정을 지지해 도른을 전쟁으로 이끌었다. '용들의 춤' 동안에는 양측 모두 도른의 환심을 사고 싶어했지만, 코렌 대공은 어느 쪽도 편들기를 거부했다. 그는 오토 하이타워 경의 편지에 이렇게 답변했다고 전해진다. "도른은 이전에 이미 드래곤과 춤을 춰 봤다네. 이러다간 나도 전갈과 한 침대에 들지도 모르지."

영구 평화 조약이 그다지 영구하지 않다는 것은 다에론 1세의 즉위와 함께 입증되었다. 우리는 그 대가가 무엇이었는지 이미 알고 있다. 젊은 드래곤의 도른 정복은 영광스러운 위업이었고 응당 노래와 이야기로 찬양할 만한 사건이었

다. 하지만 정복의 성과는 여름 한철 동안도 지속되지 않았으며, 수천 명의 목숨이 희생되었다. 그 목숨 중에는 용맹한 젊은 왕의 목숨도 포함되어 있었다. 도른과의 전쟁은 다에론의 형제이며 후계자인 '축복받은' 바엘로르 1세에게 넘겨졌는데, 그가 평화를 이루기 위해서 치러낸 대가는 가혹한 것이었다.

도른을 정복하려는 최후의 시도는 자신이 직접 설계한 '드래곤'을 앞세우려 했던 '무능왕' 아에곤 4세 시절에 있었다. 그 시도에 대해서는 논의할 가치가 거의 없다. 심각하게 멍청한 짓이었으며 시종일관, 그리고 마지막까지도 수치스러운 짓이었다. 마침내 도른을 왕국에 편입시킨 자는 아에곤의 아들인 '선량왕' 다에론 2세였으며, 이는 강철과 불이 아니라 부드러운 검과 미소, 심사숙고해서 결정한 한 쌍의 결혼, 그리고 도른 대공의 형식과 특권 및 도른 고유의 법과 관습을 유지할 수 있도록 보증한 엄숙한 조약 덕분이었다.

이후의 세월 동안 도른은 타르가르옌 가문의 친밀한 동맹자가 되었다. 마르텔 가문은 블랙파이어 반란에서도 왕가를 지지했으며, 스텝스톤 군도에서 벌어진 나인페니 왕들의 전쟁에도 군대를 보냈다. 그들의 성실한 봉사는 드래곤스톤 공이자 철왕좌의 후계자인 라에가르 타르가르옌이 선스피

젊은 나이에 영지를 다스리게 된 코렌 마르텔 대공의 딸, 알리안드라 마르텔은 사고방식이 좀 특이한 사람이었던 것 같다. 자신을 새로운 니메리아라 생각한 이 열정적인 여인은 휘하의 영주와 기사들이 자신의 총애를 받을 자격이 있는지 스스로 증명하기를 원하여 도른 변경을 습격하기도 했다. 또한 알린 벨라리온의 첫 번째 항해 당시 선스피어에 머물렀을 때, 그리고 일몰해에서 돌아왔을 때에도 대단한 호의를 베풀었다.

상단 | 도른 대공이 보낸 친서를 읽는 정복왕 아에곤

어의 엘리아 마르텔 공주와 결혼하여 두 아이를 낳는 것으로 보상받았다. 라에가르의 부친인 '광란왕' 아에리스 2세의 광기가 아니었다면 어느날엔가는 도른의 피를 이은 왕이 칠왕국을 통치했을 것이었다. 그러나 로버트의 반란 당시에 일어난 격변은 라에가르 왕자와 그 아내, 그리고 두 아이들의 운명에 종지부를 찍었다.

선스피어

선스피어의 역사는 꽤나 특이하다. 초창기에는 마르텔 가문 휘하의 '샌드쉽'이라고 불리우던 못생긴 아성에 지나지 않았으나, 로인풍으로 지어진 아름다운 탑들이 그 주변에 우후죽순처럼 생겨나게 되었다. 이곳이 선스피어라는 이름으로 불리우게 된 것은 로인인들의 '태양'이 마르텔 가문의 '창'과 혼인으로 맺어지면서부터다. 이윽고 태양의 탑과 창의 탑도 건축되었다. 하나는 거대한 황금빛 돔이고 다른 하나는 가늘고 높은 첨탑으로, 육지나 바다를 통해 선스피어에 접근하는 방문자들의 눈에 가장 처음 들어온다.

이 성은 반도의 끝에 자리하고 있다. 삼면은 바다로 둘러싸였고, 남은 네 번째 방향에는 섀도우 시티가 있다. 도른인들이 섀도우 시티를 도시라고 부르기는 하지만, 기껏해야 큰 마을 정도에 지나지 않으며, 괴상하고 먼지투성이에 흉하기까지 하다. 도른인들은 선스피어의 성벽에 기대어 집을 짓고, 이웃집도 바싹 기대어 집을 지었다. 그런 식으로 계속 반복되어 도시가 지금과 같은 형태를 이루었다. 오늘날, 섀도우 시티는 수없는 좁다란 골목과 도른 및 동방의 향신료를 파는 저잣거리, 그리고 뜨거운 여름에도 시원하도록 벽돌로 지은 저택으로 가득한 곳이라 할 수 있겠다.

선스피어의 휘어진 성벽은 약 칠백 년 전에 세워진 것으로, 선스피어를 휘감고 섀도우 시티를 구비구비 관통하는 방어벽이 된다. 이곳에서는 가장 대담한 적이라도 길을 잃고 헤맬 수밖에 없다. 오직 삼중으로 된 관문만이 성벽을 가로질러 본성으로 오는 직선 통로를 제공하며, 필요한 경우 이 관문들은 무시무시한 방어력을 선보일 수 있다.

상단 | 도른의 사막을 지나는 마르텔 가문의 아가씨
우측 | 선스피어

Beyond the Sunset Kingdom

일몰의 왕국 너머

바다 건너의 땅들

웨스테로스는 우리가 아는 세상의 일부분에 불과하며, 가장 멀리 있는 곳은 우리 중 가장 현명한 자라도 알지 못한다. 우리의 목적이 비록 칠왕국의 연대기를 기술하는 것이긴 하지만, 바다 건너 다른 땅을 무시한다면 이는 직무태만이 될 것이다. 나는 간략하게라도 그곳들에 대해 기술할 예정이다. 왜냐하면 이 땅들은 특유의 개성을 지니고 있으며 이러한 고유의 색채와 패턴은 우리가 세계라고 부르는 거대한 태피스트리의 일부이기 때문이다.

칠왕국에서 에소스보다 더 멀리 떨어진 곳에 있는 왕국과 회담을 가지는 일은 거의 없다. 때문에 슬프게도, 시타델의 지식은 동방 사람들이 '일몰의 왕국'이라고 부르는 땅에서 멀어질수록 빈약해진다. 우리가 소토리오스의 남부 지역과 저 멀리 울토스에 대해 아는 것은 그보다도 훨씬 적다. 또한 론리 라이트 섬 너머 일몰해 건너편에 어떤 땅이 존재하는지에 대해서는 전혀 아는 바가 없다.

이러한 구속은 거리만이 아니라 시간에도 적용된다. 우리가 웨스테로스에서 보았듯이 오래된 문명일수록 진실로 파악하기란 더 어렵다. 따라서 나는 발리리아와 올드 기스의 사라진 문명, 그리고 이 책의 다른 부분에서도 언급한 바 있는 그 문명의 자취를 전부 무시할 것이다. 반면 신비로운 콰스에 대해서 말하자면 옥해 주변의 땅에 관한 최고의 저서인 콜로쿠오 보타르의 〈옥전서*Jade Compendium*〉보다 더 나은 출처는 없다는 점을 짚고 싶다.

그러나 가장 이국적인 장소에서라도 여전히 전해야 하는 핵심적인 지식이 있는 법. 비록 우리가 이 먼 곳들에 대해 아는 것이 여행자들의 이야기 혹은 전설에서 끌어낸 것이거나, 혹은 그렇게 여길 수 밖에 없는 것들이라 해도 말이다.

우선 가장 가깝고 가장 잘 알려져 있는 이웃, 자유도시부터 시작해 보자. 그들의 역사는 학자와 행정관들이 몇 세기에 걸쳐 작성했던 기록물을 통해 알려져 있는데, 이 기록은 이들이 초창기에 발리리아 자유국의 일부였던 시절까지 거슬러 올라간다. 발리리아인들보다 더 앞서는 역사 중 일부가 우리에게 알려진 것도 바로 이러한 기록들 덕분이니 감사할 일이다.

고대 기록의 연구에 있어서 골치아픈 이슈 중 하나는 각 문화마다 다른 날짜, 계절, 연도를 어떻게 해석하느냐이다. 대마에스터 왈그램의 위대한 저작 〈시간의 측정*The Reckoning of Time*〉은 이러한 문제를 깊이 파고들고 있다. 그럼에도 우리가 실제로 살고 있는 시간은 우리가 사용하는 역법과는 거의 일치하지 않는 것이 사실이다.

이전 페이지 | 안개에 덮인 로인인의 '축제의 도시' 크로얀의 유적

상단 | 자유도시의 주화들(첫 줄 좌측부터 브라보스, 펜토스, 리스, 미르, 티로시, 둘째 줄 좌측부터 볼란티스 주화의 앞뒷면, 노르보스, 쿼호르, 로라스)

자유도시들

협해 너머의 광대한 대륙, 에소스는 기이하고도 이국적인 고대 문명으로 가득하다. 그들 중 일부는 여전히 명맥을 이어 가고 있으나 나머지는 오랜 시간 동안 영락하여 전설 속으로 사라졌다. 재보와 영광을 찾아 낯선 바다를 항해할 정도로 용감한 항해자가 있긴 하더라도 이 중 대부분은 칠왕국 사람들이 관심을 두기에는 너무 멀리 떨어져 있다.

그러나 아홉 자유도시들은 우리의 친밀한 이웃이며 무역의 주요 파트너이고 역사적으로도 긴밀하게 얽혀 있다. 몇 세기에 걸쳐 무역용 갤리선들이 협해를 위아래로 가로지르며 양질의 태피스트리와 잘 연마한 렌즈, 우아한 레이스, 이국적인 과일, 그 밖에도 무수한 상품들을 싣고 와서 황금이나 모직물, 그 외의 여러 가지 상품으로 바꾸어 갔다. 올드타운과 킹스랜딩, 라니스포트 등은 물론 이스트워치부터 플랭키 타운에 걸친 모든 항구에서 자유도시로부터 온 항해자, 은행가, 상인을 찾을 수 있다. 이들은 상품을 사고파는 것은 물론이고 그들만이 간직한 소식들도 전해준다.

각각의 자유도시에는 고유의 역사와 개성이 있으며 서로 다른 언어를 사용한다. 이 언어는 원전인 고위 발리리아어의 순수한 형태에서 변질된 방언으로, 발리리아 자유국의 멸망 이후 각자 새로운 세기를 거쳐 오면서 원래의 언어로부터 더욱 멀어진 것이다.

아홉 자유도시 중 여덟은 발리리아의 자랑스러운 딸로서, 여전히 수백 혹은 수천 년 전 도시를 창립한 식민개척자의 후손이 통치하고 있다. 이들 도시에서 발리리아 혈통은 여전히 대단하고 귀중하게 여겨진다. 하지만 아홉 번째의 도시는 예외적인 존재다. 섬 위에 세워진 브라보스는 발리리아 주인들로부터 탈주한 노예들이 설립한 도시이기 때문이다. 초기 브라보스인들은 그 출신들이 제각각이어서 태양 아래 존재하는 모든 땅에서 왔다고 할 지경이었지만, 여러 세기가 지나는 동안 인종과 종교, 언어에 개의치 않고 서로 피를 섞었으며 이로 인해 새로운 혼혈 민족을 형성하게 되었다.

에소스를 가로지르다 보면 누군가는 아홉 자유도시 말고도 발리리아에서 기원한 성읍이나 정착지, 거주지 등을 발견하게 될 것이다. 이 중에는 걸타운이나 화이트 하버, 혹은 라니스포트보다 더 크고 인구도 많은 도시도 있다. 그러니 우리가 이곳에서 아홉 자유도시에 대해 기술하는 이유는, 그 도시의 규모 때문이 아니라 그 기원 때문이다. 발리리아 멸망 이전에 전성기를 누리던 다른 도시들, 예를 들어 만타리스, 볼론 테리스, 오로스, 티리아, 드라코니스, 엘리리아, 미샤 파에르, 리오스, 아쿠오스 데인 등은 장대하고 영예로웠으며 부유했다. 그러나 그들의 자부심이나 세력에도 불구하고 이곳은 자치를 누리는 자유민들의 영역은 아니었다. 자유국이라는 명칭이 붙은 나라, 발리리아 자유국에서 파견된 남성 혹은 여성이 이들을 통치했다.

허나 볼란티스나 나머지 아홉 도시들은 그렇지 않았다. 이들은 발리리아에서 기원했지만 태어나자마자 어머니로부터 독립한 딸들이다. 브라보스를 제외한 나머지 도시들은 발리리아의 충직한 후예로서 발리리아를 향해 창을 겨누는 일이 없었던 것은 물론이고 그 어떤 의미로도 드래곤로드에게 도전하지 않았다. 이들은 모국의 자발적인 동맹이자 무역 파트너였으며, 위기의 순간이 오면 '긴 여름의 땅'이 그들을 지도하는 것을 당연하게 여겼다. 그러나 그보다 덜한 사안에서는 아홉 도시는 고유의 지도층, 즉 성직자나 대공, 집정관, 삼두의 통치 아래 자치의 길을 걸었다.

로라스

자유도시 로라스는 에소스 북쪽 전율해에 자리잡은 로라스 만 어귀의 바위섬들 중 가장 큰 섬의 서쪽 끝자락에 있다. 이 도시의 영역에는 군도 내의 큰 섬 셋과 약 스무 곳 정도의 작은 섬들, 그리고 바다표범과 갈매기 외에는 아무것도 살지 않는 암초가 포함되어 있다. 군도의 남쪽에 울창한 숲이 있는 반도도 로라스의 영역에 포함된다. 이들은 로라스 만 안쪽의 바다에 대한 주권 역시도 주장하고 있지만 이를 관철할 만한 무력이 없기에 브라보스의 어선이나 이브의 고래잡이 및 바다표범잡이 선박이 만 안으로 침입하곤 한다.

과거 로라스의 지배력은 동쪽에 있는 도끼 반도에까지 뻗쳐 있었지만, 여러 세기가 흐르며 도시의 힘이 줄어드는 바람에 오늘날에는 로라스 만의 남쪽과 동쪽 해안에서만 실질적인 지배권을 행사하고 있다. 현재 만의 서쪽 해안은 브라보스의 세력 범위에 들어갔다.

로라스는 아홉 자유도시 중에서 가장 작고 가장 가난하며 인구도 가장 적다. 브라보스를 제외하면 자유도시들 중 최북단에 있기도 하다. 때문에 무역로에서도 멀리 떨어져 있어서 과거 '발리리아의 딸'이라고 불렸던 도시 중 가장 고립되어 있다. 로라스를 이루는 섬들은 돌투성이의 불모지이지만 로라스 만 안쪽은 대구, 고래, 회색 리바이어던들의 번식지이다. 또한 멀리 떨어진 암초나 촛대 모양의 바위섬에는 바다코끼리와 바다표범이 엄청난 숫자로 모여들어 살고 있

500피트: 약 150미터

다. 염장 대구와 바다코끼리 상아, 고래 기름은 로라스의 무역에서 커다란 지분을 차지하고 있다.

고대에 이 섬들은 '미궁을 만드는 자들'로 알려진 신비로운 종족의 고향이었으나, 이들은 기록으로 남은 역사보다도 더 예전에 사라졌다. 그들이 지은 미로와 그들의 유골을 제외하면 그들을 추적할 수 있는 자료는 현재 남아 있지 않다.

이후 몇 세기 동안 다른 이들이 미로 건설자의 뒤를 이었다. 먼저 이벤인의 조상이기도 한 자그마하고 털이 많은 사

미궁을 만드는 자들이 지었다고 알려진 미로는 석재를 절단해서 만든 바위로 축조되었으며, 당황스러울 정도로 복잡하고 불규칙한 건축물이다. 이러한 미로가 군도 전역에 뿔뿔이 흩어져 있는데, 지나치게 큰 나머지 땅속으로 가라앉아 버린 미로 하나는 로라스 남쪽 반도에 있는 에소스 본토에서 발견되었다. 로라스의 섬들 중 두 번째로 큰 로라시온은 섬 전체의 3/4을 미로가 차지하고 있는 곳으로, 이 미로에는 지하 4층까지가 포함되는데, 몇몇 통로를 따라가다 보면 지하 오백 피트* 아래까지 내려갈 수 있다.

학자들은 여전히 이 미로의 목적이 무엇인지를 놓고 갑론을박하고 있다. 요새인가? 사원인가? 도시인가? 그도 아니면 뭔가 기이한 목적에 쓰이는 것이었을까? 미로 건설자들이 아무런 기록도 남기지 않았기에 우리는 알 길이 없다. 이들의 뼈를 조사해 보면 체구가 육중하여 거인보다는 작더라도 인간보다는 컸다는 것을 알 수 있다. 어떤 이들은 미로 건설자들이 인간 남성과 거인 여성 사이에서 이종교배로 태어난 존재가 아닌가 시사하기도 했다. 우리는 이들이 왜 사라졌는지 알 수 없지만 로라스의 전설은 이들이 바다를 건너온 적들에 의해 파멸당했다고 주장하고 있다. 이 적수란 어떤 이야기에서는 인어지만 때로는 바다표범이나 바다코끼리로 변신하는 사람들이 등장할 때도 있다.

람들이 잠시 이 군도를 자신들의 고향으로 삼았다. 이들은 어업으로 생계를 유지하였으며 해변가를 따라 거주지를 만들었지만, 전임자들이 남긴 장엄한 미로에는 접근하지 않았다. 결국 이들은 안달족에 밀려 쫓겨났는데, 안달족들은 안달로스에서 북쪽으로 향하여 로라스 만의 해안까지 밀려와서는 배를 타고 만을 가로질렀다. 그러고는 철제 갑옷에 철제 무기를 휘두르며 섬을 휩쓸었다. 그들이 믿는 칠신의 이름으로 털 많은 사람들의 사내를 학살하고 아이와 여자들은 노예로 삼았다.

얼마 지나지 않아 섬마다 왕이 생겨났고, 가장 큰 섬에서는 왕이 넷이나 등장했다. 시시비비를 가리기 좋아하는 민족이었던 안달족은 이후 수천 년에 걸쳐 서로 싸우면서 지냈지만, 마침내 스스로를 대왕이라 칭한 콸론이라는 전사가 군도 전체를 자신의 지배하에 두었다. 딱히 대단한 것은 아니지만 역사에서는 그가 로라시온의 거대하고 음산한 미로 중앙에 거대한 나무 성채를 건설했다고 주장한다. 그리고 그 홀에는 그가 살해한 적들의 머리가 장식되어 있었다는 것이다.

콸론의 꿈은 모든 안달족의 왕이 되는 것이었기에 그는 이 목적을 달성하기 위해 안달로스의 여러 소왕들과 싸우며 전진을 거듭했다. 이십 년에 걸쳐 수많은 전쟁을 한 후, 콸론 대왕의 영역은 언젠가 브라보스가 온 힘을 다해 몸을 일으키게 될 서쪽의 석호에서부터 동쪽으로는 도끼 반도에까지 닿았다. 또한 남쪽으로는 로인 강과 노인 강 상류의 수원지에까지 지배력을 넓히게 되었다.

그러나 이러한 남쪽으로의 확장은 다른 안달족 왕만이 아니라 노인 강에 자리잡은 자유도시 노르보스와의 무력 분쟁도 의미하는 것이었다. 노르보스인들이 그에게 맞서 강을 폐쇄하자 콸론은 미로 속의 성채를 박차고 떠나 이들을 공격하였고, 언덕에서 두 차례의 정정당당한 회전을 거쳐 적들을 물리쳤다. 그러나 현명치 못하게도 콸론은 이러한 승리에 너무 심취한 나머지 노르보스 자체를 목표로 진격하기 시작했다. 결국 노르보스는 발리리아에 도움을 요청했고, 발리리아 자유국은 멀리에 있는 딸을 보호하기 위해 올라왔다. 노르보스와 발리리아 사이에는 안달족과 로인인들이 차지한 땅 전부가 놓여 있었다.

그러나 발리리아 자유국이 전성기를 맞이했던 그 당시 드래곤로드에게 거리라는 것은 거의 혹은 전혀 의미가 없었다. 〈발리리아의 불*The Fires of Freehold*〉에 쓰여진 바에 의하면 백 마리의 드래곤이 하늘로 솟아올라 커다란 강을 따라 북쪽으로 비행하여 노르보스를 포위하고 있던 안달족의 머리 위로 하강했다고 한다. 콸론 대왕은 자신의 군대와 함께 불타 버렸고, 드래곤로드들은 계속 전진하여 로라스의 섬들에 불과 피를 흩뿌렸다. 콸론의 커다란 성채는 해안가에 있던 도시나 어촌처럼 불타 버렸고, 미로를 형성하던 거대한 바위들도 섬을 휩쓴 화염의 폭풍 속에서 그을리고 탄화되었다. 로라스 소탕전의 불길은 너무도 뜨거웠기에 남자와 여자, 어린아이 할 것 없이 아무도 살아남지 못했다고 전한다.

그 후 한 세기 이상 로라스 군도는 무인도로 남았다. 바다표범과 바다코끼리 무리가 무수히 증식했고 게들이 검게 그을린 적막한 미로를 휘젓고 다녔다. 이벤 항에서 온 포경선들이 배를 수리하거나 담수를 구하고자 해안에 배를 대기도 했지만, 귀신이 나오는 섬이라는 소문 때문에 절대로 섬 안쪽으로 들어가진 않았다. 이벤인들은 파도소리가 들리지 않는 곳까지 가는 사람은 저주받는다고 믿었다.

마침내 섬에 다시 거주지를 꾸리고자 나타난 이들은 바로 발리리아에서 온 사람들이었다. 발리리아 멸망까지 천삼백 하고도 이십이 년이 남은 상태였다. 이들은 종교적인 문제로 발리리아를 떠난 소수 종파의 사람들로, 로라스의 가장 큰 섬에 사원을 세웠다.

새로 로라스에 거주하게 된 이들은 장님신 보아쉬의 신

자들이었다. 다른 신을 거부하고 보아쉬만을 따르는 이 신자들은 금주, 금육에 더하여 생가죽으로 만든 옷만 두른 채 맨발로 세계를 돌아다녔다. 거세한 사제들은 그들이 모시는 신에게 경의를 표하기 위해 눈을 가리고 후드를 썼다. 오직 어둠 속에서만 스스로의 세 번째 눈을 뜨게 할 수 있다고 믿었기 때문이다. 이 세 번째 눈으로는 세상의 환영 뒤에 숨겨진 우주만물의 '높은 차원의 진실'을 볼 수 있다고 한다. 보아쉬 신자들은 모든 생명이 성스럽고 영원하다고 믿었다. 남성과 여성이 평등하고 영주와 소작농, 부자와 빈자, 노예와 주인, 사람과 짐승이 모두 동등한 신의 피조물이라고 여겼다.

그들의 교리에서 가장 핵심적인 부분은 극도의 자기희생이었다. 인간의 오만에서 스스로 자유로워져야만 신성을 지닌 자가 될 수 있었다. 그러한 이유로 보아쉬 신자들은 원래의 이름조차 버리고 자신들을 '나' '나를' '나의'라고 말하는 대신 '남자' '여자'라고 지칭했다. 비록 장님신을 숭배하는 종교는 천 년도 더 전에 사멸한 지 오래지만, 이러한 말버릇 중 일부는 아직까지도 남아서 현재 로라스 상류층은 누군가가 스스로를 직접 지칭하는 일을 말할 수 없이 천박하게 여긴다.

장님신과 그 교인들은 첫 번째 로라스 섬의 고대 미로를 마을, 사원, 무덤으로 삼았고, 주변의 섬들을 사반세기 동안 지배했다. 하지만 세월이 흐르면서 다른 신앙을 가진 자들이 바다표범이나 바다코끼리, 혹은 대구를 잡으러 만을 건너 들어왔다. 이들 중 일부는 로라스에 눌러앉았고, 다시 해안가를 따라 오두막과 헛간이 생겨나면서 그대로 마을이 되었다. 사람들은 이브 섬과 안달로스, 혹은 더 멀리 낯선 땅에서 찾아왔으며 군도는 자유민 또는 발리리아와 그 자랑스러운 딸들에게서 도피한 노예들의 피난처가 되었다. 장님신의 사제들은 모든 사람이 전부 평등하다고 가르쳤기 때문이었다. 가장 큰 섬의 서쪽 끝에 있는 세 개의 어촌은 인구가 늘고 번성하자 마을로 변모했다. 세월이 흐르자 한때는 잔가지를 엮고 진흙을 발라 지은 헛간이 있던 자리에 돌로 지은 집이 세워졌다. 마을은 그렇게 도시가 되었다.

이들 새로운 로라스인들은 처음에는 선주민인 보아쉬 신도들에게 복종했다. 그리고 여러 해 동안 장님신의 사제들이 계속해서 섬들을 다스렸다. 하지만 새로 유입된 인구의 숫자가 늘어나면서 믿음의 수위는 점차 낮아졌다. 이윽고 보아쉬 숭배는 서서히 사라지고 남아 있는 사제들은 점점 타락하여 생가죽 셔츠와 후드, 그리고 신앙심마저 던져 버렸다. 사제들은 자신이 통치하는 사람들에게 뜯어낸 세금으로 살찌고 부유해졌다. 마침내 어부와 농부, 그리고 빈민들이 반란을 일으켜 보아쉬의 족쇄를 벗어 버렸다. 남아 있는 보아쉬 견습 사제들은 살해당했고, 한 줌의 사제들만이 로라시온의 거대한 미로 사원으로 도주했다. 그리고 그들 중 마지막 사람이 숨을 거둘 때까지 그곳에서 거의 한 세기를 보냈다.

장님신의 사제들이 몰락한 후 로라스는 발리리아의 방식을 모방하여 세 대공이 평의회를 이루어 통치하는 자유국이 되었다. 이 중에서 추수공은 군도에 땅을 소유한 모든 이들의 투표로 선출되었으며 어부공은 배를 가진 이들에 의해 선출되었다. 그리고 가도공은 도시 내 자유민들의 갈채로 선출되었다. 각 대공은 한번 선출되면 평생 동안 봉사했다.

삼대공은 오늘날에도 로라스에 존재하지만, 이제는 순전히 의식상의 지위로 변모했다. 도시의 실질적인 권력은 귀족 출신의 행정관과 사제, 상인들로 구성된 평의회에 있다. 로라스가 고립되어 있다는 것은 이들이 피의 세기에 벌어진 여러 사건들과 거의 연관되지 않았다는 사실에서 드러난다. 비록 그들 중 일부가 용병으로 브라보스나 노르보스에 고용되기는 했지만 말이다.

오늘날 로라스는 아홉 자유도시 중 일반적으로 가장 말석에 꼽히고 있다. 가장 가난하고 가장 고립되었으며 가장 낙후되었다. 함대나 군사력이라고 할 만한 것도 별반 없다. 로라스인은 섬에서 거의 떠나지 않으며 웨스테로스로 향하는 이들은 더욱 없다. 이들은 노르보스나 브라보스, 이브 등 더 가까운 이웃과 무역하기를 선호한다.

노르보스

자유도시 노르보스는 로인 강의 가장 큰 지류인 노인 강 동안에 있다. 높은 바위 절벽 위에는 거대한 돌벽으로 둘러싸인 도시 상부가 있다. 삼백 피트* 아래의 저지대에는 도시 하부가 뻘이 가득한 강변을 따라 펼쳐져 있는데, 이곳은 해자와 개천, 그리고 이끼가 잔뜩 낀 나무 울타리를 둘렀다. 노르보스의 고대 귀족들은 턱수염을 기른 사제들이 거주하는 위대한 요새 사원의 지배를 받으며 도시 상부에서 살고, 가난한 사람들은 강기슭에 늘어선 부둣가, 사창가, 그리고 술집 아래 옹기종기 모여 산다. 도시의 두 구역은 오직 죄인의 계단이라는 이름의 거대한 돌계단을 통해서만 왕래할 수 있다.

노르보스인들이 자신들의 도시를 칭하는 대로 부르자면 이 '위대한 노르보스'는 바위투성이의 석회암 구릉에 더하여 빽빽하고 어두운 참나무, 소나무, 너도밤나무 숲으로 둘러싸여 있다. 이 숲은 곰, 멧돼지, 늑대 등 온갖 종류의 사냥감이 서식하는 장소이다. 도시의 영역은 멀리 동쪽으로는 다크워시 강의 서쪽 기슭에서 서쪽으로는 로인 강의 상류까지 닿아 있다. 또한 노르보스의 갤리선들은 노인 강을 오르내리는데, 남으로는 로인 강과 합류하는 니 사르의 폐허까지 이어진다. '위대한 노르보스'는 전율해에 있는 도끼 반도에까지 영유권

이전 페이지 | 로라스의 미로와 장님신 보아쉬의 사제들

300피트: 약 91미터

을 주장하고 있지만, 이벤인과의 분란을 야기하여 가끔 유혈 낭자한 사태가 벌어지기도 한다.

도시 가까이에 사는 노르보스 사람들은 계단식 농지에서 땅을 일군다. 좀 더 모험적인 사람들은 숲으로 들어가 나무로 울타리를 두른 마을을 개척하고 살기도 한다. 이곳의 개울은 유속이 빠르고 돌이 많다. 끝없이 뻗은 구릉에는 벌집처럼 동굴이 뚫려 있다. 대부분의 동굴은 여기 북쪽 땅에서 흔히 볼 수 있는 갈색곰의 보금자리지만 일부는 붉은 늑대 혹은 회색 늑대 무리가 산다. 어떤 동굴에서는 거인의 뼈가 발견되기도 했다. 옛날에 인간이 살았다는 증거인 벽화가 그려진 동굴도 있다. 노르보스에서 북서쪽으로 몇백 리그 정도 떨어진 곳에 있는 동굴은 너무 거대하고 깊은 나머지 지하세계의 입구로 통한다는 전설이 전해질 정도다. 이곳을 방문했던 로마스 롱스트라이더는 이 동굴을 자신의 저서 〈불가사의*Wonders*〉에서 세계 7대 불가사의로 선정한 바 있다.

오늘날 위대한 노르보스가 로인 강 상류를 장악하고 있긴 하지만, 이들이 옛날 이 위대한 강을 다스렸던 로인인들의 후예인가 하면 그렇지는 않다. 다른 자유도시들과 마찬가지로 노르보스는 발리리아의 딸인 것이다. 그러나 발리리아인들이 오기 이전에도 사람들은 노인 강의 물결을 따라 조잡한 마을을 짓고 살아간 바가 있었으며, 현재 노르보스가 서 있는 바로 그 자리이기도 하다.

이 선주민들은 대체 누구였을까? 어떤 이들은 로라스의 미로 건설자들의 친족이라고 생각하기도 하지만, 이들은 돌 대신 나무로 집을 지었으며 우리를 혼동스럽게 하는 미로가 발견되지 않는다는 점에서 볼 때 그렇지 않을 공산이 크다. 다른 이들은 이벤인과 비슷한 사람이었다는 설을 제기한다. 하지만 대부분은 이들 선주민이 안달족이었을 거라는 설을 지지한다.

첫 번째 노르보스인들이 과연 누구였던 간에, 이들은 이곳에서 살아남지 못했다. 전설에 따르면, 이들은 동쪽에서 온 털복숭이 인간들의 공격을 받아 노인 강에서 쫓겨났다고 한다. 이 털복숭이 인간들은 확실히 이벤인과 가까운 존재였을 것으로 추정된다. 이 침략자들은 니 사르의 전설적인 군주 '회색의 가리스'에게 쫓겨났지만, 로인인들은 이곳에 오래 머물러 있지 않았다. 그들로서는 구릉지대의 어두운 하늘과 차가운 바람보다 강 하류의 따뜻한 기후를 선호했기 때문이다.

자매도시인 로라스나 쿼호르와 마찬가지로, 노르보스는 발리리아 출신의 종교적 난민들이 설립한 자유도시이다. 이는 오늘날의 우리도 익히 알고 있는 사실이다. 발리리아 자유국은 그 절정기에 백 개는 되는 사원의 본거지였다. 어떤 사원은 수만 명의 숭배자를 거느렸던 반면 신자가 거의 없는 사원도 있었다. 발리리아에서는 그 어떤 믿음도 허용되었으며 다른 신앙보다 더 우위에 서는 신앙도 존재하지 않았다.

일부 학자에 의하면 드래곤로드는 어떤 신앙이든 가리지 않고 다 똑같은 이단으로 보았다고 한다. 자신들이야말로 그 어떤 신보다 더 강력한 존재라고 여겼던 드래곤로드들은 신앙을 원시적인 유물에 불과하다고 여겼지만, 종교라는 것이 현재보다는 더 나은 미래를 약속하기에 '노예와 야만인들, 그리고 빈자'들을 달래는 데에는 유용하다고 보았다. 게다가 신이 여럿이라면 피지배자들을 분열시키는 수단으로도 도움이 되었다. 하나의 기치 아래 모여 군주에게 도전하기가 더 어려워지기 때문이다. '긴 여름의 땅'에서 종교적 관용이란 평화를 유지하는 수단이었다.

대다수의 발리리아인들은 하나 이상의 신을 숭배하였고 필요에 따라 다른 신에게 눈을 돌리기도 했다. 혹은 어떠한 신도 숭배하지 않았다고도 전해진다. 대부분은 신앙의 자유를 진정한 선진 문명의 척도라고 여겼다. 그러나 어떤 이들에게는 넘쳐나는 신들이야말로 끝없는 불만의 원천이었다. 이른바 '빛의 주님'이라 일컬어지는 '붉은 를로르'를 모시는 예언자 중 하나는 "모든 신을 믿는다는 말은 어떠한 신도 믿지 않는다는 말과 마찬가지다."라는 유명한 말을 한 적이 있다. 하지만 달리 말하면 발리리아 자유국은 그 영광의 절정에서조차 특정한 신이나 여신을 맹신하고 다른 신앙은 거짓 우상이나 사기, 인류를 기만하는 악마의 산물이라 여기는 수많은 사람들의 고향이기도 했다.

이렇듯 수십 개의 종파들이 번성했고 때로는 서로 격렬하게 다퉜다. 결국 이들 중 일부는 발리리아의 종교적 관용을 참을 수 없었고 오직 '참 믿음'만을 숭앙하는 도시를 스스로 세우기 위해 발리리아를 떠났다. 우리는 이미 장님신 보아쉬의 신도들이 세운 도시 로라스에 대해서, 그리고 그들에게 닥친 결말에 대해서도 언급한 바 있다. 쿼호르의 경우도 '흑염소'라고만 알려져 있는 신을 믿는 추종자들이 설립한 도시이다. 한편 노르보스에 자리잡은 종파는 이보다 더 낯설고 더욱 비밀스러워서 오직 신도들에게만 신의 이름이 공개될 정도다. 그들의 교리는 의심할 바 없이 엄격하며, 사제들은 생가죽으로 만든 옷을 입고 예배의 일환으로 자신들의 몸에 채찍질을 가한다. 또한 이 종교에 입회한 이들에게는 면도나 이발이 금지된다.

창건 이래 현재까지, 위대한 노르보스는 수염을 기른 사노르보스에서는 오직 사제들만 턱수염을 기를 수 있다. 자유민으로 태어난 노르보스인들은 신분이 높건 낮건 턱수염 대신 콧수염을 바닥에 쓸리지는 않을 정도의 길이로 길러 애지중지한다. 반면 노예나 여성들은 온몸의 털을 전부 밀어야 한다. 노르보스의 여인들은 체모를 전부 제거한다. 귀족 여성의 경우 가발을 쓰긴 하는데, 다른 대륙이나 도시에서 온 사내들 사이를 다녀야 할 때라면 더욱 그러할 것이다.

제들이 통치하는 신정국가였다. 사제들 자신은 그들이 믿는 신이 다스리는데 이 신은 요새 사원의 깊은 곳에서 목소리를 내어 사제들에게 명을 내린다고 한다. 그곳에는 진실된 교인만이 들어가서 살 수 있다.

비록 행정관들의 평의회가 있긴 하지만, 평의회 위원들은 신탁에 의해 선정된다. 그리고 그 신탁은 사제들을 통해 전달된다. 순종을 강요하고 평화를 유지하기 위해 턱수염을 기른 사제들은 노예 병사들로 이루어진 호위병을 둔다. 이 병사들은 양날 도끼의 낙인을 가슴에 새기고 그들이 들고 싸울 긴 도끼와 상징적인 결혼식을 치른다.

노르보스는 여름은 무덥고 겨울은 매우 추우며, 가혹한 바람이 불어오고 사람들은 끊임없이 기도하는 우울한 회색빛 장소로 여행자들의 기억에 남을 것이다. 하지만 어부들의 본거지이자 사창가와 선술집이 존재하는 도시 하층부는 이보다 훨씬 활력이 있다고들 말한다. 사제들과 귀족의 눈이 닿지 않는 이곳에서 신분이 낮은 노르보스인들은 붉은 고기

대마에스터 페레스탄은 노르보스인들에게 도끼가 힘과 권능의 상징이라는 사실을 눈여겨봐야 한다고 언급한다. 그는 이것이 안달족들이 노르보스에 처음으로 정착했다는 증거이며 턱수염을 기른 사제들이 노르보스를 설립하던 당시 안달족이 남긴 폐허 속에서 이 상징을 획득했다는 이야기가 아니겠느냐고 주장한 바 있다. 그의 주장대로 칠각성 옆에 새겨진 양날 도끼는 옛 칠왕국을 정복한 성스러운 전사들이 칠각성 다음으로 애착해 마지않던 상징이었다.

〈돌에 새겨진 것들*Etched in Stone*〉을 저술한 대마에스터 하뮨에 의하면 베일에서도 이러한 무늬를 볼 수 있다고 한다. 별과 도끼 무늬는 달의 산맥 너머 핑거스에서도, 거인의 창이 있는 베일에서도 발견된다. 하지만 시간이 경과함에 따라 안달족들이 믿음의 상징으로서 칠각성을 더욱 중요시하고 도끼는 방치된 게 아닐까 하는 것이 하뮨의 추정이다.

그러나 말해 두어야 할 것은 발견된 조각물들이 도끼라는 데 모두가 동의한 것은 아니라는 점이다. 마에스터 이블린은 하뮨이 도끼라고 주장하는 것이 실은 대장장이신의 상징인 망치였다고 지적한 바 있다. 그의 말에 따르면 안달족이 장인이 아닌 전사가 되어 버린 결과로 망치의 묘사 역시 변화했다는 것이다.

와 강꼬치고기로 포식하고 도수 높은 흑맥주와 염소젖 발효주로 입가심을 한다. 그러는 동안 유흥거리로 곰의 춤을 즐기며, 횃불이 주변을 밝히는 지하실에서는 (소문에 따르면) 노예 여인들이 늑대와 짝짓기를 한다.

마지막으로 '세 개의 종'에 대해서 언급하지 않고서는 위대한 노르보스에 대한 설명을 끝낼 수가 없다. 종소리가 생활의 모든 양상을 지배하기 때문이다. 노르보스 사람들은 이 종으로 언제 일어날지를 알고, 언제 잠들지를 알며, 언제 일하고 쉴지를 알고, 언제 무장할지, 언제 기도할지(꽤 자주 울린다), 심지어 언제 육체적인 관계가 허용되는지를(전설에 의하면, 그리 자주는 아니다) 안다. 종소리는 각각 독특한 '음색'을 띠고 있는데 진정한 노르보스인이라면 이를 뚜렷이 구분할 수 있다. 종에는 눔, 나라, 니엘이라는 이름이 붙어 있으며 로마스 롱스트라이더는 노르보스의 종에 매혹되어 그가 저술한 〈인류가 빚은 불가사의*Wonders Made by Men*〉의 아홉 가지 불가사의에 이를 포함시켰다.

쿼호르

발리리아의 딸 중에서 장녀에 해당하며 이들 중에서는 가장 동쪽에 있는 쿼호르는 노르보스나 로라스보다도 더욱 신비로운 도시다. 쿼호르는 에소스 전체에서도 가장 큰 대삼림의 서쪽 가장자리를 흐르고 있는 코인 강가에 세워졌는데, 이 거대한 숲의 이름도 쿼호르 대삼림이며, 매우 넓고 낮에도 어두침침하며 까마득하게 오래되었다.

웨스테로스처럼 먼 곳에서조차 사람들은 쿼호르를 마법사들의 도시라고 언급한다. 오늘날까지도 이곳에서 어둠의 마법이 행해지고 있다고 믿는 사람들이 많기 때문이다. 좀처럼 증명된 바는 없지만 소문에는 예언, 혈마법, 사령마법들이 언급된다. 이 중에서 논쟁의 여지가 없는 진실이 하나 있다면, 흑염소로 알려진 신격, 쿼호르의 어둠의 신은 매일 피의 희생을 요구한다는 점이다. 암송아지, 거세한 숫송아지, 말 등이 흑염소의 제단 앞에서 자주 희생된다. 그러나 축일에는 두건을 쓴 사제들의 칼날 아래 사형수들이 놓여진다. 그리고 위기나 위험이 닥쳐올 때는 도시의 고위 귀족들이 자신의 자식을 바친다는 기록이 있다. 도시를 보호해 달라고 신에게 청하기 위해서다.

쿼호르를 에워싸고 있는 숲은 도시의 부를 지탱하는 중요한 원천이다. 도시의 역사를 찾아보면 쿼호르는 벌목장에서 시작되었다고 한다. 지금까지도 쿼호르 사람들은 사냥꾼과 삼림관리인으로 많이 알려져 있다. 로인 강 하류를 따라 늘어선 빛나는 도시들과 마을들 모두 대단한 양의 목재가 필요하다. 때문에 쿼호르 주변의 임산자원은 오래전에 고갈되었다. 나무가 베어진 자리는 밭과 농장으로 바뀌었다. 나무로 만든 거대한 바지선이 매일 쿼호르의 부두를 떠나 코인 강을 따라 내려간다. 이들은 단검 호수를 지나 셀호리스, 발리사르, 볼론 테리스의 시장을 거쳐 올드 볼란티스까지 항해하는 긴 여정을 거친다.

쿼호르의 숲에서는 온갖 종류의 희귀하고 질 좋은 모피와 가죽을 구할 수 있으며 은, 주석, 호박 같은 귀한 자원도 얻을 수 있다. 시타델의 지도나 두루마리에 따르자면 이 광활한 숲은 결코 완전히 탐험된 바가 없으며 그 깊은 곳에 수많은 신비와 경이를 간직하고 있을 터이다. 쿼호르의 숲에는 다른 북쪽의 숲과 마찬가지로 셀 수 없는 엘크와 사슴이 있으며 늑대, 사향고양이, 괴물 같은 크기의 멧돼지, 얼룩무늬 곰에 더하여 여우원숭이까지 서식하고 있다. 여우원숭이는 여름 제도와 소토리오스에나 사는 동물로 알려져 있지만 북쪽에서는 거의 발견되지 않는 품종이다. 이 여우원숭이는 은백색의 털에 보라색 눈을 하고 있어서 '조그마한 발리리아인'이라 불리기도 한다.

쿼호르의 장인들은 아주 유명하다. 주로 여성과 아이들이 짜는 쿼호르산 태피스트리는 미르에서 짠 것만큼 품질이 좋으면서도 값은 저렴하다. 쿼호르의 시장에서는 매우 정교한(때때로는 좀 충격적인) 나무 조각품을 구입할 수 있으며 도시를 묘사한 조각품의 높은 예술성은 따라올 자가 없는 수준이다. 쿼호르의 검과 칼, 갑옷은 웨스테로스 최고의 대장간에서 만든 철물보다 우수하며 대장장이들은 금속 깊숙이 색을 스며들게 하는 기술을 터득하여 갑옷과 무기에 영속적인 아름다움을 불어넣는다. 현존하는 발리리아 강철을 녹여서 다시 만드는 기술을 알고 있는 장소도 전 세계에서 오직 이곳뿐이며, 그 방법은 매우 엄중한 비밀로 지켜지고 있다.

쿼호르의 숲에서 잡힌 여우원숭이의 박제가 시타델에 하나 진열되어 있다. 이 박제를 쓰다듬으면 시험을 잘 본다는 미신 때문에 마에스터 수련생들이 하도 쓰다듬는 바람에 털은 오래전에 다 빠져 버렸다.

좌측 | 노르보스의 신에게 올리는 예배 행렬

마에스터 폴이 쿼호르에 몇 년 동안 살면서 저술한 쿼호르의 금속가공술에 대한 논문을 보면 이들이 비법을 얼마나 엄중하게 보호하고 있는지 알 수 있다. 마에스터 폴은 너무 많이 캐묻고 다니는 바람에 세 번이나 공개적으로 매질을 당한 끝에 도시에서 추방되었으며, 마지막에는 발리리아 강철검을 훔쳤다는 혐의를 받아 손을 잘렸다. 폴의 증언에 따르자면 마지막 추방에 얽힌 진실은 그가 발견한 피의 희생제 때문이었다고 한다. 쿼호르의 대장장이들은 발리리아 강철을 생산하고자 하는 노력의 일환으로 노예가 낳은 갓난아이를 희생 제물로 바쳤다는 것이다.

쿼호르는 동쪽으로 향하는 관문으로도 유명한 도시다. 바에스 도트락과 뼈의 섬들 너머 전설의 땅으로 향하는 캐러밴이 이곳에서 출발한다. 숲의 어둠과 사르노르의 황폐함, 도트락의 바다가 선사하는 광활함을 마주하기 전에 필요한 장비와 식량을 이곳에서 준비하는 것이다. 반대로 동쪽에서 돌아오는 캐러밴은 우선 쿼호르에 들어와 긴 여정에 따르는 피로를 풀고 그들이 얻어 온 보물을 팔거나 거래한다. 이러한 무역 덕에 쿼호르는 자유도시 중 가장 부유한 도시이면서 가장 이국적인 도시이기도 하다(사르노르의 멸망 이전에는 지금보다 열 배는 더 부유했다는 이야기가 있다).

튼튼한 석벽이 쿼호르를 보호하고 있지만 도시의 주민들은 싸움에 소질이 없다. 쿼호르 사람들은 상인이지 전사가 아닌 것이다. 소규모 도시 경비대 외에 도시의 방어는 노예-거세된 보병인 언설리드에게 위탁되며 이들은 노예상의 만 연안에 있는 고대 기스카르 도시, 아스타포르에서 태어나고 훈련받은 자들이다.

발리리아의 멸망에 뒤이은 '피의 세기' 동안 올드 볼란티스가 모든 자유도시를 자신의 치하에 두려 하자 쿼호르와 노르보스는 손을 잡고 볼란티스에 맞섰다. 비록 노르보스의 사제들이 쿼호르의 흑염소를 악마로, 그중에서도 특히나 비열하고 불충한 피조물로 여겼다고는 하지만 이 시기를 겪은 이후 두 도시는 적으로 만나기보다는 동맹이었던 일이 더 잦았다.

사백 년 전, 템모라는 도트락의 칼이 있었다. 그는 오만 명의 사나운 기병들을 거느리고 동쪽에서 출발했는데, 삼천 명의 언설리드가 쿼호르의 성문 앞에서 그들을 막아섰다. 언설리드는 최소한 열여덟 번의 기마 돌격을 견뎌냈고, 결국 칼 템모가 전사하자 후임 칼은 각자 땋은 머리칼을 잘라 살아남은 언설리드 앞에 던지라는 명령을 부하들에게 내렸다. 이 전투 이후로 지금까지 쿼호르는 도시 방위를 언설리드에게 의존하고 있다(물론 위험할 때에는 용병단을 고용하기도 하고, 도시를 그냥 지나가 달라고 청탁하고자 도트락의 칼에게 아낌없는 선물을 보내는 일도 있지만).

상단 | 흑염소 신의 희생 제단

갈라선 자매들: 미르, 리스, 티로시

자유도시 중 가장 동쪽에 있는 로라스와 노르보스, 쿼호르는 웨스테로스와 거의 교역하지 않는다. 허나 나머지 도시는 사정이 다르다. 브라보스와 펜토스, 볼란티스는 모두 바다를 면한 도시로 커다란 항구를 갖는 축복을 받았다. 무역은 이들의 생명줄이다. 이 도시의 선박은 이 티, 렝, 혹은 극동에 존재하는 '그림자 밑의 아샤이'에서 웨스테로스에 있는 라니스포트와 올드타운까지 육지의 끝에서 끝을 항해한다. 각 도시에는 고유의 관습과 역사가 있다. 를로르의 붉은 사제들이 자유도시의 상당수를 장악하고 막강한 권력을 휘두르긴 하지만 각 자유도시에는 저마다의 신도 있다. 이들 사이에는 여러 세기 동안 잦은 대립이 있었으며, 자유도시들이 벌인 말다툼이나 전쟁을 기록하자면 책의 페이지를 가득 채울 수 있을 정도다.

미르, 리스, 티로시에 있어서도 이는 마찬가지인데, 다투기 좋아하는 세 딸은 끊임없는 불화와 영토 분쟁을 거듭했다. 이런 분쟁에 웨스테로스의 왕과 기사들이 휘말리는 경우도 있었다. 이 세 도시는 에소스의 크고 비옥한 '발뒤꿈치' 부분을 둘러싸고 있다. 이 곳은 협해와 여름해를 나누는 경계로 한때는 웨스테로스 대륙과 연결되는 육로의 일부이기도 했다. 요새 도시 티로시는 도른의 팔이 바다로 가라앉고 남은 잔재인 스텝스톤 군도의 최북단이자 최동단에 있다. 미르는 대륙 본토에 자리하고 있는데, 그곳은 고대 발리리아의 '드래곤의 길'이 미르스 해라고 하는 커다란 만의 잔잔한 바다와 만나는 지점이다. 리스는 에소스 남쪽의 여름해에 있는 자그마한 군도에 있다. 이 세 도시는 그들 사이에 놓인 땅의 일부(혹은 전부)에 대해 소유권을 주장하였고, 우리는 오늘날 그 지역을 '분쟁 지대'라는 명칭으로 부른다. 세 도시 사이의 경계를 확정하려는 시도는 전부 실패하였으며, 셀 수 없는 전쟁이 벌어졌다.

역사, 문화, 관습, 언어, 그리고 종교면에서 세 도시는 다른 자유도시들에 비해 서로 비슷한 면이 많다. 셋 모두 상업 도시이며, 높은 성벽이 있고 용병을 고용하여 도시를 방어한다. 태생에 의한 권리보다 부에 의한 권리가 우위에 놓이고, 상인을 군인보다 더 명예로운 직업으로 취급한다. 리스와 미르는 도시에서 가장 부유하고 명예로운 이들 중에 행정관을 선출하고 이러한 행정관들의 협의회가 도시를 통치한다. 티로시의 경우는 협의회와 비슷한 멤버들 사이에서 집정관이 선출된다. 셋 다 노예제가 용인된 도시로, 노예의 수가 자유민에 비해 세 배 정도 많다. 셋 다 항구와 바다가 생명줄이다. 세 도시의 어머니인 발리리아 자유국이 그랬듯이 이 세 딸들 또한 공식적인 신앙을 공인하지 않는다. 제각기 다른 여러 신을 위한 사원과 성소가 거리에 줄지어 늘어서 있어 부둣가를 가득 메울 정도이다.

이들 사이의 대립은 오랜 뿌리를 두고 있기에 이미 서로간에 적개심이 깊이 자리를 잡았고, 이로 인해 여러 세기 동안 전쟁을 치렀다. 이는 웨스테로스의 왕과 영주들에게는 의심할 바 없는 이득이었는데, 이 부유하고 강력한 도시들이 서로 연합했더라면 무섭고도 만만치 않은 이웃이 되었을 것이기 때문이다.

리스는 자유도시 중 가장 아름다운 도시로, 어쩌면 우리가 알고 있는 세계를 통틀어 가장 기후가 쾌적한 곳이다. 선선한 바람이 불어오고 과일 나무가 풍성한 비옥한 섬 위로는 따뜻한 햇살이 내려온다. 주변을 둘러싼 짙푸른 바다에는 물고기가 가득하다. 이 '사랑스러운 리스'는 옛 발리리아의 드래곤로드들이 휴양지로 즐기기 위해 세워진 도시였다. 그들은 발리리아 자유국의 불꽃으로 돌아가기 전에 질 좋은 와인과 달콤한 처녀, 부드러운 음악을 음미하며 이 낙원에서 스스로를 재충전하곤 했다.

지금까지도 리스는 '오감의 축제, 영혼의 위안'으로 남아 있다. 리스의 창관인 '베개의 집'은 세계 전역에 유명하며 이곳의 일몰은 지구상의 그 어떤 곳보다 아름답다고 한다. 리스인들 또한 미인인데 이곳 사람들에게는 알려진 세계 중 그

상단 | 미르의 여성 상인

미르와 리스, 티로시가 연합하면 어떤 힘을 발휘할 수 있을까? 그 해답은 비록 짧은 시기이긴 했지만 이들의 연합군이 '국경의 전투'에서 볼란티스를 상대로 승리를 거두면서 증명되었다. 이 승리를 거둔 뒤 세 도시는 서로간의 영원한 우정을 맹세하고는 AC 96년에 삼두정이라는 특이한 정치 체제로 뭉쳤다. 그들의 연맹은 웨스테로스에서 '세 딸들의 왕국'이라는 이름으로 알려져 있다. 삼두정의 시작은 스텝스톤 군도의 해적과 사략선을 일소하는 것이었다. 해적은 무역에 있어서 대단한 골칫거리였으므로, 이 연합은 처음에는 칠왕국 및 다른 세력에게 환영받은 바 있었다. 세 자매는 해적을 상대로 신속하게 승리를 거두고 군도와 해협을 장악했다. 그리고 이곳을 통과하는 선박에 과도한 통행료를 부과하기 시작했다. 머지않아 이들의 탐욕은 전임자인 해적을 능가하는 수준이 되었다. 특히 리스인들이 통행료로 잘생긴 청년과 아름다운 처녀를 요구한 것에서 이 탐욕은 정점에 달했다.

그러나 삼두정은 코를리스 벨라리온과 다에몬 타르가르옌의 힘에 맞서기에는 역부족이라는 사실을 몸소 체험하게 되었고, 스텝스톤 군도의 상당수를 잃었다. 허나 이는 잠시뿐, 웨스테로스인들이 내부 불화로 전황에 신경을 쓰지 못하게 되자 바로 세력을 되찾았다. 그러나 삼두정도 '흑조'(그녀는 웨스테로스의 스완 공의 조카딸이었으며, 이윽고 명목상으로는 아니었지만 실질적으로 리스를 통치하게 되었다)라 불리던 고급 창부를 두고 다투던 리스의 제독이 경쟁자에게 살해당하는 사건이 불러일으킨 불화로 인해 붕괴되었다. '세 딸들의 왕국'과 라이벌 관계이던 브라보스, 펜토스, 로라스의 동맹은 이 왕국이 막을 내리도록 열심히 부채질했다.

어디보다도 고대 발리리아 혈통이 강하게 흐르기 때문이다.

다른 두 도시보다 방어가 탄탄한 티로시는 검은 드래곤스톤이 성벽에 맞물려 있는 것에서 알 수 있듯, 군사 목적의 기지에서 출발했다. 발리리아인들이 남긴 기록을 보면 이 요새는 본래 스텝스톤 군도를 오가는 선박을 통제하기 위한 곳이었다. 얼마 지나지 않아 요새가 서 있는 황량한 바위섬 근

처의 바다에서 특별한 바다 달팽이를 발견하게 되었다. 이 달팽이들이 품고 있는 어떤 물질을 잘 다루면 깊은 색조의 검붉은 염료를 만들 수 있었다. 이 염료는 곧 발리리아 귀족들 사이에서 널리 유행하였다. 티로시 바깥 다른 어디에서도 이 달팽이를 구할 수 없었기에 상인들이 수천 단위로 몰려들었고, 한 세대 만에 요새는 커다란 도시로 성장했다. 티로시의 염색장이들은 달팽이의 먹이에 변화를 주는 방법으로 주홍색과 진홍색, 진한 남색 염료도 생산하기 시작했다. 이렇게 몇 세기가 지나자 장인들은 수백 가지의 색조를 고안하기에 이르렀는데, 일부는 자연적으로 생산했지만 일부는 연금술을 동원해 이룬 성과였다. 화려한 색채의 의복은 세계 곳곳에서 영주와 군주들의 환심을 샀고, 그런 옷을 만드는 데 쓰이는 염료는 모두 티로시에서 생산했다. 도시는 부유해졌고 그만큼 겉치레도 늘어났다. 티로시에서는 현란한 과시가 미덕이며, 남녀 모두 관능적이고 인공적인 색상으로 머리를 염색하기를 즐긴다.

미르의 기원은 다른 둘에 비해 어두침침하다. 어떤 마에스터들은 미르인들이 로인인의 친족이라고 믿는데, 미르인 중 다수가 올리브색 피부에 검은 머리칼을 가지고 있어 로인인과 외형적으로 유사하기 때문이다. 그러나 이런 식의 연결은 그저 겉모습으로만 판단한 결과에 지나지 않는다. 심지어 여명기와 긴 밤의 시기에도 현재의 미르가 서 있는 곳에 이미 도시가 있었다는 확실한 흔적이 있다. 이 도시는 지금은 사라진 고대인이 세웠다. 그러나 현재 우리가 알고 있는 미르는 성벽을 갖춘 안달족의 거주지 위에 발리리아의 무역상들이 건설한 것으로, 본래 이곳에 살던 사람들은 살해당하거나 노예가 되었다. 무역은 이때부터도 미르의 생명이었으며 미르의 선박은 여러 세기 동안 협해를 가로질렀다. 대부분 노예 태생인 미르의 장인들 역시 무척 유명하다. 미르에서 생산하는 레이스와 태피스트리는 그 무게만큼의 금이나 향신료의 가치가 있다고 하며, 미르의 장인들이 가공한 렌즈는 세계에서 견줄 것이 없다고 한다.

로라스, 노르보스, 쿼호르가 종교적인 이유로 세워진 도시라면 리스, 티로시, 미르의 관심사는 언제나 이윤이었다. 세 도시는 커다란 상선단을 소유하고 있으며 도시의 무역상들은 온 세계의 바다를 항해한다. 세 도시 모두 노예 무역과 깊이 연루되어 있다. 티로시의 무역상들은 특히 공격적이어서 와일들링 노예를 찾으려고 멀리 장벽 너머 북부에까지 올

비세리스 2세의 부인은 리스의 귀족인 라라 로가레로, '무능왕' 아에곤 4세와 '용기사' 아에몬을 낳았다. 그녀는 발리리아 혈통의 대단한 미인이었으며 결혼 당시 열아홉 살로 비세리스 왕자보다 일곱 살 연상이었다고 한다. 그녀의 부친인 리산드로 로가레는 부유한 은행가 가문의 수장이었으며 그의 권력은 타르가르옌 가문과의 통혼 이후 증가일로에 있었다. 리산드로는 자신을 첫 번째 종신 행정관이라 칭하였고 사람들은 그를 '찬란한' 리산드로라고 불렀다. 그러나 리산드로의 형제이며 도른 여대공의 부군이었던 드라젠코와 리산드로가 하루 차이로 나란히 죽자 리스와 칠왕국 양쪽에서 로가레 가문의 몰락이 가파르게 시작되었다.

리산드로의 후계자 리사로는 권력을 꿈꾸며 막대한 재산을 뿌려 가며 행정관들과 충돌을 일으켰는데, 그의 형제자매들이 철왕좌를 둘러싼 암투에 휩쓸렸을 때도 여전했다. 리사로 로가레는 몰락한 뒤 죄를 지어 무역의 신전에서 채찍을 맞다 죽었다. 리사로의 형제자매들은 그보다는 나은 처분을 받았는데, 그중 한 명으로 군인이었던 모레도 로가레는 발리리아 강철검 '트루스'의 소유자였으며, 결국 리스에 대항하여 군대를 일으켰다.

라가곤 한다. 한편 리스인들은 유명한 '베개의 집'을 위해서 어여쁜 소년과 아름다운 처녀를 찾아다닌다.

또한 리스인들은 대단한 노예 품종 개량자들이기도 하다. 이들은 더욱 세련되고 사랑스러운 고급 창부 및 노예들을 생산하고자 미인과 미인을 교배시켰다. 리스에는 발리리아 혈통이 강하게 남아 있기 때문에 자그마한 촌락에 사는 사람조차도 고대 드래곤로드의 특징인 창백한 피부와 백금발을 지녔고, 자줏빛이거나 라일락, 혹은 연청색의 눈동자를 자랑한다. 리스의 귀족들은 혈통의 순수성을 무엇보다 중히 여기며 유명한(혹은 악명 높은) 미인을 수없이 배출했다. 타르가르옌 왕조의 왕과 왕자들조차도 가끔은 부인이나 정부를 얻기 위해 리스에 눈을 돌렸다. 그들의 혈통에 리스인의 아름다움을 섞어 넣기 위해서였다. 이에 적합하게도 상당수의 리스인들이 사랑의 여신을 숭배하며 여신의 발가벗은 형상이 그들의 주화에 새겨져 있다.

리스와 미르, 그리고 티로시 사이의 전쟁과 정전, 동맹, 배신에 대한 이야기는 너무 많아서 여기에 언급할 수가 없다. 이러한 분쟁 중 대부분은 '무역 전쟁'이라고 불리는데, 전적으로 해전으로 치루어졌으며, 전쟁에 참여한 배에게는 상대를 약탈할 수 있는 면허장이 주어졌다. 이에 대해서 그랜드 마에스터 메리온은 "허가받은 해적질이라고 해야겠지."라고 언급한 바 있다. 무역 전쟁 동안에는 오직 전쟁 중인 배의 선원만이 죽음이나 해적 행위에 직면했으며, 도시 자체는 절대 침략당하지 않고 육지에서는 어떤 전투도 일어나지 않았다.

무역 전쟁보다는 드물게 벌어졌지만, 이보다 더 유혈이 낭자한 전투는 '분쟁 지대'에서 벌어지던 육지의 전쟁이었다. 분쟁 지대는 이전에는 부유했으나 피의 세기 동안 황폐화되었으며 오늘날에는 대부분 뼈와 재, 그리고 소금기만 남은 황무지가 되었다. 그러나 이러한 상황에서도 티로시와 미르, 리스는 자신들을 위해 싸워 줄 용병을 고용하여 전쟁을 벌였을 뿐 시민들의 생명을 위태롭게 하는 일은 좀처럼 없었다.

피의 세기가 시작되면서 분쟁 지대에서는 알려진 그 어

이전 페이지 | 회담 중인 삼두

상단 | 리스의 귀족 여성

가장 유서깊은 용병단 중에는 차남 용병단이 있다. 이 용병단은 상속권이 없으며 장래의 전망도 어두운 귀족 가문의 '차남' 40여 명이 모여 설립했다. 이후부터 이 용병단은 영지를 잃은 영주와 추방당한 기사들, 그리고 모험가들의 고향이라고 할 수 있었다. 칠왕국에서도 수많은 유명인들이 한번쯤은 차남 용병단에서 복무했다. 오베린 마르텔 공자는 자신의 용병단을 설립하기 전에 차남 용병단에 있었으며, '방랑하는 늑대' 로드릭 스타크도 역시 이 용병단의 멤버였다. 차남 용병단의 가장 유명한 단원으로는 '비터스틸'이라 불리는 아에곤 4세의 서자, 아에고르 리버스 경을 들 수 있겠다. 그는 웨스테로스에서 추방당한 뒤 황금 용병단을 설립하기 전까지의 기간을 차남 용병단과 함께 했는데, 그와 함께했던 기간은 이 용병단이 가장 찬란하게 빛나고 막강했던 시절이었으며, (누군가에게는) 가장 명예로왔던 순간으로 남아 있다.

언급할 만한 다른 용병단으로는 밝은깃발단, 폭풍까마귀단, 장창단, 살쾡이 용병단이 있다. 황금 용병단을 비롯해 칠왕국에서 건너온 이들로 구성된 용병단도 존재하는데, 예를 들어 '용들의 춤' 이후 오스카 툴리가 설립한 폭풍분쇄단이 있으며, 마지막 북부의 왕 토렌 스타크가 아에곤에게 무릎을 꿇고 왕관을 포기했을 때 항복을 거부하고 협해 너머로의 추방을 선택했던 북부인들이 만든 장미 용병단이 있다(이 용병단에는 때때로 여성들도 입단했다고 한다).

떤 세계보다도 많은 용병단이 태어났다. 이 지역에는 오늘날에도 마흔 개가 넘는 용병단이 존재한다. 다툼을 좋아하는 세 딸들이 고용하지 않는다면 용병들은 스스로 전리품을 찾기 위해 움직인다. 그들 중 일부는 '아에곤의 정복' 전이나 후에 칠왕국에서 고용주를 찾으려 한 적도 있었다고 한다.

티로스, 리스, 미르 사이에 빈발했던 전쟁은 분쟁 지대에서 용병단의 탄생을 부채질했을 뿐 아니라, 해적선단과 해상 용병의 탄생을 야기했다. 이러한 해상 집단들은 돈만 준다면 누구를 위해서도 싸우는 이들이다. 이들 대부분은 '부러진 팔'과 동부 해안 사이에 있는 스텝스톤 군도에 본거지를 두고 있었다.

이러한 해적선단의 존재는 스텝스톤 군도를 통과하는 모든 이들이 위협을 느낄 만했다. 여름해에서 건조한 백조선들은 때때로 해적에게 공격받을 기회를 감수하느니 스텝스톤 군도를 완전히 피하여 원양을 항해하는 위험을 무릅쓰기도 한다. 이보다 바다에 노련하지 않은 이들, 그리고 원양 항해에 적합하지 않은 배들에겐 선택의 여지가 없다. 해적 소굴이 너무 심하게 행패를 부리거나 그 수가 많아질 경우엔 티로시의 집정관이나 볼란티스의 삼두, 브라보스의 해주들이 이들을 일소하기도 한다. 하지만 이들은 언제나, 어떻게든 다시 돌아온다.

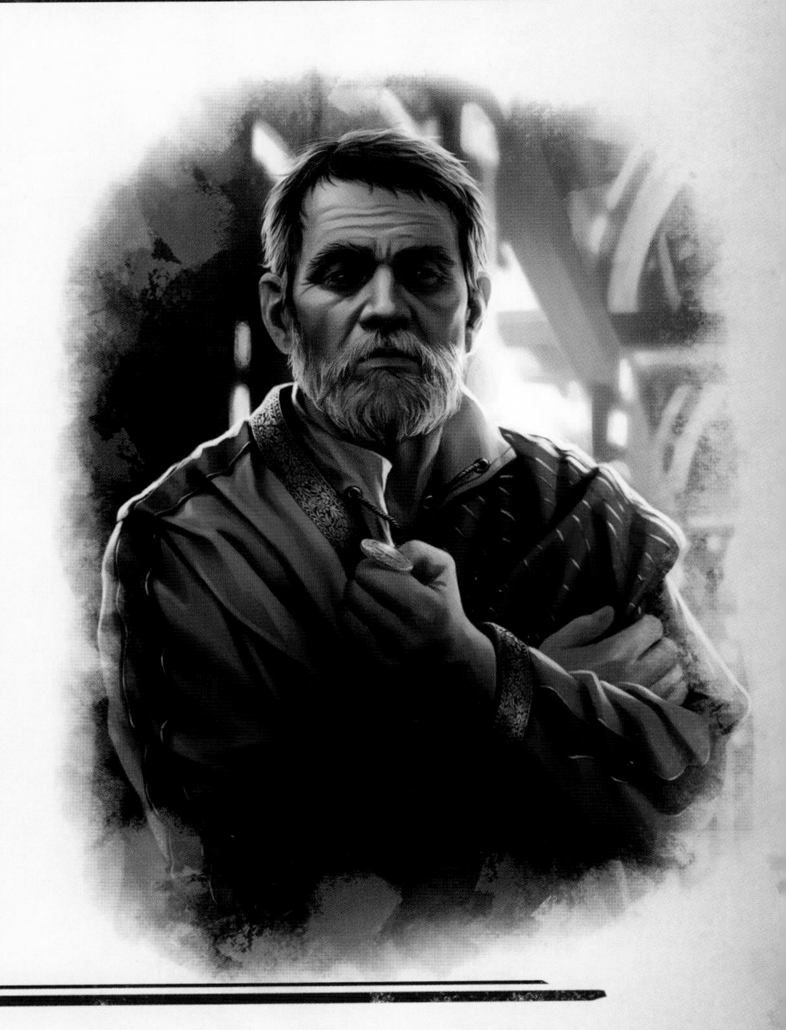

해적이 지나치게 소란을 피우는 바람에 킹스랜딩과 드래곤스톤에서 함대를 파견한 일도 있다. '참나무 주먹' 알린 벨라리온은 계절을 넘겨 가며 해적선을 사냥해 크나큰 칭송을 받았으며, '젊은 드래곤' 다에론 1세는 누이를 브라보스의 해주에게 시집보내어 동맹을 맺고자 한 적도 있다. 새로 정복한 도른과의 무역에 해적이 걸림돌이 되었기 때문이었다. 그랜드 마에스터 카에스는 〈네 왕의 생애〉에서 이를 상세하게 다루었다. 그는 이 책에서 브라보스에 결혼 동맹을 제안한 일은 다에론 왕의 실수라고 주장했다. 브라보스는 당시 펜토스 및 리스와 전쟁 중이었는데, 다에론 왕의 행동은 다른 자유도시들이 도른의 반란군을 지원하도록 부추기는 꼴이었다는 것이다.

상단 | 티로시의 남성 상인

펜토스

펜토스는 킹스랜딩에 가장 가까이 있는 자유도시로, 무역선들이 거의 매일같이 이 두 도시 사이를 오간다. 본래 발리리아인들이 무역 기지로 세웠던 펜토스는 곧 근처 내륙 지역을 흡수하여 벨벳 힐즈와 소 로인 강에서부터 바다에 이르기까지, 또 원래 안달족의 터전이었던 고대 안달로스 지역의 거의 전부를 차지하며 성장해 갔다. 처음에 펜토스를 세웠던 사람들은 상인과 무역업자, 선원, 농부들로서 상류층 출신은 거의 없었다. 아마도 그 이유 때문인지 그들은 발리리아 혈통을 지키려는 집착이 덜했으며, 오히려 그들이 지배하는 땅의 원래 거주민들과의 결합에 더 열성적이었다. 그 결과 펜토스인은 안달족의 피가 상당히 섞여 있기에 어쩌면 그들은 우리와 가장 가까운 사촌일지도 모를 일이다.

그럼에도 불구하고 펜토스인은 칠왕국과는 매우 다른 관습을 지킨다. 펜토스는 스스로를 발리리아의 딸로 여겼고-아닌 게 아니라 실제로도 그곳에서는 발리리아 혈통을 쉬이 찾아볼 수 있다. 더 예전에는 이른바 40개 가문들의 성인 남성 가운데서 뽑은 고위 귀족 출신의 대공이 펜토스를 통치했었다. 이들 펜토스의 대공은 일단 한 번 선택되면 그 후로 평생 동안 통치했는데, 그가 죽으면 새로이 대공을 선출했으며, 거의 언제나 전대의 대공과는 다른 가문에서 대공을 선출했다.

그러나 여러 세기가 지나며 대공의 권력은 점점 약해진 반면, 대공을 뽑는 행정관들의 힘은 커져만 갔다. 오늘날 펜토스의 실질적인 통치 기구는 대공이 아니라 행정관들의 협의체다. 대공의 권력은 명목상에 불과하며, 의례적인 일들만 수행한다. 예를 들면 늠름한 경호원을 대동하고서 호화로운 가마로 이곳저곳 옮겨다니며 연회나 무도회를 주재하거나, 매해 신년마다 각각 바다와 내륙에서 온 두 처녀의 순결을 꺾는 일 말이다. 아주 오래전부터 내려온 이 의식은 아마도 발리리아인들이 펜토스를 세우기도 훨씬 전의 일에서 비롯된 것 같은데, 펜토스가 육지와 바다 양쪽에서 영원히 번영할 것임을 상징하려는 의도이다. 그렇지만 기근이 들거나 전

대공 직함을 갖는 데 따르는 위험성을 고려하면 펜토스의 귀족들이 이 도시의 왕관을 열망하지 않았음을 알 수 있다. 실제로 몇몇 사람들은 유서깊지만 너무 위험한 이 명예를 거절하기도 했던 것으로 알려진다. 그중에서도 가장 유명하고 가장 최근에 대공의 관을 거부했던 사람은 '누더기 대공'으로 불리는 악명 높은 용병대장이다. 그는 젊은 시절 펜토스의 행정관들에 의해 대공으로 뽑혔는데, AC262년에 오랜 가뭄이 찾아와서 전대의 대공이 처형된 직후였다. 그는 그 영예를 물리치고 도시를 도망쳐서 다시는 돌아오지 않았다. 그 후 그는 분쟁 지대에서 전투에 참여하며 용병으로 먹고 살다가 에소스의 신생 용병단 중 하나인 '풍찬노숙단'을 설립했다.

쟁에서 패배하면 그때는 대공이 군주가 아니라 희생 제물이 된다. 즉, 대공의 목을 그어 신들을 달래고 이 도시에 더 많은 부를 가져올 새 대공을 뽑는 것이다.

펜토스의 역사 대부분 기간에 걸쳐 노예제가 널리 시행되어 왔으며, 펜토스의 선박들 역시 노예 무역에서 적극적인 역할을 맡아 왔다. 하지만 이런 관행은 여러 세기 전에 북쪽에 이웃한 브라보스, 즉 발리리아에서 탈출한 노예들이 세운 '발리리아의 사생아 딸'과 펜토스 사이에 갈등을 빚어냈다. 지난 200년간 두 도시 사이에 이 문제를 놓고 전쟁이 적어도 여섯 번은 있었다(노예제 문제만이 아니라 두 나라 사이에 놓인 비옥한 땅과 물의 통제권을 차지하기 위한 목적도 있었음이 반드시 지적되어야 한다).

그중 네 번은 브라보스의 승리와 펜토스의 항복으로 끝났다. 마지막 전쟁은 91년 전에 끝났는데, 펜토스가 너무 일방적으로 밀린 나머지 단 1년 동안 최소 네 명의 대공이 희생되고 새로 선출되었다. 이 피투성이의 계승에서 다섯 번째로 선출된 대공 네비오 나라티스는 이례적인 승리를 거둔 후 행정관들에게 브라보스와 평화 협정을 맺자고 설득했다(소문에는 전투의 승리도 뇌물로 산 것이라고들 한다). 평화 협정에서 펜토스는 브라보스에게 몇 가지 양보를 할 수밖에 없었는데, 그중에는 노예제를 폐지하고 노예 무역도 그만두라는 조항도 있었다.

이들 조항은 지금까지도 펜토스의 법에 남아 있다. 하지만 목격자들에 의하면 많은 펜토스 선박들이 검문을 당할 때 돛대에 리스나 미린의 깃발을 게양하는 수법으로 노예 무역 금지법을 회피하는 모습을 보았다고 한다. 한편 펜토스 안에는 수만 명의 '자유 예속인'이 존재하는데, 이들은 이름만 빼면 완전히 노예와 다를 바가 없다. 그들 역시 리스, 미린, 티로시의 노예들처럼 목줄이 채워진 채 낙인이 찍히며, 매우 난폭하게 다뤄지기 때문이다. 물론 법적으로는 이들 자유 예속인들도 명목상 자유인이며, 스스로의 의지로 주인을 모시기를 거부할 권리가 있다. 단, 주인에게 진 빚만 없다면 말이다. 하지만 그들 대부분은 무거운 빚을 껴안고 있다. 그들이 하는 노동의 가치가 주인들이 제공하는 식비, 의복비, 주거비보다 적고, 따라서 날이 갈수록 빚이 줄기는커녕 더욱 늘어나기 때문이다.

브라보스와 펜토스 사이에 합의된 평화 협정의 추가 조항은 펜토스인들의 군함을 20척 이하로 제한하고 있으며, 용병을 고용하거나 용병단과 계약을 체결하는 행위도 금하고 도시경비대 이상의 어떤 군대도 보유하는 것을 금지한다. 현재 펜토스인들이 티로스, 미르, 리스보다 덜 공격적인 이유 중 하나가 이 조항 때문임은 의심할 여지가 없다. 결국 외부에서 보는 펜토스는 그 거대한 성벽에도 불구하고 종종 자유도시들 중 가장 허약한 도시로 보여지는 것이다.

이러한 이유로 인해 펜토스의 행정관들은 다른 자유도시들을 향해서는 물론이고 도트락의 기마군주들에 대해서도 회유적인 태도를 취해 왔다. 그들은 여러 해 동안 힘센 칼들과 불안정한 친교를 다져 왔으며, 누구든 로인 강 동쪽으로 자신의 칼라사르를 몰고 오는 자들에게는 호화로운 선물과 금화 궤짝을 안겨 주었다.

볼란티스

아홉 자유도시 중 가장 크고 부강한 도시는 브라보스와 볼란티스다. 이 두 도시는 매우 흥미로운 관계에 놓여 있는데, 많은 면에서 서로 정반대의 성향을 보이기 때문이다. 우선 브라보스는 멀리 에소스의 북쪽에 자리잡은 반면 볼란티스는 에소스 최남단에 있다. 또한 볼란티스는 자유도시 중에 가장 역사가 오래된 도시인 반면, 브라보스는 가장 젊은 도시다. 브라보스는 노예들이 세운 도시인 반면에, 볼란티스는 노예들의 뼈 위에 세워졌다. 브라보스는 해상에서 가장 강력한 힘을 발휘하지만, 볼란티스는 육전에 강하다. 그러나 둘 다 가공할 힘을 가졌음은 동일하며, 두 도시의 역사 모두가 발리리아 자유국으로부터 깊은 흔적이 남겨졌다.

우선, 유서깊고 영광된 역사를 가진 '올드 볼란티스'(볼란티스 사람들은 자신들의 도시를 이렇게 부르곤 한다)는 로인 강의 네 개 하구 중 하나를 가로질러 뻗어 있으며, 그 세찬 강줄기는 여름해까지 이어진다.

도시의 옛 구획은 강의 동쪽 기슭에 있으며 서쪽 기슭은 신생 구획이지만, 볼란티스에서는 가장 젊은 구획이라고 해도 그 역사는 몇 세기나 전으로 거슬러 올라갈 수 있다. 아무튼 이들 동쪽의 구도심과 서쪽의 신도심은 긴 다리를 통해 연결된다.

올드 볼란티스의 심장부는 도시 안에 있는 또 다른 도시로, 오래된 궁전과 뜰, 탑, 사원, 수도원, 다리, 지하저장고들로 이루어진 거대한 미로다. 이 모든 것들은 발리리아 자유국이 초반의 팽창기에 세운 검은 성벽으로 둘러싸인 거대한 타원 안에 있다. 성벽의 높이는 200피트*에 달하며, 그 두께 역시 대단해서 흉벽을 따라 4두 전차 여섯 대가 나란히 경주를 할 수 있을 정도다(사실 해마다 도시 건립을 기념하기 위해 검은 성벽 위에서 전차 경주가 열린다). 또 이음새 없이 매끈한 성벽은 검은색 드래곤스톤을 녹여서 만든 것으로, 강철이나 다이아몬드보다도 더 단단해서 애초에 볼란티스의 기원이 군사적 목적의 전초기지였다는 것을 무언으로 입증하고 있다.

이 검은 성벽 안쪽에는 오직 조상이 옛 발리리아로 거슬러 올라가는 자들만 거주가 허락되며, 노예와 해방노예, 외국인들은 그들 '올드 블러드'의 후예들이 초대 의사를 밝히지 않는 이상 안으로 발을 들일 수 없다.

볼란티스는 도시를 설립한 첫 백 년 동안은 단지 발리리아 제국의 경계를 지키기 위해 세운 전초기지에 불과했다. 따라서 주둔군 병사들을 제외하고는 아무도 살지 않았으며, 이따금씩 드래곤로드들이 착륙해서 로인 강 상류에 있는 도시에서 보낸 사절들과 함께 다과나 식사를 나누는 정도였다. 그러나 시간이 지나면서 검은 성벽 바깥쪽에 선술집과 사창가, 마구간이 생겨나기 시작했고, 상선들 역시 이곳을 찾기 시작했다.

천혜의 웅장한 자연항이라는 점과, 로인 강 하구라는 이상적인 입지조건 덕분에 볼란티스는 빠르게 성장하기 시작했다. 강의 동안과 검은 성벽 너머 구릉지로 주택과 상점, 여관들이 퍼져 나갔고, 강 건너 서쪽 기슭으로는 외국인들이나 해방노예, 용병, 범죄자, 그 밖에 탐탁스럽지 않은 무리들이 재빨리 그들만의 그림자 도시를 만들었다. 그곳에서는 간음과 만취, 살인이 만연했고, 거세당한 남자들과 해적, 소매치기, 점쟁이들이 자유롭게 어울려 다녔다.

결국 강 서안에 생겨난 무법 도시는 범죄와 부패의 온상이 되었고, 하는 수 없이 삼두가 직접 나서서 질서도 회복할 겸 겉으로나마 체면을 차리고자 강 맞은편으로 노예 병사들을 보낼 수밖에 없었다. 하지만 거칠고 방향이 자주 바뀌는 위험한 해류 때문에 로인 강을 건너기가 어려웠기에 몇 년 후, 삼두 중 하나인 '관대한' 발라소가 로인 강에 다리를 놓도록 명령했다.

강의 폭이나 조류와 해류 사정이 곤란했던 만큼, 다리 건설은 대단히 장대한 과제가 되었다. 40년 이상의 시간과 엄청난 자금이 필요했고, 결국 발라소는 자신이 만든 다리를 살아서 보지 못했다. 하지만 완공된 다리, 이른바 '긴 다리'는 로인인의 축제의 도시 크로얀에 있는 '꿈의 다리'를 제외하고는 그 어떤 다리도 감히 비교할 수 없는 걸작이었다. 코끼리 일천 마리의 무게를 지탱할 만큼(또는 그렇다고 주장한다) 튼튼한 볼란티스의 긴 다리는 오늘날 알려진 세계 전체를 살펴봐도 가장 길다. 한편 로마스 롱스트라이더는 자신의 저서에서 이 다리를 그의 책 제목대로 인간이 만든 아홉 가지 불가사의 중 하나로 기록하기도 했다.

볼란티스는 초기 역사의 대부분을 발리리아와 로인인 사이의 무역에서 이익을 얻으면서 언제까지나 계속해서 더욱더 힘을 키우며 번영해 갔다. 그 반면 이전까지 상업을 지배해 왔던 로인인의 아름답고 유서깊은 도시 사르 호이는 위축되었다. 결국 이 두 도시 사이에 갈등이 일어났다. 뒤따라 벌어진 오랜 기간 동안의 전쟁들은 다른 장에서 세부 사항을 언급해 놓았거니와, 아무튼 로인인의 여러 도시가 완전히 파괴되고 니메리아와 그녀가 이끄는 1만 척의 함대가 도주하며 막을 내렸다. 비록 승리한 쪽은 발리리아의 드래곤로드들이었지만, 수혜를 입은 당사자는 볼란티스였다고 말하는 편이 맞을 것이다. 사르 호이는 지금까지도 폐허로 남아 유령이 출몰하는 황량한 장소가 된 반면, 볼란티스는 긴 다리와 검

볼란티스의 올드 블러드들은 많은 수가 여전히 발리리아의 옛 신들을 모시고 있지만 그들의 종교는 주로 검은 성벽 안에서만 찾아볼 수 있다. 성벽 밖에서는 를로르가 많은 이들의 사랑을 받았으며, 특히 노예와 해방노예들 사이에서 그러했다. 볼란티스에 있는 '빛의 신의 신전'은 세계에서 가장 큰 성소로 알려져 있는데, 대마에스터 그라미온이 그의 〈드래곤로드의 유산*Remnants of the Dragonlords*〉에서 기록한 바에 따르면 바엘로르의 대셉트보다 세 배 정도 크다고 한다. 이 엄청난 신전 안에서 신께 봉헌하는 자들은 모두가 노예 출신으로, 어릴 때 사들여져서 사제나 신전 소속의 매춘부, 또는 전사가 되는 훈련을 받았다. 이들은 얼굴에 그들이 모시는 빛의 신의 불꽃을 문신으로 새겼다. 전사 집단의 경우는 알려진 내용이 별로 없지만, '맹화의 손'이라는 이름으로 불리우며 결코 천 명 이상도 이하도 넘기지 않았다고 한다.

200피트: 약 61미터

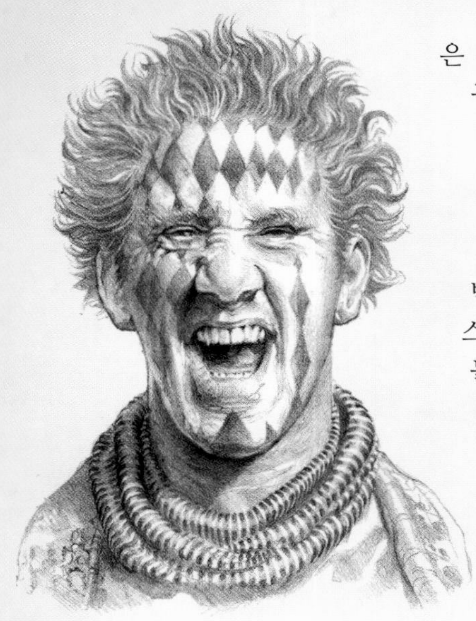

은 성벽, 거대한 항구를 가진 세계에서 가장 큰 도시로 손꼽히게 되었다.

검은 성벽 안에는 볼란티스의 '올드 블러드' 들이 여전히 궁전에서 노예 군대를 거느리고 궁정을 유지하고 있다. 또한 검은 성벽 밖에는 외국인과 해방노예, 그리고 백여 곳의 나라에서 온 하층민들을 찾아볼 수 있다. 뱃사람들과 상인들도 거의 세기가 불가능할 지경의 많은 노예들과 함께 이 도시의 시장과 항구로 몰려든다. 볼란티스에는 자유민 한 명당 다섯 명의 노예가 있다고 일컬어지는데, 이런 수적인 불균형은 올드 기스인들이 '노예상의 만'에 세웠던 도시들과 맞먹는 수준이다.

모든 노예의 얼굴에는 문신을 새기게 하는 것이 볼란티스의 관습이다. 노예들은 평생 그들의 신분을 보여주는 표식이 얼굴에 남게 되며, 설사 해방되었더라도 과거의 짐을 짊어지고 살게 되는 것이다. 문신의 모양은 여러 가지로, 가끔 얼굴을 흉하게 만들기도 한다. 볼란티스의 노예 병사들은 얼굴에 녹색의 호랑이 줄무늬 문신을 새겨서 계급을 나타낸다. 창녀들은 오른쪽 눈 밑에 눈물 한 방울을 새겨서 표시하고, 말과 코끼리 똥을 치우는 노예들은 파리를 새긴다. 어릿광대는 이것저것 마구 섞인 문신을 새겼고, 작은 코끼리가 끄는 볼란티스의 수레인 '하타이'를 모는 마부는 바퀴 문신을 새기는 등이며, 그 밖에도 문신의 종류는 무수히 많다.

볼란티스는 자유민들의 땅으로서 모든 자유민 출신의 지주들이 시정에 발언권을 가진다. 그리고 그들이 만든 법을 집행하기 위해 삼두-즉 세 명의 집정관이 해마다 선출되며 이들이 함대와 군대를 지휘하고 도시의 일상적인 정무도 함께 주관한다. 삼두를 뽑는 선거는 축제와 격동의 분위기가 혼재하는 열흘 동안의 과정을 통해 진행된다. 최근 몇 세기 동안 그 자리는 경쟁하는 두 파벌이 지배해 왔는데, 비공식으로 각각 '호랑이파'와 '코끼리파'로 불린다.

다양한 후보들의-그리고 그 두 파벌의-열렬한 지지자들이 집결해서 각자 자신들이 지지하는 지도자를 대신해 서민 대중에게 호의를 베푼다. 자유인 출신의 모든 지주들은 물론 심지어 여성에게까지도 투표권이 주어지기 때문이다. 외국인에게는 미쳤다 싶을 정도로 혼란스러운 과정으로 보이겠지만, 대부분의 경우 정권은 아주 평화롭게 이양된다.

발리리아의 멸망이 '긴 여름의 땅'을 집어삼킨 이후, 볼란티스는 세계의 다른 모든 발리리아 식민지들에 대한 자신의 종주권을 주장했다. '발리리아의 장녀'의 힘이 얼마나 막강했던지 피의 세기 동안 잠시간 다른 여러 자유도시들에 대한 주도권 장악에 성공하기도 했었다.

하지만 결국 '볼란티스 제국'은 스스로의 무게에 무릎이 꺾였다. 아직 자유롭게 남아 있던 자매도시들의 동맹과 항복했던 도시들의 반란으로 인해 권좌에서 끌어내려지고 말았

많은 볼란티스인들은 자신들이야말로 발리리아를 지배하던 드래곤로드들의 적법한 계승자라고 여기며 다른 자유도시들에 대한 지배를, 더 나아가 언젠가는 전세계를 지배하게 되기를 열망했다. 호랑이파는 이러한 지배권을 전쟁과 정복을 통해서 획득할 것을 지지하지만, 코끼리파는 무역과 부의 축적을 통한 방식을 선호한다.

상단 | 볼란티스의 노예 문신

던 것이다. 그때 이후로는 코끼리파-더 평화지향적인 볼란티스 파벌-가 해마다 있는 선거와 삼두직의 주도권을 점해 왔다. 하지만 호랑이파 밑에서 세를 확장했던 몇 해 동안 볼란티스는 여러 개의 작은 도시들을 자신의 관리하에 두게 되었으며, 그중 가장 주목할 만한 도시는 볼론 테리스, 발리사르, 셀호리스 등의 거대한 강변 '마을'들이었다(이 '마을'들은 킹스랜딩이나 올드타운보다도 더 크고 인구도 더 많다). 또한 볼란티스인들은 저 멀리에 있는 지류 셀호루 강에 이르기까지 로인 강을 관리하게 되었고, 서쪽으로도 오렌지 해안을 지배하에 두었다. 그리하여 이들 두 곳에는 노예 병사들이 배치되어서 때때로 볼란티스의 방어력을 시험하던 도트락의 기마군주들로부터, 또한 자매도시를 손에 넣어 더 강해지고자 시도하던 다른 자유도시들로부터 보호받았다.

볼란티스의 선거는 대체로 평화롭게 진행되지만, 특별한 예외도 있었다. 니세오스 퀴헤로스의 〈일지*Journals*〉에는 삼두였던 호론노에 관한 이야기가 들어 있는데, 그는 피의 세기 동안 위대한 업적을 세워 40년 동안이나 계속해서 삼두로 출마해 거듭 당선되었던 인물이다. 그는 40번째 선거가 끝난 뒤 스스로를 종신직 삼두로 선언했지만 볼란티스인들이 아무리 그를 사랑했다 해도 그의 편리를 위해 오래된 관습과 법을 빼앗기는 것을 참을 수 있을 정도는 아니었다. 얼마 못 가 그는 폭도들에게 붙잡혀 계급과 직함을 박탈당하고는 전투용 코끼리들에 의해 갈갈이 찢겨 버렸다.

브라보스

에소스에서 북서쪽으로 멀리 떨어진 구석진 곳, 전율해와 협해가 만나는 지점에는 안개 자욱한 석호가 하나 있는데 그 짭짤한 얕은 바닷물 한가운데 떠 있는 유명한 '백 개의 섬' 위에 바로 자유도시 브라보스가 있다.

아홉 개의 자유도시 중 가장 어린 도시인 브라보스는 가장 부유한 도시이기도 하며, 어쩌면 가장 막강한 도시일지도 모른다. 이 도시는 원래 탈출한 노예들이 세운 도시로, 그 소박한 출발의 뿌리는 자유에 대한 갈망뿐이었다. 도시의 비밀스러운 기원 탓에 초기 역사의 상당 기간 동안은 바깥의 더 넓은 세상에 그다지 중요한 곳이 아니었다. 하지만 시간이 흐르면서 성장을 거듭하다가 마침내는 대적할 수 없는 강대국으로 부상했다.

브라보스는 왕이나 대공이 통솔하지 않으며 통치는 해주의 소관이다. 도시의 행정관들과 열쇠지기들이 시민들 중에서 불가사의할 정도로 복잡한 과정을 거쳐 해주를 선출한다. 해주는 물가에 있는 자신의 광대한 궁전에 머물면서 함대와 상선단을 함께 통솔한다. 브라보스의 함대는 세계 어느 곳에도 뒤지지 않는 최강의 함대이며, 브라보스 상선단의 자주색 돛과 선체 또한 '알려진 세계' 전역에서 흔히 볼 수 있는 광경이 되었다.

브라보스는 원래 발리리아에서 출항한 거대 노예 수송선단이 소토리오스에 새로 개척한 식민지로 향하던 도중 노예들이 반란을 일으켜 배를 탈취하고 '땅끝 저쪽'까지 도망쳐 주인이었던 자들로부터 벗어나 건설한 도시였다. 자신들이 다시 사냥당할 것을 아는 그들은 원래 가고자 했던 목적지를 버리고 남쪽 대신 북쪽으로 항해하여 가능한 한 발리리아와 그들의 복수가 가능한 지역으로부터 최대한 먼 곳에 피난처를 찾았다. 브라보스의 역사에 따르면 저 머나먼 조고스나이에서 온 여자 노예 무리가 그들이 어디서 은신처를 찾게 될지를 예언해 주었다고 한다. 즉, 소나무로 뒤덮인 언덕이며 암초로 이루어진 장벽 너머에 석호가 있을 것이니, 안개가 자주 드리우는 덕분에 머리 위를 지나는 드래곤라이더들의 눈으로부터 피난민들을 가려줄 것이라는 예언이었다. 그리고 결국 이는 사실로 드러났다. 이 여자들은 '달의 가수'라고 불리던 여성 사제들로, 지금까지도 브라보스에서는 달의 가수들의 신전이 가장 크다.

탈출한 노예들은 수많은 지역에서 모인 자들이었고, 그들의 신앙 또한 다양했다. 하여 브라보스의 설립자들은 모든 신들이 각자의 마땅한 자리를 얻을 수 있는 장소를 만들고, 또 어떤 신도 다른 신들보다 더 고위의 존재로 받들어질 수 없다고 선언했다. 브라보스 사람들은 다양한 민족으로 구성되었는데, 안달족, 여름 제도인, 기스카르인, 나스인, 로인인, 이벤인, 사르노르인, 심지어는 순수 발리리아 혈통의 채무자와 범죄자까지도 포함되어 있었다. 일부는 근위병과 노예 병사로 쓰이게끔 전투 훈련을 받았으며, 일부는 침실 노예로서 쾌락을 주는 기술이 있었다. 또 가정교사, 간호사, 요리사, 마부, 집사 등 다양한 종류의 가사 전담 노예들도 있었다. 일부는 숙련된 장인들로 목수, 대장장이, 석공, 직물공 등도 있었고 어부, 농장 일꾼, 갤리선의 노잡이들을 빼고 나면 그 밖의 다수는 대개 평범한 일꾼들이었다. 새로 해방된 이들 옛 노예들은 잡다한 언어를 사용했기 때문에 그들의 가장 새로운 주인이었던 발리리아인들의 언어가 공용어가 되었다.

한편 자유의 이름으로 목숨을 걸었던 이들 새 도시의 어머니와 아버지들은 브라보스의 그 어떤 남녀나 아이도 노예나 종 또는 농노가 되게 하지 않겠다고 맹세했다. 이것은 브라보스의 첫 번째 법으로, 대운하를 가로지르는 아치형 구조물의 돌 위에 새겨 놓았다. 그날부터 지금까지 브라보스의 해주들은 모든 형태의 노예제도에 반대해 왔으며, 노예상들과 협력자들에 맞서 수많은 전쟁을 치러 왔다.

도망자들이 은신처로 찾아낸 석호지대는 갯벌과 간조대, 그리고 염분이 많이 섞인 습지대여서 얼핏 보면 음산하고 사람을 반기지 않는 곳으로 보인다. 하지만 외진 섬들과 암초들 너머로 잘 숨겨져 있었으며 하늘에서 내려다보더라도 안개에 감싸여 잘 보이지 않았다. 게다가 근방의 바닷물에는 온갖 종류의 물고기와 조개, 갑각류가 풍부했으며 섬들 역시 숲이 빽빽하게 들어찼고 철, 주석, 납, 점판암을 비롯한 유용한 자원들을 인근 에소스 본토에서 찾을 수 있었다. 무엇보다도 중요한 점은 이 석호가 매우 외지고 찾는 자가 거의 없다는 사실이었다. 탈출한 노예들은 도주가 지긋지긋했지만 가장 두려운 것은 다시 붙잡히는 일이었다.

브라보스는 외부 세계의 눈을 피한 채 조용히 성장하고 번영해 갔다. 저지대에 있는 섬들 맞은편으로는 농장과 집, 사원들이 생겨났고, 어부들은 커다란 석호와 그 건너편에 있는 바다가 주는 풍요를 거둬들였다. 브라보스 사람들이 발견한 갑각류 중에는 바다 달팽이가 있었는데, 이것은 티로시를 부유하게 만들어 주었던 바로 그 달팽이와 비슷한 종류로, 짙은 자주색 염료를 만들 수 있었다. 브라보스의 선장들은 석호 너머로 출항할 때마다 훔친 배의 외양을 바꾸기 위해 이 색깔로 돛을 염색했다. 브라보스인들은 가능한 한 발리리아 선박과 도시들은 피하도록 조심하면서 이벤과의 교역을 시작했고, 나중에는 칠왕국과도 무역을 텄다. 하지만 브라보스 상선들은 꽤 오랫동안 가짜 허가증을 지니고 다니면서 고향에 대한 질문을 받을 때면 교묘하게 사기를 쳤다. 이렇게 해서 브라보스는 한 세기 이상 동안 비밀의 도시로 감추어져 있었다.

브라보스의 해주 우세로 잘린이 비밀의 유지에 종지부를 찍었다. 그는 자신의 배를 전 세계 구석구석까지 보내서 브라보스의 존재와 위치를 공식적으로 선언했고, 브라보스

좌측 | 삼두 호론노의 처형

의 111년째 도시 창립 기념일을 축하하도록 모든 나라 사람들을 초대하기까지 했다. 그때쯤엔 이미 처음에 탈출했던 노예들은 자신들의 전 주인들과 마찬가지로 모두 죽은 후였다.

하지만 그렇다 해도 우세로는 몇 년 전에 미리 강철은행을 통해서 발리리아에 사절을 보내 장차 본인이 '망토를 벗은' 우세로 또는 '가면을 벗은' 우세로로 불리게 될 길을 닦아 놓았다. 과연 드래곤로드들은 한 세기 전에 탈주했던 노예의 후손들에는 별 관심이 없다는 것이 드러났고, 강철은행은 브라보스 건립자들로부터 배를 빼앗겼던 선주의 손자들에게 거액의 합의금을 지불했다(하지만 탈주한 노예의 몸값 지불은 거부했다).

이렇게 해서 피해자들과의 공식 합의가 이루어졌다. 매년 브라보스에서는 '망토를 벗은 날'을 기념하는 축제가 열리는데, 열흘 동안 가면을 쓴 채로 신나게 먹고 마신다고 한다. 알려진 세계의 어떤 축제와도 닮지 않은 이 축제는 열흘째 되는 날 자정에 석호 입구의 거신상 '타이탄'이 포효하는 동시에 수만 명의 축제 성원들과 하객들이 일제히 마스크를 벗으면서 정점에 달한 채 그 막을 내린다.

브라보스는 비록 그 시작은 초라하였으나 자유도시들 중 가장 부유한 도시일 뿐 아니라 난공불락의 도시가 되었다. 볼란티스는 검은 성벽을 가졌지만 브라보스는 세계 어떤 도시도 소유하지 못한 배의 장벽을 가지고 있다. 로마스 롱스트라이더는 브라보스의 '타이탄'-즉, 석호를 드나드는 출입구에 떡 버티고 서 있는 돌과 청동으로 만든 전사 모습의 거대 요새를 목격하고서 경탄을 금치 못했다. 하지만 진짜 경이로운 것은 군수공장으로, 여기서는 브라보스의 자줏빛 돛을 단 전투용 갤리선 한 척을 하루에 건조할 수 있다. 모든 선박이 동일한 설계에 따라 제작되므로 각 부분을 모두 다 사전에 제작해 두며, 숙련된 조선공들이 배의 여러 구간에서 동시에 일하여 작업 속도를 단축시켰다. 이런 체계적인 생산 체계를 조직하는 위업을 달성한 일은 전례가 없었으니, 그 진가는 올드타운에 있는 조선소의 요란하고도 혼란스러운 건조 현장만 봐도 충분히 알게 될 것이다.

하지만 그렇다고 타이탄에 그에 걸맞는 취급을 하지 않는다면 어리석은 일이 될 것이다. 그 거만한 머리와 불타는 듯한 두 눈이 바다 위 400피트* 상공에 어렴풋이 떠오르는 이 요새는 그 전에도 그 후로도 다시는 볼 수 없을 특이한 형태의 요새로서, 바다 위에 있는 두 개의 암초에 양 다리를 걸친 자세의 거대한 거인 모습으로 주조되었다. 타이탄의 몸뚱이 아래쪽과 두 다리는 검은색 화강암으로 되어 있는데, 원래부터 자연적으로 있었던 아치형 돌 입구를 조각가들과 석공들이 달라붙어 세 세대에 걸쳐 모양을 파내 형태를 잡고 주름진 청동 갑옷까지 새겨서 둘러 준 것이다. 한편 허리 위쪽은 청동으로 만들었으며, 머리카락 대신 녹색 염료를 입힌 삼실로 꼰 밧줄이 덮혀 있다. 바다에서 처음 타이탄을 마주치면 쳐다보기에도 무서운 자태를 보여준다. 타이탄의 눈은 거대한 봉화불이라서 석호 안으로 돌아오는 배들의 길을 밝혀 준다. 또한 타이탄의 청동으로 된 몸통 안에는 커다란 회의장과 수많은 방, 또한 적을 공격할 수 있는 구멍들과 화살을 쏠 수 있는 틈새들이 나 있어서 감히 그곳을 강행돌파하

려는 배들을 모두 확실히 가라앉힐 것이다. 타이탄 속에 있는 감시병들은 쉽사리 적선들을 암초 방향으로 돌릴 수 있으며, 허가 없이 타이탄의 다리 사이를 지나려는 배는 바로 그 갑판 위로 불타는 검은 액체가 든 병과 돌무더기를 떨어뜨릴 수 있다. 그러나 사실 별로 그렇게 할 필요도 없었으니, 피의 세기 이후로는 어떤 적도 타이탄의 분노를 도발할 만큼 경솔하지 않았다.

오늘날 브라보스는 세계에서 가장 큰 항구 중 하나로서 모든 나라의 무역선을 맞이한다(여전히 노예선은 제외하고 말이다). 브라보스의 선박들은 널따란 석호 안, 해주의 궁전 가까이 위치한 화려한 자줏빛 항구에 정박한다. 다른 선박들은 '넝마주이의 항구'라는, 모든 면에서 더 초라하고 조잡한 항구를 이용해야 한다. 그래도 여전히 브라보스에서 얻게 될 것이 넘치기 때문에 콰스나 여름 제도처럼 먼 곳에서조차도 교역을 위해 이곳을 찾는다.

또한 브라보스는 세계에서 가장 막강한 은행이 있는 곳으로, 그 근원은 도시가 막 생겨났을 당시로 거슬러 올라간다. 당시 일부 탈주자들은 귀중품을 얻게 되면 이를 도둑과 해적들로부터 안전하게 보관하기 위해 근처의 버려진 철광산에 숨기곤 했었다. 이후 도시가 성장하고 번영하면서 그 광산 안의 수직갱과 방들까지 물품들이 가득차기 시작했다. 결국 이 보물들을 땅 밑에 그냥 묻어 두느니 더 부유한 사람들이 보다 가진 게 적은 이웃들에게 대출해 주기 시작했다.

그리하여 브라보스의 강철은행이 생겨났고, 이제 그 명성(혹은 일부에서는 악명이라고도 하지만)은 알려진 세계의 구석구석에 퍼져 있다. 셀 수 없이 많은 왕이며 군주, 집정관, 행정관, 상인들이 강철은행의 삼엄하게 경비되는 지하금고에서 대출을 받고자 땅끝에서부터 찾아온다.

강철은행은 받아야 할 돈은 꼭 받아낸다는 말이 있다. 사실 브라보스에서 돈을 빌리고도 갚지 못한 사람들은 종종 그 어리석은 행동을 후회할 일을 겪게 된다. 왜냐하면 그 은행은 영주와 군주들조차 무너뜨린다고 알려져 있으며, 심지어 직접 제거할 수 없는 자에게는 암살자까지 보낸다는 소문도 있기 때문이다(하지만 확실히 입증된 적은 없다).

브라보스는 진흙과 모래 위에 지어진 도시로, 그곳 사람은 결코 물에서 몇 걸음 이상을 떨어질 수가 없다. 어떤 사람들은 브라보스에 거리보다 운하가 더 많다고 한다. 물론 이는 과장이지만, 그래도 그 도시에서 가장 빠른 이동수단은 물길이라는 사실을 부인할 수 없다. 미로처럼 얽힌 거리와 골목, 아치형 다리를 걸어서 이동하기보다는 쉴새없이 운하를 오가는 곤돌라를 타는 편이 훨씬 빠르다. 브라보스에서는 어디에나 물웅덩이와 분수대가 보이는데 이는 이 도시와 바다 사이의, 그리고 도시를 지켜주는 '나무 장벽'과의 유대관계를 되새기기 위해 만든 것이다. '백 개의 섬'을 둘러싸고 있는 석호의 짠물은 굴과 장어, 게, 가재, 조개, 가오리, 그 밖의 다양한 종류의 물고기들을 생산하며 이 도시의 설립 초기에 부의 원천이 되어 주었다.

그러나 브라보스를 먹이고 지켜 주는 바로 그 물이 또한

이전 페이지 | 브라보스의 타이탄
상단 | 강철은행

마에스터 마타르의 저서 〈강철은행과 브라보스의 기원*The Origins of the Iron Bank and Braavos*〉은 이제까지 발굴된 이 은행의 역사와 거래들에 관해 보다 상세한 설명 중 하나를 제공한다. 우선 강철은행은 그 신중함과 기밀 유지로 유명하다. 마타르에 따르면 강철은행의 설립자는 남성이 16명, 여성은 7명으로, 그들 모두가 각각 은행의 거대한 지하금고 열쇠 하나씩을 가지고 있었다. 이들의 후손은 현재 천 명을 상회하며 오늘날까지도 '열쇠지기'로 불리는데, 이들이 공식적인 자리에서 자랑스럽게 보여주는 그 열쇠들은 이제 순전히 의례용에 불과할 뿐이다. 브라보스를 창건했던 가문들 중 몇몇은 여러 세기가 흐르는 동안 점차 기울었고, 그중에는 완전히 몰락한 집안들도 있다. 그럼에도 못나기 짝이 없는 후손들은 여전히 그 열쇠와 그에 따르는 명예에 집착한다.

하지만 강철은행이 열쇠지기들에 의해서만 관리되는 것은 아니다. 오늘날 브라보스에서 가장 부유하고 권세 있는 일부 가문들은 비교적 신흥 가문이지만 수장들이 강철은행의 주식을 소유하고 비밀 회의에 참석해 은행을 이끌 임원들을 뽑는 자리에서 발언권을 행사한다. 결국 많은 외부인들이 목격했던 것처럼 브라보스에서는 황금 동전이 강철 열쇠보다 더 중요한 것이다. 강철은행의 사절들은 종종 은행 소유의 배를 이용해 세계를 횡단하는데 상인, 영주, 심지어 왕들조차도 그들을 자신들과 거의 동격으로 대우한다.

브라보스를 위험에 빠뜨리기도 한다. 지난 2세기 동안 이 도시의 섬들 중 일부가 그 위에 들어찬 건물들의 무게로 인해 물속으로 가라앉고 있다는 사실이 분명해진 것이다.

실제로 넝마주이의 항구 바로 북쪽, 도시에서 가장 오래된 부분은 이미 가라앉은 상태로, 현재 '드라운드 타운'으로 알려져 있다. 그럼에도 그곳엔 여전히 일부 빈곤층들이 남아 있는데, 그들은 성탑과 반쯤 잠긴 건물 위층에 살고 있다.

브라보스는 매력적인 건축물로도 유명한 도시다. 넓게 펼쳐져 있는 해주궁에는 세계 곳곳에서 데려온 기이한 짐승과 새들을 모아 놓았으며, 정의의 궁전도 인상적인 건물이다. '달의 가수'의 거대한 신전도 유명하다. 그리고 브라보스 사람들이 감로수의 강이라고 부르는 수로도 볼만한데, 이 수로를 통해서 그들에게 너무도 중요한 신선한 물이 에소스 본토에서 운반된다(운하의 물은 식수로 쓰기에는 염분과 진흙이 너무 많이 섞였고 악취가 지나치게 심한 나머지 시민들에게 거부당했다). 또 열쇠지기들과 그 밖의 고귀한 가문들의 저택도 있으며, 커다란 요양원이자 치유의 중심인 '붉은 손의 집'도 있다. 한편 이들 우아한 건축물 사이로는 수많은 가게와 유곽, 여관, 선술집, 길드 집회소, 상인들의 거래소가 자리하고 있으며 이런저런 거리와 다리들을 따라서 여러가지 입상들, 즉 과거의 해주나 입법가, 선원과 전사, 심지어 시인과 가수, 상류층을 상대하던 고급 창부까지 다양한 상들이 세워져 있다.

브라보스의 사원들 또한 매우 유명한데, 몇몇은 그야말로 볼수록 경이롭다. 이 중 가장 유명한 사원은 달의 가수들의 신전으로, 이는 브라보스인들이 이 신을 특별히 숭배하기 때문이다. '물의 아버지' 역시 거의 똑같은 수준으로 숭배되는데, 물속에 있는 이 사원은 매해 축일마다 새로 지어진다. '빛의 주님'인 를로르 역시 지난 100년 동안 신자 수가 크게 늘어서 브라보스에 큰 사원이 있다.

서로 다른 백여 개 민족의 후손들인 브라보스인들은 종교 역시 다양하여 수많은 신들을 섬긴다. 그중에서도 세력이 큰 신들이 신전을 가지고 있으나, 도심 깊은 곳에서도 '신들의 섬'을 찾아볼 수 있다. 그곳에는 가장 세력이 약한 신도 신전을 가진다. 한편 '바다 너머의 셉트'도 있는데, 이 셉트에 있는 셉톤과 셉타들은 칠왕국에서 무역차 브라보스에 오는 배의 선원들을 위해 매일같이 칠신께 기도를 올린다.

브라보스에서는 수백 년 동안 그랬듯이 세계의 가장 후미진 구석에서 모여든 남녀가 모두 같은 자리에 모여 앉아 먹고 마시며 이야기를 나눌 수 있다. 이 비밀의 도시에서는

상단 | 브라보스의 사원 구역

많은 수의 브라보스 고급창부들이 노래와 설화 속에서 찬사받았고, 일부는 청동상이나 대리석상으로 영원히 기념되기도 한다. 칠왕국에서 가장 유명하고 악명이 높은 고급창부는 '흑진주'인데, 이 이름을 사용했던 최초의 여성은 선장이자 해적 여왕이었던 벨레게레 오데리스였다. 그녀는 아에곤 4세의 아홉 정부 중 하나로 잠시 지낸 바 있으며, 그때 그에게 사생아 딸인 벨레노라를 안겨 주었다. 벨레노라는 2대 흑진주가 되어 당대의 음유시인들로부터 세상에서 가장 아름다운 여자로 칭송받은 고급창부가 되었다. 그녀의 자손들 역시 고급창부가 되어 차례대로 흑진주로 불렸으며, 그녀들의 혈관에는 지금 이 순간까지도 '용의 피'가 어느 정도는 흐르고 있다.

모든 이가 환영받는다고 하니 말이다.

한편 브라보스의 고급창부 역시 세계적으로 유명하다는 점도 지적해야겠다. 단, 이들은 저 멀리 리스에 있다는 쾌락의 정원이나 볼란티스 사창가의 더 유명한 미인들과 달리 모두 다 자유인이었다. 게다가 그들은 침실에서만 뛰어났던 것이 아니었다. 그들의 재치, 또는 각자 품고 있는 재능들로 인해서 가장 부유한 상인과 가장 대담한 선장들, 그 밖에 가장 특별한 방문자들이 찾아오게 되는 것이다. 열쇠지기, 영주, 군주들이 저마다 그들의 환심을 구하며, 가장 유명한 고급창부들은 자신의 매력과 신비로움을 더하고자 시적인 이름을 사용한다. 음유시인들은 그녀들의 후원을 두고 경쟁하며, 가느다란 칼을 찬 브라보스의 검객들, 일명 '브라보'들은 종종 고급창부의 이름을 걸고서 목숨을 건 결투를 치르기도 한다.

이 비밀의 도시가 자랑하는 브라보의 검술 또한 고급창부들의 미모 못지않게 유명하다. 그다지 거창한 무장을 갖추지 않고 칠왕국의 장검보다 훨씬 가볍고 가늘며 뾰족한 칼을 휘두르는 이 거리의 전사들은 매우 빠르고 치명적인 검술을 구사한다. 가장 뛰어난 브라보들은 스스로를 '워터 댄서'라고 칭하는데, 이는 해주궁 근처에 있는 달의 연못에서 결투하는 관행 때문에 만들어진 이름이다. 전해지는 바에 따르면 진정

라니스포트의 필먼 선장은 워터 댄서의 결투에 대한 진술을 사타델에 제공했다. 그의 말에 따르면 워터 댄서들은 정말로 수면을 살짝 스치기만 하는 듯이 보이나, 사실 이는 항상 밤중에 싸우기 때문에 생기는 어둠으로 인한 착시라고 한다. 하지만 그러면서도 필먼 선장은 워터 댄서들의 우아함을 상찬함은 물론 기술면에서도 여태껏 그렇게 수준 높은 검술은 본 적이 없다고 주장했다.

한 워터 댄서들은 달의 연못 수면 위에서 물 한 방울 건드리지 않고 싸우고 죽일 수 있다는 것이다.

수많은 완벽한 검객들이 이들 브라보나 워터 댄서들 중에서 나왔지만, 그 모든 이들 중 가장 뛰어난 자는 전통적으로 '브라보스 제일검'이라 칭해져 해주의 개인 경호대를 지휘하며 모든 공식 행사에서 해주를 호위하게 된다. 해주는 일단 한 번 뽑히면 평생 복무해야 하는 종신직이다. 따라서 필연적으로 해주의 복무 기간을 단축시켜서 국정의 변화를 꾀하려는 이들이 언제나 있기 마련이다. 그런 이유로 여러 세기 동안 브라보스 제일검 지위에 오른 검객들은 싫든 좋든 유명한 결투를 많이 치렀고 전쟁에도 여러 번 참가했으며, 많은 해주들의 목숨을 구했다.

브라보스에 대한 논의는 '얼굴 없는 자들'을 빼놓고는 마무리지을 수 없다. 수수께끼와 소문만 무성한 이 비밀스런 암살단은 심지어 브라보스 자체보다도 더 오래되었다고 전해지며, 그 뿌리가 발리리아의 최전성기로 거슬러 올라간다. 그러나 이 살인자들에 관해 정확히 알려진 바는 없다.

상단 | 브라보스의 '얼굴 없는 자들'이 사용하는 주화의 앞뒷면
우측 | 여름 제도

자유도시 너머

우리는 세상에 존재하는 모든 땅과 종족들을 알고 있는 것일까? 물론 그렇지 않다. 우리가 지닌 지도에는 한계가 분명하며, 아무리 정교하더라도 우리가 아예 모르는 빈 공간이 너무 많다. 결국 먼 동쪽 땅에 대해서도 지도가 답하는 수준으로만 질문하게 되는 것이다. 하지만 확실히 아는 장소들에 대해 논하기만 해도 우리에게는 많은 득이 될 것이다. 비록 그곳들과 칠왕국 간의 교역은 자유도시들과의 교역에 비해서 턱없이 적지만 말이다.

여름 제도

웨스테로스 남쪽에는 여름해의 짙푸른 바다 속에 안긴 채 따뜻한 남쪽 햇볕을 쬐고 있는 여름 제도가 있다. 50개 이상의 섬들로 이루어진 여름 제도의 대부분은 매우 작은 섬이라 성인이라면 걸어서 한 시간 안에 횡단할 수 있지만, 가장 큰 잘라 섬은 한쪽 끝에서 다른 쪽 끝까지 200리그*에 걸쳐 뻗어 있다. 잘라 섬의 높이 솟은 푸른 산 아래로는 광대한 숲과 찌는 듯한 정글, 푸르고 검은 모래사장이 있는 해변, 괴물과도 같은 악어들이 득실대는 큰 강과 계곡 사이의 비옥한 땅이 펼쳐져 있다. 그 밖에도 왈라노 섬과 옴보루 섬은 각각 그 크기가 잘라 섬의 반밖에 되지 않지만 그래도 스텝스톤 군도를 전부 합친 것보다도 더 크다. 여름 제도 전체 인구의 9할 이상이 이 세 섬에 거주한다.

여름 제도에는 천 가지나 되는 다양한 종류의 꽃들이 흐드러지게 피어서 대기가 꽃향기로 가득하다. 나무에는 이국적인 과일이 주렁주렁 달려 있고, 엄청나게 많은 눈부신 색깔의 새들이 하늘을 누빈다. 여름 제도 사람들은 이 새들의

200리그: 약 970킬로미터

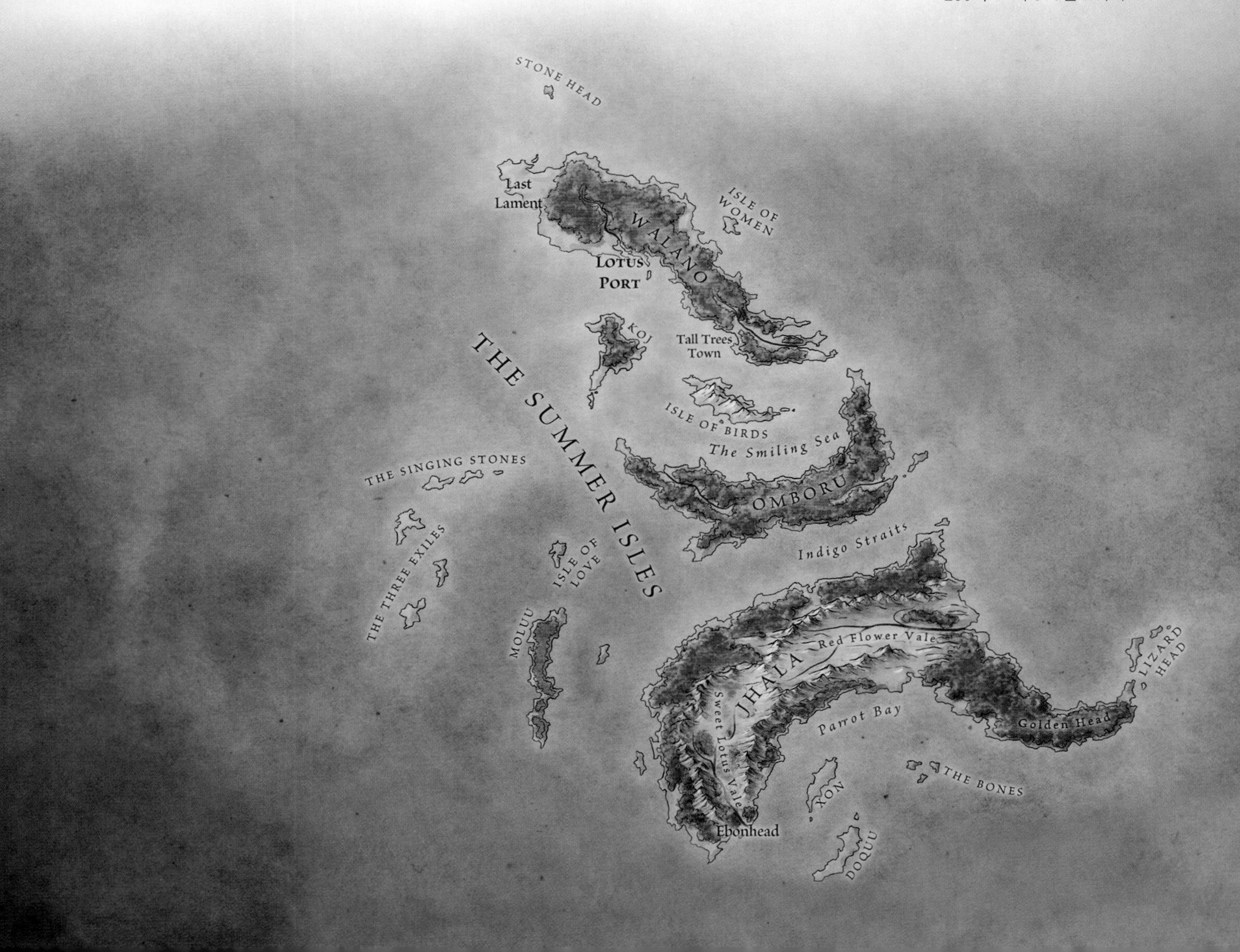

깃털로 멋진 깃털 망토를 만들어 입는다. 열대우림의 녹색 차양 아래로는 사자보다도 큰 얼룩무늬 표범과 날렵한 붉은 늑대 무리가 어슬렁거린다. 숲 위쪽에서는 원숭이 무리가 나뭇가지 사이로 휙휙 건너다닌다. 여름 제도에는 유인원도 사는데, 옴보루에는 '붉은 노인', 잘라의 산맥 속에는 '은빛 모피', 그리고 왈라노에는 '야행원' 등이 있다.

여름 제도 사람들은 머리털과 눈이 검고 피부는 티크 나무처럼 갈색이거나 마치 광을 낸 듯 새까맣다. 그들은 자신들이 글로 남긴 역사의 많은 기간을 다른 인류와 격리된 채 살아왔다. 그들의 가장 오래된 지도는 저 유명한 '키 큰 나무의 마을'의 '말하는 나무'에 새겨져 있는데, 그 지도 속에는 자신들의 섬만 세상을 뒤덮는 대양에 둘러싸여 있을 뿐 그 외에 다른 어떤 땅도 없다. 섬사람들답게 그들은 초기부터 바다로 나갔는데, 처음에는 노를 젓는 배를 탔고, 다음엔 삼베로 짠 돛을 단 좀 더 크고 빠른 배를 탔다. 하지만 자신들의 해안이 보이지 않을 정도로 멀리 나가는 자는 거의 없었으며, 수평선 너머로 항해한 사람들은 언제나 다시는 돌아오지 않았다.

첫 번째로 기록된 여름 제도와 더 넓은 세계 사이의 접촉은 올드 기스 제국의 전성기 때 일어났다. 기스카르인들의 상선 하나가 폭풍 때문에 항로를 벗어나 왈라노에 올랐다가 처음으로 원주민들을 보고는 무서워서 도망갔던 것이다. 기스카르 상인들은 그들을 지옥불로 피부가 검게 탄 악마로 받아들였고, 지도에 왈라노를 '악마의 섬'이라 표시하고는 가까이 닿지 않도록 조심했다. 옴보루, 잘라, 그 밖에 더 작은 섬들의 존재는 전혀 눈치도 채지 못했다.

하지만 이 접촉은 여름 제도 사람들에게는 깊은 영향을 미쳤다. 파도 너머에 다른 종족들이 살고 있다는 사실이 입증됐기 때문이다. 이렇게 해서 호기심(그리고 탐욕)에 눈을 뜬 이 제도의 군주들은 더 크고 튼튼한 배-드넓게 뻗은 대양을 건너기 위해 식량을 충분히 실을 수 있으며, 동시에 가장 거센 폭풍도 견뎌낼 수 있을 만한 배를 만들기 시작했다. 이런 배를 만든 군주들 중 가장 위대했던 자는 코즈라는 작은 섬의 군주 멜사르 자이크였는데, 지금까지도 '바람을 타는' 멜사르 또는 '지도 제작자' 멜사르로 기억되고 있다.

멜사르와 다른 군주들이 파견한 대형선들이 대양에 진출하기 시작하면서 탐험과 교역의 새시대가 열렸다. 배를 타고 나섰다가 돌아오지 않은 이들도 많았지만 더 많은 이들이 돌아왔다. 나스, 바실리스크 군도, 소토리오스 북쪽 해안, 그리고 웨스테로스와 에소스의 남쪽 해안도 모두 다 다녀갔다. 그리고 반 세기도 안 돼서 여름 제도와 발리리아 자유국 사이의 교역이 활발해졌다. 여름 제도에는 철, 주석을 포함한 금속 자원이 부족했지만 보석(에메랄드, 루비, 사파이어, 각종 진주), 향신료(육두구, 계피, 후추)와 단단한 나무는 풍부했다. 드래곤로드 사이에서는 원숭이, 유인원, 표범 새끼, 앵무새 같은 것들을 기르는 유행이 퍼졌고, 그 밖에도 혈목, 흑단목, 마호가니, 자심장목, 청마호가니, 와목, 호목, 금심장목, 홍상아목 등 흔치 않고 귀한 목재의 수요도 많았다. 또 야자술, 과일, 새의 깃털도 마찬가지였다.

발리리아인들은 노예에도 마찬가지로 금을 지불했다. 여름 제도 사람들은 당시에도 지금처럼 잘생기고 키가 크며 강하고 우아했다. 또한 지식의 습득이 빨랐기에 해적들이나 발리리아, 바실리스크 군도, 올드 기스의 노예상들에게 주목을 받았다. 결국 이 침략자들이 이곳의 평화로운 마을에 몰

로마스 롱스트라이더 역시 불가사의를 찾아다니던 중에 여름 제도를 방문했었다. 그의 기록에 따르면 그 섬의 현자들이 주장하기를 그들의 선조들은 한때 소토리오스 서부 해안에 도착해서 도시를 세운 적도 있었다고 한다. 그러나 그 도시는 바로 제압되어 파괴당했으며, 훗날 이 위험한 대륙에 세워진 기스카르인이나 발리리아인들의 정착촌 역시 똑같은 힘에 의해 쓸려나가 버렸다는 것이다. 하지만 시타델의 서고에 보관된 몇몇 발리리아의 고대 연대기에는 그런 도시들에 대한 언급이 없기에 이런 주장의 진실성에 의문을 제기하는 마에스터들도 있다.

마에스터 갈라드의 <여름의 아이들*Children of Summer*>은 여름 제도의 역사에 대한 가장 주요한 자료로 남아있다. 여름 제도의 역사 대부분은 한때 내용이 모호하여 해석이 어려웠는데, 이는 대단히 복잡한 형식의 운문으로 기록되어 있었기 때문이었다. 하지만 마에스터 갈라드의 엄청난 노고를 통해 내용이 꽤 선명해졌던 것이다. 비록 논쟁이 일부 남아 있긴 하지만-예컨대 몰로스는 갈라드가 쓴 왈라노 섬의 초기 군주들의 연대기에 관해 몇 가지 의문을 제기했다-그렇다 하더라도 아직까지 이 주제에 관해 더 나은 저작은 나오지 않았다.

려와서 주민들을 결박하여 납치해 가는 바람에 많은 문제들이 뒤따르게 되었다. 또 한동안은 여름 제도의 군주들 역시 적의 포로와 경쟁자들을 노예상에게 팔면서 노예 무역을 사주했다.

말하는 나무들에 새겨진 역사에 의하면 이 '수치의 시기'는 두 세기 내내 지속되다가 '향기로운 연꽃의 계곡'을 다스리는 여군주였던 잰다 코(그녀 자신이 한동안 노예로 끌려간 적이 있었다)라는 여전사가 여름 제도의 모든 섬을 자신의 지배하에 통일하면서 종식되었다.

여름 제도에는 철이 드물고 비싼 데다가 갑옷도 별로 알려지지 않았었다. 또 원주민들 사이에 전통적으로 사용되던 창과 단창 역시 노예상들의 강철검과 도끼에는 별 쓸모가 없다는 것이 드러났다. 이에 잰다 코는 잘라와 옴보루에서만 자라는 금심장목으로 만든 긴 활로 자신의 선원들을 무장시켰다. 이 커다란 활은 노예상들이 쓰던 뿔과 힘줄로 만든 복합궁보다 사정거리가 훨씬 더 길었다. 게다가 이 활에 거는 1야드* 길이의 화살은 미늘갑옷이나 무두질한 가죽, 심지어 강철로 만든 방패까지 뚫을 수 있을 정도로 단단했다.

잰다 코는 자신의 궁수들에게 활시위를 당기고 놓을 튼튼한 포좌를 마련해 주기 위해서 이전에 여름해에서 보이던 어떤 배보다도 더 큰 배를 만들었다. 못질 하나 없이 정교하게 딱 짜여진 높고 우아한 이 배는 제도에서 자라는 희귀한 나무에 마법까지 걸어서 더 단단하게 만든 뒤 선체를 건조했고, 이 배와 충돌한 노예상들의 배는 용골에 금이 가서 산산이 쪼개져 버렸다. 튼튼한 데다가 빠르기까지 한 이 배들은 종종 새와 짐승 모양으로 조각된 높고 구부러진 뱃머리를 뽐냈거니와, 이런 백조 목 모양의 뱃머리 덕분에 '백조선'이라는 별칭을 얻게 되었다.

비록 거의 한 세대가 걸렸지만, 아무튼 여름 제도 사람들은 잰다의 딸(그리고 나중에 잰다의 뒤를 이었다)이었던 '자하르의 화살' 카나타 코의 지휘 아래 우리가 '노예상들의 전쟁'이라 부르는 전쟁에서 궁극적인 승리를 거두었다. 하지만 잰다가 이룩했던 여름 제도의 통일은 결국 그 딸의 치세까지 지속되지는 못했다('자하르의 화살'은 별로 현명치 못한 결혼을 한 데다가 통치 역시 전쟁처럼 능숙하지 못했기 때문이다). 하지만 지금도 노예상들은 백조선의 모습만 보고도 도망칠 터이다. 이 자랑스러운 배 한 척 한 척마다 금심장목 활로 무장한 궁수들이 타고 있다고 알려진 까닭이다. 지금까지

상단 | 여름 제도의 백조선

1야드: 약 91.4센티미터

도 여름 제도의 궁수들(남녀 모두)은 세계에서 가장 높게 평가된다. 그들의 활 또한 다른 평범한 활들과는 상대가 되지 않는데, 여름 제도의 군주들이 노예상들의 전쟁 이후로 금심장목의 수출을 금지했기 때문이다. 오직 용골궁만이 이들의 활을 능가한다고 알려져 있지만, 물론 그런 것은 말도 못하게 희귀하다.

더 넓은 세상을 보고 싶다는 열망을 가진 일부 여름 제도 사람들은 해외로 나가 용병 궁수나 선원이 된 것으로 알려져 있다. 어떤 이들은 바실리스크 군도의 해적들과 합류하기도 했다. 그중 일부는 평판이 나쁜 해적선장이 되었는데, 이들의 소행은 콰스나 올드타운처럼 먼 항구에서조차 두려움을 사며 회자될 정도였다. 여름 제도 사람들은 분쟁 지대의 용병단 안에서도 두각을 나타냈는데, 자유도시에서 상인이나 군주의 경호원이 되기도 하고 아스타포르, 윤카이, 미린 같은 노예 도시에서 검투사로도 활약했다. 하지만 이들 개인이 보여주는 기량이며 무기를 다루는 기술은 의심의 여지가 없을지언정, 여름 제도 사람들 자체는 결코 전쟁을 좋아하는 사람들이 아니었다.

여름 제도 사람들은 자신들의 해안 너머에 있는 어떤 땅도 침략한 적이 없으며, 타국을 정복하려는 시도도 한 적이 없다. 그들의 위대한 백조선은 다른 어떤 나라의 배보다도 더 멀리 더 빠르게 땅끝까지도 항해하지만, 여름 제도의 군주들은 그런 대단한 배를 군함으로 만들지는 않으며 정복보다는 교역과 탐험을 선호하는 것으로 보인다.

여름 제도는 그 오랜 역사를 통해 한 명의 지배자 밑에 통일된 적이 여섯 번을 넘지 않으며, 그조차도 오래 지속된 적이 없었다. 오늘날 더 작은 섬들은 각자 자신의 지배자를 하나씩 가지고 있으니, 이들은 공용어로는 군주나 여군주로 불린다. 한편 더 큰 섬들(잘라, 옴보루, 왈라노)은 종종 여러 명의 군주들이 경쟁하는 경우도 있다.

그럼에도 불구하고 여름 제도는 대체로 평화로운 곳이다. 싸움이 있어도 매우 의례화되어 마상시합의 난투전과 비슷한 전투가 벌어진다. 예컨대 미리 선별해서 축성한, 때로는 사제들이 상서롭다고 여기는 전쟁터에서 한 무리의 전사들이 만나 결투를 벌이는 식이다. 그들은 오천 년 전 그들의 선조들이 그랬던 것처럼 오로지 창과 무릿매, 나무 방패만 들고 싸운다. 그들의 궁수들이 바다 건너에서 온 적들에 맞서기 위해 들었던 금심장목 활과 길다란 화살은 동족을 향해서는 절대로 사용하지 않는데, 그들의 신이 이를 금했기 때문이다.

여름 제도의 전쟁은 하루 이상 지속되는 일이 드물며, 전사 자신들 외에는 그 어떤 것에도 해를 입히지 않는다. 농작물 피해도 없고 집이 불타지도 않으며, 도시가 약탈당하거나 아이들이 다치는 일도, 여자들이 강간을 당하는 일도 없다(하지만 여성 전사들이 전장에서 남성 전사들과 어깨를 나란히 하고 싸우는 일은 종종 있다). 패배한 군주도 죽거나 신체가 손상되는 일은 없다. 다만 그들은 자신의 고향과 궁전을 떠나 여생을 추방된 채 살아야 한다.

잘라가 여름 제도 중에서 가장 큰 섬이지만, 인구는 왈라노가 가장 많다. 그곳에 있는 마을로는 '최후의 비탄'과 그에

여름 제도의 다른 섬들

잘라, 왈라노, 옴보루가 여름 제도를 구성하는 대표적인 섬이지만, 더 작은 몇몇 섬들 역시 언급할 가치가 있다.

노래하는 돌: 주요 섬들의 서쪽에 있으며, 삐죽삐죽한 산봉우리에 구멍과 바람길이 많이 뚫려 있어서 바람이 불면 음악처럼 들리는 이상한 소리가 난다. 이곳 주민들은 바람의 노래를 듣고 바람이 부는 방향을 구분할 수 있다. 이 돌섬에 노래를 가르친 이가 신들인지 사람인지는 누구도 모른다.

바위 머리: 제도의 최북단에 있는 섬으로, 사람이 만든 섬인 것이 분명하다. 왜냐하면 바다에 둘러싸인 바위의 북쪽에 잊혀진 신의 근엄한 석상이 조각되어 바다 건너를 노려보고 있기 때문이다. 여름 제도의 주민들이 웨스테로스를 향해 북으로 항해할 때 보게 되는 마지막 얼굴이 이것이다.

코즈: 한때 '지도 제작자' 멜사르가 살았던 곳으로, 여전히 여름 제도 최고의 조선소임을 자랑한다. 여름 제도 주민들의 자랑거리인 백조선의 3/4이 코즈의 조선소에서 건조되며, 코즈를 다스리는 군주의 근거지인 진주궁에는 많은 좌표와 지도가 수집되어 있는 것으로 유명하다.

아불루: 왈라노 북동쪽의 작은 외딴섬으로, 한때 니메리아와 그녀를 따르던 무리들이 2년 넘게 머물렀던 곳이다. 여름 제도의 군주들은 발리리아의 화를 부를 것이 두려워서 니메리아가 더 큰 섬에 정착하는 것은 허락하지 않았다. 니메리아가 거느렸던 무리들은 대부분 여성이어서 아불루는 사람들에게 '여자들의 섬'으로 알려지게 되었으며, 오늘날도 여전히 그 이름을 간직하고 있다. 이곳에 머물렀던 로인족은 질병과 굶주림, 노예상의 습격에 계속하여 시달렸고, 결국 니메리아는 새로운 피난처를 찾아 일만 척의 배를 끌고 다시 바다로 돌아갔다. 그러나 그녀의 무리 중 수천 명은 그대로 섬에 남기를 선택했다. 그래서 '여자들의 섬'에는 지금까지도 그들의 자손이 남아 있다.

우측 | 여름 제도의 사랑의 신전에서 예배드리는 광경

딸린 큰 항구, 그리고 고요한 '연꽃의 자리' 등이 있다. 또한 왈라노에 있는 '키 큰 나무의 마을'에서는 햇빛이 나무 사이로 어른거리는 가운데 새의 깃털로 만든 옷을 걸친 여사제들이 마을에 드리운 거대하고 높이 솟은 나무둥치에 노래와 이야기들을 새겨 놓는다. 이 '말하는 나무들'에서 여름 제도 사람들의 역사 전체를 읽을 수 있으며, 그들이 섬기던 수많은 신들과 그들이 살아가며 따랐던 율법들도 읽을 수 있다.

여름 제도에서는 크고 작은 스무 신들을 모시는데, 그중에서 특히 숭배받는 신은 사랑과 미, 그리고 다산을 관장하는 남녀신들이다. 남녀간의 결합도 바로 이 신들에게 바쳐진다. 즉 남자와 여자는 이 숭배 행위에 함께하여 자신들을 창조한 신들께 경의를 표하게 된다고 믿었던 것이다. 그리하여 모든 여름 제도 사람들은 부자와 가난뱅이, 남자와 여자, 신분의 고하를 막론하고 제도 곳곳에 흩어져 있는 사랑의 신전에 얼마간 머물면서 자신을 원하는 어떤 상대와도 서로 육체를 나눠야 한다.

신을 모시는 기간은 대부분 1년 이내지만, 가장 아름답고 공감을 잘하며 노련하다고 여겨지는 자들은 신전에 그대로 남는다. 브라보스에서라면 이들을 고급창부라고 부를 것이고, 킹스랜딩이라면 매춘부에 불과하다고 생각할지도 모르겠다. 하지만 잘라, 왈라노, 옴보루를 비롯한 여름 제도의 섬에서는 이들 남녀 사제들이 매우 존경받는다. 이곳에서는 성적 쾌락을 주는 일도 음악이나 조각, 춤처럼 존경받을 가치가 있는 하나의 예술로 여겨지기 때문이다.

오늘날 여름 제도 사람들의 모습은 올드타운과 킹스랜딩에도 흔히 보이며, 구름 같은 돛을 부풀린 백조선 또한 지상의 모든 바다를 누비고 있다. 그들의 담대한 선원과 선장들은 다른 뱃사람들처럼 해안에 바싹 붙어 다니는 일을 경멸하고 육지가 보이는 곳에서 멀리 떨어져 대양 깊숙한 곳으로 두려움 없이 돌진해 나간다. 일부의 암시에 따르면 코즈의 탐험가들은 이미 소토리오스의 서쪽 해안부터 세계의 아래쪽 끝까지 이어지는 지도를 완성했을 수도 있으며, 먼 남쪽의 낯선 땅과 낯선 종족을 발견하거나 끝없이 펼쳐진 일몰해를 건넜을지도 모른다. 하지만 이런 이야기의 진실 여부는 오직 여름 제도의 군주들 본인과 그들의 밑에서 실제로 항해했던 선장들만 알고 있을 것이다.

나스

여름해에 있는 소토리오스의 북서쪽에는 신비의 섬 나스가 자리하고 있다. 이 섬은 고대인들에게 '나비의 섬'으로도 알려진 곳이다. 이 섬의 토착민들은 아름답고 온화한 인종으로 둥글고 납작한 얼굴에 살짝 거무스름한 피부, 크고 부드러운 호박색 눈을 가졌으며 종종 금색 주근깨가 있다. 나스인은 뱃사람들에게 '평화의 민족'으로 불리는데, 심지어 자기 집과 동족을 보호하기 위해서조차도 싸우지 않기 때문이다. 나스인은 살생을 하지 않는다. 들판이나 나무에 사는 짐승들조차도 죽이지 않으며, 살코기를 먹는 대신 과일을 먹고 전쟁 대신 음악을 만든다.

나스의 신은 '조화의 군주'로 불리는데, 종종 웃고 있는 거인의 형상으로 나타나며 수염이 나고 몸은 벌거벗은 채로 항상 나비 날개가 달린 가녀린 처녀들을 대동하고 있다. 이 섬에는 무수히 다양한 나비들이 날아다니는데, 나스인은 이 나비들이 신의 사자이며 자신의 백성들을 보호하는 임무를 맡고 있다고 여기고 숭배한다. 어쩌면 이 전설이 조금은 맞을지도 모르겠다. 왜냐하면 나스인의 온순한 성격상 섬이 금방이라도 정복될 듯하지만, 바다 너머에서 온 이방인들은 나비의 섬에서 오래 살지 못하기 때문이다.

기스카르인들은 옛 제국의 시대에 이 섬을 세 번이나 점령했었고, 발리리아인들 역시 이곳에 요새를 세웠기에 지금도 드래곤스톤을 녹여 만든 성벽이 보인다. 또한 볼란티스의 탐험가들도 한 무리 들어와서 한때 나무 울타리와 노예 우리가 완비된 무역기지를 건설했었고, 바실리스크 군도의 해적들 역시도 나스에 수도 없이 많이 상륙했었다. 그러나 이 침략자들 중 어느 누구도 살아남지 못했다. 나스인의 주장에 따르면 이 아름다운 섬의 공기 속에는 사악한 기운이 도사리고 있어서 아무도 1년 이상은 견딜 수 없으며, 나스에 너무 오래 머무른 사람들은 모두 죽는다고 한다. 이 역병은 처음엔 고열로 시작해서 다음엔 고통스러운 경련이 일어나 병자가 마치 미친 듯 억제할 수 없는 춤을 추는 것처럼 보이게 한다. 그리고 마지막 단계에 다다르면 피땀이 솟다가 결국 뼈에서 살점이 떨어져 나간다.

하지만 보아하니 나스인들은 그 병을 앓지 않는 듯하다.

이 병에 관해 전해진 모든 진술을 연구한 대마에스터 에브로스는 이 병이 평화의 민족들이 숭배하는 나비에 의해 퍼진다고 생각했다. 그래서 이 병은 종종 '나비열'이라 불린다. 일각에서는 이 열병이 특정 종류의 나비(에브로스는 성인 남성의 손바닥 크기만한 검정색과 흰색 날개의 나비를 의심한다)로만 옮겨진다고 생각하지만, 이는 아직까지 추측으로 남아 있다.

나스의 나비들이 정말로 조화의 군주의 시종이든, 아니면 그저 칠왕국에 있는 나비의 사촌뻘에 해당하는 흔한 곤충에 불과하든, 나스인들이 나비들을 자신들의 수호자로 여긴 것만큼은 틀리지 않았던 셈이다.

그러나 안타깝게도 나스 주변 바다를 어슬렁거리던 해적들은 그 섬에 몇 시간 이상만 머무르지 않는 한 나비열로 죽을 확률이 낮다는 것을 오래전에 알게 되었고, 밤에만 해안을 찾는다면 확률이 더 낮아진다는 점도 알게 되었다. 나비는 낮에 활동하는 생물이라 아침 이슬과 오후의 태양만 사랑하기 때문이다. 그리하여 바실리스크 군도에서 온 노예상들은 종종 어두운 밤에 나스에 하선해서 마을 전체를 노략질해 노예로 납치해 갔다. 평화의 민족은 항상 비싼 가격이 매겨졌다고 하는데, 이는 그들이 온화할 뿐 아니라 영특하고 용모도 뛰어나며 순종하는 법을 빨리 익혔기 때문이다. 리스에 있는 '베개의 집' 중 하나는 나스인 소녀들이 있는 것으로 유명했는데, 이들은 속이 비치는 비단 가운을 두르고 화려하게 그린 나비 날개로 장식되어 있었다고 한다.

피의 세기 이후로 이런 습격이 너무 빈번해지자 평화의 민족 대부분은 자신들이 거주하던 해안가를 떠나서 노예상들이 찾아내기 더 어려운 내륙의 언덕과 숲으로 이동했다. 그래서 정교한 수공예품, 반짝이는 비단, 그리고 나비의 섬에서 생산되던 섬세한 향의 포도주는 칠왕국과 아홉 자유도시의 시장에서 점점 더 찾기 힘들게 되었다.

바실리스크 군도

한편 나스의 동쪽에 있는 바실리스크 군도라 알려진 길게 늘어선 섬들은 나스와 달라도 너무 다르다. 이름 자체부터가 한때 그 제도에 들끓었던 사나운 짐승의 이름을 딴 것으로, 이곳에는 오직 약탈자와 해적, 노예상, 용병, 살인자, 괴물 같은 인류 최악의 종자들만 모여 살면서 여러 세기 동안 여름해의 암적 존재로 악명을 떨쳤다. 그들은 태양 아래 모든 땅에서 모여드는 것으로 전해지는데, 오직 이곳에서만 그들과 동류의 인간들을 찾을 수 있기 때문이다.

바실리스크 군도의 삶은 추잡하고 악랄하며 종종 매우 짧다. 덥고 습한 데다 사람을 쏘는 파리떼와 모래벼룩, 붉은 지렁이가 득실거리는 이 제도는 인간에게든 짐승에게든 언제나 특별히 해로운 것으로 드러났다. 눈물 섬, 두꺼비 섬, 도끼 섬에서 발견된 폐허는 이곳에도 고대 문명이 있었음을 암시하지만 이들 사라진 여명기의 종족에 대해서는 현재 알려진 바가 거의 없다. 혹 해적들이 처음 이 섬에 정착할 당시까지 아직 생존해 있었다고 해도 바로 죄다 칼에 맞아 죽었을 테니 이제는 흔적조차 없는 것이다. 단, 지금부터 짧게 논하겠지만 두꺼비 섬은 여기서 제외된다.

바실리스크 군도에서 가장 큰 섬은 눈물 섬으로, 단단한 바위투성이 언덕과 바람이 몰아치는 뒤틀린 바위들 사이에 절벽과 계곡, 시커먼 습지가 숨어 있다. 눈물 섬의 남쪽 해안에는 도시 유적이 있는데, 기스카르 제국이 세웠던 이 도시는 2세기 가까이(혹은 4세기, 이에 대해서는 좀 논쟁이 있다) '고르가이'라는 이름으로 알려져 있다가 발리리아의 드래곤로드들이 제3차 기스 전쟁 중에 그곳을 점령해서 '고고소스'로 개명했다.

그 도시가 어떤 이름으로 불리웠든 그곳은 악덕의 장소였다. 드래곤로드들은 가장 극악한 죄수들을 눈물 섬으로 보내 죽을 때까지 그곳에서 중노동을 하며 살게 했다. 고고소스의 지하감옥에서는 고문관들이 새로운 형벌을 고안했으며 술집과 유흥가에서는 가장 어두운 종류의 피의 마법이 자행되었는데, 짐승들과 여자 노예들을 짝짓기시켜 반은 인간이고 반은 괴물인 뒤틀린 아이들을 낳게 했다.

고고소스의 악행은 발리리아의 멸망 이후에도 계속되었다. 피의 세기 동안에는 이 암흑의 도시가 부강해졌다. 당시 일각에서는 이곳을 일컬어 열 번째 자유도시라고 불렀지만, 고고소스의 부는 노예와 마법 위에 세워진 것이었다. 이곳의 노예시장은 노예상의 만에 있는 기스카르인들의 도시만큼이나 악명을 떨치게 되었다. 그러나 발리리아의 멸망으로부터 77년 되던 해, 그들의 악취가 신들의 코에까지 닿았던지 고고소스의 노예 우리로부터 무서운 역병이 발생했다고 한다. 이 '적사병'은 눈물 섬을 휩쓸더니 이어서 바실리스크 군도 전체로 퍼졌다. 열에 아홉은 몸에 붙은 모든 구멍에서 피를 쏟아내고 축축한 양피지처럼 피부가 찢기면서 비명을 내지르며 죽어 갔다.

그 후로 바실리스크 군도는 한 세기 동안 외면받았다. 그러다 해적이 오고 나서야 비로소 사람들이 다시 돌아오기 시작했다. 콰스의 해적 잔다로 조어가 그곳에서 처음으로 해적 깃발을 올렸는데, 그는 도끼 섬에서 찾아낸 돌을 사용해서 자신의 정박지 위로 음산한 검은 요새를 세워 올렸다. 그 다음은 '뼈의 형제단'이 잔다로 조어의 뒤를 이어 서쪽 끝에 자리한 파리 섬에 정착했다. 잔다로와 뼈의 형제단은 그 두 곳을 기지로 삼아 완벽하게 자리잡고는 연기가 피어오르는 발리리아 반도의 잔해들을 우회하는 상선들을 약탈했다. 반 세기 안에 거의 모든 바실리스크 군도의 섬들이 해적들의 소굴로 변모했다.

현재 뼈의 형제단은 오래전에 잊혀졌고, 잔다로 조어의 유산 역시 도끼 섬에 남은 그의 요새가 전부지만, 그럼에도 바실리스크 군도에는 여전히 해적들이 출몰한다. 한 세대마다 꼭 한 번씩은 이들 바다의 해충들을 일소하고자 함대가 파견되곤 한다. 이 부분에 있어서는 볼란티스 사람들이 온갖 정성을 다 기울였는데, 종종 하나나 그 이상의 자유도시들과 연합해서 출동하기도 했다. 이런 습격들 중 몇 번은 해적들이 미리 귀띔을 받고 도망치는 바람에 실패로 끝나곤 했다. 좀 더 효율적으로 이루어진 공세는 수백 명을 교수형에 처했고, 많은 수의 배를 나포하거나 가라앉히고 불태워 버렸다. 한 번은 대참사로 끝난 적도 있는데, 해적 소굴을 파괴하라고 보냈던 함대의 지휘관인 리스 출신 선장 사토스 산은 아예 본인이 해적으로 탈바꿈해서 30년 동안 바실리스크 군도의 왕으로 군림했었다.

하지만 이런 노력들이 아무리 높은 성과를 올리더라도 얼마 지나지 않아 해적들은 약탈을 재개하곤 하였다. 그들

바실리스크 군도의 섬들 중 몇몇은 이 자리에 그 특이성을 언급해 둘 필요가 있다. 먼저 '발톱 섬'은 눈물 섬 북쪽에 자리한 짐승의 갈고리발톱 모양의 섬으로, 바다에 면한 절벽에는 깊은 동굴들이 벌집처럼 뚫려 있다. 이 동굴들은 대부분 사람이 살고 있으며, 일부는 요새화되어 있다. 이 섬은 해적들의 노예시장으로 쓰이고 있는데, 납치된 자들은 팔리거나 혹은 몸값을 받을 때까지(자주 있는 일은 아니지만) 이곳에 억류된다. 또한 이곳에는 해적들끼리 교역하는 '무역 해변'이 있다.

다음으로 두꺼비 섬에는 고대 석상이 하나 있는데, 대략 40피트* 높이의 검은 돌 위에 악의에 찬 모습의 거대한 두꺼비와 닮은 형상을 조잡하게 새겨놓았다. 일각에선 이 섬의 주민들이 두꺼비 바위를 조각한 종족의 후손이라고 생각하는데, 그들의 얼굴은 불쾌한 물고기 같은 인상이고 많은 이들이 갈퀴가 달린 손발을 가졌기 때문이다. 만약 이것이 사실이라면 그들은 이들 잊혀진 종족 중 유일하게 살아남은 자들인 셈이다.

마지막으로, 해적들의 대다수는 적에게 공포심을 준답시고 자신의 배와 돛대에 잘린 머리통을 묶어 두는 섬뜩한 관습에 집착한다. 잘린 머리통은 삼으로 꼰 밧줄에 매달린 채 살점이 다 썩어서 떨어져 나갈 때까지 그대로 방치되다가 때가 되면 다시 새로 자른 머리로 교체된다. 하지만 해적들은 그렇게 만들어진 해골을 바다로 돌려보내는 대신 '해골 섬'에 보내서 어둠의 신에게 제물로 바친다. 그리하여 이 작고 비바람이 몰아치는 무인도 해안가에 거대한 황색의 두개골 더미가 줄지어 있는 광경을 볼 수 있는 것이다.

40피트: 약 12.2미터

의 마을은 마치 독버섯처럼 튀어나왔다가도 다음해나 그 다음해가 되면 다시 버려져 결국 원래 있던 진흙과 감탕 속으로 가라앉아 버리는 것이다. 해적 소굴 중 가장 유명한 '약탈자의 항구'라는 장소는 많은 노래와 이야기 속에 회자되지만 어떤 지도를 봐도 찾을 수 없다. 그도 그럴 것이 바실리스크 군도의 수많은 섬들에 같은 이름의 촌락이 최소한 12군데는 있기 때문이다. 결국 하나를 없애면 또 하나가 만들어졌다가 차례차례 버려질 뿐이다. '스타이'나 '창녀의 흉터', '블랙 푸딩' 등 다른 해적 소굴도 마찬가지로, 하나같이 새로 돋아난 소굴들이 이전의 소굴보다 더 사악하고 더 악명이 높다.

요약하자면 바실리스크 군도는 여행자들에게 좋을 것이 하나 없는 곳이므로 피하는 것이 상책이다.

소토리오스

사람들은 처음 배를 몰고 바다로 나간 뒤부터 남쪽에 있는 드넓고 미개한 땅의 존재를 알고 있었다. 오직 넓은 여름해가 이 소토리오스를 고대 문명들과 에소스의 거대한 도시, 그리고 웨스테로스로부터 갈라놓고 있을 뿐이다. 기스카르인들은 제국을 세웠던 시절에 그 대륙의 해안에 자신들의 전초기지를 만들었다. 그들은 자모이오스 강 하구에 성벽을 친 도시 자메타르를 건설했고, 와이번 곶에는 음산한 유형지인 '고로쉬'를 세웠다. 금은보화에 굶주린 콰스의 모험가들도 소토리오스 동부 해안을 따라 금과 보석과 상아를 찾으러 다녔다. 여름 제도 사람들도 같은 이유로 소토리오스 서부로 갔다. 발리리아 자유국은 바실리스크 곶에 세 차례나 식민지를 만들었지만 처음에는 '얼룩무늬 인간'들이 파괴했고 두 번째는 전염병으로 잃었으며, 세 번째는 제4차 기스 전쟁에서 드래곤로드들이 자메타르를 점령하자 버려졌다.

하지만 우리가 소토리오스에 대해 잘 알고 있다고 말할 수는 없다. 드넓은 내륙이 여전히 우리에게는 수수께끼로 남아 있으니, 빽빽한 정글 때문에 뚫고 들어가기가 불가능한 그곳에는 크고 유속이 느린 강 옆으로 유령이 가득한 고대 도시들의 폐허가 남아 있는 것이다. 바실리스크 곶에서 남쪽으로 고작 며칠 항해한 것만으로는 해안선의 생김새조차 파

상단 | 바실리스크 군도의 역병과도 같은 해적들

악하지 못한 채 남겨질 뿐이다(어쩌면 여름 제도 사람들은 해안선 탐험을 마치고 지도에 그려 두었을지도 모른다. 하지만 그들은 자신들의 좌표를 철저히 지키며, 이런 지식은 절대 공유하지 않는다).

이곳에 이식되는 식민지는 곧 시들거리다 죽어 버린다. 오직 자메타르만이 한 세대 이상 유지되었다. 하지만 한때 번성했던 그 도시조차도 오늘날엔 한낱 유령이 나오는 폐허일 뿐, 그조차 서서히 정글로 되돌아가고 있다. 여러 세기 동안 노예상, 무역상, 보물 사냥꾼들이 소토리오스를 찾아왔지만, 오직 가장 담대한 자들만이 나서서 자신들의 해안 기지나 거주지로부터 멀리 나가 이 광대한 대륙 안쪽의 신비를 탐험했다. 그리고 그렇게 감히 정글 속으로 들어간 자들은 종종 다시는 그 모습을 보이지 않았다.

우리는 심지어 소토리오스의 진짜 크기도 모른다. 콰스인의 지도는 한때 이곳을 섬으로 간주하고 그레이트 모라크의 두 배 정도 크기로 그려 놓았지만, 정작 그들의 무역선은 동쪽 해안을 따라 더 멀리 나아가도 섬의 맨 밑쪽 끄트머리를 결코 찾아낼 수가 없었다. 한편 자메타르와 고로쉬에 정착한 기스카르인들은 소토리오스가 웨스테로스만하다고 생각했다. 자에나라 벨라에리스는 자신의 용 테락스를 타고서 이전에는 그 누구도 가 보지 못한 더 먼 남쪽까지 날아가 전설에 등장하는 끓어오르는 바다와 김이 나는 강을 찾아 보았지만, 정작 발견한 것은 끝없는 정글과 사막, 그리고 산맥일 뿐이었다. 그녀는 3년 뒤 발리리아 자유국으로 돌아와 소토리오스가 에소스만큼이나 큰 '끝없는 땅'이라고 선언했다.

어디까지가 진실이든 이 남쪽 대륙은 건강에 유해한 장소로, 더러운 독기로 꽉 차 있다. 우리는 니메리아가 자신의 백성을 그곳에 정착시키려고 노력했을 당시 그 땅에 어떤 대가를 치렀는지를 이미 알고 있다. 혈탕증, 녹열병, 당부병, 청동증, 적사병, 회색비늘병, 갈각병, 충골병, 항해병, 안농증, 황달 등은 이곳에서 찾아볼 수 있는 질병들의 겨우 일부일 뿐이며, 너무 치명적인 질병들이라 정착지 전체를 전멸시켜 버렸다고 한다. 여러 세기에 걸친 여행자들의 증언을 연구해 온 대마에스터 에브로스는 웨스테로스에서 소토리오스를 방문한 자들 중 열에 아홉은 이런 질병을 하나 이상 겪게 되며, 그중 거의 절반은 죽는다는 의견을 밝힌다.

하지만 이 습한 녹지를 탐사하는 자들이 대면해야 하는 위험은 이런 질병들만이 아니다. 자모이오스 강의 수면 아래에는 거대한 악어들이 도사리고 있다가 갑자기 위로 헤엄쳐 올라오면서 배를 뒤집은 뒤, 물에 빠져 허우적대는 사람들을 집어삼킨다고 알려진다. 다른 하천들도 단 몇 분 만에 사람을 뼈만 남긴 채 잡아먹는 식인 물고기들이 들끓고 있다. 사람을 쏘는 파리며 독사, 말벌, 게다가 말이든 돼지든 사람이든 피부 밑에 알을 까는 벌레들도 있다. 바실리스크 곶에는 바실리스크들도 크든 작든 엄청나게 많이 발견되는데, 어떤 놈들은 사자의 두 배 크기나 된다. '인'의 남쪽 숲에는 가장 큰 거인도 난쟁이처럼 보일 정도로 거대한 유인원이 사는데, 얼마나 힘이 센지 코끼리도 단번에 죽일 수 있다고 한다.

좀 더 남쪽으로는 '녹색 지옥'으로 불리는 지역이 있다. 그곳에는 훨씬 더 공포스러운 짐승들이 살고 있다고 한다. 그곳의 동굴들에는 창백한 흰색 흡혈 박쥐들이 가득하다는 미심쩍은 이야기가 전해지는데 이놈들은 단 몇 분 만에 성인 남성의 피를 죄다 뽑아낼 수 있다. 한편 특이한 무늬가 있는 도마뱀들도 정글 속에 퍼져 있다가 사냥감 밑으로 기어와서는 강력한 뒷다리의 구부러진 발톱으로 상대를 갈갈이 찢어 버린다. 50피트*나 되는 긴 뱀이 덤불 사이를 미끄러져 다니고, 큰 나무들 사이로는 점박이 거미들이 거미줄을 친다.

이 모든 것들 중 가장 끔찍한 존재는 튼튼한 가죽 날개와 잔인한 부리, 그리고 만족을 모르는 먹성을 가진 남쪽 하늘의 폭군, 와이번이다. 와이번은 드래곤의 가까운 친척이지만 불을 뿜을 수는 없다. 하지만 흉포함에 있어서는 사촌들을 능가하며 크기만 빼고는 모든 면에서 드래곤과 맞먹는다.

옥색과 백색이 섞인 독특한 비늘을 가진 '얼룩무늬 와이번'은 30피트**까지 자란다. 한편 '늪 와이번'은 훨씬 더 크지만 선천적으로 몸이 느리고 은신처에서 멀리까지 날아가는 일이 드물다. 원숭이만한 '갈색 와이번'은 백 마리 이상 떼를 지어서 사냥하므로 더 큰 종류의 친족들보다 훨씬 더 위험하다. 그러나 그중 가장 두려운 것은 야행성 괴수인 '섀도우 윙'으로, 이들은 검은 비늘과 날개 때문에 눈에 보이지 않는다. 갑자기 어둠속에서 내려와 사냥감을 찢어발기기 전까지는 말이다.

당연한 말이지만 소토리오스는 웨스테로스나 에소스에 비해 인구밀도가 낮다. 북부 해안을 따라 스무 곳 정도의 작은 무역기지들이 달라붙어 있지만, 이들은 일각에서 말하듯 피와 진창 구덩이일 뿐이다. 궂은 날씨에 온갖 비참함으로 가득 차 있으며, 자유도시와 칠왕국에서 몰려든 온갖 탐험가

셉톤 바스는 그의 저작 <드래곤, 웜, 그리고 와이번*Dragons, Wyrms, and Wyverns*>에서 발리리아의 혈마법사들이 와이번 무리를 사용해서 드래곤을 창조했을 것이라고 추측했다. 하지만 혈마법사들이 자신들의 사술을 이용해 엄청난 실험들을 거듭했다고 알려지긴 했어도 대부분의 마에스터들은 이 주장은 비약이 너무 심하다고 생각한다. 그중 마에스터 바니온의 <부자연스러운 역사에 대한 반론*Against the Unnatural*>에는 발리리아가 발흥하기 이전, 심지어 여명기에도 웨스테로스에 드래곤이 존재했다는 증거들이 담겨 있다.

50피트: 15.2미터 / 30피트: 9.1미터

와 범죄자, 유배자, 창녀들이 한 몫 잡으러 오는 곳이다.

소토리오스의 정글과 늪, 그리고 햇볕에 뜨겁게 달아오른 음침한 남쪽의 강들 속에는 많은 재화가 잠들어 있다. 하지만 금이나 진주, 귀한 향신료를 찾는 모든 사람들에게 하고 싶은 말이 있다면, 수많은 이들이 그러다가 죽음만 발견하게 되었다는 사실이다. 바실리스크 군도의 해적들이 이 정착지들을 습격해서 사람들을 납치해 발톱 섬과 눈물 섬에 있는 우리에 가두었다가 때가 되면 노예상의 만에 있는 인육시장이나 리스의 베개의 집 또는 쾌락의 정원에 팔아 버렸던 것이다. 게다가 해안으로부터 더 멀리 들어갈수록 토착 원주민들도 훨씬 더 흉폭하고 원시적으로 변해 간다.

소토리오스 토착민들은 골격이 큰 생명체로, 근육이 우람하고 긴 팔과 비스듬한 이마, 커다란 사각 치아, 두꺼운 턱, 그리고 검고 거친 머리칼을 가지고 있다. 넓고 납작한 코가 마치 돼지의 주둥이처럼 보이고, 두꺼운 피부 역시도 갈색과 흰색으로 얼룩덜룩해서 전체적으로 사람보다는 돼지에 가까워 보인다. 이들 종족의 여자들은 자기네 종족 남성이 아니면 번식할 수도 없다. 에소스나 웨스테로스에서 온 남자들과 교류하더라도 오직 사산아만 낳거나 소름끼치는 기형아를 출산한다.

소토리오스 원주민 중 바다와 가장 근접한 곳에 사는 자들은 무역을 하는 법을 배웠다. 기스카르인들은 이들의 지능이 너무 낮아서 좋은 노예가 되기는 글렀다고 여겼지만 그들은 사나운 전사다. 더 남쪽으로 내려가 문명과 더 멀어질수록 이 얼룩무늬 인간들은 훨씬 더 흉폭하고 야만적으로 변한다. 이들 소토리오스인들은 차마 보기 힘든 외설적인 의식을 거행하며 어둠의 신을 숭배한다. 많은 수가 식인종이고, 더 많은 사람들은 사람이라기보다는 식인귀라 불러야 할 것이다. 왜냐하면 적이나 이방인들의 고기를 먹을 수 없을 때는 동족의 시체를 먹기 때문이다.

일부 사람들은 한때 이곳에 다른 인종이 있었으며, 세상에서 잊혀진 이 사람들은 아마도 얼룩무늬 인간들에게 잡혀 먹혔거나 쫓겨났을 거라고 말한다. 또 도마뱀 인간, 잃어버린 도시들, 그리고 눈이 없이 동굴에 사는 인간들의 이야기도 어디에나 널려 있다. 하지만 이런 이야기 중 그 어떤 것도 증거는 없다.

마에스터들이든 다른 학자들이든 모두들 소토리오스의 수수께끼 중 가장 엄청난 것-즉, 고대 도시 '인' 때문에 머리를 쥐어짜왔다. 시간 그 자체보다도 더 오래된 듯한 이 폐허는 검은 돌로 건축되었는데, 돌이 너무 거대해서 옮기려면 코끼리 12마리가 필요할 정도다. 인은 수천 년 동안 폐허로 남았지만 사방을 둘러싸고 있는 정글조차 감히 이 유적을 건드리지 못했다(니메리아는 이곳을 처음 보고서 "너무도 사악한 나머지 정글조차도 감히 들어갈 엄두를 내지 않는 도시로군."이라 말했다고 한다. 물론 설화를 믿는다면 말이다). 인을 재건하거나 재정착해 보려는 모든 시도들은 끔찍한 공포 속에서 막을 내렸다.

대초원

에소스 대륙의 쿼호르의 숲 너머에는 바람이 몰아치는 광막한 평원과 부드럽게 경사진 언덕들, 비옥한 범람원, 크고 푸르른 호수가 여기저기 흩어지고 풀은 말의 머리 높이까지 자라는 끝없는 초원이 펼쳐진다. 이 초원은 쿼호르 숲에서부터 시작해 뼈의 산맥이라 알려진 높은 산맥까지 칠백 리그* 이상 뻗어 있다.

여명기에 문명이 탄생한 곳도 바로 이곳의 기다란 목초지였다. 1만 년 전, 혹은 그보다 더 이전에 웨스테로스가 아직 거인들과 숲의 아이들만 사는 황량한 벌판이었을 무렵, 사른 강의 기슭 옆에, 그리고 그 강줄기에 합쳐져서 북쪽으로 흘러 전율해로 빠져나가는 무수히 많은 지류들 옆에 최초의 진정한 마을이 생겨났다.

슬프게도 당시의 역사는 '잃어버린 역사'로, 이들 초원의 왕국들은 대부분 인류가 글자를 익히기도 전에 왔다가 사라져 버렸고 오직 전설들만 우리에게 남았을 뿐이다. 그리고 이런 전설들을 통해 우리는 초원 한가운데 있던 내해인 '은해' 근처를 지배했던 '어부 여왕'들에 대해서 알게 된다. 그녀들은 은해의 해안가 주변을 끝없이 떠다니던 '부유궁'에서 통치했다.

사나운 전사들이었다고 한다. 이들은 현재의 이벤인들보다는 덩치가 컸지만 아마도 분명 그들의 선조였을 것이다. 잃어버린 도시 '라이버'에 관해서도 나오는데, 그곳에서는 거미 여신을 모시는 자들과 뱀의 신을 모시는 자들이 지독한 전쟁을 끝없이 치렀다고 한다. 그들의 동쪽에는 반은 인간이고 반은 말인 켄타우로스의 왕국이 있었다고도 한다.

한편 동남쪽으로는 콰스인들의 자랑스러운 도시국가들이 일어났다. 북쪽 숲으로는 전율해의 해안가를 따라서 '숲을 걷는 자들'의 영역이 있었는데, 극소수였던 그들을 두고 많은 마에스터들이 아마도 숲의 아이들의 친척이었을 것이라고 믿는다. 그리고 그 두 지역 사이에는 사이메르인이나 깁인, 조코라인의 왕국들을 찾을 수 있었다. 깁인은 다리가 길고 고리버들 방패를 사용하며 머리털을 석회로 뻣뻣하게 굳히는 풍습이 있었고, 조코라인은 갈색 피부에 옅은 색 머리털을 가졌으며 전차를 타고 전투에 임했다고 한다.

이런 종족들 대부분은 이제 역사의 뒤안길로 사라지고 없으며, 도시들 또한 불탄 뒤 땅에 묻혔고, 그들의 신과 영웅들도 모두 잊혀졌다. 콰스인의 도시들 중에서는 오직 콰스 하나만 남아서 지금도 여름해와 옥해를 잇는 옥문 해협을 철

마에스터들은 과거에 '은해'라는 바다가 이 평원에 존재했음을 받아들인다. 은해를 언급하는 설화들이 넘쳐나기 때문이다. 하지만 여러 세기에 걸쳐 강우량이 줄어들자 은해의 물도 심각하게 줄었고, 결국 한때 바닷물이 태양빛에 반짝였던 장소에는 이제 세 개의 거대한 호수만 남게 되었다.

전하는 바에 따르면 어부 여왕들은 현명하고 자비로우며 신들의 총애를 받았고, 왕과 영주, 현인들이 저마다 그녀들의 조언을 구하고자 부유궁을 찾았다고 한다. 하지만 그들의 영역 너머에서는 또다른 부족들이 서로 우위를 다투고 흥망성쇠를 거듭하며 투쟁하고 있었다. 몇몇 마에스터들은 퍼스트 멘도 도른의 팔을 건너 웨스테로스로 가는 머나먼 이주를 시작하기 전에는 이곳에서 발원했다고 믿는다.

안달족 역시도 은해 남쪽의 비옥한 들판에서 일어났을지도 모른다. 설화에는 '털 많은 사람들'에 관한 얘기도 나오는데, 이들은 전장에 유니콘을 타고 나가는 털이 덥수룩하고

통같이 지키며 과거의 영광을 꿈꾸고 있다. 나머지 종족들은 절멸하거나 쫓겨나거나, 혹은 그 뒤를 이은 종족에게 정복되거나 흡수되었다.

웨스테로스는 그들을 정복한 자들이 사르노르인이었다고 생각한다. 왜냐하면 사르노르 왕국이 최절정기에 달했을 때의 영역이 사른 강과 거기서 뻗어나간 지류 주변의 모든 땅, 그리고 은해가 줄어들며 탄생한 세 개의 커다란 호수를 전부 포함하고 있었기 때문이다.

사르노르인들은 스스로를 '키 큰 사람들'이라고 불렀다(그들의 말로는 '타가에즈 펜'이라고 한다). 그들은 조코라인

대마에스터 하게도른은 당시 이웃 부족들이 아직 말을 길들이거나 타는 법을 알지 못했다는 점을 감안해서 켄타우로스가 사실은 말을 탄 전사였을 것이라는 이론을 내놓았다. 가끔 기괴한 것들 중에 '켄타우로스의 해골'로 추정되는 것이 튀어나오기는 하지만, 그의 견해는 시타델에서 폭넓게 받아들여지고 있다.

좌측 | 소토리오스의 폐허

700리그: 약 3380킬로미터

처럼 갈색 피부에 팔다리가 길었지만, 머리카락과 눈동자는 마치 밤처럼 검은색이었다. 전사, 마법사, 학자들은 그들의 계보를 '후조르 아마이(경이로운 자)'라고 불리던 영웅왕까지 추적할 수 있는데, 그는 최후의 어부 여왕에게서 태어나 깁인과 사이메르인, 조코라인의 가장 큰 군주와 왕들의 딸들을 아내로 삼아 세 민족을 모두 자신의 지배하에 묶어 두었다. 조코라인 아내는 그의 마차를 몰았고 사이메르인 아내는 그의 갑옷을 만들었다(그녀의 종족이 철을 다룰 줄 아는 최초의 종족이었다고 한다)고 전해진다. 또 그는 '털 많은 사람들'의 왕의 가죽으로 만든 거대한 망토를 어깨에 두르고 있었다.

그런 대단한 인물이 실제로 존재했을 수도, 또는 그렇지 않을 수도 있겠지만 이들 키 큰 사람들이 절정기에 떨쳤던 영광을 의심하는 사람은 아무도 없다. 그들은 자존심이 강하고 툭하면 서로 싸우는 바람에 하나의 지배자 밑에 통합되지는 못했다. 하지만 그들의 왕국은 쿼호르의 숲에서부터 사라진 은해 동쪽 해안과 그 너머 50리그* 밖까지에 이르는 대초원을 장악했다. 그들의 빛나는 도시들은 마치 푸른 벨벳 위로 보석을 뿌려 놓은 듯 초원을 가로지르며 태양과 별빛 아래에서 반짝이고 있었다.

이들 도시 가운데 가장 위대한 도시는 '높은 탑의 도시' 사르나스로, 이곳에는 '대왕'이 천 개의 방이 딸린 전설적인 궁전에서 살고 있었다.

과 겨울의 연대기*Summer and Winter Annals*〉와 쿼스, 노예상의 만, 그리고 자유도시에 남아 있는 그들에 대한 기록에서 나왔다. 사르노르의 무역상들은 발리리아와 이 티, 렝, 아샤이까지 여행했다. 또한 사르노르의 배들은 전율해를 항해해서 이브와 천 개의 군도, 그리고 먼 모소비까지도 방문했다. 사르노르의 왕들은 쿼스인 및 기스의 옛 제국과 전쟁을 벌였고, 말을 타고 초원을 방랑하던 동쪽의 유목민 무리도 여러 차례 습격했다.

그들의 기병들은 강철과 거미줄로 짠 갑옷을 입고 석탄같이 새까만 암말을 탔지만, 최고의 전사들은 피처럼 붉은 말이 끄는 낫이 달린 전차를 타고 전쟁에 임했다(전차는 종종 아내나 딸이 몰았는데, 남녀가 함께 전쟁터에 나가는 것이 사르노르의 전통이었기 때문이다).

높은 탑의 도시 사르나스의 영광은 심지어 칠왕국에서조차도 칭송되었으며, 로마스 롱스트라이더도 자신의 〈인류가 만든 불가사의〉 중에 그들의 유적인 천 개의 방이 딸린 궁전을 포함시켰다.

그러나 오늘날 사르노르 왕국은 대부분 잊혀졌다. 특히 웨스테로스에서는 사르노르 왕국의 길고 자랑스러운 역사에 관해 거의 모르는, 혹은 제대로 알지 못하는 자가 한층 더 많으니, 심지어 시타델에서 공부하는 학생들조차도 그렇다. 사르노르의 성탑들은 모두 무너졌고, 도시들은 버려지고 황폐해졌으며, 그들의 농장과 밭과 마을이 자리했던 곳은 이제

사르노르의 모든 소왕들은 법과 관습에 따르자면 대왕 아래에 있는 존재였지만, 사실은 아주 극소수의 대왕만이 실질적인 권력을 행사했다.

동쪽으로는 '대상들의 도시' 카사스가 있었고, 사른 강의 두 지류가 만나는 지점에는 '폭포의 도시' 사사르가 있었다. 또한 운하를 낀 '호숫가의 도시' 고르나스도 있었고, 거대한 도서관과 울긋불긋한 성벽이 있는 '학자들의 도시' 또는 '은해변의 도시' 살로쉬도 있었다. 북쪽으로 방향을 튼 사른 강 하류에는 번창한 '강의 도시들' 라티라르와 호르노스, 카이스가 있어서 그 깊고 푸른 물을 오가는 배들을 통제했다. 이곳에는 또한 '전사의 도시' 마르도쉬도 서 있었는데 '정복당하지 않는 도시'로도 유명했다. 한편 사른 강이 갈라져 전율해로 흘러들어가는 삼각주 지역에서는 항구도시 사스(서쪽)와 사리스(동쪽)를 찾을 수 있다.

사르노르 왕국(비록 서로 경쟁하던 소왕들이 마흔 명이나 되었지만, 어쨌든 하나로 묶어 왕국이라 불리운다)은 이천 년 넘게 이어진 가장 위대한 문명들 중 하나였다. 하지만 그에 대해 우리가 아는 대부분은 단지 사라진 그들이 남긴 기록의 몇몇 편린들에서 나온 것들일 뿐으로, 특히 〈여름

독초와 잡초들만이 무성하게 자라고 있다. 한때 그들이 통치했던 땅은 이제 사람이 별로 없으며, 다만 도트락 기마군주들이 거느리는 칼라사르가 가로지르거나 칼의 허가를 받아 자유도시에서 바에스 도트락과 '산들의 어머니'까지 길고도 느리게 가로지르는 대상단만이 있을 뿐이다.

곳곳에 흩어진 폐허가 된 도시들로 인해 여행자들은 이곳을 '유령의 땅'이라고 부르기도 하며, 그 공허함 때문에 '대황야'라고도 부른다. 하지만 오늘날 이 초원을 부르는 명칭으로 가장 널리 알려진 것은 '도트락의 바다'다. 그렇기는 해도 이 명칭을 쓰게 된 것은 비교적 최근의 일이다. 도트락인들 자체가 신생 부족이기도 하고, 그들이 이 땅을 지배하게 된 것은 발리리아가 멸망한 이후부터였기 때문이다. 당시의 칼라사르들은 에소스 동쪽을 불과 강철로 휩쓸면서 한때 이곳에서 번성했던 고대 도시들을 정복해 파괴하고 그곳의 주민들을 납치해 갔다.

위대한 사르노르 왕국이 몰락하는 데에는 채 한 세기도

50리그: 약 240킬로미터

역사를 보면 기스의 옛 제국은 한창 융성하던 발리리아의 자유국에 맞서 다섯 번의 전쟁을 치렀다고 기록되어 있다. 타가에즈 펜은 2차 기스 전쟁과 3차 기스 전쟁에서 발리리아의 동맹으로서 검을 들었다. 그러나 4차 전쟁에서는 서로 경쟁하던 왕들이 저마다 편을 갈라 일부는 기스에, 일부는 발리리아에 합류했다. 로마스 롱스트라이더의 글에 따르면 4차 전쟁에서 기스와 동맹했던 이들의 모습이 새겨진 오벨리스크가 하나 있는데, 거기 묘사된 가장 키가 큰 전사들(높은 투구를 쓴 덕분에 키가 더욱 커 보였다)이 바로 사르노르 사람들이었다고 한다. 오벨리스크가 세워진 장소는 기스였지만, 모든 전사들이 포로로 잡혀 노예가 되었기에 조각은 발리리아에서 했다고 한다.

걸리지 않았다. 서쪽의 자유도시들이 피의 세기로 알려진 기간 동안 지배권을 둘러싼 야만적인 싸움에 몰두하고 있을 무렵, 초원에서도 전쟁이 터지고 있었다. 그때까지 동쪽 초원의 기마민족은 60여개의 서로 싸우는 부족들로 나뉘어 끊임없이 전쟁을 벌이고 있었다. 하지만 발리리아의 멸망 이후 이어진 몇 년 동안 마침내 단 한 명의 지도자인 멩고라는 이름의 도트락인 칼 밑에서 통합되었다. 칼 멩고는 자신의 어머니인 마녀 여왕 도쉬의 조언을 받아 다른 유목민들도 자신의 지배를 따르도록 했고, 이를 거절하는 부족들은 멸족시키거나 노예로 만들었다.

그리고 나이가 들자 그는 서쪽으로 눈을 돌렸다.

키 큰 사람들은 오랫동안 성가신 골칫거리에 불과했던 기마군주들을 깔보고 있었다. 그래서 동쪽의 위협을 무시해왔고, 이는 칼라사르들이 동쪽 경계를 넘어 습격하기 시작할 때조차도 마찬가지였다. 일부 사르노르인 왕들은 심지어 자신들끼리의 전쟁에 도트락인들을 이용하려고까지 했으며 그들에게 금과 노예, 그 밖에 다른 선물들을 주어 자신의 경쟁 도시들과 싸우게 했다. 칼 멩고는 이 선물들을 흔쾌히 받았다. 그러고는 그렇게 정복한 땅들도 자신의 소유로 챙겼다. 그는 그 땅의 밭과 농장, 그리고 마을을 전부 다 불태워 초원을 야생 상태로 되돌렸다(도트락인들은 대지를 어머니로 여기기 때문에, 어머니의 몸을 쟁기, 삽, 도끼로 파헤치는 일을 죄악시했다).

결국 멩고의 아들 칼 모로가 자신의 칼라사르를 '폭포의 도시' 사사르의 문앞까지 데려오고 나서야 키 큰 사람들도 자신들이 처한 위험을 깨닫게 된 듯 보였다. 전쟁에서 패한 사사르의 남자들은 전부 처형당했고, 여자들과 아이들은 노예로 끌려갔다. 그들 중 3/4이 남쪽에 있는 기스카르인들의 도시인 하즈단 모의 노예시장으로 향하는 가혹한 여정에서 죽었다. 초원에서 가장 사랑스러웠던 도시 사사르는 불에 타 재와 돌무더기로 변했다. 기록에 의하면 칼 모로는 손수 이 폐허에 얄리 카마이, 즉 '울부짖는 아이들의 도시'라는 새 이름을 붙였다.

심지어 그때조차도 사르노르의 왕들은 결코 뭉칠 수가 없음이 드러났다. 사사르가 불에 탔을 때 서쪽 카사스의 왕과 북쪽 고르나스의 왕이 군대를 보내오기는 했으나, 이는 이웃 도시를 도우려는 것이 아니라 약탈품을 한 몫 챙기려는 목적에서였다. 그들은 땅을 욕심내다가 심지어 서로 충돌하기까지 했고, 결국 동쪽 하늘에서 검은색 연기 기둥이 솟을 때 그들은 사사르 서쪽으로 말을 타고 사흘은 걸리는 곳에서 자기들끼리 일대 회전을 벌였다.

사르노르 왕국의 위대한 도시들은 도트락인들에 의해 천천히 몰락해 갔으므로 그동안 벌어졌던 사건이나 전쟁의 연대기를 여기에 기록하는 일은 적절하지 않을 것이다. 더 자세한 내용을 알고 싶다면 벨로가 쓴 〈키 큰 사람들의 종말 *The End of the Tall Men*〉, 마에스터 일리스터가 쓴 〈기마 부족, 에소스의 동부 평원의 유목민들에 대한 연구*Horse Tribes, Being a Study of the Nomads of the Eastern Plains of Essos*〉, 마에스터 조세스가 쓴 〈피의 세기의 전투와 포위전*Battles and Sieges of the Century of Blood*〉 중 동부 파트와 부록, 그리고 바고로의 〈파괴된 도시들, 도둑맞은 신들*Ruined Cities, Stolen Gods*〉을 살펴보길 권한다.

다만, 저 자랑스러운 사르노르 도시 중 오직 사스만이 오늘까지 폐허를 면하고 살아남았다는 점만 말해 두도록 하자. 사스는 이브와 로라스(근처에 로라스의 식민지인 모로쉬가 있다)의 도움을 받아서 살아남았지만, 슬프게도 예전보다는 훨씬 세력이 줄어들었다. 한때 수백만에 달하던 사르노르인의 숫자는 이제 고작 2만 이하로 줄어들었지만, 그래도 사스에 사는 사람들은 여전히 자신들을 타가에즈 펜이라고 부른다. 아직도 숭배되는 사르노르 왕국의 신들 역시 백 남짓만 남았을 뿐이다. 한때 키 큰 사람들의 거리와 사원을 장식했던 청동과 대리석 신상들은 이제 기마군주들의 신성한 도시인 바에스 도트락으로 향하는 풀길을 따라 이끼가 앉고 구부정하게 기울어진 채로 방치되었다.

사사르는 초원의 도시들 중 도트락인들에게 함락당한 최초의 도시였지만 마지막 도시도 아니었다. 칼 모로는 6년 뒤 카사스도 습격했다. 이 공격에서 칼의 전사들은 놀랍게도 고르나스의 도움을 받았는데, 고르나스의 왕이 칼 모로의 딸들 중 하나를 아내로 삼고 새로이 동맹을 맺었던 것이다. 하지만 고르나스도 카사스의 정복 12년 후에 무너졌다. 그 무렵 칼 호로가 칼 모로를 죽이고 그의 혈통을 끊어 버렸다. 당시 고르나스의 왕은 도트락 출신이었던 부인의 손에 죽었는데, 그녀는 왕의 나약함을 경멸했다고 전해진다. 쥐들이 죽은 남편의 시체를 먹어치우고 나자 이번에는 칼 호로가 그녀를 아내로 취했다.

칼 호로는 모든 도트락인들의 충성을 받아냈던 마지막 대칼이었다. 그는 고르나스를 파괴한 지 겨우 3년 뒤에 경쟁자에게 살해당했다. 그러자 그의 커다란 칼라사르도 열두 개의 더 작은 무리로 갈라졌으며 자신들끼리의 전투를 재개했다. 그러나 이 상황이 사르노르 왕국에 안긴 유예기간도 그리 오래 가지는 못했다. 키 큰 사람들의 약세가 명백해졌으며 칼 호로를 따르던 칼들도 그가 추구하던 정복에 맛을 들였던 것이다. 이어지는 몇 년 동안 그들은 서로를 능가하려고 기를 쓰면서 훨씬 더 넓은 영토를 정복하고 초원의 도시들을 파괴하였으며 주민들을 노예로 만들었다. 또한 그들은 자신들의 승리를 증언하고자 상대의 부서진 신상들을 바에스 도트락으로 끌고 돌아왔다.

키 큰 사람들의 남은 도시들은 하나둘씩 차례로 제압당해 파괴되었고 폐허와 재만 남겨져 한때 그곳에 그들의 자랑스러운 도시가 서 있었다는 흔적만 남았을 뿐이었다. 역사를 연구하는 학자들과 학생들에게는 특히 살로쉬의 몰락이 비극적이었다. 이 학자들의 도시가 불탔을 때 그곳의 거대한 도서관 역시 겁화를 피하지 못했고, 결국 타가에즈 펜이든 그들 이전에 왔다 간 민족들의 역사들이든 대부분이 영원히 사라져 버렸기 때문이다.

곧 카이스와 호르노스가 뒤를 이어서 누가 더 야만적인지 앞다투어 경쟁하던 칼들의 손에 파괴되었다. 요새도시였던 '정복당하지 않는 마르도쉬'가 가장 오랫동안 이들에게 저항했다. 그 도시는 거의 6년 가까이 내륙과 차단된 채 끝없이 이어지는 여러 칼라사르들의 포위를 버텨냈다. 마르도쉬는 굶주림에 시달리던 끝에 개와 말을, 다음으로는 들쥐와 생쥐, 그리고 벌레들까지 먹어치웠고, 나중에는 결국 자신들의 시체를 먹기 시작했다. 수비대의 생존자들은 더 이상 견딜 수 없어지자 스스로의 아내와 아이들을 손수 죽여 지키고자 했다. 그런 다음 성문을 열고 마지막 공격을 위해 돌진했다. 그들 모두는 자유민으로 죽었다. 그 후 도트락인들은 이 마르도쉬의 폐허를 두고 '바에스 고르코이', 즉 '피투성이 돌격전의 도시'라고 명명했다.

마르도쉬가 함락당하자 마침내 잔존한 사르노르의 왕들도 그들이 처한 위기가 얼마나 크나큰지를 자각하게 되었다. 키 큰 사람들은 드디어 서로간의 싸움과 경쟁심을 접고 사르강의 상류와 하류에서 사르나르로 모여들었다. 그들은 칼의

힘을 영원토록 완전히 꺾고자 사르나스의 성벽 아래에 모여 거대한 군대를 이루었다. 그리고 마지막 대왕인 마조르 알렉시의 지휘하에 대담하게 동쪽으로 진격해 나아갔다. 한편 사르나스와 카사스의 폐허 중간쯤 되는 지점의 높이 자란 풀밭에서는 네 무리의 칼라사르가 힘을 합치고 있었다. 그들이 모인 벌판은 이후 '까마귀의 벌판'으로 알려졌다.

당시 칼 하로, 칼 콰노, '절름발이' 칼 로소, 그리고 칼 자코는 거의 8만에 육박하는 기마병을 지휘했다고 전해진다. 반면에 사르노르의 대군은 낫이 달린 전차 6천 대와 그 뒤를 따르는 중장기병 1만 명, 그리고 좌익과 우익에 역시 1만의 경기병(대다수가 여성이었다)이 있었다. 또 그 뒤로도 사르노르 창병과 투석병 10만 명이 따라가면서 사르노르인의 수적 우세를 더해 주었다. 이 수치에 대해서는 모든 연대기들이 일치한다.

전투가 시작되자 사르노르의 전차들은 그들 앞의 모든 것을 쓸어내 버리겠다는 듯 위협을 가했다. 전차대는 땅을 뒤흔들며 전진해 도트락 군대의 한가운데를 들이받았으며, 전차 바퀴에 달린 회전 칼날이 도트락 군마들의 다리를 잘라 버렸다. 칼 하로가 그들 앞에 쓰러져 난도질당한 채 짓밟히자 그의 칼라사르도 박살나 도망쳤다. 도망치는 기마병들을 전차들이 으르렁거리며 뒤쫓자 대왕과 그의 중무장 기마병들이 그들 앞에 뛰어들었고, 그 뒤로 사르노르 보병들이 창과 무릿매를 흔들고 승리의 환호성을 울리며 따라붙었다.

하지만 그들의 기세는 딱 거기까지였다. 사실 도트락인의 패주는 가짜였던 것이다. 도트락인들은 사르노르인을 덫 안쪽으로 몰고 가더니 갑자기 도망치던 사람들이 돌아서 큰 활로 빗발치는 화살을 쏟아냈다. 남쪽과 북쪽에서는 칼 코노와 칼 자코의 칼라사르들이 휩쓸고 들어오고, 동시에 절름발이 로소와 그의 칼라사르가 함성을 지르며 사르노르 군대의 후방을 에워싸고 공격해 퇴로를 차단했다. 대왕과 그의 대군은 완전히 포위된 채 산산이 난도질당했다. 일각에서는 그날 10만 명의 사람들이 죽었다고 하며, 전사자 중에는 마조르 알렉시와 여섯 명의 소왕들, 그리고 60명 이상의 영주와 영웅들이 끼어 있었다. 까마귀들이 그들의 시체들을 포식하는 동안 칼라사르들의 기마병들이 시체 사이를 걸어다니며 그들의 귀중품을 놓고 옥신각신했다.

방어군을 잃은 높은 탑의 도시 사르나스는 2주도 안 되어 절름발이 로소에게 함락당했다. 칼 로소가 그 도시에 불

을 질렀을 때는 천 개의 방이 딸린 성조차 해를 입지 않을 수 없었다.

남아있던 초원의 도시들도 차례차례 사르나스의 뒤를 따르면서 피의 세기가 막을 내렸다. 마지막으로 무너진 도시는 사른 강 하구에 있던 사리스였지만, 이번엔 노예로 전락하거나 약탈당하는 일이 거의 없었다. 칼 제고가 그곳을 덮칠 당시 그곳 사람들 대부분이 이미 도망쳤기 때문이었다.

사르노르 왕국만이 기마군주들의 유일한 희생자였다고 생각하면 곤란하다. 때때로 '잃어버린 자유도시'로 기억되는 발리리아의 식민지 에사리아도 비슷한 방식으로 제압당했다. 오늘날 그곳의 폐허는 도트락인에게 '바에스 카도크', 즉 '시체의 도시'로 알려져 있다. 북쪽에서는 칼 다코가 이비쉬를 약탈하고 불태우면서 이브 섬 사람들이 에소스 북쪽 해안에 만들었던 작은 요새들을 재장악했다(훨씬 더 작은 이벤인의 식민지는 전율해 옆에 있는 빽빽한 숲 속에 살아남아서 '뉴 이비쉬'라고 이름 붙인 마을 주변으로 모여 살았다). 남쪽에서는 또 다른 칼들이 무리를 이끌고 붉은 황야로 쳐들어가 한때 그 사막에 흩어져 있던 콰스인의 마을과 도시들을 파괴했고, 결국 대도시였던 콰스만이 세 겹의 높은 성벽으로 보호받은 덕분에 살아남았다.

로운 정복을 구하며 서쪽으로 돌아서는 일이 단지 시간문제일 뿐임을 알 것이다.

사실 도트락인들은 동쪽을 향해서도 세력을 확장하고자 자주 시도했지만, '뼈의 산맥'이라는 넘기가 거의 불가능한 장애물을 발견했다. 황량하고 사람을 반기지 않는 산봉우리들이 기마군주들과 더 멀리 있는 동쪽의 풍요로운 땅 사이에 놓인 거대한 바위 장벽인 셈이다. 군대를 데려갈 만한 크기의 길은 딱 셋만 존재하며, 그 반대편에는 강력한 요새 도시 바야사바드와 사미리아나, 카야카야나야가 버티고 있다. 이 도시들은 뼈의 산맥 너머 현재 '대사해'로 알려진 곳에 한때 번성했던 히르쿤이라는 큰 왕국의 마지막 잔재로서, 수만 명이나 되는 가공할 만한 여전사가 지키고 있다. 수많은 칼들이 그들의 성벽 아래에서 죽었고, 도시의 성벽은 여전히 침입을 허용하지 않은 채 굳건히 버티고 있다.

그러나 뼈의 산맥 서쪽에서는 북쪽의 전율해부터 남쪽의 '채색 산맥'과 스카하자단 강까지, 문명이 처음 피어났던 광활한 초원지대는 바람만 몰아치는 적막한 곳으로 남았다. 아무도 그곳에 이랑을 갈거나 씨를 뿌리거나 집을 짓지 않으니, 이는 바로 오늘까지지도 그곳을 자유롭게 방랑하면서 자신들의 땅을 건너려는 자들에게서 '선물'을 뜯어내고 또 서로

콰스인에 대해서는 그 오랜 역사에도 불구하고 확실하게 말할 수 있는 것들이 거의 없다. 그들은 오직 하나 남은 잔재인 콰스를 제외하면 오늘날 세상에서 사라져 버린 민족인 것이다.

다만 말할 수 있는 것은 이들 콰스인이 초원에서 일어나 그곳에 마을을 세웠다는 것, 사르노르인들과 접촉했으며 가끔씩 충돌이 일기도 했다는 것이다. 이런 전쟁들은 종종 더 나쁜 상황도 초래했으며, 그러면서 이들도 더 남쪽으로 이동해 새로운 도시 국가를 만들기 시작했다. 이런 도시 중 하나가 바로 콰스로, 여름해의 해안가에 세운 도시다. 그러나 에소스 남쪽의 땅은 콰스인들이 떠나온 땅보다 덜 너그러웠기에 사막에까지 눈을 돌려야 했으며, 심지어 사막에 교두보까지 마련하기에 이른다. 콰스인들은 발리리아의 멸망 당시에도 이미 스스로 무너지는 중이었고, 여름해에서 발생한 혼돈을 이용해 유리함을 꾀했을지도 모르지만, 그 희망 역시도 도트락인들이 공격해 오자 사라졌다. 도트락인들은 남아 있던 콰스인의 모든 도시를 콰스만 제외하고 전부 파괴했던 것이다.

하지만, 어떤 면에서는 도트락인들의 파괴가 콰스의 부활로 이어졌다. 별수 없이 바다로 눈을 돌리게 된 콰스의 지배자 '순수태생'들이 재빨리 함대를 만들어 옥문 해협을 장악했던 것이다. 옥문 해협은 콰스와 그레이트 모라크 사이의 해협을 가리키는 명칭으로, 여름해와 옥해를 연결하는 곳이다. 발리리아 함대가 파괴되고 볼란티스의 관심도 서쪽으로 이동하자 경쟁자들이 전부 사라졌다. 따라서 콰스는 동과 서를 잇는 가장 직접적인 경로에 대한 통제권을 확보하고 교역과 안전 보장 통행료 양쪽 모두에서 엄청난 수입을 올렸다.

자유도시 사람들 대다수는 기마군주들의 서부를 향한 진격이 쿼호르에서 막혀 돌아섰다고 생각한다. 그 도시를 점령하려던 칼 테모의 군대가 삼천의 언설리드가 선보인 용맹에 패퇴했기 때문인데, 당시 이들 언설리드는 18번에 걸친 돌격을 굳건히 버텨냈다고 한다. 하지만 '쿼호르의 삼천 명' 때문에 도트락인이 정복의 꿈을 접어야 했다는 발상은 동쪽으로부터 기마군주들이 처음 몰려오던 무렵에 사르노르의 대왕이 품었던 안일한 생각과 닮았다. 보다 현명한 사람이라면 칼라사르들이 또다시 어떤 대칼 아래에서 하나로 뭉쳐 새에 대한 전쟁을 일삼는 칼라사르들이 두려운 탓이다.

도트락인들은 여전히 유목민으로 남아 있다. 그들은 야만적이고 야성적이며 궁전보다는 천막을 선호하는 사람들이다. 가만히 있는 경우가 드문 칼들은 말과 염소 무리를 몰고 그들의 '바다'를 끝없이 가로지르며, 간혹 서로 마주치면 싸운다. 가끔씩은 노예와 약탈을 목적으로 삼아 자신들의 땅 너머로 이동하기도 하며, 서쪽 멀리로 방랑할 기회가 생길 때마다 자유도시의 행정관들이나 삼두가 바치는 '선물'을 요구하기도 한다.

이전 페이지 | 사사르의 성문 앞에서 벌어진 전투

우측 | 바에스 도트락

요새 도시 바야사바드와 사미리아나, 카야카야나야를 지키는 여성들은 오직 아이를 출산하는 자들만이 마음대로 생명을 빼앗을 수 있다는 믿음으로 도시를 방어했다고 전해진다. 한편 〈더스켄데일의 아담의 여정에 대한 참된 설명 *True Account of Addam of Duskendale's Journeys*〉이라는 에소스 동부를 여행했다는 한 상인이 남긴 책은 이러한 문제들이나 그 외의 학자들이 관심을 두는 분야에 대해서는 딱히 나은 통찰력을 제공하지 않는다. 그대신 이 책은 독자들에게 이 여성 전사들이 젖가슴을 드러내고 다니며 두 뺨과 젖꼭지를 루비나 강철 고리로 치장했음을 환기시킬 방도를 찾는 데에만 온 지면을 할애하고 있다.

기마군주들이 영구적으로 머물던 정착지는 딱 한 군데뿐이다. 그들이 바에스 도트락이라고 부르는 '도시'로서, 역시 그들이 '세상의 자궁'이라고 부르는 바닥 모를 깊은 호수 옆에 있는 '산들의 어머니'라는 외로운 봉우리 그늘 아래에 서 있다. 도트락인들은 자신들이 탄생한 장소가 바로 그곳이라고 생각한다. 진짜 도시가 아닌 바에스 도트락은 성벽도 거리도 없다. 온통 풀만 자라는 길가에는 파괴한 도시들에서 가져온 신상들이 늘어서 있고, 그들의 궁전 역시 풀로 엮어 만들었다.

이 텅 빈 껍데기뿐인 도시는 여자들이 다스린다. '도쉬 칼린'이라 불리는 이 노파들은 모든 죽은 칼들의 과부들이다. 도트락인들은 바에스 도트락을 가장 성스러운 도시로 여긴다. 이곳에서는 그 어떤 도트락인도 피를 흘리려 들지 않는데, 기마전사들은 이곳이 언젠가 모든 칼라사르들이 모여서 모든 것을 정복할 대칼, '세상을 타는 종마'의 기치 아래 다시 뭉칠 평화와 힘의 장소가 되리라 믿기 때문이다.

하지만 우리에게 바에스 도트락의 진정한 중요성은 오직 하나, 그곳에서 벌어지는 교역에 있다. 물론 도트락인들 자신은 교역을 남자답지 못한 일이라고 생각해서 물건을 사지도 팔지도 않는다. 하지만 그들의 신성한 도시에서는 도쉬 칼린의 허가를 받아 뼈의 산맥 너머와 자유도시에서 온 상인들이 모여 물건과 금을 흥정하고 교환한다. 바에스 도트락의 동쪽과 서쪽에 각각 열리는 큰 시장들에 물건을 공급하는 대상들은 도트락의 바다를 건너면서 만나게 되는 칼들에게 훌륭한 선물을 주고서 그 대가로 보호를 받는다.

그러므로, 이상한 말이지만 유목민들의 이 텅 빈 '도시'는(육로로 이동하는 사람들에게는) 동쪽과 서쪽 사이의 관문 역할을 하고 있다. 이런 일이 아니고서는 서로 만날 수 없고, 심지어는 서로 알 수조차 없는 먼 곳의 수많은 사람들이 산들의 어머니 아래 있는 기이한 시장에 모여 안전하게 교역하는 것이다.

전율해

전율해는 서쪽으로는 웨스테로스, 남쪽으로 에소스, 그리고 북쪽으로는 선원들이 '하얀 황야'라고 부르는 얼음과 눈으로 덮힌 드넓은 황무지에 맞닿아 있으며, 동쪽으로는 미지의 땅과 바다에 접하고 있다.

이 광활하고도 거칠며 불친절한 바다의 진짜 크기는 결코 누구도 알 수 없을 것이다. 칠왕국의 그 어떤 사람도 천 개의 군도보다 동쪽으로는 항해한 적이 없기 때문이다. 한편 북쪽으로 탐험했던 사람들은 울부짖는 바람과 얼어붙은 바다, 그리고 아무리 튼튼한 배라도 으깰 수 있는 빙산과 마주쳤다. 선원들에 의하면 그 너머로는 눈보라가 끝없이 몰아치며 수많은 산맥들이 한밤중에도 마치 미치광이처럼 비명을 지르고 있다고 한다.

현명한 이들 사이에서는 오래전부터 이 세계가 둥글다는 믿음이 받아들여져 왔다. 만약 이것이 사실이라면 배를 타고 세계의 북쪽 꼭대기를 넘어가 반대쪽으로 내려가는 일이나 예기치 못한 육지와 바다를 발견하는 일도 가능해야 한다. 수백 년에 걸쳐 수많은 담대한 뱃사람들이 얼음을 지나 그 너머 존재할 무엇인가에 도달하는 길을 찾으려고 노력해 왔다. 그러나 슬프게도 대개는 여정 중에 죽거나 반쯤 얼어붙은 상태로 남쪽에 돌아와 많은 비난만 들을 뿐이었다. '하얀 황야'는 여름에는 줄어들었다가 겨울에 다시 팽창하는 것이 사실이거니와, 따라서 그 해안선이 끝없이 계속 바뀌기에 어떤 뱃사람도 이 전설적인 북쪽 항로를 찾는 일에 성공하지 못했다. 물론 화이트 하버의 마에스터 헤리스톤이 주장했던, 먼 북쪽의 얼음 절벽 뒤에 숨어 있거나 혹은 파묻혀 있으리라던 따뜻한 바다도 절대 찾아내지 못했다.

선천적으로 귀가 얇고 미신에 약한 선원들은 음유시인들처럼 공상도 좋아하기 때문에 이 몹시 추운 북쪽 바다에 관한 수많은 설화를 지었다. 그들은 하늘에서 희미하게 빛나는 기이한 불빛에 대한 이야기도 남겼는데, 그곳에서는 악령이 씌인 얼음 거인들의 어머니가 사람들을 북쪽으로 유인해 죽이고자 밤새도록 끝없이 춤을 춘다고 한다. 또한 배들이 '식인종의 만'이라는 위험한 곳에 들어서면 바닷물이 죄다 얼어붙어서 결국 영원히 그곳에 갇히게 된다고도 수군거린다.

한편 바닷물 위를 떠다니는 푸른 안개도 있는데, 너무 차가운 나머지 이 안개를 통과한 배를 즉시 얼려 버린다는 이야기도 있다. 한밤중에 익사한 자들의 영혼이 떠올라 살아있는 자를 회녹색의 깊은 물속으로 잡아당긴다는 이야기도 있으며, 창백한 피부에 검은색 비늘 꼬리를 가진, 남쪽에 사는 자매들보다 더 성정이 못된 북쪽 인어들 얘기도 나온다.

그러나 전율해에 있다는 괴이하고 전설적인 생물들 중에서 가장 으뜸인 것은 '아이스 드래곤'이다. 발리리아의 드래곤보다 몇 배나 더 큰 이 거대한 괴수는 살아있는 얼음으로 만들어졌다고 하는데, 하늘색 수정으로 된 눈을 가졌고 매우 커다란 반투명 날개가 있어서 하늘을 날 때도 날개 뒤로 달과 별이 비쳐 보인다고 한다. 평범한 드래곤들(어느 드래곤이든 정말로 평범하다고 말할 수 있다면)은 불을 내뿜는 반면 아이스 드래곤은 차가운 숨을 내뿜는데, 그 냉기가 너무 시려서 헉 하는 순간에 그대로 사람을 꽁꽁 얼려 버린다고 한다.

이 거대한 야수는 50개나 되는 많은 나라의 선원들이 오랜 세월에 걸쳐 목격담을 전하고 있기에 아마 그런 이야기들 뒤에는 분명 진실이 존재할 것이다. 대마에스터 마르게이트도 북쪽에 대한 많은 전설들, 즉 사람을 얼리는 안개, 얼음배, 식인종의 만과 같은 이야기들이 죄다 이 아이스 드래곤의 활동이 왜곡되어서 알려진 것으로 설명될 수 있다고 주장했다. 하지만 그다지 우아하지는 않으나 아무튼 순전한 추측으로 남는 한 가지 재미있는 사정이 있다. 즉, 아이스 드래곤은 죽이면 녹아 버리기 때문에 그들이 실존한다는 증거도 결코 나오지 않는다는 점이다.

이제 이런 공상은 제쳐 두고 다시 사실로 돌아와 보자. 비록 전율해의 북쪽 경계 주변으로 흉흉한 전설들이 생겨난다 해도 전율해 자체는 생명으로 가득차 있다. 연어, 베도라치, 까나리, 회색 홍어, 칠성장어와 기타 뱀장어들, 흰돌고래, 곤들매기류, 상어, 청어, 고등어, 대구 등 수백 종의 물고기가 바다 저 깊은 곳까지 헤엄친다. 게와 바닷가재(일부는 괴물같이 큰 놈도 있다)가 해안 곳곳에서 발견되며 바다표범, 일각고래, 바다코끼리, 바다사자는 수많은 바위섬과 암초 주변에 번식지를 차리고 있다.

아이스 드래곤의 존재에도 불구하고 고래야말로 이 북쪽 바다의 진정한 왕이다. 전율해에는 이들 거대한 짐승 여섯 종이 터전을 만들었는데, 그 속에는 긴수염고래, 흰고래, 혹등고래, 그리고 무리를 지어 사냥하는 얼룩고래(많은 이들

전설에 따르면 식인종의 만에는 천 척의 배가 갇혀 있다고 한다. 그 배들 중 일부에는 원래 그 배의 선원이었던 자들의 아이들과 손자들이 아직도 살아남아 새로이 얼음에 사로잡힌 선원들의 살을 뜯어먹으며 살고 있다고도 전해진다.

이 이 고래를 거친 바다의 늑대라고 부른다)가 포함되어 있으며, 지구상의 모든 생명체 가운데 가장 오래되고 크고 힘센 '리바이어던'도 여기에 속한다.

스카고스의 잿빛 절벽에서 사른 강의 삼각주까지 전율해의 서쪽 끝 지역은 알려진 세계에서 가장 풍부한 어장으로, 대구와 청어가 특히 많다. 이 해역에서는 저 멀리 세 자매 군도와 모로쉬에서 온 어부들이 조업한다고 알려져 있지만, 이는 자유도시 브라보스의 용인하에 이루어지는 것으로 에소스의 북쪽 바다는 브라보스의 해주가 지휘하는 브라보스 함대가 지배한다. 어업이야말로 은행업, 무역업과 더불어 브라보스가 부와 번영을 쌓아올린 '세 기둥' 중 하나인 것이다.

어떤 용감무쌍한 선원 하나가 있어 동쪽으로 항해한다면 그는 결국 브라보스 해역에서 미약한 손길이나마 자유도시 로라스의 지배하에 있는 바다를 지나게 될 것이다. 그런 다음에는 천 년이 넘도록 수많은 종족들이 셀 수도 없는 전쟁들 속에서 살고 죽고 또 사라져 갔던 장소인 도끼 반도를 지나게 된다. 도끼 반도의 동쪽은 쑥풀 만의 깊고 푸른 바다로, 이곳에서는 이브와 로라스에서 온 배들이 해전을 벌이곤 한다. 또 사르노르 왕국의 마지막 함대도 브라보스의 해주에 의해 이곳의 바다 아래 가라앉아 있다. 이브에서는 이곳을 '전쟁 만'이라 부르는 반면, 로라스 사람들은 '피의 만'이라고 불렀다. 뭐라 부르든 이곳에는 1천 척의 침몰선과 5만 명의 익사한 선원들의 뼈가 만 밑바닥에 흩어져 있고, 그것이 바로 쑥풀 만을 유명하게 만든 게들의 서식지다.

쑥풀 만 너머로는 북쪽으로 흐르는 큰 강인 사른 강의 삼각주가 있는데, 바로 여기서 흘러나오는 많은 하천들이 에소스 대륙의 중심을 적신다. 이곳에는 몰락한 사르노르 왕국의 마지막(또한 많은 이들이 말하길 빼놓을 수 없이 가장 중요한) 위대한 도시 사스가 하얀 성벽을 드러내며 서 있다. 몇 세기 전에 도트락의 칼에 의해 약탈당하고 파괴된 사스의 자매도시 사리스의 폐허도 삼각주 건너편에서 찾을 수 있다. 그리고 이 두 곳 사이, 사른 강의 다른 하구에는 로라스의 광산이자 어업 식민지인 모로쉬가 있다.

우리의 용감한 선원이 그러고도 여전히 더 먼 동쪽으로 계속 나아갈 만큼 대범하다면 다음으로는 작고 목가적인 옴버 왕국의 해안을 통과하게 될 것이다. 옴버 왕국의 겁쟁이 왕들과 나약한 군주들은 도트락의 기마군주들에게 능욕당하지 않고자 매년 그들에게 곡식과 보석, 그리고 소녀들을 바치는 것으로 가장 유명하다. 옴버에서 동쪽으로 이동하면 바다코끼리의 번식장소로 유명한 '송곳니 만'에 닿을 것이다. 그러고 나면 머지않아 곧 전율해의 심장부를 가로지르게 될 터이니, 이 지역에 있는 모든 암초들과 바다는 이브라는 거대한 섬에 사는 털 많은 사람들의 지배를 받는다.

이브

수백 년 동안 수많은 민족들이 전율해의 섬과 해안가에 보금자리를 마련하고 차가운 회녹색 바다 너머로 뱃사람들을 보내 왔다. 이들 중 가장 오래도록 명맥을 이어 온 주요 종족은 바로 이벤인들로, 그들은 여명기부터 이비쉬 제도를 근거지로 북쪽 바다에서 고기를 잡던 아주 오래되고 무뚝뚝한 섬의 종족이다.

이벤인들은 다른 인류들과는 확실하게 구분된다. 그들은 덩치가 큰 사람들로서 가슴과 어깨는 넓지만 키는 5피트 반*을 넘는 일이 드물다. 그리고 다리가 짧은 반면 팔은 길다. 키가 작고 땅딸막하지만 흉포할 만큼 힘이 세서 그들이 가장 좋아하는 씨름으로는 칠왕국의 어느 누구도 상대할 수 없을 것이다.

그들의 얼굴은 굵게 주름진 비스듬한 이마에 움푹 패인 작은 눈과 사각형의 커다란 이빨, 거대한 턱이 특징이다. 웨스테로스인들의 눈에는 잔인하고 못생긴 것처럼 보이는데, 이런 인상은 그들의 낮고 신음하는 듯한 언어로 인해 더욱 강조된다. 하지만 사실 이브 사람들은 영리한 종족으로, 숙련된 장인이자 사냥과 추적에도 능하며 용맹한 전사이기도 하다. 그들은 알려진 세계에서 가장 털이 많은 종족이다. 피부 밑으로 검푸른 정맥이 보일 정도로 피부가 창백하지만 털은 검고 뻣뻣하다. 이벤인 남자들은 수염이 덥수룩하며 굵은 털이 팔, 다리, 가슴과 등을 온통 뒤덮고 있다. 짙고 굵은 털은 이벤인 여자들도 마찬가지로, 심지어 윗입술에까지 털이 나 있다(하지만 이벤인 여자들의 가슴이 여섯 개라는 집요한 신

상단 | 하얀 황야에 떠다니는 유빙들

5.5피트: 1.68미터

화는 사실이 아니다).

이벤인 남자들은 웨스테로스나 다른 육지의 여성들과 관계해서 아이를 낳을 수는 있지만, 그런 결합의 산물은 종종 기형이거나 노새처럼 불임으로 태어난다. 한편 이벤인 여성들은 다른 종족의 남성들과 관계를 맺으면 사산하거나 괴물 같은 존재만 낳을 수 있다.

하지만 사실 이런 결합은 흔치 않다. 이벤 항에서 나온 배들은 협해 위아래의 항구들은 물론 여름 제도와 올드 볼란티스에서까지 흔히 볼 수 있지만 선원들은 해안에서조차도 자신들끼리만 몰려다니고 모든 이방인들에게 극도의 경계심을 드러낸다. 한편 이브 섬에서도 이벤인들의 항구에 다른 땅의 사람들이나 다른 인종이 들어오는 일은 법과 관습에 따라 제한되며, 그 너머 도시로 들어가 보는 일도 이브 섬에 사는 집주인이 초대한 사람 외에는 금지되어 있다. 물론 그런 초대 역시 극히 드문 일이지만 말이다.

이브는 알려진 세계에서 두 번째로 큰 섬으로, 이브보다 더 큰 섬은 옥해와 여름해 사이에 있는 그레이트 모라크뿐이다. 바위와 산이 많은 이브 섬은 거대한 잿빛 산맥과 아주 오래된 숲, 세차게 흐르는 강으로 이루어진 땅이며, 그 어두운 안쪽 숲에는 곰과 늑대가 출몰한다. 한때는 이브 섬에 거인들도 활보했다고 하는데, 지금은 남아 있지 않다. 그래도 매머드는 여전히 이 섬의 평원과 언덕을 돌아다니고 있으며, 일부의 주장에 따르면 더 높은 산 위에서는 유니콘도 찾아볼 수 있다고 한다.

숲과 산에 사는 이벤인들은 바다 근처에 사는 친척들보다 이방인에 대한 호의가 훨씬 덜해서 자기들끼리 외에는 거의 어떤 말도 섞지 않는다. 숲지기, 염소지기, 광부들은 동굴 안에 보금자리를 만들거나 땅을 파서 지은 회색 돌집에 지붕으로는 점판암이나 짚을 덮고서 생활한다. 마을이나 촌락은 드물다. 내륙에 사는 이벤인들은 홀로 사는 자들이 드문드문 모인 형태로 산다. 말하자면 이들은 동료들과 떨어져 사는 것을 선호하며 오로지 결혼이나 장례, 기타 종교적 행위를 위해서만 모인다. 이브의 산에는 금, 철, 주석을 비롯해 목재와 호박이 풍부하며, 숲에도 마찬가지로 1백여 종의 사냥감이 널려 있다.

해안가에 사는 이벤인들은 숲과 산에 사는 그들의 친척들에 비해 모험심이 더 강하다. 이들 대담한 어부들은 대구, 청어, 흰돌고래, 장어를 찾아 북쪽 바다를 여행하지만, 바깥세상에서는 우선 고래잡이들로 가장 잘 알려졌다. 이들이 모는 선복이 넓적한 포경선은 협해 위쪽과 아래쪽, 또 그 너머에 있는 항구들에서도 매우 흔한 풍경이다. 이벤인들의 배는 비록 눈(또는 코)을 즐겁게 하는 경우는 드물지만 어떤 폭풍도 견디며 심지어 가장 큰 리바이어던들의 공격에도 견딜 수 있도록 튼튼하게 건조하는 것으로 유명하다. 그들이 잡아오는 고래의 뼈와 비계, 그리고 기름은 이브의 주요 교역품으로, 이벤 항을 전율해에서 가장 크고 부유한 항구로 만들어 주었다.

잿빛의 우중충한 이벤 항은 이브와 그 주변의 더 작은 섬들을 여명기부터 지배해 왔다. 자갈이 깔린 골목길과 경사진 언덕, 사람들이 붐비는 부두와 조선소로 가득찬 이 도시는 쇠사슬에 매단 수백 개의 고래기름 등잔으로 불을 밝힌다. 이 항구는 반쯤 폐허가 된 신왕의 성에서 다스리는데, 거칠게 깎은 돌로 쌓은 거대한 건물은 백 명이나 되는 이벤인 왕들의 거처였다. 하지만 이벤인의 마지막 왕은 발리리아의 멸망이 가져온 여파로 인해 쓰러졌으며, 오늘날 이브와 부속된 섬들은 '그림자 의회'가 통치한다. 그리고 이 의회의 구성원은 자유도시의 행정관들의 의회와 달리, 부유한 조합원들과 유서깊은 귀족 가문, 그리고 사제, 여사제 등이 모인 '천인회'에서 뽑는다.

이벤인들의 섬들 중에서 두 번째로 큰 '먼 이브'는 이브 섬 남동쪽으로 1백 리그* 이상 떨어져 있으며 전체적으로 더 음산하고 가난한 곳이다. 그곳의 유일한 마을인 '이브 사르'는 원래 유형지로 개발된 곳으로, 옛날의 이벤인들은 종종 자신들의 가장 악명이 높은 죄인들을 불구로 만든 후 이곳으로 보내서 다시는 이브로 돌아오지 못하게 만들었다. 신왕이 몰락하면서 그런 관습도 끝났지만, 그래도 이브 사르는 지금까지도 여전히 이벤인들 사이에서 평판이 나쁘다.

이브 사람들이 항상 자신들의 섬 안에서만 살았던 것은 아니다. 도끼 반도와 로라스 제도, 그리고 서쪽으로는 쑥풀만과 송곳니 만의 해안을 따라서, 또 동쪽으로는 '리바이어던 해협'과 천 개의 군도에 펼쳐진 해안을 따라 이벤인들이 세운 정착지가 있었다는 충분한 증거가 있다. 게다가 역사에 따르면 이벤인들이 사른 강 하구의 관할권을 장악하려 했던 시도도 여러 번 있었으며, 그들 털 많은 사람들이 사르노르의 자매도시인 사스, 사리스와 피투성이의 갈등 속에 빠져들기도 했다.

이브의 신왕들은 몰락하기 전에 이브 바로 남쪽에 인접한 에소스 북쪽의 거대한 지역을 정복하고 식민지로 삼는 데 성공했었다. 나무가 빽빽하게 우거진 이 지역은 예전에는 작고 수줍음이 많은 숲의 부족의 보금자리였다. 일부에서는 이벤인들이 이 온순한 인종을 영영 없애 버렸다고 말하는데, 다른 이들은 그들이 더 깊은 숲 속으로 숨어들었거나 다른 나라로 도망쳤다고 생각한다. 도트락인들은 아직도 북쪽 해안을 따라 늘어선 이 거대한 숲을 이페퀘브론 왕국이라고 부르는데, 그 뜻은 '사라진 숲속의 주민'이라는 의미로 알려져 있다.

저 전설적인 '바다뱀', 조류의 군주 코를리스 벨라리온은 이 숲을 방문한 최초의 웨스테로스인이었다. 그는 천 개의 군도에서 돌아온 뒤에 조각이 새겨진 나무들이며 귀신이 나올 듯한 작은 동굴들, 야릇한 침묵에 대해서 기록했다. 그 뒤의 여행자는 올드타운의 브라이언이라는 자로서 '스피어셰이커'라는 상선의 선장이자 모험가였는데, 전율해를 건넜

100리그: 약 480킬로미터

미린에 있는 투기장의 역사를 기록한 <붉은 책*Red Book*>은 알려지지 않은 어느 윤카이인의 손으로 발간된 후 수 세기 뒤에 마에스터 엘킨의 손에 의해 번역되었다. 이 책은 많은 이벤인 여자들이 노예상에게 팔려 미린, 윤카이, 아스타포르의 투기장에서 생을 마감했다는 사실을 중간에 대충 언급하고 지나간다. 남쪽의 노예상들은 그들이 너무 못생겨서 침실 노예로 부리기가 힘들고 농장의 일손으로 쓰기에도 너무 사납다고 여겼기 때문이었다.

던 자신의 여정에 관해 들려주었다. 그는 도트라키인들이 사라진 종족에게 붙인 이름이 '숲을 걷는 자'를 뜻한다고 보고했다. 그가 만났던 이벤인들은 그 누구도 숲을 걷는 자를 본 적은 없으되, 그 작은 사람들이 밤사이에 나뭇잎과 돌과 물을 제물로 두고 간 가정을 축복한다 주장했다고 한다.

이벤인들의 규모가 가장 컸을 당시 에소스에 만든 그들의 교두보는 이브 자체만큼이나 큰 데다가 훨씬 더 부유했다. 점점 더 많은 털 많은 사람들이 돈을 벌기 위해 자신들의 섬에서 그곳으로 건너와 나무를 베어 땅을 갈고, 강과 시내에 둑을 쌓으며 언덕을 채굴했다. 이 지역을 지배한 도시가 바로 이비쉬로, 어촌이 항구로 번성하면서 세가 커져 마침내 깊은 항구와 하얗고 높은 성벽을 갖춘 이벤인들의 제2의 도시가 되었다.

이 모든 것이 200년 전에 도트라키인들이 나타나면서 끝났다. 기마군주들은 그때까지 북쪽 해안의 숲지대를 삼가하며 피해다녔다. 어떤 이들은 사라진 숲을 걷는 자들을 숭배해서 그랬다고도 하고, 또 어떤 이들은 그들의 힘을 두려워해서 그랬다고도 말한다. 진실이 어떻든 도트라키인들은 이브 사람들을 두려워하지는 않았다. 여러 칼들이 연달아 이벤인들의 영토를 급습해서 털 많은 사람들의 농장과 밭, 요새를 불과 강철로 짓밟은 뒤 남자는 죽이고 여자들은 노예로 납치해 갔다.

탐욕스럽고 심지어 인색하기로 악명이 높았던 이벤인들은 칼들이 요구한 공물을 바치기를 거부하고 맞서 싸우는 길을 택했다. 이브 사람들은 여러 번 대승을 거두기도 했으며, 한 장엄한 전투에서는 저 공포스러운 칼 온코의 대규모 칼라사르를 무찌른 적도 있었다. 하지만 도트라키인들은 한층 더 많은 수로 몰려왔다. 새로 칼이 된 자들마다 모두들 그 이전 칼이 하던 정복을 자신이 대체하려고 했던 것이다. 칼라사르들은 이벤인들을 점점 더 해안가로 내몰았고, 결국 큰 도시였던 이비쉬까지 함락했다.

칼 스코로가 이비쉬를 차지한 첫 번째 인물이었는데, 그는 '고래뼈 관문'을 뚫고 들어가 신전과 보물들을 약탈하고 도시의 신상들을 바에스 도트라키으로 가져갔다. 이벤인들은 도시를 재건했지만 한 세대 후 또다시 칼 로고에 의해 무너졌다. 당시 칼 로고는 도시의 반을 불태우고 일만 명의 여자들을 노예시장으로 끌고 갔다.

오늘날 한때 이비쉬가 자리잡았던 곳에는 폐허만이 남아 있으니, 도트라키인들은 이곳을 '바에스 아레삭', 즉 '겁쟁이들의 도시'라고 이름붙였다. 왜냐하면 칼 온코의 손자인 칼 다코의 칼라사르가 또다시 도시를 약탈하러 오자 주민들이 배를 타고 바다 건너 이브로 도망쳤기 때문이었다. 격분한 다코는 버려진 도시만이 아니라 그 주변에 있는 촌락들마저 죄다 불살라 버렸고, 그 일 이후로 그는 '북방의 드래곤'으로 알려졌다.

이브는 오늘날에도 에소스에 자그마한 근거지를 두고 있다. 바다로 둘러싸인 작은 반도에 자리한 이곳은 나무 성벽을 둘러서 방어하고 있는데, 높이는 나이츠 워치의 얼음 장벽에 비해 1/3에 불과하지만 길이는 거의 그만큼이나 길다. 이 흙과 나무로 된 높은 울타리에는 방어탑이 비죽비죽 솟아 있으며 깊게 판 해자가 요새를 방어한다. 이 장벽 너머로 이브 사람들은 '뉴 이비쉬'를 건설해 그전보다 크게 줄어든 영토를 다스렸다. 하지만 선원들은 이 새 도시가 매우 처량하며 지저분한 곳으로, 기마군주들이 폐허로 만든 과거의 번영했던 도시보다는 차라리 저 평판 나쁜 이브 사르와 더 비슷하다고 말한다.

테리오 에라스테스라는 위대한 브라보스인 모험가는 자신이 도트라키인들과 함께했던 시간을 기록했다. 그는 칼 다코의 손님으로 머무르던 동안 이비쉬의 몰락도 직접 목격했다. 그가 쓴 연대기 <초원 위의 불길*Fire Upon the Grass*>에는 칼 다코가 자신이 '북방의 용'으로 불리는 것을 크게 자랑스러워했으나 나중에는 이를 후회하게 되었다고 적혀 있다. 왜냐하면 그의 칼라사르가 칼 템모의 칼라사르에게 참패하자 연하인 칼 템모가 연장자인 칼 다코를 붙잡아서 그의 손과 발, 생식기를 잘라낸 후 그의 눈앞에서 불길에 먹이로 던져 버렸기 때문이다. 물론 먼저 그의 부인들과 아들들도 같은 식으로 불태워 버린 후였다.

이브의 동쪽

이비쉬의 해안가와 이페퀘브론의 삼림 너머로는 뼈의 산맥에 붙은 작은 언덕들이 풀밭으로부터 솟아나 있다. 좀 더 동쪽의 산맥 본체는 바로 남쪽으로 내달아 여름해까지 연결된다. 꼭대기에 얼음을 두르고 삐죽삐죽하게 솟은 거대한 북쪽 봉우리들은 심지어 전율해에서 몇 마일 떨어진 곳에서조차 하늘을 찢을 듯 보인다. 이 뼈의 산맥 최북단을 도트락인들은 '크라자즈 자스콰', 즉 '하얀 산맥'이라고 부른다.

그리고 그 너머로는 웨스테로스인의 발길이 거의 닿지 않은 새로운 세계가 펼쳐진다. 로마스 롱스트라이더처럼 이렇게 멀리까지 온 사람들은 산길을 지나 육로로 오거나 따뜻한 남쪽 바다와 옥문 해협을 지나는 바닷길을 통해서 온다.

전율해의 동쪽 바다는 서쪽만큼이나 풍요롭지만, 이벤인들을 제외하고는 거의 아무도 그곳까지 조업하러 오지 않는다. 왜냐하면 뼈의 산맥 너머로는 '조고스 나이'의 땅이 나오는데, 그들은 배도 없을뿐더러 바다에는 흥미가 없는 사나운 유목민들이기 때문이다. 이벤 항에서 온 고래잡이들은 정기적으로 리바이어던 해협에 와서 사냥하는데, 그곳에 그 거대한 짐승들이 짝짓기를 하고 새끼를 기르려고 찾아오기 때문이다. 한편 이벤인 어부들의 말에 따르면 더 깊은 바다에는 엄청난 대구 떼가 나타나며 북쪽 바위섬들에는 바다표범과 바다코끼리가 살고 거미게와 황제게도 지천에 널렸다고 하나, 이를 제외하고 나면 동쪽 해역은 텅 비어 있다.

하지만 더 먼 동쪽에는 이른바 '천 개의 군도'라 불리는 수많은 섬들이 자리하고 있다(이브의 지도 제작자에 따르면 실제로는 300개 미만이라고 한다). 일각에서는 바람을 맞으며 바다 주위에 흩어져 있는 이 음울한 암초들이 물속으로 잠긴 왕국이 남긴 잔해라고 생각한다. 그 왕국의 마을과 성탑들은 수천 년 전 해수면이 올라오며 물속에 잠겼다는 것이다. 오직 가장 대담하거나 절박한 선원들만 이곳에 상륙하는데, 이 섬에 사는 사람들은 수는 적지만 너무 기이하게 생긴 부족이기 때문이다. 낯선 자들에 적대적인 그들은 초록색 피부에 털이 없으며 여자들은 이를 뾰족하게 다듬고 남자들은 음경 포피를 잘라낸다고 한다. 그들은 알려지지 않은 언어를 구사하며 듣기로는 뱃사람들을 잡아서 온통 비늘이 덮히고 물고기 머리를 한 신에게 제물로 바친다고 하는데, 이것이 오직 썰물때만 볼 수 있는 바위투성이 해안가에서 나오는 무엇인가의 형상이라는 것이다. 섬사람들은 사방이 바다로 둘러싸여 있는데도 바다를 너무 두려워하는 나머지 설사 죽는다 해도 결코 물에는 발을 들여놓지 않는다.

코를리스 벨라리온조차도 천 개의 군도보다 동쪽으로는 항해하지 못했다. 바로 이곳이 바다뱀이 자신의 위대한 북방 탐험을 그만두고 돌아선 장소이기 때문이다. 사실 수평선 너머에 무엇이 있는지 더 알고 싶은 열망만 제외한다면 그가 항해를 계속할 이유도 없었다. 이 동쪽 바다에서는 심지어 물고기조차도 기형인데다 쓰고 불쾌한 맛이 난다고 한다.

뼈의 산맥 동쪽 부분의 전율해에서는 흥미로운 항구가 오직 하나만 발견된다. 은가이 왕국의 주요 도시인 네페르인데, 높이 솟은 하얀 절벽으로 둘러싸인 채 언제나 안개에 가려져 있다. 항구에서 보이는 네페르는 그저 작은 도시에 불과한 듯하지만 사실은 그 도시의 9/10가 지표면 아래에 있다고 한다. 그래서 여행자들은 네페르를 '비밀의 도시'라고 부른다. 아무튼 이름이 뭐든간에 이 도시는 주술사와 고문관들의 소굴이라는 사악한 평판을 얻고 있다.

은가이 너머에는 변신술사와 악마 사냥꾼들이 사는 차가운 어둠의 땅 모소비가 있다. 그리고 모소비 너머에는…….

웨스테로스에 있는 그 누구도 모소비 너머에 무엇이 있는지 확신할 수 없다. 일부 셉톤들은 세계가 모소비 동쪽에서 끝나며, 다음부터는 안개의 영역이 나오고 다음은 어둠의 영역, 그리고 마지막으로 폭풍과 혼돈의 영역이 이어지다 나중에는 하늘과 땅이 하나로 뒤섞인다고도 말한다. 반면 선원들과 음유시인들, 그 외의 몽상가들은 전율해가 끝없이 계속된다고 믿는 쪽을 더 좋아한다. 그렇게 바다가 계속되어 에소스의 동쪽 끝을 지나고 나면 좌표에도 없고 꿈에서조차 생각해 본 적 없는 미지의 섬과 대륙, 낯선 사람들이 이상한 별 아래 이상한 신을 숭배하는 그런 곳을 지나는 식으로 말이다. 한편 보다 현명한 자들은 우리가 아는 바다 건너 어딘가부터는 다시 서쪽으로 변하며, 그렇게 해서 결국 전율해는 일몰해와 다시 만나게 될 수밖에 없다고 주장한다. 정말로 세상이 둥글다면 말이다.

아마 그럴 것이다. 혹은 그렇지 않을 수도 있고 말이다. 어차피 새로운 '바다뱀'이 나와서 해뜨는 곳 너머로 항해하기 전까진 어느 누구도 확실히 알 수 없는 것이다.

뼈의 산맥과 그 너머

동쪽으로 바에스 도트락과 산들의 어머니를 넘어서면 이제 초원은 점점 완만한 구릉과 숲으로 바뀐다. 여행자의 발길에 닿는 흙도 더 단단하고 자갈이 많은 땅으로 변하면서 지형이 점점 더 위로, 계속해서 위로 올라가기 시작한다. 언덕들이 점차 더 험하고 가파르게 변하다가 저 멀리 산맥이 나타나는데, 그 거대한 봉우리들은 마치 동쪽 하늘을 향해 떠 있는 것처럼 보인다. 이들 청회색의 거인들이 어찌나 거대하고 삐죽삐죽하며 위협적인지, 불굴의 방랑자라 불리던(그의 이야기가 사실이라면) 로마스 롱스트라이더조차도 그 광경을 보고는 마침내 땅 끝에 도달했구나 하는 생각에 그만 심장이 멎을 뻔했다고 한다.

이 산맥에 대해서는 도트락인이나 초원의 다른 유목민들이 더 잘 안다. 그들의 일부가 저 산맥 너머에서 건너왔던 일을 기억하고 있기 때문이다. 그들은 더 풍요롭고 넓은 들판을 바라면서 서쪽으로 넘어왔던 것일까? 혹은 새로운 정복지를 찾아서? 아니면 흉포한 적들을 피해 도망쳤던 것일까? 이야기들이 서로 일치하지 않기에 진짜 이유는 알 수 없지만 그 과정에서 그들이 치렀을 고생만큼은 확실히 알 수 있다. 지나온 길에 남겨진 뼈들이 그 흔적을 나타내고 있기 때문이다. 인골, 말 뼈, 거인의 뼈, 그 밖에 낙타, 소, 모든 종류의 짐승과 새, 괴물의 뼈가 이 사나운 산맥의 봉우리들 사이에서 발견된다.

결국 산맥의 이름도 여기서 따오게 되었다. 바로 '뼈의 산맥'이다. 일몰해부터 시작해 그림자 밑의 아샤이까지 '알려진 세계' 전체에서 가장 높은 뼈의 산맥은 그 범위가 전율해부터 옥해까지 뻗쳐 있다. 모서리가 날카로운 바위와 꼬불꼬불 돌아가는 암석의 벽이 남북 양쪽으로 5백 리그* 이상, 그리고 동서로는 1백 리그** 이상 뻗어 있는 것이다.

뼈의 산맥 북쪽의 봉우리들은 두꺼운 만년설로 뒤덮여 있지만, 남쪽 산맥은 모래폭풍이 잦은 탓에 기이한 모양으로 깎인 갖가지 봉우리와 계곡들을 이루고 있다. 그 양 끝단 사이에는 천둥소리를 내며 흐르는 엄청나게 긴 강들이 깊은 협곡 사이를 울부짖으며 통과하고, 작은 동굴들이 더 커다란 동굴로 연결되어 해가 들지 않는 바다까지 이어진다. 그러나 뼈의 산맥은 그곳을 모르는 자들에게는 적대적인 곳으로 보일지 몰라도, 사실 수백 년에 걸쳐 인간과 그 밖의 낯선 생명체들에게는 보금자리로 존재했다. 심지어 최북단의 눈이 덮인 산봉우리-여름에든 겨울에든 전율해의 찬바람이 휘몰아친다는 그곳조차도 한때는 '조그윈'이라는 생명체의 터전이었다. 조그윈은 웨스테로스의 거인보다 두 배 정도 크다고 알려진 거대한 생명체로 '바위 거인'이라고도 불린다. 하지만 안타깝게도 마지막 조그윈은 수천 년 전에 사라졌고, 이제는 거대한 뼈들만 남아서 한때 그들이 그곳을 돌아다녔다는 흔적을 남기고 있다.

콰스에서 쿼호르에 이르기까지 수많은 현인들이 말하기를 "뼈의 산맥으로 들어가는 길은 천 가닥이지만, 거기서 나오는 길은 세 갈래뿐이다."라고 한다. 뼈의 산맥은 멀리서 보면 넘기가 불가능한 것처럼 보인다. 하지만 실은 수백 개의 오솔길, 짐승들의 길, 사냥감이 끌려간 자국, 개울바닥, 산비탈 등이 있어서 이를 통해 여행자와 상인, 탐험가들이 산맥 깊숙한 곳으로 들어갈 수 있다. 어떤 경우에는 아는 사람만 아는 낡은 계단과 숨겨진 땅굴 및 통로도 있다. 하지만 이런 길의 대부분은 위험하고 신뢰할 수 없는 통로이며, 자칫 부주의하면 막다른 길이나 함정을 만나며 끝나게 된다.

소규모의 일행이 단단히 무장한 채 보급품도 잘 갖추고 위험을 잘 아는 안내자와 동행한다면 이 수많은 길들을 통해 뼈의 산맥을 넘어가는 일이 가능할지도 모르겠다. 하지만 군대나 교역에 오른 대상단의 경우, 또 안내자가 없이 가는 경우라면 주요 길목에서 벗어나지 않는 것이 분별력을 갖춘 선택이다. 이들 주요 루트, 즉 세계의 동과 서를 잇는 가장 큰 산길 셋이 바로 강철길과 바위길, 모래길이다.

강철길(이 길에서 벌어졌던 수많은 전쟁들로 인해 이런 이름이 붙었다)과 바위길은 둘 다 바에스 도트락에서 시작된다. 전자는 거의 정동향으로 산맥의 가장 높은 봉우리를 지나치고, 후자는 남동쪽으로 꺾어져 이니샤르(도트락인들은 '바에스 지니'라고 부르는 곳이다)의 폐허에 자리잡은 옛 실크로드와 만나고서야 오르막이 시작된다. 한편 모래길은 이 두 길에서 남쪽으로 한참 떨어져 있는데, 큰 항구도시 콰스를 '티퀴'라는 동쪽으로 가는 관문도시와 연결하면서 그 사이에 뼈의 산맥 남쪽(물이 부족한 탓에 때때로 '메마른 뼈의 산맥'이라고 불린다)과 그 주변의 사막을 통과하는 길이다.

하지만 이렇게 상대적으로 통행이 많은 경로를 따르더라도 뼈의 산맥을 넘는 일 자체가 매우 험난하고 위험하다. 게다가 안전한 길에는 그에 상응하는 대가가 따르는 법이니, 산 건너편에는 강력한 요새 도시 세 곳이 버티고 있다. 이들 도시는 한때 강성했던 히르쿤 세습령의 마지막 잔재들로, 먼저 모래길 동쪽 끝에는 '뱀의 도시' 바야사바드가 지키고 서서 지나가는 모든 이에게 공물을 요구한다. 또한 바위길은 깊고 좁은 산길이 끝도 없이 오르락내리락하며 반복되다가 중간에 산의 석벽을 깎아 만든 사미리아나라는 회색 바위도시의 성벽 아래에 이르게 된다. 한편 북쪽의 강철길에는 온통 짐승의 털가죽을 뒤집어쓴 전사들이 나타나서 이곳을 지나려는 대상단을 포위하고 흔들다리와 지하통로를 통해 현무암과 검은 쇠, 누런 뼈로 된 성벽 안의 카야카야나야라는 도시로 데려간다.

이들 세 요새 도시는 처음엔 히르쿤의 부군들이 세운 진

좌측 | 천 개의 군도의 여성 주민

500리그: 약 2400킬로미터 / 100리그: 약 480킬로미터

많은 진술들에 따르면 카야카야나야, 사미리아나, 바야사바드의 전사들은 모두 여자들로서, 이들 도시를 통치하는 대부군들의 딸들이라 한다. 즉, 그곳의 소녀들은 걸음마를 배우기도 전에 말을 타고 산에 오르는 법부터 배우며, 어릴적부터 활, 창, 칼, 투석 기술을 익힌다는 것이다. 로마스 롱스트라이더 자신이 지구상 어디에도 이보다 더 사나운 투사는 없다고 단언할 정도다. 한편 그녀들의 형제들, 즉 대부군의 아들들을 보자면 100명 중 99명은 남자로 성숙하기도 전에 거세되어 평생 동안 고자로 살면서 필경사, 사제, 학자, 하인, 요리사, 농부, 그리고 기능공으로서 도시에 봉사한다. 가장 유망하고 키가 크며 힘이 세고 잘생긴 남자들만이 완전한 성인 남자로 성숙하는 것이 허락되며, 그리하여 교배도 하고 차례대로 대부군이 된다. 그들이 어떤 상황에서 이런 기묘한 풍속을 가지게 되었는지는 마에스터 나일린의 저작 〈루비와 강철*Rubies and Iron*〉-책 제목을 그곳의 전사들이 젖꼭지에는 쇠고리를, 두 뺨에는 루비를 즐겨 달았던 것에 착안해서 지었다고 한다-에서 자세히 추론하고 있다.

짜 요새나 전초기지, 혹은 주둔지로 시작했다. 이를 통해 산적단이나 범법자, 그 외에도 뼈의 산맥에 살던 수많은 야만족들에게서 세습령 서쪽 경계를 방어하고자 했던 것이다. 하지만 수백 년이 흐르면서 이 요새들은 도시로 성장한 반면, 히르쿤은 한낱 먼지가 되어 사라져 버리고 말았다. 히르쿤의 호수와 강이 모두 말라 없어지고 한때 비옥했던 평야도 전부 사막으로 변해 버렸기 때문이다. 히르쿤의 중심지는 오늘날에는 '대사해'라 불리는 곳으로, 모래 언덕이 끝없이 펼쳐진 광대한 황무지와 말라붙은 강 바닥, 그리고 옛 요새와 읍성들의 폐허만이 뙤약볕에 바싹 구워진 채 남아 있을 뿐이다. 전하기로는 남쪽 바다 깊은 물까지 죄다 뜨겁게 끓어올라 증발해 버렸다고 한다.

한편 대사해 건너편에는 새로운 세계가 기다리고 있다. 더 먼 동쪽에는 광활한 평지와 언덕, 강과 계곡들이 끝이 없는 듯 계속 펼쳐지면서 낯선 사람들이 낯선 신들을 모시며 살고 있는 것이다. 여명기 이래 이곳에는 많은 위대한 도시와 자부심 높은 왕국들이 일어나고 번영하다가 몰락해 갔다. 하지만 그 대부분은 서쪽에 거의 알려져 있지 않을 뿐더러, 그 이름조차 오래도록 잊혀져 있었다. 결국 이 극동의 역사는 오직 시타델에만, 그것도 아주 개괄적인 윤곽만 좀 알려져 있을 따름이다. 하지만 그나마 서쪽의 우리 앞에까지 전해졌던 그 이야기들도 엄청난 거리의 산과 사막을 지나오면서 누락되고 모순점이 많아진 상태다. 즉, 어디까지가 사실이고 또 어디까지가 음유시인과 작가, 또 젖먹이를 어르는 유모들의 열에 들뜬 상상의 산물인지 정확히 알 수도 없다.

그러나 가장 오래되고 가장 위대했던 동쪽 문명은 우리가 사는 현재까지도 이어지고 있으니, 바로 고대의 영광스러운 황금 제국 '이 티'다.

이 티

이 티는 심지어 칠왕국에서조차도 전설이 된 땅으로, 바람이 부는 평야지대와 완만한 구릉지대, 정글과 열대우림, 깊은 호수와 세찬 강, 그리고 점점 줄어드는 내해를 영토로 삼은 크고도 다양한 모습을 지닌 나라다. 이곳의 부유함은 가히 전설의 경지인데, 어느 정도인가 하면 그곳의 군주들은 순금으로 지은 집에 살고 달콤한 설탕절임에 진주가루와 옥가루를 뿌려서 저녁으로 먹는다고 한다. 로마스 롱스트라이더는 그 경이로움에 충격을 받고서 이 티를 일컬어 '일천 위의 신과 일백 명의 군주가 살며, 그 모두를 단 한 명의 신황제가 다스리는 땅'이라고 말했다.

이 티를 방문해 본 사람들은 지금도 역시 일천 위의 신과 일백 명의 군주가 있다고 말하지만, 그때와 달리 신황제만은 이제 하나가 아닌 셋이 있다고 한다. 그리하여 전통적으로 단 한 사람의 황제에게만 허락되던 겉옷, 즉 금실로 짠 천에 녹색 진주와 옥으로 장식한 용포를 입을 권리를 놓고 세 사람이 다투고 있다는 것이다. 하지만 셋 중 어느 누구도 실질적인 권력을 행사하지는 않는다. 비록 이 티의 수도 '인' 안에서는 수백만 명이 청금색 황제를 숭배하고 모습이 보일 때마다 그 앞에 엎드려 절하더라도 황제의 칙령은 인의 성벽을 넘지 못하는 것이다. 로마스의 글에 의하면 황제 밑의 백 명의 소왕들은 각자의 영지를 제멋대로 통치하며, 또 그 권역 밖에서는 마찬가지로 도적떼나 사제들의 수장, 마법사, 군벌, 황제의 장군들과 세금징수원들까지 각자 설친다고 한다.

우리 모두가 알다시피 항상 이랬던 것은 아니었다. 고대에는 이 티의 신황제 역시 지상의 그 어떤 통치자들만큼이나 막강한 권력을 갖추고 있었고, 재산 역시도 한창때의 발리리아를 뛰어넘을 정도였으며, 군대 또한 상상할 수 없을 정도로 큰 규모로 거느리고 있었다.

인의 필경사들이 명확하게 선언한 바, 처음에는 뼈의 산맥과 '잿빛 황무지'로 불리는 얼어붙은 사막 사이의 모든 땅이, 그리고 전율해에서 옥해까지 (심지어 크고 신성한 섬 '렝'까지 포함해서) 지상의 신이 지배하는 단 하나의 단일한 왕국을 이루고 있었다.

이 지상의 신은 밤의 사자와 빛으로 이루어진 처녀 사이

우측 | 라이트브링어를 뽑아들고 전장에 뛰어드는 '영웅' 히르쿤

에 태어난 외아들로 진주 하나를 통으로 깎아 만든 가마를 타고 그 아내들인 100명의 황후들과 함께 자신의 영토를 누볐다. 이 여명의 대제국은 지상의 신의 통치 아래 1만 년 동안 평화와 풍요 속에서 번영했으며, 어느 날 마침내 황제가 제위에서 내려와 하늘의 별이 되어 선조들과 함께했다.

그 뒤로 인류에 대한 지배권은 그의 장남에게로 넘어갔으니, '진주제'로 알려진 새 황제는 천 년을 통치했다. 그 뒤로도 역시 '비취제', '전기석제', '마노제', '황옥제', 그리고 '단백석제'가 차례로 왕좌를 이어 각각 수백 년에 걸쳐 통치했다. 그러나 새로운 황제의 치세마다 이전에 비해 기간이 짧아지고 더 많은 문제들에 봉착했다. 야만인들과 해로운 짐승들이 대제국의 국경지대를 압박해 왔고, 소왕들 또한 방자해져서 반란을 일삼았다. 또 평민들조차 탐욕과 시기심, 욕정, 살인, 근친상간, 폭음, 태만 등의 악덕에 빠져들었다.

그런데 단석제의 딸이 부왕에 이어 '자수정 여제'로 등극하자 질투에 사로잡힌 남동생이 그녀를 내던져 죽여 버린 후 스스로를 '혈석제'로 선포하고 공포 정치를 시작했다. 그는 검은 마법과 고문, 주술을 일삼고 백성들을 노예로 삼았으며, 호랑이족 여인을 신부로 취했다. 또 인육으로 만찬을 즐겼으며, 하늘에서 떨어진 검은 돌을 숭배하고 진짜 신들은 내던져 버렸다(많은 학자들이 이 혈석제를 저 사악한 '찬란한 지혜의 교회'의 첫 번째 고위 사제로 여긴다. 이 교회는 지금도 알려진 세계 전역에 걸쳐서 많은 항구 도시에 남아 있다).

더 먼 동쪽의 연대기에 의하면 이러한 피의 배신이 '긴 밤'을 지상에 불러왔다고 전한다. 하지만 지상에 풀려난 악에게는 실망스럽게도 빛으로 이루어진 처녀가 세상에 빛을 돌려주었고, 머리끝까지 격노한 밤의 사자 역시 앞으로 나와서 인간들의 악을 벌하였다.

이 어둠이 얼마나 오래 지속되었는지는 아무도 확언할 수 없지만 모두가 인정하는 한 가지 사실이 있다. 즉, 오직 위대한 전사(이 전사에 대해서는 '히르쿤'이라든가 '아조르 아하이' 혹은 '인 타르', '네페리온', '그림자를 쫓는 엘드릭' 등 다양한 이름으로 알려져 있다)가 일어나 인류에게 용기를 불어넣고 덕이 있는 자들을 이끌어 전투에 나서서 자신의 검 '라이트브링어'로 어둠을 패퇴시켰을 때 마침내 세상에 빛과 사랑이 되돌아오게 되었다는 것이다.

그러나 여명의 대제국은 다시는 재건되지 못했다. 되찾은 세상은 완전히 박살이 난 채였고, 그 속의 모든 인간 종족들은 자기 외에 나머지 모든 것들에 겁을 먹고 저마다 흩어져 각자의 길로 가 버렸다. 그리고 전쟁과 욕정, 살인은 계속 남아 심지어 지금까지도 지속되고 있다. 적어도 더 먼 동쪽 사람들은 남녀를 막론하고 모두 정말로 그렇게 믿는다.

시타델 또는 서방에 있는 학문의 중심지에서 공부하는 마에스터들은 이들 대제국과 몰락에 관한 이야기들을 전설

로 여긴다. 하지만 고대에 이 티 문명이 분명히 존재했으며, 아마도 은해 옆의 어부 여왕의 왕국과 동시대에 존재했을 것이라는 점만큼은 아무도 의심하지 않는다. 이 티 지역 스스로는 어떤가 하면, 그곳의 사제들은 인류 최초의 마을과 도시가 옥해의 해안가를 따라 생겨났다고 주장하면서 그에 경쟁하는 사르노르와 기스의 주장을 미개인이나 어린애들의 허풍일 뿐이라고 묵살해 버린다.

진실이 무엇이든, 인류가 최초로 미개한 상태에서 문명, 즉 문자를 아는 상태로 올라선 장소 중의 하나가 이 티였다는 점만큼은 의심의 범위를 넘어선다. 왜냐하면 동쪽의 현자들은 수천 년 동안이나 읽고 쓰는 생활을 해 왔기 때문이다. 그들의 가장 오래된 기록들은 귀하게, 거의 숭배되다시피 취급되는 동시에 학자들에 의해서 철저히 수호되고 있다. 실은 이런 설명들 역시도 여행자들이 들려주는 얘기와 함께 이 티의 기록들, 즉 이 티에서 빠져나와 바다 너머 시타델까지 다다른 문서들을 취합해서 조각조각 기운 것이다.

이 티에 대해 자세히 다루는 것은 수백 명의 황제들과 무수한 전쟁, 정복, 반란 이야기를 모두 아우르는 이 책의 범위를 많이 벗어난다. 그냥 알려진 대로 이 황금의 제국이 황금기와 암흑기를 겪었으며, 여러 세기에 걸쳐 흥망성쇠를 반복했다는 점, 그리고 홍수와 가뭄, 모래폭풍과 도시 전체를 집어삼킬 정도의 어마무시한 지진을 겪으며 쇠락했고, 그 역사의 면면을 수천 명의 영웅들과 겁쟁이들, 첩이며 마법사, 학자들이 가로질렀다고 언급하는 정도로 만족하자.

더 먼 동쪽이 '긴 밤'에서 벗어나 수백 년의 혼란기를 거친 뒤 우리가 현재 이 티라고 부르는 땅을 11개의 황조가 지배해 왔다. 어떤 황조는 채 반 세기도 넘지 못했고, 가장 길었던 황조는 칠백 년이나 이어졌다. 어떤 황조는 다른 황조에게 평화롭게 이양되었고, 또 어떤 황조는 피와 강철로 전 황조를 굴복시켰다. 한 황조가 끝나자 군벌들과 소왕들이 서로 패권을 다투며 무법천지가 뒤따른 적도 네 차례 있었으니, 그중에는 이런 상태로 한 세기 이상을 갔던 적도 있었다.

비록 이 티의 영토가 엄청나게 광활하며 대부분이 울창한 숲과 덥고 습한 정글로 뒤덮여 있을지라도, 이 제국의 한 쪽 끝에서 다른 쪽 끝까지 여행하는 길은 빠르고도 안전하다. 과거의 환관 황제들이 건설해 두었던, 이곳저곳으로 그물망처럼 이어지는 포장도로는 발리리아인들이 만들었던 '드래곤의 길'만 빼면 세계 전체를 통틀어도 견줄 바가 없기 때

이 티의 신황제들

이 티의 기나긴 역사 중 심지어 가장 중요한 사건들만 설명하고자 해도 여기에 지금까지 쓴 글보다도 훨씬 기나긴 글이 필요할 것이다. 그러나 이 티의 전설적인 신황제들 중에서도 특히 전설에 다다른 사람들을 적어도 몇 명은 언급하지 않는다면 이 또한 직무태만이리라.

하르 로이: 초대 회색 황제로서 평생을 말등에 올라 이곳저곳을 돌며 전쟁으로 보냈기에 말안장이 곧 그의 왕좌였다고 전해진다.

촉 촉: 15대이자 마지막 남색 황제로 곱추였다. 그는 백 명의 아내와 천 명의 후궁을 두고 셀 수 없이 많은 딸들을 낳았으나 아들은 얻지 못했다.

멩고 쿠엔: '번쩍이는 신'이라 불리던 3대 옥청색 황제. 바닥과 벽과 기둥에 금박을 씌우고 모든 가구를 비롯해 심지어 요강까지 금으로 만든 궁전에서 통치했다.

로 소: '긴 숟가락' 또는 '끔찍한 황제'라고 불리는 22대 선홍색 황제. 그는 마법사였으며 식인까지 했다는 평판인데, 전하기로는 적들의 두개골 윗부분을 제거한 후, 속에 담긴 산 사람의 뇌를 기다란 진주 손잡이가 달린 숟가락으로 떠먹었다고 한다.

로 독: '얼간이 황제'라 불린 34대 선홍색 황제. 통증으로 인해 걸을 때마다 경련하거나 비틀거렸으며 말할 때도 침을 흘리는 등 겉보기엔 좀 모자란 듯 보였지만, 30년 이상을 슬기롭게 통치했다(하지만 일부 주장에 따르면 실제 통치자는 그의 아내였던 무서운 황후 '바시 마 로'였다고 한다).

아홉 환관 황제들: 이 티에 130년간의 평화와 번영을 안긴 진주색 황제들. 그들은 모두 젊은 시절에는 다른 남자들처럼 아내와 첩을 두고 후계자를 낳으며 살았다. 그러나 황위에 오르고서는 온전히 제국에 헌신할 수 있도록 자신의 남근을 포기했다.

자르 하르: 자르 하르와 그의 아들들인 자르 족, 자르 한은 차례로 6대, 7대, 8대 해록색 황제가 되었다. 이들의 통치 아래 제국은 권력이 정점에 다다랐다. 자르 하르는 렝을, 자르 족은 그레이트 모라크를 정복했으며 자르 한은 콰스와 올드 기스, 아샤이, 그리고 멀리 떨어진 다른 땅으로부터도 조공을 받아내고 발리리아와도 교역을 텄다.

차이 둑: 4대 황색 황제로 발리리아의 귀족 여인을 아내로 맞아들였으며 자신의 궁궐에 드래곤을 두었다.

문이다.

포장도로와 마찬가지로 이 티의 도시들 역시 유명세를 떨친다. 다른 어떤 땅에서도 자랑할 수 없는 것들을 많이 가졌기 때문이다. 로마스 롱스트라이더의 말을 믿는다면 서쪽에 있는 그 어떤 도시도 감히 이 티의 도시들과 그 크기며 화려함을 견줄 수 없다. 롱스트라이더는 "심지어 이 티의 폐허마저도 우리를 부끄럽게 만든다."고 말하는데, 사실 이 티에서는 어디에서나 폐허를 찾아볼 수 있다. 콜로쿠오 보타르-그는 웨스테로스에서 찾아볼 수 있는 옥해에 대한 최고의 소식통이다-는 그가 쓴 〈옥전서*Jade Compendium*〉에서 모든 이 티의 도시 밑에는 그보다 더 오래된 도시가 세 개는 묻혀 있다고 언급했다.

황금 제국의 수도는 수백 년에 걸쳐 군벌들의 다툼이나 황조의 흥망과 함께 이곳저곳으로 옮겨졌다가 다시 돌아오기를 수십 번씩 반복했다. 회색 황제, 남색 황제, 진주색 황제는 옥해변에 자리한 인에서 통치했는데, 이곳은 이 티의 도시 중 최초의 도시이면서 또한 가장 영광된 도시였다. 하지만 선홍색 황제들은 정글 한가운데에 새로운 도시를 세우고 '찬란한 시 궈'라는 이름을 붙였으며(그러나 이제는 쇠락한 지 오래라 잡초가 무성하여 그 찬란한 영광도 오직 전설 속에서만 숨쉴 뿐이다), 보라색 황제들은 서쪽 구릉지대에 있는 탑이 많은 도시 티 궈이를 선호했고, 고동색 황제는 섀도우랜드에서 내려오는 약탈자들에 맞서 제국의 변경을 수호하기 쉽도록 진궈에 전시 조정을 유지하기도 했다.

오늘날에는 인이 다시 이 티의 수도가 되었다. 그곳에는 17대 청금색 황제 부 가이가 킹스랜딩 전체를 다 합친 것보다도 더 큰 궁궐 속에서 영화롭게 앉아 있다. 그러나 더 먼 동쪽, 황금 제국의 국경선 훨씬 그 너머에 있는 전설적인 아침의 산맥을 지나 은닉해에 위치한 도시 카르코사에는 천 년 전에 멸망한 황색 황조의 제 69대 황제를 자처하는 마법사 군주가 유배살이를 하고 있다. 또한 더 최근에 들어서는 '조고스 나이의 망치'라 불리는 폴 궈 장군이 초대 주황색 황제를 자칭하고 나섰는데, 그는 '상인의 도시'라는 제멋대로 뻗어나간 요새 도시를 자신의 수도로 삼았다. 이 세 황제 중 누가 승리할 것인가 하는 문제는 다가올 시대의 역사가들에게 넘기는 편이 나을 것이다.

한편, 다섯 요새를 빼고서는 이 티의 모든 것을 이야기했다고 할 수 없으리라. 다섯 요새는 열을 지어 늘어선 다섯 채의 거대한 고대 요새들을 말하는데, 이 요새들은 혈해(이 깊은 바다의 특유한 빛깔 때문에 이런 이름이 붙여졌는데, 붉은색의 원인은 아마도 오직 그 바다에서만 자라는 식물 때문인 것으로 추정된다)와 아침의 산맥 사이에 있는 황금 제국의 머나먼 북동쪽 경계선을 따라서 세워졌다. 이곳은 매우 유서가 깊은데, 심지어 황금 제국보다도 더 오래되었다. 어떤 이들은 여명의 대제국 시대에 진주제가 밤의 사자와 그가 이끄는 악령들을 인간의 영역으로부터 차단하려고 세웠다고 주장하기도 하는데, 과연 신이나 악마 같은 무언가가 있을 법하기도 하다. 이 요새들은 실로 괴물같이 거대해서 각 요새마다 만 명을 수용할 수 있을 정도이며 성벽의 높이 역시 거의 천 피트* 가까이 되기 때문이다.

다섯 요새 너머에 있는 땅은 우리로서는 더욱 알고 있는 것이 적다. 전설과 허풍, 그리고 여행자들의 이야기만이 이토록 멀리에 있는 우리에게 닿는 정보의 전부다. 우리가 전해 들은 바로는 그쪽의 도시에서는 사람들이 가죽 날개를 달고 독수리처럼 높이 솟아오르며 마을은 뼈로 만들어졌고, '말라붙은 협곡'이라는 깊은 골짜기와 산맥 사이에는 피가 없는 무혈인간들이 살고 있다고 한다. 잿빛 황무지와 사람을 삼키는 모래 함정, 그리고 그곳에 산다는 녹색 비늘로 덮인 피부에 독니를 가졌다는 반인반요 생명체 '슈라이크'에 관한 소문도 들려온다. 이들은 정말 도마뱀 인간일까? 아니면 (더 가능성이 높은 얘기지만) 그저 도마뱀 가죽을 덮어쓴 사람인 것일까? 그도 아니라면 동쪽 사막에 산다는 '그림킨'이나 '스나크'처럼 그저 우화에 지나지 않는 것일까? 한편 그 슈라이크조차도 잿빛 황무지에 있다는 '크다스'를 두려워하며 살지도 모르겠다. 크다스라는 도시는 심지어 시간보다도 더 오래되었다는데, 미친 신들의 허기를 달래주고자 차마 말하기 힘든 이상한 의식을 치르는 곳이라고 한다. 정말 그런 도시가 존재할까? 존재한다면 과연 그곳의 정체는 무엇일까?

이런 문제들에 대해서는 심지어 로마스 롱스트라이더조차도 입을 다물고 있다. 어쩌면 이 티의 사제들은 알고 있을지도 모를 일이지만, 설사 그렇다 하더라도 그들이 우리와 나누고 싶을 진실들은 아니리라.

서방 출신 학자들 중 일부는 다섯 요새의 건설에 발리리아인들이 관여한 것이 틀림없다는 의견을 내놓았다. 다섯 요새의 거대한 성벽은 검은 블랙스톤을 녹여서 만든 석판으로 되어 있는데, 이것이 서쪽에 있는 발리리아의 요새들과 비슷하기 때문이라는 것이다. 하지만 그럴 가능성은 없어 보이는 것이, 그 요새들은 자유국이 발흥하기 이전에 세워졌으며 어떤 드래곤로드도 이렇게 먼 동쪽까지 갔다는 기록은 없다.

따라서 다섯 요새는 불가사의로 남아 있다. 그것들은 시간이 무색할 정도로 지금까지도 그 자리에 떡 버티고 서서 잿빛 황무지에서 온 침입자들에 맞서 황금 제국의 경계를 지키고 있다.

1000피트: 약 300미터

조고스 나이의 평원

이 티의 북쪽, 황금 제국의 국경부터 전율해의 황량한 해안까지 뻗은 평원과 구릉지대는 '조고스 나이'라 불리는 기마전사들이 지배하고 있다. 서쪽 초원의 도트락인들처럼 그들 역시 천막 안과 안장 위에서 평생을 살아가는 유목민족이다. 자존심 강하고 가만히 있지 못하는 성미에 전쟁을 좋아하는 이 부족은 무엇보다도 자유가 최우선이라서 한 장소에 오래 머무르는 일에 결코 만족하지 않는다.

그러나 더 먼 동쪽의 이 기마민족은 서쪽의 기마군주들과는 많은 면에서 매우 다르다. 조고스 나이는 대체로 도트락인보다 머리 하나만큼 더 작고 눈이 덜 예쁘다. 몸은 땅딸막하고 안짱다리에 거무스름하며 머리가 크고 얼굴은 작으며 피부색은 누르스름하다. 또 남녀 모두 생후 첫 2년 동안 갓난아이의 머리통을 특이한 모양으로 눌러 놓는 이상한 관습으로 인해 두개골이 뾰족하다. 도트락의 전사들은 머리털을 길게 땋아 자부심을 표현하지만, 조고스 나이의 남자들은 머리털을 다 밀어 버리고 단 한 가닥만 길게 남긴다. 반면, 여자들은 완전히 민머리로 다니며, 주요 부위의 털마저도 모두 제거한다고 한다.

조고스 나이의 말은 도트락의 사나운 준마보다 자그마하다. 뼈의 산맥 동쪽의 평야는 도트락의 바다보다 건조하고 덜 기름지기 때문에 풀이 많이 자라지 않아 말들이 부실하게 먹어서 그렇다. 하여 이 동쪽의 유목민들은 말보다는 이 티 남부나 렝에서 사는 말과 비슷한 낯선 동물을 말과 교배해서 나온 '조스'라는 강인한 짐승을 탄다. 조고스 나이의 조스는 피부에 얼룩 줄무늬가 있고 성미가 급하며 굳세기로 유명한데, 잡초와 잔디만 먹고도 여러 달 동안 살 수 있으며 물과 사료 없이도 먼 거리를 이동할 수 있다.

도트락인들은 칼이 대규모의 칼라사르를 이끌고 초원을 가로지르는 반면, 조고스 나이는 가까운 혈연들이 작은 집단을 이루어 이동한다. 각 무리는 '자트'와 '달의 가수'가 통솔하는데, 자트는 전투를 담당하며 달의 가수는 여사제이자 치료사, 판사 역할을 겸한다. 즉, 자트는 전쟁과 전투, 습격을 이끄는 반면 그 밖의 다른 사안들은 해당 무리에 속하는 달의 가수가 관리한다.

도트락의 칼들은 그들의 신성한 도시인 바에스 도트락의 성역을 넘어서기만 하면 그 즉시 서로간에 끝없는 전쟁을 벌인다. 하지만 조고스 나이에서는 신들이 같은 민족의 피를 보는 행위를 엄격히 금하고 있다(물론 젊은 남자들이 다른 무리의 염소, 개, 조스를 훔치러, 또 그 누이들도 남편감을 납치하러 말을 타고 나가는 일은 있으나 이런 행위들은 단지 평원의 신들에게 바치는 형식적인 의식일 뿐, 피를 흘리는 일은 없다).

그러나 조스를 모는 자들이 외부인에게 보여주는 모습은 매우 다르다. 그들은 이웃 민족들과는 끊임없는 전쟁 속에 살고 있기 때문이다. 그들은 자신들의 영토 북동쪽에 있던 오랜 역사의 나라 은가이를 습격해 한때 긍지 높던 그 왕국을 겨우 도시 하나(네페르)와 그에 딸린 내륙 정도로 축소시켜 버렸다. 전설에 따르면 '울부짖는 언덕의 전투'에서 마지막 바위 거인을 죽인 자들도 조고스 나이였는데, 당시 그들을 이끌었던 '자타르'-모든 자트들의 자트이자 조고스 나이의 총사령관-는 '사팔뜨기' 가락이라는 자였다고 한다.

히르쿤 세습령 역시도 '메마른 시대'가 와서 대사해로 변하기 전에는 조고스 나이와 수많은 혈전을 벌이며 다퉜다. 세습령의 수많은 강과 우물이 오염되고 마을과 도시들이 불타올랐으며 수천 명이 노예가 되어 평원으로 끌려갔다고 한다. 히르쿤 역시도 수만 명의 조스를 모는 사람들을 자신들이 모시는 어둡고 허기진 신들에게 제물로 바쳤다. 이들 유목민들과 뼈의 산맥에 사는 여전사들 사이의 적개심은 지금 이 순간까지도 처절하고 깊게 계속되고 있으니, 수백 년에 걸쳐 수십 명의 자타르들이 조고스 나이의 군대를 이끌고 강철길에 올랐다. 물론 지금까지는 모든 공격이 카야카야나야의 성벽 앞에서 무너졌다. 하지만 그래도 달의 가수들은 마침내 조고스 나이가 승리하여 한꺼번에 산맥을 넘고 그 너머의 비옥한 땅을 차지하게 될 영광스러운 날이 오고야 말리라고 여전히 노래한다.

조고스 나이의 약탈 행각은 심지어 저 막강한 이 티의 황금 제국조차 예외가 되지 못했으니, 수많은 이 티의 영주와 소왕들도 이를 뼈저리게 깨닫게 되었다.

제국을 상대로 한 침입과 급습은 유목민들이 살아가는 삶의 방식이다. 달의 가수나 자트들이 팔과 목에 걸치는 금과 보석, 또 그들을 모시며 가축을 건사할 노예들은 전부 이렇게 얻은 것이다. 북부 평원지대에서 살아가는 조스를 모는 사람들은 지난 이천 년에 걸쳐 이 티의 도시 열다섯 곳과 수백 군데의 마을, 그리고 셀 수 없이 많은 농장과 들판을 폐허

조고스 나이 사회에서 일반적으로 자트는 남자, 달의 가수는 여자가 담당하지만 거꾸로 여성 자트와 남성 달의 가수가 없는 것은 아니다. 하지만 이방인에게는 이들을 알아보기가 쉽지 않다. 왜냐하면 자트가 되고 싶은 소녀는 남자처럼 입고 남자처럼 살아가며 달의 가수가 되고자 하는 소년도 여자처럼 입고 여자처럼 살아야 하기 때문이다.

우측 | 조스에 올라탄 조고스 나이

로 만들어 버렸다.

그 기간 동안 수많은 제국의 장군들과 신황제 세 명이 차례대로 군대를 이끌고 평원으로 건너가 유목민들을 굴복시키고자 했다. 역사를 돌아보면 이러한 시도들이 좋게 끝나는 경우는 드물다. 물론 제국의 침략자들이 유목민들을 학살하고 그들의 천막과 유르트를 불태우고 마주치는 모든 무리들로부터 금, 재산, 노예 같은 공물을 모았을 수도 있다. 심지어 몇몇 자트들은 신황제의 앞에 나아가 영원한 충성을 맹세하고 더 이상은 약탈을 하지 않겠다는 약속을 받아내기도 했을 터이다. 하지만 대부분의 조고스 나이는 제국 군대 앞에서 싸우지 않고 그냥 도망쳤으며, 얼마 못 가 장군과 황제도 더 이상 참지 못하고 되돌아간다. 그러고 나면 결국 예전과 같은 삶이 다시 시작되는 것이다.

42대 선홍색 황제였던 '로 한'의 긴 치세 동안 이런 식의 평원에 대한 침략이 세 번 있었고, 그 결말은 위에 묘사한 것과 같았다. 하지만 황제는 말년에 가서 조고스 나이가 자신이 처음 황제의 휘장을 둘렀을 때보다 훨씬 더 대담하고 탐욕스러워졌다는 것을 깨닫게 되었다. 그가 죽자 젊고 용맹한 아들 '로 부'는 유목민들의 위협을 영원히 끝장내기로 결심했다. 이 대담한 젊은 황제는 30만에 달한다고 전해지는 대군을 모은 후, 오직 살육만을 목적으로 국경을 넘었다. 공물도 그의 마음을 흔들 수 없었으며 인질도, 충성 맹세나 평화 서약 등 그 어떤 것에도 그는 흔들리지 않았다. 황제의 대군은 마치 큰 낫을 휘두르는 것처럼 평원을 휩쓴 뒤 모든 것을 파괴하고는 불붙은 황무지만을 뒤로 남겨 놓았다.

조고스 나이는 상대가 접근하면 스르르 사라져 버리는 식의 전통적인 전술에 의존했다. 그러자 로 부는 자신의 군대를 13개의 더 작은 단위로 쪼개서 각각을 모든 방향으로 내보내 유목민이 갈 만한 곳은 어디든 끝까지 추격하게끔 만들었다. 결국 그들의 손에 백만 명의 조고스 나이가 죽었다고 기록되었다.

종족 자체가 사멸할 위기에 처한 이들 유목민들은 마침내 전에는 결코 시도한 적이 없던 행동을 시작했다. 서로 경쟁하던 천 개의 씨족들이 함께 모여 단 한 명의 자타르를 추대했는데, 바로 제아라는 이름의 남성용 갑옷을 입은 여전사였다. '불임의 제아', '조스의 얼굴을 한 제아', '잔인한 제아'로 알려진 그녀는 책략가로 유명했으며, 그 이름은 지금까지도 황금 제국에 남아 엄마들이 말 안 듣는 아이를 얌전히 만들기 위해 속삭이는 이름이 되었다.

로 부는 용기와 대담함, 그리고 무용에서는 타의 추종을 불허했지만 꾀로는 제아의 상대가 되지 못한다는 것이 드러났다. 이 주름이 자글자글한 자타르와 젊은 황제 사이의 전쟁은 2년에 조금 모자라게 지속되었다. 제아는 로 부의 부대들을 따로 고립시킨 뒤 정찰병과 보급병을 죽여 나머지 부대원들을 굶겨 죽이거나 물을 못 먹게 하고 황무지나 함정으로 유인해 한 부대씩 차례로 무너뜨렸다. 그러고는 마침내 날쌘 기병들이 로 부가 있는 본대를 급습했다. 한밤중에 일어난 대학살과 살육은 너무도 끔찍해서 반경 20리그[*] 안의 모든 시냇물이 피로 물들 정도였다.

전사한 사람들 가운데는 43대이자 마지막 선홍색 황제가 된 로 부도 끼어 있었다. 황제의 머리가 제아 앞에 바쳐지자 그녀는 뼈에서 살점을 발라내라고 명했고, 그렇게 말끔해진 두개골을 녹인 황금에 담갔다가 꺼내 자신의 술잔으로 삼았다. 그때부터 지금까지 조고스 나이의 모든 자타르들은 조스 젖 발효주를 마실 때 이 '지나치게 대담한 소년'의 도금된 해골을 사용하면서 로 부 황제를 기억한다.

20리그: 약 97킬로미터

렝

인의 남동쪽에 있는 렝은 옥해의 따뜻한 녹색 바다로 둘러싸인 푸른 섬으로, 로마스 롱스트라이더는 "1만 마리의 호랑이와 1천만 마리의 원숭이의 고향이다."라고 표현했다. 렝에 사는 유인원들 역시 매우 유명한데, 그중에는 사람만큼이나 영리하다고 알려진 점박이 곱추 유인원도 있다. 또한 거인만큼 크고 눈꺼풀이 반쯤 감긴 듯한 유인원도 있는데, 이들은 너무 힘이 센 나머지 마치 어린 소년이 나비의 날개를 떼어내듯 사람의 팔과 다리를 몸에서 떼어낼 수 있다고 한다.

렝의 역사는 거의 이 티만큼이나 오래전으로 거슬러 올라가지만, 옥문 해협 서쪽으로는 알려진 것들이 거의 없다. 그 섬의 정글 깊은 곳에는 이상한 폐허들이 있다. 거대한 건물들은 오래전에 무너진 데다가 잡초가 너무 무성한 나머지 지표면에 남은 것이라곤 건물 부스러기뿐이지만 지하에는 끝없는 땅굴 미로가 나 있어 거대한 방으로 이어지며, 계단이 땅에서 수백 피트 아래까지 계속된다고 한다. 과연 누가, 그리고 언제 이 도시들을 세웠는지는 아무도 확실히 알 수 없다. 아마도 어떤 사라진 민족의 유일한 유물로 남았을 터이다.

현재 렝에 사는 사람들은 두 부류인데, 서로 판이하게 달라서 완전히 별개의 민족으로 생각해야 한다.

렝은 최근까지의 역사 대부분을 황금 제국 이 티의 일부로서 인이나 진퀴에서 다스려 왔다. 그 시절에 수만 명의 군인과 상인, 탐험가, 용병들이 부와 행운을 찾아 제국 본토에서 섬으로 이주해 왔다. 렝은 400년 전에 이 티로부터 해방되었으나 섬 북부의 2/3는 여전히 이 티 침략자들의 후손이 지배하고 있다.

여행자들이 보기에 렝 사람들은 황금 제국의

코를리스 벨라리온의 서신에 기록된 옥해의 다른 주요 섬들

코끼리의 섬: '샨'이라는 자가 상아로 지은 궁전에서 섬 전체를 다스린다.
마라하이: 신록이 우거진 초승달 모양의 낙원과도 같은 섬으로, 섬 바로 옆에 붙어 있는 두 개의 쌍둥이 화산섬이 밤낮으로 용암을 뿜어낸다.

회초리의 섬: 여섯 개의 땅에서 온 노예상들의 음산하고 황량한 중간기착지로서 그들의 자산인 노예들을 출하하기 전까지 사고, 팔고, 교배시키고, 때리고, 낙인을 찍는 곳이다.

주민들과 크게 달라 보이지 않는다. 그들은 황금 제국과 같은 계열의 방언을 쓰며 같은 신에게 기도를 드리고 같은 음식을 먹고 관습도 같으며 심지어 인에 있는 청금색 황제를 숭상하기까지 한다. 그래도 그들이 믿고 모시는 신은 오직 그들만의 신여제지만 말이다. 그들의 주요 도시인 '렝 이'와 '렝 마'는 남쪽에 있는 도시 투라니보다 인이나 진퀴와 훨씬 닮았다.

렝의 남쪽 1/3에는 황금 제국의 원정군에 밀려난 렝 원주민의 후손들이 살고 있다. 렝의 원주민들은 알려진 모든 종족 중에서 가장 키가 큰 사람들이 아닐까 싶은데, 남자들의 키는 7피트* 정도 되고 더러는 8피트** 가까이 되는 남자들도 있다. 다리가 길고 늘씬하며 살결은 기름을 먹인 듯한 티크나무 색깔이다. 커다란 금빛 눈동자를 가진 그들은 다른 사람들보다 더 멀리까지 잘 볼 수 있는 것 같은데 특히 밤에 더욱 그러하다. 렝의 여자들은 무서울 정도로 키가 큼에도 불구하고 놀랄 만큼 아름답고 나긋나긋하며 사랑스러운 것으로 유명하다.

렝은 그 역사의 대부분을 수수께끼의 섬으로 존재해 왔다. 렝의 원주민들은 자신의 해안이 보이는 선 너머로는 항해하지 않았고, 또 옥해를 건너다가 우연히 그들의 해안을 보게 된 선원들도 감히 다가서면 냉대를 받기 일쑤였다. 렝 사람들은 외래의 신, 외래의 음식, 외래의 의복, 외래의 관습 따위에 관심이 없었으며 외부인들이 그들의 금을 캐거나 나무를 베거나 과일을 따거나 물고기를 낚는 것도 용인하지 않았다. 그런 짓을 시도했던 자들은 신속하고 호된 결말을 맞게 되었다. 렝은 외부 세계에 악마와 주술사가 출몰하는 장소이자 폐쇄적인 섬으로 알려졌고, 수백 년 동안 계속 미지의 땅으로 남아 있었다.

이후 황금 제국의 선원들이 렝을 개항시켰지만 그 후로도 그 섬은 외부인들에게 위험한 장소로 남았다. 렝의 신여제는 '올드 원'–즉, 폐허가 된 지하도시 깊은 곳에 사는 신들과 만나는 것으로 알려져 있는데, 올드 원들이 이따금씩 신여제에게 섬 안의 모든 이방인들을 처형하라는 명령을 내렸기 때문이다. 콜로쿠오 보타르가 쓴 〈옥전서〉에 적힌 내용이 사실이라면 이 섬의 역사에서 최소 네 번은 그런 일이 자행되었다.

이런 식의 살육은 제6대 해록색 황제인 자르 하르가 불과 강철로 렝을 정복한 뒤 제국에 흡수하고 나서야 비로소 영원하고도 완전하게 사라졌다.

이후 이 티의 굴레에서 벗어난 렝은 4세기 동안 길게 이어진 신여제의 치세 아래 크게 번성했다. 현 황조의 초대 신여제는 아직도 동쪽에서 '위대한 키하라 대왕'으로 추앙받는 순수 렝 혈통의 후손이다. 그녀는 백성들이 기뻐하도록 남편을 하나는 렝 사람, 다른 하나는 이 티 사람으로 두 명 두었고, 이 관습은 그녀의 딸들과 그 딸들의 딸들에게까지 차례대로 계속 이어져 내려왔다. 전통적으로 황후의 배우자 중 첫째는 황후의 군대를 통솔하며, 둘째는 황후의 함대를 지휘한다.

전설에 따르면 '올드 원'들은 여전히 렝의 정글 아래에 살고 있다고 한다. 신황제 '자 하르'는 폐허 아래로 수많은 전사들을 내보냈으나 모두 미쳐서 돌아오거나 아예 돌아오지 못했다. 결국 그는 거대한 지하도시의 폐허를 봉인하고 사람들이 접근하지 말 것을 선포했다. 그 장소에 들어가는 일은 현재까지도 금지되어 있으며, 이를 어길 시에는 고문당한 후 처형된다.

좌측 | 이 티 남성과 렝 여성

7피트: 약 2.13미터 / 8피트: 약 2.44미터

그림자 밑의 아샤이

이제 세계의 끝에 거의 다다랐다. 혹은, 적어도 우리가 알고 있는 정보는 다 나왔다.

알려진 세계의 대도시들 중 최동단이자 최남단에 자리 잡은 아샤이는 아주 오래된 항구로서, 옥해와 사프란 해협이 만나는 자리에 있는 긴 쐐기 모양의 땅 끄트머리에 서 있다. 그곳의 기원은 시간의 안개 속으로 잊혀져 버렸다. 아샤이 사람들조차 이 도시를 누가 세웠는지 안다고 주장하지 않는다. 다만, 이 도시는 세상이 시작될 때부터 이 자리에 서 있었으며 또 끝날 때까지 여기 서 있을 것이라고만 말할 뿐이다.

알려진 세상 중에 아샤이만큼 외진 곳은 드물며, 이만큼 으스스한 곳은 더욱 드물다. 여행자들은 이 도시가 온통 검은 돌로만 지어졌다고 말한다. 저택, 헛간, 신전, 궁전, 거리, 성벽, 시장 등 모조리 다 말이다. 일각에서는 아샤이의 그 검은 돌이 마치 기름칠이라도 한 듯 미끈거리고 불쾌한 느낌을 자아낸다면서, 그것들이 흐릿한 촛불이든 횃불이나 난롯불이든 마치 모든 빛을 다 삼켜 버리는 듯한 기분이 든다고도 말한다. 모두들 하나같이 동의하기를 아샤이의 밤은 칠흑같이 매우 어둡고, 여름의 가장 밝은 날들조차도 뭔가 음울하며 어둑어둑하다고 한다.

하지만 이런 으스스한 측면에도 불구하고 그림자 밑의 아샤이는 수백 년 동안 번창해 온 항구이기도 하다. 알려진 세계 전역에서 배들이 드넓고 폭풍우가 몰아치는 대양을 건너 이곳을 찾아왔던 것이다. 대부분의 배는 식료품과 포도주를 잔뜩 싣고 오는데, 아샤이의 성벽 너머로는 거의 아무것도 자라지 않기 때문이다. 하지만 그곳에 자라는 유리같이 빛나는 풀줄기는 먹을 수 없다. 만약 바다 건너에서 온 음식이 아니었다면 아샤이인들은 전부 굶어죽었을지도 모른다.

항구에 들어온 배들은 신선한 물이 담긴 들통도 함께 가지고 온다. 재의 강에 흐르는 강물은 정오의 태양 아래서는 검게 번들거리며, 밤에는 옅은 녹색의 인광을 내기 때문이다. 강에서 헤엄치는 물고기도 눈이 멀고 형태가 뒤틀린, 차마 보기 힘들 정도로 끔찍한 기형인지라 오직 바보들이나 그림자술사들만이 그곳의 물고기를 먹을 것이다.

태양 아래 모든 땅에는 과일과 곡물 그리고 야채가 필요하다. 그러므로 혹자는 화물을 더 쉽사리 가까운 시장에다 팔 수도 있을 텐데 어째서 땅끝까지 항해하는지 그 이유를 물을 수도 있겠다. 그에 대한 대답은 금이다. 아샤이의 성벽 너머로는 음식은 거의 없지만 금과 보석은 흔하게 널려 있다. 그렇기는 해도 몇몇 사람들은 섀도우랜드의 금은 그곳에서 나는 과일처럼 해롭다고 말할 것이다.

대마에스터 마르윈이 확인한 보고에 따르면, 아샤이에서는 전사든, 상인이든, 왕자든 아무도 무언가의 위에 타지 않는다고 한다. 아샤이에는 말이 없으며 코끼리도, 노새도, 당나귀도, 조스도, 낙타도, 개도 없다. 그런 짐승들은 배를 타고 이곳으로 오면 이내 죽어 버린다. 재의 강의 독기와 오염된 물이 연관된 것으로 보이는데, 이는 하몬스의 저작 〈미아스마스*On Miasmas*〉를 보면 더 잘 이해할 수 있다. 동물들은 이런 물에서 뿜어나오는 불결한 물질에 더욱 민감한데, 심지어 그 물을 마시지 않아도 그렇다는 것이다. 한편 셉톤 바스의 글은 그 이유를 더 광범위하게 추측하면서 별 증거도 없이 고위 신비술들을 거론하고 있다.

아샤이는 매우 큰 도시로 새까만 재의 강 양안을 따라 몇 리그씩 펼쳐져 있다. 거대한 땅의 장벽 너머로 볼란티스와 콰스, 킹스랜딩을 나란히 세워 놓고도 공간이 남아서 올드타운까지 붙여 놓아도 될 정도의 충분한 터가 있는 것이다.

그러나 아샤이의 인구는 준수한 규모의 장터를 갖춘 마을 이상을 넘지 않는다. 그조차 밤이 되면 거리에 인적이 끊기며, 열 채 중 단 한 채 정도의 건물만 불빛이 들어온다. 한낮에도 인파를 찾아볼 수가 없고 시끌벅적한 시장에서 물건을 사라고 외치는 상인도 없으며 우물가에서 잡담을 하는 여자들도 없다. 아샤이의 거리를 지나다니는 사람들은 거의가 복면을 하거나 베일을 쓰고 있어서 뭔가 은밀한 분위기를 자아낸다. 가끔 그렇지 않은 경우는 혼자서 걷거나 혹은 흑단과 무쇠로 만든 가마를 타고 암막 뒤에 숨은 채로 가거나 어두운 거리를 노예의 등에 업혀서 지나가는 경우다.

그리고 아샤이에는 아이들이 없다.

아무튼 그럼에도 불구하고 배들은 온다. 금을 찾아서, 보석을 찾아서, 그리고 그 밖에 다른 보물을 찾아서, 아샤이의 검은 시장 외에는 세상 어디서도 구할 수 없는, 오직 귀엣말로만 전해지는 어떤 것들을 찾아서 말이다.

그림자 밑의 이 어두운 도시는 온갖 마법이 넘치는 도시다. 워록, 마법사, 연금술사, 달의 가수, 붉은 사제들, 흑연금술사, 주술사, 풍술사, 불점술사, 혈마법사, 고문관, 심문관, 독술사, 양치기 신의 신부들, 밤의 거주자들, 변신술사, 그 밖에도 흑염소나 창백한 아이, 밤의 사자를 숭배하는 자들. 이런 자들은 모두 다 이 그림자 밑의 아샤이에서 환영받는다. 왜냐하면 이곳에서는 아무것도 금지되지 않기 때문이다. 여기서 그들은 억압도 비난도 받지 않는 채로 자유롭게 마법, 또는 차마 못 볼 만큼 외설적인 의식을 시행할 수도 있으니,

원한다면 악마와 간음도 할 수 있는 것이다.

아샤이에서 가장 사악한 주술사는 검게 옻칠한 복면을 쓴 채 신들과 사람들의 눈으로부터 자신의 모습을 숨기는 그림자술사들이다. 오직 그들만이 감히 어둠의 중심을 향하여, 아샤이의 성벽을 지나 재의 강을 거슬러 올라간다.

아침의 산맥에서 시작해 바다로 빠지는 재의 강은 산맥들 사이로 아주 좁은 틈을 통해 울부짖듯 흐른다. 양안에 솟은 까마득하게 높은 절벽들이 너무도 가파르고 가까운 나머지, 태양의 고도가 가장 높은 정오의 단 몇 순간만 제외하면 재의 강은 언제나 그림자 속에 잠겨 있는 셈이다. 절벽에 마치 마마 자국처럼 뚫려 있는 동굴들에는 악마와 용, 그 외에 더 나쁜 것들이 은신처를 만들고 있다. 이들 생명체는 도시에서 멀어질수록 더욱더 끔찍하고 일그러진 모습이 되며, 그러다가 결국 스티가이라는 도시의 문 앞에 서게 된다. 섀도우랜드 심장부에 서 있는 이 시체들의 도시는 그림자술사들조차도 감히 발을 디디기를 꺼린다……는 이야기다.

음유시인이나 선원들, 그 밖에 마법에 손을 댄 자들이 육지의 끝자락에서 가지고 돌아온 이런 음울한 설화들 속에 과연 진실이 담겨 있을까? 과연 누가 알겠는가? 로마스 롱스트라이더는 결코 그림자 밑의 아샤이에 가 본 적이 없다. 심지어 '바다뱀' 벨라리온조차도 그렇게 멀리까지는 항해하지 못했다. 게다가 갔다는 사람들도 아직 돌아와서 그 얘기를 전해 주지는 못하고 있는 것이다.

그들이 돌아올 때까지는 아샤이와 섀도우랜드, 그리고 뭐가 됐든 그 너머에 있을지도 모를 모든 땅과 바다는 현자들에게나 왕들에게나 다 같이 펼치지 않은 책으로 남아 있어야만 할 것이다. 더 알아야 할 것들, 봐야 할 것들, 배워야 할 것들은 항상 있는 법이다. 세상은 방대하고 놀랄 만큼 이상하며, 하늘의 별들 아래에는 심지어 시타델의 대마에스터가 꿈꾸는 것보다도 훨씬 더 많은 것들이 존재하기에.

후기

처음 양피지 위에 펜을 댄 후로 몇 년 사이에 웨스테로스와 그 너머 세계의 많은 것들이 변했다. 독자들은 이런 작업이 단 몇 주, 또는 몇 년 만의 노고로 완성되는 일이 아니라는 점을 이해해야만 할 것이다. 나는 애초에 위대하신 로버트 폐하의 평화로운 치세가 정점에 달하던 시기에 이 역사책의 뼈대를 잡았었다. 이 책을 로버트 폐하와 그 후계자들이 대물림할 이 땅과 세계를 다루는 역사서로서 헌정할 의도에서였다.

하지만 일이 그렇게 진행되지는 않았다. 고결한 폐하의 핸드 존 아린 공의 죽음과 함께 이 땅에 광기가, 즉 교만과 폭력의 고삐가 풀리게 된 것이다. 광기는 로버트 폐하의 왕국을 앗아가고, 선왕의 훌륭한 아들이자 후계자인 조프리 폐하도 앗아갔다. 왕위를 요구하는 자들이 철왕좌를 훔치려 들고, 동쪽에서는 드래곤들이 다시 태어났다는 불안한 소문이 흘러나온다.

이런 고난의 시기에 우리는 모두 훌륭하신 토멘 폐하께서 오래도록 정의로운 치세기를 이어가실 수 있도록, 그리하여 우리를 어둠에서 빛으로 인도할 수 있도록 기도해야만 할 것이다.

좌측 |드래곤의 부활?

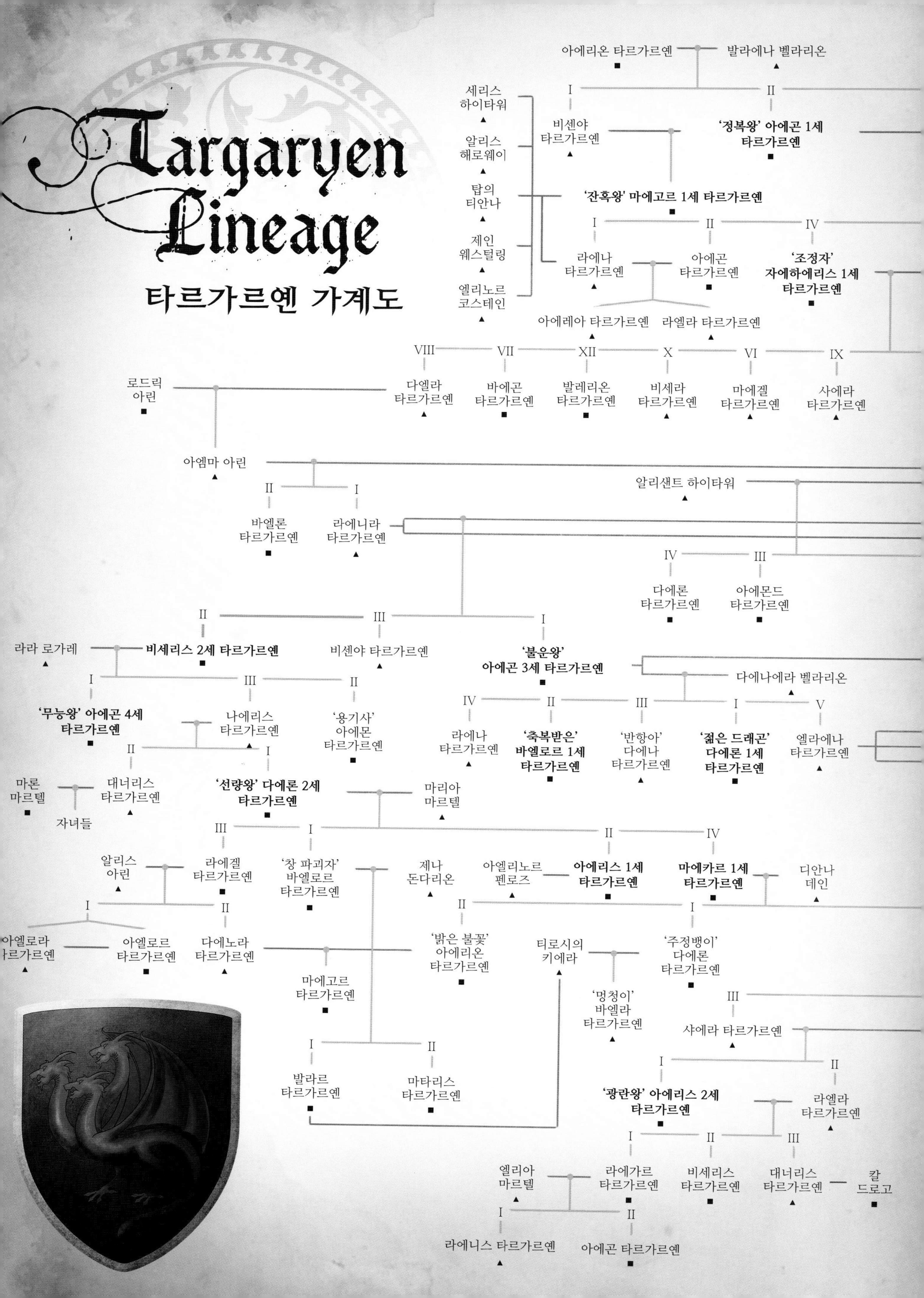

Targaryen Lineage
타르가르옌 가계도
아에리온 타르가르옌
발라에나 벨라리온
I
II
세리스 하이타워
알리스 해로웨이
탑의 티안나
제인 웨스털링
엘리노르 코스테인
비센야 타르가르옌
'정복왕' 아에곤 1세 타르가르옌
'잔혹왕' 마에고르 1세 타르가르옌
I
II
IV
라에나 타르가르옌
아에곤 타르가르옌
'조정자' 자에하에리스 1세 타르가르옌
아에레아 타르가르옌
라엘라 타르가르옌
VIII
VII
XII
X
VI
IX
로드릭 아린
다엘라 타르가르옌
바에곤 타르가르옌
발레리온 타르가르옌
비세라 타르가르옌
마에겔 타르가르옌
사에라 타르가르옌
아엠마 아린
알리샌트 하이타워
II
I
바엘론 타르가르옌
라에니라 타르가르옌
IV
III
다에론 타르가르옌
아에몬드 타르가르옌
II
III
I
라라 로가레
비세리스 2세 타르가르옌
비센야 타르가르옌
'불운왕' 아에곤 3세 타르가르옌
다에나에라 벨라리온
I
III
II
IV
II
III
I
V
'무능왕' 아에곤 4세 타르가르옌
나에리스 타르가르옌
'용기사' 아에몬 타르가르옌
라에나 타르가르옌
'축복받은' 바엘로르 1세 타르가르옌
'반항아' 다에나 타르가르옌
'젊은 드래곤' 다에론 1세 타르가르옌
엘라에나 타르가르옌
II
I
마론 마르텔
대너리스 타르가르옌
자녀들
'선량왕' 다에론 2세 타르가르옌
마리아 마르텔
III
I
II
IV
알리스 아린
라에겔 타르가르옌
'창 파괴자' 바엘로르 타르가르옌
제나 돈다리온
아엘리노르 펜로즈
아에리스 1세 타르가르옌
마에카르 1세 타르가르옌
디안나 데인
I
II
II
I
아엘로라
르가르옌
아엘로르 타르가르옌
다에노라 타르가르옌
'밝은 불꽃' 아에리온 타르가르옌
티로시의 키에라
'주정뱅이' 다에론 타르가르옌
마에고르 타르가르옌
'멍청이' 바엘라 타르가르옌
III
샤에라 타르가르옌
I
II
발라르 타르가르옌
마타리스 타르가르옌
I
II
'광란왕' 아에리스 2세 타르가르옌
라엘라 타르가르옌
I
II
III
엘리아 마르텔
라에가르 타르가르옌
비세리스 타르가르옌
대너리스 타르가르옌
칼 드로고
I
II
라에니스 타르가르옌
아에곤 타르가르옌

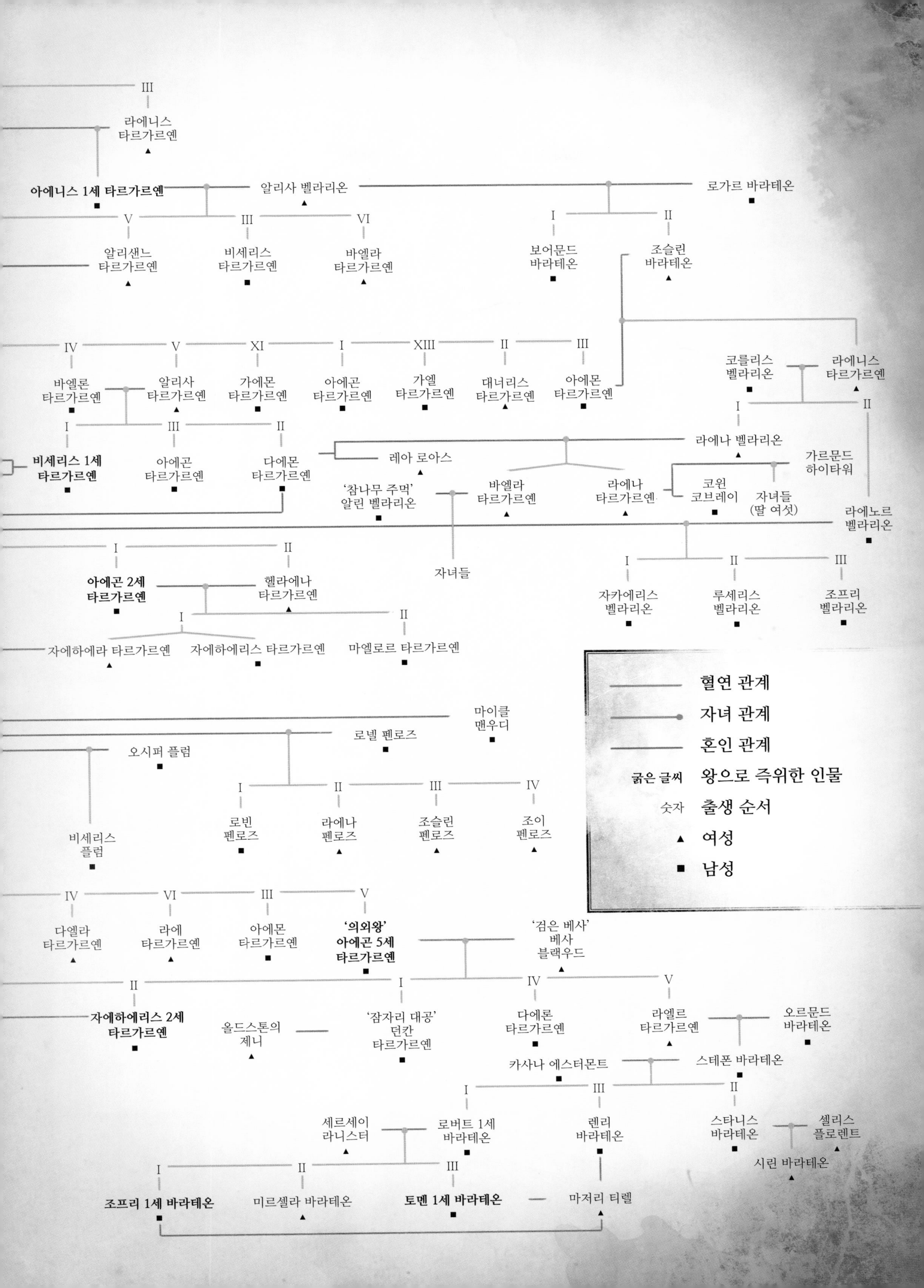

III
라에니스 타르가르옌
아에니스 1세 타르가르옌
알리사 벨라리온
로가르 바라테온
V
III
VI
I
II
알리샌느 타르가르옌
비세리스 타르가르옌
바엘라 타르가르옌
보어문드 바라테온
조슬린 바라테온
IV
V
XI
I
XIII
II
III
바엘론 타르가르옌
알리사 타르가르옌
가에몬 타르가르옌
아에곤 타르가르옌
가엘 타르가르옌
대너리스 타르가르옌
아에몬 타르가르옌
코를리스 벨라리온
라에니스 타르가르옌
I
III
II
I
II
비세리스 1세 타르가르옌
아에곤 타르가르옌
다에몬 타르가르옌
레아 로아스
라에나 벨라리온
가르문드 하이타워
'참나무 주먹' 알린 벨라리온
바엘라 타르가르옌
라에나 타르가르옌
코윈 코브레이
자녀들 (딸 여섯)
라에노르 벨라리온
I
II
자녀들
I
II
III
아에곤 2세 타르가르옌
헬라에나 타르가르옌
자카에리스 벨라리온
루세리스 벨라리온
조프리 벨라리온
I
II
자에하에라 타르가르옌
자에하에리스 타르가르옌
마엘로르 타르가르옌
혈연 관계
자녀 관계
혼인 관계
굵은 글씨 왕으로 즉위한 인물
숫자 출생 순서
▲ 여성
■ 남성
마이클 맨우디
로넬 펜로즈
오시퍼 플럼
I
II
III
IV
로빈 펜로즈
라에나 펜로즈
조슬린 펜로즈
조이 펜로즈
비세리스 플럼
IV
VI
III
V
다엘라 타르가르옌
라에 타르가르옌
아에몬 타르가르옌
'의외왕' 아에곤 5세 타르가르옌
'검은 베사' 베사 블랙우드
II
I
IV
V
자에하에리스 2세 타르가르옌
올드스톤의 제니
'잠자리 대공' 던칸 타르가르옌
다에론 타르가르옌
라엘르 타르가르옌
오르문드 바라테온
카사나 에스터몬트
스테폰 바라테온
I
III
II
세르세이 라니스터
로버트 1세 바라테온
렌리 바라테온
스타니스 바라테온
셀리스 플로렌트
시린 바라테온
I
II
III
조프리 1세 바라테온
미르셀라 바라테온
토멘 1세 바라테온
마저리 티렐

Stark Lineage

스타크 가계도

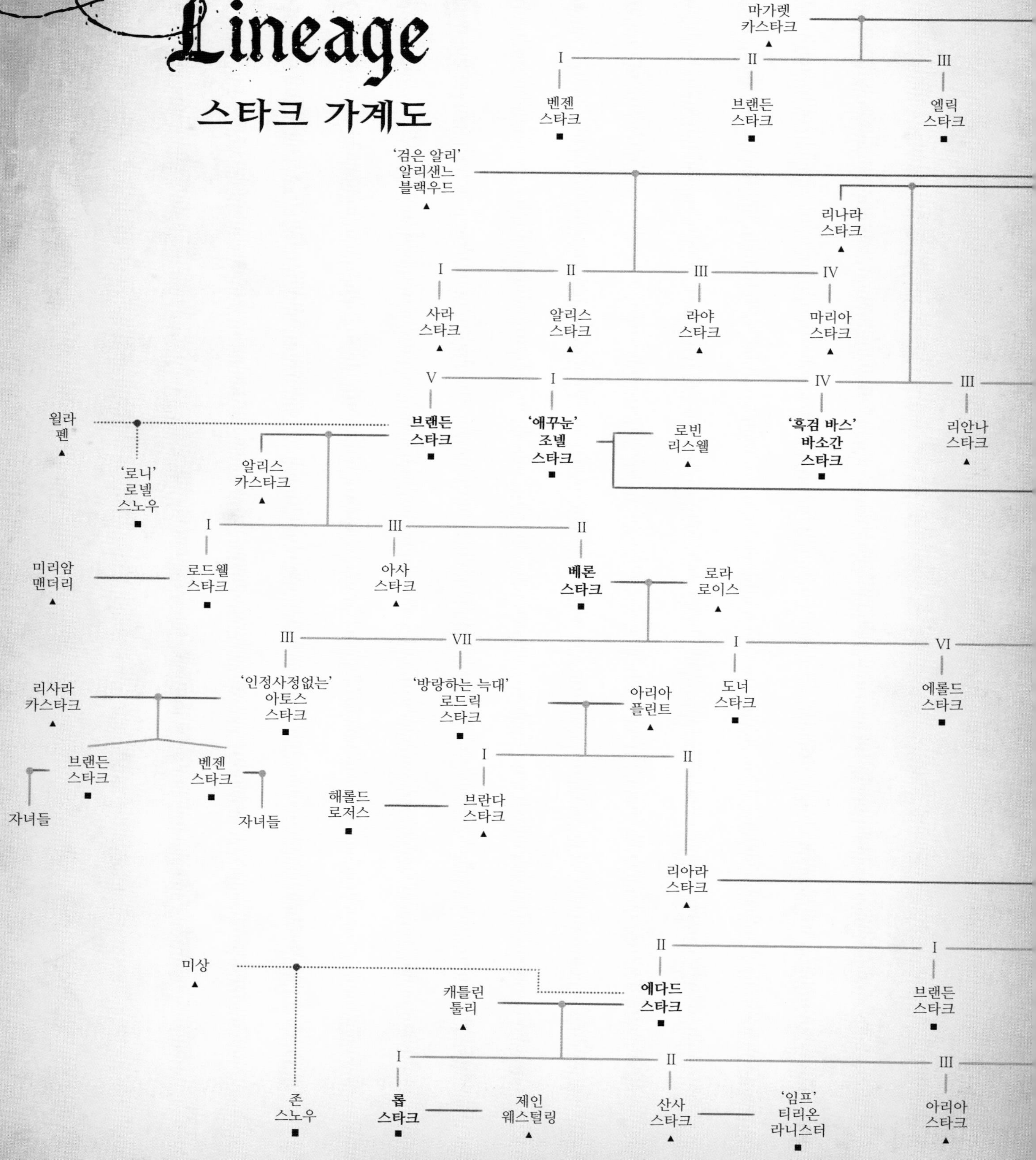

마가렛 카스타크 ▲

I 벤젠 스타크 ■
II 브랜든 스타크 ■
III 엘릭 스타크 ■

'검은 알리' 알리샌느 블랙우드 ▲

리나라 스타크 ▲

I 사라 스타크 ▲
II 알리스 스타크 ▲
III 라야 스타크 ▲
IV 마리아 스타크 ▲

V **브랜든 스타크** ■
I **'애꾸눈' 조넬 스타크** ■
IV **'혹검 바스' 바소간 스타크** ■
III 리안나 스타크 ▲

윌라 펜 ▲

'로니' 로넬 스노우 ■

알리스 카스타크 ▲

로빈 리스웰 ▲

I 로드웰 스타크 ■
III 아사 스타크 ▲
II **베론 스타크** ■

미리암 맨더리 ▲

로라 로이스 ▲

III '인정사정없는' 아토스 스타크 ■
VII '방랑하는 늑대' 로드릭 스타크 ■
I 도너 스타크 ■
VI 에롤드 스타크 ■

리사라 카스타크 ▲

브랜든 스타크 ■
벤젠 스타크 ■

자녀들

자녀들

아리아 플린트 ▲

I 브란다 스타크 ▲
II 리아라 스타크 ▲

해롤드 로저스 ■

미상 ▲

II **에다드 스타크** ■
I 브랜든 스타크 ■

캐틀린 툴리 ▲

존 스노우 ■

I **롭 스타크** ■
II 산사 스타크 ▲
III 아리아 스타크 ▲

제인 웨스털링 ▲

'임프' 티리온 라니스터 ■

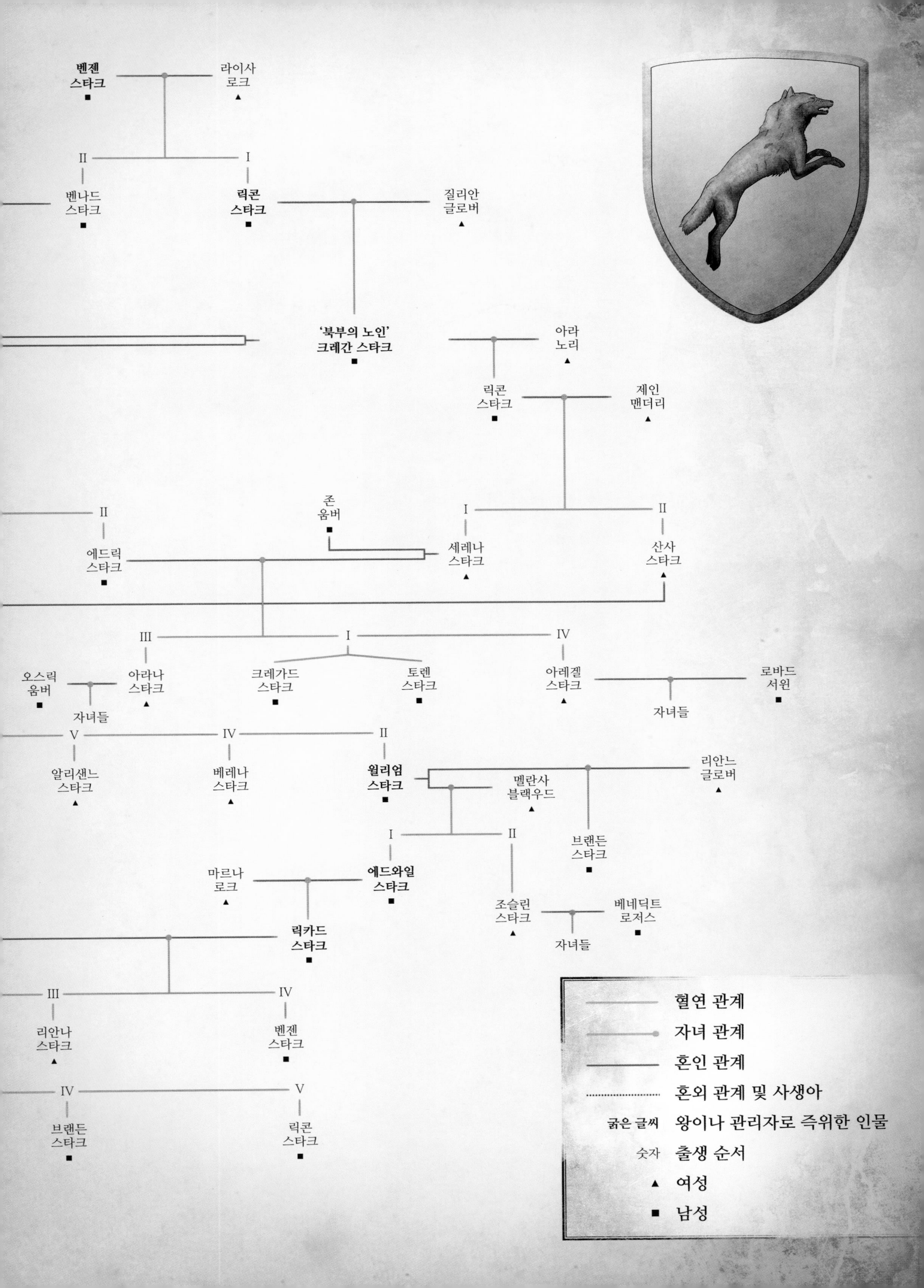

벤젠 스타크
라이사 로크
II
I
벤나드 스타크
릭콘 스타크
질리안 글로버
'북부의 노인' 크레간 스타크
아라 노리
릭콘 스타크
제인 맨더리
존 움버
II
I
II
에드릭 스타크
세레나 스타크
산사 스타크
III
I
IV
오스릭 움버
아라나 스타크
크레가드 스타크
토렌 스타크
아레겔 스타크
로바드 서윈
자녀들
자녀들
V
IV
II
알리샌느 스타크
베레나 스타크
윌리엄 스타크
멜란사 블랙우드
리안느 글로버
I
II
브랜든 스타크
마르나 로크
에드와일 스타크
조슬린 스타크
베네딕트 로저스
자녀들
릭카드 스타크
III
IV
리안나 스타크
벤젠 스타크
IV
V
브랜든 스타크
릭콘 스타크
혈연 관계
자녀 관계
혼인 관계
혼외 관계 및 사생아
굵은 글씨 왕이나 관리자로 즉위한 인물
숫자 출생 순서
▲ 여성
■ 남성

Lannister Lineage

라니스터 가계도

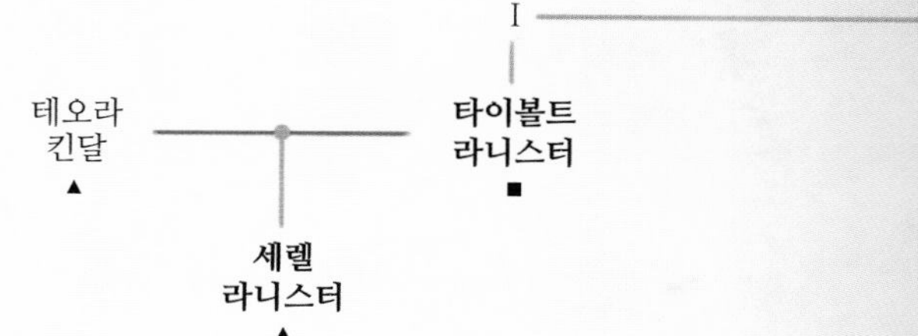

I
테오라 킨달
타이볼트 라니스터
세렐 라니스터

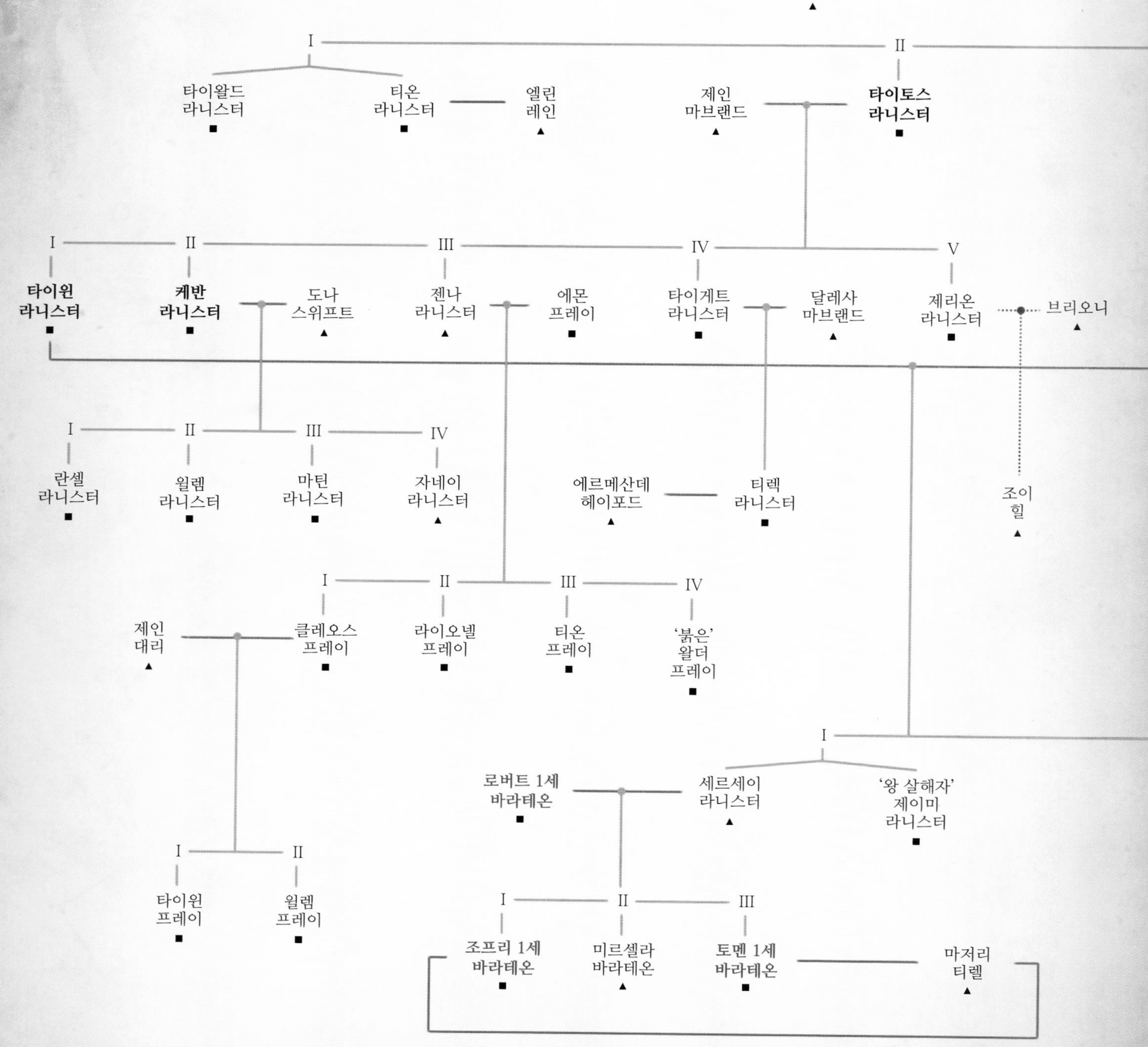

I
II
타이왈드 라니스터
티온 라니스터
엘린 레인
제인 마브랜드
타이토스 라니스터
I
II
III
IV
V
타이원 라니스터
케반 라니스터
도나 스위프트
젠나 라니스터
에몬 프레이
타이게트 라니스터
달레사 마브랜드
제리온 라니스터
브리오니
I
II
III
IV
란셀 라니스터
윌렘 라니스터
마틴 라니스터
자네이 라니스터
에르메산데 헤이포드
티렉 라니스터
조이 힐
I
II
III
IV
제인 대리
클레오스 프레이
라이오넬 프레이
티온 프레이
'붉은' 왈더 프레이
I
로버트 1세 바라테온
세르세이 라니스터
'왕 살해자' 제이미 라니스터
I
II
타이원 프레이
윌렘 프레이
I
II
III
조프리 1세 바라테온
미르셀라 바라테온
토멘 1세 바라테온
마저리 티렐

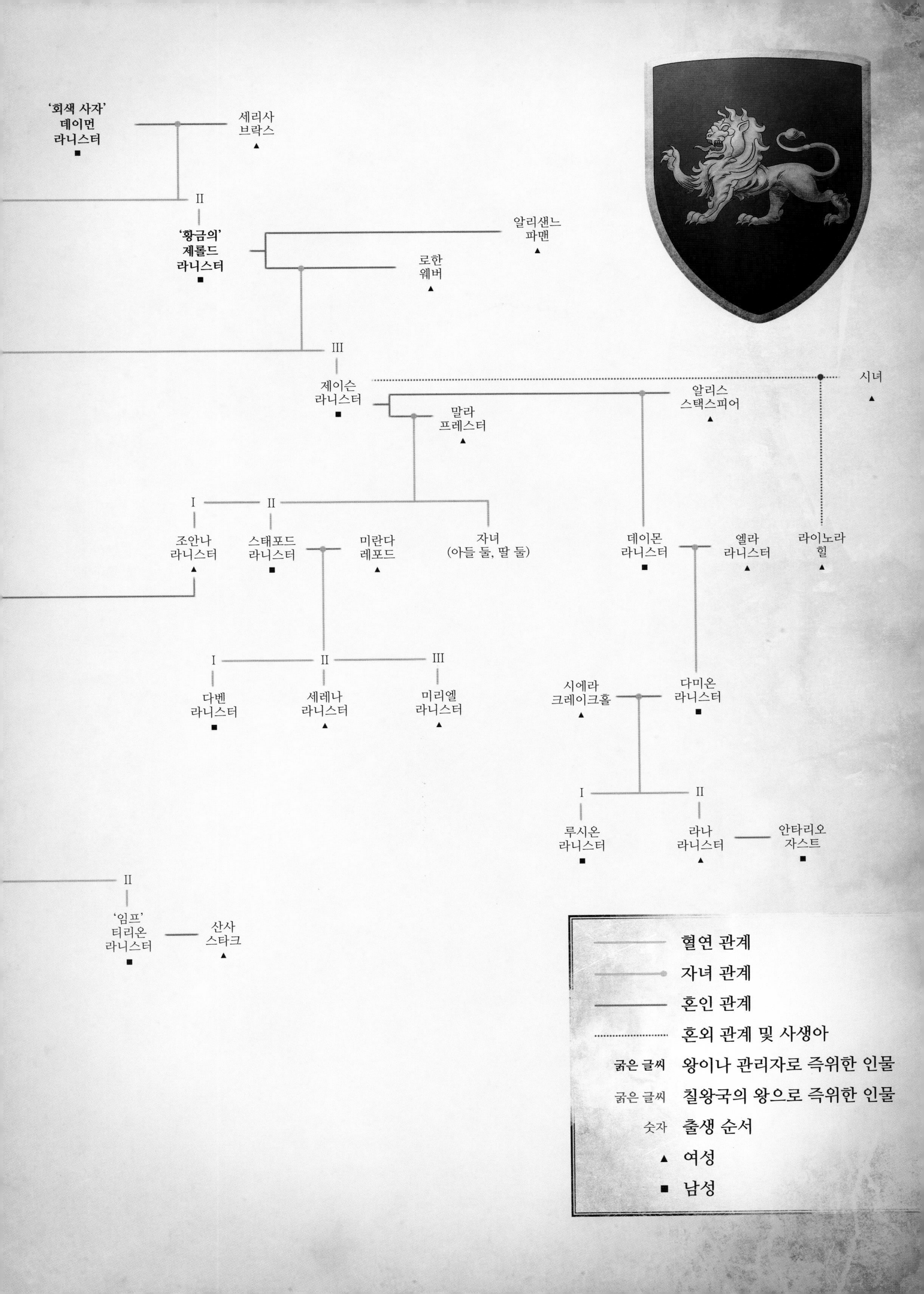

'회색 사자'
데이먼
라니스터
세리사
브락스
II
'황금의'
제롤드
라니스터
알리샌느
파맨
로한
웨버
III
제이슨
라니스터
시녀
알리스
스택스피어
말라
프레스터
I
II
조안나
라니스터
스태포드
라니스터
미란다
레포드
자녀
(아들 둘, 딸 둘)
데이몬
라니스터
엘라
라니스터
라이노라
힐
I
II
III
다벤
라니스터
세레나
라니스터
미리엘
라니스터
시에라
크레이크홀
다미온
라니스터
I
II
루시온
라니스터
라나
라니스터
안타리오
자스트
II
'임프'
티리온
라니스터
산사
스타크
혈연 관계
자녀 관계
혼인 관계
혼외 관계 및 사생아
굵은 글씨 왕이나 관리자로 즉위한 인물
굵은 글씨 칠왕국의 왕으로 즉위한 인물
숫자 출생 순서
▲ 여성
■ 남성

VALE
CROWNLANDS
RIVERLANDS
NARROW SEA
REACH
STORMLANDS
Wickenden
BAY of CRABS
Claw Isle
CRACKCLAW POINT
Harrenhal
Maidenpool
Rook's Rest
Dragonstone
KINGSROAD
Antlers
Driftmark
THE GULLET
Duskendale
Sharp Point
BLACKWATER BAY
Rosby
ROSBY ROAD
KING'S LANDING
Stonedance
GOLDROAD
The Red Keep
BLACKWATER RUSH
MASSEY'S HOOK
Tumbleton
ROSEROAD
WENDWATER
Haystack Hall
Felwood
Bronzegate
KINGSROAD
Evenfall Hall
Storm's End
LEGEND
MAJOR CASTLE
CASTLES
CITIES
TOWNS
GRAIN
ROAD

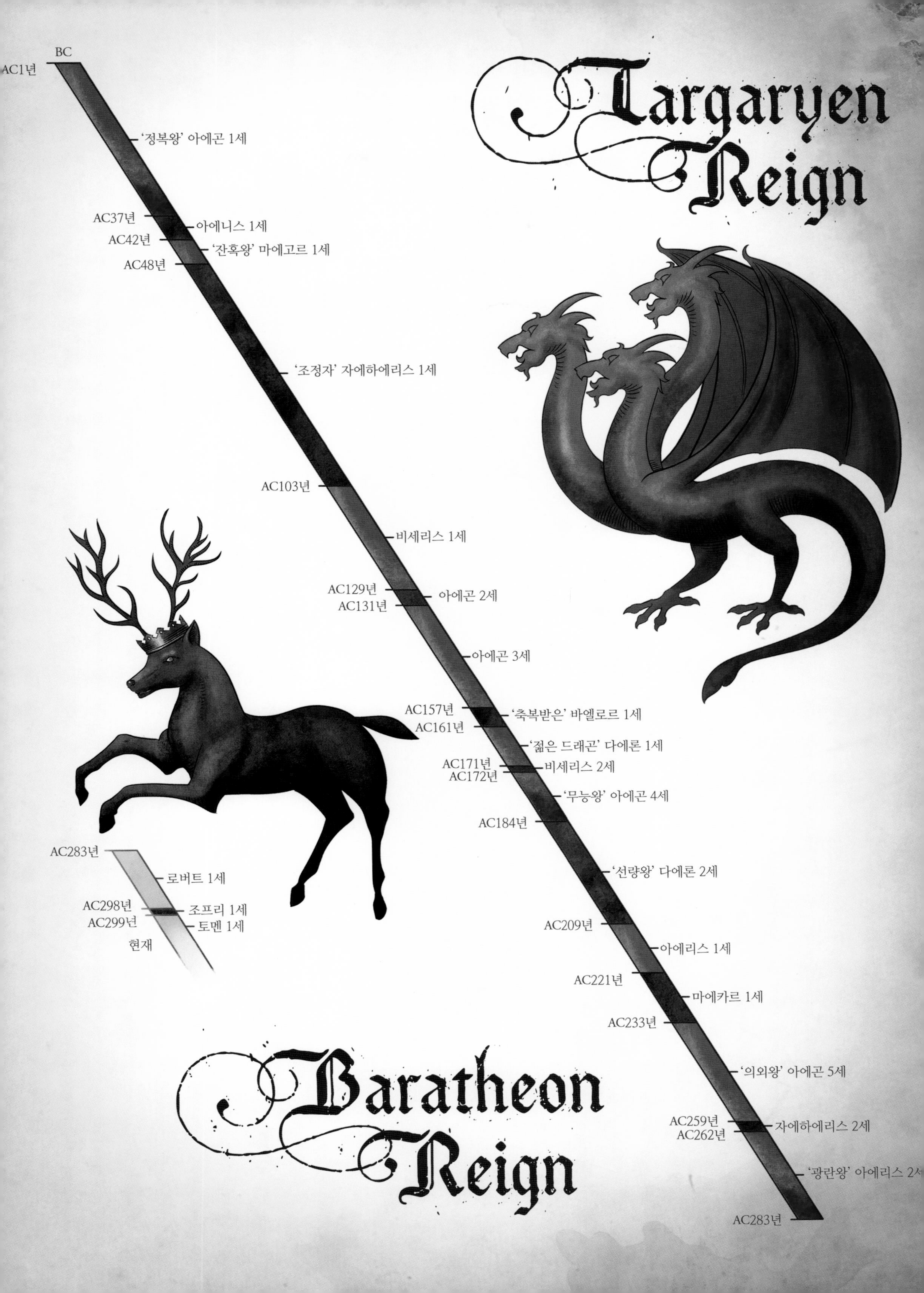
Targaryen Reign
BC
AC1년
'정복왕' 아에곤 1세
AC37년
아에니스 1세
AC42년
'잔혹왕' 마에고르 1세
AC48년
'조정자' 자에하에리스 1세
AC103년
비세리스 1세
AC129년
AC131년
아에곤 2세
아에곤 3세
AC157년
'축복받은' 바엘로르 1세
AC161년
'젊은 드래곤' 다에론 1세
AC171년
AC172년
비세리스 2세
'무능왕' 아에곤 4세
AC184년
'선량왕' 다에론 2세
AC209년
아에리스 1세
AC221년
마에카르 1세
AC233년
'의외왕' 아에곤 5세
AC259년
AC262년
자에하에리스 2세
'광란왕' 아에리스 2세
AC283년
AC283년
로버트 1세
AC298년
조프리 1세
AC299년
토멘 1세
현재
Baratheon Reign

색인

아트 크레딧

르네 아이그너: 185, 298, 309

라이언 바저(판타지 플라이트): 38

아서 보조네트(스튜디오 하이브): 8, 18, 19, 23, 80, 89, 90, 106, 125, 139, 176, 226, 260, 274, 276, 282

호세 다니엘 카브레라 페냐: 85, 103, 112, 148-149, 239

제니퍼 솔 카이(벨벳 엔진): viii, 51, 78, 88, 96, 187, 137, 156, 169, 187, 199, 217, 227, 240, 312, 315, 317, 319

토마스 덴마크(판타지 플라이트): 136

제니퍼 드럼몬드: 24, 114

호르디 곤잘레스 에스카밀라: ii, iii, x, 10, 28-29, 54, 76-77, 178, 225, 232, 254-255, 262-263, 270, 301

마이클 갤래틀리: 4, 134, 150, 162, 174, 194, 206, 220, 234, 318

토마스 제드루섹(판타지 플라이트): 181, 188-189, 230-231, 248, 293

마이클 코마크: 48, 58, 116(판타지 플라이트), 118, 157, 243, 247

존 맥캠브리지: 37, 164-165, 213, 258, 284

모그리(벨벳 엔진): viii, 137, 169, 227, 240, 315, 면지

테드 나스미스: v, 16, 30, 50, 130, 132-133, 142, 144, 158, 161, 171, 192, 205, 215, 219, 249, 323

칼라 오르티즈: 66, 87, 107, 127, 241

라헤디 유드하 프라디토(벨벳 엔진): 51, 78, 88, 96

디안 프라세차: 85, 103, 112, 148-149, 239

파올로 푸지오니: 79, 122-123, 173, 222-223, 272-273, 290-291

조나단 로버츠: 146, 275, 277, 284, 294-295

토마스 시아잔(벨벳 엔진): viii, 156, 187, 199, 312, 317, 319, 문장 면지

마크 시모네티: 11, 14, 27, 35, 46-47, 56-57, 61, 62-63, 67, 92(판타지 플라이트), 97, 102, 104-105, 110, 121, 155, 183, 266, 279, 281, 304-305

체이스 스톤: 2-3, 20-21, 42-43, 68-69, 74, 229, 245

필립 스트라우브: 250-251 표지 내측 앞쪽 면지

저스틴 스위트: 86, 310, 325, 표지 내측 뒤쪽 면지

누차폴 티티눈차콘(스튜디오 하이브): 197, 212, 236, 252, 286

마갈리 빌뇌브: 9, 12, 32, 44, 52, 59, 64, 70, 82, 91, 95, 98-99, 100, 128, 153, 159, 160, 200, 202, 210, 261, 264, 265

더글라스 휘틀리: vi, vii, 6, 7, 34, 40, 72, 81, 140, 147, 208, 269, 306, 320-321

뒤쪽 면지 | 루비 여울목에서 마주친 라에가르 타르가르옌과 로버트 바라테온 공